# 一个人的成长

刘知余◎著

九州出版社
JIUZHOUPRESS

图书在版编目（CIP）数据

一个人的成长／刘知余著 . --北京：九州出版社，
2025.1. -- ISBN 978-7-5225-3537-1

Ⅰ. I247.5

中国国家版本馆 CIP 数据核字第 2025YN5871 号

# 一个人的成长

| | |
|---|---|
| 作　　者 | 刘知余　著 |
| 责任编辑 | 蒋运华 |
| 出版发行 | 九州出版社 |
| 地　　址 | 北京市西城区阜外大街甲 35 号 （100037） |
| 发行电话 | （010）68992190/3/5/6 |
| 网　　址 | www.jiuzhoupress.com |
| 印　　刷 | 唐山才智印刷有限公司 |
| 开　　本 | 710 毫米×1000 毫米　16 开 |
| 印　　张 | 28.5 |
| 字　　数 | 466 千字 |
| 版　　次 | 2025 年 1 月第 1 版 |
| 印　　次 | 2025 年 1 月第 1 次印刷 |
| 书　　号 | ISBN 978-7-5225-3537-1 |
| 定　　价 | 95.00 元 |

成长是伴随我们一生的，一道没有答案的题目。

——题记

# 目　录
## CONTENTS

# 第一章

## — 1 —

五月的一个下午。

太阳带着几分骄纵，肆意地消耗着它的能量。马路两侧齐刷刷地列着高大的杨树，偏西的日光正透过枝叶的缝隙斑驳地洒下来。远远地，一个蹬自行车的男孩闪进了这片斑驳中——他额上沁着汗珠，皮肤晒成了健康的古铜色，脸颊带着略显稚气的棱角。

男孩叫常若虚，二十二岁。

看得出，他很是享受这段人车寥寥的路程，嘴角扬得高高的，那双本就漂亮的大眼睛溢出几分踌躇满志——这个五月，他正走过大学生涯的最后一个学期，也就在几个小时前，他才兴致勃勃地完成了论文答辩，内心交织着喜悦与豁然。对即将发生的一切，他充满着期待，轻快的身体和心爱的自行车一齐左右摇摆着。他用力踩了踩脚蹬，加速穿过了笔直的林荫大道，拐进了下一段沿河小路。

这条路他骑了很多年——小路沿穿城水系修建，每当河水上涨，几分潮气渐渐弥漫开来。岸边垒砌着宽宽的石台，外侧的土坡上种满了小草，满目绿色与粼粼波光在阳光的映射下很是可爱。小路另一边整齐地排着几幢住宅楼，许多临街房屋被改建成小商铺，门前挂着"××文具店""××早餐"之类的招牌。向前又骑了几百米，若虚捏住了车闸，停在了"新兴小学"的大门前。

自行车靠在了一棵小树旁，若虚在树荫下看了一眼手表——离放学还有

一刻钟。此时，校门外已经聚集起不少等着接孩子的家长，他们大都是上了年纪的人，相比之下，若虚显得有些格格不入。当然，在以往许多等待的经历中，他免不了被当作一位"家长"，周围热情的人们同他搭起话来，有好几次，半是出于礼貌，半是为了好玩，他甚至假装自己是一位年轻的"父亲"，故作沉稳地和对方聊上几句。

其实，严格地说，若虚算一位不是"父亲"的"家长"，要接的人是他的小弟若水——若水年龄小了他一轮，在这所小学读五年级。

此刻，读书声、琴声、歌声，透过学校的栅栏门，传进他耳中。若虚向校园望去——粉刷一新的教学楼十分醒目，鲜艳的外墙反射着斜晖，很是耀眼。恍惚间，学生时代的经历飞速地从他脑海中闪过，他闭上眼睛，回味起记忆中遥远又清晰的一幅幅画面。

就在大学生活的最后一个学期，他和身边许多同学一样，经历了一段几乎满城奔走的日子。有时，为了参加一个心仪的求职面试，他会去赶早上第一班汽车，或是踩着宿舍楼落锁的时间赶回来……

"今天语文组长找我谈话了，问我愿不愿意来这工作。"那天，他给母亲打了电话——他已经在一所小学做了快两个月的实习老师。"要教一年级，也要当班主任……"他这样说，期待得到母亲的肯定。

"我觉得你可以再找找，看看有没有更适合的。"——母亲的答复令他一阵沮丧。"你看，若愚在这方面的规划就比你更明确……"

后面的话若虚没太往脑子里听，因为这句实在令他心里不是滋味……

不知是赌气还是的确听进了母亲的建议，他后来没接受那所小学的橄榄枝，又投入新一轮求职面试中。随着毕业日期的临近，不少同学都陆续确定了去向，彷徨中他更加急于抓住什么机会……突然有一天，一位熟识的老师带给他一个消息——他所在学校的后勤部招聘一名工作人员，老师建议他报名试试。

记得面试那天，他穿着板正的西装，笔直地坐在椅子上，表现得应对自如，回答着一连串的问题。对面排坐的面试官、记录员中有位看起来还算年轻的男性（大概是后勤部主任），目光在他的简历和眼睛上来回打量，提了一个有些特别的问题——

中文系的学生，来做办公室工作，你能不能很好地适应？

这个问题令他有些意外，但出于对面试的审时度势，也出于想为自己争取机会的诚恳，他立刻点了点头，接着说道——

在我看来，一个人想做好任何一份工作，都需要具备足够的才能、付出足够的努力。我虽然没有太多做办公室工作的经验，但我对自己的能力有一定的信心，也愿意在工作中努力地学习和成长，力争能够最大化地发挥自我价值，为这个部门乃至我们的学校作出力所能及的贡献。

他对自己这番回答很满意，话一说完，他也敏锐地捕捉到面试官们神情的变化——他在心中暗暗得意，这一回，伶俐的口齿又一次帮到了他。

果然，没过多久，他接到了后勤部的录用通知。他按捺不住欣喜，满是自豪地把这个消息和母亲分享。去办理手续时，那天的记录员还向他透露了一个"内幕"——面试官们一致认为，他当天的举止和谈吐有些过于"端正"和"得体"了，究竟是否该录用他，也引发了一些争议……听到这些，他笑了笑没太当回事——对他而言，在面试的十几分钟里表现得落落大方并不难，况且，因为急于把工作确定下来，他也没有太多挑三拣四的资本——从校园到社会的这场人生大考，他不想考砸……

耳边响起了清脆的铃声，把若虚的思绪拉回眼前的世界——刚还空空如也的校园里闪出了一个个背着书包的小身影，传达室的老伯打开了校门栅栏，甬道上的小身影们争先恐后地涌了出来，最前面的那些已经一溜烟地钻进了家长怀里撒起娇来。校门外的若虚伸长脖子，一眼就发现了人群中若水的身影，朝他挥了挥手。

"哥——"若水穿过校门口拥塞的人群，跑到若虚身边——他有一张圆圆的小脸，那双大眼睛和若虚很像，但比起同龄的男孩身体瘦小了不少，脑袋也显得大了一些。"怎么今天你来接我啦？"

"我刚把学校的事情忙完，"若虚接过他的书包，放进车筐里，"接下来我就有时间每天接送你上学放学了！"

"那太好啦！你骑车带我可比和妈妈每天挤公交好多了！"若水抹了抹额头上的汗珠，"明天要交新的'家长接送卡'，那我还和从前一样，一张填妈妈，一张填你，行不行？"

若虚表示可以，又问道："你们刚上完体育课吧？瞧你跑的！"

"不，是音乐课！"若水挤了挤眼睛，"你等我买个吃的，等会跟你说！"说完便一溜烟地跑向街边的小商店，很快就一手举着一支冰激凌，兴冲冲跑了回来。

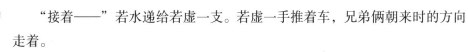

"接着——"若水递给若虚一支。若虚一手推着车，兄弟俩朝来时的方向走着。

"今天作业多不多，写完了吗？"

"语文还差听写，数学还差家长签字，"若水边吃冰激凌边说，"我们今天学了一篇特感人的课文，你们以前学没学过？"

"哪一篇？"

"嗯——课文讲了一只小军犬叫'喀秋莎'，它的主人军官对它特别好。后来，战争爆发了，主人在和敌人的搏斗中被杀死了，'喀秋莎'追上去咬住那个凶手，把他的一截手指咬掉了……后来，主人的战友收养了'喀秋莎'。又过了好多年，战争终于结束，有一天，'喀秋莎'跟着新主人在街上散步时，突然朝路边一个行人扑了上去，那个行人开枪打中了它，'喀秋莎'也在生命的最后一刻咬断了那个人的气管，他俩都死了。再后来，警察们发现被咬死的那个人缺了一截手指，这才明白原来是'喀秋莎'认出了当年杀死那位军官的凶手。再再后来，他们就把'喀秋莎'葬在那个军官的墓边，这样它就能永远陪伴它的主人了……"若水讲完，眼里亮起一片晶莹。

"真是个感人的故事，"若虚看着他的眼睛，"为了报答主人，'喀秋莎'牺牲了自己，它真是只忠诚、勇敢的小狗。"

"我……我也好想养这样一只小狗！"若水突然睁大了双眼，"像'喀秋莎'那样的，我每天喂它吃的，领着它上学！"

"什么，领着一只小狗上学？"

"是的！有它在我身边，我看以后还有谁敢欺负我！"若水昂起头，"等我过生日，你去商店买一只小狗送我吧！好不好？"

"这个嘛……"若虚有些为难，"我看还是等你大一点再说吧——养小狗可不像买玩具，你得每天遛它、给它洗澡，它如果生病了还要带它去医院……你年纪这么小，连自己都照顾不好，哪能照顾得了它呢？再说，要是你真的领一只小狗来学校，估计你们班会乱成一团，老师都不能好好上课了！"

"那……就等我长大了再说吧，你说话算话，到时一定要同意才行！"

见若水一脸认真，若虚笑着点了点头——若水刚刚讲故事的样子让他回想起读小学的自己，那时他也常常被语文课本上的故事感动。有一次，他读了一篇叫《眼睛》的课文，是根据一位美国女作家的经历改编的，讲述了主

人公先后经历了三位亲人的离世，也先后帮他们实现了把角膜捐献给失明患者的心愿。那天的放学路上，他也是迫不及待地把这个故事讲给父亲听——若虚低头看着若水那黑白分明的大眼睛，或许是因为他们有着一样的心灵，被文学故事感染着，享有超越时空的共鸣。

"哥，你在想什么？"若水的声音传了过来。

"没什么……"若虚的思绪回到眼前的世界，又回想起今天下午发生的事，"你知道么？我今天答辩表现得比自己预想中还要好！我太开心了！"

"'答辩'？那是什么？"若水问。

"答辩是大学毕业前的最后一项大作业，"若虚尽量用若水能听懂的语言解释道，"你要先写好一篇论文，几位老师看过后会提很多问题请你解释和回答，也会给你提一些意见。"

"论文又是什么？"

"论文……就像你平常写的作文一样，只不过它比作文长很多。"

"有多长？"

"反正，我写了一万五千字。"

"这么长！"若水吓了一跳，"那我六年级毕业时，也要写这么长吗？"

"别担心，你才读小学，这要等你大学毕业呢！"若虚摩挲了一下他的脑袋。

"唔，等到大学毕业还得……"若水转着眼珠，"初中三年、高中三年、大学读四年，也就是再过十多年我才用写这个作文！那我就不怕了！十年要很久以后了！"

若水的话令若虚不由地思索，"十年"究竟是一个怎样的长度……或者，在若水这个年龄看来，"十年"是一个很久、很慢的概念吧，可对于经历过成长的人而言，仿佛就是在一个个不经意的瞬间，不谙世事的孩子就这样被推向了成熟，继而被抛向更远的未来。每每回顾，快到令人应接不暇。

"哥！你能接我到什么时候？"若水又问道。

"起码，到这个暑假前吧……我毕业后会搬回家住，就可以陪你了，这样妈妈也少操点心。"

"那若愚哥也和你一起毕业吗，也会搬回来住？"

"他……也许吧……"若虚沉默了片刻，"怎么，你想他了？"

"是啊，我记得上个寒假前若愚哥就答应带我去博物馆，我都等了快一个

学期了……真希望他快点回来。"

"那你就盼着暑假能早点见到他吧!"若虚耸了耸肩,拍了拍自行车后座,"咱们也抓紧时间回家吧!"

若水点点头,听话地上了自行车。

斜晖映着兄弟俩,自行车朝家的方向驶去了。后座上的若水满眼欢喜,蹬车的若虚又陷入了沉思。

他意识到自己同样许久没见过若愚了。

# - 2 -

一棵古老的槐树斜立在路边,若虚的家就在树旁的一条胡同里。

自行车冲上了小斜坡,若水从后座上跳了下来。若虚推着自行车,兄弟俩径直向胡同深处走去。

褐瓦灰墙的平房鳞次栉比地排列着,许多房前搭了棚子、架子,把原本还算宽阔的走道挤得狭窄而参差。此时,正是胡同每天最悠闲的时候——大人们下了班,孩子们放了学,老人们也不必像赶早那般急迫,蹒跚的脚步也放缓了不少,不少人家的厨房已经飘出了油烟气,有股呛鼻的香味。

兄弟俩一路从高高低低的窗前经过,在胡同的尽头停下。若虚掏出钥匙,打开了面前那扇红漆斑驳的铁门。眼前是个不大的三合院,北边盖着三间正房,西厢房是杂货间,东厢房用作厨房。若虚把自行车摆在了屋檐下。

"妈,我们回来了!"若水循声跑进了厨房。

母亲切菜的身影正背对着门口。"先回屋歇歇,冰箱里有西瓜。"——她的声音传了过来。

"太好了!"若水又兴冲冲向外跑去,和若虚迎面撞了个满怀。

"妈,我来帮你。"若虚对着母亲的背影说。

"不用。"见锅里的油渐渐热起来,母亲把葱段和姜块滑进去,又把切好的菜"刺啦"一声下进锅里。

"妈,"若虚站在原地看了一会儿,"我今天下午参加答辩了,老师们说我论文写得很好,表扬我了。"

炒勺的翻动声盖住了若虚的话。母亲转身取出一个空盘子，把炒好的菜盛了出来。

"您没听见我说话吗？"若虚伸手接过了盘子。

"什么？"母亲抹着眉梢的汗珠，终于转过脸来——母亲接近五十岁了，额上已生出了皱纹，鬓间的头发也被汗水浸湿了，零乱地散着。

"我说——老师今天表扬我了。"

"那很好！"母亲随口回应着，"帮我把菜端到大屋去，再把桌子收拾了，等我再炒两个菜。"

若虚觉得很是扫兴，耷拉着嘴角，转身走开了。

在若虚的记忆中，母亲是个很严肃的人，似乎很多年没对他笑过了，以至于每当想到母亲，他脑海中浮现的，总是刚刚那副神态。读高中时，若虚还总是期待能用考试成绩融化母亲脸上的冰霜，但这几年，就连这一招也不如从前好用了。

若虚端着盘子走进正房居中的那间大屋里，把饭桌和椅子摆好，沿着过道走回东侧自己的房间。

窗边的写字台上摆着切好的西瓜。若水摊着作业本，见若虚进来，便把语文书翻开一股脑儿塞进若虚手里。"第十八课的课后生词，帮我念吧——"

若虚来不及作出其他反应，只好生硬地对着生词表念起来，若水一个词一个词在作业本上熟练地写着，很快便一脸轻松地合上本子，拿起一角西瓜就向屋外跑去。

"先把作业收好……"

"动画片开始了！"若水顺利逃过了若虚的阻拦，一溜烟跑走了。

若虚只好自己检查了一遍他的"手迹"，见都写对了，便签了自己的名字。他抓起托盘里的西瓜，边吃边发起呆来。

写字台的一角立着一个小镜框——那是一张老合影，是父亲、母亲、若愚和他自己在公园拍的，已经有些褪色了。若虚凑上前仔细端详着——那时母亲才三十出头，脸上正挂着欢乐的笑容，似乎在更远的从前，母亲也是很爱笑的。在关于幼年不算很清晰的回忆中，父母经常带着他和若愚出去玩，父亲最喜欢用那台"傻瓜"相机为母亲拍照。有一次，父亲洗了一大沓母亲的照片带回家，侧坐在草坪上的，倚在栏杆上的，抚着长发的，顶着草帽的……父亲还说，有几张照片差点让照相馆拿去扩印成海报，见父亲不同意，

他们只好作罢。那些照片一直在柜橱的影集里放着，很多年没拿出来看了。

若虚把合影拿起来——母亲的大眼睛完完全全地遗传给了他们，从小他就以被夸"眼睛像妈妈"而自豪。回想着刚刚厨房里母亲的样子——那双眼睛已变得沧桑而疲惫，就连眉毛也不似从前舒展，一道道纹路也清晰地烙上了她的眉心。那两张面孔交错浮现着，若虚不由感到一丝心酸。

"怎么还发呆啊？饭都盛好了！"身旁突然传来若水的声音，若虚吓了一跳，放下相框，朝大屋走去。

三人围坐桌旁，默默吃着晚餐——桌上两荤两素，母亲边吃边向若水碗里夹青菜。

"妈，"见母亲眉头舒展了些，若虚试探着问："若愚最近往家里打电话了吗？"

"上个月吧，他说要跟老师去外地开会，"母亲说，"最近应该是很忙，听上去，他们老师很器重他，在有意栽培他。"

一旁的若水吃得很专注，又给自己夹了一大块肉。若虚漫不经心拨着饭粒。

"你呢，开始见习了吧？"母亲问。

"前一段准备答辩，主任说可以先不过来，反正我在学校，他需要时可以喊我。"

"这样不好，年轻人刚参加工作，眼睛里要有活，得主动。"母亲告诫他，"领导可不会事事都跟你交代得那么清楚，勤看勤问，不要因为多干就觉得吃亏，知道吗？"

"我还怕吃亏么？您放心吧。"若虚低头嚼了一大口饭。

母亲年轻时是车间工人，常年"三班倒"，渐渐落下了病根，到后来稍一熬夜就会头疼。幸好，看在她任劳任怨多年的分上，领导批准母亲调去了收发室，虽说工作减了强度，身体却始终没能恢复，再也没有若虚印象中那能骑一辆"男车"一前一后驮两个孩子上学的本领了。

若虚时常会算算日子——再过一年多，等母亲退休，他一定让母亲在家里好好调养身体。

吃过饭，若水跑出去玩了，若虚见母亲累了一天，便让她回屋休息，独自在厨房收拾着碗筷——母亲住在正房靠西的那一间，几年前若水还跟母亲一起住，等大点不怕黑了才搬来若虚的房间。若虚、若愚念大学时，家中只

有母亲和若水两人，若虚偶尔会回来过个周末，等星期一再回学校。

回到自己的小屋，若虚盘算着毕业后又要搬回来住，开始整理柜子。许久不用的枕头、床单都放旧了，他舍不得扔，便铺回床上。那张大床，他和若水两个人睡一点问题都没有，何况若水最喜欢热闹，得知若虚回来和他做伴，生怕大哥被挤到，还高高兴兴地把自己的枕头往里挪了好多。

若水在外疯跑了一晚上，等天黑透才终于回来。若虚见他满身臭汗，催他去洗澡。若水脱着上衣，又想起什么："你是不是还没帮我检查数学作业？忘了可就惨了！"他从书包里掏出了数学作业本，摊在若虚面前，就跑去洗澡了。

若虚翻看着作业本，许久不解数学应用题，竟然觉得格外亲切。等若水洗完澡出来，他还津津有味地一道道读着。

"你在干吗？"若水好奇地问。

"你看这道题多有意思，"若虚盯着本子，"没想到你们已经在解追及问题了。"

"什么追击问题？"若水伸头一看："噢？不就是兄弟俩去上学，弟弟先出门，十分钟后哥哥再出发追他。哥哥比弟弟走得快，问多久后俩人能碰上！太简单了！"

"你还别小瞧这种问题，等你上了高中，题目里两个人从匀速改成变速走，这样你还会解么！"

"变速走？我们还没学！"若水转了转眼珠，"那我考考你：如果弟弟先出发，走得比哥哥还快，那哥哥多久能追上弟弟？"

"这……"若虚愣了一下，"这样岂不永远也追不上了？"

"那就是你！笨哥哥！"若水冲若虚做了个鬼脸，见若虚气得瞪大了眼睛，又赶快低头"认罪"作揖，"哥哥饶命！我再也不敢了！"

"别胡说了！"若虚在作业本上签了字。

趁着凉快，若虚去院里做了几组俯卧撑，又举了举哑铃——读大学后，他一直坚持锻炼身体的习惯，尽管身边不少男同学四年下来都胖了许多，他却还很好地保持着体型。等他洗完澡再回屋时，若水正坐在大床上，斜着脑袋望向顶棚，边哼着歌边掰着手指计算着什么。

"你在干吗？"

"我在回忆音乐课排练的剧本，今天跟老师合伴奏，老师给我们提了一些

意见。"

"音乐课排剧本?"若虚很好奇。

"是啊!我们'红五月'参加比赛,排音乐剧,我扮演王二小,"若水从床上站了起来,比画着动作,踱着大步,"'九月十六那天早上——',这句我从左边上台,'鬼子'从右边上……你知道吗?我们班好多人都想扮二小,可音乐老师就挑中了我,说我不仅会唱还会演!下周五下午,你、妈妈、若愚哥,你们都来看我表演,好不好?"

"你这么喜欢表演啊?"若虚问。

"那可不?我最喜欢的课就是音乐,我总觉得跟着老师的钢琴一起唱歌,就好开心,和解出应用题不一样……我说不好那种感觉,就是很快乐!唱歌和表演都是!"若水继续在床边踱着大步,"你看——'二小他顺从地走在前面'这句,老师说步子应该这样迈——"

"行了,当心摔下来,"若虚见他在床沿摇摇欲坠,赶忙伸手扶住,"你好好练,等表演那天,我肯定来看你!"

"你真好!"若水环着若虚的脖子,对着他额头大大地亲了一口。

"别太兴奋了!早点睡吧!明天我带你去外面吃早餐。"若虚说。

见时间不早,若水听话地躺了下来。若虚也关掉了大灯,坐在写字台边,对着台灯浅浅的光亮,记起了日记——

> 答辩组长点着头,老师眼里闪过一丝欣慰,周围的同学们也都看向我。这一刻,我突然觉得自己很有价值……在图书馆埋头翻书的日子,终于还是换来了回报,虽然我尽力表现得淡然,但内心的喜悦是按捺不住的!如果,这样的时刻和感受再多一些,那该多好……

昏暗的灯光下,手机屏幕突然亮起。若虚停下笔,看到是指导老师发来的信息,心跳顿时加快,他鼓了鼓勇气,一字一句地读着——

> 常若虚同学:
>
> 晚上好。经答辩小组讨论决定,你的论文成绩是优秀。祝贺。望再接再厉。

若虚感到内心一阵激荡,如果不是怕吵到若水,他真想痛快地大喊一声。他手心和脸庞发着热,踮脚走出了房间——母亲的屋也熄了灯,只剩月光和寥落的星星装点着小院。

　　他在檐下的板凳上坐下来，托起下巴，静静地感受着这难寻的安宁。萦绕在空气中的是小鸟细细的低语，还有可爱的小生灵们发出的窸窸窣窣的音符，仔细一听，像是蛐蛐儿、蝈蝈儿、纺织娘的合奏。远远地，街上还传来汽车飞驰的声音，隐约夹杂着行人的谈笑声。

　　若虚抬起头，习习的晚风吹得他心中一阵躁动，他急于寻找一个对象，分享些什么。远远望去，深蓝的夜空中高悬着一轮朗月，几缕白云从皎洁中拂过，像是少女姣好的面容上浮动着的薄纱。如水的月华如一泓洒落的波纹，弥散开来，在薄云的映衬下，显得月色越发柔美。

　　若虚贪婪地欣赏着月色——远远地，似乎有一种神奇的力量，像守护这蓝色星球一般温柔地守望和陪伴着他，不只是关怀，也有期许和信赖，每当他陷入悲观、孤独、失意时，这种力量便一次次在他的生命中升起。我们赖以存在的这颗星球，正是因为拥有如此美丽而忠实的伴侣，在浩渺无垠的宇宙中，才不那么寂寞。

　　他又想到了自己——他好像早习惯了生活在坚强和理智中，但他也是个胸无大志、只想寄情山水之间、流连花前月下的怪人。他笑了笑，壮志凌云和偏安一隅，哪个才是真正的自己呢？

　　若虚打了个寒战，初夏的清凉正渐渐在他身旁弥散开来。他起身推开屋门，桌上的台灯还浅浅地亮着，若水早已睡熟了。

- 3 -

　　若虚换上了一身特别的装扮——上衣是改良过的立领衬衫，下面配一条黑色裤子。若水对他的装扮一阵好奇，问他今天是不是要参加什么活动。

　　"这是我们班租的衣服，今天拍毕业照！"若虚对着镜子说。

　　兄弟俩早早地走出家门，在路边的小铺吃早点。两人要了两碗豆腐脑、一屉小笼包，若水又给自己加了一个炸糕——母亲平时不太让他吃油炸食品，早餐总是一成不变的牛奶、鸡蛋，这让有机会"尝鲜"的若水兴奋不已。比起他的精神饱满，若虚因为昨天睡得太晚，眼球一阵酸涩，不过他的心情依然很雀跃，初升的太阳晃着他的后脑勺，他们一路畅行骑到了新兴小学门口。

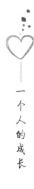

若虚目送若水进了校园，又跨上自行车，朝自己学校的方向骑去——毕业合影算是这个夏天所剩无多的班级活动了，他很珍惜，很想再多见同学们几次。

两所学校离得不远，若虚骑进校门时，第二节早课刚刚开始，校园里静悄悄的。他从主干道穿过——大道两侧栽着梧桐，茂密的叶交织着，像一幅高高的帷幔阻挡着阳光的直射。重重叠叠的绿意中，不时传出清脆的鸟鸣，偶尔也会掠过几只调皮的小身影，直直朝着绿意掩映下的教学楼飞去——肃穆的教学楼，长长的，几乎从大道最东头延伸到最西头，棕红的砖墙显现着它苍老的年龄，似乎每一个砖缝间都记录着久远的故事。

从车棚出来，若虚急匆匆地跑进教学楼一层大厅，一眼就看到一个和他同样衣着的男生在等电梯，他快走了几步追上前去。

男生回过头，见若虚走来，笑着说了句"这回高兴了吧？"

若虚会心一笑，故意答了句："是碰运气，不值得夸奖。"

"你可真是！都四年了，还这么任性！"那男生擂了若虚一拳——他是若虚的班长，姓朱，个头不高，看起来憨憨的，却很是精明，大学期间两人一直住同一间宿舍。

"咳，这不是你们说的——我人如其名吗？"若虚笑着，和朱班长一起走进电梯，按亮了操作盘上的"9"。

"对了，我听老师说，你们组有位老师对你印象特深，说以前在美学课上见过你，这回一看，你论文也完成得这么好，"朱班长神秘兮兮地说，"老师们还打听你毕业后的去向呢，听说你放弃读研去工作，还挺遗憾。"

"噢？"若虚很意外，内心不免欣喜，也有些复杂。

"这两天大家都陆续答辩完，像绷久的弹簧一样，心一下就散了。许亭亭还问咱们几个过段时间是不是约出去玩一趟——她还是那么精力旺盛！一会儿见面再商量吧！"说话间，朱班长和若虚走出电梯，已经听见走廊尽头那间教室里的人声鼎沸。

可能是因为太久不见，教室中已经三个一群两个一伙地聚集着不少同学，交流着毕业后的去向。他们班的学习委员许亭亭——一个平眉俊眼，留着齐耳短发的女生正站在讲台上，手舞足蹈地给大家重新安排座位——这次组织班级合影正是她半个月前提出的创意，为此她还请记忆力极好的朱班长还原了大一第一课时同学们的座位图。

此时，她洪亮的嗓音正一波接一波地从讲台上传过来——

"喂——你俩换过来，你坐第二桌，他在你后头！"许亭亭朝着坐错位置的两个男生比画着。

"你们俩——！"许亭亭低头看着座位图，又冲教室另一侧的两个女生喊，"对，就坐窗根底下那张桌子！"

"喂——你过来！"许亭亭又招呼着朱班长，"你这图不对！"

"在楼道里就听见你唱戏了！"朱班长走上前告诫她，"小点声，别的班都在上课。"

"你先别埋怨我！你看你这图——！"许亭亭开始给朱班长挑起错来。

若虚一时落了单，立在原地环视着四周。周围的同学都沉浸在有说有笑的世界里，只有一个身影独坐在窗边。

他笑着走上前去，对那独坐的女生说了句"你好！"又指着她旁边的座位问："我……可以坐在这么？"

"请坐！"那女生微笑着点点头——她穿着蓝衣黑裙，一条麻花辫搭在肩侧。四年前，他们就是这样认识的。那节课他来晚了，踩着上课铃匆忙跑进教室，慌乱中瞥见窗边的空位子，直达直地撞了过来。

若虚清晰地记得那个场景——同桌那个皮肤白皙的女生，清澈的目光盯着面前这个满头大汗的男生，沉静的表情和脸上的酒窝让狼狈的他一时不知所措，吐出了句生硬的开场白。

"谢谢……我，我叫常若虚。你……请问怎么称呼？"

"我叫张镜湖。"

"安静的静?"

"不，镜花缘的镜。"

"是'一夜飞度镜湖月'的那个'镜湖'吧?"——就这样，她成了若虚在大学第一个结识的女同学。

四年后，张镜湖又一次打量着面前这一身白衣黑裤的男生——看起来，他好像变得稳重和健壮了些；而若虚的脑海中的记忆也再一次变得鲜活，眼含笑意、语气和柔的张镜湖，宛然他们初见时的样子。

"干吗这么看着我?"张镜湖低头看了看自己，"我这样穿是不是很奇怪？"

"很好看，"若虚在她身旁坐下来，"我呢，是不是显得很冒傻气？"

"我本来想说，你比从前看起来成熟和稳重了些，但你一开口，我又

觉得——"

"觉得什么？"

"觉得你就是当年那个小孩。"张镜湖笑着说。

"别开我玩笑了，"若虚撇了撇嘴，"你昨天答辩也还顺利吧？"

"很顺利。答辩结束的那一刻，我突然感到一种'功德圆满'的滋味，就好像可以真诚地和大学说一声再见了，"张镜湖和风细雨地讲着，"对了，我还要恭喜你呢，'优秀'不是那么容易拿的。"

"唉……"若虚叹了口气，"我也不知道，自己是不是对这些东西看得太重了。昨晚收到老师的消息时，我的手都在抖，幸好拿到了'优秀'，如果没有，我不知怎样说服自己去接受这个事实……就是一种很复杂的情绪，有点恍惚、有点欣慰、也有点悲壮……"

"既然你把这些评价看得那么重，那你就更应该把这种认可和激励转化成自信心。"张镜湖宽慰他，"为什么还要怀疑自己呢？"

"你总是这么肯定我，我真的特别特别感谢你……嗯……"若虚换了个话题，"你的工作呢，已经确定了？"

"嗯，过一段时间就要签协议了，我恐怕也会早些回家，后续有些毕业活动就不参加了。"

"那……你走以后，我们是不是就不太容易见面了？"若虚难掩失落，"你还会再回来吗？"

"近期大概不会了，不过我们都不必难过，现在交通和通讯这么便捷，我们一定还有再见面的机会，"张镜湖莞尔一笑，"其实，我和你一样都没太多工作经验，也不清楚会遇到什么麻烦和挑战，不过……我想我们还是应该满怀期待吧！"

若虚点点头，又望向教室的前方——讲台上一阵热烈的讨论过后，显然，刚刚是许亭亭误会了朱班长。

"行行行，是我看错了！"许亭亭自识理亏，却依旧不依不饶，"我又不是神仙！神仙也免不了犯错！"她瞟了教室一圈，"人差不多齐了，咱们抓紧时间吧！"

许亭亭提前联系好的摄影师已经准备好了镜头和三脚架，正专注地选着拍照角度。随后，在他底气十足的"一、二、三"中，同学们变换着坐姿和表情，教室里渐渐回荡起欢声笑语，让这些年轻人回想起四年间发生的许多

趣事，甚至冲淡了一个月后即将到来的离别的伤感。

很快，全班又转战教学楼前和操场，拍了另外两组合影。许亭亭对合影的要求很高，不断和摄影师交流，尽量拍成她理想的样子。同学们努力配合着她和摄影师，一个上午下来，开心却也都筋疲力尽。

拍照告一段落，中午的阳光和长久在镜头前的疲惫驱使着不少同学离开了。许亭亭和朱班长送走了摄影师，又回到操场的阴凉处——看样子，许亭亭尤其累得不轻，一直用手掌给自己扇着凉风。张镜湖见状，递了两瓶饮料给他们。

"忙了一上午，连口水都没喝上，还是小湖知道心疼人。"许亭亭仰头喝了一大口——她和张镜湖在同一层住，关系很熟络，见若虚站在一旁笑她，冲着他一撇嘴，"常若虚！你还好意思笑！你以为张罗这么一次容易啊？不说帮忙，还看热闹！"

"我根本帮不上忙啊，"若虚平时挺喜欢和许亭亭开玩笑，"你一会儿和班长吵架，一会儿和摄影师谈判，够忙的了，我还生怕再给你添乱！"

"好啊！你还说风凉话，咱俩断交吧！"许亭亭转身就往操场外走去。

"别别，唉……是我不会说话……"若虚赶忙跟上去解释，"我打心眼里感谢你和班长组织这次活动，这些照片，多年后再看，肯定会很温馨，我……"

"我不听道理。"许亭亭捂上耳朵，加快了脚步。

"那……为表达感谢，中午我请你们吃饭！"若虚觉得他们难得凑到一起，"你别生气了，对了，咱们刚好可以一起商量出去玩的事！"

"你这个态度的话，那我就赏你个光！"许亭亭回过头，招呼着张镜湖和朱班长，"咱们几个很久没一起出去玩了吧？唉，怎么一转眼就要毕业了呢……"

"咱们去哪，组织多少人？"朱班长跟了上来。

"我可不想再张罗一次毕业旅行了，这可比拍合影麻烦多了，弄不好就费力还落埋怨。"许亭亭说。

"要不就咱们几个一起吧？不算班级活动，就是我们私下玩，你们说呢？"若虚提议。

"不错，人少效率高，"许亭亭点头，"咱们'风火土水四侠客'很久没一起出去了！"

"镜湖有什么想法?"朱班长问。

"我听你们的,"张镜湖点点头,"只不过,既然是私下组织,咱们就不要太大张旗鼓了,免得同学们有看法。"

"那正好!"若虚很满意,"咱们去食堂讨论吧!"

"就请我们吃食堂?"许亭亭一脸不屑。

"那不如……"若虚想了想,"新开的那家西餐厅,我刚好还没去过,怎么样?"

四个民国装扮的年轻人走进餐厅——女生一个明艳一个清秀,男生一个儒雅一个英俊,引来了一阵关注。他们找了张角落里的桌子坐了下来。若虚摊开菜单说:"为庆贺我们通过答辩,预祝我们顺利毕业,大家一定要吃个痛快!"

"说到答辩,那天可吓死我了!"许亭亭说,"你们不知道,我们那组有个女老师超级严肃,还一直拿眼睛瞪我,专挑最刁钻的问题问!一定是心理变态!"

"你没瞪回去吧?"若虚问。

"哼,我心想,你再怎么刁难,我还不是顺利通过了?反正,这几个月我是再也不想碰书本了,就算导师想虐待我,也等九月以后吧!"

"你可千万别说'虐待',当心你导师听了气出个好歹!"若虚说。

"就是说,你作为这桌唯一选择深造的人,得带着我们未竟的事业继续努力啊!"朱班长说。

"那还不是拜他所赐?"许亭亭指了指若虚——是他主动放弃了自己的推免资格,名额恰好顺延给了许亭亭,"我是真不想按我爸妈的意思来!几年前他们就开始给我灌输,让我报考这个单位那个单位——我只要一想到今后要每天在坐办公室、写东西、开会中消磨我的大好年华,就觉得毁灭!所以,我给自己又争取了三年自由!就让我继续上学吧!"

"那你不该敬我一杯吗?"若虚问。

"想得美!"许亭亭很是得意,"成功是留给有准备的人,我这四年也没少努力,对得起咱们学校给我的这个机会了!反正,我现在也有资本不听我爸妈的,我还不是凭自己的本事顺利读上研究生了?"

"你比我们都幸运,就好好珍惜吧!"若虚勾好菜单,见服务员都在别桌忙着,便起身送到了前台。

"咱们什么时候去玩，去哪里，你们有没有想法？"朱班长回到了起初的话题。

"咱们出不出国？我想去欧洲，日本也行。"许亭亭提议。

"我连护照都没办过……咱们选国内的城市行不行？"

"真老土，"许亭亭朝若虚撇了撇嘴，"国内那就苏州！杭州！"

"苏州、杭州离我家都不远，你们来的话，我还可以领你们一起玩。"张镜湖说。

"正好，我想去个靠海的地方，"朱班长说，"在城市待久了，希望开阔一下心胸。"

"我喜欢登高，在平地上待久了，想呼吸山顶的空气。"若虚接过话茬。

"那你去爬珠峰啊，那儿高！吸完了空气告诉我们是什么味。"

"你自己体能不够，也不许别人爬山？"若虚反问许亭亭。

"闭嘴！"朱班长打断了他。

西餐陆续端上桌，四个人继续边吃边聊，计划着这场他们充满期待的出游。

－ 4 －

四人从西餐厅出来，朱班长和张镜湖去办户籍迁移手续。许亭亭便求若虚留下帮她个忙。

"这不是要换宿舍楼嘛！"许亭亭和若虚走在通往女生楼的小径上，"新楼前段时间粉刷好了，宿舍也刚分定，我先把一些整好的东西搬过去。"

"小事一桩！"若虚说。

"第一回进女生楼吧？"许亭亭问。

"那是，有机会帮大小姐搬家当，我无比荣幸。"若虚说。

许亭亭气得翻一个白眼，顿了顿又径直向前走去。

管理员一脸狐疑地打量着"民国"装扮的两个人，提醒许亭亭："不许带男朋友进宿舍，只能去会客室。"

还没等许亭亭解释，若虚就主动上前出示了学生卡，笑着说："阿姨！我

也是本校的学生，来帮毕业的同学搬行李——这是我的证件！需要的话我在这做个登记，搬完东西我就离开，您放心！"

阿姨愣了几秒钟，把笔和"访客登记簿"拿出来。若虚写上自己的信息，还直和管理员道谢。

许亭亭引若虚往楼上走，边走边说："我好像看不太懂你……"

"什么意思？"

许亭亭转过身来，笑着说："有时候，我觉得你好会说话；可有时候，你又很任性，我不懂，你到底是个怎样的人。"

"怎样的人？好人呗！"

"是吗？"许亭亭盯着他的眼睛，"我在想，为什么你不用前一副面孔对我呢？"

"前一副？"若虚反应了一下，"许同学，请问有什么可以帮到您？除了行李，还需要帮您搬运其他物品么？如果行李比较多，我再喊两位同学来一起为您服务，您说……"

"打住打住！我求你别再发神经了，"许亭亭打开宿舍门，刚好室友都不在，"我要先换一身衣服，请你回避一下。"

若虚被关在了门外，只好立在墙边，四下打量起空荡荡的楼道——对面的水房突然走出一个端脸盆的女生，被吓了一跳，满是戒备地瞪着他。若虚连忙把头低下。

"你可以进来了。"屋里传来许亭亭的声音，若虚得救一般地推开了门。

一身休闲装的许亭亭正在叠刚换下来的蓝衣黑裙。她看着地上的三个箱子和几个零散的袋子示意道："就是这些，估计得分两趟。"

若虚上前掂了掂其中一个纸箱："嗯，还不算沉，争取一趟吧！不如把这几个袋子一起放进来，应该还有空间。"

许亭亭话音未落，若虚已经打开了箱子，见里面叠放着五颜六色的衣服，脸"唰"一下涨得通红。许亭亭不满地合上箱盖，喊道："你怎么回事？不要随便翻女生的私人物品！"又气呼呼地拎起地上的袋子说："我倒要看看，你怎么一趟搬完？"

若虚倔强地把两只箱子摞起来，刚好用两臂围抱住，又伸起两手的食指和中指说："现成的挂钩，把袋子勾上吧！"

"算你厉害！"许亭亭自己搬起另一只箱子，和若虚一起朝楼下走去。

沿着弯曲的石子路，他们来到了研究生宿舍区——这是校园中相对僻静的一处，几栋低层小楼围成一道环形，中央是一片广阔而起伏的绿地，甬道上还布置着石桌和长椅，在楼宇的环绕下显出几分清幽。

若虚停住脚步，仰望这片白色的建筑——每间屋子都装有很大的窗，外面还配了开放式阳台，围着半高的栏栅。许亭亭拍了拍他的后背，指了指三层阳面的那一间，他看向着那间明媚的屋子，眼中露出了几分欣羡。

"上来吧。"许亭亭说。

看得出来，这楼果然是新粉刷的，墙面泛着光亮，隐隐散发着胶漆味，地砖也铺设一新，显得格外整洁。许亭亭推开"302"的门——看陈设，这是一个宽阔的四人间，家具都是新的，还没装窗帘，午后的阳光直直射了进来。

"哪张床是你的？"

"还没分，先随便放吧。"

"那放这吧，"若虚走向临窗的铺位，把箱子摆到床上。

"好大的灰……"若虚拂了拂床楼上的尘土，"有抹布吗？擦干净了，你好整理东西。"

"别忙，先这么放着吧，等有时间了再收拾，"许亭亭说，"你帮我一趟搬完，我已经很感谢了！"

"如果方便……我能去阳台看看吗？"

"外面这么晒，有什么好看的？"

若虚也不解释，推开了落地玻璃，走进了那个宽阔的阳台——这里的视线果然很好，绿地和灰白相间的甬道尽收眼底，他扶着半人高的围栏，心想如果自己住在这，一边读书，一边还能晒太阳、看风景，岂不是太惬意了？修身养性也不过如此吧。

"咱们走吧！"许亭亭催促他，"下次再来了。"

若虚有些不舍地退回房间，两人一起走下楼，在绿地的长凳上坐了下来。

"辛苦你了，满脑袋汗……"许亭亭递给若虚一张纸巾。

"不辛苦！就当锻炼身体！力气可是干活练出来的！"若虚甩甩脑袋，纸巾在脸上一通乱擦，被汗水浸得湿透透的，一绺纸屑粘在了眉毛上。

许亭亭伸出手，若虚以为她要摸向自己的脸，闪躲了一下。

"瞧你吓得！"许亭亭把纸屑扫了下来，"你变成白眉大侠了！"

若虚在脸上胡乱地抹了几下，许亭亭看着他，笑着说："你知道吗？你刚

刚擦脸的样子好像一只小猫。"

"我可不想当猫，"若虚挑了挑眉，"明明一身本领，偏喜欢做人的宠物，养尊处优，把什么能耐都丢了。"

"那你想当什么？"

"我想当一匹马，能行走千里，也能冲锋陷阵，性子烈，却也驯良。"

"看样子，你还是愿意被人驯服的。"许亭亭说。

"那要看主人是谁了。"

"哼！你这种愣头小子，也不知道将来会被什么样的女生收服，我还真为她担心，可千万别因为喜欢你而遭殃！"

"所以啊，"若虚转过头，"我知道自己这个缺点，一向对人退避三舍，免得惹人厌烦！"

"歇够了没？歇够了咱们就走吧，不然我就要厌烦你了！"许亭亭起身，若虚随她走回了那条弯曲的石子路，路过商店时，许亭亭买了两根冰激凌，递给若虚一根。

"你真是，买这么贵的冰棍，又不解渴……"

"又没花你的钱！"

"你的钱也不是风刮来的……"

"现在不评选艰苦朴素标兵！"

"什么时候也要节约！"若虚一脸严肃，"我和你不一样，我的学生时代很快就要结束了，不能再把自己当成小孩，要认真对待辛苦赚来的每一笔钱。"

"哪有这么严重？"

"就有这么严重，"若虚说，"我工作后每月都要给家里存钱，弟弟们都在上学，我不忍心再让我妈一个人扛这么重的担子了。"

"我……我中午和你开玩笑来着，"许亭亭的语气突然柔和起来，"其实，我真的很感谢你……我能留在这里继续上学，你帮了我太多太多，从你放弃名额开始，又借给我你的笔记看，那段时间还一直帮我复习专业课……我真不知道该说什么……"

"没什么，你好好珍惜这个机会，就算不辜负我们付出的努力了。"

"如果不是这样，我大概就要回去面对我爸妈给我安排的人生了……我真的不想……"许亭亭盯着若虚的脸，"那……算我欠你个人情吧，以后……"

"别提'人情'，我一点都不在乎！"若虚打断了她，似乎又觉得太生硬，

接着说道，"我这不是也留下工作了吗，以后咱们就相互关照吧。只是，你依然是学生，我就是纳税人了，我们各有各的光荣！"

"你这么聪明，又肯干，一定是把干活的好手！"许亭亭说，"我爸常说，他在工作中最赏识的就是那种努力上进、有拼劲的男孩子。他提携过的年轻人，现在都发展得很好，希望你也能在工作中遇到你的伯乐。"

"这种幸运我不敢奢望，在遇到伯乐前，我先'自我赏识'吧，"若虚苦笑了一下，看了看时间，"我要先走了，还得接我弟放学。"

"你弟不都快读中学了吗？你还这么宠他？"

"不是宠，而是责任——我真的得走了，你的忙我帮完了，咱们下次再见吧。"

"下次，应该就是一起旅行了。"

若虚告别了许亭亭，快步向学校的主干道走去——当他远离背后的那片幽静时，心中蓦地升起一份难以克制的留恋，那片楼影环绕的绿地，像是一份遗失的美好，永远地被他抛在了脑后。

依旧是沿着熟悉的路骑到了新兴小学，把若水接上又一路骑回家。若水放下书包写起作业来，若虚坐在写字台前发起了呆。

只是一个短短的下午，他好像突然间对未来产生了一丝隐忧，那是一种很陌生的情绪。他回想从决定放弃那个名额开始，一路经历实习、忙碌、奔波，直到最终被学校后勤部录用，经历了太多的跌宕起伏。在他十分辛苦的那段日子里，若愚却一直专注于为自己谋划"前途"——他一门心思地复习考试，如愿在很早便确定了研究生录取的资格、专业，听说也顺利被他意向的导师录取，之后便更专注地做上了导师布置的任务，每天扎在学校读书、听讲、写报告。那次若水患急性肠胃炎，若虚在实习的学校看完自习，又赶去医院接母亲的班，陪他输液到了很晚。听母亲说，那天她也问了若愚，若愚因为要听报告会推辞了。

写字台上的相框又一次映入若虚的视线——合影中，一片茂密的竹林前坐落着几块大小不一的雕石，父亲端坐在一块平坦的石头上，母亲倚在父亲的身旁，眼里笑意盈盈。靠在父母膝边的，是小时候的他和若愚——他微歪着小脑袋，一副若有所思的神情，若愚则笑眯眯地望着镜头，咧着小嘴笑。

在他的记忆中，小时候若愚身体不太好，人很瘦弱，他俩一同出现时，别人往往一眼就能分辨出谁是哥哥谁是弟弟。上中学后，若愚突然蹿起个子来，初三毕业时，已经快高过他半个头了，那时他们再一起出现，相比有些单薄的他，挺拔的若愚更常被认作哥哥。

那段日子，若虚心里很不是滋味。

再后来，两人考进了不同的高中，三年后，又选择了不同的大学。

若虚盯着合影看了好一会儿，越看心里越是不安——他意识到成长的经历和每一次作出的决定，好像已经将他和若愚越拉越远，他们走向了全然不同的方向。为了掩盖内心的仓皇，他赶忙伸手把那张合影放进了抽屉。他在心里这样劝自己：很快，我就能帮家里赚钱了，工资可以给妈妈、弟弟买好吃的，给自己买书、买衣服，这种自食其力的感受一定很美妙吧！他觉得这个理由可以说服自己，便长舒了一口气，起身伸了个懒腰，一眼看见若水正坐在床上，捧着一本书读着。

"你现在看得懂吗？"若虚见封面上"中学生科普读本"几个大字，"等你上中学以后再读也不晚。"

"我作业写完了没事干，从你书架上找的，"若水点点头，给若虚指了指自己正在读的"认识宇宙"一章，"原来月球的白天和夜晚差了三百多度，那岂不是白天能把人烤化，晚上又要把人冻死吗？假如广寒宫里真有嫦娥和玉兔，她们可怎么生活啊？万一地球哪天也变成这样，咱们不就都死了吗……"

"你就别为嫦娥和玉兔担心了，那都是故事里的人！咱们生活的地球有大气层保护，很安全，就算是有什么麻烦，大概也要等几亿年以后了吧。"

"就算咱们是安全的，我一想到月球离咱们那么远，又没有人住在上面，不知它会不会羡慕咱们地球的热闹，觉得自己很孤独呢？"

"咳——想这么多干什么？你这么小年纪，还真是'生年不满百，常怀千岁忧'！"

"什么是'千嘴鼬'？"

"是'千岁忧'！说的是自己还没活到一百岁呢，倒忧愁起一千年以后的烦恼了！"

"这话是谁说的？"

"不是'谁'说的，这是乐府诗里的句子，你们以后就会学了！"

"'以后''以后'，你总是把'以后'挂在嘴上，"若水满脸疑惑，"你说，到底什么是'以后'？"

"以后……"若虚思索着，"以后大概就是一个可能很远、也可能很近的

日子，你知道它一定会到来，但又不知道它会在什么时间到来，也不知道它是什么样子、在它以后还会发生什么……"

"跟绕口令似的，"若水一头雾水，"我更糊涂了……"

"那我这么跟你说吧，"若虚笑着问，"你不妨想象一下，等你长到我这么大的时候，希望过怎样的生活呢？"

"我不知道，十年太久了！我只想以后也能像现在这样，每天上学、看书、玩游戏，那就是我想要的生活！"

见他一脸天真的样子，若虚顿时心生羡慕，他觉得相比"以后"那些不确定的东西，"以前"那些再也回不去的时光，好像更加令他心驰神往。

"我们今天下午又排练了，"若水打断了若虚的思绪，"周五我们就要演出了，你可一定要来看！"

## － 5 －

新兴小学的音乐礼堂装潢得一片气派。舞台上方的屏幕中亮着"红五月歌咏比赛"一排大字，台上的班在表演《乘着歌声的翅膀》，正唱到"那温柔而可爱的羚羊，跳过来细心倾听"一句。

若虚坐在舞台一侧，饶有兴致地看着演出。一首首他熟悉的歌：《我们的田野》《闪闪的红星》《歌声与微笑》《校园真美好》……在不加矫饰的童声中，他仿佛也回到了自己的童年。

报幕员宣布——接下来请欣赏五年级（6）班的表演的曲目：《歌唱二小放牛郎》。

在掌声中，若水的班级登台了。班级统一了演出服，井然有序地登上了合唱阶梯。最后登场的是一个红衣女孩，在向观众致意后转身绕回台口，轻坐在琴凳上。美妙的琴声响起，孩子们哼唱起观众耳熟能详的旋律——牛儿还在山坡吃草，放牛的却不知哪去了……

和着节拍，若水右手攥着一支牧笛，一跛一跛地从台口走进了观众的视野——他穿着一件浅黄的坎肩，腰间系着腰带，裤脚也挽着，俨然音乐课本上王二小的扮相。七零八落跟在他身后的是几个扮成"鬼子"的小男孩，举

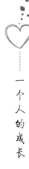
着"刺刀",里面有个留着鸡冠头的,腰弓得最弯,神态也鬼鬼祟祟的,引得台下一阵笑声。

几段歌词唱下来,观众们早已被若水的表演吸引了——就连若虚都没想到,小小年纪的他竟然有如此丰富的表现力:给敌人带路时故作的一脸懵懂、看到敌人受骗时的暗自得意、计谋被识破时的面不改色、英勇就义时眼中的壮烈,特别是被"鬼子"拽起衣服砸向地面的那个动作,把舞台地板砸出"咚"的一声,让观众一阵揪心……最后一段,在女孩子们拉手环成"埋伏圈"的配合下,若水高擎着牧笛再次走向舞台中央,在"歌唱那二小放牛郎——"齐声的旋律中,昂首挺胸立在追光灯下,那股凛然无畏的样子,引得台下连连称叹。歌曲结尾,若水和负责钢琴伴奏的红衣女孩站在舞台中央,与分列左右的"埋伏圈"整齐地向观众行礼,在一片掌声中完成了谢幕。

报幕员随后揭晓了分数:若水的班级拿到了开赛以来的最高分,这个领先也一直保持到了比赛最后。在颁奖环节,若水、红衣女孩作为代表上台,一同捧起了"一等奖"的奖杯。

台下的若虚一阵欣喜,朝灯光下的若水挥了挥手,见若水也冲他咧嘴一笑,心中油然而生的幸福感甚至超越了他知道自己答辩成绩的那一刻。

又一次在熙熙攘攘外,满怀期待地等若水放学。伴着校园里回荡起的下课铃声,若水兴冲冲地跑了出来——他已经换掉了表演时穿的衣服,妆却还没卸,脸蛋红扑扑的。

"我今天棒不棒?"若水直接扑进了若虚怀里。

"当然!整场演出最精彩的就是你!"

"放学前老师布置了一篇作文,我今天可太有的写了!"若水喜不自胜,正准备蹿上自行车后座,突然听见身后有人喊他的名字。若虚也回过头,认出了喊若水的正是那位钢琴伴奏的红衣女孩——她远远地发现了若水,拉着她的父亲,朝这边走了过来。

"叶小雯!"若水朝红衣女孩跑去,"谢谢你出的主意!我就说这几个动作加得太好了,你看果然——"

"你的腿没磕疼吧?"叶小雯问,"当时吓了我一大跳,幸好没弹错……"

"不疼!"若水摇摇头,"不过我也没想到他那么用劲,比起排练,今天这一摔差点摔懵我,幸好没影响最后一段表演,没准咱们班得第一也有我这一摔的功劳呢!"

"我一定在作文里把这块写进去，让老师也知道你练得有多辛苦！"

"那我也要把你练琴练了一整晚的事写到作文里！"若水笑着说。

"一言为定！"叶小雯点点头，见若虚扶着车等在他们身后，"你快跟你爸爸回家吧！"

"他不是我爸，是我哥！"若水愣了一下，回头盯着若虚的脸大笑起来。

"对不起，大哥哥……"叶小雯红了脸。

"没关系，"若虚上前几步，冲她点点头，"我等着听你们的作文，你们都要认真写呀，争取再拿个第一——"

"下周语文课，老师会让我们互相读的！"叶小雯对若水说，"到时咱俩交换！"

若水目送她和父亲朝另一个方向走去，依依不舍地回过头，重新蹿上了自行车后座。

"你认识她吧？我们班音乐课代表，"若水的声音从后座传来，"她从小就学弹琴，还会跳舞，她妈妈就是钢琴老师。"

"我好像记得，有一次你们美术课画的素描，你是不是画她来着？"若虚推车向前走着。

"你竟然还记得？那次是老师教我们画人物，把叶小雯喊到讲台上当模特——老师对着她的脸给大家讲：她的眉毛弯弯的，眼睛很大，下巴尖尖的……叶小雯边听边笑，我们也在底下跟着笑。"

"怪不得，"若虚点点头，"我就觉得好像在那里见过她，原来是你的美术作业！"

"你还记得去年我们班春游吗？"若水又兴奋地说，"我们去爬山，在山上野炊。"

"记得，你们还自起炉灶，熬大锅汤来着。"

"是的，那天我们在公园里走了一上午，都累得够呛，临近中午，老师领我们爬上一个平平的山坡，山坡上有砖头垒的小灶、柴火、一口大锅。老师介绍说这是春游的特别活动，给我们一个体验自食其力的机会。于是我们就分好工，男生搬柴，女生烧水、切菜……我印象很深：那个低低的小灶台旁，几个女生蹲在案板边切菜，叶小雯攥一把大勺在锅里搅动……那天我们都分了一碗她熬的汤，汤里有菜叶、蛋花，好像还有豆腐，特别好喝！那滋味，直到第二天我还念念不忘呢。"若水咂起嘴来。

"能有那么好喝，汤里加了什么作料？咱们也买点回来。"若虚蹬上车，转过头问他。

"那我就不知道了……"若水说，"我印象最深的是叶小雯，那天她别了一个特好看的发卡，专心地为我们做汤，那个样子好像妈妈。当时好多同学在山坡上聊天、打闹，我就坐在一旁看着她——我在想，我从来不知道她会做饭，她和谁学的呢……都过了一年，再想起那一幕还是特别怀念，我会永远记得那次春游。只可惜，今年学校不组织春游了，听说别的小学春游时老师和同学的游艇出了事故，所有的计划都取消了。"

"没关系，等明年你六年级了，还会有人组织的，到了初中，你还会加入新的班级，认识新的同学"

"假如能一直在这个班该多好？"若水自言自语，"为什么要换新的？和好朋友分开，我肯定会舍不得……"

"成长就是这样，不同的年纪，不同的阶段，在身边陪伴你的人都会不一样，"若虚说，"小学还算是很幸运了，同学们能够在一起六年……以后，又有多少人能一直陪伴你六年呢……"想到这，若虚也不禁陷入了思考，但若水显然没有继续让这个问题困扰自己，又哼唱起"歌唱二小放牛郎"的调子。

"你今天的样子倒让我想起了从前的自己。"

"你也参加过歌唱比赛？"若水问。

"是的，不过我们那时候可没你们这么多创意，傻乎乎站桩一样杵在台上，光张嘴，也不会演，"若虚侧过头说，"你这么喜欢表演，长大后不如去试试艺考！"

"什么是艺考？"

"很多专业，像是表演、播音、绘画、舞蹈，都要先参加艺考，通过以后才能成为艺术系的大学生！"

"我现在就学音乐、美术啊。怎么，大学生也要学？"

"你们现在学的只是最简单的，等到了大学，就要学更深入的理论知识了，为成为歌唱家、艺术家而努力。"

"听起来不错！比起美术，我还是更喜欢音乐，在课上既能唱歌，也能跳舞，老师也教我们表演，"若水拍了拍手，"那我就考'歌唱'吧，报你说的那个'艺考'！"

"等有机会，我领你去音乐学院，带你看看音乐专业的大学生怎么学习，

怎么上课。"若虚脑海中又浮现出若水在舞台上的样子，不住地想象这么聪明的孩子，今后也许真的能成为一个有灵气的艺术家。

一回到家，若水放下书包就开始写作文。若虚打开衣柜，准备出游用的衣服。

"你要出门?"若水叼着铅笔问。

"是的，下周，我们几个同学组织毕业旅行。"

"毕业旅行，为什么?"

"因为……"若虚从衣柜里取出件背心，展开端详了一下，丢在了床上，又把头伸进衣柜，"因为大学毕业是人生一个很重要的时刻，对很多人来说，从这以后他们就不再是学生，从上班的那天起，他们就要以另一种身份在社会立足了。"

"我不懂……上班和上学有什么不同?"若水问。

"这很不一样——上学时会有许多人为你负责，像是学校、老师、家长，而上班之后，就是你自己为自己负责了，甚至你也要学着为工作和家庭负责。"

"我还是个小孩，怎么能为家庭负责?"

"这么讲吧——"若虚思考了一下，"比方说有一天你真的养了一只小狗，那你就得承担起照顾它的责任，保证它不饿着、不生病、不生虫子，这才算是一个负责的主人。"

"按你这么说，只要不养狗，那也就不需要为它负责了。"若水似懂非懂。

"也有些人——"若虚走上前摩挲着他圆滚滚的脑袋，"注定了要为别人负责，假如你也有个这样的弟弟，你愿不愿意用自己上班挣的钱为他买好吃的、好玩的?"

"当然! 如果他需要，我愿意把所有的钱都给他花，"若水点点头，"等我长大了，我希望我也能做一个像你这样的哥哥。"

若虚很是感动，看着他的大眼睛问道："我们这次去看海、爬山，还要去游览好几个城市，你想要我带什么礼物给你?"

"嗯……好像也没什么特别想的，不过，你如果能拣到贝壳和海螺，一定要带几个给我，我还从没听过大海的声音呢!"若水滴溜溜地转着眼珠，"你们要去哪里看海?"

"当然是——"若虚指向东方，"你知道山东吗?"

"我当然知道！老师讲过，孔子是鲁国人，鲁国就在山东！"若水直端端地坐在椅子上，闭起眼睛，摇头晃脑地念着，"学而时习之，不亦说乎？有朋自远方来，不亦乐乎？人不知而不愠，不亦君子乎……"

– 6 –

力尽不知热，但惜夏日长。

若虚很喜欢北方的初夏，差不多从五月中旬开始，空气中便有了夏的滋味，到绿叶成荫的六月，再到暑伏过后溽热渐渐消退，像极了人生的青年阶段，充满着繁华、热情、奋斗的力量。

四位好友约好了集合的地点，由于朱班长、张镜湖、许亭亭都在学校，若虚便在下午回来与他们会和，在寝室也见到了"老李""小李"——"老李"是几位室友中年纪最长的，因为女朋友在另一座城市，这四年中，经常会在不上课时赶去找她"团圆"，加上若虚也总是隔三岔五地跑回家，他俩的交集不算多；"小李"的家庭条件很好，这四年中把学习当成了"副业"，倒是结识了不少伙伴，身边也从不缺女朋友，毕业后会进一个很不错的公司，所以也"抓紧"这段日子逍遥。若虚走进寝室时，老李正在收拾散落一地的衣服和生活用品，小李专注地玩着电脑游戏，屏幕里一片打打杀杀。

"你们四个怎么约起来的？"老李听闻他们的出游计划，边收拾边问。

"有人想游山，有人想玩水，有人想看日出，有人想看星星……就这么约起来了。"若虚说。

"还得是你，"老李一副语重心长的样子，"一般人可请不动她们俩。"

"什么意思？"若虚不解。

"人家都愿意跟你出去玩了，你还不明白？"

"我们又不是单独出去，是四个人集体行动……"

"就说你傻，"小李结束了一局"战斗"，扭过头，"有人对她们上赶着，人家连'鸟'都不带'鸟'一下，你可倒好，机会给到面前了，还在这装不知道？"——小李在大二那年曾经想追求许亭亭，对她好一阵死缠烂打，结果把许亭亭惹急了，直接当着半个班的面狠狠将他奚落了一番，到现在都不怎

么搭理他。

"就是说！也不知道你这几年在干吗？光知道念书，面对投怀送抱，还跟柳下惠一样'坐怀不乱'。"老李也奚落道。

一旁的朱班长在专心预备行装，刚把相机放进背包，听到老李的话抬头说了句："这话可不厚道！都是自己班的同学，这么说不好！"

若虚懒得跟他们俩继续周旋下去，看了一眼时间，便提前离开了寝室，下楼等朱班长。在大厅徘徊时，他在大镜子前打量起自己的样子——镜子里的男孩留着短短的寸头，穿着一件黑色背心，一条宽松的迷彩短裤，眼神里透出几分书卷气，举止又显出几分英武。他认真地欣赏着镜中的自己——虽然他不主张男孩子将外表作为自信的来源，但有时也难以免俗，自认为外表的周正稍加整理便显得气宇轩昂，在一些特别的场合，大概也为自己增分不少。

到了约定的时间，朱班长背着书包下楼了——他专用的旅行背包中有出行必备的相机，还有书和一些吃的喝的。两人走出一层大厅，望见两个女生迎面走了过来——张镜湖把长发扎成了马尾，一改平日的文静，多了几分飒爽；许亭亭一身运动装扮，依旧是兴致勃勃的。夏日傍晚，微风吹散了白天少许的炎热，西边的天空仍是一片明亮。他们在校门口招手拦了一辆出租车，迎着斜晖向火车站出发了。

之所以买晚班的车票，是为了挑战夜爬泰山。火车准时发车，朱班长坐在靠窗的座位，捧着一本《中国国家地理》读，没一会儿就打起了瞌睡。张镜湖戴着耳机，安安静静地在座位上养精蓄锐，唯有许亭亭一直缠着若虚，一会儿给他介绍自己背包里装了哪些好吃的，一会儿又传授她此前夜爬黄山的经验，抱怨那次由于阴天没看成日出的遗憾……若虚渐渐开始不耐烦，便推托说自己头晕，靠在椅背上闭目养起神来。许亭亭直怪他扫兴，又与邻座一伙年轻人攀谈起来。

几小时后，火车一路平稳地驶进了泰安站。他们踏出车厢时，站台已经被夜幕笼罩。许亭亭深吸了一口气，惊呼自己闻见了海水的气息。朱班长连忙告诉她这里离海还有二百多公里，那应该是空气中的湿气，她还被若虚嘲笑了一番。

四个好朋友搭上巴士，沿着曲曲折折的公路抵达了红门，那时已接近晚上十点。片刻的歇脚之后，他们迈出了夜登泰山的脚步。

夜登泰山的人并不多，起初一段山路不算陡峭，沿途没有路灯，若虚打着小手电领头，让两个女生走在队伍中间，朱班长垫后——石阶的两侧生长着高高低低的密林，手电发出的一束微光与月光一起照着漆黑的山路。若虚的注意力主要用于看路，不时提醒朋友们注意脚下，张镜湖紧紧地跟在他身后，倒是许亭亭一路与朱班长搭着话，活跃气氛，却也拖慢了他们上山的速度——这会儿，她又和班长争论起"五岳"的问题：她不理解泰山明明是"五岳"中的"矮子"，如何能"一览众山小"而成为"五岳独尊"；朱班长则坚持认为一座山的崇高与海拔无关，是泰山在中华文明与历史中沉淀下来的精神足以让它"吞西华，压南衡，驾中嵩，轶北恒"。

"照你这么说，泰山不过一千多米，却是"五岳"中最具有崇高美的？"许亭亭问。

"是的，崇高是人们对一切伟大、神圣事物的渴望，这是朗吉努斯《论崇高》里说的，"朱班长说，"大三美学课讲过。"

"那你说说，泰山如何体现出伟大和神圣？"

"我认为是古往今来人们赋予它的道德理想，它承载着无数皇帝与黎民对天地万物的崇拜，对宏伟气魄的追求，"朱班长说，"有多少文人墨客踏上几千级石阶，只为在山顶目睹日出的一刻——如果是冬天，说不定我们也有机会见到'苍山负雪，明烛天南'的景观。"

"登任何一座山都可以看日出，泰山也不一定有什么特别的。"

若虚担心二人无休止地争论下去，便扭过头岔开了话题："许大小姐，你听过'泰山安，四海皆安'这句话吗？"

"我只听你说过。"

"此情此景，咱们是'许小姐安，四人皆安'——我劝你省点力气吧，咱们还有好远的路要走！"

"少爷，好不容易出来玩，能不能别那么严肃？"许亭亭不以为意，"反正我背了足够多的吃的，饿了就吃，累了就坐。"

"'大夫跋涉，我心则忧'——像你这么拖拖拉拉的，万一又害得我们没赶上日出，你下山肯定又要抱怨了！"

"你别'忧'了，与其担心时间，不如担心你一路发号施令扫了大家的兴致。"

"亭亭姐别怕，咱们按照计划来，时间很充裕的，况且——"张镜湖仰头

望向夜空，"你们看，星星这么清楚，明天一定会是晴天！我们可以好好期待一下日观峰明早的风景。"

"正是'山川虽跋涉，道路却升平'，咱们沿着山路一直向上爬，肯定能如愿看到日出的，若虚你别总是那么紧张。"朱班长说。

"我突然想到一个有趣的问题：你们俩刚刚都提到了'跋涉'，我们平常也总说'跋山涉水'这个词，你们觉得'跋山'和'涉水'哪个更有意思呢？"张镜湖问。

"跋山！"许亭亭说，"我喜欢挑战，登高望远比一直坐在船里好玩！"

"我喜欢涉水，爬山太累。"朱班长说。

"所以啊，班长该减肥了。"许亭亭回头笑他。

"我可以都选吗？"若虚思索了片刻，"山岿然久立，水润物不争，山之美在其高峻，水之美在其深远，跋山涉水各有乐趣。"

"这不就是孔子讲的'智者乐水，仁者乐山'吗？"张镜湖说。

"正是呢——我想做一个智者，也想当一个仁者，所以山和水我都喜欢！"若虚对这个解释很满意。

"那以后你别叫常若虚了，改叫常智仁吧，专爱治人！"

"叫常动静也行。"朱班长笑着说。

"那还不如叫常乐寿，"若虚做了个双手合十的动作，"等我老了，我就是'乐寿真人'了。"

他们四个笑着，继续向山上走去。

一连爬过几个矮丘，山路明显比起程时难走了，更陡峭的石阶加上体力的流失让大家的脊背不再挺直。若虚也觉察到自己步伐的沉重，见路边丢着一根又粗又长的树枝，便捡过来当登山杖用，渐渐适应了借助那根树枝的力量维持身体的平衡。身后的朋友们也经受着体能的挑战，开始呈现出力不从心，一路有说有笑的许亭亭已经安静下来。

好不容易接近半山腰，四人决定歇歇脚，便找了一家路边小摊休息。这里的视野很开阔，顺山麓向下看，隐约能望见夜幕下森然的山景。他们选了一张离山路远些的小方桌，许亭亭和朱班长直接累倒在长凳上，若虚问老板要了半个西瓜，张镜湖见有凉茶卖，请老板端了一壶上来。

"我的妈！脚磨得疼死了！我收回刚才的话，还是'涉水'比'跋山'轻松……"许亭亭一口气把一杯凉茶喝干。

"是谁在火车上放言要来一场'侠客行'？"若虚掰开一角西瓜，"这才到哪，就走不动了？"

"再往上估计连歇脚的地方都没了，咱们在这多坐会儿吧，"朱班长用小扇子扇着凉，"若虚你别爬这么快，咱们不是登山比赛，慢点走，也能欣赏欣赏山间的夜景。"

"他呀，干什么都想争个先，也不管别人跟不跟得上。"许亭亭说。

"怎么，你也跟不上了？那我也把你嘲笑咱班长的话送你——许大小姐也该考虑减减肥了吧。"

"哟呵，你敢这么跟我说话？"许亭亭朝前后左右打量了一番，抬声冲小摊的老板道，"这附近有没有抬滑竿的啊？我们闹内讧了，准备兵分两路，我要雇人抬我上去……"

"你别嚷了，"朱班长赶忙拉住她，"泰山根本没有滑竿服务……"

"就算有，估计他们也不敢抬这位'许多愁'小姐。"

"'许多愁'又是什么典故？她这么乐呵，哪里多愁了？"朱班长问若虚。

"你没明白，我是想说'只恐东岳轿夫瘦，载不动，许多愁'！"若虚仰头笑起来。

"好你个常若虚，说我是'许多愁'？"许亭亭把啃干净的西瓜皮丢向他，"你才许多愁！你鬼见愁！有本事的话，等我歇过劲，咱比比看谁先到中天门？"

"好啊！我最喜欢比赛了！求之不得！"若虚跃跃欲试。

"可别！"朱班长神色一凛，"玩笑归玩笑，咱们可不能分开走，半夜在山上，万一走散可就危险了。"

"咱们多歇一会儿，不用着急，"张镜湖给大家杯里都倒满凉茶，"我倒是觉得平常很难有这样的机会，大家结伴慢慢走，就不会那么累了。"

"那就听你们的——"若虚点点头，举起杯子作出敬茶的样子，"你们觉得，此情此景像不像一部书的名字？"

"你是想说《围炉夜话》？"张镜湖问。

"围'炉'夜话，'炉'在哪？"

"那边有个茶炉子。"朱班长指给许亭亭。

"咱们在这山间小店里坐上一圈，也算是围'垆'夜话吧。"张镜湖接着说。

"你们可真能联想。"许亭亭说。

"还有一个'庐',"若虚指了指上方，"'天似穹庐，笼盖四野'。"

众人纷纷望向头顶的夜空，又低头看了看四座的同伴，突然不约而同陷入了沉默——他们耳畔不时传来窸窸窣窣的虫鸣，摊位上几盏悬挂着的小灯照亮了周围有限的区域，而那更遥远和高深的地方，都笼罩在一片肃静和幽暗中。

"真是种久违的感受，偶尔出来亲近一下自然，很舒服。"朱班长点点头。

"我忽然好想唱歌……"若虚说。

"唱哪一首？"张镜湖看向他。

若虚清了清嗓子，哼唱了起来——

> 黑黑的天空低垂　亮亮的繁星相随
>
> 虫儿飞　虫儿飞　你在思念谁

此情此景，几个同伴沉醉在这美妙的气氛中，不约而同地唱和起来——

> 天上的星星流泪　地上的玫瑰枯萎
>
> 冷风吹　冷风吹　只要有你陪……

四人再度出发，一路走走停停，到达十八盘的时候已经是半夜了。若虚仰望着夜幕笼罩下曲折盘旋的上千级台阶，内心一阵忐忑——他知道大家的体能已接近极限，不过，在同伴面前，他还是当仁不让地打头阵。在他的鼓励下，大家决定一鼓作气，把这最陡的一段路程走完。

虽说十八盘的风景最有名，但在疲倦面前，反而成了这晚最严峻的挑战。若虚奋力迈开脚步踏上陡峭的石阶，在左右脚的交替中不断带动身体向前，每迈一步，后背也不自觉地佝偻了一些——那根粗树枝派上了极大的用途，他一只手握紧它狠狠地拄着地面，借着地面反弹的力量支撑着自己继续往上，另一只手拉着身后的张镜湖，张镜湖又拉着气喘吁吁的许亭亭，几个人连成一串，朱班长吃力地跟在最后。在爬到一半时，若虚仿佛听见了身体发出的告急信号，在极为艰巨的挑战面前，是仅存的意志力支撑着他，此时此刻，那一定要坚持到底的信念比体能起到了更大的作用。

终于一级一级地数完了一千多个台阶，终于看到了前方的南天门，他终于伫立在了南天门前，漆黑的夜幕中，那深红的门楼看起来无比的庄严肃穆。回过头，若虚发现自己正站在虎踞龙盘的道路顶端，心中升起一股强烈的自豪感。

"咱们是不是到山顶了？"朱班长喘着粗气，向更高一层望去。

"大概是的，再往前走应该就是天街了。"若虚说。

"还有多远？我快不行了，又累又冷！"许亭亭体能透支，眼泪直打转。

若虚无奈一笑，张镜湖挽着许亭亭，几个伙伴穿过南天门，继续向前走去。经过一段相对平坦的路，若虚赫然发现前方的石阶上立着刻有"天街"二字的白色牌楼——终于登上了泰山顶了，伙伴们虽然已经筋疲力尽，但还是被登顶的喜悦所鼓舞，朱班长和许亭亭的脸上洋溢着强烈的自豪感，张镜湖不知是不是还没缓过劲来，依然和登十八盘时一样安静，盯着牌楼上的字出起神来。

天街的平台很广阔，一侧建着高高低低的旅馆，也有各种各样的小商铺，周围有不少像他们一样刚刚登顶的游客正聚集在此。他们四个拖着疲惫的身躯走进预定的旅馆，准备办理入住。若虚不知为何，心里油然荡漾着一股莫名的兴奋，他提议大家先别睡，去平台上看星星，或者一起去找那块他从书中看到的心心念念的无字石碑。

"要去你去吧，我现在只想钻被窝睡觉……"许亭亭困得不行，打了两声哈欠，毫不犹豫地拒绝了，直接朝二层客房走去，一转眼就消失在楼梯拐角处。

"我可以陪你，"张镜湖点点头，"班长呢？"

"我好像有点感冒……"朱班长看着他俩，又望了望大厅外，"外面起风了，你们穿件外套再去，明天一早还得集合，看看就回房吧。"

朱班长说罢也转身走上了楼梯。

– 7 –

走出旅馆，若虚和张镜湖重新感受着外面的寂静。

山顶的夜一片沉静，从这片空旷的平地向下俯瞰，远远的是城区灯火通明的路网，遥应着漫无边际的夜空。气温也比刚刚低了不少，虽然早已入夏，南风依然带着几缕清凉向他们拂来。若虚仰起头——天空比他们在半山腰时

看到的还要晴朗，呈现出一种几乎饱和的蓝黑色。在星罗棋布中，他一眼便发现了那由七颗极亮的星星连缀成的美丽图案。

"你看！那是北斗星！"若虚指着遥不可及的星空，兴奋地叫着。

"真的好清楚！"张镜湖看向若虚手指的方位，惊叹着。

此时，那七颗星星正闪烁着比同伴更耀眼的光芒，静静地垂在无垠苍穹的一端，守望着沉睡的大地。

"此情此景，我想起了黛玉和湘云在凹晶馆联诗——撒天箕斗灿，匝地管弦繁！"若虚说。

"只可惜夜深了，"张镜湖笑了笑，"乘兴举杯邀箕斗，怅然欲饮无管弦。"

面对着壮阔的天空和大地，若虚突然感到一种油然而生的庄严，他激动得像在自言自语："登泰山而小天下！我们正站在一千五百米高的地方！我们刚刚走过的，是千秋百代帝王们踏过的古道！"忽然，他感到眼里一阵湿漉漉的，一行泪水从眼角滑落了下来。他并不急着擦掉眼泪，又转头看着张镜湖扬起的侧脸，缓缓地问："刚刚走过南天门时，你心里在想什么？"

张镜湖深吸了一口气，说道："我想到了那首《天上的街市》。"

"郭沫若的诗——远远的街灯明了，好像闪着无数的明星。天上的明星现了，好像点着无数的街灯。"若虚念念有词。

"是的，他说缥缈的空中有美丽的街市，街市上陈列的是世上没有的珍奇。宇宙多么神秘，星空多么浩瀚，相形之下，我们显得好渺小。"

若虚看了一眼手表：现在是一点四十分。置身于茫茫天地间，原本的倦意却被一扫而空。他在一块大石头上盘腿坐下，托着下巴，望着眼前的一片壮阔出起了神。

"你怎么哭了？"张镜湖在他身旁坐了下来。

"我不知道，"若虚淌着眼泪，脸上却带着笑意，"我是个各种情绪都表现得很强烈的怪人，尤其是面对悲伤时……总有人说流泪是软弱的表现，我却认为人类的任何一种情绪都是生命的馈赠，悲伤也是由于有什么东西唤醒了我们同情，或者刺中了我们心中那个柔软的地方。从小到大，有两次哭我印象最深……"他转过头，发现张镜湖也像他一样席地而坐，便脱下了自己的外套递给她，"垫一垫，当心着凉。"

张镜湖接过外套，折成坐垫的形状铺在地上，又望向若虚。

"刚刚因为谈到了哭——"若虚有些惭愧，"咳——这不是什么愉快的话

题，如果你不想听，我们就谈些欢乐的事……"

"你说吧，我想听。"

"你或者知道——"若虚陷入了回忆，"我很小就不在父母身边，童年的大半是和姥爷一起度过的……"

"为什么？"

"我有个孪生弟弟叫若愚，小时候他身体很弱，经常生病住院。我父亲是司机，不常在家，如果去外地拉货送货，一走就是十几天，母亲也要工作，实在没精力再兼顾我。"

"所以，你是在外公外婆面前长大的？和我一样……"

"我从未见过姥姥，"若虚摇摇头，"她在我出生前就过世了。姥爷一直鳏居，母亲把我送到他那里，大概也是想让我们互相做伴……只是，姥爷的嗓子做过手术，不能说话，所以我小时候几乎是在无声的环境里长大的，自己跟自己说话，自己给自己读故事……"

"原来是这样……"张镜湖思索着，"怪不得总觉得你会时常沉浸在一个独特的小世界里，即使再热闹的场合，你好像也显得与世隔绝……"

"或许是这样吧，"若虚苦笑了一下，"我不像那些小孩，能从大人身上获得关注、疼爱，我很小就适应了和自己的内心对话……我和姥爷住在那栋旧房子里，只有我俩，那就是我童年世界的全部……有天早上，我醒来发现家里只有自己一个人，怕极了，光着脚跑下地，满屋子找我姥爷，他不在，我就哭了……"

"你以为姥爷不要你了？"

"是，我好怕一个人被丢在那个房子里，眼泪止不住地掉，我不知道该去哪，该做什么，边哭边给自己穿衣服……"

"那……后来呢？"

"后来，我刚刚给自己穿好衣服，就听到了门外的响动——姥爷开门进来了，他端着豆浆，碗上还架着油饼……我突然有种难以形容的感觉，掺杂着安慰和感动，又有几分酸楚……不过，我当时的第一反应竟然是回身冲进了厕所，拿起毛巾抹了抹脸，我不想让姥爷看见我哭过……"

"幸好是虚惊一场！你呀，从小就爱胡思乱想，也爱逞强，现在也一样。"

"现在也一样？"若虚不解。

"你不是说有两次哭最难忘吗？"张镜湖并未回答他，"还有一次呢？"

"那是读大学之后了……那年冬天，姥爷确诊了癌症，在病房里住了一个多月，后来就过世了……我心里难过了很久……那个学期我在外面实习，有一天吃坏了肚子，从下午一直吐到晚上，结果小李招来一群同学来寝室打游戏，我被吵得受不了了就一个人跑到外面……我站在校门口的天桥上，望着桥下的车水马龙和闪烁的尾灯，委屈得像个被世界抛弃的流浪者……我想姥爷，也想我爸爸，想到这一生再也见不到他们了，眼泪就止不住地从眼眶向外涌，我就这么一直哭了很久很久……"若虚鼻子有些发酸，收住了后面的话，看了看张镜湖的反应——她目光低垂着，似乎陷入了沉思。

"对不起，我说得太多了，"若虚很抱歉，"咱们聊聊你吧——你刚刚说，你也是和外公外婆一起长大的?"

"是的，"张镜湖抬起头看向他，"你提到你的姥爷，我也想到了他们。"

"你的外公外婆……"若虚估算着，"有七十岁了吧?"

"是的，外婆七十岁，外公七十四了，我读大学前，我们三人一起生活了快十年时间——你有没有发现，小孩子和谁一起长大，就会对谁有格外深刻的感情……只是，近几年，每次放假回去，当看到他们更加苍老了，我心里就很不好受。"

"我现在依然经常梦见姥爷，还有我父亲，"若虚点点头，"梦里，他们的样子很真实、很亲切。"

"很多情形……我不愿想象，也不敢去想象，我只能珍惜，珍惜还能陪在外公外婆身边的日子。"

若虚思索着张镜湖的话，又一次望向夜空——漫天星河像是被风吹得远了些，正飘向某个神秘而空幽的地方。

"有很多温馨的回忆，也是外公外婆留给我的，"张镜湖回忆起往事，"小时候，外公拿报纸教我认字，外婆教我唱歌——'摇啊摇，摇啊摇，摇到外婆桥'……你不是说我们每个人都有个最柔软的地方吗?我想，我心里最柔软的地方就是他们了。"

"真好。可惜我姥姥去世太早，我对她没有任何概念……在幼儿园，老师教我们念'拉大锯，扯大锯，姥姥门前看大戏'，我念着念着就哭了，说'为什么别的小朋友都有姥姥，只有我没有……'"若虚谈到往事，笑了笑，"不过我猜想，姥姥姥爷年轻时一定很幸福——姥爷给我看过他们的旧照片，他有个樟木箱，放在柜子里那个最干净的地方……"

"你的姥爷一定很疼爱你，就像外公外婆也疼爱我一样。"

"是的，姥爷绝对是在毫无保留地爱着我，不过……"若虚笑着摇摇头，"我记得有年暑假，姥爷给我买西瓜解渴，我就傻乎乎拿勺子蒯着吃，也没个分寸，结果自己一个人把半个瓜全吃下去了，半夜直接犯了急性胃炎……姥爷抱我去急诊打点滴——你能想象那个场面？一个不能说话的老人抱着疼得张牙舞爪的小毛孩跑进急诊室，值班医生问我们话，是我连哼哼带比画吐出一句'吃了半个西瓜'，差点把医生都逗笑了……"

"你的胃病，不会是小时候得的吧？"张镜湖问。

"多少有关吧……姥爷不擅长做菜，常常咸一口淡一口，有时碰上好吃的，我又吃个没够……对胃太不爱惜了……"

"老一辈就是这样，对我们爱得似乎缺少些分寸，"张镜湖笑着说，"我外婆以前给人理发，抽屉里留着一套理发工具，小时候一到夏天，她就给我剃男孩子的寸头，说这样不容易生痱子，搞得我一看见她的理发工具就害怕……怕我吹生病了，关了电扇拉我坐在院子里，指着树荫告诉我'大树底下好乘凉'……"

若虚和张镜湖分享着彼此童年里有趣又荒唐的小片段，相视而笑。又一阵夜风吹过，远处传来了密叶飘动的响声。

"镜湖，你相不相信——"若虚望向东边的夜空，那里正悬着一勾浅浅的残月，"在我们生活的时空以外，还有其他的生命形式？"

"你记得这一句吗：街市上陈列的一些物品定然是世上没有的奇珍。你看，宇宙这么浩瀚，这漫天璀璨的星辰，谁又知道有多少难以想象的复杂和精彩，像我们一样存在着？"

若虚深吸了一口气，凉凉的空气让他更清醒了。"镜湖，我很好奇，"他转头望着她，"我们认识这么久，你看起来总是这样平静，内心像是永远没有波澜。这是你真实的样子吗？"

"每个人心里都有许多秘密，"张镜湖浅浅一笑，"你以为的平静不过是表层，在看不到的地方，也有许多的汹涌澎湃。"

"班上这么多同学，不管是熟识的还是点头之交，我唯独觉得你像一个谜语，怎么都捉摸不透……"若虚盯着她的眼睛，"以前，我还不理解为何你这么急于离开校园，为什么一定要离开这里……现在我大概懂了，你想更多地陪伴外公外婆，对不对？"

"其实，对你，我也有相似的疑惑，"张镜湖笑着点点头，"不过，听了你的故事，我也差不多懂了，我们似乎很像，都有着不太寻常的一些经历。"

"还有一点……"若虚迟疑了片刻，"我父亲去世也差不多十年了，这是我不得不面对的一个问题……这也大概是我为什么不能像许多同龄人一样，能毫无顾忌、不计后果地做选择吧……"

"我的爸爸妈妈也已经不在人世了，"张镜湖淡淡地说，"所以，外公外婆是我在这世上最亲的人，对他们，我也承担着一份责任。"

若虚心里一阵沉痛。关于张镜湖的故事，他断断续续了解一点，却从未听她本人提起过。怀着几分"同是天涯沦落人"的沉重，他缓缓地问道："那些时候，你是怎么过来的？"

"你觉得，失去亲人的痛苦是不是也能让我们成长呢？"张镜湖依然很平静，反问他。

"成长，人的一生大概从未停止过成长……如果说父亲的离世教会我一些什么，大概是让我在很小的时候就体会到世事无常——生命太脆弱了，人能够掌控的不过是其中很短暂、很微小的一部分。"

"人的生命实在太普通了……"张镜湖仰望着星河，"生命有穷期，天地无穷期——若干年后，你、我、我们都将告别这一生重归于天地，到那时，我们便不再是'人'，也许会以另一种'生命'的方式而存在……我反而觉得那会是更加自由和永恒的一种形式。"

"'人生代代无穷已，江月年年望相似。'茫茫渺渺的天地间，我们终归是过客，留不下什么……"若虚点点头，又摇了摇头，"不——我认为我们也留下了许多东西：我们会继续活在亲人朋友的怀念和回忆中，活在生动的情感中，活在照片和影像中……如果说，生命是一件伟大的馈赠，大概就是因为生与死并不对等吧——生是从无到有的过程，死却不是从有到无的过程。"

"生生死死的事又有谁能明白呢？"张镜湖微笑着，"每当回忆姥爷和父亲，你会觉得他们的生命在继续吗？"

"是的。他们鲜活地存在在我的记忆中，我也会想象他们或者也的确在某个地方继续存在着……生命原也不局限在我们生活的这个时空啊……"

两人不约而同地沉默了。寂静无声的天地间，他们陷入了思索之中。

"今天真特别——"若虚打破了短暂的宁静，"我总会偶然经历一个令自己难忘的夜晚，希望能将时间定格，不期望明天的到来。这种感觉又出现

了……"

"逝者如斯，不舍昼夜。明天一定会来的。"张镜湖说。

"很久很久，我没说过这么多话了……谢谢你愿意听我说……"若虚望向城市远远的夜灯。

"你看，"张镜湖指着东边的苍穹，"月亮越升越高了。"

若虚又一次朝东方的星河望去——是的，那幽深的穹幕中，银色的月牙仿佛漂到了更远的对岸。夜已经深了，南风正吹来丝丝的清寒……

## － 8 －

若虚仿佛才沾上枕头片刻，就被朱班长叫醒了。他迷迷糊糊睁开像被黏住的双眼，见窗外透进了一片朦胧的黑色，定了定神，发现朱班长已经装好相机，准备出发了。若虚一路哈欠连天，搭着朱班长的肩膀挪到了一层大厅，一阵左顾右盼却没找到张镜湖和许亭亭的身影。若虚嘟嘟囔囔地说她俩也许睡过头了，正打算去叫门，朱班长忽然指了指大厅外——不少等待日出的游客已经聚集在观景台上，淡淡的曦光中，那熟悉的背影进入他的视野。

朱班长和若虚走近观景的人群——一块平整凸起的大石头上，许亭亭斜倚着张镜湖，脑袋搭在她肩上，如同一尊立着的睡佛。见两个男生走过来，张镜湖往石块边缘挪了挪。

"谁挑的地？视野真好！"若虚蹬上石块。

"啊——还能有谁？"许亭亭打着呵欠睁开了眼睛，"当然是小湖！我们过来时天都黑着，你们倒好，起这么晚，一来就抢占我们的地盘，快下去——"

"别轰我们……"朱班长递上两件薄外套，"就知道你们穿得少，快披上。"

"谢谢班长，"张镜湖接过衣服，"你们也没吃早餐吧？等看完日出，来我们房间拿。"

"就知道饭来张口——"许亭亭站直身体，瞥了若虚一眼。

"你还不是衣来伸手？谁也别笑话谁！"若虚反唇相讥。

"你再说？"许亭亭挥起拳头。若虚见状，一个侧身躲到了朱班长身后。

"你们俩别再闹了，"朱班长赶忙阻止，"咱们是来看日出的——"

若虚不理会许亭亭，向东方眺望着：夜间一片漆黑的天际此刻已分成了不同的颜色——上方呈现空旷的幽蓝，飘浮着几片绛紫色的薄云，下端是黑暗的山麓和丛林，在蒙蒙的晨雾中透出模糊的轮廓，而将那蓝黑两道隔开的是地平线上一条浅浅的粉，在两重深色之间，显得格外温和。

"是不是快露头了？"许亭亭望着那片远远的粉色。

"恐怕还要等一会儿，"朱班长说，"等天际线再亮一点。"

"太阳升起来要多久？"

"也就几十秒。"

"我要抓拍和日出的合影！"

"那你得配合我的镜头……"

许亭亭和朱班长搭着话，若虚转过头悄悄看向张镜湖的侧脸——晨光映着她的目光，她像是被远方的什么吸引着，依然那样安静。

"太美了！"他情不自禁地说。

"你在夸谁？"许亭亭捕捉到若虚的眼神，故意问。

"没有啊，"若虚也故意打量起四周，"我是在夸这山、这树、这石头！"

"还有我，还有小湖，是不是？"

"你说是，那就算是呗。"

"那我再问你——吾孰与南国镜湖美？"

"尔俩——"若虚思考了片刻，又卖弄起口才，"一如姣花，一如纤柳——花之美在鲜艳，柳之美在婀娜。"

"姣花与纤柳孰美？"许亭亭继续"发威"，一旁的朱班长饶有兴致地看着二人你来我往，丝毫没有"解围"的意思。

"智者爱花，仁者爱柳！"若虚得意地回答。

"好了！"沉默许久的张镜湖终于无奈地开了口，"都怪我提了不该提的问题，这个爱山还是爱水的话题能不能告一段落了……"

"这也不能怪你，谁知道这俩人这么能瞎联想。"朱班长忍俊不禁。

"我可没有瞎联想，是他总故弄玄虚……"

"嘘——别吵！"若虚打断了许亭亭的话，"如此庄严的时刻，请保持安静。"

"你们看！天的颜色变了！"朱班长指着东边的天空。

若虚向东方极目远眺——就在他们说话的片刻，刚刚那道粉红的天际线突然明亮起来，短短几秒便被染成了浅橙色，那片幽蓝也慢慢淡了，化作一

片通透的暖白色。随着周遭的景物渐渐清晰起来，他的视野也不断明朗，已经望见了山麓茂密的树丛。

忽然，一道通明的橙光从东方那深浅交界的地方燃了起来，等待日出的人群不约而同地发出了呼喊。燃烧的范围越来越大，火焰外圈已将周围映得无比耀眼。在那橙光之中，一个发白的光点环绕着金色的光晕，从地平线下钻了出来。

"啊！我要和日出合影！快！"许亭亭来了精神，一个箭步冲下那块大石头，拉着朱班长朝前面跑去。

若虚停在原地，感到那片橙光正映在自己脸上，悄无声息地扫去了心里的一缕阴霾。他转头看向张镜湖，她也满目虔诚地望着那片光芒，浅浅地微笑着。

"你有没有感到生命的伟大？"若虚十分激动，像是自言自语，"几个小时前还是众星拱月的夜空，斗转星移间，我们又迎来了新一轮旭日。如此蓬勃的生命力，像我们一样！"

"日月经天，春秋代序，"张镜湖感慨着，"时间的流转不只是流转，也向我们昭示着生的希望，是不是？"

若虚低头看了看表，时针刚刚滑过五点。

"回去得太晚了，你困不困？"

"还能克服，不要紧。"张镜湖说。

"我有点要紧——"若虚揉揉眼睛，控制不住地打着哈欠。另一边，许亭亭和朱班长拍够了照片，随观景崖的人群向回走着。

"哟！看个日出就哭啦？"

"许多愁！你果然是庸俗之人。这么壮观的风景都感化不了你的顽固！"若虚冲走近的二人说着。

"就你雅，那你来点浪漫的？"许亭亭毫不示弱。

"这么美的风景，这么放松的心情，咱们还是联诗吧，"若虚环视四周，"星沉月渐落——"他念罢看向张镜湖。

"雾散日升东。溪水重潺溅——"张镜湖接了两句，又看向朱班长。

"山林复苍茏。无意寻野云——"朱班长转头看着许亭亭。

"我不联，"许亭亭满脸不屑，"我没你们那样的才华，也没那个——兴趣！"

"也好，咱们吃点东西抓紧下山吧。"朱班长说。

四人走进旅馆，回到各自的房间。朱班长和若虚正收拾着行李，张镜湖叩开了房门。

"喏——这两份是给你们的。"张镜湖把早餐交给若虚。

若虚发现手里的牛奶竟然是温热的，感动地看向她——他以前似乎提起过自己喝凉牛奶容易拉肚子，没想到张镜湖竟然这么有心地记住了。

"趁热喝吧，"张镜湖笑着说，"我回房间了，脸还没洗……"

简单填了填肚子，四人退掉了房间，随着看完日出的人流沿原路缓缓地向山下走去。太阳升起后，山间竟然氤氲起雾气来，再次经过天街前的台阶时，雾气竟然把日光都包裹住了。朱班长连连嘱咐大家留心脚下，在他的建议下，众人侧着身子，一级一级地迈着台阶。下山的路虽然不如上山时费体力，但对膝盖却是个不小的冲击。

很快地，他们回到了南天门。回想昨夜无暇游览十八盘的风景，若虚提议原路下山，却被许亭亭一口否决，说自己一路上山脚已经很疼了，打算乘缆车下去。

"坐缆车多无聊！"若虚坚持己见。

"你怎么这么自私？我一路坚持爬上来已经很不容易了，再说你看我的鞋——"许亭亭倚在张镜湖身上，抬起一只脚，"何况今天起这么早，又吹了这么久的风，我哪还有力气陪你一级级走下去！"

"我也没非让你陪我！"若虚毫不退让，"你们累了可以坐缆车，我自己走下去就是了！"

"若虚！"朱班长赶忙拉住他，"咱们难得一块出来，大家互相体谅一下——她们一路爬上来，一早又是占位置又是帮着准备早餐，肯定累坏了。"

若虚没再说话，但看得出还是不太开心。

"大家都挺辛苦的——若虚带路，朱班长在后头一直关照我们，"张镜湖扶着许亭亭，又看了看若虚，"不过亭亭脚磨破了，我昨晚走到最后也累得抬不起头，一想到十八盘的石阶我们都心有余悸……我有个建议：我们不妨坐缆车到中天门，从空中观赏一下十八盘，也刚好歇歇脚。从中天门到山底这段路，还得辛苦若虚打头阵。你们觉得呢？"

"镜湖讲得有道理，我俩去买缆车票。"朱班长拽着若虚朝售票处走去。

"你不该对她说那句话，"朱班长边走远边劝说若虚，"刚才她眼睛都红了。"

"谁让她说我自私？"若虚还是很不服气，"我最烦女生在我面前耍小性

子了!"

"好了！这事就算过去了，一会儿别再提了！"

这个时间乘坐缆车的游客不多，四人单独坐在一个车厢里，沿着吊轨徐徐下行。车厢里有些安静——许亭亭一手环着张镜湖的胳膊坐在一侧，一语不发看着窗外；车厢另一侧，若虚背对着大家，凑在玻璃前看风景；朱班长依旧专注地拍着照——外面，浓浓的雾气弥漫着，九曲八折的石阶和两侧郁郁葱葱的山林都笼罩在一片洁白中。

"你们瞧——这像不像诗里写的'忽闻海上有仙山，山在虚无缥渺间'！"张镜湖打破了尴尬的气氛。

"嗯，我还是第一次见这么重的山雾。"朱班长"咔嚓"一声按下快门，见无人应和，便扭过头来。

"干吗都这么沉默？"朱班长冲若虚的背影问，"高空视角是不是也很不错？"

"是——啊——"若虚语调拖得长长的，慢悠悠地转过身，"回头下望来时路，不见石级见晨雾！坐缆车挺好玩！"

"哼！"许亭亭冲他翻了个白眼。

"你们还有吃的吗？我又饿了！"若虚不理许亭亭，问另外两人。

"你自己拿——"朱班长侧身把背包递了过来。若虚取出一包饼干，撕开包装纸，津津有味地吃起来。

缆车平稳地抵达了中天门。下了缆车，他们继续往山下走，经过上山时那段熟悉的台阶，终于又回到了相对平坦的山路上。由于昨夜睡得太少，加上膝盖疼，若虚不是很振奋，一语不发走在前面，朱班长紧赶慢赶地跟着，张镜湖搀着许亭亭，逐渐被二人甩了一段距离。

"喂！常若虚！你急着去追债啊？"许亭亭朝若虚的后脑勺喊。

朱班长叫住了若虚，等两个女生风尘仆仆地赶上来——许亭亭脸上冒着汗，满脸气愤；张镜湖不知从哪蹭了一脚土，白布鞋上擦着一条灰黑色的印记。

"辛苦亭亭和镜湖了！若虚你也压着点速度——"朱班长哭笑不得地说。

"没关系，"张镜湖倒是一脸轻松，"总归咱们也坐了缆车，也走了山路，有了更丰富的登山体验。"

时间悄悄溜过八点，迎面已经走上来新一拨登山的游客。曲曲折折向山下盘桓的台阶暴露在日光下，相比夜幕笼罩时显得更远更长，经过这里时，

他们恰好遇上了一群上山的游客在此处聚集着，两拨人相互避让，步子放得更缓了。

若虚一阵焦急，忽地瞥见旁边的树丛中延伸出一条土路，直直地通往靠近台阶底端的一个小土坡，便回头问同伴们想不想抄近道下山。

"算了，还是老老实实走大路吧，那边太陡！"朱班长说。

"人太多，这样慢死了！"若虚打定了主意，"你们慢慢走，我去另辟蹊径了，一会儿山脚下见吧！"说完一个箭步就窜进了小树丛，沿着土路一溜烟往山下跑去。

"唉！你慢着点——"朱班长的喊声远远地传了出去。

"放心吧——"若虚的身影已经消失在树丛之间，只有一句回音传了回来。

- 9 -

"他怎么跟个猴似的！一路就见他上蹿下跳！"许亭亭望着若虚跑远的背影说。

"咳——他就是喜欢和别人不一样，又不愿意走老路，"朱班长说，"而且他做事很讨厌效率低下。"

"相比在学校时，他现在的样子倒真像一只回归山林的小猴！"张镜湖说。

"我同意，他在这样的环境里应该很得意。我们既然'拴'不住他，不如让他自己跑着玩吧，我们慢慢走，"朱班长停顿了一下，"不过，他有时也像猴子一样喜欢闹脾气，脑袋一热就出言不逊……但他气性来得快去得也快，过会儿估计又像没事人一样了。我代他向你们赔个不是——咱们难得一起出来玩，别被这些小摩擦影响了兴致。"

"我才不会被这点小事影响兴致！我就当看猴戏了！"许亭亭说。

他们三个随着人流，不疾不徐沿着石阶下山。张镜湖边走边问："咱们下一站是济南，你们有什么游览计划？"

"看趵突泉、登千佛山、游大明湖——我想，济南三景还是应该都转转的。"朱班长说。

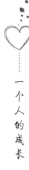

"我倒是最想去芙蓉街，"许亭亭说，"听说有不少好玩的。"

"我第一次了解济南是因为中学时读了《老残游记》，"张镜湖说，"不过那时对那本书还没有太多概念，一度以为它只是一篇游记，直到学了文学史，才明白原来老残承载了作者那么多思想。"

"现在这个时代，我们还能体验老残游山玩水时的心情，也是非常难得，"朱班长点点头，"像是这次夜登泰山，如果不是亲历，我也不会觉得这么难忘。"

"你们发现了吗？咱们这会儿下山和昨夜上山时的感受很不同——"张镜湖问，"刚刚走过那段很陡的路，我脚腕一直绷着劲，你们猜我想到了什么？"

"想到什么？"

"我想到了'谢公屐'——不知道现在还有没有厂家生产登山专用的'谢公屐'。"

"不就是改良过的高跟鞋吗？"许亭亭说。

"只可惜高跟鞋只对上山有帮助，它的'跟'不能灵活拆卸再安装到前面来，下山时就惨了。"朱班长笑着说。

他们三个一路谈笑着，终于走完了那段漫长的石阶，望见了前面那刻着"孔子登临处"五个大字的大牌楼，转睛一看，若虚正坐在牌楼下的大石头上歇脚呢。

"可算找到你了！"朱班长语气中带有几分责备，"你怎么那么皮？如果走散了，这么多人，我们怎么找你？"

"大路走腻了，还是小路更有趣！"若虚得意地站起身，掸了掸屁股，"我这一路披荆斩棘，手脚并用，探索出一条新路！"

"我们刚还谈到李白，这一路上荆天棘地，看来你是猿猱欲度'不'愁攀援！"张镜湖正说着，突然发现若虚的短裤有些不对劲，"咦？你的裤子好像划破了——"

若虚低头一看，果然裤筒处撕开了一道口子——"咳！大概是刚才蹭到树枝被刮破的。"

"活该！"许亭亭说。

若虚"哼"了一声，重新加入了队伍，他们一起走完通往山脚的最后一段路程，终于返回了昨夜登山之行的起点。此时太阳已经升得老高，晃得这四个一夜没怎么睡的年轻人头晕目眩。他们在熙熙攘攘的游客中兜了半天圈子才找到去济南的车。

若虚扎进座位里，示意身边的张镜湖也像他一样给酸胀的小腿放放松，在二人有规律的敲打声中，许亭亭的声音从后座传了过来——她对在山上拍的照片很感兴趣，连连评论着哪张照片光线不理想、哪张取景的角度还不错、哪张抓她表情抓得好……

"刚才你们仨都聊些什么？"若虚对照片不感兴趣，问了张镜湖这样一个问题。

"我们谈到了《老残游记》，那是我第一次通过文字了解济南。"张镜湖说。

"你也读过《老残游记》？"

"书里有一章写申子平、玙姑、黄龙子一起伴月谈心——我幻想自己也能有这样的经历，找一个清静的夜晚，有一间舒适的小屋，和几位聊得来的朋友，煮一壶茶，能聊到把时间和困意都遗忘。"

"我读得不认真，你讲的这段我记不清了，"若虚很惭愧，"那本书里除了老残，我只记得'三面荷花一面柳，一城春色半城湖'这句诗了！"

"你是不是又想说既想观花，又想看柳，既想寻春，又想游湖了？"

"你又开始取笑我——"若虚摇摇头，"我倒是很羡慕老残，有时我会幻想等自己岁数大了，是不是也能像他一样摇个串铃，走南闯北，跟天地万物做伴去。"

"看样子班长没说错——你果然像只野猴。"

"什么，我像野猴，你这是在损我？"

"不——班长认为你更适合野外自由自在的生活，如果硬要用很多规矩约束你，那就扼杀你的本性了。"

"所言极是，"若虚点点头，"所以我最讨厌宠物猫、宠物狗，竟然愿意被主人收养，丧失了本领和天性——你看猴子，就喜欢在山间、野外自由自在……"

"你有没有想过，为什么猴子不能像猫狗一样成为宠物呢？"

"或许是猴子太聪明，会给主人搞恶作剧？"

"我认为不完全是——猴子相比猫狗当然更聪明，可它的自主性和侵略性都太强，难以驯服还容易伤人。毕竟，哪个主人希望养的宠物经常闹脾气、抓挠人呢？那多可怕……"

"正是因为聪明，所以难管啰……"说话间，若虚的困劲儿已经上来了，

连连打着哈欠。

"我很难想象你老了之后的样子……"张镜湖望着若虚——他已经在座位上摇头晃脑起来。

"这话……什么意思……"若虚睁着眼睛，努力维持清醒。

"你表面看起来爱说笑、爱热闹，内心却又那么孤傲，不愿被社会塑造。你羡慕老残的生活状态，可你知道他又是经历了多少历练才实现的呢？我不得不好奇：当你老了以后，是会修炼得道骨仙风？还是被磨得又臭又硬……"张镜湖投入地讲着，却不知在若虚逐渐钝化的感官里，她的声音已经缥缈如游丝一般，马上就捕捉不到了。

"你们聊什么这么投入？"许亭亭突然把脑袋从后座探了过来，吓了张镜湖一跳。

"我们还在讲《老残游记》，还有……人和猴的关系。"张镜湖扭过头说。

"别提老残了——等有机会，我也要把我走过的地方都记下来，出一本'许侠客游记'！喂，常智仁，我这创意怎么样？"

"嘘——"张镜湖指了指旁边——就在她俩对话的瞬间，若虚竟然抵在车窗上打起了瞌睡……

这天下午，他们拖着疲惫的身体在趵突泉游览了一圈——公园比预想中大不少，游客很多，他们绕过泉池穿过百花园、万竹园，也看了后园古朴的房屋、院落和大片的芭蕉，又一路走马观花地经过"源清流洁""鸢飞鱼跃"这些景点。等到从另一个大门绕出公园，许亭亭和张镜湖累得不行便回酒店休息了，若虚又兴致勃勃地拉上朱班长去了千佛山。

两人沿着千佛山满目苍翠的北坡登了顶，远眺山下的景观——山麓掩映在郁郁葱葱的茂密中，斜晖洒向远处清晰的城区、高楼、街景。

"我又想起了孔子——'登东山而小鲁，登泰山而小天下'"，若虚踩着一块凸起的石头，将这座城市的繁华尽收眼底，"此刻我想再补充一句——登千佛山而小历下！"

朱班长依旧眯起一只眼睛，专注地调整着鸟瞰镜头，一边问："你这么爱爬山，你觉得爬山最大的乐趣是什么？"

"就像此刻——我们不知道自己一路爬了多远、付出了多少辛苦，就在登顶后转头的一瞬间意识到：自己竟然已经到达了这么高的地方，攀登过程中的疲惫一瞬间就消失了！"

"人就是这样，"朱班长按下快门，"眼睛望向高处，却总是忘记回头看看自己走过的路——其实每个人都很了不起，都在不断到达自己不曾设想过的高度。"

下山时，他们特意绕到文昌阁，见殿前长长的石阶上方拉了一条题着"文昌帝君佑莘莘学子金榜题名"的红幅，有不少人供奉香火，虔诚地祈愿。再向前走就是弥勒胜苑，远远地，金色的大佛映着日光，散发着灿烂的光芒。

"我很崇拜内心有信仰的人。"若虚边说边向佛像脚下走去。

"为什么？"朱班长问。

"信仰能源源不断地给我们的内心提供能量，"若虚仰望着佛像闪着金光的眼睛，"你看，不管是雕像还是画像，佛总是这样海纳百川、宠辱皆笑的神态，我们凡人如何做得到呢？"

"或许做得到，只是需要长久的历练和磨砺——你看那些精神矍铄的老人，眼神里往往有故事。"

"真的吗？可我们总会遇到太多不愉快的事，让人不得不变得急躁和焦虑。"

"所以我说，成长就是一个慢慢沉淀的过程，从不是轻易的。"朱班长说。

"希望咱们老了以后不会变成两个又臭又硬的老顽固，"若虚回想着张镜湖的话，"咱们要做两个白发苍苍的老顽童，再约三五好友，一起跋山涉水！"

"好啊！"朱班长点点头，"名山之登，始于东岳；大川之涉，首……"

"首选你们'千湖之乡'，你当向导！"若虚笑着说。

次日一早，趁气温还没升起来，好友四人沿着大明湖走了一大圈——荷花没有想象中开得盛，他们一路光顾着跟湖面和亭子合影了。当太阳渐渐升高，他们又来到了熙熙攘攘的芙蓉街，许亭亭见街道两侧林立的各式店铺兴奋不已，尤其想把每种小吃都尝一尝。就在等臭豆腐出锅的时候，张镜湖走进街边一家纪念品商店，若虚犹豫了片刻，也跟了过去。

若虚在每个货架前打量，盘算着该给若水买点什么礼物，正当拿起一只毛茸茸的玩具小兔准备结账，却见张镜湖拎着一个装满着五花八门小玩意的袋子走了过来。

"你买了些什么？"若虚问。

"喏，你看，这是给亭亭的——"张镜湖从袋里拿出一册印有济南名胜的明信片；还有一本书，封面题着"济南的故事"，是给班长的。若虚见袋里还

装着一个针线包，一阵好奇，又见张镜湖拿出一个方形的包装盒，"这是送你的——"

若虚拆开包装，是个小台灯，做成了孙悟空的样子——一手举着金箍棒，一手搭在额前，虎皮裙高高飘扬。接上电源，它的身体就会发亮。

"谢谢你——终究我还是收了一只猴子。"若虚笑着说。

张镜湖站在一旁等若虚结完账，蓦地被窗外的什么吸引了。若虚顺着她的视线看去，见许亭亭正端着两大盘臭豆腐左顾右盼地找他们。

"糟糕！他们还不知道我们在这——"张镜湖赶忙叫上若虚，两人从店里跑了出来。

"你们是在耍我吗！连个招呼都不打！"许亭亭冲跑过来的两人抱怨着，"让我端着臭豆腐在这找你们！"她边说边把手里的碗晃来晃去，那股刺鼻的气味直钻进了大家鼻孔里。

"快拿走一碗，实在太臭了！"许亭亭慌慌张张地只想赶快脱手，若虚见状接过一碗，见许亭亭用腾出的那只手捂住鼻子又触电一般地弹开，笑得前仰后合。

"笑什么笑？这汁刚洒我手上了，我手都是臭的！"

"班长呢？"张镜湖边笑边取出纸巾递给许亭亭。

他们一转身，看见朱班长远远地走过来，左右手各举着几个长长的肉串，走得小心翼翼——穿肉串的签子显然不太结实，在他手里一阵摇摇晃晃。张镜湖赶忙上前"解救"他。

"你们真够意思！这一上午可把我饿坏了！"若虚很得意，带头坐在街边的隔离墩上，面对着车水马龙的街道大吃大嚼起来。

- 10 -

他们抵达第三个城市的时候已是中午，充沛的日光洒满这座海滨城市。四个人乘坐小巴观赏着沿途风景，也慢慢闻到了空气中弥漫的腥潮气。在前方的岔路口，巴士转了弯，整片碧蓝的海水顿时映入他们的眼帘。

"快看！"朱班长指着远处的海面，"海平线真高。"

"现在是月末，我们赶上涨潮了。"张镜湖看向窗外，又低下头继续做起针线活——她正穿针引线补着若虚换下的那条刮破的短裤，才买的针线包就这样派上了用场。

若虚坐在另一侧，伸头望着窗外——他很少看海，此刻离海水这么近，他第一次感觉，原来亮闪闪的水面像高悬在半空中正向他迎面扑来一样。他的目光又绕回张镜湖的侧脸上——阳光透过车窗映在她身上，她的身体也泛着亮光，像是古画中的女子。

"喏——好了！"张镜湖把裤子递给他——刮破的地方已经补出了一道细密的针脚。若虚轻抚着裤筒上凹凸有致的痕迹——那一看便是女孩子的作品，他想到自己在许多时候，自持坚强的内心往往会被一些很柔软的东西击溃，女孩子的针线活算是一个。

巴士继续向前开了一段路程，驶进了他们将入住的地方——公寓式酒店是许亭亭订的，价格不菲，但离海滩很近，视野很棒。

四个好朋友跳下车，拿上行装，许亭亭办好了入住手续——她选了一套能观海景的四人房，起居室对着一个宽阔的开放式阳台。许亭亭推开房门的一瞬间就兴奋得跳起来，丢下行李冲向阳台上，将海面尽收眼底，甚至能看清一波又一波拍打着的浪涛。她高举双臂吹拂着海风，随后又绕回起居室，摔进软软的沙发床里。

"怎样才能过上这样的生活！这才叫人生！"她兴奋地把鞋子甩到地板上。

"怎么，你不打算回去了？"朱班长问。

"不回了，回去也是老样子，在读书和工作中消磨我的大好青春。"

"不读书安能进步，不工作安能立足？我反对享乐主义。"若虚说。

"那我们仨留下，你回去艰苦奋斗吧。"许亭亭说。

"你们俩又开始了！交流的方式就是斗嘴。"朱班长说。

张镜湖绕到起居室另一侧，见角落里摆着一张方桌，问道："等到了晚上，我们在这一边打牌聊天，一边听海浪声，应该很有趣吧？"

"这个提议不错，我去买一副。"朱班长说。

"阳光这么好，闷在屋里太可惜了，晚上有的是时间玩。"

在若虚的提议下，他们几个去了海滩——朱班长顶着草帽，挎着背包，被许亭亭笑着说他像一位发福的牛仔；若虚换了一条背心和沙滩裤，露出了手臂上清晰的线条；张镜湖背着晒日光浴用的地垫，把一头长发叠进了帽子

里；许亭亭自荐当模特，戴着一副宽宽的墨镜，脸庞未能遮挡之处，都闪着白皙的光泽。

"你怎么涂这么白？"若虚又忍不住打趣她。

"你别老土了，这是粉底保湿防晒全套，不做好遮阳，皮肤会起晒斑。"

"打住打住！别和我说化妆品，我没那个需求，也没那个——兴趣！"

"你不防晒，所以你黑啊！"许亭亭继续嘲笑他，"要不要过来站到我的伞底下？"

"用不着！晒黑挺好！"

"喂——你们感觉一下，沙子很烫。"朱班长脱下人字拖，踩在沙滩上。

"沙子的比热低，阳光一晒就升温，等到太阳落山温度又会很快降下去。"张镜湖说。

"是的，所以海陆热力性质差在海滩上应该很明显——白天刮海风，等到晚上……"

"够了！"许亭亭打断了朱班长，"好不容易出来玩，你们这些热爱学习的人怎么还时刻想书本上的东西！"

"说的是。放松为主，不谈了。"张镜湖说。

海滩上的游客不太多，有些在躺着晒太阳，也有些热衷下水游几圈的，还有几个小孩在筑堡垒。前面稍远的地方，有一群年轻人支了一面网，吆喝着口号，打着沙滩排球。

"你去玩吧！我们在这拍照片！"朱班长看出了若虚的跃跃欲试，把背包放在地上。若虚小跑几步凑上前，发现这是一群外国朋友。

"欢迎你一起打！"一个皮肤泛着小麦色、金发碧眼的外国姑娘用不太标准的语调招呼若虚加入。他兴冲冲加入了金发姑娘这一队，一上场就接起了对面一个球，金发姑娘把球高高传起，另一个男生挥起手臂把球扣了下去。金发姑娘随即欢呼了一声。

轮到若虚发球，他退到底线外，绷紧手掌，球出手便飞出一道曲线，直直落进对方场地里。

"Ace！Ace！"——队友连连喝彩。

"How to say 'ace' in Chinese？"金发姑娘扭头问若虚。

"你可以说'发球得分'。"

"发——球——得——分？"金发姑娘重复了一遍，冲网对面的朋友喊，

"我们发——球——得——分了!"

双方继续隔着球网你来我往,蓝、黄、白相间的排球在晴空下飞过去又飞过来。对面的进攻手又扣了一记重球,若虚和金发姑娘边抢着接边撞到一起,金发姑娘直接倒在了沙地上。若虚一惊——他完全没想到自己竟然这么大力气,赶忙伸手拉起她,连连道歉。金发姑娘倒不介意,边整理撞散的头发边站起来,呼了口气,原地跳了两下,抖掉了粘在身体上的沙子。

连蹦带跳打完两局球,他们都累得气喘吁吁的,便席地而坐。

"朋友!你打球的能力非常好!"金发姑娘递给若虚一听饮料。

"谢谢!"若虚挺得意,"你学汉语学了多长时间?"

"我已经在中国学习汉语一年了!"金发姑娘绘声绘色地讲着,"现在我们是假期,我们在这里看更多的城市!"

"中国很大!有很多有趣的地方!我也是第一次来这座城市!"若虚说。

"对!对!我喜欢这里有海!晚上我们还要吃海里的食物!"金发姑娘很兴奋,"中国菜太美味了!我能……嗯……Enjoy my appetite——汉语要怎么说?"

"Enjoy your appetite?你可以说'大快朵颐'。"

"da——kuai——duo——yi?"她显然不知道这个成语。

"'大快'就是感到很大的快乐,'朵颐'就是这里在动——"若虚指着自己的脸颊,装作嚼东西的样子。

"我明白了!就是说吃食物可以很快乐!我要大——快——朵——颐!谢谢你教我一个新的词!"

"你学得很快!"若虚向她竖起大拇指。

"我觉得你是很好的老师!你非常的……怎么说……enlightening!你能让我明白这个词的意思!"

若虚笑着朝另一个方向看过去,见朱班长他们已经拍好了照片,便和金发姑娘说:"你接着和朋友玩吧,我去找我的朋友了!"

"你们也玩得开心!"金发姑娘朝他挥挥手。

朱班长他们正在沙滩上休息,见若虚一脸红扑扑地跑回来,许亭亭半开玩笑地说:"你怎么都搭讪到国外友人那里了!"

"他们是来中国学汉语的。"若虚一屁股坐了下来,仰面躺在了沙子上。

"看他们的样子,倒比咱们更会享受生活。"张镜湖白皙的脸上漾着红

晕——她换了一个发型，松散的长发扎成一个髻，用头绳固定住。

"我第一次见你把头发扎起来，看起来很知性。"若虚侧过身子说。

"我可不是为了看起来知性，纯粹是因为太热了……"

若虚笑了笑，又一股脑儿地躺下，沐浴起日光和海风。朱班长取出扑克，四个人便在沙滩上打起了牌，到了傍晚，街边的小餐馆纷纷开始招徕生意，空气里飘来的饭菜香顿时吸引了他们的注意。

他们就近选了一家临街的小餐馆，围坐在屋外一张方桌前，商量着点了一条清蒸鲈鱼、一个海味八仙锅、一份鲍鱼捞饭，朱班长又加了一份炒柴鸡蛋和一份清炒时蔬。

"到海边居然吃柴鸡蛋和时蔬，没搞错吧？"许亭亭问。

"荤素搭配，合理膳食。"朱班长说。

菜肴陆续端上桌，虽说大厨的手艺一般，但迎着海风吃晚餐的感觉很是惬意——海鲜的肥美配上鸡蛋的鲜嫩和蔬菜的清脆，口感正合适，四个好朋友开心地"大快朵颐"起来。

"感谢班长加的鸡蛋，算是帮我们凑齐了'海陆双鲜'。"张镜湖说。

他们边吃边说笑，不知不觉中夜幕已降临，海滩上再次传来了欢呼声。若虚循声望去，海滩上竟燃起了篝火，人群正围着篝火载歌载舞，刚才那个金发姑娘也在其中。

"咱们也去！"许亭亭兴奋地喊着，拽起朱班长，"快别吃了——"

远远地，他们俩的身影融进了跳篝火舞的人群中。朱班长虽然肢体不太协调，但也煞有介事地模仿着舞蹈动作。

街灯和夜市区域有限的亮光，映着前方黑漆漆的水面，依稀浮现出层层叠叠的波痕。若虚和张镜湖结了账，离开小餐馆，朝着海水的方向，走回了沙滩上。

"和那边相比，咱们这好像暗淡不少。"若虚听着浪涛声，望向茫茫无际的水面，"我第一次走近大海，这是一种从没有过的感受。"

"小时候，我总喜欢去江边，听听波涛，看看浪花，即使心中有不愉快，也在不知不觉间消散了。"张镜湖说。

沙滩上，一阵风吹过，深黑色的水面起伏着。

"班长的话果然不错——天才黑下来没多久，沙子已经凉下来了。"若虚感到一阵清爽的风正从他们身后吹来，浪花正随风一重重地向海里卷着。

"下午刚见到大海时，我被她无边无际的浩瀚震撼到了；可是现在，海水看起来这么黑，这么冷，又给我一种阴森和陌生的感觉。"若虚黑黝黝的眼珠凝望着海面，沉思着。

"大约，我们该时常亲近一下山和大海，人间的纷扰，相比山之高峻和水之深远，显得多么微不足道。"张镜湖说。

"我们的确很渺小——就连我们看来广袤又辽阔的陆地，也只占据这个星球不到百分之三十的面积，而那百分之七十多的地方，都沉浸在一片幽深冰冷的汪洋中，"若虚笑着环顾四周，"趁着许亭亭不在，我还是想说：和陆地相比，海水对温度的升降似乎迟钝不少，热的时候不太热，冷的时候也不太冷，倒是很像生活中的一些人，永远不疾不徐，稳稳地走自己的路。"

"老子形容'上善若水'，又说自己'不敢为天下先'——大概他也喜欢这种甘居人后的状态吧。"张镜湖微笑着，又望向眼前那一望无际的海面。

若虚感到内心一阵空旷，把双手背在脑后，向后一仰，躺在了凉凉软软的沙子上。

萦绕在他耳边的是沙滩上的嬉戏声和远处接续传来的浪涛声。

## － 11 －

这天晚上，他们启程回家。为体验在火车上组团过夜的感觉，他们订了同一间软卧。

连续游玩多日，临上回程的列车时，大家都有些恋恋不舍，精力也不像来程时那样充沛。许亭亭上车前还扬言和大家玩半宿牌，等车厢一熄大灯，自己先撑不住了，爬上了上铺，很快就安静下来。朱班长大概也累得够呛，举着书没过一会儿就睡着了，响起了轻轻的鼾声。

若虚平躺在另一张下铺上，火车轧过铁轨发出的"哐当哐当"声在他耳畔回荡着。他闭着眼睛，却怎么都睡不着，竖起耳朵，仿佛听见上铺的人来回翻着身，便试探地低喊了一声。

"怎么，还没睡？"上铺传来张镜湖小声的答复。

"不知为什么，脑子很累，就是睡不着。"

"我也是第一次睡软卧，也不太习惯。"

"你困吗，咱们聊会儿天吧？"

"嘘——他们好像都睡了，我们出去聊吧。"张镜湖坐起身，等待了片刻，见对面的两人没有反应，便小心翼翼地踏着梯子下来了。

他们轻声从软卧的包间挪出来，径直走到了车厢的连接处——车厢里只剩过道还保留着微光，这里是唯一还亮着大灯的地方。列车在铁轨上"哐当哐当"的快速游走，他们似乎是车厢里仅有的两个还醒着的人。

若虚趴在玻璃上向外看去——外面是一片田野，一望无际，黑漆漆的。他突然感到了一阵兴奋。

"你笑什么？"张镜湖问。

"你看，不过是一窗之隔，外面这么荒芜，倒是同乘一辆列车的我们成了彼此的伴侣，"他指着窗外的黑色，"假如我们被丢在这，是不是也可以每天农耕田猎，过上简单快活的日子？"

听了他的话，张镜湖笑了起来。

"你又笑什么？"

"我很好奇，你怎么总是幻想那些虚无缥缈的事情？"

"假如我不幻想虚无缥缈的事情，我就不是常若虚了……"若虚倚在车门上，转头看向张镜湖，"那天我们在泰山顶上看星星，后来又在海滩上听潮声，这一次又是在封闭的车厢里——这几天，我们倒是总有面对面聊天的机会……"

"你还记得咱们第一次聊天是什么时候吗？"

"是那一晚吧？"若虚在脑海中回忆着，"你陪我去操场，咱们谈到很晚。"

"是的，"张镜湖点点头，"我印象里，从第一次见你，你看起来就是生龙活虎的，结果那天课上，你满脸通红又没精打采的。我问你才知道你犯了胃病。"

"就是我吃坏东西的那回——本以为熬过一晚就能好些，没想到第二天还是疼，趴在课桌上直不起腰。你硬是要带我去看医生，还找了辆车带着我，带我去医院，陪我化验，又陪我输液，一直到很晚。"

"第二天你恢复了些，下了晚课你又找到我，说心里难受想找人聊天。我们就去了操场。"

"我记得你原本是要去银行存钱的，是不是？"

"那晚我们真的聊了许多——你讲到小时候的故事，越说越委屈，眼泪直在眼睛里打转，你记得吗？"

"我也不知道那天怎么会那么委屈，"若虚羞愧地笑了笑，"大概在你之前，我从没和人讲过那些吧——周围那么多人，却从未对谁开过口……"

"你还记得那天你想认我做姐姐吗？"张镜湖回想着当时的场景，"我还挺意外，仔细了解后你才知道原来我比你小了将近一岁。"

"是我大言不惭……一讲到动情的地方，就忘了轻重……后来我们一直聊到操场值班的大爷拿手电筒晃我们，冲我们喊'锁门了'，你记得吗？"

"记得。从操场出来，你担心我一个人不安全，非要亲自陪我去银行存钱——你身体都还没恢复，又累又困，还硬要'护送'我，那个样子特可笑。"

"可笑吗……把你送回去后，我一回到寝室，小李他们就追着问我和谁去约会了。我理都没理他们，直接爬上床睡觉了。"

"你呀——对喜欢的人掏心挖肺还不够，对不喜欢的人连敷衍都懒得敷衍……"——面对张镜湖的"指责"，若虚也不分辩，像犯了错的小孩一样笑着垂下头。

"那年夏天咱们报名实习老师，"张镜湖接着说，"你刚一开口试讲，就被那个倨傲的培训师打断了，当时你的脸一下就拉下来了——我坐在下面拼命给你比笑脸，一点用都没有……"

"谁让他那么自以为是，给女同学点评时还一嘴轻浮，着实恶心。"若虚义愤填膺。

"不过，咱们那么多报名的同学，也只有你敢公然顶撞他……他说了句'你不想讲可以从台上下来'，你竟然直接回了句'你看不惯可以把眼睛闭上'……"

"我脑子一热说出这句话，就做好被淘汰的准备了。"

"可你还是入选了——还是其他培训师拼命为你说好话才留下的。"

"算他们慧眼识珠！"

"你总是这样吃软不吃硬的，不担心以后吃亏吗？"

"不怕！我的脑袋可是金刚不坏，不怕捶打！"若虚敲了敲头顶。

"算了吧。硬碰硬的结果永远是两败俱伤，疼只有自己才知道。"张镜湖抬起手拍了拍他的额头。

列车在转弯，他们身体的重心忽然偏移，便一左一右地靠在了过道的墙

上。若虚打量着眼前的场景，笑着问张镜湖："你有没有觉得我很奇怪？"

"是有一点，我似乎也看不透你——有时觉得你像个真正的男子汉，有时又觉得你是个永远长不大的小男孩。"

"怎么讲？"

"平时，你的言谈举止总是很得当，像是刻意为之，可有时候，你又从不掩饰自己，比如在我们面前闹脾气，反而这是你最真诚的一面。我不得不怀疑：你的成熟稳重莫非是伪装出来的，可你又为什么要伪装呢？"

"有一次我帮老师们整理材料，听他们这样谈起我——有的男生比较老实、本分，但能力相对一般；有的男生能力很出色，但做人容易流于油滑，而我呢，在这两方面都恰到好处。或者，是因为我既想学着做好一个大人，又总想做回一个小孩吧……"

"这些天听你讲小时候成长的经历，我大概有些明白了。"

"其实，连我都不明白……"若虚又一次看向张镜湖，"我说自己奇怪，我觉得你也是个奇怪的人……你别介意——对你，我好像有种特别的感觉，和很多男生当你是'女神'不同，我从不认为你是个可望而不可即的人，甚至，我会猜想你心里是不是也住了一个长不大的小女孩……"

"有吗？"

"有——我从没见过一个女孩子，像你这样独立，更没见过这样独立的女孩子还能像你这样温柔……"若虚迟疑了片刻，"在校园里、课堂上，每当见到你，我就感到一种莫名的安心——我知道，这个人愿意了解我、接纳我，在任何一个我需要的时刻，她也一定会出现在我面前帮助我……我不明白，这种感觉是不是喜欢……"

"我想说，这并不是喜欢，你对我的感情——"张镜湖正说着，从车厢里走出个睡眼惺忪的旅客，见过道处立着一男一女，蓦地惊了一下，转身闪进了厕所。

若虚和张镜湖相视一笑。张镜湖接着说："你对我的感情并不是喜欢，更像是一种依赖。"

"依赖，你那么确定？"

"你相信我的判断——女生往往更了解自己的感情。"

"难道男生都不懂感情吗？"

"我不是这个意思，"张镜湖解释道，"你要知道，在人很小的时候，相比

男孩子，女孩子成长发育得更快，进入青春期更早，因而也就比同龄的男孩子更成熟，更懂得什么是情感。这大概也就是为什么更多男生愿意和比自己年轻的女生在一起——男生总是在寻求心理上的平衡，自以为成熟，自以为女生的情感该被他们掌控。"

若虚愣愣地听着——在这之前，他从未与张镜湖谈起过"感情"。

"可是，男女间的感情从不是对等的。即使成了最亲密的爱人，他们心里也将对方摆在了不同的位置上——就像：当一个男生对女生说'You are my girl'，意思是'你是我的女朋友'；而如果一个女人说'You are my boy'，意思却是——"

"你是我儿子——英语课讲过！"若虚说。

"这大概也是为什么女生会更懂男生。"

"真的吗?"若虚眼神里闪过一丝疑惑，"不过……你好像的确比我妈妈更懂我。"

"打住——我可不想在这个年纪就被同龄男生当成母亲。"

"这种被依赖的感觉不好吗？可你刚刚不是还说——"

"并不是不好，只是……作为女生，我并不希望自己像你们看起来的那样独立。你们总认为我很可靠，那是在做事情上，可是在感情中，我也希望能有一个我能够依赖的人——这个人，能够真正地爱我、保护我。"

"你觉得……我不算是这样的人吗？"若虚看向她。

"我刚刚说的是很真诚的话——在我眼中，你是个很可爱的男孩，但仅仅是一个很可爱的男孩。但是，在感情中，我不愿意委曲求全……"

"你说得这么透彻，都没留给我辩解的空间……"若虚脸上发着烫，"我觉得自己龌龊不堪，比起你的坦荡……"

"没什么，我们就像这样，一直做朋友就很好——甚至，如果你愿意，我可以继续当比你年轻的'姐姐'。"

"我觉得自己很可笑——一路成长，好像从来都不知道自己真的想得到什么……如果能一直当个小孩该多好，我不想就这么走进大人的世界里。"

"你不傻，你一直都在努力，也一定能做好一个大人，"张镜湖说，"当然，人生从不会是一帆风顺的，有太多意外、无奈，这是我们在成长中一定会遇到的。"

"你会害怕吗，那些意外和无奈？"

"或许会害怕，但那是必须面对的，它们也可能很精彩。"张镜湖点点头。

窗外幽暗的铁轨上，他们的列车和对向一辆列车擦肩而过，一阵疾风让列车向外摇晃了一下，车头方向传来一阵清脆的汽笛声。

"你看——"张镜湖望着窗外，"这就像人生旅途中和我们相遇的同伴——在某个时候相遇，而后又向各自的方向继续进发。"

"如果是人生的旅途，那么总有列车能径直抵达终点，也有列车慢悠悠地每一站都会停下；有的列车走笔直的通衢，也有列车免不了在崎岖的弯路花费更多的时间……每个人的人生真的很不同……"若虚听着列车轧过铁轨规律的"咣当咣当"声，又缓缓地问道，"你有没有幻想过'他'的样子？"

"'他'吗？"张镜湖眼中闪过一丝波纹，"我希望他能给我像父亲一样的感觉，愿意保护、关心、包容我。我也希望他高大、魁梧……"

"像父亲一样？"

"像父亲一样。"

"我懂了，"若虚收回了好奇，"你放心，我不会再为感情的事让你烦恼了，我也愿意继续做你的好朋友——做比你年长的'小男孩'。"

"这样就很好，我们都别打破这种感觉吧。"

若虚点点头，随即感受到了眼球的酸涩。

"很晚了，快去睡吧——困得眼睛都红了。"

两人沿着幽静的过道走回了软卧包厢，若虚在床上平躺下来，昏暗中，张镜湖的身影静悄悄地爬到了上铺。

"晚安。"上铺传来一句轻声的问候。

"晚安，做个美美的仲夏夜之梦。"

若虚耳畔仍旧传来规律的"咣当咣当"声。他静静躺着，望着帘外黑洞洞的夜色，心中漾起一阵暖暖的又带着几分酸楚的滋味，不舍地合上了双眼，渐渐进入了梦乡……

- 12 -

若虚缓缓睁开了双眼，又一次看到了车窗，明媚的日光正透过纱帘映在脸上——这是几天以来他睡得最安稳的一晚。

"你睡了好久!"一旁传来朱班长的声音——若虚转过头,见班长正坐在对面床上,端着那本《济南的故事》看。

"现在……几点了?"若虚揉了揉眼睛——他脑海中又浮现昨晚在车厢里和张镜湖谈话的情景,感到自己的话音有些颤抖。

"九点半,咱们就快到站了,"张镜湖从上铺探出头来,"你如果饿,我们的包里还剩一些饼干。"

若虚直起身——充足的光线让他们所处的方寸之地显得很是温馨,上铺的两个女生都倚着墙板坐着,一个收拾着包裹,一个在本子上写着什么。

他去盥洗间洗了把脸,在车厢过道处停留了片刻——车窗外已经隐隐露出了城镇的轮廓,车速也渐渐地放缓了,再次回到包厢,大家已经收好了行李。许亭亭少见地一语不发,呆呆地看向窗外。

"眼睛怎么肿了,没休息好?"张镜湖问她。

"可能是枕巾不干净,回去滴点药水就行。"她心不在焉地答了一句。

火车驶进站台,稳稳地停住。四人拖着行李走出车厢。许亭亭说自己大概中暑了,便回绝了一起吃饭的提议。若虚也决定先回家,大家便在车站分别了。

胡同口,几个小孩正叽叽喳喳地追跑着,若水见若虚拎着行李走下出租车,一阵风似的扑了上来。

"哥!你们怎么去了这么久?你好像又晒黑了!"若水很开心,用脏兮兮的小手一把攥住了若虚的背心。

"你这几天没惹妈妈生气吧?"若虚问。

"我可乖了!就快期末考试了,我还跟妈妈保证考个'双百'呢!"

若水告别了伙伴们,和若虚一起朝家走去。"若愚哥前天来电话了,请我们去他学校玩。你也来吧。"

"请我们干吗?"

"你去问妈妈。"

若虚走进家门,放下行李走进厨房。

"回来了,累不累?"母亲照例在厨房里忙碌着。

"玩得挺开心,去了好几个地方。若愚……请咱们去学校?"

"他也要毕业了,月底举行毕业典礼,邀请咱们都去。"

若虚一路顶着太阳回来，脑袋有些晕，便用凉水拍了拍脸——他看着镜子里的自己，黝黑的脸上，几处斑印好像更明显了。那是他还和姥爷一起生活的那个夏天，天热了起来却没有及时换薄衣，脸上起疹子留下的印迹。若愚小时候从来没有这样的麻烦——冬棉夏单春捂秋冻，他的穿衣永远有母亲帮着照料。

这天上午，若虚、母亲、若水一起来到若愚的学校。校园里洋溢着毕业季欢快而隆重的气氛，通往礼堂前的大道上，穿着各色学士服的毕业生整齐地列着队。礼堂前高悬着印有"热烈欢送××届毕业生"的横幅，下面人头攒动，不少学生正纷纷把名字签上纪念墙。

若虚他们随人流走进礼堂，直接在二层的观礼区域坐下。远远的主席台上铺着红地毯，摆放着长桌、皮椅、花篮，台侧立着演讲台。台下，身着红色、蓝色、黑色学士服的毕业生正陆续入场，在引导员的指令下入场就座。若虚认出了穿着黑色学士服的若愚，他独自走向最前方的一排，和几位工作人员交流着什么。

若水从没见过大学的毕业典礼，不住地向母亲提各种问题。母亲脸上也露出平素少见的欣慰神情，那是令若虚感到陌生的一种神情。

主持人宣布典礼正式开始。伴着入场音乐，学校领导们浩浩荡荡从台侧登上主席台，在摆开的皮椅上就座。

"典礼第一项：奏国歌！请全体起立！"——主持人宣布。

全场的师生及来宾集体起立，音响中传出了国歌声。

典礼第二项是表彰优秀毕业生。一位身着红袍的领导站到演讲台前，洪亮的声音通过麦克风传遍了会场——过去四年的学习生活，一些同学以端正的品格、优异的成绩、卓越的进取精神在多个领域中斩获成功，为其他同学起到榜样示范作用。经学校研究，决定授予常若愚等二十名同学××届"优秀毕业生"称号。接下来，请优秀毕业生依次上台，接受表彰……

隆重的颁奖音乐中，在台下第一排就座的那支光荣的队伍整齐地起身、出列、登上主席台——常若愚走在第一个，举止步伐间洋溢着踌躇满志。他从容地接过由校领导颁发的奖杯、奖章，望向台下的摄像机，沉着地微笑着。

"典礼第三项：请优秀毕业生代表——外语学院的常若愚同学作毕业致辞。"——表彰环节后，另外十九位"优秀毕业生"从主席台一侧退下，若愚则阔步走向主席台另一侧，向台上的领导和台下的观众分别鞠躬，站在演讲台前开始了他慷慨的致辞：

"尊敬的各位领导、老师、家长、同学、朋友们！上午好！我是外语学院日语专业的常若愚，很荣幸在今天这样一个光荣而隆重的时刻代表××届毕业生发言。恰逢繁花似锦的六月，我们的大学生涯也将画上一个圆满的句号，此时此刻，我首先想向在这四年中辛勤栽培我们的老师、悉心陪伴我们的家人、朋友们致以最诚恳的感谢！向这四年中一直不懈努力、坚持进步的同学们致以最热烈的祝贺！"

台上台下响起了热烈的掌声，片刻后，若愚接着说道：

"此时此刻，回顾我在母校度过的四年美好时光——我有幸结识了许多德高才重的老师、热情友爱的同学，在他们的指引和帮助下，我不仅取得了专业知识和工作能力上的进步，也获得了'三好学生''优秀团员''十佳青年'等一系列荣誉，这些荣誉激励着我在未来的人生中继续以'高山仰止，景行行止'的精神启迪自己，以'知之为知之，不知为不知'的态度要求自己，以'吾日三省吾身'的习惯监督自己……在不断的学习和自我提升中，我在母校这片沃土中成长进步，也最终实现在这个九月以一名交换生的身份继续求学的梦想……"

显然，若愚的致辞排演过多次，他底气十足，感情充沛，语言顿挫，被台下不时响起的掌声打断。在那片掌声中，若虚脑海里却浮现出曾经的画面……

那也是六月的一天，××小学在操场举行少先队入队仪式。有些简陋的主席台上，老师刚为一年级的若虚和若愚戴好红领巾。小哥俩胸脯挺得高高的，对着话筒你一句我一句：

——"少先队旗高高飘扬，星星火炬闪耀金光；"

——"我们的队鼓铿锵嘹亮，我们的伙伴笑声爽朗；"

——"今天，我们戴上了鲜艳的红领巾，我们的心情激动、昂扬；"

——"今天，我们成了光荣的少先队员，我们的理想扬帆远航；"

——"（二人合）让我们一起告诉伟大的祖国，我们是您的未来和希望！"

喇叭里响起了《中国少年先锋队队歌》，台下的少先队员们异口同声地合唱——"我们是共产主义接班人，继承革命的先辈的光荣传统……"

老师带领大家宣誓——"准备着，为共产主义事业而奋斗！"

若虚、若愚、所有少先队员右手握拳，高声回应——"时刻准备着！"

那天下午，若虚一手攥着水壶，一手拎着小马扎，高扬着下巴，炫耀着胸前的红领巾，和若愚齐刷刷地立在父亲面前。平常总不苟言笑的父亲那天格外开心，把他们一个抱上自行车的前梁，一个抱上后车座……

十六年前的画面仿佛就在昨天发生一样，若虚的眼前模糊起来。他生怕身边的母亲和若水察觉，赶忙抬手抹掉了眼泪。

台上，若愚的演讲已接近了尾声，他满腔诚挚地向同学们发出召唤：

"青年朋友们！青春是人生最美的诗篇！请珍惜这意义非凡的六月！珍惜我们生命中最绚烂的时光！

青年朋友们！让我们铭记自己的使命与梦想！迎着烈日的灼烧和暴雨的洗礼，一起走向人生新的灿烂与辉煌！

我的发言结束，谢谢大家！"

这一次，礼堂里响起的是长久而热烈的掌声。若愚再次向主席台的领导和台下的观众们鞠躬致意。

"感谢常若愚同学和我们分享他的青春故事，我们要以常若愚同学为榜样，挥洒自己的智慧和汗水，从优秀走向卓越，不负自己的青春韶华！"——在主持人的话语中，若愚从容地走下台，重新坐回座位上。

接下来是教师、校友、领导逐一讲话，临近十一点，毕业典礼正式结束。若虚、母亲、若水走下了观礼台，在一层大厅，终于与若愚会合了——他胸前挂着荣誉奖章，一手捧着鲜花，一手握着晶莹剔透的奖杯。

"很抱歉，上午时间太紧凑，还没顾上招呼你们。"

"二哥，你们今天怎么都穿这种袍子？"若水摆弄着若愚学士服的长襟，"为什么有人穿黑的，有人穿蓝的？"

若愚顾不上回答他的问题，转头对母亲说："上周本想回家看您，可才一回来导师就安排了新工作，加上我又在准备毕业——今天的发言是领导、老师一致举荐的，我肯定要认真准备。"

"你要注意休息，最近身体还好吧？"母亲许久没见若愚，很是关心。

"我都好，您放心，"若愚展开个豁达的微笑，"咱们合个影吧，礼堂的布置很快就撤了。"

他们逆着散场的人流走回礼堂——主席台上的长桌、皮椅已经搬走了，

印有"祝××届毕业生前程似锦"一行大字的背板还立在原地。

"我帮你们拍吧!"若虚举起相机,示意他们站上前——镜头里,母亲神情欣慰,若水咧着嘴笑,若愚意气风发。

"你也站过来吧——"母亲催促若虚加入。他有些不情愿地站到若愚身边,直了直脊背——他隐隐感到若愚手捧的花束中有根硬硬的枝条伸出来扎着自己的肩膀,又稍挪远了些。

"还有其他事吗?现在也快到吃饭时间了。"母亲问若愚。

"我和学院书记约好了,典礼结束后要马上去见他——"若愚摇摇头,"下午还得给学生上课——我只请了上午半天假。"

"不要搞得这么辛苦,等有空回家住几天。想吃什么,我给你做。"母亲说。

"二哥,你上次就答应带我去博物馆,咱们什么时候去?"若水问若愚。

"放心!等把这些事忙完,我一定带你去!"若愚弯下身子,拍拍他的额头,"妈,我真得走了,你们找地方吃午饭吧。我哪天回家,提前和您说。"

"一定要注意身体!"母亲冲若愚喊了一句。

若愚留下一句"我知道了"便匆匆离开了。

"妈,哥,我们现在去哪啊?"若水有些失望,看了看若虚,"对了!二哥没时间,那你下午带我出去玩怎么样?"

"对不起,他有他的事,我也有我的事,"若虚几乎本能地脱口而出,"我们班今晚吃散伙饭,我下午还要赶回学校去!"

"若虚!有事归有事,不许闹脾气!"见若水被若虚的反应吓住,母亲严厉地指责了他。

"我没闹脾气!我确实有安排了——今晚我们可能会到很晚,我回宿舍住,不回家了,对不起。"若虚气呼呼地和母亲道了别,也急匆匆地跑出了礼堂。

他身后传来若水的声音——妈,大哥今天有点奇怪,他怎么了……

若虚三步并作两步朝校门的方向走着,尽量远离着相互祝贺、拍照留念的人群。经过一处布告栏,他不经意瞥见了橱窗里"优秀毕业生"的专题版面,走近一看,第一幅便是若愚的照片,旁边标注着他的事迹和荣誉一览——那张和他几分相像的面孔正显出自信的神情。若虚仰头伫立在橱窗前,内心涌起阵阵激流,那种躁动又焦急的感觉让他很快便逃离了这片领地。他加快脚步向前走着——接近正午，马路已被灼得焦热，空气中一丝风都没有，此起彼伏的蝉鸣搅得他心烦意乱。他找了辆自行车，飞快地向自己的学校骑去，企图把上午的经历从脑海中丢掉——那些和回忆中的画面交织在一起的情景。

## - 13 -

学校附近一家小餐厅。

这群年轻人最终还是迎来了大学散伙饭。他们围坐在两张拼接起来的大桌旁，尚显稚嫩的面孔映着大堂的灯光，满是不舍与悲壮。一个月前穿"五四装"拍合影的他们，现在正为近在咫尺的分别而感伤——在还没独自面对过人生重大难题的二十多年中，能长久地被校园的围墙保护着，是一件十分幸福的事，而直到离别在即的此刻，他们中的大多数才恍然意识到这一点。

若虚和几个男生坐在一起，觥筹交错间，他的神情有些迷离，身边那些熟悉的脸庞似乎也变得陌生起来。几杯过后，大家起初的矜持渐渐消退，此起彼伏的话语声杂乱地扩散开来。朱班长被一个老乡邀请去聊天，老李、小李开始串座敬酒，只留下若虚坐在原位。几口闷酒让他的脑筋和舌头麻木着，他缓缓夹起一块牛肉含进嘴里，索然无味地嚼着。

桌子另一侧传来几个女生微带醉意的对话，其中一个激动得略带哭腔的声音重复着"我不想毕业"。若虚循声望去——是许亭亭，正和身旁的女同学肩抵着肩，斜靠在椅背上。那次旅行之后，若虚还是第一次见她。

许亭亭不经意一抬头，目光恰好和若虚的眼神相遇，不知所措间，许亭亭已缓缓起身朝他走了过来——她脸上泛着红晕，眼里水汪汪的，在若虚迷醉的感官中，这张脸显得有些怪异。

"常若虚同学——"她重重地坐在若虚身边，捡起桌上一个杯子，拿起一个打开的酒瓶倒满，摇摇晃晃地举到他面前，挑着她那黑黑的眉毛，"眼瞅就要散伙了……你不敬我一杯？"

若虚木然地看着她，不知该如何回应。

"今天以后，咱们就不是同学了！你还不抓紧机会和我说点什么？"她的

话带有几分挑衅的意味。

"你想让我说什么?"

"哼——她走了,你心里不好受吧?"酒杯在许亭亭手中摇晃着,一些酒洒在若虚衣服上。

"你喝多了,别胡说了!"若虚被搅得心烦意乱。

"你别管……我今天高兴!"她抬起另一只手指着他鼻子,"常若虚!你别老在我面前装清高!行不行?"

他们莫名其妙的对话引来了周围人的关注。若虚一阵惶恐,仿佛是一个在审判员面前企图掩盖罪行的犯人。见他没有回应,许亭亭仰头把酒灌进了嗓子,又冷笑了两声。"你以为你不承认,就瞒得了我了?"她又朝若虚靠近了一步,神秘兮兮地附在他耳边,"你一心扑在她身上,是吧?那最后还不是把她放走了,你真怂!"

"你喝醉了……"见许亭亭快要从椅子上滑落下去,若虚挣开她的手,把她拉了回来。

"你别管我!"许亭亭吼了一句,"你一门心思扑在她身上,对我,怎么就像瞎了一样,连看都不看一眼?"

她的话令他不安。看着她发红的眼睛,他目光游移很快躲闪开了。

"咱们一块待了那么多天,你主动跟我说过几句话?不说话就罢了,你还总拿话贬我损我……我爬山把脚都爬破了!你都不来关心一下……"许亭亭突然哭出声来,"你把我当什么人了……我是我爸妈捧在手心里长大的!凭什么让你天天逗闷子……我真讨厌自己……我也好讨厌你!为什么你不能离我远远的别再出现了……"

许亭亭的哭声越来越大,眼里涌出了更多的泪水。若虚分明已经感到周围投来的目光和一些人的窃窃私语。他注视着满桌狼藉,不知所措地思考眼前这混乱的局面该如何收场。就在犹豫间,许亭亭抹了一把眼泪,像是逼供似的问道:"你到底喜不喜欢我?你现在就回答!"

若虚倔强地摇了摇头。

"你混蛋!"许亭亭挣扎了一下,一个没坐稳硬生生地摔到地板上,还碰倒了椅子和桌沿的酒杯——"哗啦"一声酒洒了一地。

若虚吓坏了,赶忙弯下腰扶她,她却像一棵被闪电劈倒的树一般纹丝不动。不远处坐着的朱班长和几个女同学见状,赶忙跑来帮忙,许亭亭被搀回

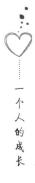

了座椅，脸上又是眼泪又是酒，委屈得伏在一个女生肩上，哭成了一团。

"没事，过来这边坐。"朱班长扶起倒在地上的椅子，把若虚领到一旁，递了杯茶给他。若虚满脸沮丧，一口一口，机械地喝着。

"今天大家喝开了……不过，她这些情绪也不是积累了一天两天了，等你静下来，好好想想吧，"见若虚脸色发白，朱班长只好又安慰他，"再怎么说，这也是咱们班最后一次集体活动了，别垂头丧气的！你先缓一缓，我去她那边看看。"

朱班长走开了，若虚失魂落魄地靠在椅背上，感觉周围嘲讽的眼光还存在着，内心一阵懊恼，又给自己倒了一杯酒，一股脑地咽了下去。似乎只过了片刻，刚刚那一幕就被淡忘，他身边重新升腾起铺天盖地的喧哗。小李和几个男生起哄请班长为大家表演，在众人的喝彩中，朱班长走到餐厅前方的小台子上，拿起话筒，开始了深情款款的发言——

"同学们，今晚是我们大学时代最后的狂欢，明天，我们将各奔东西，各自走进人生的下一阶段。在这里，我祝你们在未来的日子里一切顺利，风雨兼程——"

说到这里，朱班长突然哽咽了一下。他停顿了几秒钟，接着讲道："我祝你们在未来的日子里风雨兼程，笑对挑战，永远不要忘记我们一起走过的放肆的、澎湃的时光！我会永远支持和想念着大家！大家一路保重！"

在班长的祝词中，不少同学难掩泪水，餐厅中已经回荡起此起彼伏的哭声。

朱班长红着眼睛，继续饱含深情地说道："我送大家一首歌！祝我们在以后的日子里平安、快乐！顺利！"

和着吉他的旋律，朱班长低沉地唱着，那是一首民谣，歌词很是质朴——

南方姑娘　我们都在忍受着漫长

南方姑娘　是不是高楼遮住了你的希望

……

南方姑娘　你是否爱上了北方

南方姑娘　你说今天你就要回到你的家乡

……

　　若虚眼前一阵恍惚，几个小时前经历的场景又一次浮现——下午，他气急败坏地一阵飞驰，在校门口，碰巧遇到张镜湖拖着行李箱沿着主干道走来。

　　"今天就要走吗？"若虚停在张镜湖面前，打量着那两只半旧的、有些笨重的箱子。

　　"是，今晚的票。"

　　"晚上的散伙饭，你不参加了吗？"

　　"不参加了，"张镜湖摇摇头，"其实我不太喜欢这种场合，也蛮庆幸能提前走掉。"

　　"你这一走，我们可能再也见不到了吧……"

　　"不会的，人生随时随地可以重逢，我们一定有机会再见的。"

　　"我很多次地想象自己告别大学时的样子，没想到这一天真的来临，反而不敢面对了……我送你去车站吧？"

　　"不必，"张镜湖谢绝了，"人生所有的喜和悲，我们都要去面对——这句话送给你，也送给我自己。"

　　"谢谢！我想……我会永远记得与你相处的时光，那是我在大学里最难忘的回忆，"若虚有些哽咽，"我……我真的感恩能够遇见你……如果人生是一场旅途，不断有人来了又去，那么与你同车的这一站，让我格外开心。"

　　"谢谢你这么说！接下来还有漫长的旅程，你要保重，也要玩得精彩，"张镜湖说，"希望你可以一直勇敢、积极地面对你的人生。"

　　"你也是，"若虚眼睛发着热，"我答应过你，愿做你一生的朋友，绝不反悔。"

　　"我也是。"

　　张镜湖朝路边挥了挥手，一辆出租车停了下来。她闪进了车里，透过车窗与他挥手道别。紧接着，那辆车笔直地驶向了公路，车身越变越小，终于消失在他的视野中。

　　夏天的烈日刺痛了若虚的视觉。他脑海里似乎又闪过火车轧过铁轨的"咣当"声和悠长的鸣笛声。

　　他强忍着夺眶而出的泪水。

　　朱班长的歌声掺杂着同学们的笑声、哭声还在继续。记忆的恍惚和酒精的刺激让若虚的意识更加模糊，鼻尖的酸涩和喉咙里的刺辣掺杂着，耳边纷乱的声音越发空旷，如盘旋的鸽群，时远时近。几番努力后，他放弃捕捉这

声音的轨迹，低头趴进自己的臂弯……

他隐约记得，后来是被一阵吵闹声惊醒的——餐厅昏黄的灯光下，熟悉的同学们都换了一副他不曾见过的样子：几个女生抱在一起痛哭，对面坐着的老李目光泛着呆滞，还有一个女生竟然站到了椅子上，摇摇晃晃地唱着歌……大家似乎都在为青春的最后一场狂欢放纵着。若虚的脑袋一阵胀痛，抬了抬已经枕到麻木的胳膊，站在原地醒了醒神，勉强支撑起自己的身体，踩着轻飘飘的步子走出了那片喧闹。

那条空荡荡的小街上，连平常总是摆到很晚的小摊位都收了。外面的空气重新激活了他的感官，让他又一次回想起自己十余年的求学时光——他从未料想过二十二岁的这个夏天，竟给他留下了如此深刻的记忆……

第二天，他被一束光晃醒了——寝室的窗帘没有拉，三位室友还都沉沉地睡着。若虚静悄悄下床，简单洗漱过后，拎上提前整理好的行李，把钥匙交还给值班室，直直走出了宿舍楼，走出了熟悉的校园。

跨出校门那一刻，他没有回头——虽然不久以后，他能再次走进这里，但他也清楚地知道：那承载了他四年美好回忆的领地，从某种意义上说，随着踏出的脚步，已被他永远地抛在了身后。

## － 14 －

南方某个小镇。

逃离了都市的喧嚣，稍显简陋的大巴车车厢里，张镜湖望着窗外笔直的公路和路旁高矮参差的树木房屋——离家四年，虽然每逢假期也回来，但这一次是她真正告别了漂泊的时光，回到自己的故乡。

她困倦地闭上了眼睛。一幅幅画面在她脑海中闪过……

第一次离开家乡时，她一路拖着这两只沉重的行李箱，望着车窗外广阔无垠的田野泪流不止——故乡的一切都在向她挥手告别，她像个走失的孩子，就这样被丢进了大人的世界。在那座远离家乡的陌生城市，她凭一本地图和一路的问询风尘仆仆地找到自己的学校。在熙熙攘攘的校园里，和她一样的新生们与他们的爸爸妈妈围在一起，笑呵呵地研究着宿舍楼、图书馆、食堂

的方位，研究着从哪里可以买到床垫、生活用品，研究着和哪位同学在同个班级或是寝室……只有她孤零零地从操场外围走过，望着被风扬起的尘土发呆。

正是在这样一种忐忑中，她走向了自己的异乡求学路。

她清晰地记得，第一堂课前，她独自坐在靠窗的座位，忽然一个险些迟到的男同学闯进了她的视野，冒失地开始了略显生硬的问候，又心安理得地在她身边坐下来——看得出来，他言行举止间在故作老成，因为那双灵光闪闪的大眼睛一下子出卖了他的天真。在课上，他又总是一副专注的样子，时而望着老师和黑板，时而又低头在本子上记着什么。他的头脑似乎也很敏捷，老师偶尔抛出的问题，他总是能说出个八九不离十的答案——他应该读过不少书，可平时又从不见他炫耀过。

有一次，体育课长跑测验。他昂头挺胸，稳稳迈着步子——她从不知道，外表文质彬彬的他竟然也有矫健的身躯，褐色的皮肤在阳光的映衬下，满是生命力。当其他男生直接瘫坐在终点线旁，只有他独自在一边的跑道上气定神闲地放松着小腿。那天下午短暂的课间，他趴在课桌上睡着了，脑袋歪在手背上，像个乖乖的小孩。

偶然一次，她听到别人在议论——他没有爸爸。

她不禁好奇，那个双眼炯炯神采、在阳光下奔跑的男孩子，竟然也和她一样？

许久，她都不曾问过他——她担心刻意的关心打破他们之间的关系。

微凉的山顶，一路笑意盈盈的他望着悬天的北斗星流着眼泪；静悄悄的列车上，他困得迷迷糊糊的，还硬要瞪着泛红的大眼睛，在车厢里和她聊天……后来，他安安静静地睡在下铺，眼睛温顺地闭着，眉毛却还微皱着，双手握拳放在肚子上，难道梦里他还在努力做着什么？

他真有趣。有时是个好胜的斗士，有时又是最厌战的、无忧无虑的小男孩……

大巴颠簸了一下，她缓缓睁开有些酸胀的双眼。

脑海中的回忆随眼前景象的重现而消散了——车窗外的树木房屋悄声后退着，仿佛她的大学时光，无可阻止地变成了人生的序章。她眨了眨眼睛——曾经以为生命中的一切都是永恒的，现在她却渐渐懂得，它们中的大部分只是某一阶段出现的过客。

在漫无边际的思索中，巴士停止了颠簸。张镜湖拖着行李箱，又一次站在那条熟悉的小河边——这是故乡的土地，留着她抹不去的思念。她又一次回到童年时成长的地方。

她走过一段长长的水泥路。前面，一座小石拱桥跨过河面，石桥另一侧建着一片白墙黑瓦的小楼，小楼临河的一排开着门，台阶铺搭到水面下，上游几户人家正在台阶上浆洗衣服。靠近河中央的地方，几只白色的鸭子列着队形，顺着水流向下游漂浮，传出可爱的嗟喋声。走下石桥，她沿着窄窄的巷道，走进那片小楼间。远远的，一个高高瘦瘦的老人迎着她的方向走来。

"外公——"张镜湖激动地喊着那个老人。

"累坏了吧？"老人停下脚步，注视着眼前这栉风沐雨的归人，"外公晚了一步，害得我们小湖一个人从车站走回来。"

张镜湖望着他嶙峋的脸庞——外公依旧精神矍铄，只是比从前又瘦了些，眼窝和颧骨更加明显了。外公拖过她的一只箱子，伴着小轮毂在地面上的滚动声，祖孙俩向幽深的巷道里走去——外公的步子也比从前慢了些，张镜湖和他缓缓地并肩走着。

巷道尽头再拐一个弯，张镜湖又看到了思念许久的家。透过院子半掩的铁栏栅，她望见了院里栽着的枇杷树。外婆正坐在树下的板凳上，聚精会神地掐着豆子。

张镜湖轻轻推开铁栏栅，外婆循声抬起头，眼睛笑成了一条缝，边在衣襟上擦手边站起身上前抱住了她。张镜湖弯曲着膝盖，搂着外婆的肩膀——外婆依然是那么慈祥，气色看起来比外公还要好些。

"囡囡累不累？"外婆抚摩着张镜湖的头发，"外公才出门就接到你！先上楼去坐啊，外婆收拾过房间了，不急呀，菜很快就烧好了！"

张镜湖抬头望着熟悉的小院——她家的房子也是白墙黑瓦，院里除了枝繁叶茂的枇杷树，还放置着太多她熟悉的东西——旧藤椅、靠在墙边的木梯子、外婆用惯的大盆和搓衣板……

她提着箱子，踩着窄窄的木梯上了二层——脚下发出的"吱呀"声仿佛将她小时候在这里跑上跑下的回忆拉回到眼前。她怀念地看向四周，阁楼里的陈设还是老样子——硬硬的地板，半旧的衣橱，木架大床，一切虽简朴却非常干净。她卸下一路的负担，在软软的床上坐了下来。床边是她用过多年的宽写字台，正对的墙上贴满了奖状，大部分都泛着黄，还有几张很旧的因

为糨糊干裂已变得皱巴巴。她凑上前去一张张浏览着——里面有大学期间获得的"三好学生"证书、小时候画画拿过的奖状，最旧的一张记录了她小学一年级"百词竞赛"得到的满分，日期是十五年前。她拉开写字台旁的窗帘——窗外对着邻家的房檐和露台，更远一处人家的露台上，一位母亲正把彩色的被面摊开晾晒，身旁有个小孩在叽叽喳喳说笑。

楼梯上一阵响动，张镜湖扭过头——外公一手颤巍巍地扶着楼梯把手，一手端着搪瓷盆，小心地走了上来。她连忙上前接过盆，扶着外公坐到床上。

"小湖渴不渴？你外婆刚洗好的。"外公笑着看着她——搪瓷盆里盛着几个淌着水滴的西红柿。

"外公，以后要拿什么，喊我下楼去拿——你腿脚不方便，上楼危险。"

"这梯子我爬了几十年，闭着眼睛都会走！"外公眼神里满是疼爱，"你外婆知道你要回来，这几天可待不住哟，帮你收房间、晒被子，就盼你回来住得舒服——就是二层比一层热些，我去把风扇拿上来给你吹。"

"我不热，外公别急走，"张镜湖拉住他，从背包里取出证书，"喏——我给你看个好东西。"

外公眯起眼睛，辨认着证书上的字。"真棒啊！我们小湖已经是文学学士了！一个人读书辛苦呀，小湖这几年都累得不长肉——这次回来多住几天，不急回去。"

"囡囡，菜烧好了，喊你外公一同下来！"外婆的声音从楼下传了上来。

"我们就来——"张镜湖回应着，和外公一起走下楼去，见饭桌上摆满了外婆烧的菜：红烧肉、醋鱼、烧三丁、清炒白菜，砂锅里是萝卜鸡汤，都是她最喜欢的菜。

"外婆，你烧了一桌菜，我们三个哪里吃得掉？"

"外婆高兴烧，你在外面吃不到。"外婆把饭锅端到桌上。

祖孙三个围坐在桌边，张镜湖夹起一块红烧肉，感慨地说："外婆，世界上没有人能比你烧的菜更好吃了。"

"爱吃就多吃点！"外婆笑着看着她。

傍晚，张镜湖帮外婆一起收拾厨房——虽然家里已经配了液化气，但外婆还是习惯用多年前砌的旧灶台烧菜。那口大锅也用了许多年了，张镜湖擦拭着锅边的油渍，外婆把用过的碗碟在水池里冲洗着。

外公端起暖瓶，给茶杯续了一点热水，端起来抿了一口。

外婆抖干碗碟上的水渍，扭头批评着外公："讲过许多遍！久一点再喝茶，胃容易搞坏的！"

外公咂咂嘴，听话地把茶杯放下了——见他有些难为情的神态，张镜湖忍俊不禁。

"囡囡啊，"外婆合上碗柜门，"天黑得晚，你外公找人谈天，你和外婆一同去散步吧？"

"我们还像小时候一样，走那条小河吧？"张镜湖笑着看着她。

张镜湖和外婆一路走向余晖映出的那片昏黄。外婆的步子很慢，张镜湖陪她慢慢走着。

"这里好像都没有变化。"张镜湖怀念地看着周围。

"你小时候，外婆也是这样牵着你在这里走，那时你才和我肩膀一般高，现在都比外婆高这么多了！"

"外婆，最近我蛮累的，想在家里多住几天，再上去，好不好？"

"外婆愿意你回来住，住久一点，外婆多照顾你。"

"等我上去以后，会常打电话给你，你想我了我就下来看你。"

外婆抬起手，像哄小孩一般抚摩着她的额头。张镜湖微笑着，搂住了外婆的肩膀。

晚上。张镜湖散着半干的长发，坐在写字台前。热闹而忙碌的一切似乎都结束了，回到这熟悉的小阁楼，她仿佛回到了小时候。她看向面前的那面墙——窗外的月光正透过纱帘，映着这片奖状，最上方贴着一张已经发暗的合影，合影左边坐着一个中年男人，戴着厚厚的镜框；旁边的女青年，甩着飘逸的卷发斜靠在他肩上；他们中间那个别着发卡的小女孩，正甜蜜地笑着。

她望着那合影出起了神——儿时和爸爸妈妈去公园玩的情景，那样温暖，那样令人怀念。

她在心底默默地说：爸爸妈妈，我回来了。我好想你们，这一次我不会离开了……

– 15 –

每个人都在属于自己的人生路上前行，或急或迟，或顺利或波折。

有的人试图抛掉一身重负，寻回自己最初的样子。

有的人正为自己再紧紧地上一次弦，努力活成理想中的样子。

若愚显然是后一种人。多年以来，他早已习惯了马不停蹄而无往不利的人生。那天上午，毕业典礼刚一结束，他就穿着学士服匆匆赶往书记的办公室——书记年逾五旬，四年前从机关处室调来了外语学院。若愚在大一时参与新生演讲获得了第一名，从那时起便与他结识，而后几年也常去拜访他。

"请坐。"——若愚进门时，书记刚合上电脑，从办公桌旁绕出来，坐在若愚对面的沙发上。

若愚将"优秀毕业生"证书、奖杯握在手中，又把学位帽摘下搭在沙发的扶手上，恭敬地说道："感谢您给我这样的机会，能作为咱们学院的代表，代表全体毕业生发言，我觉得非常荣幸。"——作为学院这四年中成绩瞩目、屡获奖项、又频登学校各类表彰榜单的学生，他自信于书记对自己的熟知和认可，认为无需表现得过于生疏客套，可以自如地同书记交流。

"听说你在夏令营当老师？"书记问。

"是的——"若愚在脑海里迅速组织着语言，"是咱们学校和日方一所院校合作的项目，公开招募助教，我去面试，很幸运被录用了——而且……一起被录用的其他助教都是在读研究生，只有我才本科毕业。"

"面向的是什么学生？"

"主要面向日方院校的学生——他们利用暑假来中国学汉语，课程结束后再返回日本。我之所以很想参加这个项目，也是因为今年九月我就要赴日交换，能在这个项目中结识更多朋友，对我在日期间更好地学习、认真完成导师布置的功课也会有很大帮助。"

"不错，"书记点点头，"年轻人，有想法也有机会，多出去看看。"

"刚好，我带的班上就有我即将前往的那所院校的在读学生——得知我即将从他们的老师变成同校的同学，都非常欢迎我，"若愚笃定地回答，"我原本的日语优势加上在这个项目中获得的教学经验，相信等到了日本，有不少能够发挥的机会。"

"你能力素质都在这，好好历练历练，一定没问题。"

"谢谢——"书记的话令若愚很欣喜，"在咱们学院四年，您给了很多帮助和点拨，我这次能赴日交换，也是对学院这四年的培养一个很好的回馈。"

"也是你自己努力，"书记又不无赞赏地点着头，"你们这代年轻人，学

习、工作这么努力的不多见——我们当年一起转业的战友，孩子都和你差不多大，但可都没你这么有冲劲。就说我儿子吧，去年大学毕业，一心想出国，到现在还在准备……"

"您过奖了，"若愚审时度势，"都说'虎父无犬子'，有您做榜样，令郎一定也会在学业上有所建树的。"

"希望如你所说，"书记笑了笑，"上次还有个战友托我找一个日语家教，跟他家孩子练练口语——他孩子自学过日语，想以后有机会也去日本读个学历。回头我介绍你们认识认识——都是年轻人肯定有共同语言。"

"谢谢您的信任，我觉得非常荣幸，"若愚瞟了一眼墙上的挂钟，站起身，"嗯……我下午还要给学生上课，得抓紧时间再准备一下，就先不耽误您工作了。后续这段时间我依然每天在学校，如果学院的工作需要助手，您随时喊我。"

"有需要一定喊你——去忙吧。"

若愚恭敬地离开了书记办公室——其实，刚才和书记谈话的过程中，他肚子一直"叽里咕噜"的叫着，见时间所剩无多，他小跑几步赶到了学生餐厅，给自己点了一份便餐和一杯浓浓的咖啡，找了一个墙边的桌子坐下。因为前段时间一直配合导师做文献整理，最近又被这个项目的备课、批改作业占据了很多精力，尤其是这一周为准备毕业典礼的发言稿，连续几晚没睡好，他感到身心俱疲。不过，想到导师布置的任务正有序推进，在项目中结识了不少日本朋友，今天上午的毕业发言效果也相当满意，这一切又给他带来强烈的满足感——想到下午的课一点半就要开始，他喝水似的把那杯咖啡灌下肚去，又一顿狼吞虎咽吃了饭，觉得自己的精力恢复了一些。他再次看了看时间，决定直接去上课的教室。

教室里，早到的学生看见穿学士服的若愚很是惊讶，纷纷邀请他合影，又七嘴八舌地提着各种问题：

——"常老师，你还在读大学？"

——"常老师，下午的课，你会不会给我们表演中国功夫？"

——"常老师，我很期待去参观少林寺，听说你会和我们一起去？"

——"常老师，你今天看起来特别帅！"

若愚很耐心地一一解答着他们的问题，随着上课铃声响起，他开始了下午的授课。

"同学们，你们了解中国功夫吗，你们知道哪些中国的功夫明星？"他向在座的学生提问。

"我知道成龙，我看过一部很有意思的电影，他和一个美国警察一起工作。"一个学生回答。

"是的，这部电影里，他们既是同事，也是很好的朋友，"若愚点点头，"还有呢？"

"我知道李小龙。"另一个学生说。

"李小龙很有名，"若愚模仿着他的招牌动作，"正是他发明了截拳道。"

"我知道李连杰！"一个女生说，"他演过历史上一些很有名的人，比如霍元甲。"

"非常好！李连杰是中国很有代表性的功夫明星，他还演过一部很有名的电影，叫——"他转身在黑板上写下"少林寺"三个字，开始领读，"少——林——寺。"

"少——林——寺。"学生们齐声跟读。

"上午的课上，我们已经读了关于少林寺的课文，"若愚把粉笔夹在指间，"你们还记得少林寺因为什么而出名吗？"

"少林寺因为中国功夫而出名，"一个学生回答，"它是中国功夫的发源地。"

"很好，'发源地'——我们上午学的生词，"若愚竖起大拇指。

"少林寺的许多名胜古迹都很出名。"另一个学生说。

若愚点点头，指着板书说："这是一个很特别的词——英文叫'places of interest'，意思是'很有趣的地方'，汉语叫'名胜古迹'。"

"名——胜——古——迹。"学生们早已适应了若愚操练词汇的方式。

"还有呢？"若愚向一个一直没开口的学生提问——她是一位越南学生。

"少林寺因为佛教而出名，"越南学生给出一个不太一样的答案，"我知道少林寺里收藏了很多佛经。"

"非常好——"若愚面露欣喜，"少林寺里有一座藏经阁，里面收藏着许多经书，下个月我们一起去参观少林寺，还会一起参观那里的藏经阁。"

"老师你说'我们一起去'？"学生们捕捉到他话里的"玄机"，意外又惊喜。

"对！"若愚重复了一遍，"下个月我和你们一起去少林寺！一起去学中国功夫！"

当确认了若愚并不是开玩笑，学生们顿时发出了欢呼声——刚才提到李小龙的那个学生甚至兴奋地起身和若愚击了个掌，又模仿起课本插图中少林功夫的手势。

若愚被大家的热情感染，转身在黑板上写下"嵩山"两个字，带读道："少林寺旁边还有一座有名的山，叫作嵩——山——"

"嵩——山——"

"大家看这个字——上面一个'山'，下面一个'高'。"若愚给学生解析起字形。

"噢——那一定是一座很高的山。"一个女生觉得这个字的结构很特别。

"是的，这是一座很高的山，"若愚点点头，"我们不仅会参观少——林——寺，还要一起爬——嵩——山——"

学生们得知旅行安排后，课堂变得更加活跃了。这段日子以来，若愚已经习惯了利用自己的热情和敏锐，在课堂中营造出一种欢乐充实的氛围。下课铃响起，大家纷纷表示汉语没"说"够，想要继续和他进行对话练习。

"今天先'说'到这，"若愚又一次度过了颇有成就感的五十分钟，"我们过会儿在操场见！记得我教过的成语——我们要成为'文武双全'的人！"

"常老师，你说了要和我们一起练中国功夫，我们等你！"几个男生边收拾书包边邀请他。

"我开完会就去找你们。"若愚整理着讲义——他马上要去参加项目的教师例会，便暂时和学生们告别了。

若愚急匆匆地走进会议室，一拨和他一样年轻的老师已经在台下就座，项目主任正站在讲台准备布置这一周的任务——她是个很和蔼的女教师，当初的面试就是她亲自出题和提问的，而若愚也正是从她看自己的眼神和对自己表现的反应中，觉察到她对自己的欣赏。她的笑容给了若愚极大的鼓舞，那场面试若愚也发挥得十分自如，在走出考场时，他就对能最终入选有了把握——他一贯是这样，在参与过的很多比赛里，即使竞争激烈，他也对自己的能力和判断力有足够的信心，相信自己能够脱颖而出。

若愚刚一落座，主任就介绍起本次例会的要点——一是对开营两周以来表现优异的新教师进行表彰。果然，在他的预料中，自己的名字出现在了公布的名单中。

"请获得'优秀教师'荣誉的老师们上前领取奖状。"主任说。

一个人的成长

　　若愚只不过坐下片刻，便又一次起身走上台，接过了主任颁发的奖状——到目前为止，他今天一直在接受各种表扬，对这个过程，他也足够气定神闲了。

　　"祝贺你。"

　　若愚还未想好该如何回应，主任已经半开玩笑地打趣起来："怎么了，激动得不会说话了？"

　　"不——"若愚望向台下，"在这么多优秀的同仁之中，我能获此殊荣，我觉得很惶恐。"

　　"不必惶恐，你的表现大家有目共睹。"主任笑着说。

　　再次回到座位上，若愚感到自己的心跳在加快，在注意力的时聚时散中，他听完了主任开会的所有内容。随着一声"散会"，老师们陆续离开了会议室，而他抓住主任在现场逗留的片刻，又一次主动上前，表达起对她的感谢。

　　"我一定要当面感谢一下您对我的认可——这个'优秀教师'的荣誉对我这个初出茅庐的门外汉实在太珍贵了，"若愚由衷地说，"这是我今天穿着学士服接受的第二份荣誉，我会带着这些激励，再接再厉，不辜负您的厚望。"

　　"你很优秀，你值得这些，"主任也对他微笑着，"我很看好你——下个月做带队老师，要真正对学生、对项目负起责来，期待你更好的表现。"

　　主任离开了。若愚结束了一天的任务，终于可以将脚步放得稍缓些。他端详着这封全新的奖状，难掩内心的喜悦，脑海中迅速回忆着与这个项目结缘的契机——当得知只有研究生才有资格参与时，内心一种奇异的力量让他主动拨通了咨询电话；对方纵使给了他相对明确的回复，他依然认真准备了简历和报名材料；在有幸入围面试阶段后，由于出色的发挥，他还获得了主任的青睐，一步步成为这一项目正式的老师——几乎可以说，是自己当初的好奇和勇敢，为他争取来这意料之外的机遇与肯定。在项目中如鱼得水的表现，也让他找寻到了一份能充分发挥自己优势的职业，这也算是他从这段经历中获得的最大的收益。

　　他快速在头脑中盘算了一下目前的局面——有"优秀教师"的评价在握，有接下来带队的机会，自己显然还能通过这个项目得到更多展示和锻炼的机会。在研究生阶段真正开始以前，这真算是一次"无心插柳"的意外收获，给他的未来加上一笔锦上添花的成绩。

　　太阳已经偏西，若愚走在有些晃眼的甬道上，回想着今天发生的事——

像这样忙碌又充实的生活正是他大学生涯的缩影，在最精彩的年华，他感觉自己已经形成了一种优秀的自我认知和人生信条。通过不断积攒"优秀"，他也更深刻地懂得了用努力换取荣誉，再用荣誉提升信心的良性循环对于成长的助力，这种助力也将他推向了顺利成长的人生大道。

他将一天中收获的成就感细细沉淀着，抬头望向前方——刺眼的光芒中，仿佛潜藏着很多机会等待探索。湛蓝的晴空下，他暗自下定决心——人生就像是一场精彩的竞技、比赛、游戏，既然竞争之下一定会产生胜者，为何不能是我呢？

## － 16 －

骄阳似火。

新兴小学的操场上，五年级（6）班在上体育课。

两排男孩子在前，两排女孩子在后，列队听体育老师讲解抛掷实心球的动作要领——体育老师是位高个子青年，矫健的身躯转向东边，将球高举过头顶，一番蓄力加上一个短促的抛掷，那颗橘色的实心球"咻"的一声从他手中飞出，在空中滑翔着——孩子们的目光齐刷刷追随着那条优美的抛物线，见实心球落到了距离他们很远的地方，大家发出异口同声的"哇"声。

"把球捡回来！读一下数！"体育老师对排头那个留着鸡冠头的男孩子说。

鸡冠头小跑过去，对地上的卷尺琢磨了好一会儿，嬉皮笑脸地喊了一句"老师，我看不懂。"

"你去。"体育老师用眼神示意若水。若水跑到球落地的位置，看了一眼皮尺，回答道："您抛了十六米五！"

体育老师又强调了一遍动作注意事项，组织孩子们依次做抛掷练习。

轮到若水上场，他有些忐忑地走向起点，捡起实心球在手中掂了掂——他回忆着体育老师讲的要领，前脚尖抵住起点线，后腿躬下，把球举过头顶，做着蓄力的准备。

旁边一群男孩子饶有兴致地看着，不知是谁说了一句"你别被球带飞了"，顿时引发了一阵哄笑。若水停下动作，瞪了他们一眼，重新蓄好力，铆

足劲一抛——实心球脱离了他的手，但并没有划出轻快的轨迹，而是像断线的铅锤一般一头扎在地上。

"动作不对，再去练。"体育老师说。

若水点点头，站回队伍最后。旁边几个男孩子对他做起鬼脸来。

"有什么好笑的？"若水一脸不服气。

"你真没用，连实心球都不会扔！"一个男孩轻蔑地说。

"我确实不会扔，那是因为没练过，我并不觉得丢人；你们自以为厉害，比起老师不也差很远吗？"若水回敬道，"连老师都没笑话，你们有什么资格嘲笑我？"

"老师是老师，我们当然比不了。但我们比你厉害，我们就可以笑你！"对方说。

"五十步笑百步。"若水在心里想。

全班完成了抛球练习，体育老师吹响清脆的哨声，将孩子们带到了下一个项目——地上画好了蜗牛壳图案的石灰线，男孩子与女孩子将分成两队进行比赛。

对这个年纪的孩子来说，"性别大战"无异于同仇敌忾的尊严之战，男孩子们尤其不甘示弱——尽管他们的身高、力气、速度未必领先于同龄的女孩子，却偏偏有"雄霸天下"的信心，唯恐自己在任何的竞技中落后。体育老师宣布了规则：女孩子们集中在"蜗牛壳"中心区域，顺着石灰线的轨迹螺旋向外跑；男孩子们则在"蜗牛壳"外侧列好队，顺着石灰线螺旋向里跑，哪一方先踏进对方的领地就算获胜。

此时，男女双方的排头兵已经做好了起跑准备——若水被甩在男孩子队的末尾，只得先远远观战。一声哨响，两位排头兵冲出了起跑线，"蜗牛壳"里外顿时响起了加油声。两人在接近中点的位置相遇，以"石头、剪刀、布"决定输赢——女孩子的"剪刀"赢了男孩子的"布"，便继续向前跑去，第二个男孩子只好从起点出发继续迎战"敌军"。

队尾的若水探着脑瓜，研究着前线的"战况"——他发现在两方相遇时，多数女孩子都像事先商量好一般首先出"剪刀"，从而大大提高了胜率；男孩子则乱出一气，在几轮"遭遇战"后便显出劣势，两方相遇的位置已渐渐逼近"蜗牛壳"外侧。他很焦急地想为同伴支个招，但声音很快便被淹没在队伍的叫喊中。

终于轮到若水出场了，他全速冲出起跑线，计划着如何为行将告负的男孩子们力挽狂澜，定睛一看，却发现迎面跑来竟然是叶小雯。眼见只有几步便要和她相遇，若水一分心，脚下一绊，一个马趴狠狠摔在了叶小雯面前。

空气凝固了片刻，紧接着便听见身后男孩子们的哄堂大笑。

若水摔得不轻，有几秒钟他的眼前一片漆黑，胸口像撞到了大石头一样剧烈的疼。他试图双手撑地站起，定睛一看才发现双肘和手掌全磨破了，膝盖上也沾着黏黏的血迹。

"磕得疼不疼？"叶小雯俯身看着摔得七荤八素的若水，想伸手拉他起来。这个举动让男孩子的起哄声又高了一倍，里面竟然还传出"常若水向叶小雯求婚了"的喊声。

体育老师制止了男孩子们的哄闹，走过来检查若水的伤，让若水抬抬手，动动腿，又对叶小雯说："你扶他去医务室吧，皮肉伤，不太要紧。"

叶小雯搀起若水退出了赛场，两人朝医务室走去——若水觉得很没面子，想自己走，膝盖却隐隐作痛，只得强装着若无其事接受了她的搀扶，高一脚低一脚地穿过暴晒的操场……

医务室里。

若水坐在凳子上，医生用棉签蘸了碘伏涂在他的伤口上——棉签接触伤口的瞬间，他疼得龇牙咧嘴，但忍住一声没吭，还得到了医生的表扬。见胳膊肘和膝盖涂得一片黑乎乎，若水很是惭愧，一旁的叶小雯见他满脸委屈，从兜里取出纸巾，蘸湿了擦拭着他的小脸。

"蹭得全是土，你自己肯定看不见。"——若水没有被伤口疼哭，没有被碘伏"杀"哭，更没有被起哄的同学气哭，但听到叶小雯这样说，鼻子竟然泛起了酸……他拼命忍着打转的泪珠，依旧一副大义凛然地坐在凳子上。

他们俩回班时，体育课已经结束了，同学们正稀稀落落地走回教室。见若水和叶小雯一起进来，几个男孩又开始起哄，"鸡冠头"甚至夸张地喊着"叶小雯同意和常若水谈恋爱了"，气得叶小雯直接把他的铅笔盒摔在地上，坐回座位上哭了起来。

若水气不过，冲着那些男孩子大吼一声"欺负女生，算什么本事？有本事冲我来！"话音刚落，"鸡冠头"怒发冲冠地朝他走过来，正在若水盘算着该如何跟他周旋时，上课铃响了，数学老师走进了教室。

这节课讲"圆"。若水一边听讲还一边为刚才的事懊恼着，正当他开小差时，老师提了一个关于测量大树桩横截面面积的应用题——

一个同学连说了四个答案，老师都说是正确的。大家想一想：他说的答案分别是什么？

老师的问题一抛出，班里陷入了安静。有的孩子皱起眉头思考着答案，也有的孩子和同桌窃窃私语讨论起来。

若水迅速开动着脑筋——蓦地，他想到体育课上的卷尺和比赛时画在地上的石灰线，一下子想到了答案，立刻举起了手。

数学老师示意他回答。

"除了面积外，另外三个答案分别是大树桩的半径、直径、周长——这三个数只要测出任何一个，都能根据公式推算出树桩横截面的面积。"若水站起身来答道。

就在不少孩子依然发着愣时，数学老师已面露欣喜。"常若水说得完全正确！大家给他鼓鼓掌！"

若水感到一阵得意——相比扔实心球，能答出一道别人都不会的问题能带给他更大的快乐。

下午放学后，若水一路蹒跚走到校门口。若虚见他一身狼狈，赶忙走上前来。

"不要紧，我体育课摔了一跤，"若水故作轻松，"已经上过药了。"——于是他把体育课上的"性别大战"、自己如何盘算取胜、后来出师不利摔在叶小雯面前又被扶着去上药的事——讲给若虚听。若虚又是心疼又是好笑，把腿脚不便的若水抱上车座，推着车子向前走去。

"哥，体育老师今天扔实心球扔了十六米多，为什么大家都不约而同地为他喝彩呢？"座位上的若水还在回想实心球在空中画的那道优美的曲线。

"我想，这是由于人们生来就崇拜强大的东西——从古希腊人追求体格与健康之美，到现代奥林匹克精神，人类一直在努力提高身体素质，做到更高、更快、更强。"

"那也就是说，人们只是崇拜力气大？"

"不只是力量——像耐力、速度、灵敏、柔韧，这些都是衡量身体素质的指标。力气大、跑得快、能坚持、动作敏捷……这些东西都代表强大的不同方面。"

"可是……"若水想起实心球从自己手中抛出时软弱无力的样子，"假如

我一点都不强大，是不是就该被瞧不起?"

"强大不仅仅体现在身体上，拥有智慧同样是一种强大，"若虚很是笃定，"像你这么聪明的小孩，你的脑子就是最强大的武器。"

"那有什么用? 班上好多男生，我打不过他们，也撞不过他们，即便我比他们聪明，吃亏的还是我啊……"

"谁说的? 他们只是'现在'看起来比你厉害，等你长身体后，还不一定谁打得过谁呢，"若虚想起自己打沙滩排球的情景，更加笃定了，"说不定有一天，你会突然发现原来自己的身体出乎意料的厉害!"

"如果有那样一天，"若水憧憬着，"我希望能像体育老师一样长得又高又壮，也能把实心球抛十六米远!"

"那你要从每天多吃一碗饭做起!"若虚停下车，扭过头看着若水，"如果能让我回到你现在的年龄，我一定每天多吃饭多喝牛奶。"——他小时候很顽皮，不爱吃饭也不爱睡觉，姥爷也拿他没办法，若愚反而因为体弱多病，得到母亲更加悉心的照料，也吃了多种补品，所以读初中时个子蹿得很快。

"哥，你说——"若水又想到今天在数学回答问题的情形，"一个人的体力和智慧，哪个更重要?"

"两个都重要，"若虚思考了片刻，"不过，硬要分个先后的话，我认为是智慧——你想想看，现代社会人们发明的很多机械和工具，都是利用智慧去节省体力的产物。但我们从未听说过谁花费更多体力去节省智慧的。"

"所以，人被叫作高级动物，也是因为人拥有智慧，而不是体力吧?"

"我想是的——若较量体力，人大概连一只小鹿都打不过。"

"那……如果智力比体力重要，有什么东西比智力还重要呢?"

"比智力还重要的?"若虚突然想到一个答案，"学校总说'三好生'——你想想是哪三好?"

"德、智、体——你是说品德吗?"

"正是。我认为，品德对人而言是比智慧和体力更重要的东西——一个人如果没有品德，他的智慧和体力就会变成狡诈和暴力。人作为高级动物，除了具备智慧和灵性外，更重要的是我们拥有道德和伦理。"

"伦理，什么叫伦理?"若水不解。

"伦理……给你打个比方吧: 你想象一下，会不会有这样一天，你因为妈妈批评了你，你就要打妈妈?"

"打妈妈?"若水很意外,"为什么?妈妈那么好,一直照顾我关心我,我怎么能打妈妈?"

"这就是了,"若虚点点头,"这说明你心中是有道德伦理的。"

"今天叶小雯这么关心你,你有没有很开心?"

"一点都不开心,丢死人了……"若水噘着嘴。

"为什么丢人?"

"一个男孩子在女生面前摔个马趴,被女生扶去医院,又没能力制止那些起哄的人,保护不了她……我真没用。"若水很沮丧。

若虚敏锐地察觉到若水语气的异常,突然发现眼前这个熟悉的小男孩似乎在不经意间长大了许多,便试探地问道:"你认为你和叶小雯是什么关系?"

"什么关系?同学关系呗。"

"同学关系以外呢,有没有一点点'喜欢'?"

"你别胡说了!"若水激动得差点从后座上弹下来,"哥!你真讨厌!你和班上那些人一样,都嘲笑我!"

"这怎么是嘲笑?"若虚盯着若水的眼睛,"'喜欢'有什么不能承认的?"

"那你先给我讲讲,什么才叫'喜欢'?"若水反问道。

"喜欢——大概就是你不由自主地想和一个人待在一起,愿意琢磨她心里在想什么,愿意去了解她是怎样看待你的。如果这个人此刻不在你身边,你会很想知道她在做什么,猜她有没有也在想念着你……"

"什么啊……这也太抽象了……"

"那我打个比方——你现在有没有在想着叶小雯?"

"没有!"若水立刻否认。

"你明明刚才还想着她,还提到因为没保护好她而感到惭愧。"若虚抓住了若水的"把柄"。

"那我问你——"若水开始了"反击","你这么了解'喜欢',那你有没有'喜欢'谁?你心里有没有在想谁?一定有对不对?"

"这……"若虚一时间无从回答。

"你不说话,那一定是有!"若水继续"追击","我知道你在想谁,我还知道她的名字!"

"别瞎说!快坐稳,"若虚一个跨步迈上车,"当心摔下来!"

"哼!还说我呢!你自己都不敢承认!"——后面传来若水不服气的抱

怨声。

## - 17 -

胡同口的水果摊上堆满了新摘的西瓜——每年这个季节，西瓜几乎都能"垄断"水果市场。兄弟俩晒得口渴，若虚上前挑了一个看起来很可爱的西瓜，轻轻拍了拍，抱起来交给卖瓜的大姐。大姐在瓜皮上划过一圈，西瓜"哧啦"一声沿缝隙裂成了两半，在案板上打了个转。

"你可真会挑！"大姐龇牙一笑，"要哪半？"

"您右手那半！"

大姐把鲜艳的瓜瓤包上膜，放上秤。

若虚正准备付钱，旁边走来一个老婆婆，也要买半个西瓜。

"刚切的，另一半给您！"大姐准备给另外一半西瓜也包上膜。

"我要'头'那一半！"老婆婆说。

"一样甜！都新切的！放心！"

"'头'甜！我要'头'！你重新切！"老婆婆强调。

若虚提上西瓜正准备离开，一旁的若水见状，义愤填膺地批评道："您怎么这么霸道？都这样，人家还怎么摆摊？"

"有你个小毛孩子什么事？"老婆婆骂道。

"我改主意了——刚好这半是'头'，卖给她呗！"若水从若虚手中拿回瓜，还给那位大姐，"我倒要尝尝，'头'和'屁股'有什么不同。"

"这孩子！"大姐啼笑皆非，把另一半兜上塑料袋递给了若水。

二人离开水果摊，若水跟在若虚身后，又盯着西瓜研究了好一会儿，问道："哥，刚才那人说西瓜'头'比'屁股'甜，是真的吗？"

"我也不确定——不过很多人之所以认为'头'甜，或许是觉得'头'是距离瓜蔓那一端近，生长时吸收的营养更多，"若虚猜测着，"不过我倒是听说其实西瓜面向阳光的那一面更甜——日光越充足，积累的糖分也就越多，不信你看瓜皮上的花纹。"

"是吗？向阳还是向阴，差别这么大？"若水打量着瓜皮上的纹路。

"有个成语'南枝北枝'——比如同一棵树，南边的枝条向光，北边的枝条背光，那南边的枝条自然长得更茂盛了。"

"南边的枝条更茂盛，那又怎样？"

"所以，这个成语也用来形容人的处境不同，感受也会大不一样——有诗云'南枝日照暖，北枝霜露滋'，就是这个意思。"

"既然如此，树枝肯定都愿意朝南边长，谁会愿意留在北边啊？"

"道理是这个道理，不过……倘若我们就是长在阴面的树枝，我们如何能改变自己的处境呢？免不了会羡慕长在另一边的同伴吧……"若虚陷入了思索。

"咳——我们是人，是自由的，哪里有阳光，我们就往哪里长！"若水倒不以为意，把西瓜抱过来掂着，"你看西瓜圆滚滚的，我倒真想测一测到底'屁股'和'头'哪边甜！"

"你动动脑筋，不如再设计个实验出来，交给你们自然课的老师。"说话间，二人走到了家门口，若虚拿出钥匙。

母亲没在家，若愚的房间少见地开着门。若水跑到若愚房间一阵探头探脑，又抱着西瓜跑进了厨房。

"你怎么回来了？"若虚走进若愚房间，见行李箱打开摊在地上，书本和衣服摞在书桌上，"在整理东西？"

"对，大学期间买了不少书，"若愚正专注地把书分类，"刚好趁搬到研究生楼，我把学校一些不用的东西拿回来。"

"你学校的事终于忙完了？"

"没有。我今天下午没课，晚上回去。"

若虚拣起一本关于日本文化的教材翻看着，想到他近期的安排，问道："你那个夏令营，要做到什么时候？"

"到八月下旬——不过我接下来先要带学生到河南，去少林寺和嵩山，还要带他们练中国功夫，活动排得很满。"

"是你自己要求去的？"

"我报名，被项目组选上了。"

"何必搞得这么辛苦？"若虚拉开一把椅子坐下，"才忙完毕业的事，回家歇歇，陪陪妈妈和若水多好？他总念叨和你去博物馆呢。"

"实在是歇不得——"若愚低头把一沓装订起来的讲义放进文件袋，"本来人家招募的是研究生助教，我能作为本科生入选已经很不容易了，况且在这还能结识日本同学——这对我做交换生也有很大帮助。"

"你倒是很有追求，总能发现适合自己的机会。"

"机会永远留给强者。"若愚边说边从行李箱中捧出一座奖杯，端详了片刻，拉开书柜的玻璃门——书柜里摆满了各种证书，泛着耀眼的红色。他把那座刻有"优秀毕业生"的奖杯摆在了中间那层，立在原地欣赏着。

若虚望着那片红色，内心漾起一股失意的滋味。

"你很向往出国么？"他对着若愚的背影问。

"倒不能说是'向往'，而是——日语里有句俗话'犬も步けば棒に当たる'，字面意思是指多上山，多遇虎。"

"多上山，多遇虎？"若虚不理解，"遇到老虎不是很危险吗？"

"你不妨理解为常在外闯荡便会交好运，"若愚回过头看向若虚，"在现在的年龄，有这样好的机会，我愿意多走一些地方，多体验一些国家和文化——等以后到社会上，往往也是胆子大、敢拼敢闯的人容易成功。"

若虚陷入了思考——若愚的一些观点是他不曾设想过的。

"别光说我了——我听说你留在你们学校工作了？"若愚问。

"是的。"若虚回过神来。

"做什么工作？"

"我们学校的后勤部门，需要一位工作人员。"

"学校后勤，工作人员？"若愚不解，"为什么选择做这个？"

"因为——以我现在的条件，我只能这样选……"

"你不是本来能读研吗，怎么又放弃了？"

"读研固然好，但是……我想人生的意义本不局限在书本上，能在社会工作中多作贡献，同样可以发挥自身的价值，这也是人生的意义所在……"若愚的问题刚好触及了若虚心里一个特殊的位置，他试图以这个理由进行解释。

"我不太能理解你的想法……"若愚摇摇头，"你既然不打算钻研学问，那留在学校还有什么意义？"

"难道在学校里就一定要钻研学问？"若虚辩解道，"学校里有那么多人，工作业务与'学问'无关，但他们同样是不可缺少的群体。"

"那根本不是学校的主要业务，"若愚坚持己见，"学校最重要的业务就是'学问'——学者传授学问，学生吸收学问，重要的业务都围绕着他们而进行。"

"难道……"

"算了算了，"若愚打断了若虚的话，"你既然已经这样决定，我们再争论也没有意义——总之，我希望你是真的从心底认同这个选择，而不是作为权宜的考量。"

若虚又一次陷入了沉默——若愚的观点似乎在挑战他已有的认知。

"对了——你还有白衬衫吗？我得先预备一件，项目结业典礼得穿。"

"噢——我衣柜里有。"若虚走回自己的房间，从衣柜里拿出叠好的白衬衫——那件衬衫他穿着大，若愚穿应该正合适。当他拿着衬衫走回若愚房间时，若愚正把桌上的书搬到书架上。

"若愚——"若虚坐回椅子上，"我能和你聊聊吗？"

"聊什么？"

"关于对人生意义和价值的理解，我觉得，我们似乎有一些分歧和隔阂……"

"怎么讲？"

"好像，从读大学以来，我俩碰面的机会就变得很少，交流也不像以前那么多了——小时候咱们在一个班，总是被当成一个'整体'，但越长大，我们怎么反而渐行渐远了呢？"

"我不否认我们现在见面的机会不多，"若愚说，"但这是成长中必然的事——人与周边的关系总是不断变化的。"

"难道成长就意味着渐渐远离亲人和朋友吗？"

"倒不是这个意思。疏远和亲密只是人赋予的定义——人在小时候自然和父母兄弟最亲，等长大一点又和同学朋友最亲，结婚生子后又和爱人子女最亲……人们之间本来就没有什么关系是恒定的。比如，对我而言，我现在接触最多的人是项目领导、同事、学生，但等八月过完，这段关系也会结束，我又会融入新的群体中。"

"可是，人与人的感情不是一直存在吗？并不会随着时间和处境的改变而消失……"

"不一定。人穷其一生，没有一种感情能始终出现在他的生命中，即便是家人、爱人、挚友，也会有分离的那一天——人就像浩瀚宇宙中的一颗颗星球，每个人都是独立的，有自己运行的轨迹。"

"所以你不预备对生命中出现的任何人投入感情?"

"我珍惜生命中的相遇,也珍惜每一份感情,但不愿意被感情过多地困扰和羁绊——感情只是人生有限的一部分,不是人生的主题。"

"那你的主题是什么?"

"是实力——"若愚笃定地回答,"实力是永存的,永远不会背叛自己,也是通往成功最重要的东西。"

的确,若虚也明白,从他们人生某个不确切的时刻开始,若愚的"实力"已远远超过了他,对于"实力",他一定也有更坚定的向往。

"通往成功,那你认为什么是成功?"若虚问。

"自古以来,对成功的定义都是多种多样的——有人渴望成名成家、有人追求腰缠万贯、有人立志名垂青史……而我看重的是社会评价——人要寻找到一份有意义的事业,在事业中实现自己不可替代的价值。"

"什么是'不可替代'的价值?"

"比如——"若愚指着书桌,"你的工作是擦桌子,但你周围所有的人都会擦桌子,你的价值是'可替代'的;我现在是项目里唯一会说日语的老师,起码在这个范围内,我的价值便是'不可替代'的,自然也就比会擦桌子有价值得多。"

"可是……擦桌子和说日语,本质上都是劳动,不过分属不同的领域,"若虚并不认同他的观点,"作为劳动,它们的价值是平等的。"

"你的想法太天真了——在社会评价中,可替代性的高低是一条非常重要的评判标准,"若愚也不认同若虚的观点,"所以无怪乎技术人才往往轻视低技术含量的工作。"

"我还是反对——三百六十行,行行出状元,任何在工作中付出汗水和辛劳的人都值得同样的尊敬。"

"你又绕回到一开始的话题了,"若愚比了一个"打住"的手势,"所以我说,我不能理解你身在学校竟然放弃继续钻研学问,而选择了那样的一份工作——希望你不会为此而后悔。"

"是我心甘情愿选的,我绝不后悔,"若虚倔强地说。

今年入伏早，临近暑假，天气已经很炎热了。

暑假前的最后一天，若虚作为新员工办理了入职手续。

一位男职员准备好若干份劳动合同，分发给前来报到的年轻人们。若虚接过材料，从第一行认真读了起来——

　　　双方经平等协商，自愿签订并遵守本协议……

男职员提醒大家特别留意合同中关于"乙方"权利义务的条款。见合同对"乙方"在规定服务期内可能发生的一系列违约行为都进行了相应的处罚规定，若虚心中不免疑惑——自己下了这么大的决心，就是为了在这里好好工作和挣钱，为什么要违约？这岂不太奇怪了……然而，在落款的"乙方"处签上名字时，他还是体验到一番郑重——毕竟，从此刻起，他和自己熟悉的校园建立了另一种关系。

他随后也领到了一张新的员工卡——从前用的学生卡虽早就注销了功能，但他还一直带在身上。他打量着两张卡片——那张因陈旧而略显模糊的大头照是高中时拍的，当时他眼中还闪着懵懂的孩子气；这张新照片是他几个月前拍的，眼里已有了刻意的端庄。

大家陆续在劳动合同上签好了字，按要求，他们还需到各自任职的部门报到。若虚正准备离开，男职员又提醒道："请新入职的教师稍候，关于大家即将参加的岗前教学培训，还有一些额外的事情要通知。"

若虚心知肚明，自己并非那个群体中的一员，所谓的教学培训自然也和自己无关，便快速收拾好东西离开了。穿过空荡荡的校园，他一路慢悠悠地走进了办公楼——相比从前常去的教学楼，这是他相对陌生的地方。一层第一间办公室的门上贴着"接待室"几个字，这就是他今后工作的地点。

接待室里摆着一张长长的办公桌，几位前来办事的人列队等在一旁。办公桌后坐着一个穿衬衫的年轻女孩，和他们沟通过后，起身从文件柜里取出一份材料，交给面前的办事人员。

"您来办什么事？"那女孩问若虚。

"您好，我是新入职的员工，我叫常若虚。"

"我知道了——"女孩反应过来，"您是来盖章的，主任去开会前交代过。"她示意若虚先去办公桌一侧的"自助区"登记盖章，又继续接待起下一位办事人员。

若虚觉得不便过多打扰，便自行在登记簿上写下事由，在劳动合同的"丙方"处盖上了红印，刚一转身，恰好见主任开完会走了过来。

"今天办手续？"

"是的，"若虚点点头，"我很荣幸能正式成为这里的员工，希望您能多多提点帮助。"

"你来得正是时候——下学期接待考察员入校，有不少材料要准备，还要帮助安排很多事。你一边熟悉工作，一边也参与一下这个项目。不过——工作以后，穿衣服就不能这么随便了，至少得穿衬衫，西装和皮鞋也要准备上。"主任打量着他穿的 T 恤和短裤，提醒道。

若虚又点了点头——虽然他还没搞清自己主要的工作将会是什么，但已觉察到一种不容懈怠的压力。

"接待室是办公楼的门面，找人的、办事的、咨询的、投诉的……往往都先接触咱们这里。当然，这样的工作，让你有机会和更多人和事打交道，能力提升是相当快的。所以工作中一定要虚心、好学，才能更快地成长，明白吗？"主任一边叮嘱他，一边走到办公桌前接过那女孩递上的一份材料，浏览后签上了字，"以后你们都在这个办公室——她叫达雅，你们是同龄人，就好好合作吧。"

若虚继续点着头。

主任显然之后还安排了其他工作，和达雅简单交代了几句话，便从接待室离开了。

"我有什么可以帮忙吗？"若虚见办事人员排着队，问达雅。

"今天是放假前最后一天，很多工作忙着收尾，我来不及和你一一解释；或者你先把入职手续办完，之后我找时间给你介绍吧。"达雅言谈举止间透着干练。

"谢谢。等正式上岗后，我恐怕会有很多问题要向你请教。"

"不必客气。"

若虚告别了达雅，拿着盖好章的劳动合同走出了接待室。他回想着刚刚

接待室中人多事杂的场景，不由地敬佩达雅能应付裕如的本领，也开始去设想自己能否很快地适应与母校间全新的契约关系。

他把劳动合同交还给人事部门，顶着太阳出了楼。此时，校园里悄无人声，只听见树冠中连绵不断传出的蝉鸣声——学生已经放暑假了，教工们也陆续离校了，整个学校笼罩在一种有些陌生的庸散中。若虚一路走过空荡荡的操场——曾经亲切的跑道，此时在烈日下暴晒着，散发着一点焦糊的气味。他在操场的栅栏外停留了一会儿，突然想念过往的每年夏天在这里奔跑的自己。想着主任刚才的一番告诫，他在意识中不由地给自己上了个弦——以后就不是学生了，要尽量表现得成熟一些。

走出了一头汗，经过图书馆时，他决定去歇歇凉。期末考试已经结束了，阅览室中只有寥寥几个读书的身影。他找了一个僻静的座位，从书包里拿出日记本——这厚厚的本子用了好几年，就快写到最后一页了，每当他翻看从前记录的文字，便能重温记下这些文字时种种不同的情绪。看来，文字的力量果然伟大，即使时隔多年，重读时依然能使一些特别的情绪"跃然纸上"。他环视着阅览室里熟悉的陈列，在本上写道：

> 暑假的校园像个参加完大考的孩子，终于可以懒散地窝在床上，舒舒服服地睡个觉。不知为何，我也像是刚参加了一场大考，卸下了一些沉重的担子，但又觉得肩上一阵空落落的，好不适应……我感觉自己在走进一种新鲜的生活，不知新生活有哪些精彩和挑战在等着我……

在图书馆坐了很久，他赶在太阳落山时回到家。走进房间，看着角落里还堆积着自己从学校搬回的不少东西，想着把它们好好清理清理。他在书柜上腾挪出一处位置，把自己最珍视的教材和笔记本分类整理好，一本一本立了上去。就在大功告成之际，靠近书柜侧板的一本影集滑落到地上。他弯腰把它捡了起来，翻看着——那是一本旧影集，收藏着他和若愚以前的照片。

"你在做什么？"若水走进了房间，见若虚若有所思地盯着影集看，他也凑上前去。

"你看，这是我们小时候——"若虚一页一页翻着照片，给若水介绍——这是他和若愚周岁时的合影，这是他们在幼儿园一起切蛋糕的情景，这是他们一年级入少先队戴红领巾时的样子，这是他们小学毕业"六一"会演时在表演节目……中间还有一张合照，若虚、若愚并肩直挺挺地站着，左右两侧各站着一位年轻的女老师，照片中的四个人都笑得很灿烂。

"她们是谁?"若水指着这张照片问。

"她们是我们班的实习老师,"若虚说,"我们那时七岁,上二年级。"

"她们为什么要来你班上当实习老师?"

"嗯……她们大概是读师范专业的学生。我记得是三月还是四月,我们学校来了一批实习老师,这两位老师恰好分到我们班——现在想想,这大概是她们大学实践的一部分,她们是来为今后的工作积累经验的。"

"看来,你对她们印象很深。你很喜欢她们吧?"

"是的,"若虚眼前似乎浮现出十多年前的那一幕,"那天上午,才下课间操,我们刚回班,班主任就笑着向我们宣布'今天带大家认识两位新老师',招呼着她们走进教室——她们扭扭捏捏地做自我介绍,碰巧两人都姓'高'。我心里还纳闷,都是大人了,怎么还会害羞呢?其实现在想想,她们那时不过也才二十出头,和我现在差不多大吧……"

"那她们教什么课?"

"起初的两周,她们不上课,搬椅子坐在教室最后一排,跟我们一起听课、做笔记。后来,她们站上讲台了,一个讲数学,另一个讲语文,讲了两周后又交换过来……我现在都记得她们第一次站上讲台时模仿我们班主任说话的样子……当时的我看她们,或者就和现在的你看我一样吧。"

"那上课以外呢,她们有没有和你们一起玩?"

"当然,那段时间她们几乎整天都陪着我们,"若虚眼里闪过幸福的神情,"我们开中队会,她们和我们一起唱队歌;我们做操,她们站在队伍最后,也学着做我们的动作;课外活动,她们带我们玩老鹰抓小鸡——一个扮演老鹰,一个扮演鸡妈妈,就像是两个淘气的大朋友……我们庆'六一',她们还领着我们排节目——那年我们班表演的是人偶戏,我演了一只猴子,若愚演的是老虎。"

"再后来呢?"

"再后来……突然有一天,她们在班上和我们告别,说明天就要回去了——那天下午,大家都很难过……她们借了照相机,这张照片就是那时拍的,"若虚有些伤感,"我只知道舍不得她们,却连她们的电话和地址都没留一个……我唯一记得的就是一节自习课上,班主任在讲桌上写东西,我在一旁瞄到了第一张表格开头写的名字是'高静'。"

"'高静'应该是其中一位老师的名字吧?"

"是的,那应该是班主任在给她们填实习鉴定。可惜第二张表压在下面,

我连另一位高老师叫什么名字都不知道……"若虚很是遗憾，"如果早知道她们要走，我应该为她们准备一份礼物，可惜，从那之后，我再也没有见过她们，现在所有的回忆就只剩这张照片了……"

"过去这么多年，你一定很想再见她们，对不对？"

"怎么说呢？想也不想——或者，什么也没有最美好的记忆可贵，倒不如用回忆来记录这一切……不过，她们现在应该快四十岁了，如果有孩子，也差不多和你这么大了……"

"对呀！若愚哥跟你同班！你可以问问他，说不定他记得她们的名字或者地址？"若水眨了眨眼睛。

"他不会记得。"若虚笑着摇摇头——几年前他曾经问过若愚，是否还记得小学时的两位高老师？

"十多年前的事，完全没印象了。"若愚说。

"可我对她们的记忆好清晰，"他说，"也不知她们是不是还记得我了……"

"你为什么总留恋过去的人和事？"若愚有些疑惑，"人不是应该向前看吗？"

"过去留下了太多美好和感动，大概是我一生都忘不掉的……"

"我和你不同——我认为过去的事就是真正过去了，人一生中遇到百分之九十九的人和事都会成为过客，我不喜欢为了一个过客付出过多的感情和精力。"

他摇了摇头——因为刚刚提到若愚，又让他回想起不久前他们之间的那次"争论"——若愚不能认同他作出的选择，还说"希望你不会为此而后悔"。

若虚心中突然升起了一丝不安。他甩甩头，努力把若愚的话从脑海中甩掉，又一次鼓励自己——你马上就能自食其力、赚钱养家了，这不是很好么？况且，你始终认为工作能让你领会人生的意义，那么作出的这个决定，难道不值得欣慰和自豪么？

这个理由说服了他，他想起今天记日记时结尾的那句话——

我希望我能爱上自己的新角色。

我相信我会爱上自己的新角色。

# 第二章

# − 19 −

对未曾面对过人生中一些重要抉择的孩子而言，快乐应该是人生最大的意义。

暑假是若水一年中最快乐的时光，他和小时候的若虚一样，贪玩、好奇、爱热闹，如果是自己在家，他通常会沉浸在课外书中；如果若虚也有时间，兄弟俩有时会骑上自行车，漫无目的地在大街小巷一转就是一整天。

"哥，小时候你无聊或者不高兴的时候，一般会做什么？"这天，若水读书读累了，又缠上了若虚。

"我小时候，每当心情不好，就会爬上房顶，望一望天空，听一听鸽哨。特别是在春天，如果刚好是个晴朗的下午，伸手好像就能摸到蓝天——那种感觉，好像真的可以从烦恼中解脱出来，我几乎能一直坐到太阳落山。"

"真的？"若水很好奇，"我没爬过屋顶，你带我上去看看吧？"

"现在可不行……这么热的天爬房顶，你不怕被晒化？再说你的腿伤还没好，咱们还是玩点别的吧。"

"那你说，我们玩什么？"若水追问。

若虚想带他去公园，一连问了几个，不是已经去过的，就是若水一听就不感兴趣的。

"我们去白云观怎么样？"若虚突然冒出了一个念头。

"白云观是什么？"

"白云观是建于唐代的一座道观，小时候，爸爸带我们去那里逛过庙会，突然想到可以和你分享——"

　　若水对"白云观"的名字很感兴趣，想象那里是不是什么仙云缭绕的胜境。二人一拍即合，便坐上开往城南的公交车。

　　下午三点多正是最热的时候，观里几乎没什么游客。兄弟俩从山门进去，一路闻着空气中飘散的燃香味，边走边看——院落东西两侧肃立着深红色的鼓楼和钟楼，掩映在茂密的树影中，多了几分幽静的美感。再向前走，粗壮的古树垂着硕大的枝叶，遮蔽着庄重的玉皇殿，殿里正传出舒缓的乐声。他们虔敬地走进宝殿——有些幽暗的光线中，若水好奇地瞻仰起高台上供奉的神像，还模仿旁边一位老人，也跪在垫上对神像叩起头来，嘴里念念有词。若虚望着殿顶的木梁结构出着神。

　　走出玉皇殿，他们沿着红墙，穿过几进坐落着黑瓦灰砖小房子的院落，走进了后园。园里穿梭着灰白山石的游廊，后园中央建着一个古朴的小亭子。他们沿着游廊从西侧绕出，一座山墙映入视线——山墙上面雕着"十二生肖"的壁画。若水跑向自己的属相前饶有兴致地观赏着。

　　"看了半天，还是这个壁画画得好玩，"若水转过头来，"听名字，我还以为这里有山有水，也不过是看房子、看院子……"

　　"可能是这里对我有特别的意义。"若虚释然一笑——他小时候不常在家，父亲带他来这里逛庙会，留给他的印象太深了。

　　"你上次来的时候多大？"

　　"还是个小不点，比你还矮一头。"若虚用手比画着。

　　两人继续向外走，回到了主殿前的小广场。若虚倚在风窝桥的栏杆上，望着四周的景象，感到有些疑惑。

　　"这里好像也变了——这座桥以前好大，桥下好深……"

　　"那一定是整修过，要不就是你记错了。"

　　"我一定没记错——"若虚将上身探出栏杆，指着桥洞下悬挂的铜铃，底下撒着白白黄黄的硬币，"你看到那个铃铛了吗，就在那——我小时候还打中过它。"

　　"我也要打！"若水从若虚手里接过硬币，对着桥下丢了过去，硬币不偏不倚地击中了铜铃，发出一声脆响，"这很容易啊！"

　　若虚一时间有些恍惚——记忆中，小时候的他伸长脖子，左瞄右瞄才能远远打中的铃铛，现在却近在咫尺，在刚刚那枚硬币的击打下，还在摇晃着。

在桥上站了一会儿，他们转出了山门，沿着小路向外面走去。天色渐暗，他们也走饿了，若水见街边有家麦当劳，兴冲冲地拉着若虚推门进去，叽叽喳喳地点好餐，找好位子坐下。

若虚端着托盘跟过来。见满盘都是好吃的，若水激动地手忙脚乱，拆开汉堡的包装纸，又把吸管插进杯里吸着饮料。看着他狼吞虎咽的样子，若虚心中一阵暖融融的，打开薯条的包装，挤着番茄酱。

若水咬了一口汉堡嚼着，突然打量着若虚身后，发起呆来。

"你怎么了？"

"哥，你看，那里有个人在哭。"若水用下巴指给他看。

若虚扭过头去——不远处的座位上，两个人正对着落地窗并排坐着，玻璃反射着她们的脸，其中一个脸涨得通红，眼泪正不停地从眼镜下端淌出来，顺着脸颊向下流；另一个人小声和她说着什么。

"那个阿姨怎么了？"若水陷入了沉思中。

"她大概碰到什么伤心事了，她的朋友在安慰她……别看了，咱们吃薯条。"

若水随手拣起一根薯条蘸着番茄酱，还止不住地朝那边看去。

他们离开麦当劳时，见外面的天空蒙上了厚厚的云层。顷刻间，风吹弯了街边的小树，又卷起地上的尘土，要变天了。

"要下雨了！咱们忘带伞了！"若虚喊上若水，三步并作两步，行色匆匆地向地铁站走着。

车厢在黑洞洞的隧道里飞驰着，发出"轰隆隆"的响声。若水盯着对面窗外飞快滑过的广告牌，依然是一副若有所思的神情。

"怎么了，今天玩得不开心？"

"不是，我还在想刚才那个哭的人……"若水回过神来，"我虽然不认识她，但看她那么伤心，我还是好难过，还有一点害怕……"

"也许是你不常见大人哭，"若虚宽慰着他，"毕竟，许多大人是不轻易掉眼泪的，但哭也是人们表达情绪的方式，难过、思念、气愤、委屈、感动、无助……很多时候，当人们不能克制住一些情绪，流泪也是自然的。"

"你说的这些都是不好的情绪吧？"

"不是的，情绪不存在好坏，每一种情绪都是正常、合理、必要的。你不常见大人掉泪，那是因为大人通常要把自己各种各样的情绪控制在一个'适

当'的范围内，所以也总是呈现出一种平静的状态——其实，每个人都会伤心和害怕，只不过，很多人不愿别人看到，或者，只在最亲密的人面前才表露出来。"

"那……为什么大人要保持这种平静的状态？"

"你不是也说——看到别人流泪，自己也会难过。大人往往不愿让周围的人难过吧，"若虚担心若水陷入新的思虑中，把语气放得轻松了些，"你不用太担心——刚刚那个人，身边还有朋友呢！有了朋友的陪伴和安慰，她的难过一定会过去。"

"幸好她有朋友，不然的话，一个人默默地哭，那该多可怜……"

"等你长大就会明白——"若虚抚着若水的头，"对大人来说，能有一些朋友在你伤心或者害怕时理解你、陪伴你，是很难得的。倘或只能一个人承担所有，那才是真的可怜。"

"我明白了，"若水点点头，"哥，你也是大人。假如有一天你伤心或者害怕了，可以来和我说，我也会安慰你，陪着你。"

若虚盯着若水清澈的眼神，内心一阵温暖。

地铁到站了，走出月台，出口的廊檐下聚集着不少人——外面已经下起大雨，潮湿的气息已经在空气中弥散开。

"我们要在这一直等雨停吗？"若水见雨下得漫无边际，问若虚。

"等雨小些，我们买把伞回去。"

"可是……"若水眼睛一亮，"我想体验一下在雨中奔跑的感觉！"

"不行，淋雨会感冒的。"

"感冒就感冒！有什么稀奇？"若水不以为意，"在雨中奔跑的感觉才稀奇！"

"那，我们就冒雨跑回去吧！"若虚心底一股肆无忌惮的冲动被若水那天不怕地不怕的样子激发了，"不过！要是碰上打雷你可别害怕！"

"我才不怕！"

若虚鼓了鼓勇气，拉着若水冲进了雨的世界——檐下驻足的人们不由发出了惊呼。

雨水滴答滴答打在头上、脸上、肩上，地上弹起的水珠冰凉凉地溅着小腿。若水一手紧紧攥着若虚，一手横在眉毛上方，阻挡着雨水的飞入。若虚身上虽被淋得又冷又透，心里却一阵激动——他很久没这样轻松了，暴露在大雨中的滋味甚至想让他兴奋地大喊。

前面的路口积着不浅的水，下水井盖似乎被落叶和残枝堵住了，雨水积聚在路面，泛着深黑的光。若虚犹豫了一下，脱掉鞋袜拎在手里，又把若水背在背上，蹚进凉凉的积水中。水面没过了他的脚腕，他像一只在湖中游走的水鸟，双脚滑开两道扇形的波痕。若水双手搭着他的脖子，不知是冷还是害怕，隐隐颤抖着。

"怎么样，坚持得住吗？"

"能！我要像大人一样，我不怕！"

"你还小，不必像个大人，你可以害怕！"

"不！"若水附在若虚耳旁，语气却依然英勇，"哥，因为有你在，我真的不怕！"

兄弟俩浑身湿透地进了家门。

"怎么搞的？"母亲见状吓坏了，对若虚一通批评，"这么大的人了，也不知道先找地避避雨吗，冻病了怎么办？"

"妈，您别说哥哥，是我的主意。"若水赶忙解释。

"快去把湿衣服换掉。"母亲催促若水先去冲热水澡，又赶忙走进厨房。

若虚边擦湿头发，边抿着杯里热热的姜糖水——窗外，夜雨覆盖了小院，响着噼里啪啦的声音，房檐流淌的水滴也连缀成了一道帘幕。看着肆意洒落的雨滴，加上姜糖水的作用，若虚心里竟升起一份久违的暖意。

若水头发湿漉漉地走出洗澡间，也好奇地伸过头来，和若虚一起看雨——成串的雨珠溅在窗上，流下一道道晶莹的曲线。透过窗子，他们看见地上落了许多白花花的小珍珠似的东西。

"是冰雹！"若水兴奋地把手伸出窗外，"真的！好大一块！打在手上可疼了！"——他的手心接住了一块透明的小圆球，那小圆球正一点点融化成水。

雨还在专注地下着，完全没有停下来的意思，与簌簌风雨声和鸣的，还有忽远忽近的、轰隆隆的雷声。若水已经睡下了。若虚坐在书桌前，听着这流畅的韵律，过滤着脑海中的烦恼，又翻开了日记本写道——

> 雨不顾一切，酣畅地表达着自己的感受。这是炎夏一种别样的精彩吧。

> 我希望我的人生像雨，可以是绵密的，也可以是暴烈的。

睡梦中的若虚被一阵响动惊醒了。他打开灯，见若水坐在床上，满脸泪痕，瑟瑟发着抖。他赶忙起身，一摸他的额头在微微发热。

"你病了……我去拿药。"

"不是，我刚做了一个噩梦……"若水嘴唇还在微颤着，"梦里好黑，雨下得好大，我在河边走着，看到两个人影在水里挣扎，沉下去又浮上来，最后从水面上消失了……"

"别害怕，那只是梦。"若虚把他搂进怀里。

"我想要喊人来救他们，可刚一张嘴雨水就灌满我的嗓子，什么都喊不出来……"

"有我陪着你呢，你不会有危险的。"若虚抚摩着他的脑袋和肩膀。他发抖的身体终于渐渐平静下来。

"别怕——明天一定会是个大晴天。"若虚继续安慰着他——窗外依然是窸窸窣窣的声音，不过雨似乎已经住了，是起风了。

## － 20 －

正是最热的时候，若愚正意气风发地做着带队教师。他们的行程很紧密，两周时间里，他要领着学生参观少林寺、爬三皇寨、游览风景名胜，其余时间他们住在少林寺附近一个武术学校，和师父学三招六式，偶尔也观摩小学员们练功的场景。

若愚每天都被远远的鸡鸣声叫醒——当他睡眼惺忪地向外望去，见曦光已悄悄拨开晨雾，便立刻起身打开窗，让外面湿湿凉凉的空气钻进房间，也沁入他鼻腔。为尽快进入学习和工作状态，他正在尝试把从前的作息习惯再提前一些，利用好清晨和上午的时间，多完成一些任务。

他捡起掉在床下的手机，见一条写有"晚安"的留言跳了出来——想必是昨晚和女朋友聊天时对方送上的结束语，他大概是因为太困，来不及回复便入睡了。他点开对方的头像——那是一张自信又灿烂的笑脸，内心一阵欣慰，回复了一条"早安"。

今天又是个好天气。按照安排，他上午要带领学生登嵩山。快速吃过早餐，他和另一位搭档联系好司机，组织同学们上了巴士。巴士从出发到驶至山门脚下，只用了很短的时间——这些学生虽来自不同国家，但大都是第一

次来中国，对这里的风土人情都很好奇，一路谈笑、拍照忙个不停。和他们接触了这么久，若愚也了解了许多其他国家的文化。

"你十几岁起就独自到国外生活，不想念父母和家人吗？"——一次讨论课上，他问一位外国学生。

"想念他们就飞回去找他们——在平时，我有自己的学业和工作，这对我来说是更重要的事。"外国学生说。

"如果家人反对你离开他们，想留你在身边，怎么办？"

"我们国家十六岁就算成年——我早已成年，所以是我对自己负责，而不是对他们负责。"

作为助教，若愚也时常受到来自他们的启发。

趁学生们在原地停留的间隙，若愚仔细观察着山脚下的风景——这里矗立着三座山形的石碑，中间最高的那座刻着"嵩高维岳，骏极于天"八个阴文大字，两侧矮些的石碑上分别刻着"会当凌绝顶，一览众山小""衡山苍苍入紫冥，下看南极老人星"两联诗。

"常老师，这就是嵩山——那座很高的山？"一个学生指着远处的山峰问。

"是的。中国有五座最有名的大山，汉语里大山也叫'岳'，因为嵩山位于五座大山的中心，所以也叫'中岳'。嵩山由太室山与少室山组成，我们今天要爬的山是太室山的主峰——峻极峰。"

"这个山有多高？"

"大概一千四百米！"若愚此前查阅过资料，"我们准备出发吧！"

学生们不由地惊呼起来。

沿着山脚下那绿阴成阵的石板路，若愚和学生们向山上走去。很快，前方的山阶映入他们视野，接下来很长的一段时间，他们就要在爬坡中度过了。几个体力好的男学生很兴奋，已经争先恐后地开拔了，若愚唯恐落后，与他们一起凑成了"先锋部队"——虽然比他们年龄大一些，若愚的速度却不落后，说笑间，他们已经和后面的人拉开了距离。

"常老师，这几天在少林寺学功夫，对我很有帮助！"一个头发染成黄色的男生说。

"我同意！"另一个学生说，"我白天练习得很辛苦，晚上睡得很好！"

"今天来爬山，就是为了验证我们的身体是不是足够强大！我们一定要加油登顶！"若愚鼓励大家。

"果然越爬山越出汗！"黄头发男生说。

"应该说——越爬山汗出得越多！"若愚又拿出了课上的架势。

"爬山应该能让我腿的肌肉更好！"另一个男生说。

"应该是——"若愚在脑子里思索着，"爬山能帮助我更好地锻炼腿上的肌肉！"

"常老师！"队伍里还有个娇小的日本女生，她一边努力追赶同伴们的步伐，一边吃力地说道，"你……是一个很认真的人！就连……爬山的时候还教我们语法！"

"这个'就连'用得很好！"若愚对她竖起大拇指，"你也很棒！就连这么累的时候也能把汉语句子说对！"

大家纷纷笑了起来。

继续向前走了一段，他们来到了一个相对平坦的小坡上——这里的视野很广阔，烈日在云际时隐时现，山景一览无余。见路旁有几张小石桌，他们决定休息片刻。

"这果然是'很高的山'，我们走了很远的路，好像还不到一半。"那个日本女生说。

"我再教你们一句汉语——"若愚回望山下的路，又朝山顶的方向眺望着，"没有比脚更长的路，没有比人更高的山。"

"这句话很有意思，"那个日本女生拿出笔记本，准备把这句话记下来，发现有些字的笔画不会写。

"我帮你。"若愚接过本子。

"汉语好难，写汉字也好难……"她皱着眉头看若愚写的句子。

"できる！（你可以做到！）"他对她说道。

"え？日本語が話せますか？（你会讲日语？）"她很诧异地看着若愚。

"はい、私は日本語専攻です。（对，我专业学日语）"若愚答了一句。

"道理で君の日本語がこんなにうまいわけだ！（怪不得，你日语讲得这么好！）"日本女生很惊喜，"等你来我们学校，我就可以再和你学汉语了！"

两个挑山工肩扛扁担从他们身边经过，扁担上绑着成捆的矿泉水，随着他们的步子上下颠簸着，宽沿的草帽遮住他们大半张脸——但依稀能看到在他们瘦削的脸上长久的风吹日晒形成的沟壑。由于难以承受重负，他们的脊背和膝盖微弯，小腿的曲张也更明显地暴露出来。

"他们在干什么?"日本女生问。

"他们把水从山下运到山上去——因为这一段没有车,搬东西只能靠人。"

"真是辛苦的工作!他们年纪这么大,做这个工作一定能挣很多钱!"

"不,一天一百多块吧……"若愚想起以前见过的报道,"你认为他们这样辛苦值不值得?"

"他们一定是相信自己还有能力——在我们国家,许多老人也很努力地工作赚钱,因为他们不想什么都不做,希望给社会作些贡献,哪怕很小。"

"我很难想象……"若愚摇摇头,"我不希望我老了以后过这样的生活……"

"你想过怎样的生活?"

若愚笑了笑,没有回答这个问题——其实他脑海中浮现出的是学者们学养深厚、谈吐潇洒的样子。

他们继续出发上山,两个小时的跋涉后,这支"先锋部队"抵达了山顶,几个学生发出了欢呼声。就在他们忙着庆祝和拍照的时候,若愚盯着峰顶的石碑出起神来——

中岳嵩山主峰　峻极峰　1491 米

"你在看什么?"一个学生问。

"你看——一座快要一千五百米的山,在中国却根本算不上高。"

"因为中国太大了!如果是在我的国家,这座山已经算是非常高了!"

若愚走到石碑前,迎着日光,拍了一张晴朗的山景,随后读到了女朋友的留言——

今天去爬山一定注意安全!照顾好学生的同时也要照顾好自己!千万别逞强,危险的地方不要去。

留言下方还附着一个可爱的表情,正像她平时的神态——这个在书记的介绍中对日本文化感兴趣的女孩子,在第一次接触时,就带给他一种特别的亲切感:她不仅漂亮而活泼,也十分欣赏他专业方面的才能,对他表现出的主动和热情更是他平素少有的一种体验,这让他很难不为之动心,在为她辅导过几次日语后,他们便确定了关系。

"常老师,你在笑什么?"一个男生见他一脸陶醉盯着手机屏幕,"我猜你在给女朋友发消息!"

若愚点点头。

"你和女朋友认识多久了？"

"一个月而已。"

"哇！那你们一定是一见钟情！"

"是的，我们'一见钟情'了——你又记住了一个成语！"——想到能结识这样一位欣赏和崇拜自己的女生，他又一次感恩命运安排了如此美妙的缘分。

从山顶向下走时，他们碰到了第二批登顶的学生。若愚满志踌躇地向他们描述着山顶的美景，鼓励他们继续前进。"先锋部队"走回山脚时，日照已经偏西，又累又渴的他们躲到树荫下休息，一个皮肤白白的女生走上一块平整的大石头，侧卧在石面上，悠然地晒起了日光浴；几个顽皮的男生在原地玩起了脚斗，若愚观察了一会儿便加入了他们。

若愚连赢了两盘，回头见晒日光浴的女生正盯着他笑。

"你笑什么？"

"常老师，我发现你学游戏很快，你知道赢这个游戏的技巧，"她笑着说，"不过你不累吗？"

"我体力很好，不累。"若愚摇摇头。

"我说的不是体力累，是说……嗯……我发现许多中国人像你一样，很聪明很勤劳，很努力地工作和学习，但你们也非常辛苦，担心做不好事情，担心自己会失败……像你刚玩游戏，你把规则问得很清楚，想各种赢的办法……但我玩的时候，想的并不是赢，开心才是第一位的！"

"开心的确很重要，但如果我做什么事情失败了，我一定会不开心。"

"我妈妈告诉我一句话——"那女生昂着头说，"Everyone is unusual one——每个人都是独一无二的，成功或者失败，你还是独一无二的，难道这还不值得开心吗——'独一无二'，这是你教我们的成语！"

不一会儿，第二拨、第三拨学生也下山了，见"先锋部队"在这里聚集，兴奋地围拢过来。

"怎么样？"若愚和他们打着招呼，"有没有很辛苦！"

"还可以！"一个个子高高的男生说，"在我很累的时候，我想到你教的一个词'持之以恒'，才能坚持爬到山顶。"

后下山的学生们也像同伴一样聚集到树荫下，这群年轻人围坐一圈，黄皮肤、白皮肤、黑皮肤，都说着汉语，引得过往的游客纷纷驻足。

"你们都是来自哪个国家？"一位领着小女孩的年轻母亲问道。

"我来自日本，他们几个来自韩国，我们是汉语课上的同学，"那个女生回答，"那是我们的汉语老师。"

"姐姐，我能和你拍张照片吗？"那女孩小心翼翼地问，"你的眼睛像洋娃娃一样！"

"当然可以！"日本女生搂住小女孩的肩。

"你是他们的老师？看着真年轻，还在念大学吧？"帮女儿拍完照片，那年轻的母亲问若愚。

"我已经大学毕业，马上要出国做交换生了。"

"真棒——"她又低头对自己的女儿说，"你也要像大哥哥一样努力学习，以后到国外读书。"

"常老师，等你来日本后，还会继续教我们学汉语吗？"日本女生问。

"不一定，我主要的任务是第一年的学业，还有完成导师布置的任务。"

"如果你愿意，我可以介绍你加入一个项目——"她看起来很认可若愚作为老师的资质，"我们学校有专门的机构，请中国人做老师，教日本学生汉语。"

"请你一定要参加，我也会向他们推荐你！"另一个日本男生说。

若愚感到一阵欣慰，仰望着晴朗的天空——日光和白云似乎都向他预示着前途的一片光明。他发现人生和登山一样，必须达到一定的高度才能换来宽广的视野。在这以前，他并未意识到自己的才能和所学的专业，能带给他做一名好老师的机会，当他认识到这一点后，对能走向更高的人生平台，便有了更充分的信心。

那天下午，若愚和这些年轻的同学们一起跑着、笑着，一起在阳光下玩了很久——他被他们的活力和热情感染着，憧憬着可期的学业、热衷的事业，还有那令他感到欢欣幸福的爱情……

– 21 –

若虚整理着从学校拿回来的东西，把夏天的衣服一件件叠好，又把衣柜

里散乱放着的秋季衣服抱了出来。

蓦地，他瞥见了塞在柜子角落里的一个暗黄色的笔筒。他伸手把它拿了出来——里面整整齐齐插着十二支铅笔。他把崭新的笔在桌面上排开，这花花绿绿的笔杆让他又想起了往事。

那年暑假，他拿着攒好的压岁钱，跑到街上的文具商店，请售货员从琳琅满目的货架上把这套铅笔拿下来。

"小朋友，这钱是谁给你的？"售货员问。

"是我的压岁钱。"

"这笔可是一套，不拆开卖。"

"我知道，"他踮起脚尖，摊开攥着零钱的小手，"我就是想买一套。"

"你一个人用得了这么多吗……"

他捧着那个浅黄的笔筒，从文具店一路轻快地跳着脚，跑回了家，在门口小心翼翼地观望了一阵，趁没人注意，悄悄跑回自己的房间，把它塞进一个秘密的小角落里……

"你在干吗？"背后突然传来一个声音。

若虚吓了一跳，回头一看是若水。

"你怎么一个人发愣？"若水凑了过来，"呦，怎么这么多铅笔？"

"这是小时候我买给自己的礼物，"时隔多年，他觉得这不再是件需要隐瞒的事，便大大方方地解释道，"当时这种笔可稀奇了，我好不容易才攒了三十块钱，买了一整套，可惜从没舍得用……你喜欢吗？喜欢的话送给你好了。"

"我不要，我马上六年级，老师都让我们用钢笔写字了，"若水摇摇头，见若虚有些失望，又补充了一句，"既然是你专门买给自己的，对你肯定有特别的意义，还是你自己收藏吧！"

"我一上午都在收拾东西，累了，就咱们俩在家，你中午想吃什么？"若虚瞥了一眼墙上的表，"咱们还去吃麻辣烫吧！"

"我今天吃不了辣——嘴里好像上火了，牙床上有个凸起的疱，一摸还挺疼……"若水舔了舔牙膛。

"是吗？我看看——"若虚让他对着阳光张开嘴，认真观察了片刻，"不是上火，我看到你上牙床上有个小白点——是新牙露头了，旧牙还没掉，从牙床里挤出来了。"

"那要怎么办？"若水有些担心。

若虚让他握住那颗"顽固"的旧牙摇一摇，见牙齿已微微松动，便建议道："我带你去医院把旧牙拔掉。"

"拔牙很疼吧，能不能不拔？"若水很抵触。

"不拔？那等新牙被顶歪了，你就真变成动画片里的兔子了！"

第二天上午，若虚带若水去了口腔医院，跑前跑后交完诊疗费再次走回口腔科诊室，见医生已安排他躺上了治疗椅。

若水望着托盘里的钳子和药水，感觉心跳在加快。

"小孩，别紧张！拔牙很快。"牙医戴着大大的口罩说。

"我才不紧张！"若水话音未落，见牙医攥着钳子伸向他嘴边，还是吓得闭起眼睛。

他感到冰凉凉的手术钳夹住了他的上牙——牙医的手微微摇动，那股力气通过钳子传到他的牙齿上，几下晃动后，那颗上牙"刺啦"一声从牙床上脱落下来。紧接着，一个软软的棉花团被夹进他嘴里。

"咬紧！"——是牙医的声音。

若水按指示咬住了棉花团，牙缝间的大口子令他一时不太适应。他睁开眼睛，见托盘上丢着一颗米黄色的牙齿，上面还沾着点点血迹——在他还来不及反应时，那颗牙齿已经脱离了他的身体。

几分钟后，他攥着脱落的牙齿走出了诊室，若虚正坐在外面等他。

"我——拔——完——呐，"若水咬着棉团，说话还不太利索，见若虚被逗乐了，气鼓鼓地嘟起嘴，"有——痕——么——好——hiao——的？"

见他眼里红红的，若虚在他头顶摩挲了一下，两人迎面碰上一对年轻的父母，领着一个六七岁的小男孩——小男孩看上去面露惧色，他妈妈边走边嘱咐儿子说："没关系，只是疼一下，爸爸妈妈都在外面等你。"

他们擦肩而过，若虚突然愣了片刻——他想到自己还在幼儿园时，有一次磨牙（臼齿）上蛀了个洞，是姥爷观察他吃饭总用一侧咀嚼，发现了异常。后来，父母带他到医院，他躺在治疗椅上，小小的个子甚至都够不到椅子下沿。看着牙医拿出许多他不认识的工具——有朝他嘴里喷凉水的，有像钻子一样在牙上"吹气"的，有像针头一样在牙床上戳来戳去的……感觉到嘴里不断传来剧痛，他不害怕，但眼泪不听话地往外流……

"折腾"了好一阵，牙医终于取走了那些工具，告诉他"向外吐"。他侧

身把嘴里那团乌七八糟的液体吐向旁边的小水池，一抬头见父母正站在治疗室门口望着他。

他清楚地记得，小小年纪的自己下意识地正了正神色，用手背飞快抹了一下湿乎乎的眼睛——他长久见不到父母，不愿在这短暂相见的时刻让他们看见自己掉眼泪。

"你怎么了？"——若水的声音传到了他的耳边。

"噢——没什么。"若虚回过神来，"我觉得——你很像从前的我！"

"哪里像？"

"你和我一样，面对困难从不害怕，总是相信自己。"

"那当然！"若水拍了拍胸脯，"你上次不是鼓励我去找体育老师嘛——他专门在中午放学后给我补了一次课！我已经比之前厉害许多了，我相信有一天一定能把力气练出来！"

"等你的牙长好，我给你买个实心球，陪你一块练！"

"哥，你说为什么人要换牙？"若水问，"如果不是这么麻烦，我也不用来医院专门拔一次。"

"大概因为……人要长大，要成熟，"若虚忖度着答道，"乳牙是人的第一副牙，是小孩子专属的，只有换了恒牙，才算变成大人……"

"换了牙才算大人？"若水将信将疑地问，"那为什么别的器官不像牙齿一样，用了几年后也换一次？"

"这——"若虚被难住了，只能试着解释一番，"我以前看课外书上说因为小孩子口腔小，吃的东西又软，二十颗乳牙刚好够用；等长大后，人们开始吃坚硬的食物，这是就需要更多、更坚硬的恒牙来咀嚼了。"

"但小孩和大人不只是吃的东西不一样吧——他们说的话、做的事、想的问题都不一样！为什么只单单换牙呢？真奇怪！"若水嘟嘟囔囔的，"如果长大的时候我们可以换一双大手，两条长腿，再加上一副宽宽的肩膀……那才是变得像大人一样呢！"

"这个问题，等你以后当了生物学家或者人类学家，再好好研究吧！"若虚不忍打消他的好奇心。

"那这颗牙要怎么办呢，难道就扔了？"若水又注意到手中的旧牙。

"有些地区有把旧牙穿起来做项链的习俗，"若虚笑着说，"不过，按照咱们的习惯，小孩子上牙掉了要埋进土里，下牙掉了要扔上房顶。"

"我可没听说过……"若水舌头在口腔里打着转，抵着牙床上的缝隙，"现在觉得长牙的地方痒痒的……"

"千万别舔！牙长歪就不好看了……"

快到中午了，两人在粥饼店吃了午餐，优哉游哉回了家，见若愚刚好在母亲的房间，正谈到去日本的安排。

"你预备什么时候去?"若虚问。

"应该是这个月下旬——签证和学校手续都办好了。"

"那你的学业呢，等交换回来后再继续了?"

"是这样，"若愚说，"相比之下，出国交换的机会更珍贵一些——不过我已经开始帮导师做工作了，这次去日本，也是带着任务去的。"

"一定得感恩帮助过你的领导和老师，认真完成工作。"母亲叮嘱道。

"昨天导师为我们几个新生举行了接风宴——这一批招录了三个硕士，一个博士。我们的师兄师姐都很热情，科研也做得很棒，能融入这么好的集体，我应该能学到很多!"若愚对母亲说，"导师告诉我：研究生阶段的学习有很强的自主性，他非常支持我出国；同门听说我有机会参加校际交换，也都为我开心。"

"那你更要好好和老师同学们相处，他们身上一定有很多值得你学习的东西。"母亲说。

"导师今年刚申请到一个重大项目，我已经被拉进项目组了——这次去日本，刚好能在当地完成文献检索和整理工作，到时我应该会协助导师一起完成这一章节。"

"若愚哥，什么是文献?"若水好不容易插上句话。

"文献就是博览群书，就是浩如烟海，就是汗牛充栋，就是……"若虚有气无力地说。

"若虚，怎么脸色不太好?"母亲觉察到他的异样，"是不是中暑了?"

"我很好。"

"不舒服的话，家里有藿香正气水。"母亲说。

"我说过我很好啊。"

"你这是什么态度?"若愚对他的反应很不满，"妈妈在关心你，你甩脸色给谁看?"

"谢谢关心，"若虚扭过头看着若愚，"我如果需要帮助，会主动问你们的。"

"行了行了，从小到大，你们还是一见面就斗嘴，"母亲止住了二人的你来我往，"隔了这么久才见一面，好好相处……"

"妈——"若愚不再理睬若虚，"导师这段时间忙着给上一个课题结项，我这段还要在学校协助他，接下来就不常回来了。"

"原以为你们大学毕业后，咱们能一起多待一段时间，没想到你一直忙，一转眼又要出国，"母亲有些遗憾，"在外辛苦，一定要注意身体，千万别想着省钱。"

"您放心，我有时间会多回家看您；等出国后，我也会常给您打电话的。"

"难得你今天回来，"母亲提议，"咱们家也好久没聚齐了，晚上一起出去吃顿饭吧！"

"太好了！"若水跑到若愚身边，"二哥，你一回来我都有口福了！以后你要多多回来！"

若虚有些沮丧地回到自己的房间，坐回书桌前。桌上的小圆镜映着他的脸庞，他注视着镜子里的自己——刚刚若愚眼里闪着满满的信心，和对人生下一段旅程的无限憧憬；而他的眼神——纵使他已经努力激励着自己，但还是透出无法掩藏的犹疑和忧虑。

他又想到柜子里那支旧笔筒，想到小学一年级时的期末考试。

"这是老师奖励考'双百'同学的礼物！"小若愚从文具盒里拣出那支鲜艳的铅笔，骄傲地递给母亲。

"真棒！这是你靠聪明和认真换来的，不要骄傲自满，要继续努力！"年轻的母亲笑着对他说。

小若虚望着母亲的笑脸，有些失落——他数学考卷因为粗心算错了一个数，只考了99分，就这样和"双百"失之交臂了。

他下定决心，下次一定要和若愚一样拿"双百"，获得他心仪的那支鲜艳的铅笔。

到了二年级，他们换了一位新班主任。那年的期末考试，他在交卷前三番五次地检查，终于拿到了渴望中的"双百"。可是，新班主任却没有像原来的老师一样为他们准备奖品，他得到的不过是一次口头表扬。

那天，他攒着零钱，跑到文具店买了整整一套，一路小跑回了家。可是，把笔筒藏进柜子，合上柜门的一刻，他就哭了。

母亲、若虚、若愚、若水来到街边一家餐厅。若愚挨着母亲，若虚和若水坐在餐桌另一边。

一家人确实很久没有在一起吃饭了。母亲让若愚点菜，若愚看过菜单后又递给若虚。

"我想吃糖醋排骨！"若水从一旁探着脑袋。

若虚点了母亲喜欢吃的清蒸鱼，又问若愚："我记得你最爱吃茄子，现在还爱吃吗？"

"可以。"若愚点点头。

若虚点好单交给服务员，又补充了一句——麻烦再加一份饺子。

"为什么吃饺子？"若水问。

"老话说——送行饺子接风面。若愚要出国了，今天也是我们为他饯行。"

菜陆续端上桌。若水兴奋地夹着菜，母亲也示意若愚多吃。

"菜不合胃口？"见若虚食不知味的样子，母亲问。

"可能真有点中暑了……没事，我慢点吃。"

察觉到若虚的情绪不太对头，若水放下筷子，给杯里倒满饮料，起身说道："我想敬两位哥哥一杯。"

"你想和两位哥哥说点什么？"母亲笑着问。

"我祝贺大哥找到工作，也祝贺二哥能出国读书！你们都是我的好榜样！我也要好好学习，希望以后能变得和你们一样优秀！"若水举起杯子。

"谢谢若水。若水从小就聪明，二哥看好你，等你以后学业有成，一定能成为社会的栋梁！"若愚和他碰了杯，"想没想过以后做什么工作？"

"我有好多想做的——当数学家、生物学家、考艺考或者练体育都行……"

"哟呵，志向这么远大？"

"或者就像你二哥一样，以后为人师表，为国家培育下一代！"母亲说。

若虚和若水简单碰了个杯，继续在一旁细嚼慢咽。见他一语不发，母亲对他说道："你们像若水这么大的时候，就像这样你来我往，有说有笑；现在

长大了，倒变得不像以前爱说笑了。"

"长大了，当然不像小时候那么多话了，显得轻浮。"若虚心不在焉地答了一句。

"你这孩子，总是爱钻牛角尖。大家在一桌吃饭，哪有一个人在角落里闷不作声的？"母亲语重心长地说，"工作以后和领导同事们聚餐，别人都打得一团火热，你不担心大家不喜欢你、孤立你？"

"不喜欢就不理我呗，我也不怕被孤立。"

见母亲面有愠色，若愚给自己的杯子斟满啤酒，起身敬若虚道："平时我总是忙，一直是大哥为家里忙前忙后……为这个家，咱们都付出了很多。以后，我会更加努力，为这个家争光！"

若虚也把杯子斟满，起身回应道："虽然我走的是另外一条路，但希望我俩各有各的精彩！"

看着两只酒杯碰在一起，若水开心地笑着，继续低头给自己夹菜——鱼片特别滑溜，他用筷子连夹带挑都没能送进嘴里，于是改用勺子舀了一口。

他滑稽的样子缓和了餐桌上的气氛。母亲笑着对面前三个男孩说道："我听过一个故事：从前有个人，他梦到过天堂和地狱，发现天堂和地狱里面的每个人都拿着一把长长的勺子——地狱里的人个个面黄肌瘦，因为勺柄太长，食物怎样都伸不进自己的嘴里；可天堂里的人都吃得很饱，因为互相喂别人食物——你喂我，我喂你，大家都红光满面、精神焕发。"

"所以，这个故事告诉我们要互相帮助，才能让自己和别人都吃得饱！"若水目不转睛地听着，举起自己的勺递到若虚嘴边，"我也要学一学，把大哥喂饱！"

若虚本来兴致缺缺，被他的一通玩笑逗乐了。

"我敬你们三个孩子一杯，"母亲也把杯子斟满，"为若虚顺利找到工作，为若愚踏上新的求学之路，为若水马上就升到六年级，祝贺你们！你们都要继续努力！"

若虚去前台结账时，服务员告诉他已经有人结过了。恰好若愚从洗手间走出来，便上前和若虚说："今天你不能和我争——一是我马上要'近渡重洋'了，二是我已经做完暑期项目，挣到了真正意义的'第一桶金'，你应该给我一个做东的机会。"

四个人走出饭店，若愚看了看时间，本想回学校，却被母亲出言挽留了。

"就是，二哥今晚别走了，"若水附和着，"我好久没和你一起玩了！晚上咱们一起下盘棋吧！"

若愚看看他，又转头看看母亲。

"马上又有很长时间不回来了。在家住一晚吧，被子和床单我都帮你收拾换新了。"母亲说。

"看在妈特意为你收拾屋子的份上，再不答应就显得不近人情了……"若虚也半开玩笑地说。

若水最爱热闹，一进家门便翻箱倒柜找出旧棋盘——那是几年前若虚送给他的生日礼物，是个"四合一"。

"咱们玩飞行棋还是象棋，或者军棋，斗兽棋？"他把"四合一"摊开在桌面上。

"你想玩什么？今天都陪你。"若愚说。

"嗯……斗兽棋、象棋、军棋都只能两个人玩，咱们玩飞行棋吧！"若水把飞行棋盘翻到最上面，拣出骰子和三种颜色的棋子。

棋局开始，若愚和若水很快掷出了几个"六"，棋子一个接一个进入跑道。若虚一连掷出的都是小数，只能巴巴地可着一两颗棋子挪动着。若愚一连送好几颗绿色棋子上了"快车道"，很快便将所有棋子移动到终点。若水顿时有些着急，生怕自己落后，一步步向前赶，终于赶在若虚前把最后一颗黄棋子挪进终点，于是长舒了一口气——棋盘上只剩下蓝棋子还在终点线外徘徊，若虚心不在焉地掷下骰子，结果又亮出一个"幺"。

"大哥你今天手气太背了！"若水忍不住笑着说。

若虚也不分辩，一阵索然地把剩余的棋子打乱了。

第一局屈居亚军令若水很不甘心，他兴致盎然地拉着两位哥哥再开一局。

"我去院里透透气，你们先玩吧。"若虚起身推门出去了。

"二哥，那你陪我下一盘军棋吧！"若水留住了若愚，二人码好棋子，开始了新的对战。

若虚回屋时，见二人正"杀"得火热，不少棋子已经在混战中被"吃"掉，散落在一旁——若水努力调动着"工兵"杀向若愚的后方，但若愚的布兵颇有点"一夫当关，万夫莫开"的架势，若水头重脚轻的局面果然很快失衡，一个不小心，大本营的"军旗"失守了。

"哎唷！怎么回事！"若水很懊恼。

"你突击的棋子走得太急，有点'顾前不顾后'了。"观战的若虚说。

"咱俩再开一盘吧？"

"其实我不太喜欢玩军棋，"若虚望着桌面摆开的棋盘，"我觉得每个棋子的强弱过于明显，裁决的方式又过于简单……"

"那你想玩什么棋？"

"不如下跳棋——每颗棋子都是平等的，不存在强弱之分，像一队同行的伙伴，大家互相帮助，彼此创造条件，才能一起进步。"

"我倒是很喜欢军棋——它不像飞行棋完全凭运气、看点数，军棋的排兵布阵、攻防策略、每个角色如何最大限度地发挥作用……都需要动脑筋设计，"若愚拣起一颗棋子，"比如这个'团长'，说它小吧，它可以管住营、连、排、兵；说它大吧，碰到'旅长'以上的，它只有没命的份。再比如'地雷'，因为仅能发挥一次作用，是炸掉对方一个司令还是小兵，意义又完全不同……所以说，棋局如人生，如何制敌取胜正像如何在现实生活中发挥优势一般，真是一门学问。"

"你真是比我还喜欢讲道理，把下棋的经验都迁移到为人做事上了。"若虚听了若愚的分析，会心一笑。

他们玩到了很晚，若愚回自己的房间休息了。若水收拾好棋盘，跑去洗澡。若虚坐在窗边，凝望着院里的光亮——很久很久，这几间屋子没有同时亮过灯了。

若水走回房里，小脸上还在滴水。

"你又不擦脸！等冬天小脸非冻皴了！"若虚不住地指责他。

"我最讨厌擦脸，毛巾太硬了！"若水不服气，趁若虚不备对他额头弹了一个栗暴，又"咻"的一下闪躲开——要是往常，若虚会追上来还一个栗暴，或者按住他教训一番，但今天他毫无反应地坐在原地，看起来情绪很低落。

"你今天怎么了？"若水凑了回来，"对不起！我不应该说你笨、笑你手气差……"

"不怪你，是我想起了别的事……"

"我知道，你心里一直在赌气，对不对？"若水望着一脸沉思的他，一副小大人的口吻，"从中午咱俩进家门，见二哥跟妈妈谈起去日本的事，你就一直苦着脸。二哥说去日本做这个做那个我听不懂，但我看出你很羡慕他，也想出国去，是不是？"

"没有，我一点都不羡慕。"

"你别骗人了！"若水正为"识破"他的心思而得意，"你瞒得过我们，却瞒不过你自己！二哥去日本就让他去呗，我留在中国，以后咱俩还一起玩！"

"等我上班了，也许会很忙，就不能每天接你上下学了，你失不失望？"若虚问。

"那算什么？我可以和妈妈坐车上学！或者，我马上就十二岁，能自己骑车了，等我练会骑车，就不用你们送我了！"若水一脸轻松，"到时你来教我骑车吧。对了，你小时候和谁学的骑车？"

"我和爸爸学的……"若虚眼前浮现出父亲那辆"大二八"——他刚从姥爷家被接回来时，是父亲每天接送他和若愚上下学，那时他们还总是抢车梁坐。那年秋天，父亲发现了一条僻静的小路，带他们俩学骑车——若愚学得快，半个小时就能稳稳骑着走了；他跨着"大二八"，努力维持着平衡，战战兢兢地向前滑……直到傍晚，"大二八"才在他的操控下勉强能摇摇晃晃地向前行进了。他在那条小路的尽头刹住车，回过头看，父亲正远远地看着他。

"哥，你怎么哭了？"

"我……想到小时候的事，想到了爸爸。"若虚红着眼睛说。

"可惜，我从没见过爸爸……"若水叹了口气，"我记得你说过，小时候爸爸也常带你们去那家餐馆是不是，你给我讲讲爸爸和你小时候的故事好不好？"

"以前一到暑假，爸妈上班就会把我和若愚留在家里，"若虚回忆着，"如果爸爸厂里轮休，他就在家陪我们，或者骑自行车带着我俩去外面兜一整天风……我们玩得累了饿了，爸爸就带我们下馆子——他总是点我们爱吃的排骨、鸡肉、里脊，却只给自己点个青菜。一次我问'你怎么不和我们抢排骨吃'，爸爸只看着我们笑，说天气热，怕肉吃得太多上火……"

若虚说着说着，鼻子一酸，眼眶里打转的泪珠终于掉了下来。

"真想见见爸爸的样子，"若水也红了眼眶，"我只听你讲过，爸爸是个勇敢、坚强、又能干的人，以前还在厂里救过火……"

"是的，爸爸真的很勇敢，脚被砸得那么重，见我哭了，还笑着给我擦眼泪……"若虚一阵激动，一股股眼泪涌了下来。

"你想爸爸了对吧？"

"我想爸爸……嗯……我真想爸爸……"若虚抬起头，眼泪像开闸的水一样流着。

"大哥不哭!"若水走近了蹲在他身前,拉起他的一只手,"我给你讲个故事——我们的爸爸现在生活在天堂里,他身边有好多好朋友,他们都拿着一把长长的勺子,你喂我,我喂你,吃得可饱!可开心了!"

"你相信吗,他会在天上,他没有忘了我们?"若虚犹疑地问。

"你不是告诉过我,善良的人,死后就会升到天上,天上也就多了一颗明亮的星星吗?"若水虔诚的大眼睛眨呀眨的,"爸爸一定在夜空中的某个角落看着我们呢!他知道我们这么想念他,他一定也会想念我们,对不对?"

若虚睁着湿润的眼睛看向窗外——外面一片漆黑,夜深了。

"大哥,你别难过!"若水搂着若虚的肩,像安慰小孩子一样,"我再告诉你一个秘密——当你难过时,就抬头望望夜空,月亮和星星都在对你微笑,它们会治好你的难过!"

## - 23 -

过了处暑,早间和傍晚的空气已经有些清凉了。

赶在假期最后一周,若虚独自来到一家购物中心,先在书店转了一圈——虽然家里已经塞了不少书,他还是喜欢隔段时间就逛逛书店,碰到喜欢的书,会毫不犹豫地买下来。他平常最喜欢读文学作品,常把自己融入故事情节中,和主人公一起欢乐悲戚。

转了一上午,他选中了一部小说和几本散文集。从收银员手中接过尼龙绳捆好的书,他满心欢喜地走出了书店。

乘电梯下楼时,他从一家服装店门前走过,见海报上介绍的优惠活动,想着该给自己预备一身工作装,便走进了店里。

店里亮着明闪闪的灯光,衣架上挂着琳琅满目的各色衣服。导购小姐迎了上来。

"我想买一身正式点的西装。"若虚说。

"您是学生吧,工作面试穿?"导购小姐打量着他。

"不是……我已经工作了。"

"您可以看看这款，"她指着店门口立着的模特，"这是下半年的新款，卖得很好，材质也舒适，正适合年轻人。"——那套藏蓝色的西装套在模特身上，被灯光一映，看上去笔挺而精神。

"这个尺码会不会大？"若虚接过导购小姐递来的样品，比了比肩宽。

"不会，这套是修身的版型，您虽然偏瘦但骨架宽，能撑起这个码。"

若虚走进试衣间，看着镜中的自己——这套西装穿在身上，肩膀平整，腰间微束，裤腿直直下垂，相比他以往的穿着，确实显得成熟和庄重不少。

"请问这套还有其他颜色吗？"他走出试衣间，问导购小姐。

"还有一款纯黑色的——但个人建议您选身上这件：藏蓝色更衬您的肤色，看起来也不至于太过板正，毕竟您现在还年轻。"

"就冲您提到我肤色的问题，我权且相信您的推荐，"若虚笑着说，"嗯……这套西装多少钱？"

"这套是一千四百九十九。"

"这……虽然衣服我很喜欢，但这个价格比我预期高太多了……"若虚犹豫了一下，"您店里有没有类似款式但价位稍低的推荐？"

"如果您觉得贵，也可以考虑衬衫搭西裤——"导购小姐领若虚来到衬衫架旁，"这几件衬衫颜色也很好，只不过款式都是上半年的。"

"没关系，不管旧款新款，穿着好看就是好款。"若虚自信满满地说。

他试了几件衬衫，最终选中了一件浅蓝的、一件黑色的，正准备回试衣间把衣服换下，恰好瞥见一对情侣并肩从店门外经过——那男孩一手拎着购物袋，一手搂着那女孩；女孩斜靠在男孩肩上，两人边走边聊。

若虚愣在了原地，以为自己产生了幻觉——那男孩竟然是若愚，靠在他肩上的女孩竟然是多日不见的许亭亭。

两人显然也注意到不远处那个凝成雕像的人影。他们停下脚步，回头望着杵在地上的若虚，似也表现出了几分意外——半晌，若虚木木地开了口："你们……你们……来逛商场？"

"是的，今天难得有时间"，若愚一脸平静，"和女朋友来准备点出国用的东西。"

若虚难以克制地看向许亭亭——她略施粉黛，头发也烫了卷。

"没想到你们竟然认识……"他继续呆愣着，又差点笑了出来，"我们……是不是也需要……重新认识一下？"

许亭亭也是一脸平静，没有接他的话，有意回避着他的眼神。

"我们……可以谈一谈吗？"若虚听见自己又抛出一个问题，也不知是抛给谁的。

"好的，我们找个说话的地方。"是若愚开的口。

若虚僵硬地迈开步子，听见身后的导购小姐提醒——先生，这两件衬衫如果需要，请先结一下账。

意识到那件好不容易选中的蓝衬衫还穿在身上，心中一团乱麻的他无心再讲价，只好回了句——抱歉，我不要了，我换下来给您。

他换回原来的运动衣，三步并作两步走出了试衣间。导购小姐接过衬衫，一脸狐疑地看着面前这两个长相相似的男青年走出了店面……

若虚再次走出购物中心时，太阳已快坠地。他拖着沉甸甸的步子，觉得自己的心跳和脚下机械的步伐一样沉重。

刚刚在顶层露台的情形又浮现在眼前——他和若愚面对面坐着，聊着他意料之外的话题。

"你们两个一直认识吗？"他犹犹豫豫地问。

"我们认识不过一个月，"若愚说，"是书记介绍我们认识的——她是我的学生，也是我的'客户'，我辅导她日语。"

"学生，客户？这么说，你们是从师生辅导成男女朋友的？"

"别说得这么难听。两人之间的感情，旁人不要妄评。"

"我算旁人？"若虚很惊讶，"我是想说——你们了不了解彼此的过往？"

"我一开始并不知道……"若愚答得倒也坦诚，"我俩第一次见面时，她半天没说出话——她后来告诉我，原以为只是巧合，直到见面才得知我不仅是名字和你像，长相也那么相似……直到她和我谈起毕业的学校、专业，我才知道，你们原来竟然是同班同学——缘分真是奇妙。"

"那……后来呢？"

"后来？后来我们发现——我俩恰好相互喜欢。"

"就这么简单？"

"就这么简单，"若愚认真地说，"我喜欢她的可爱和独特，她欣赏我的才能，欣赏我能带给她的启发。"

"那……你们有没有考虑过我的感受，我该如何面对这种局面呢？"

"什么意思？"若愚感到莫名其妙，"有什么需要你'面对'的？这又不

是三角恋——我了解过，你和她之间没有什么情感过往，而我俩只是因为遇到对的人而作出对的选择。我俩之间的事，是与你没有关系的。"

"与我没有关系？"若虚觉得自己的心在揪着。

"你别把事情想得太复杂"，若愚宽慰着他，"妈妈总说你爱钻牛角尖——你看开一点，不要总觉得自己在'受伤'……"

这些对话在脑海里不断盘旋，若虚在这条街上走得累了，一眼看见路旁的小楼挂着"××酒吧"的牌子，便直接闯了进去。

大学四年，他只和同学进过一次酒吧——当时那声影嘈杂的环境让他顿生不适，这回又沿着狭窄幽暗的楼梯上了二楼，融进那喧闹膨胀的氛围中，他只感觉暂时可以在灯红酒绿的氛围中麻醉……酒吧一侧的舞台上，一个外国歌手举着麦克风，投入地唱着歌，旁边此起彼伏的喝彩、击掌、口哨声很快便将他淹没了。

若虚点了一瓶红酒，找了一个面墙的角落坐下，耳畔刺耳的音浪在忽明忽暗的灯光下更显躁动和迷乱。他不常喝酒，此刻却止不住把黑红色的液体倒进杯里，再一股脑灌进嗓子——这是散伙饭结束两个月后他再一次承受酒精的刺激，酸痛和内心的苦涩交织着，让他眼前变得一团乌黑。

若远若近的人影在周围闪动着、喊叫着、大笑着，他感到自己像个被抛弃的可怜人，承受着周遭的排挤和嘲讽。酒精短暂地麻醉了他的听力，刚刚和若愚的对话却又一次在他脑中盘旋——

"这次她会和我一起去日本——这次交换我期待了太久，她又对日本一直很向往，我们一拍即合！"若愚踌躇满志地说。

"她……应该要开始读研究生吧……"——这是若虚的声音。

"她已经决定休学一年了——读研究生固然重要，但眼下有这么好的机会，只好做更有利的选择。在这一年，我们也能成为合适的搭档，除了学业之外，想尽可能深入领略日本的风土人情……"

"你们计划得真好……"

"我是一个典型的实用主义者，"若愚笑着说，"读书、学习、锻炼，这些正是我为了强化自己的能力，让我能够选择理想的事业，遇到理想中的伴侣——而现在，我的确是遇到了。"

若虚抬头望着湛蓝的天空，几朵棉花糖似的白云正悠闲地向东飘着。

"你们像是都实现了理想，我好像什么都没得到……"

"你的理想究竟是什么——你了解吗?"

"我……我原本以为放弃学业选择工作是件很值得自豪的事,但看到你现在的状态,我对这个决定竟然产生了动摇……摇摇晃晃的,不知该不该……"他像喝醉一样,语无伦次。

"你不要因为看到我,就质疑你的选择——每个人的人生都是自己选择和努力的结果。我说过,我是个目标很明确的人,我认可的是实力,只有自己变得强大,才能像巨轮一样稳稳地航行。"

"我好羡慕……羡慕你的优秀,还有自信……"

"不必羡慕我,"若愚摇摇头,"你之所以会怀疑自己的选择,是因为还没想明白自己想要的是什么——总想要别人有的,那怎么可能呢?"

"我……我只是觉得我也可以——我明明和你一样聪明、一样努力、一样想把所有的事情做到最好,为什么……?"

"因为你不是我——我们选择了根本不同的方向,你为什么要羡慕我得到的东西?"

若虚呆呆地注视面前这熟悉的脸——这张和他一样有着黝黑的眉毛、闪闪大眼睛的面孔。

他又倒了满满一杯酒,让那酸涩的液体沿嗓子滑了下去——若愚的话纵使尖锐,却戳透了他自持坚强的内心。白天发生的太多事像一个魔鬼,就这样将他拖进了犹豫和痛苦的深渊里。

灌下去一整瓶红酒,他撑着直起身,感到肚子里一阵晃悠,赶忙踱进了卫生间——以为自己会撕心裂肺地吐一场,却因为没吃一口饭,在水池边干呕了几声。他扶着池沿,又一次望着镜中的自己——那双大眼睛像是涂上了染料,眼白充血,涨着暗红,脸颊凹陷着,像是被人揍了一顿。

他盯着自己的样子傻笑。

他扶着楼梯扶手,走出酒吧大门。外面清新的空气灌进他的鼻腔,稍稍缓解了他头脑的胀痛。天渐渐晚了,他的心思却一阵混乱,这是他第一次不想回家,只想独自在外游荡。

夜间果然已有了浓浓的凉意。他走在空荡荡的街上,看着自己的影子在昏黄的街灯下变短又变长。路旁高耸在夜影中的树干如同巨型的鬼魅,在风中乱颤的树叶像是无数的手掌和眼睛,正森森地打量着他。他望向远处——前面仿佛是一排长长的鬼阵,一眼看不到尽头,正把他引向什么可怕的地方。

他走得又渴又累，在路边店铺前的台阶坐了下来——已经凌晨两点多了，连夜行的人和车都快消失了。一只脏兮兮的小猫跑过来，停在离他几米的地方，满眼敌意地打量着他，又一股脑儿地跑开了——他对着小猫的背影傻笑着。

他听见自己心里的声音——他俩这时在做什么？她心里有没有一丝庆幸或是骄傲，也许是一如既往的平静？他俩如此相爱，在不久的将来，就要举行婚礼了吧？

他俩在一起了，而我究竟又在苦恼什么……

他静静地坐在台阶上，呆呆地看着寂无人烟的马路。

## － 24 －

那大房子里弥漫着一股很刺鼻的气味。他被熏得受不了了，和大人们说要出去站一站。

外面气温很低，冰冷的空气在他脸上铺散开来。他眼角噙着的泪珠终于滚落了下来，在眼角烙下一条刺痛的痕迹。

他用脏兮兮的手背抹了抹脸，贴墙站着，避着北风。因为身体还没完全恢复，站久了浑身乏力，他紧紧搂着那个沉甸甸的小木盒，倚着墙蹲了下来。

大人们说这个小盒必须由他抱着，因为他是长子，他记住了。

过了不知多久，一个大人跑出来招呼他回去。他缓缓起身，壮着胆子，跟着他再次走进那间烟火缭绕的大房子。

刚才卷进炉中的传送带已经退了出来，深黑的履带上沾着浅灰色的痕迹——就在他出去透气的那段时间，搬上履带的那个沉重的东西化成了眼前散落的一堆白灰。

母亲和若愚也起身走了过来。

"来，往里铲吧！"一个戴线手套的叔叔递来一把小铲子。

他缓缓地接过铲子，迟疑着——那堆白灰让他感到害怕。

"赶快铲呀！这孩子怎么回事！"他催促道。

他看了看母亲和若愚，终于把铲子伸向白灰——他的手难以控制地发着抖，眼眶里蠕动着湿热的泪水。

"这孩子都吓傻了……笨手笨脚的。"旁边传来一个男人的声音。

"也不能怪他，他才多大啊……"又有个女人的声音传了过来。

或者是因为委屈，或者是房子里一阵接一阵散发着难闻的气味，他的嗓子像被什么东西刺痛着，忍不住想咳嗽。

"若虚，把口罩戴上吧。"刚才那叹气的女人凑近他耳边说。

"不——"他抗拒地喊，咬紧牙关，又极力忍住夺眶而出的眼泪，扭头望了望母亲和若愚——若愚正戴着一副厚厚的口罩，只露出半张脸。

外面很冷、很干，北风像刀一样刮着他的脸，他有些后悔刚刚拒绝了那只口罩。装满了白灰的小木盒很沉，但他丝毫不敢放松，依旧吃力地端着，紧紧贴在胸口。伴着响亮而嘈杂的乐声，他跟着吹鼓手，失魂落魄地向前走着——他身后还有一支浩浩荡荡的队伍，像一群被什么力量感召而游走着的灵魂。

那个上午，他一直很恍惚，离开时，那个叹气的女人把一块糖递向他嘴边。

"我不吃，我满嘴都是灰。"

"那也要吃。"

晚上。屋里很暗，他睡不着。

院里的树影映在窗帘上，像是个奇怪的人，一动不动地盯着他。

他侧过身，面朝另一个方向，觉得身边似乎还残存着父亲的气息。他感到热热的泪水从眼中滑落，又淌进了另一只眼睛。

他伸手抹着眼泪——屋里燃的炉子并不热，手露在被子外面，像是泡在冷水里。

另一张床上传来翻身的动静。他轻轻叫了若愚的名字。

"怎么了？"若愚问。

"我睡不着……我想爸爸。"

"什么都别想，一会儿就能睡着了。"

他闭上眼睛，企图让大安脑静下来，但没有用。望着眼前的黑暗和窗帘上的一缕亮光，他缓缓地问："你说……死……死了的人会升到天上去吗？"

"或者会，或者不会吧……"

"那如果我想爸爸了，我还有机会再见他吗？"他对着黑暗问，"如果以后我也死了……"

"人死以后，这个生命也就消失了，我们也就不会再见了吧。"

"那，下一生呢，我们还能重逢吗？"

"我们会有下一生吗？"黑暗中传来若愚的答复，"即使有，我们也会去世界上不同的地方，遇到不同的人，也不会再认识了吧……"

若虚思考着他的话，想象自己是不是会在下一世重现。当那时的他再回来这座小院，曾经的亲人和朋友还会守候在这吗，他们还会记得他吗？

外面起风了，窗帘上黑乎乎的影子摇晃着，像一个站不稳的人，朝这个方向摔过来……

若虚被吓醒了——他正躺在家中的床上。

刚才是一场梦，却又不像是梦，它是清晰地存在在他记忆中的一幕场景——是的，十年前那个可怕的冬天又一次在他脑海中出现，每当他陷入某种痛苦的情绪中，他就会梦到那令他至今心有余悸的房子和履带……

他抖了抖被汗浸湿的、黏在身上的背心，坐起身揉了揉眼睛，感觉自己的意识渐渐回到了现实中。他瞥了一眼墙上的钟——已经下午两点了，昨夜在街上游走了许久，直到快天亮才头昏脑胀地回了家，然后就瘫倒在床上，一直睡到现在……

见床头摆着水，他端起杯子一股脑儿地喝完了——由于昨晚喝了酒，又在街上吹了风，他觉得自己有些着凉，满屋翻了半天却都没找到体温计，便一个人走进了卫生间。镜子里，他眼睛里满是红血丝，下眼睑向外凸出。他简单洗漱了一下，走进厨房，见冰箱里还有一盒牛奶，便倒进锅中煮了起来。

门锁传出一阵响动。他循声看过去，是母亲和若水回来了。

见若虚安然无恙地站在面前，若水先兴冲冲地边走过来边喊着："你醒啦，昨晚上跑哪玩去了？"

"噢……"若虚慢吞吞地答着，"我碰巧遇上一个以前的同学，因为好久没见，就聊得很晚……"

"昨晚你不在，二哥又回来拿了一些东西。他还提到机票改了时间，要提前去日本了。"

"是吗？"若虚一阵警觉，"那他还说了别的什么？"

"没说别的，跟妈妈和我告了别，嘱咐妈妈注意身体，叮嘱我好好学习，然后拿上东西就走了——他还说在外面会继续努力，让我们放心。"

若虚端起煮好的牛奶，朝房间走去。

"喂——你可真行！说去买书，结果到晚上都不回家，也不和我们说一声！"若水跟他走回房间，语气中尽是不满，"你知道吗？妈妈一直担心你到半夜！"

"担心我？不必吧……我从小到大从没做过什么出格的事，"若虚心不在焉地喝着牛奶，"除非我真遇到什么危险，那担心也没用，得喊警察了。"

"幸好你回来了，不然我们真就要找警察了！"

"你们这是去哪了？"若虚见若水背着书包，推算着今天的日期。

"咦，你傻了？今天是我新学期报到的日子啊——你明明答应好送我去，早上我醒来看到你倒在床上，睡得像一头狗熊！"若水半开玩笑地说，"见你那么累，我就没忍心喊你，还是妈妈送我去的学校——你看，我们又发了这么多新书！"

看着若水从鼓鼓的书包里一本接一本把新书取出来，若虚突然想到昨天原本买了一捆书，却不知落在哪没有带回来——他拼命地回想也没有想起来……

"对了！"若水兴致盎然地把新书整理好，"老师说六年级是我们在小学的最后一年，告诉我们要好好珍惜和同学们在一起的时光，所以这一年，我更要好好学习！我这就给新书包上书皮——"

他从抽屉里取出一卷挂历，拿出铅笔、直尺、刻刀，从语文书开始，一本一本贴在挂历背面先勾出轮廓，再用刻刀认认真真地裁起来。

"真快，你都六年级了……"若虚喃喃地说，"还是这么喜欢书……"

"那当然！把书的封面保护好，等一个学期过完，它们还像刚领到时一样新！"若水说罢又低头做起了手工。

"若虚——"母亲突然走进房间，拿着一支体温计，"我早上摸你有点低烧——现在早晚这么凉，你穿得太少，真病了不是闹着玩的，得赶快吃药。"

若虚猛地站起身，朝屋外走去。

"你去哪？"母亲问。

"去学校——我刚才量过，已经不烧了。"若虚匆匆答了一句，推上自行车，一溜烟出门去了。

他骑上车，几乎是本能地朝熟悉的方向骑着。不知不觉中，他又一次停在了学校门前，见这里簇拥着新生和送新生的家长们——校门外立起了一面宽宽的留言板，上面印着热烈"欢迎××级新同学"的标语，原来大学新生报

到的日子也临近了。

在校门口，不少年轻的面孔正拖着行李箱向校园里走去，也有一些年轻人满怀期待地在留言板上写着名字，和身边的家人、朋友一起用镜头记录着人生这一精彩的瞬间。他推车从人群外围经过，却被门卫抬手拦了下来——大概是他一脸犹疑、步履零乱的样子被误以为是不法分子想要混进校园吧……幸好他随身带了证件，才被顺利放行。他又一次走向熟悉的校园主干道，但这条在过去四年里无数次经过的地方此刻竟让他感到从未有过的生疏。他蓦地想到四年前的自己，也是独自拎着行李走进陌生的校园，也是看着身边的同龄人被家人陪伴着——他之所以孤身一人，是因为那天也是若愚作为大学新生报到的日子，母亲带着若水去他的学校送他了。

他感到有些惶恐——虽然还身处熟悉的环境，这里的人和事却完全以另一种方式在影响他了。他不会再像过去的九月那样领新书、领课表，也不再能专注于读书、上课、和同学朋友玩，而是要以一种新的姿态面对他的"校园生活"，一种他设想过，却还未真正准备好的姿态。

住宿区的小商店外摆满了各种各样的生活用品——垒得高高的脸盆、洗漱用品、衣架、小锁芯、吃的、喝的……不少新生聚集在这里，讨论和选购着他们可能用到的东西。这是校园该有的样子吧，每年初秋，都有焕发着勃勃生机的稚气面孔，在这里写下他们年轻履历的新一行。

他一路走过自己曾住过的宿舍楼，见楼门大开，相识的值班阿姨依然热情地与他打着招呼。他走上前，表达了进楼看看的请求，沿楼梯走上最熟悉的楼层——不到两个月，这里又一次被收拾得焕然一新，空荡荡的楼道里回响着他慢腾腾的脚步声。他停在曾住过的那间寝室前——屋里整齐地立着四组全新的床铺，朱班长、老李、小李和屋内曾有的欢声笑语、吵闹声却都已不在了。

他沿着楼梯走到顶楼的天台上，静静地望着淹没在楼后的余晖——时间不早了，西边那一片迷离的黄白色，淡淡地，远远地，缓缓地向下坠着，他感到映在脸上的最后一丝光芒正渐渐黯淡下去。

薄暮之中，他恰好望见校园西北角的那片矮楼——那不是研究生宿舍楼吗？正南正北坐落着，白色的楼体在落日的映衬下透出浅浅的黄色。他猛然想起了那个帮她搬家的下午，面对她有些刻意的殷勤，竟还端着些高高在上的架子……他苦涩地笑了笑，笑那些已经成为过往的人和事，笑自己曾经自以为是的样子——也好，她和他一起走了，免得可能在这方寸之地碰到，又会带来面面相觑的灾难。

八月的夕阳坠得很快，转瞬间，那片楼的外墙不再泛光，又要等待一个更加漫长的黑夜，才能迎来第二天的日出……他们也会很快飞往日本了吧？不久后，他们也会像报到的新生一样，意气风发地走进秋意盎然的校园里，迎接着他们的又一番幸运了吧？也好，他们都走了，我也要过自己的生活了。

不管是否愿意，不管自信还是踌躇，我也该走向新的一天了——他在心里默默地告诉自己。

## － 25 －

九月的第一天。天上淅淅沥沥飘着小雨。

雨是后半夜下起来的，把初秋残留的余热一扫而空。若虚一早就披上雨衣出门了。天气原因加上全市恢复开学，街上比往常拥塞许多——经过大路口时，他小心闪躲着身边的车辆和行人，一路停停走走骑到了学校。

因为在路上耽误了些时间，当他走进校门，穿过主干道时，学校早课已经快开始，细雨中，学生们正打着五颜六色的伞，急匆匆赶往教学楼，在大厅排队等着电梯——一时间，他竟产生了一种错觉，又想到他们拍毕业合影的那个上午，想到电梯前的朱班长转身朝他走来，又一拳擂在他肩上，说着"别发愣了，赶快上九层吧"。

他摇摇头，告诫自己不要再怀念以前的日子了。

走了一条与原先不同的路线，他走向办公楼，走进了一楼的接待室。

达雅到得很早，这会儿她已经打开电脑，准备开始办公了。若虚和她打了声招呼，把雨衣脱下挂在门后的钩上，走到工位前打开电脑。

"吃过早饭了？"达雅问他。

"在家吃过，"若虚说，"你每天都来这么早吗？"

"我不喜欢做事情急急忙忙的，早来可以从容一些。"

若虚打量着这间不大的办公室——长长的办公桌几乎占据了屋子的面宽，两侧靠墙立着冷冰冰的铁皮柜，边上是登记台、报刊架、信件匣，面南的窗台上还简单的摆着几盆植物。

"开学第一天，接待室一般会很忙，"达雅边登记着要转送的信件边说，"你刚好可以把各项工作先熟悉起来——工作比较杂，不过不算难，等都实际操作一遍心里就差不多有数了。"

很快，随着办事人员源源不断地进进出出，若虚跟着达雅眼看心记，学习面对不同部门的业务该如何办理，接到问询电话要如何解答，收到信件后要在哪里登记，遇到前来求助的人该如何接待等等。钟表的指针"刷刷"转着圈，转眼间，上午工作的时间已经过半，他好不容易才坐下片刻。

他喝着一早晾好的白开水，一眼瞥见达雅的工位上放着一本厚厚的电话簿。

"这本上记得是哪里的电话？"他好奇地问。

"全校的电话——全校有八十多个单位，每个单位又下设很多办公室，如果需要联系谁，或者有人来这里查号码，可以很快找到。"达雅说。

若虚翻开电话簿，里面列满了名称——党政办、组织部、宣传部、统战部……他想到自己还在上学时，只知道学院的老师在哪里办公、上课的教室在哪一层楼，从没想到学校里有这么多他之前未曾听过的部门。

若虚刚放下水杯，又开始分邮递员送来的信——积压了一个假期，很多寄到办公楼的信未能及时送到，便都由接待室代收再分发，包括一些收信地址没有写明确的，也要一并整理。他对照着部门和办公室的分布图，将厚厚的一摞信按单位、楼层、门牌号归着类，又见达雅频繁接起一个个打来的电话，精准地回答出对方的问题，或是指出这个问题该联系哪个部门协助办理，不由地敬佩她对工作业务的了然于心。

门口有个人在探头探脑——若虚看过去，见一位头发烫得卷卷的中年女性走了进来。

"您好，"若虚站起身，"请问有什么可以帮您？"

"你好——"对方说，"我要见学校书记。"

"这……"若虚一时不知该如何回答，看向了达雅——她刚挂掉一通来电，转过头对中年女性说道："对不起，请先说明您的来意，我们才能请示。"

"咳——跟你们说也无妨，"中年女性纠结了一阵，又支支吾吾地开了口，"我的孩子是今年入学的新生，我送孩子来报到，一看这儿的住宿条件太差了……我要和书记反映反映，得给孩子换个好点的宿舍。"

"您的心情我能理解，但学生宿舍由管理中心统一分配，除非某位学生有

特殊需求，像特殊体型、受伤或者行动不便，一般都以分配的房间为准。"达雅说。

"哎呀，你们就别跟我藏着掖着了，"那女人眼里闪过一丝见多识广的自信，直接在接待室的沙发上坐了下来，"我早就打听过了——学校明明有更高级的公寓，无非贵点！我跟你说，钱可不是问题，只要能让孩子住得舒服，花钱我们也愿意。现在的问题是，我们有钱都没地花——"

"那您的意思是？"

"让我先去见见书记，我也好表示表示呀！"她越说越得意，索性把皮包也撂在了沙发上，"书记和我是老乡，听说老乡碰到困难了，还能含糊吗？所以，请你们务必帮着传达一下——"

若虚在一旁，像听天方夜谭一般瞪大眼睛。

"对不起，这样的理由恕无法传达，"达雅不卑不亢地答复着，"建议您还是向管理中心反映——如果您孩子在适应方面确有困难，也可以按照相应办法申请特殊床位。"

"可是——"那女人还想辩解，被办公室的电话铃声打断了。

"建议您抓紧时间解决问题，毕竟关乎孩子的切身利益。"达雅接起电话，便不再理会她了。见这般情景，那女人愣了片刻，也只好起身悻悻地离开了。

若虚一脸佩服地看着达雅。

"怎么？"达雅挂掉了电话。

"你怎么这么厉害？我都还没搞清状况，你三言两语就把问题解决了。"若虚很是惊讶。

"在这时间久了，知道办事策略而已。"达雅端起水杯。

"不过……我还真没见过脸皮这么厚的人……"

"那你算来对了地方了——这个办公室没别的好处，就是接触的人和事多。你今天第一天上班，以后和人打交道的机会有的是。"

工作的间隙，主任过来了一趟，见若虚工作的劲头还不错，表扬了他两句。若虚也很识趣，连说在办公室很长见识，一上午已经学会不少东西了。到了十二点，积压的工作终于基本完成，若虚和达雅一块来到教工餐厅——这也是他在校多年第一次走进职工餐厅：这里和学生食堂很不一样，座位摆放得宽松不少，盛菜的档口也井然有序，不至于像学生食堂每到用餐高峰就水泄不通。

他们找了一个角落的位置坐下来——达雅忙了一上午，刚一坐下就吃起来；若虚点了一份面，看着碗里呼呼冒热气，却没有什么食欲。餐厅落地窗正好对着从教学楼通往学生食堂的通道——现在也恰好是下课时间，一群年轻的身影正熙熙攘攘地从这里经过。

"你怎么不吃，在看什么？"达雅问。

"我在想——"若虚目光停留在窗外的人流上，"几个月前我还和他们一样，每天就穿梭在教室、宿舍、操场和学校各个角落，几个月后我就换了一个身份——再看着一拨拨十八九岁的年轻人，这么积极，这么富有朝气，突然觉得已经离开那种生活很久，有点不知所措……"

"我刚毕业时也有过这样的心理状态，我管它叫'后学生惯性'！"达雅笑了笑，"从读书到工作，很多人都会经历这个阵痛期——这没什么好不知所措的。学生时代不过是人生的一个阶段，之所以总是会被提起和怀念，是因为它恰好处在人生最心无旁骛的年龄段。不过——没有任何人可以永远保持十九岁，然而永远有人正处在他们的十九岁啊，这再自然不过了。"

"现在想想还真有点遗憾……我十九岁时一点都不懂得珍惜，"若虚挑起碗里的面，"我突然想起小时候读的一本童话——里面有个小男孩坐着二踢脚飞上天，见云里藏着一座控制地球转速的大钟，他把钟拨停，地球上的人就永远停留在当时的年龄了。我有时会幻想——假如时间刚好停在我十九岁那一年该多好！"

"永远停留在十九岁？那你有没有想过——与此同时，九个月大的婴儿、九十岁的老人，如果也停留在这个年龄，如果是他们生活最麻烦的阶段，这对他们而言太不公平了吧？再比如，五十九岁的人只差一年退休，就要永远工作下去；三十九、四十九岁的人上有老下有小，顶着最大的压力；即便是十九岁、二十九岁的人，恐怕也有这个年纪必须面对的烦恼……"达雅并不认同若虚的"幻想"，"所以说，人生在世，没有哪个年龄是最好的！每个年龄都有好处和难处，只有这样才公平。"

"你倒是凡事都讲公平，"若虚心悦诚服，"这样也好，以同样的标准面对每个人、每件事。"

"这就是不同专业对我们思考问题的方式的影响——你果然符合我对中文系的认识。"

"那你呢，你学什么专业？"

"我学的是管理学。"

他们走出教工餐厅时，小雨又窸窸窣窣地下了起来。达雅要外出办事，两个人就在餐厅门口分开了。在接待室接受了一上午的信息轰炸，若虚感觉头脑膨胀，便踩着湿漉漉的雨水一路走回接待室。

才刚坐上沙发，眼睛闭上不到半分钟，急促的敲门声便搅醒了他。

担心来人有急事，他拖着不情愿的身体上前打开门——门口站着一个五十岁上下的瘦女人。

"您好，请问有什么可以帮您?"他又一次重复着这句话。

"我……想找学校的书记"，那女人犹豫地开了口，"我有点事想向他们反映。"

竟然又一个要反映问题的? 若虚升起强烈的不满，不禁在心里抱怨起祸不单行，上班第一天就出师不利……担心自己的午睡泡汤，他故意放缓了语气说道："现在是午休时间，您能下午再来吗?"

"那好吧……"女人面露难色，却也没有勉强，"那不耽误您休息吧，我再找时间……"

"请等一下!"若虚感到了意外，心中升起一丝怜悯，叫住了打算转身离开的她，"您请进吧! 我先了解一下您有什么问题。"

"太谢谢了……"她面露感激，走进接待室坐了下来，"其实……的确是件为难的事：我姓冯，是咱们学校的工人，这个月底就要退休了。我今天来是因为待遇问题，想再找领导们求求情……"

"退休?"若虚觉得这是个太遥远的概念。

"是的，我四十九岁了。"

"那? 您是遇到了什么麻烦?"

"这事说来话长——三十年前，我中专毕业分配到咱们学校，在印刷车间当工人。我有个爱好，特别喜欢听广播，每当听见收音机里字正腔圆的嗓音，我工作一天的劳累都能消失。于是，我经常跟着播音员一起念，一起读，跟着他们学播音腔，有一年学校举行联欢会，我上台朗诵了一首诗，被台下一位领导注意到了——他是电教处的领导，当时他们处负责给学校出的课本录磁带，正好在找人录音，就来找我，问我有没有兴趣。"

"您一定很感兴趣!"若虚猜测。

"是的! 我立刻就答应了他，于是有机会进了录音棚，每天对着那些仪器

设备读课文——我的声音都被记录下来了，那批磁带录得特别成功，"她从包里取出水杯，拧开杯盖喝了一口，"后来，每当需要录新磁带，他们就来找我，跟着他们做这个工作有半年多吧，有一回，我壮着胆子问了领导一个问题：我以后能不能就调到他们部门，专门做这个工作——一是我真的很喜欢播音，二是我想如果能做上这份工作，我就能晚退休五年……"

"领导肯定会支持您吧？"

"没有，"她摇摇头，"领导说我没念过大学，不能担任这个职务。我一想也是，当时学校里好多年轻的教职工，都念过大学，我一个中专毕业生，文凭上肯定比人家差……但当时我才二十多岁，努努力说不定也能拿到文凭，于是就报了补习班，后来还考上了夜大。"

"夜大？"

"是啊，你年轻，可能都没听过夜大——当年，夜大的文凭还是挺值钱的，虽然我念书不太行，但为了圆这个梦，那几年特用功在念，考试不及格我也不怕，接着补考，就这样，过了几年真把夜大的文凭拿下来了。"

"这下您总算有机会了，可以和领导提出申请了。"

"还是不行。"

"还是不行？"

"因为——"她顿了一下，"后来学校制度改革，不认夜大的文凭，只认全日制文凭，所以我折腾了好几年，换来的文凭也没用上……"

"那……再后来呢？"

"再后来，他们也不找我了——他们招到了广播系毕业的大学生做这个工作。"

"可是，您不是说当初您录的磁带很成功吗？"

"是的，成功归成功，他们不再用我归不再用我，"她垂下头，有些沮丧，"后来我只好又回到车间继续当工人，一干又是二十多年，一直干到这个岁数，到了要退休的年纪了……我以前还幻想，假如再多有五年机会，我努努力，说不定还能进步，可现在，一点机会都没有了……这三十年，我从没存过什么非分之想，也没强求过什么，但是临到退休了，我突然有点不甘——我兢兢业业本本分分干了一辈子，为什么还是得不到自己想要的东西……"

"您觉得……？"若虚犹豫着，不知道该怎么问接下来的话。

"我一直努力地想'够'到他们所谓的'标准'——但水涨船高，标准

在不停地升，我有体力的时候没技术，会技术之后资历不够，有资历的时候学校开始看学历，等我终于有了学历学校又不再认了……我感觉自己一边努力，一边被一只看不见的大手牵着鼻子走，像走进了一个迷魂阵，我不知道为什么会是这样……"

听到"迷魂阵"三个字，若虚心里泛起一阵悲悯，又升起了一丝隐忧。

"啊——对不起，"她抬头看了看墙上的表，"是不是快到您上班时间了？很抱歉和您说了这么久……耽误您休息了……我也不知道这个心愿能不能实现，总之……如果可能，希望您为我传达一下吧——我还是希望能有个机会再在领导面前争取争取，也算是最后挽救自己一次……"说完，她站起身，向若虚道了声谢，默默离开了。

她离开时，达雅恰好办完事回来。看着她走远的背影，达雅好奇地问："这是谁，又有来上访闹着见领导的了？"

"噢……她没有闹，她真是来反映问题的。"若虚答道。

## - 26 -

下午一上班，若虚就联系了相关处室的工作人员，反映了冯阿姨的情况。对方表示进一步调查后会再联系她。

接下来一段日子，若虚渐渐习惯了在接待室中马不停蹄忙碌的状态——他负责的工作非常琐碎：分信件，发报纸，为进出校园的人和车辆作出入证，给前来问询的人解答各种疑问，还要帮忙联系学校各个部门，遇到前来办事找错门的人还要先了解这项业务到底由哪里负责……几乎每天，他都会碰到一些从未接触的工作，在学习应对这些内容的同时，他也努力适应着做一位合格的办事人员。

这天，接近中午，接待室的电话又一次响起。达雅接起来，示意若虚——是人事部门找你。

"人事部门？"若虚有些忐忑地接过电话。

听筒那一端传来一个声音——常若虚你好！本周举行的新教职工入职大会，想请你作为新员工代表发言。

"为什么是我?"他有些意外。

"按惯例,入职大会都会有新员工发言的环节,"对方说,"之所以今年请你发言,也是因为你从这所学校毕业,对这里的感情和了解肯定不同——请准备一小段发言吧,谈谈你对学校的认识,对工作的设想和期待。"

"感谢领导的信任,我会认真准备。"若虚感到一阵欣慰。

举行入职大会那天下午,他早早就来到学校礼堂——在校四年,这也是他第一次走进这个气派的礼堂。距离大会开始还有一段时间,礼堂的主席台上已经摆好了桌椅,台下的一些座位上也贴了名签,人事部门的一个工作人员——正是他办入职手续时下发材料的那位男职员,正在引导大家对号就座。

"我坐这里?"若虚发现自己的名字赫然出现在第一排,向他确认着。

"是的,等新员工代表发言环节,您直接上台就可以。"

若虚坐了下来,很快,出席大会的领导、员工们都依次入席,大会正式开始。先是一位领导致了欢迎词,又有几个部门的负责人分别对分管业务进行了介绍。若虚似懂非懂地听着,这些听起来陌生的东西离自己说远不远说近不近,特别是有一位领导讲到教师发展与晋升的问题,这和他的工作一点关系都沾不上。

正当他快要走神时,主持人介绍——"接下来有请新入职员工代表常若虚发言。"他赶忙把思路拉了回来,清了清嗓子,走上台。

站在麦克风旁,他调整了一下呼吸,听见自己清脆的声音通过扩音器传了出来——

> 各位领导、老师、同仁,大家好!我是常若虚,来自学校的后勤接待室,现在是一名光荣的办事人员。和在座的许多同事一样,刚刚过去的这个夏天,我告别了学生时代,进入了人生新的阶段。我很幸运,我工作的地方就是我的母校——过去四年,母校培养了我,而现在,我终于有了回馈母校的机会……

他准备的发言并不长,但内容很诚恳,似乎台上台下的人也在认真听着,令他感到一丝欣慰。在大家的掌声中,他结束了发言,重新坐回台下。

"谢谢常若虚的精彩发言,正如他所讲到的——他对母校既念感激之心,也怀奉献之情,"主持人总结道,"我们的学校就是一个温暖而广阔的平台,为大家提供成长与锻炼的机会。刚刚几位领导的介绍中,我们也了解到学校为广大新教师设立成长基金、提供参加各种教学比赛和参评各级各类奖励的

机会，希望在座的各位新生力量在学校为大家搭建好的舞台上积极、充分地展示自己，在各自的职业道路上不断进步。"

台上台下响起了掌声。

"刚刚过去的暑假中，本年度新入职的教师全程参加了岗前教学培训，所有人均以优异的成绩通过了课程考试。接下来，有请领导为32名新手教师颁发培训合格证书，希望你们能以此为起点，向成为一名合格教师、优秀教师、金牌教师而积极进取。"

若虚身边和后排的新教师们纷纷起立——原来，按照指定的座位，前三排坐着的除他之外都是这个环节要登台的新教师们。他们在指引下起身走上台，前三排只剩下他独自留在原地。台上那些和他一样年轻的面孔正捧着红色的证书，分列两排——相机记录了他们在灯光下的样子。

"接下来进行今天大会的最后一项议程——请全体起立，一齐宣誓。"主持人将右手握拳放在耳边，慷慨激昂地领誓，台下的所有人齐声跟她念着——"我志愿成为一名光荣的人民教师！忠诚教育事业，贯彻教育方针，恪守职业道德，爱国守法，严谨治学，为人师表，服务社会。努力做一名有理想信念、有道德情操、有扎实学识、有仁爱之心的党和人民满意的好老师！宣誓人：×××。"

若虚一字一句地念，却发现自己的声音越来越低，连右手的拳头也越攥越松——他一度怀疑这个环节是不是设计错了，因为那些慷慨激昂的词句似乎和自己的工作没有什么关系，原本激人奋进的誓词竟被自己念得底气全无……

大会结束了，台上台下就座的人们纷纷起身，主持人走下台时，刚好经过若虚身边。

"你刚才的发言很棒。"主持人笑着对他说。

"谢谢组织给我这个机会，"若虚也微笑着答道，"只是，我还有个疑问——刚刚您提到像教学培训、教学比赛、教学奖励……这些活动似乎都是针对教师的，所以我很好奇，学校有没有针对我这种岗位设计一些特别的机会呢？如果我也想不断进步的话……"

"学校里的'教工'和'职工'是不同的——教学人员的工作能力和业绩能体现在刚刚提到的像教学活动、比赛、奖励等方面；不从事教学的职员、办事员当然也可以在自己的岗位上学习技能、积累经验。"

"这似乎不太一样……"若虚感觉这个答案并不能说服自己，刚想追问，主持人便被一位领导叫住，朝另一个方向走开了。若虚也只好咽下后面的问题，跟着散场的新员工们向礼堂外走去——外面很晴朗，秋日的午后还倔强地残留着一点夏天的滋味，出了礼堂，他又形单影只地往办公楼走去。

"嗨!"有人拍了一下他的后背，他转过头，认出身后这个个子高挑的女教师正是刚才会上坐在他斜后方的，看起来年纪和他差不多，皮肤白皙，很有气质。

"常老师! 我刚刚听了你在会上的发言，好奇你是学什么专业的?"女教师问。

"我? 我是中文系的。"

"怪不得说话这么文绉绉的! 我叫林纯子，专业是日语。"

"您……是日本人?"

"我可是根正苗红的中国人，"林纯子笑着说，"不过也不能怪你，这个名字确实容易让人误会——我父母当年都在日本留学，有一位名叫'纯子'的教授对他们很是照顾，我父母就是在纯子教授家举办的同乐会上认识的，后来，为了纪念她，父母就给我取了这个名字。"

"又是日本?"若虚有些诧异，"怎么最近遇到这么多和日本有关的人……"

"嗯，你还认识谁去了日本?"

"是以前一个朋友……"他故意绕开了话题，"这么说，您是今年新入职的日语教师，对吧?"

"没错! 父母上学那会儿流行'出国热'，学外语可吃香了。没想到多年以后我也走上了他们的老路——刚刚不是还有位领导说'教师是天下最光辉的职业'吗? 看来我今后几十年注定要'光荣'下去了!"

"那是自然，老师对一个人的影响实在深刻。"若虚想起从小到大遇见的许多好老师，很有感触。

"你研究生也在这所学校读的?"林纯子问。

"我没读研究生，本科在这里。"

"我当年高考也想报考这所学校，志愿都填了，结果直接被提前批保送，也就没来——没想到绕了一圈竟然来这工作了，人生真是处处有巧合……在这所学校，你算是我的前辈了，以后还请多关照。"

"不敢不敢……"若虚有些惶恐，"我很好奇，读研究生是种怎样的经历呢?"

"你是想问读研都要做什么吧？无非是读论文、听讲座、参会、跟着导师上课……当然也有一些人热衷写东西，发核心……如果用一个字形容，那就是忙！"

"听起来确实充实……您刚刚说'发核心'，是什么意思？"

"就是发核心论文！很多研究生都以发核心论文为目标——我目前只有一篇，普刊倒有不少，也算读研期间的实质性产出，找工作时这些成果也都派上用场了。"——林纯子连续讲了很多术语，让他一时间满头雾水。

"不过——这都是以前的事了，多说无益，人生要不断向'以后'看！"林纯子接着说道，"刚刚会上不是也讲到学校给我们提供许多平台、项目，像是'青年基金''成长计划'……学术研究是持之以恒的事，终究得不断精进才行。"

"'成长计划'是做什么的？"若虚在会上走了会神，没有听到这段。

"简单说就是学校给所有新手教师提供一笔项目基金——通过与指导教师'一带一'，我们要尽快适应岗位需求，在教学研究上找到适合的方向，加速成长，"林纯子解释着，"学校里的教师迭代是很快的，发展顺利的教师说不定几年后就能带新人了。"

"那我们能不能加入这个'成长计划'呢？"

"大概不行，这个项目是为新手教师准备的。"

两人走到一个路口，直走是教学楼，拐弯是办公楼。

"我还要回办公室继续上班，你呢？"若虚停下脚步。

"我这周的课都上完了，"林纯子看了一眼时间，"我约了教研室的老师去练瑜伽，我还要回去拿教材，你先走吧！我们以后常联系！"

"那我继续去忙了！下次再见。"若虚目送她的背影走开，向侧边那条小路走去，脑中思索着刚才的疑惑——为什么学校只给他们提供"成长计划"，却不关心我们的成长呢？难道我们的成长是无人问津的……

他一路走回办公楼，刚进接待室便发现了异样——一个光头男人正懒散地窝在沙发上，达雅在拨电话。

"您好！是保卫处吗？"电话接通了，达雅和对方沟通着，"××的儿子找来了，还是那件事，希望能见到负责人，与他们当面协商。"——说话间，她不经意朝若虚摇了摇头，示意他先不用说什么。

"他们的负责同志马上会见您。请您稍等。"达雅挂断了电话，对光头男人说。

"谢谢美女！"光头男人斜眼打量着她，"美女工作几年了？"

达雅并没答复他，低着头继续手里的工作。

"现在的小姑娘越来越傲慢了——"光头男人掏出打火机，点着香烟，吐出一个大大的烟圈。

"对不起，办公楼里不能吸烟"，若虚走到他面前，"会引发烟雾报警，请您掐断香烟，或者到楼外的吸烟区域。"

"你是干什么的？"光头男人的话轻蔑得像从鼻子里冒出来的。

"我是接待室的工作人员。"

"说得好！"他点了点头，慢悠悠地说道，"接待室的工作就是接待！没听说过不让客人'这'、不让客人'那'的规矩……我想喝水，你们得接待我喝水；我想抽烟，你们就不能不让……"

"您说的是，但我们这个接待室也是有业务范围的，"若虚也放慢了语速，"有些接待服务恕我们提供不了。"

"这么说就不太合适了，"光头男人起身走到门前，敲了敲写着"接待室"的门牌，"这个牌子还想要吗？"

"请注意您的言行——"若虚自知遇上个不讲理的，盘算着该如何和对方周旋。

"您要见的人来了——"达雅的声音打破了僵局，她指着光头男人身后——是保卫处的工作人员及时赶到了。

"您的问题我刚刚和他们介绍过，现在您可以上楼和负责同志进一步沟通，看有没有什么更好的解决办法。"达雅对光头男人说。

"这样好！带我见见负责同志，一块合计合计这事怎么解决。"光头男人转向工作人员，请他带路，出门时把掐灭的烟头丢在了地上。

"对了小子，以后学着点怎么说人话，懂吗？"他离开时还不忘在若虚面前撂下一句话。

"他是谁，为什么要找保卫处？"待他们走远，若虚问达雅。

"我也只听过一鳞半爪——他父亲是学校的老教师，几年前退休了，有一次校园里一棵大树被大风刮歪了，他父亲被一根树枝砸死了……这么多年，他一直断断续续找学校，说对赔偿不满，要找各个部门的领导要说法。"

"有这么巧的事？"若虚不敢相信。

"就是这么巧，听说学校给过他们家一笔抚恤金，他们几个孩子因为分钱的事一直打得不可开交……在这久了，真的会遇到各种各样的人，听闻各种稀奇古怪的事，也就不觉得意外了。"

"我以前以为在学校工作，每天只是面对老师、学生，想大家都是读过书、受过教育的人，"若虚苦笑了一下，继续分手里的报纸——这是他今天下午的工作，"这段时间来咱们办公室工作，才明白原来自己想得太简单了……"

"我倒觉得像这样的工作，每天接触这么多人和事情，非常锻炼人——以前我家开饭馆，每天跟顾客打交道，那才叫开眼界。"

"你家还开过饭馆？"若虚有些好奇。

"一开始是我妈自己干，后来生意好了，就雇了几个人一块干，我以前每到放假就回去帮忙当跑堂——最忙的时候，我一只手能攥四只啤酒瓶，还得一边记账一边记菜单！"

"怪不得你做事这么利索，都是当跑堂锻炼出来的！哪天有机会，我也去你家的饭馆看看？"

"没机会了——我家加盟了一个西饼店，现在不开饭馆，改开连锁店了，你如果订生日蛋糕，倒可以来我家，我让我妈亲手做个蛋糕送你。对了，我还不知道你生日是几月呢？"

"五月，我是夏天生的。"

"那正好，夏天店里还卖刨冰，你想吃的话，等明年夏天来尝尝。"

－ 27 －

连续忙了一周，终于盼到周五。若虚刚费了好大力气把两大捆信分好，才坐上椅子片刻，便被主任一通电话喊了过去。

"新的工作证制作好了，你去印装部领回来，给各部门打电话，通知下午来领。"主任刚挂掉一通来电，转头和一旁的若虚交代着。

"可是……"若虚盘算着这个工作的难度，"全校七十多个部门，挨个办公室打电话岂不很慢，我可以在网上发个通知吗？"

"就电话通知。"主任又强调了一遍。

忙完手中的急活，若虚跑了一趟印装部，把两千多份新工作证领了回来——令他意外的是，这些证件在印制时顺序被打乱了，导致不同部门混杂在一起。看着乱成一团的两千多张工作证，若虚一阵头大，想了想，决定干脆按姓氏把卡分成了若干摞。

"您好，请问是××部吗？请派一位老师来接待室领取新印制的工作证，麻烦来时确认好部门的人员名单。"——整个上午，他几乎一直在对电话重复同样的内容。

各个办公室的工作人员陆续前来，根据人员名单，纷纷按姓氏找齐了工作证。若虚制作了一张大大的登记表，记录着已领取部门的名称、份数。

"我来领工作证。"一个年轻人走进接待室。

"请您根据人员名单，挑选出本部门的工作证，并协助做好登记，谢谢。"若虚又一次重复这句话。

"为什么你不给分好？"对方问。

"因为——"若虚口干舌燥，但还是耐心地解释道，"领回时顺序就是乱的，我已经按姓氏分好类了。"

"既然分了，为什么不干脆按部门分？"

"请您仔细看看——工作证上根本没有写所在部门。"若虚被对方不善的语气惹怒了。

对方不满地瞪了一眼。

"请不要瞪我，"若虚自觉有理，"别的部门都是这样操作的。如果您部门的人太多，或是觉得太麻烦，可以再晚些过来——等多些部门领取后，剩余的证会越来越少，挑起来也会容易一些。"

对方显然并不太满意，但采纳了这个建议，先行离开了。

一直到接近下班，整个接待室就一直有人来——若虚不停地起身又坐下，为他们进行必要的解释工作，到最后累到几乎发不出声音。周末前的最后一天工作终于在马不停蹄的忙碌中暂时告一段落，快到下班时间，他像一摊水一样滑进了椅子里。

"唉——看得眼睛酸。"达雅也对着电脑整理了一下午文档，这会儿也歪在椅子上。

"好累……"若虚听见自己虚弱的声音顺着气息飘了出来，"以前还以为坐办公室算是个闲差，从没想过能累成这样……"

"这一下午感觉也没做什么，但就是累得不行，"达雅站起身，揉揉肩、拍拍腿，又挪到了窗边，看那些植物是不是需要浇水，"对了，咱们发工资了！你快看看。"

"是吗？"若虚正用手指轻叩着发胀的脑袋，打开电脑看了一眼工资条，顿时很惊喜——虽然读书期间他也不时打打零工，但赚到第一笔真正意义上的工资对他而言还是很新奇的。看着辛勤劳动换来的数字，他的确从接连的忙碌中寻找到了一丝慰藉。

"快想想给自己买点什么好吃的吧。"见若虚一脸欣喜，达雅笑着说。

"这是我工作后的第一份工资——看来今天虽然累，倒是个值得纪念的好日子，"若虚平复了一下兴奋，"你如果没有安排，咱们一起吃晚饭？"

"今天不行，我得回我爸妈那。"——达雅平时自己租房子住，到周末或放假回父母家。

"那好吧，一会儿我先去逛逛商场——快过节了，我想给家人买个礼物，虽然钱不多。"

"不要说'虽然钱不多'，你应该想：这是你挣得的第一桶金，管它多与少，亿万富豪还不是从第一桶金挣起的？"

若虚笑了笑——他发现自从认识了达雅，她的观点总能带给他一些积极的影响。

下班后，他逃也似的离开了学校，在附近一家商场逛了好一阵，最终买了一个按摩仪和一双跑鞋——母亲的肩颈长年劳损，经常犯疼痛；若水喜欢跑跑跳跳，但长这么大还一直穿胶底鞋，虽然他从不在穿着上向家里提任何要求，但看着与他同龄的小男孩都穿起了昂贵的运动鞋，若虚还是决定以后多在这些方面为他花些钱。他原本想给自己也买个什么，但在转了好一会儿也没有目标，便放弃了这个想法。

走出商场时，天已经黑了，他一手抱着按摩仪，一手拎着鞋盒，兴冲冲地坐上车。回到家，若水见他送给自己一双新鞋，立刻拿回房间试穿起来。

母亲依旧忙碌着，若虚捧着礼物走进厨房。

"妈，今天我们发工资了，这是给您头的礼物。"若虚把那漂亮的包装盒递给她看。

"这是什么？"母亲正攥着炒菜勺，趁锅里的油还没热起来，回头查看着。

"是个按摩仪——我看您总是肩颈酸，这个效果可好了。"

"谢谢，"母亲把切好的菜拨进锅里，"这东西肯定很贵，以后别买了。"

"您不喜欢吗？"若虚提高了音量——锅里响起的"嘶啦"声和炒勺翻动的声音压住了他的话。

"不是不喜欢——你辛苦挣的钱，多给自己攒攒。"母亲话音混杂着炒菜声，说完又弯腰取出灶台下方的料酒，小心翼翼地向锅里倒着。

"我也猜不到您喜欢什么，就买了这个……不管怎么样，也是我的心意，不喜欢的话就放着——"若虚一阵失望，看了看左右。

"别放这——厨房太乱，先放回屋吧。"母亲继续翻动着炒勺。

若虚长舒了一口气，捧着按摩仪走回母亲的房间，忽地一眼瞥见了桌面上一个拆开的信封，是若愚从日本寄来的。

他好奇地打开信读起来——

> 妈妈：
>
> 到日本已经一个月了，我努力适应着新的环境和角色。这段时间，我过得很愉快、很充实，现在已经结交了许多新朋友。请一定为我放心。
>
> 原以为在这儿会遇到不少难题，没想到老师和同学们都对我非常好，除了学习外，我还经常参加这里的游学和文化活动，长了不少见识。另外还要告诉您一个好消息：经一位日本朋友介绍，我现在加入了一个专门教当地学生汉语的项目，领导和学生很满意我的工作，我现在不仅能赚到额外的课时费，也体验到了为人师表的幸福感，对自己的能力和价值越来越有信心了。

若虚发现自己攥着信的手微微颤抖着——他从字里行间读到了一些不太想知道的内容，努力克制着情绪，一直读到信的结尾——

> 好男儿志在四方，难兼忠孝，还望您体谅。
>
> 我现在所做，是为了变得更加优秀，为了能更好地回报您，回报自己和您这些年的辛苦付出。
>
> 若愚于大阪

若虚面无表情地把信放回桌上，脑海里一阵汹涌。吃晚饭时，他装作什么都不知道，直到母亲收拾完碗筷回到房间，实在按捺不住内心的愤懑，跟了过去。

母亲正坐在床上揉肩膀，看起来有些疲惫。

"妈，若愚来信了，你都没告诉我？"若虚有些挑衅地问。

"我今天太累了……信你读了吧？若愚在那边适应得不错，真好，你们都找到了自己想做的事情。"母亲的语气中混杂着倦意和欣慰。

"我可不能和他比，"他瞥见摞在桌上的按摩仪，想到母亲刚刚在厨房里不为所动的表情，心底突然升起一股奇怪的情绪，"您果然很会看人，知道哪支是绩优股……"

"你怎么这么说话？"母亲对若虚的态度非常不满。

"那我应该说些什么？"若虚竖了竖眉毛，"若愚比我厉害太多，我只有佩服的份。"

"你这孩子！小时候就这样，现在都参加工作了，这个习惯要是再不改掉，以后免不了吃亏——"母亲放缓了语气，"你好好想想，小时候因为这个脾气吃过多少亏，怎么还不长记性呢？"

"对不起……我改，"看着母亲凹陷的双眼，若虚内心漾起一阵心酸，长舒了一口气，"因为我这周的班上得太累了，情绪也不好，我不该这么说……"

母亲看着他紧蹙的眉头，眼里也飘过一缕温和，似乎要和若虚好好聊聊，便换了更为柔和的语气接着说道——

"你看，若愚在信里提到现在谈了女朋友，两人在日本一块学习，互相帮助——你这么多年一直是独来独往，现在工作了，也算慢慢稳定下来，不妨也考虑考虑这个问题——你在工作中难免有压力，我都理解，有个人分享比一个人闷头承受要好很多，你说是不是？"

"我倒觉得当下最重要的是好好赚钱，"若虚刚刚平复的情绪又一次波动起来，"我为了能多赚钱作出这么大的牺牲，不好好弥补一下，岂不亏死了？况且若愚是若愚，我是我，适合他的选择未必适合我。"

"挣钱固然重要，但人生也有很多其他的事情要完成，"母亲语重心长地说，"工作只是为了在社会立足，亲情、爱情才是陪伴你一生的东西——你这么优秀的孩子，值得一份好的爱情。"

"您认为我'优秀'？"若虚冷笑了一声，"我以前可从未听您说过，我自己也从没这样认为过。"

"若虚，最近有心事？"母亲见他的情绪不太对劲，"工作碰到什么难处了吗？我给你出出主意。"

"没什么，"若虚看着母亲关心的神情，心里却升起一股排斥，"我的心事

也不是一天两天了，没什么大不了的。"

"你这个性格啊——什么事都埋在心里面，和小时候一样……我怎么说你才好？"

"您觉得——"若虚突然想到上次若愚回来，他们玩军棋的情景，"如果我生来就是个'工兵'，我应该接受这一点甘于默默无闻，还是该努力挖掉对手的'大本营'呢？"

"什么意思？"母亲不解。

"您玩过军棋么？军棋里有个小棋子叫'工兵'，最不起眼，也经常被忽略和遗忘，但它毕竟也是一枚棋子，总想做点什么事情证明自己是有价值的，"若虚盯着母亲，"所以，谁也别瞧不起小兵，说不定最后还要依靠他的力量决胜千里呢！"

"那是下棋的规则，和生活是两回事。你这孩子又开始钻牛角尖了！"

"我不过想让您明白——我从不觉得自己是什么'优秀'的人，我渺小得像一个小兵，我也讨厌被放在某种'优秀'的标准中被评价来评价去！我就不能是我自己么？"

"你是个好孩子，但是你的心态确实得改改，"母亲还在试图扭转他奇怪的想法，"你要知道，人生很漫长，最终让一个人获得幸福感的往往不是多高的地位和多强能力，而是一个好的性格。"

"我觉得人生一点都不漫长——人生非常短暂，也有太多的不幸，当不了解一个人的过往，我们也无权对他求全责备，"若虚站起身来，"我不想再谈这个话题了，我准备睡觉了。"

"你这孩子！每次和你好好沟通，最后总是这副样子！"母亲也不高兴地站起身，"你一天天长大了，不能总这么任性，你要多和若愚学学——他一向稳稳当当，能兼顾学业、生活，还有一个好的心态，你怎么越大反倒越毛躁？"

"他是他，我是我！他做得出来的事，我就是做不出来！"若虚顿时提高了一个调门，"再者，我刚刚告诉过您：我讨厌被评价和比较！尤其是和他比较——什么他比我长得高、比我跑得快、比我招人喜欢、什么都比我强……他好不好，与我无关，我好不好，也与他无关！"

"你怎么了，你再说一遍？"母亲情绪很激动，在极力克制着自己。

"我就是不如他，就是比他差，那又如何？"若虚声音反而更高了，"我再差也是你生出来的！你嫌我这不好那不好，怎么不说是你教育的失败？"

"你住嘴！"母亲抬手给了若虚一记耳光。

"啪"的一声，屋里的空气瞬间凝固了。若虚耳中回荡着蜂鸣声，瞪着发烫的眼睛愣在原地。

母亲也愣在了原地。

"哥——你怎么还不过来？"屋外突然传来若水的声音——不知什么时候，他静悄悄出现在母亲房间门口，看着屋内呆若木鸡立着的两个人，"你刚才不是说要给我讲题嘛，快来，我作业就差这一道了！"他上前拽着若虚的袖子，不由分说把他拉了出去。

母亲坐回到床上，通红的眼睛里满是痛苦。

若虚一路被拉回房间，没精打采地在书桌边坐下。

"哥，你干吗说那么伤人的话？"若水不解地问。

"我讨厌总被拿来和若愚比较，我知道我没有他好……"若虚眼睛涨得红红的——他知道若水应该在门外偷听了很久，一阵激动后把脸埋进了手掌。

"你误会了，妈妈爱你、爱我——我们几个在她眼里都是一样的，"若水摸着若虚的后脑勺，"再说，你对我们这么好，买礼物送我们——妈妈即使嘴上不说，心里也是很高兴的，因为一些误会害得大家都伤心，岂不太可惜了吗！"

若虚抬起头——他脸上积着一片懊恼的红色，一侧的脸颊尤其明显。

"你记不记得我跟你讲过——"若水在若虚对面坐下，"我一直把你和若愚哥当成我最好的榜样！我在学校经常和老师同学提起你们。大家知道我有两个读大学的哥哥，都可佩服我了！在我眼中，你们都是我最好的哥哥！"

"我这个哥哥没什么用，我也不想再面对家里这种局面了……"若虚还陷在自己的情绪里。

"那怎么会？"若水真诚地注视着他，"等你们冷静下来，你一定要找个机会向妈妈道歉——不然她心里得多难过……"

接待室难得有片刻的安宁。

达雅出去送文件了，若虚独自坐在电脑前——他正按照主任一早的吩咐，

把上个季度结算票据对应的金额录入备案。那一沓厚厚的单子是学校各个部门花费的水费、电费、其他各项费用的清单，他不停地敲动着键盘上的数字、回车、空格，将眼睛看到的数字和格式转化到手指上——他认为这个工作很是机械，完全调动不了感情和智慧，只需僵直地坐好，动动眼珠和手指，甚至让他觉得如果给一个机器人设定好程序，都能比他做得又准又快。

在一连串的"噼里啪啦"中，他录完一张单据，翻到下一页，一行"1128"开头的数字蓦地跳进他的视线中。他内心一颤——这是一个人的生日。

是的。那年的11月28号，许亭亭为庆祝自己的二十岁生日，邀请了他、朱班长还有几个要好的同学出去玩——他们六七个人点了一个很大的鸳鸯锅，围坐四周，为了先涮什么、后涮什么兴致勃勃地吵闹着。他记得朱班长在自己的调料碟里加了好多辣油，还能不加犹豫地把从辣锅里捞出来的肉片再裹上一层辣油放进嘴里，让他感到一阵惊讶；他也记得自己吃得太高兴了，忘记把外套用袋子罩起来，等吃完穿到身上时，满身都是火锅味，被许亭亭捂着鼻子取笑了半天……后来许亭亭又带大家去了KTV，他们在那个大包间里边唱边玩——玩游戏时许亭亭抽到了一个任务，要邀请在座的一名男生合唱一首情歌，她二话没说把若虚从沙发上拽了起来。

那晚大家玩得很尽兴，第二天踏着晨雾坐车回学校，困得睡眼惺忪的一群年轻人在路上被冻得瑟瑟发抖……

若虚甩了甩头，告诉自己不要在工作时胡思乱想，强迫自己从回忆中跳出来，但又按捺不住主动飘回大学时代的思绪——他原本一直把许亭亭当成"欢喜冤家"，从未把她经意或不经意的"接近"太当回事，却没想过散伙饭上她竟然会说出那些话……不过，因为毕业，他能暂时从这段关系中抽离出来，反而舒了口气。但自从意外发现许亭亭成了若愚的女朋友之后，他就再也不知该如何面对她了——他只想彻底远离他们两个，甚至强迫自己忘掉与她有关的许多记忆。尤其，他不希望任何有关她和若愚的近况暴露在自己眼前，对他来说，这些会刺激到他的情绪——他也厌烦这样的自己，厌烦那种在外界的风吹草动前毫无防备的无力感。

在毫不设防的情形下，眼前这串数字又带他回到了那次快乐的相聚，包间关掉大灯后，许亭亭在同学们的围簇中，吹蜡烛，切蛋糕，那张灿烂的笑脸似乎又一次出现在他眼前。

若愚在写给母亲的信里提到了她，将她描述为一个可爱又投缘的女孩，两人同在大阪，互相陪伴和鼓励，共同适应着异国生活——他内心突然一阵仓皇，想到这段关系将持续"干扰"自己，便觉得越来越难受。在一个决心之下，他暂停了手中的工作，点开了已经关闭许久的许亭亭的个人动态。

她还是喜欢频繁更新自己的生活近况——一连串优美的风景照和她的笑容一起映入了他的眼帘。照片中，她换了新的发型和打扮，比上次在购物中心偶遇时更漂亮了。她的身影出现在繁华的商业街、旖旎悠闲的溪水边、雅致精巧的校园广场……还有几张合影，是三五个年轻人在沿海小阁楼上吃当地美食——毫不意外，若愚也出现在合影中，他俩很自然地挨坐在餐桌一侧。从照片中他们的衣着和拍到的植被看，不同于这里的气温一路走低，九月的日本还透出一丝夏天的气息。

他们俩挨坐的样子很亲密，但那两张面孔却令他感到从未有过的陌生。他感到一阵烦躁，也为未能克制自己的好奇而懊恼，气呼呼地继续手里的工作——这一大沓单子才整理了不到一半，录入后还有很多其他工作在等着。

"那小伙子，你过来一下！"——门口传来一声吆喝。若虚循声看去，门外一个圆圆胖胖的中年女性，正用一根手指指着他。

"您有什么事？"若虚坐在椅子上没动。

"你赶快把门口扫一下，刚才他们搬东西，碎纸烂屑全撒门口了。"

"对不起，我手头有其他事忙，"若虚向来抵触这种突然又不太严重的事，"过会儿再弄吧。"

"你这小伙子什么工作态度，屁股这么沉？"对方很不满，一脸兴师问罪的神情，"待会儿领导从这一过，见门口那么脏，多不好？"

"您这么担心怕领导看见，为什么不自己打扫？"若虚毫不示弱，"扫帚和簸箕就在门后放着，您需要请自取。"

"你敢这么说话？"对方的"火"蹿了上来，"我在这工作了30年，这屋的年轻人从来就是一招呼就干活，从没见过你这样的！你叫什么？我找你们领导去！"

"对不起，如果是您这种态度和方式，再说几遍我也不会动的，"若虚最厌烦这样的刁难，"您尽管去找领导吧，再找领导地上的垃圾也不会自己消失。"

"还反了你？"对方一副要发难的样子，怒不可遏地朝他走了过来。

"怎么了古老师？"主任恰好从楼道经过，打破了僵局。

"你瞧瞧你们办公室这人——"胖女人转过身，"我看门口脏，跟他说让他赶快扫扫，他不听使唤还跟我顶嘴，你手底下人就是这么干活的，你管是不管？"

"对不住，这小孩今年刚参加工作，不懂事，"主任连忙赔不是，"我喊别人去扫。"

"刚参加工作也不能这样啊？我们刚参加工作，老同志说什么我们就干什么，"胖女人不依不饶地说，"连老同志都不放在眼里，这像话吗？现在的年轻人，书都念到哪去了？"

主任又连连赔不是，很是客气地把胖女人请了出去，喊了隔壁办公室另一个年轻人——年轻人拎上扫帚走出去时，胖女人嘴里骂骂咧咧的声音依然顺着楼道传了回来。

"你过来一下。"主任喊若虚。

若虚走进主任的小办公室，遵照示意关上门，坐到他对面的椅子上。

"知道为什么喊你来吗？"

若虚心情本就不好，加上不喜欢这样的开场白，故意说道："我当然知道，是要批评我或者让我承认错误，但即便承认，我也只领我该承担的那部分——我并不觉得今天这件事都是我的问题。"

"古老师的话有她的道理，年轻人刚参加工作，要把身份放低些，以后……"主任有些不太高兴。

"我又不是她雇的使唤丫头，为什么要把身份放低些？"若虚很是气愤，"况且，现代社会人人平等，难道还要拿'身份'的高低贵贱说事吗？再况且，像这种随时随地只提要求又不出力的行为，我最讨厌了。"

"你讨厌归你讨厌，但古老师在这工作 30 年，是咱们的老前辈，连我以前的领导都要敬她三分——你作为新来的小辈，更要尊敬她，礼貌地待人家。"

"她压根没想礼貌地对待我，我为什么要以礼相待？再说我已经够礼貌了，她骂我我都忍了。"

"我说的话你根本没听进去……你眼里根本没有'尊老'两个字。"

"对那些德高望重的'老'，我是非常尊敬的；对这些倚老卖老的'老'，我会吝啬我的尊敬，"若虚很不服气，"我认为一个人值不值得尊敬并不在年龄或资历，而在于品行——倘若任何人只要'老'到了一定程度就必须享受尊重，那年轻人将永无出头之日！您作为领导，本该向着真理说话，主持公道……"

"好了好了！今天这件事到此为止，总之我提醒你：现在不是上学的时候了，你要适应工作中做事情的方式——工作中的很多事根本不像你想的那么简单，很多背后的东西是你不了解的。"

若虚撇了撇嘴，忍住了后面的话。

"今天把你叫来主要是因为——"主任又开了口。

"什么，刚刚谈的还不是主题？"若虚瞪大眼睛。

"最近有其他部门的同志反映了一些问题，我得找你了解了解情况。"主任语气倒是挺平和。

"什么问题？"

"有人反映你的工作态度不好，经常和前来办事的人发脾气了，有没有这回事？"

"不会吧？我工作态度很端正，"若虚猜出了一二，斟酌着措辞，"在工作中，我总是尽个人所能为他人提供方便——当然，良好的工作秩序需要所有人共同努力，我希望大家也能把注意力多放在营造良好的工作秩序上。"

"是吗？"主任有些怀疑，"最近收到不只一两个人的投诉，对咱们部门的服务态度不满……你要知道，你代表的是……"

"有什么不满的？"若虚内心满是抵触，"所有人在给别人提意见前，是不是首先该反省一下自己？我们为别人提供'服务'，还要忍受别人的指指点点？他们享受了'服务'，还要额外提出这样那样的要求，凭什么？"

"我理解你，"主任似乎也明白其中原委，"咱们这种性质的工作，经常会碰到不被理解的情况，可是工作就是这样，不被理解不被认可还是要做，我们都是这样过来的……多站在对方的角度，为对方多考虑考虑。"

"我知道了，以后尽量注意，"若虚本想继续反驳，但努力地克制住了，"要是没有其他事，我就回去继续忙了。"

"等等，"主任喊住了他，语重心长地说，"以后要学着控制情绪，不然会经常碰钉子，给自己找麻烦——收发室在统计下一季度订阅报刊的事，你去各个办公室问问，有增减的记录上，下午拿给我看。"

"恐怕得等等，水电单据我还没录完。"

"先统计报刊，再录单据。"

"知道了。"若虚点点头。

他走回接待室时，达雅已经回来了。

"别着急，工作一项一项做，"达雅见若虚脸色阴沉坐回办公桌前，"我刚来的时候碰上事情一多也容易急躁，再急也得捋清头绪，分清轻重缓急——经验是慢慢积累出来的，等你形成了自己的工作思路和方法，多复杂的情形也不会乱套。"

"真是的，"若虚忍不住抱怨，"订这么多报纸和杂志，碰都没碰过，原封不动地堆在库房里，还要再订，还不如把这钱省下来给小朋友买书看！"他把桌上整理了一半的单据放到一边，找出报刊订阅登记表。

下午刚一上班，他就挨个办公室敲门，登记最新的报刊信息。

"有人敲门吗？进来吧——"一间办公室传出缓慢的应答声。

若虚推门进去。屋里摆着两张桌子，一张后面坐着一个大腹便便的中年人，另一张空着。

"老师您好。现在统计下一季度订阅的报刊，请您参考报刊清单和本季度的订阅情况，"若虚将手中两份材料递给他，"如有增减您可以指出来。"

"噢——"对方愣了几秒钟，接过材料，眯起眼睛慢悠悠地读着。

"您——"若虚感觉对方盯着材料足足看了一分多钟，忍不住提醒，"您看清了？"

"别着急啊……我在慢慢看。"对方饶有兴致地读着。

墙上钟表的指针"滴答滴答"旋转着，若虚感觉自己的耐心已经逼近了极限。

"您……决定了？"

"哪能这么快？"对方抬了抬眼皮，波澜不惊地瞟了一眼他，"报纸可是重要的学习材料，怎么订、订哪种都要仔细、认真地研究。"

若虚一头雾水——他不明白这么简单的一件事，有什么值得"仔细研究"的。

"你看——"对方一副谆谆的腔调，"这里还提到了本——季——度——新——增——刊——物，我得仔细研究一下这些新增的刊物，比较一下学习和订阅的价值有多大……哎哟，这个字写得太小了，你这材料有没有大字版啊？下次得给我准备大字版——我现在眼睛花，字小读着太费劲，就读得更慢了……你可别着急，再等等！年轻人，得有耐心。"

若虚已经被惹毛躁了。他深知"耐心"本是好东西，却由不得被这样挥霍。

"那——不如我先回去，留给您充足的时间来'仔细研究'，一会儿选好了，麻烦再送来给我吧——我就在这层东边第一间办公室，我姓常。"

"你得再来一趟，"对方被材料上什么内容吸引着，读得津津有味，不疾不徐地说，"这屋还有一位老师下午请假了，你还得问问她要订什么。"

"那不如您帮我转达一下吧？"

"那怎么行？这可是你的工作，要是别人转达错了，责任算谁的呀……"对方把眼珠从材料上移开，盯着若虚问。

若虚一阵没好气，恹恹地走出了这间屋子。

终于盼到下班时间。忙碌了一整天，若虚累得不想再说一句话，闭上眼睛歪歪扭扭地倒进椅子里。不知为什么，在办公室的方寸之地干一下午活，竟比从前在教室听四个小时的课累得多——他足足在椅子里缓了二十分钟，才勉强站起身，简单收拾了一下，锁好接待室的门离开了。

恰好是下课后的晚饭时间，校园主干道上有密集的人流穿过，往餐厅的方向走去。若虚混迹其中，感到自己的行迹有些仓皇。他身边经过两个结伴而行的同学，他们的对话一句句传进他耳朵里。

——"今天这讲好难，我足足记了四页笔记，听得头都大了。"

——"等晚自习，咱们去图书馆一块整理笔记吧，先吃饭。"

——"咱们吃什么？"

——"新开的窗口，听说他家的拌饭不错，不过估计这会儿要排队……"

——"没关系，反正今晚没课，正好多休息一下……"

他们边商量边朝餐厅走着，看着他们的背影，若虚蓦地怀念起从前的自己，也可以像他们这样，每天专注学习和进步，总结这一天收获了什么新的知识经验……现在的他，却陷入了朝八晚六的规律运作中，当每晚脑袋沾上枕头的一瞬间，几乎不愿回忆这一天发生的任何事，只想将自己催眠……第二天一早，他又会准时被闹钟吵醒，揉着惺忪的双眼，迷迷糊糊直起身子，匆匆忙忙推着自行车出门。

日复一日，每当他驶入路上疲奔的车流中，他便被焦急和压力席卷。每当骑进校园，再走进接待室的门，他便又要开始一天坐立难安的工作。

快到中秋节了。若虚数着日子，只盼一放假能暂时脱离细碎的工作，暂且放松一下——做了十几年学生，他一直以为自己还算个乐于助人的"热心肠"，谁料想这一个月以来，每天重复烦琐又无聊的工作内容，他明显感到自己不如从前那样事事自告奋勇了。

这一点他很佩服达雅——无论忙还是闲，她总能心平气和给前来问询的人答疑解惑，当若虚遇到一些棘手的情况，她及时帮他解围以后，还会传授一些经验给他。若虚很虚心，悟性也好，只要学过一遍，对一项工作该以怎样的流程来办理，差不多就了然于心了。

想到达雅家在开西饼店，若虚盘算着给家里买一盒月饼。

"那你可问对人了，"达雅说，"我家刚进了好多月饼礼盒。"

"虽然工作很烦，但能认识像你这么好的同事和前辈，也算是我没白来这里。"若虚说。

"不要老把'工作很烦'挂在嘴上——你就是想得太多，我建议你多接接地气。"

"怎么接地气？"

"比如下班以后多去转转菜市场，或者去小商店买点你喜欢的玩意回家摆起来，再不济给家里来个大扫除……把你那不食人间烟火的文人气好好盖一盖。"

两人一起走出学校，上了公交车，聊着聊着达雅就谈起自己家里的事。

"这么说你家现在主要的工作就是经营这个店？"若虚问。

"我爸单位不太景气，三天打鱼两天晒网的，就等着到年龄退休了；我妈下岗好多年了，刚开始每天郁郁寡欢，后来想通了就在家里开饭馆、做西饼——她就是怕闲着，只要手里有事干，她那个火急火燎的脾气才算有地方消耗……"

"我妈也快到退休年龄了，我感觉她近几年越变越严肃了，我越来越不知道该怎么和她沟通了。"

"不能怪他们——人一上年纪，难免添一些怪脾气，我妈有很多想法做法，以前我不理解，总想干预她，现在我也学聪明了，只要她开心，出不了什么大问题，那她做什么我都不管。"

"看来你妈妈是个精力很旺盛的人？"

"相当旺盛——那会儿我考面点师资格证书，就是她非拉着我一起，说等店里忙的时候，让我也帮着打奶油、烤面包，省得再多雇一个小工……不过我没她有耐心，只考了个初级证书，我妈比我厉害，她都学会做生日蛋糕了！"

"我还真没想到你有这方面本领，"若虚由衷地佩服她，"你如果不来咱们办公室工作，而是自己开公司当老板，应该也是把好手！"

"我感觉我家有开店的'基因'——小时候，我爷爷开小卖部，卖香烟，卖食品，还设了一部公用电话，我一到放假就一脑袋扎进去，帮着吆喝、算账——那会儿和现在可不一样，没几个人有手机，方圆几里都指着这部电话用呢！有时候，人多了还得排队，场面相当壮观，要是谁占着电话说到正事以外超过三句话，后面排队的人准保开始催了！"

若虚觉得她讲得很有趣，津津有味地听着。

"还有一次，挺晚的，我爷爷都睡下了，外面又有人敲门，说急着给人回电话。我爷爷百般不情愿地，还是爬起来给人家开了门……"

"这个小卖部现在还开吗？"若虚追问道。

"我爷爷后来岁数大了，精神头也大不如前，小卖部就关张了。再后来我爷爷去世了，小卖部也就彻底没了。"

"唉……"若虚摇了摇头，"我们这个年纪，已经不得不去面对越来越多的亲人离我们而去，这种痛苦，大概会随着我们的成长一直持续下去吧——你提到爷爷，让我想起了我的姥爷，他也去世很多年了……"

"生老病死对人来说是再正常不过的事了，偌大的世界，每天有多少生命逝去，又有多少新生命诞生？我不像你总是思考这么深奥的问题，我只想工作时认真工作，下班后做自己喜欢的事，何苦自寻烦恼？"

两人下了车，沿着一条繁华的小街向前走着——这条街很热闹，两侧都是住宅楼，楼间林立着各式店铺，前方不远处有一家店挂着"××西饼"的招牌。

"这就到了。"达雅掀开塑料门帘——店面不大，门口的地板上堆着面粉

和食用油，一位穿白色工作服、戴着工作帽的中年女性正给送货师傅签单子。

"小雅下班了？"见他们走进来，中年女性问。

"阿姨，这是我同事若虚，"达雅点点头，"我妈下午没过来吗？"

"姐下午去社保局办事，可能晚点再过来。"

"店里都还好吧？"

"挺好的，这几天买月饼的多起来了——你这会儿方便吗，可以先帮忙注意一下烤箱吗？面包差不多该熟了。"

"没问题，"达雅扭头看着若虚，"你先坐，我这会儿要去操作间。"说完她拉开一扇小门，一股脑儿扎进了后边。

若虚立在原地环视了一番——店面不大，进门右侧一片区域摆着冷柜和收款台，冰柜里分层陈列着精巧的小糕点；另一边，几个货架整齐摆满两面墙，墙角立着的玻璃柜里码放着饮料，第三面墙改成了一整面大玻璃，两张小桌，四把椅子，给顾客提供了歇脚的地方。店面正中摆着一张临时放置的大桌，红桌布上叠放着各式月饼礼盒，而将店面和操作间分隔开的是一个玻璃隔断，隔断这一侧立着三把吧台椅。若虚走过去坐下来，透过玻璃，看到操作间里略显拥塞而复杂的格局——达雅洗过手，已穿戴上了白色的工作服和工作帽。

这边，中年女性已经核对完送货单，签好了字，送师傅出了门又转回了店里。若虚见地上堆的东西不少，主动上前帮她把面粉搬了起来，挪到了操作间门口，看着她沿着门后那条窄窄的小路把这些货物都拖进了操作间里。接着，她像达雅一样在水池里洗过手，戴上工作帽。

操作间里有一台很大的烤箱，达雅看了看时间，在操作盘上按下几个按钮，只听机器发出"嘀——"的一声，渐渐停止了运转。达雅握住把手，掀起了烤箱盖，又从架上取下两个大大的托盘，把烤箱里一个个黄橙橙的东西夹到了盘里。

那扇小门从里面推开了，达雅一手托着一个托盘小心翼翼地挤了出来，一股浓郁的香气扑鼻而来——若虚很久没闻过这么香甜的气味了，胃里休眠多年的馋虫都活跃了起来。

"快帮我端一盘！"达雅喊着若虚——他赶忙上前，见盘里码着蓬松的面包，它们散着热气，外皮在空气中微微弹动着。

"真的好香！它叫什么？"

"它叫'丹麦面包'"，达雅走到货架旁，把一层的空盘麻利地撤了出来，又把盛满面包的托盘替换进去。见大功告成，她长舒一口气，端起水杯在吧台椅上坐了下来。

若虚指了指达雅的脸——看着她面向玻璃，抹掉脸颊蹭上的一道面粉，若虚不禁笑了起来。

"你笑什么?"

"你这个样子，让我想到了小时候学过的一篇课文，讲的是生产线上的女工人，"若虚打量着她的工作帽，"果然，劳动者是天下最有力量、最有气势的……"

"好了好了! 快打住! ——再说下去我就成铁娘子了……"达雅放下水杯，发现若虚的眼睛一直朝货架上瞟，"你来尝尝，我家卖得最好的一种——叫'丹麦面包'。"

"为什么叫丹麦面包?"若虚又走回货架旁，"是不是因为《安徒生童话》? 我读那些童话故事时，可想尝尝那些香甜可口的面包了。"

"哪有什么多'为什么'……"达雅拿起夹子，"这面包有两种口味:果酱夹心和红豆夹心。你想吃哪种?"

"红豆吧——愿君多采撷，我就'采'一个尝尝，"若虚接过达雅递过的小盘，对着面包大大地咬了一口，在听见达雅喊出的"当心"前，他的舌头就被红豆馅烫了个结实。

"你呀——"达雅无奈一笑，"刚出炉的面包，不知道先咬开个口晾一晾吗……"

若虚一阵难为情，吐着舌头，用手掌扇着风。

"你家这个店开多久了?"他问。

"一年半，"达雅指着在操作间里专注搅着面粉的阿姨，"她是我妈一个好朋友，也是前些年下岗，被我妈喊来一起照看这个店，找了个事做，也挺高兴。"

"真好，看起来你妈妈不仅能干，还很有号召力。"

"那可不? 她对人对事那个劲头，连我都甘拜下风……"达雅透过玻璃，见阿姨忙得有些吃力，"我去帮她收拾一下，你帮我先看一会儿店吧，有顾客来买东西，就按种类给他们称重。"

达雅回操作间忙碌的片刻，店里陆续进来几个顾客。若虚按照达雅交代

的，帮他们称重、收钱，和他们寒暄着——见大家满心欢喜围在货架旁挑喜欢的东西，若虚心里一阵得意，觉得这比每天面对一些死气沉沉的工作有意思多了。

刚送走一拨顾客，门帘又一次被掀开，走进来一个身穿工服的姑娘，神色匆匆，对若虚问道："您家卖不卖冰块？"

问题超出了若虚能够解答的范围，那姑娘见状又接着问："我是对面餐馆的服务员，我们店的制冰机坏了，现在急需一些冰块，老板让我过来问问……"

若虚喊出了达雅，介绍了那姑娘的来由。达雅戴着口罩，边掸着手上的面粉边对她说："我们店里的冰块是做刨冰用的，不单卖。"

"那……我能不能买一份冰，给您一份刨冰的钱？因为确实是急用……"

"我们没这样卖过，"达雅说，"但如果您确实急需，这次先帮您个忙，您按一份刨冰钱给吧。"

"太谢谢了！"那姑娘很是惊喜。

达雅走回操作间打开冰柜，铲了一份冰块包好，递给那姑娘时还笑着补充了一句——"这可比一份刨冰多，您快拿回去用吧，也麻烦也转告一下老板，下不为例。"

待那姑娘离开，若虚有些疑惑地问道："你一开始怎么不答应她？"

"这你就没经验了，"达雅说，"按常理，她提的这个要求，本不在我们店的业务范围以内，我们没有这个义务帮她实现，这种情况下，如果她一张口我就答应她，那她的目的未免太容易达到，自然也就不会珍惜了。如果不珍惜，免不了也不会修理制冰机，那岂不是以后一有需要就会跑来？如果总这样，我们店生意还怎么做？"

"真的会是这样？"若虚一脸疑惑。

"其实，她是对面餐馆的服务员，我认识她，也认识她们老板，所以才会帮她。不过情分归情分，道理归道理，还是得让她们明白这不是我们店的常规业务——助人为乐固然重要，但我的善意也不是随随便便付出的。"达雅说。

"这倒像你的作风。"若虚想到她平常待人接物的样子，笑着说。

"本来就是这样——无论是自己对他人，还是他人对自己，所有的善意都不要当作理所应当，只有这样，所有的善意才能得到应有的珍惜，"达雅摘下口罩，不无自豪地说，"我妈也常常和我说：做生意是个双赢的活，自己赚一点，也得让别人赚，那些只考虑自己的人，钱往往赚不长久——所以当初她喊朋友一起弄这个店，人家才愿意来。"

"我在店里看了这么半天，对你倒是更佩服了，"若虚说，"你不仅工作能力强，对事情的了解和看法也通透，我也很好奇你妈妈会是一种怎样的性格，能把你培养得既理性又热情。"

"我可没你说的这么好，"达雅笑着瞥了一眼墙上的时钟，"我妈估计快回来了——对了，你不是说想买月饼吗？过来这边看。"

若虚在那摆满月饼礼盒的大桌旁选了半天，最后挑了一个橘红色包装、看上去很温馨的月饼结了账。达雅取出一个小方盒，装了两个丹麦面包递给若虚说："你拿上，明天当早餐吃。"

"谢谢，"若虚很感动，"时间不早了，我该回了。你辛苦了一天，也别忙得太晚，早点回去休息吧。"

"我不着急，在这一边帮忙一边等我妈回来，我们关门要将近10点了。"达雅说。

若虚拎上月饼礼盒和达雅送的礼物，在店门口和达雅道了别，又一个人走回来时那条小路上——周五的晚上，街上来往的行人都带上了一份放松和兴致。他回头发现"××西饼"的店招已经亮起了霓虹灯——回想着刚刚的情景，他心里升起一股久违的温馨。走向车站的路上，他不经意地瞥向街边的小餐馆——玻璃映出围坐的食客们和餐桌上氤氲的热气，那熙熙攘攘的场景让他感到无比的欣羡。

- 30 -

九月末，晚间的空气早已染上了瑟瑟凉意。

若虚搬了一只茶几、三把小凳子放在院子中央，抬头向东边望去——一轮圆月正升上半空。

"哥！你快看！"若水把茶杯和若虚买回来的月饼摆上茶几，抬头望着幽蓝的夜幕，"月亮像银盘一样，真清楚！"

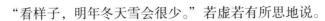

"看样子，明年冬天雪会很少。"若虚若有所思地说。

"为什么？"

"有句俗话——八月十五云遮月，来年十五雪打灯，你听过吗？"

"我才不信！哪有这么准！"若水念叨了几遍"雪打灯"，满脸不信的样子，"如果明年的天气要靠今年的天气推测，那还要科学做什么！"

"没想到你小小年纪，还具备'科学'的眼光——你知道什么是科学吗？"

"科学就是知识，就是真相，就是要告诉人们很多事情背后真正的道理！"若水挤了挤眼睛，"世界这么大，知识那么多！怕是学都学不完！"

"看来老师又教你新知识了，你们最近学了什么？"

"我们自然课讲了气象，"若水说，"李老师给我们讲了气象站的故事，还介绍了风向仪、百叶箱这些工具都有什么样的用途！我又对气象产生兴趣了。"

"我记得你说过想考艺校，后来又说想练体育，现在又想学气象学，会不会过几天又想学新的东西了？"

"那可不好说！等我学会了气象知识，我也要上电视当天气预报员！等新闻一播完，就该我出场了！"若水站起身，煞有介事地比画着，"北京：晴，十六到二十四摄氏度，西南风二到三级；哈尔滨：晴，十一到二十一摄氏度……"

"不错，你有这股凡事都好奇的劲头就行！"若虚端起茶杯，"喝茶吧，已经不烫了！"

若水捧起茶杯，派头满满地呷着茶。兄弟俩望着升起的满月，一个凝眉沉思，一个兴致勃勃。

晚风从小院中吹过，若水系上外衣的扣子，不解地问若虚："夏天好像还是昨天的事，怎么一下就凉了？"

"入秋快两个月了，也该凉了，"若虚叹了口气，"我一点也不喜欢秋天。"

"我喜欢秋天——秋天是丰收的季节，有那么多水果可以吃，像我最爱的橘子，还有苹果、山楂……"

"我不喜欢秋天是因为它的清冷。"

"什么是清冷？"

"清冷就是一种衰败和萧瑟的感觉吧，"若虚想到"寂寞梧桐深院锁清秋"这句诗，"每当我看见北雁南飞，满径落叶，就意识到一年中最繁花似锦

的时光已经逝去，万物将走向衰败，黑暗和寒冷也离我们更近了……"

"可是秋天还可以过中秋节，"若水说，"中秋节有月饼吃，能赏月，还是家人团圆的日子——就是可惜若愚哥去了日本，今年不能和我们团圆了，也不知道日本过不过中秋节……"

"你倒不用为他担心，他在那边也不是孤身一人，有朋友陪着他过中秋，"若虚浅浅一笑，"况且，我也不认为人生一定要追求团圆和圆满，你看月亮，比起它圆的时候，缺的时候要多得多……"

杯中的茶在风的吹拂下微微荡漾，若虚望着茶面上漂浮的水汽在空气中打着转，悠悠然问道："你喜欢什么形状的月亮？"

"当然是像现在这样，圆圆满满的多好看！"若水抬着头说。

"我喜欢蛾眉月。"

"蛾眉月长什么样？"

"大概是每个月的月初，天上会出现一弯浅浅的月牙，那就是蛾眉月。"

"人有悲欢离合，月有阴晴圆缺——语文课才讲了这首诗，是苏轼写给他在远方的弟弟的，正符合我们现在的情况！"

"是苏轼写给苏辙的，不过这不是诗，是一首词。"若虚纠正道。

"哥！要不然咱们对诗吧？"若水突然来了兴致，"咱俩以前不是总玩吗——每人背一句写月亮的诗，说出诗的名称和作者。"

"我现在可比不过你！不跟你对了。"

"哎呀！你真啰唆！"若水毫不理会，"我先说：小时不识月，呼作白玉盘——李白的《古朗月行》！"

"无言独上西楼，月如钩——李煜《相见欢》。"见若水那么兴奋，若虚不忍破坏他的兴致。

"举杯邀明月，对影成三人——李白《月下独酌》。"若水说。

"云中谁寄锦书来，雁字回时，月满西楼——李清照《一剪梅》。"若虚说。

"人生得意须尽欢，莫使金樽空对月——李白《将进酒》。"若水举起杯子说。

"明月不谙离恨苦。斜光到晓穿朱户——晏殊《踏莎行》。"若虚说。

"故人西辞黄鹤楼，烟花三月下扬州——李白《送孟浩然之广陵》！"若水说。

"思悠悠，恨悠悠，恨到归时方始休。月明人倚楼——白居易《长相思》。"若虚说。

"又见子规啼夜月，愁空山——李白《蜀道难》。"若水说。

"我欲因之梦吴越，一夜飞度镜湖月——李白《梦游天姥吟留别》。"若虚说。

"嗯……"若水低头思索了几秒，"有了！长安一片月，万户捣衣声——李白的《子夜吴歌》！"

若虚笑了笑，很自然地接了句——"砧杵非关隔院砧，何来万户捣衣声？"

"你错了！"若水一把抓住若虚的胳臂，"这句可没有'月'！"

"我没接对，"若虚甘愿认输，"我领罚！"

"罚你什么呢？"

"罚我吃一块月饼好了！"若虚伸手拿向茶几上的月饼。

"不行！这块是我的！你休想偷吃！"若水从凳子上弹起来，用力摁住若虚的手。若虚想逗他，故意伸出另一只手，从另一个方向绕着够。

"都那么大了还和弟弟抢月饼吃？"——身后传来母亲的声音，他们停下手，见母亲拎着水壶走了过来。

"我们没抢月饼，是闹着玩呢！"若水坐回到凳子上。

母亲把壶放到茶几上——水刚烧开，壶嘴里冒着缕缕白色的水汽。

"您忙了半天了，快坐下和我们一起赏月吧——今天的月亮特别好看！"若水起身，给母亲的茶杯里续上开水，"我呢！就给你们当茶童！"

若虚冲母亲点点头，送上一个微笑，没说什么——上次的争吵过后，若虚一直躲闪着母亲，不知道该和她说些什么。

"咱们边吃月饼边赏月好不好？"若水拆开月饼的包装盒，一个一个仔细看着，"你们喜欢吃哪种馅？蛋黄莲蓉，枣泥，还是五仁？妈妈您先挑！"

见母亲笑着说了句"你们挑"，若水便把月饼盒放回茶几上，拿起一块五仁月饼，盯着包装纸看了半天，转了转眼珠问道："知道五仁月饼的馅儿是哪五种仁吗？你们可以猜猜看——"

"大概有花生仁、芝麻仁，还有……核桃仁？还有……"若虚思索着。

"还有杏仁和瓜子仁。"母亲接着说。

"你们真厉害！就是这五种！"若水笑了起来，"我们同学都说五仁月饼最

难吃，我就不信，我偏要尝尝——"说完他撕开包装纸，咬了一大口，在嘴里嚼了几下，皱起了眉头。

"怎么样，好不好吃？"若虚问。

"好硬的馅……"若水嚼了半天，勉强吞了下去，又端起茶杯，呷了一口茶。

"确实有很多人吃不惯五仁馅，不好吃别勉强，换你喜欢的，"母亲温柔地看着若水，"刚刚和哥哥在聊什么？"

"我们先说到秋天，又聊起月亮和天气，然后就开始对诗，再然后——您就来啦！要不然咱们三个继续对诗吧？"

"我可不会背诗，你们俩背。"母亲说。

"那——要不咱们猜谜语？再或者……哎哟！"若水突然喊了一声。

"怎么，硌到牙了？"若虚问。

"不是，是我刚刚喝茶喝得太多了！"若水调皮地一笑，丢下月饼，捂着肚子向厕所跑去了。

见若水跑远了，若虚转回头看着母亲，端起壶把她的杯子斟满。

"你也给自己续上——你胃不好，多喝点普洱茶，一来助消化，二来也养养胃。"母亲慢悠悠说道。

若虚点点头，续满了自己的茶杯。

"不穿件外套，冷不冷？"见若虚还穿着短袖，母亲问。

"我不冷"，若虚摇摇头，"不是说'春捂秋冻'嘛，晚点添衣服，这样还能再纪念一下夏天。"

"你这孩子——性子还是那么古怪！"母亲注视着他的脸，"上班比从前辛苦吧？感觉你没有以前爱笑了。"

"还好，"若虚点点头，"现在的工作，每天要面对很多琐事，时间肯定不像从前由着自己支配，难免不如读书时自在。不过，我也在努力适应——人总是要工作的，这是在社会立足的最好的方式，总不能在象牙塔里躲一辈子……"

"工作以后也会有个适应的过程，很多技巧和要领，慢慢积累，别心急。"

"您放心，我知道该怎样做。"

"工作环境还理想吧，和领导同事关系还融洽吗？"

"领导不太经常见到，同事人很随和，工作经验也比我丰富，能学到很多。"

"那就好，和大家把关系处好，这在工作中很重要，"母亲端起茶杯喝了一口，"这段时间看你每天忙忙碌碌的，我挺欣慰，你真的是在慢慢成长。"

"妈，"若虚又望向乌蓝的夜空，"其实，我特别想赶快攒一些钱，给家里提供更多帮助——虽然工作不像上学时那么自由和开心，但一想到能挣钱养家，我心里还是挺温暖的。"

母亲笑着看着他的侧脸。

"妈——"若虚组织了一下语言，"您还记得我刚从姥爷家回来的那个秋天吗？"

"记得，那年你上小学。"

"是，那个中秋节，您、我、爸爸、若愚也坐在这个院子里一起赏月——那是我印象中第一次和你们一起过中秋。我记得您买了一个铁盒装的'大三元'，里面装着四大块月饼，刚好我们四个人分。因为没抢到那块蛋黄馅的，我难过得差点哭出来……现在回想起来，简直太可笑了。"

"因为你要上小学，我和你爸决定接你回来，你姥爷难过得不行，你还记得吗？"

"我毕竟跟姥爷一起生活了很多年，我一离开，他真的只剩自己了……我记得姥爷帮我收拾了好大一箱东西，全是我的书和衣服，那天，爸爸去姥爷家接我，我们走的时候，姥爷舍不得，一路追到街上，最后把一个旧水壶递给我——那个旧水壶我小学一直用到四年级，后来不小心摔坏了……"

"我都没有印象了，你还记得这么清楚？"

"嗯……我还知道那时姥爷的肺病已经挺严重的了，印象里他经常咳嗽，我总是被他吵醒……"若虚的眼神闪动着泪光。"姥爷去世前在医院住了很长一段时间，您还带我去医院看过他。"

"我记得很清楚——姥爷躺在病床上，全身都瘦得不行，一点精神都没有，但看到我走过来，他一下就拉起我的手，还冲我挤出一个笑容。"若虚转过头看着母亲——她面露几分难掩的悲戚，若虚的话似乎也让她回忆起哀伤的过往。

若虚仰起头，和母亲一起凝望夜空中的明月，那份沉静也让若虚不由地沉浸在对过去的回忆和怀念中。

"妈，你会经常想念姥爷和姥姥吗？"

"忙的时候不会，一个人静下来或是到了晚上，偶尔还是很想他们，"母亲说，"你在姥爷身边那么多年，他去世的时候你也很难过吧？"

"姥爷真的对我特别特别好……小时候我想你们想到大哭大闹，他还用车带着我回来看你们，"若虚眼中湿润了，"他生活中明明那么节俭，但我看上的玩具、书，他什么都给我买……爸爸接我走的那天，都骑出去好远了，我一回头，姥爷他还站在原地朝我挥手，那是我第一次见姥爷掉眼泪……"

"你想爸爸吗？这么多年了，你还是经常梦到他吗？"

"是的，"若虚抬手抹了抹眼泪，"爸爸走得太突然，我当时还那么小，完全没有心理准备，只觉得自己在做梦，很恍惚……不过，随着时间，这种恍惚一直蔓延，越来越变成了一种遗憾——我一直在幻想，如果今世再也无法相见，来生或未来某个时刻，我们会不会有重逢的机会……"

"别想来生和重逢了，去世的人就是真的从这个世界上消失了，所有的记忆也跟着消失了。"母亲说。

若虚叹了口气，又凝望着明月，出起了神，半晌，又悠悠然地开了口。

"大概上周，有天夜里我做了一个很真实的梦，回到了小时候，梦里有姥爷，有爸爸，还有我们。"

"我们在做什么？"

"我们就坐在这个小院里，也像现在这样支着一个小茶几……梦里，那好像是春天或夏天的傍晚，风暖暖的。姥爷拿了两个小酒盅，爸爸陪他一起喝酒，我们在旁边叽叽喳喳地边吃边玩……您端着一盘刚炒好的菜，从厨房走了过来，那道菜好香……"

"你想姥爷，想爸爸了。"

若虚点点头，他的思绪确实回到了小时候——在他记忆里，确实有许多静悄悄的月圆之夜，他坐在门槛上，望着大大的月亮发呆。

有人从身后拍了拍他，是姥爷——姥爷见他孤零零地坐了半天，担心他着凉，喊他回屋。

他坐在原地不动，瞪着大眼睛问姥爷："妈妈是不是只喜欢若愚，不喜欢我？"

姥爷冲他摇摇头，和蔼地笑着，伸手拽着他。

"那她为什么送我到您这，这么多年也不接我回去？"小若虚抗拒着姥爷，赌气把自己按在门槛上一动不动。

见他又犯了犟脾气，姥爷回屋搬了把小板凳坐在他身旁，抚摩着他的后脑勺，像是安慰着一只和主人赌气的小猫。

"姥爷，"小若虚哭着说，"我知道您爱我，可是……我们班别的小朋友都是爸爸妈妈接，我好想也让爸爸妈妈来接我，我好想回家跟爸爸妈妈一起住……他们是不是不要我了……"

他对着圆圆的月亮大颗大颗掉着眼泪，脑海里浮现出爸爸妈妈和若愚一起生活的画面。姥爷很是心疼，起身从晾衣杆上摘下了小手绢……

突然有只手拍了一下他后背，若虚惊得一回头——若水不知什么时候又蹑手蹑脚地出现在他身后，故意吓他玩。

"你这孩子！吓了我一跳——"若虚惊魂甫定，心还在"砰砰"跳着。

"想逗你玩儿！"若水得意地笑起来，"我看你赏月赏得都入迷了，你在想什么？"

母亲招呼若水坐回她和若虚中间的小凳上。若水分别看了看他们，又重复了一遍刚才的问题。

"我在回想从前的事情——我小时候和姥爷一起住了很多年，直到读小学才回到这，"若虚说，"这已经是十多年前的事了，可我总感觉像是昨天才发生的……"

"十多年前，我都还没出生呢！"

"十多年前，我比你现在还小上好几岁——"若虚说，"但你知道吗？我觉得自己真的是在一瞬间就长成了现在的样子。"

"是吗？可我觉得十年过得很慢！"若水转头看向母亲，"您觉得十年是很短还是很长呢？"

"说长也长，因为十年间真的会发生很多事情，有时足以改变一个人生活的重心；说短也短，因为十年真的会在一个不经意间就一晃而过。"母亲说。

"真是奇怪，"若水低头思索着，"你们大人总说时间过得快！我马上要十二岁了，再过十年，不过才到若虚哥的年龄，我想想就觉得好遥远。"

"一点都不远，"若虚笑了笑，"有一天你会明白，十年的时光放在一个人的生命中，简直是一种快得令人应接不暇的改变……"

夜深了。母亲和若水都睡了。若虚在台灯下写日记。

他零零散散地回忆了很多曾经的片段，写累了，抄了几句歌词作为结尾——

谁和我一样还在等待 还在徘徊

别像我这样不敢面对 自己的未来

他长舒了一口气，合上了本子。

## - 31 -

国庆假期，若虚见到了朱班长。

这是两人毕业后第一次相聚。数月未见，他们都产生了一丝恍惚，尤其是若虚，他甚至觉得好像回到了还在读书的那段日子。

朱班长看上去消瘦了不少。他提到上班后每天都很忙——出版社办公室的杂务很多，每天要对接领导的各项行程，面对各种文件、会议、考察，加班是经常的事。

"你觉得这样忙碌值得吗？"若虚问。

"忙碌当然是有点忙碌，不过咱们年轻人刚刚踏进社会，有太多东西要一一学习，"朱班长语气倒是很轻松，"何况咱们和从前不一样了——既然现在拿人家的工资，当然要把人家安排的事完成！"

"看上去，你比我适应得好——算起来我正式工作才一个多月，却像干了十年这么久……工作中有太多不快乐的事……"

"不要这样想，工作本身也不是为了让人快乐——我还是认为工作的根本目的是挣钱：出了力，拿到今天这份钱，这一天就很圆满！"朱班长点点头，"看你心事重重的，最近碰到什么难题了？"

"虽然还在校园，但工作后和从前的感受太不一样了，好像那些天真烂漫、无拘无束的日子已经离我们很远了……"若虚叹了口气，"领导不会以初学者的标准来要求你，也没有人关心你真正想要什么，大家每天都在疲于应付各种问题。还有就是每天面对很多细碎、耗时的工作，消耗了时间精力，可连一点成就感和价值感都无法获得……我开始慢慢怀疑自己当初做的这个选择是不是很愚蠢……"

"或者——你可以回想一下自己半年前说的话？"朱班长说。

"我说过什么？"

"那个学期咱们刚开始找工作，你和我说过——想赶快挣钱，为家里分担负担；你也说过——如果能留在母校工作，那实在是人生一大幸运；我还记得当得知学校确定录用你，那个下午，你兴冲冲跑来告诉我时有多开心……你当初所期待的，现在你都实现了，只不过这个过程中出现了一些意料之外东西——也许它们不太美好，但你不能因为已经得到了，就开始否定它的价值，这对当时的自己也太不公平了。"

"你看问题还是那么透彻，"若虚满心诚服，"这也是为什么我一直打心眼儿里佩服你。"

"你终于笑了——从今天咱俩见面，你的眉头就没舒展过，"朱班长很是欣慰，"倒也不必佩服我，其实成长就是看问题不断深入、不断周全的过程，也是慢慢接受社会化的过程——社会同化人的力量是很强大的，适者才能生存。"

"我记得咱们以前上文学史的课，老师讲过李贽，"若虚眼神飘向了窗外，"他说过'天下之至文，未有不出于童心者'——我倒觉得，做人也是如此，可以说'天下之至人，未有不出于童心者'，难道，社会就没有给童心、天真、理想、浪漫留一丝生存的空间吗？"

"你提到了古往今来的圣贤哲人一直在辩论的问题——孟子也讲'大人者，不失其赤子之心'，所谓的童心、赤子之心，其实是'至人''大人'在'被社会化'的过程中一直想保留的东西——但想做到这一点，代价往往是极大的，你想想李贽一生想要颠覆传统，结局有多凄惨……"

"那你说——在现在这个社会，想要维持'赤子之心'，是不是很难？"

"的确不容易。人的自然属性和社会属性之间存在着难以调和的矛盾，从社会世俗的标准看，想带着一颗'赤子之心'成长，往往要额外付出和牺牲很多。"

若虚陷入沉默之中。

"咳！怪不得咱们老师叫你'小诗人'！"朱班长语气突然轻松起来，"你总是考虑太多，所以你烦恼也多！我记得咱们读《老残游记》那节课，你居然在课上发言说也想成为铁英一样的人，好多人都觉得不可思议——就算真的羡慕他，你也得等到了他的年纪再云游四方啊！你这么聪明，可别年纪轻轻就活得这么出世，那会变成社会的边缘人物。"

"我有时真羡慕你的宠辱不惊，这是我永远学不到的优点。"若虚露出一个会心的微笑。

"哪里哪里？不必羡慕任何人，每个人都是独一无二的。"

"我还记得你说的那个学期，咱们的专业课排在下午，要上四个小时，"若虚苦涩地一笑，"有一次下课，咱们一起从楼里出来，一抬眼就看到了漫天的彩霞，西边闪着金粉色，简直太美了……可惜那些时光再也回不去了。"

"天长地久有时尽，此'恨'绵绵无绝期，你还是太念旧，"朱班长笑着说，"今天天气这么好，咱们也出去走走吧？"

二人起身离开了茶社，沿着街边公园的甬道向西边走着——旧城墙的遗址在夕阳的映衬下显得格外安详。二人沿着破败的城墙缓缓向前走去。

良久的沉默后，若虚还是问起了许亭亭。

"嗯……她前一阵联系过我，电话是从大阪打来的，"朱班长说，"我完全没想到她竟然作出了休学的决定，就这么去了日本。不过我觉得这不是她冲动之下作出的决定。"

"她和你说她的近况了吗？"

"说了，"朱班长看着若虚的眼睛，"我也知道你在关心什么——她提到了，说感情上觉得很充实，很快乐。"

"看来，你都知道了。"若虚又陷入沉默。

"当我得知你弟弟变成了她现在的男朋友，我一开始觉得意外，想了想又觉得挺合理的。"

"怎么讲？"

"大学四年，许亭亭总是一副风风火火的样子，大概她也没想到会在你这动了感情，又没得到回应……不过以她的个性，绝不会勉强自己，顶多哭个两天，就会大胆去追求更合心意的下一个了。"

"其实……那天她喝醉酒和我说了那些话，我心里是很过意不去的，我没想到一些不经意的举动真的伤害到了她。"

"她其实是个很好的女孩——爸爸是个不小的干部，家里也宠她，但在我们面前一向很随和——有时候你觉得她满身大小姐的做派，实际她也只是在你面前这样。"

"是吗，那是为什么？"

"一个大大咧咧的女孩，如果在一个男生面前总是变得矜持，那一定是碰到了喜欢的人，"朱班长说，"她跟我讲过：别人都羡慕她生在这样的家庭，

以为她充满着优越感，实际上她也有很多无可奈何——她其实是个爱说爱笑、爱到处去玩的人，不愿意埋头读那么多书，不愿意像父母所期待的那样学那些虚与委蛇的社会准则……所以只有在我们面前，她才能表现出轻松愉快的样子……我希望你千万不要记恨她。"

"我真的不知道该如何面对现在这种尴尬的关系……好像，在很多巧合之下，我成了这段关系里最失败的那个……"若虚垂下头，眼里飘过一丝惭愧。

"你不要这么想，"朱班长劝着他，"从理智上讲，你对她既然没有那方面的感情，那么她可以就此远离你的生活，无论接下来情归何处，也都与你无关；但从情感上讲，恰恰是因为她一来二去和你弟弟在一起，反而让你陷入了最不想看到的局面……我只能说，你也只能尽量让自己从这种局面中解脱出来，即便是亲兄弟，你们也是两个相对独立的个体。"

"算了，咱们别再提她了，"若虚挥了挥手，"这段关系一步步变成现在的局面，真是令人泄气，本来庆幸无须再面对她，没料想她竟然以这样的方式又出现在我的视线中。我一想象他们在一起时的种种样子，就无法压抑心里那些丑陋的念头……"

"其实，你知道吗？"朱班长正正神色，"我并不对他们俩能长久在一起表示信心。"

"为什么？"

"我觉得你弟弟不是个委曲求全的人，她也不是会忍气吞声的性格，这样的两个人能长久吗？"

"你何以认为若愚不会委曲求全，你见过他？"

"大二那年他来咱们学校找过你，我们在餐厅还碰到过，你忘了？虽然只见过那短暂的一面，但通过观察，加上你平时谈到你们如何相处，我能明显感到你们两人的相似——都很好胜、好强，都暗暗较着劲想当主角……生活中哪有那么多主角？每个人充其量是自己人生的主角，在别人看来不过是小配角，甚至只是龙套。"

"也许吧……这么多年，我们之间一直有隔阂——他得到过太多我得不到的东西，他也能割舍太多我割舍不下的。"

"你和他不常联系吗？"

"从我知道他们在一起后，我就没和他联系过，"若虚有些沮丧地说，"我每每想到他，就仿佛能看到自己的影子，或者说，我像是他的一个影子——

他能如此专注、自信，总是很快又无所顾忌地追求和实现自己想要的东西，而我却止不住地犹豫、怀疑，对待感情、对待事业，信心好像都不太足……"

"你还记得咱俩一起去爬千佛山吗？你当时说喜欢一级一级地向上攀登，直到登顶，可你有没有想过也有许多人喜欢坐缆车、坐汽车上山？难道，你觉得靠脚力爬山的人会因此而不平吗？"

"这话是什么意思？"若虚不解。

"记得咱们一起从泰山的山顶向下走吧？你想好好看山间的景象，所以特别不想坐缆车——那些通过捷径很快登上山顶、到达目的地的人，或者也失掉了慢慢观看沿途风景的机会。所以说，不要只看一时的快慢，乘缆车和徒步一样是登山，快与慢的人生各有各的精彩。"

若虚又一次满心佩服地点着头。

"其实我还有个疑惑"，朱班长思索了片刻，"我想知道你对她究竟是什么样的情感？"

"确实像你说的，她是一个挺独特的女生，开朗、热情、坦率，我一直觉得她像个男孩子，也一直当她是哥们儿……"

"不，我问的不是许亭亭。"

"那……你是说张镜湖？"

"是的——"朱班长说，"你不要多想，我之所以这样问，是因为不只我，几乎所有熟悉你们的人——老李、小李、班上任何一个同学，甚至包括许亭亭，都认为你们是相互喜欢的。但你们两对彼此，似乎却总是刻意把关系维持在一个理性的层面上……我们不太能理解。"

"哪有这么明显？"

"真正喜欢一个人，眼神是藏不住的——"朱班长笑着说，"你每次看到她，眼睛里闪着星星，言谈举止都变得不一样。"

"既然你这么问，那我也坦诚地回答——咱们一起旅行那次，在泰山顶上，在海边，在我们回程的列车上，我和她谈了很多很多。我们之间的关系并不是你们以为的那样，是一种我也形容不好的感情……而且，我们也并不想改变这种关系，这或者和我们各自的家庭和成长经历有关……"

"嗯，我大概能明白……"朱班长沉默了片刻，"大学四年里，我给咱们班填过无数的表格，收过无数的材料，对班上同学的情况算得上了如指掌。其实，咱们班家庭情况特殊的也不在少数，有些是你了解的，也有些是你根

本猜不到的……你不必回避这一点，因为我看到的是大家都在积极、勇敢地面对自己的人生。至于你和张镜湖，你们似乎都太在乎自己和别人的不一样，但事实上，就像我所说的——所有的人都是不一样的，所有的人都是世界上独一无二的自己。"

"看来，我们也都不必羡慕别人的人生。"若虚说。

"像你刚刚提到因为和若愚存在隔阂而痛苦，但在我看来，这反而是我所羡慕的——我是独生子，我总是设想假如自己能有个兄弟姐妹，该是多么幸福的一件事！在这个世界上，能拥有一个与自己同父同母的生命相互陪伴，这并不是谁都能享有的幸运。你明明拥有这种幸运，却还因为你们的关系而痛苦——人啊，就是得陇望蜀！你刚刚提到的工作中、生活中的痛苦，根源就在这！"

"成长也许就是痛苦的，"若虚苦笑了一下，"所以我也免不了设想：会不会有一天，自己的'赤子之心'最终被成长磨灭……"

"'赤子之心'固然可贵，但社会有社会的规则，人作为群居动物想要在社会立足，就必须要和这个世界更好地建立联系，这一点同样是可贵的。"

秋日的夕阳沉甸甸地坠下去，西边的天空洒满了橙红色，空气也骤然冷却下来。

若虚望着头顶飞过的雁群，嘴里喃喃地念道——

一群大雁往南飞，一会儿排成个人字，一会儿排成个一字。

"这不是小学语文书上的句子吗？"朱班长问。

"是啊。小时候读过的句子，越到大的时候再看，越觉得真切和美妙。希望我们都能永葆一颗纯真的心！"

"保有一颗童心，也勇敢地面向未来的生活。放下已经过去的人和事，也放过你自己！未来，你会继续遇到新的人，发生新的故事，生命就是在不断的未知中，才显得精彩和有意义。"

"我想起一联诗——为君持酒劝斜阳，且向花间留晚照。如果现在有酒，我一定要和你喝一杯。"

"等今冬的第一场雪，咱们再约着见一面吧——晚来天欲雪，能饮一杯无？"朱班长笑着说。

两人像是有聊不完的话，一路走着到了公园的尽头——前面是一个码头，若虚知道这里有游船可乘，便买了两张票，邀请朱班长一起登上船。

夜幕已彻底降临，船头的发动机发出了"突突突"的声音，船身在幽深的湖面上轻摇起来。舱里散坐着不少游客，有的看景，有的谈笑，几个小孩喧哗着跑来跑去，又被他们的家长喝止住……若虚侧坐在靠窗的长凳上——那是船舱中最安静的一个角落，望着被月光和岸上的街光映得乌蓝的湖面，出起神来。

船身两侧雕着镂空的木窗，习习晚风带着仲秋的清冷，从湖面吹进舱里。

"天气预报说，假期后段冷空气就要来了。"朱班长取出外套披上。

"是的，温度一降，就有深秋的感觉了，"若虚凝望着湖面中央，"此情此景，你猜我想起哪句背过的词？"

"是不是'却话巴山夜雨时'？"朱班长问。

"不，是朱彝尊的《桂殿秋》。"若虚对着湖面念起来——

思往事，渡江干，青蛾低映越山看。

共眠一舸听秋雨，小簟轻衾各自寒。

"我看你的天真烂漫一点都没减……"朱班长看着他呆呆地望向窗外的样子，微笑着。

小船在深色的水面上漂浮着，向着湖心的小岛缓缓驶去。

## - 32 -

一转眼，若虚已经工作两个月。总体上，主任对他是"喜忧参半"的——尽管他的言语举止有时表现得不那么耐心和顺从，但工作能力和悟性依然可以得到充分的肯定。

这天上午，若虚接到了一个任务——学校的仓库里存着几组闲置的桌子和柜子，因为上级考察团很快就要进校检查工作，需要把这些家具转移到办公楼新腾出的办公场所。若虚领着工人们七扭八拐地来到了校园一处十分僻静的角落，这里建着一栋旧砖房，掩映在重重树影中，是专门存放杂物的地方——在这所学校生活了四年，若虚却从不知道偌大的校园中还有这样一个地方。

趁工人们在砖房前歇着脚，若虚走向砖房侧边的那个矮小的屋子，找仓库管理员取钥匙，见屋门半掩着，他轻轻敲了敲门。

"进来——"屋里传出一个老人的声音。

若虚缓缓推开门——这是间不大的屋子，一位老人坐在小窗边的旧书桌前读着报纸。阳光正透过窗口，映在他的满头白发上。

"老师，您好！"若虚恭敬地走上前，"我是后勤部的常若虚，我们主任联系好今天上午从仓库搬运一批柜子和桌子去办公楼，我已经带着工人们来了。"

老人盯着他看了一会儿，用手撑着桌沿站起身来——他有些蜡黄的脸上挺着高高的鼻梁，陷着一双有些沧桑的眼睛。若虚发现桌面的玻璃板下压着一张褪色的工作证，还有几张旧照片，里面那个英俊的青年大概是年轻时的他。

"走吧。"老人从抽屉里取出一板钥匙，扶起立在墙角的拐杖。

他一手攥着钥匙板，一手拄着拐，缓缓走出小屋，若虚跟在后面——老人其中的一条腿显然使不上劲，腰身不平衡地歪斜着，尽管这样，他的个子还是比若虚高不少。

"小伙子……我好像从没见过你？"老人身体左右摇晃着，走得慢悠悠的，说话的速度也是那样，"你刚刚说你叫常——常——什么？"

"我今年才参加工作，我叫常若虚——经常的常，深藏若虚的若虚。"

"啊……好名字，和大诗人一样……'谁家今夜扁舟子，何处相思明月楼'，我最喜欢的就是这两句……"老人嘴里念念有词。

"您会背《春江花月夜》？"若虚很是惊喜。

"我最喜欢的一首，当之无愧的孤篇盖全唐，"老人说，"我大学念的中文系，那个学期，我们班人手一卷《全唐诗》。"

"原来您是我的前辈。"若虚顿时心生敬意。

"你也是中文系的？"老人停下缓缓的脚步，转过头看向他，"小伙子别哈着腰，把身板挺起来"。

若虚觉得有些莫名其妙，但还是有意地挺了挺腰，把肩展开了。

"这多精神！真好，这个年纪，得抬头挺胸……我……咳咳……对不住，这腿……走不快……"老人不过才跟跄着走了几步，嗓子里已经呵呵地咳了好几声。

"没关系。您慢慢走，用不用我扶着您？"

"不，不！"老人摆摆手，"我刚参加工作，也像你这么大，那会儿我还是咱们教工篮球队的前锋，场上没人防得住我！"——他谈起往事，兴致顿时很好，喘了两口粗气，继续慢慢地向仓库走着。

仓库外，工人们等得不耐烦，早就席地而坐了。见老人和若虚缓缓走来，他们纷纷起身，其中一个年长些的喊了一声"老齐！"

老人冲那老工人点点头，走上前，把有些锈黄的钥匙伸进仓库门上的锁眼。锁芯转动着发出一声脆响，他随后推开了那扇大铁门。

仓库里空气有些阴沉，地上落了一层浮土。

老人呛得咳嗽了两声，打破了仓库的寂静。

"都在那——"老人打开灯，指向仓库的一个角落——被苫布盖着的，隐约能看出是一些高大的家具。

"我站不了太久……常若虚，你先帮我保管着，等搬完你再给我送回来。"老人把钥匙板递给若虚。

"您放心，我们先装车，钥匙交给我。"他接过钥匙板，揣进衣服里。

老人没再说什么，一跛一跛朝着他的小屋走回去了。

"多少年了，这老爷子还是这么悠闲！挺好！"见他的背影一路走远，老工人叹了口气说。

"您认识他？"若虚问。

"认识！说起当年篮球队那大高个，大家都知道！"

"他刚刚还提到读的是中文系……"

"他当年可了不得，大学一毕业就来咱学校当教员，那会儿才二十多，嗓门亮，人长得也精神，打起球来能跑能跳的不知道累！谁想自从腿伤了就一直病病歪歪，三十多年了，身子骨一天不如一天。"

"他得的是什么病？"若虚神色一凝。

"倒没得病，"老工人长叹一声，"那是多少年校庆来着……学校翻修大楼，让年轻力壮的教职工齐上阵，他一个没留神从脚架上摔下来了——将近两层楼高啊！当时直接摔昏迷送去抢救了……都以为他活不成了，结果命保住了，残了一条腿……打那之后，一连几个月就没再见他出过门，后来好不容易勉强能挂拐走，学校说他这个样子不能再给学生上课了，就给他调了岗，他这种情况也干不了重活，后来又安排他去看仓库……就这么一来二去，跟换了一个人一样，拐棍不离身，眼神也散了，时不时地就见他站在人家教室

门口听上课，站在球场外看别人玩……当年多好一小伙子……唉……都说个人有个人的命，老天爷对他真够狠的！呸——"他越说越激动，狠狠地啐了口唾沫到地上。

若虚内心一阵沉痛。

"都别愣着啊，赶快上手搬！"老工人从回忆中跳了出来，招呼着工友们。大家纷纷上前，七手八脚地摘苫布，挪柜子。

"今天来的师傅一共是九位吧？"若虚望着干活的工人们。

"八位，有一个昨天家里出事，赶火车回去了，"老工人说，"没事，您不用操心！干得过来！"

说话间，工人们分好了组，把那些高大的家具往仓库外搬去——家具看起来很笨重，三人搬尚可，两人搬稍嫌吃力。

"师父，您去那组吧！我来换您。"一个白白瘦瘦的年轻工人走过来和老工人说。

"不用！臭小子！你还真不见得比我这老骨头能扛重！你还长身体呢，可别老压！"

"我来帮你们。"若虚担心老工人支撑不住，主动加入了这一组。

"别啊，您哪干过重活？回头闪了腰。"

"没事，我有劲儿。抓紧吧，别耽误了。"

"等等！小伙子！先放下。"老工人从腰包里掏出一副线手套，递给若虚，"您戴上，这柜子的棱锋利，当心割手。"

虽然有苫布盖着，家具还是落了很多土，稍一挪动，尘土飞得空气里、衣服上、脸上到处都是——家具抬起来也比想象中沉一些，若虚紧咬着牙，和一老一小两个工人一起向外走。

几个来回之后，所有的桌子和柜子都装上了卡车。若虚去值班室还了钥匙。老工人拍了拍手套上的土，点了一支烟放进嘴里嘬着。

"怎么样，不轻吧？"老工人问。

"这柜子是实木的吧？"若虚问。

"纯实木的！几年前定做了一大批，当时流行这种叫什么什么木，贵得要命，我也不懂，反正是说要给哪个领导用——后来又被查、又被告就不让用了，就挪库房里一直生灰。净办这种事！真够损的！"

"是吗？既然会这样，当初为什么还买？"

174

"显摆呗！为了给这帮人用，多少钱也得花！"老工人三下五除二吸完烟，把烟头在鞋底捻灭了，"上车！"

若虚跟工人们一起坐进卡车的车斗里。车开动了，他靠在一侧，看着卡车一路穿过校园，驶进那片初泛金黄的小林子，飒飒秋风拂过他的头顶，感觉很是潇洒。

卡车停在办公楼前，按照相同的步骤，那几组桌子、柜子又被挪进了几间新的办公室——果然是专门收拾出来的屋子，明亮宽阔，很气派。

工人们走出办公楼，又纷纷跳回车斗里。

"您受累了！赶快回去拾掇拾掇吧！"若虚和老工人握了握手——那是一双粗糙的、生满老茧的手，若虚目送他走回了卡车驾驶舱。

卡车开走了，若虚低头看了看自己的样子——衣裤和鞋上都蹭满了灰尘。他感到脸上也沁着汗，用手一抹，又把手上的土带到了脸上。他对着路边的玻璃窗看了看自己灰头土脸的样子，觉得很好笑，正准备回办公室，突然想到主任交代去校门口的传达室取一个包裹回来，便朝另一个方向走去。

经过教学楼时，恰好赶上了大课间，主干道上熙熙攘攘地走过一群年轻的身影，若虚顿时感到有些狼狈，避开人群，贴着路边走。

迎面不远处，几个学生簇拥着一位女教师走了过来。

"喂——常若虚！"那女教师认出了若虚，"你去哪？"

"噢，你好。"若虚躲闪不及，有些不情愿地朝林纯子走了过来——她穿着一身职业套装，看起来端庄雅致。

"你怎么搞成这样子？"见若虚满脸满身都是土，林纯子又是惊讶，又是好笑，打开了背包，"我这有纸巾，快擦擦！"

"谢谢，"若虚接过纸，照脸上胡噜了几下，"刚刚帮工人搬家具来着……你这是刚下课？"

"是，今天刚听完学生的小组汇报——和他们约好，汇报完请他们去吃茶餐厅，你跟不跟我们一起？"

"真好，"若虚满眼羡慕，"可是我还要上班……"

"噢对，你们要坐班，不太自由。"

"林さん（林老师），"旁边一个女学生插进话来，"他是谁啊？"

"他是我一位同事。"

"他是教什么的老师啊？"她好奇地打量着面前这个陌生人。

"我……我什么也不教，"若虚脸上的灰经他一通乱擦，风干后变得黑一道白一道的，"我在后勤部工作。"

"原来是后勤的，那应该是工人，不能叫老师。"女学生摇摇头。

"如果咱们开一门劳动技术课，说不定我能教，"若虚说，"那样的话我就是'劳动老师'，也能过教师节了。"

"你怎么总说一些奇奇怪怪的话？"林纯子笑着说，"要是没其他工作忙，跟我们一起坐坐呗。"

"谢谢，但——"若虚看着她身旁的学生，心里一阵抵触，"我这副样子……就不跟你们去了，下午还有别的事情要忙，中午想抓紧休息。"

"那好，我们再找时间见吧，你也赶快去把脸洗洗吧！"林纯子和他告了别，和学生们继续朝前走去了。

不知谁的一句话顺着风声传进若虚耳中——老师，您没和他打招呼前我还以为他是捡破烂的呢？他看起来有点怪，幸好他没跟咱们一块，不然跟他在一桌坐，我们得多别扭……

若虚一阵恼怒，又不好表达，只好按捺着情绪，继续快步向前，急匆匆地闯进教学楼。门口的保安员见他一身狼藉，伸手拦住了他。

"这是干什么，安全检查吗？"若虚半开玩笑地问。

"这是教学重地，闲人免进。"保安员说。

"我不是'闲人'，我是学校的工人——'咱们工人有力量'的那个工人！"

"工人？"保安员满脸狐疑，"工作证有吗？"

"当然有！"若虚伸手在裤兜里掏啊掏，终于掏出了自己的证件。保安员接过一看——照片里那个穿着西服、笑意满满的青年和眼前这个灰头土脸的脏小子实在难以联系到一起。

"这是你吗？"

"怎么不是？"若虚把自己的名字、工作部门、工作证号背了一遍，又指着自己嘴角的黑痣，"你要是还不信可以看这——货真价实，如假包换！"

保安员一脸狐疑地把工作证还给了若虚，看着他大摇大摆地朝大厅的洗手间走去。

若虚站在镜子前打量着自己——额头、鼻尖、脸颊上又是汗渍又是灰尘，衬衫上也黑一块白一块的，他又一次被自己这副样子逗笑了。他把衬衫脱下

来用力抖着，抖下来好多土。不经意间，他瞥见自己裸露的胳臂上，从手腕到大臂暴起了两道肌肉。他弓了弓小臂——那两道肌肉一绷紧，更加硬朗了。他笑着冲了冲手，接了一捧水洗了洗脸，最后用手掌抹去脸上的清水，又一次抬起头——镜子里终于又是那张他熟悉的面孔了。他披上了衬衫，笑着走出了洗手间。

再次经过前台时，他朝低头玩游戏的保安员挥了挥手，喊了句——"你看，我没撒谎吧？我就是'我'！"

保安员莫名其妙地抬起头，一脸诧异地看着眼前这个奇怪的年轻人得意扬扬地走出了教学楼的大门——他半跑半跳，鼻子里还哼着"咱们工人有力量"的调子，像是精神病人一样跑远了。

## – 33 –

下午，一个沉甸甸的大包裹寄到了接待室。

"没有留详细的地址吗？"达雅看了一眼包裹上的收件信息。

邮递员解释说包裹上只填写了收件人姓名和电话，电话还打不通，只能先转送到这里。

"没关系，放这吧，我们想办法转交。"见邮递车塞得满满的，若虚接过签收单，签上了"常若虚 代"。

根据运单上填写的信息，若虚从电话簿上找到了收件人所在部门的办公电话，但座机一连拨了几遍都无应答。又几经辗转打听，他终于联系上部门另一个负责人。

"您好，这里是接待室。我们代收了一个包裹，是寄给您部门×老师的，请问是否需要帮您转送？"

"是我们的！"对方答道，"但办公室今天下午没人。"

"那您方便时前来领取可以吗？我们的办公室在办公楼一层第一间。"

"现在过不去，这会儿我们都在准备会场，估计要到晚上了，我们晚些再去吧。"

"好的。那麻烦您尽快来取，我们六点下班。"

对方"嗯"了一声就匆匆挂断了电话。

照旧是在接待室忙完一整天，若虚很是疲惫，眼看时间已经过了六点，包裹还未被领走，再次联系那位负责人时，对方表示还要再晚些才能过来。若虚索性摊出一本书读起来，边读边等，渐渐听见自己肚子"叽里咕噜"地叫起来。见天已黑透，他决定不再等下去，怕对方上门扑空，便把包裹摆在了接待室门口，收拾好自己的东西，关门离开了。

第二天一早，若虚刚到接待室，就被主任叫了过去。

"赶快跟××部门联系一下，"主任语气有些急促，开门见山地说，"他们领导昨晚问了一大圈，说那个包裹是寄到了咱们这，有个男孩代收后没及时给人家送过去——人家今天上午办会急用，你快去给人家好好解释一下。"

"什么?"若虚很吃惊，"明明昨天不是这样说的，他们讲不讲道理?"

主任并不听他分辩，也没有做进一步解释，只是吩咐他尽快送去。

若虚满脸郁闷走回接待室，接起了桌上乍然响起的电话铃。

"你们是接待室吧?"来电人不是昨天联系的那位，语气很是生硬，"什么时候把书给我们送来?"

"不好意思，昨天你们说的是自己来取，不需要——"若虚有些不服气，努力缓和着自己的语气。

"我不听你解释，赶快送来。"

"送到您办公室，请问现在有人吗?"

"送什么办公室! 我们都来会场了!"对方很不满。

若虚问清了地址，把包裹搬上小车，快马加鞭地赶过去。

一个瘦瘦长长的男同学正指挥几个人布置着现场，见若虚搬着包裹走进来，立刻上前兴师问罪。

"怎么回事? 东西昨天上午就寄到了，怎么在你们这耽搁了这么久?"

"昨天联系那负责老师时，她不是这样说的……"若虚跑了一道，还在喘着粗气。

"你是傻吗?"对方气势汹汹地问，"这么重要的一个会，你觉得我们有时间自己去取?"

"请不要说这样的话，"若虚脸色一沉，"这应该是沟通不力，谁也不是存心的，工作中出现这种情况，我们应该努力解决。"

"是的，咱昨天那阵太忙，确实也没顾上，大师兄别置气了……"一个女

同学劝了两句，将包裹拆开，领着旁边的几位同学将五颜六色的材料一册册摆上会议桌。

若虚快速地扫了一眼场内的布置——这看起来是一个规格很高的会，会场前方的区域陈列着嘉宾席，上面已经摆好了名签和会议手册，而这个大包裹里的材料像是加印的宣传册页，会场中部和后方摆满了可移动的桌椅，都是为前来听会的人准备的。见在场的人都在热火朝天地忙碌起来，若虚任务已经完成，打算转身离开。

"你等会儿。"那位大师兄叫住了他。

"还有什么事？"若虚停住脚步。

"你叫什么？"

"为什么要问我叫什么？"若虚不解。

"我问你叫什么？"对方重复了一遍，"我一会儿要投诉你们部门，投诉你。"

"你有没有搞错？"若虚简直惊掉了下巴，"我做错了什么？你要投诉我？还要投诉我们部门？"

"你擅离职守，服务态度恶劣，在工作中给别人造成麻烦，"大师兄咄咄逼人，"你叫什么？"

"真可笑，"若虚觉得对方一连扣过来的几个"罪名"都很荒唐，"第一，我昨晚从办公室离开的时间是七点一刻，早过了规定的下班时间，今早来的时间是七点四十，还未到规定的上班时间，'擅离职守'这一条我不认；第二，我从昨天接到这个包裹以后就一直在努力和你们沟通，直到今早接到你们的电话，也二话没说抓紧把东西给你们送了来，'态度恶劣'这一条我也不认……"

"你还敢狡辩？"大师兄没料到若虚竟一五一十反驳起来。

"第三，"若虚不理会对方，"假如这场会议和这些材料这么重要，在联系寄件时，你们就应当留心点，把地址和电话写清楚——究竟是谁给谁的工作造成了麻烦，恐怕还要从长计议吧。"

"你还敢指责我？"大师兄被若虚连珠炮似的反击打乱了阵脚，"你算什么东西，凭什么七点就下班？我们布置会场到将近十点，你还好意思说七点多就下班？"

"我们正常的工作时间只到六点，"若虚愤怒于对方的指责已上升到人身攻击，但还是努力维持着理智，"况且我不是'东西'，我是一个'人'，需要正常的休息。"

"你不配休息!"大师兄先于他失去了理智,"你只配随叫随到!"

"那你自己呢?"若虚也丝毫不再顾及脸面,"头一天工作到晚上十点,第二天还得继续忙,可比我惨多了!"

大师兄被这句挑衅彻底激怒了,抬起手就朝他走过来,被旁边几个同学拉住了。刚刚那位女同学一边念叨着"大师兄别生气",一边对若虚解释道:"这场会议确实太重要了,参会的都是专家和嘉宾,我们也确实怕材料送晚了,耽误布置会场……"

"这些我都能理解,"若虚脾气缓和了些,"但你们不该因为自己有压力,就把情绪转嫁给无辜的人,每个人都有自己的本职工作,每个人的时间都是时间,每个人也都有自己的自尊。"

"你还有的说?"大师兄挣脱掉同伴的"钳制",指着若虚的鼻尖走了过来,"你还好意思谈尊严,你就是一贱奴才知道吗?你的时间不值钱,你的人格也不值钱!你记住了!"

"请把嘴放干净点!收回你的手!"若虚强压着自己的怒火。

"就指你了!怎么着?"大师兄不依不饶地摇晃着他的手指,"你瞧瞧自己那德行!"

旁边的同伴再次拉住了他,其中一个还劝说道"问题都解决了,老师不会怪罪,咱们抓紧摆材料",大师兄一边骂骂咧咧一边被拉回会场前方了。

若虚自知遇上了难缠的人,只好按捺住心中的不忿,对在场的其他人说了句"我的任务顺利完成了,你们继续执行任务吧"作为结束语,拖上小车走出了这间屋子。

屋内还传来喋喋不休的漫骂。

"一个破看门的,还好意思跟我谈平等!"

"没文化的人都这样!"

"真的!没必要跟这种人讲理……"

若虚加快脚步,一路阴沉着脸回到办公室。

"送去了,怎么样,没耽误吧?"达雅坐在办公桌前忙碌着,见若虚走进门,边打字边问道。

"头一回碰到这样的事,"若虚把小车靠在门后,很是不满,"从来没想过'知识分子'中间还有这样的人。"

"怎么了？"

若虚把刚刚发生的事转述了一遍，不解地问道："为什么他们在我们面前会自带一种优越感？对我们，会有高高在上的歧视？"他坐回椅子上，端起杯子咽了一口水，接着问道："你工作中碰到过这样的事吗？"

"你先冷静冷静，"达雅说，"刚才主任过来了一趟，让你回来之后去找他。"

"又叫我？"若虚知道原因，站起身。

"你好好和主任解释，千万别着急——"达雅劝说着，"看你脑门上筋都暴起来了。"

若虚来到主任的办公室，把这件事情的前因后果如实汇报了一遍。"事情就是这样——我是有做得不对的地方！但我只为自己不对的那一部分负责！"他说。

"之前我就告诫过你，工作中要注意自己的态度，"主任说，"工作中要学会换位思考，这种各自为营的方式是不利于团结的。"

"是不利于团结，"若虚心中被对方当面嘲讽的愤怒还没消解，"我看那些人眼里心里没有一丝一毫和我们搞好团结的念头，我们为什么要上赶着营造这种貌合神离的'团结'？"

"你和他们不一样——我们的工作是服务性质的，就是要为学校的广大师生做好服务。"

"只听说过古时候一群人服务一个人的，我只有两只手，为学校这么'广大'的师生们服务，那对不起，我服务不过来……"若虚愤愤不平，"我们平常呼吁的'公平'和'平等'去哪了？难道因为服务关系的建立，服务者和被服务者的身份就有了高低贵贱之分，就'不一样'了吗？"

"唉……"主任叹了口气，"你总是这么犟，如果不知收敛，以后还会继续得罪人，到时候你要怎么办……"

若虚颇不服气地听完主任的"劝诫"，走回接待室一屁股扎进椅子里，半晌，长舒了一口气，对达雅说："刚刚那个问题，你是怎么理解的？"

"什么问题？"达雅见他神色凝重，料到他和主任沟通得并不理想。

"大家都是劳动者，都各凭本领挣钱——有人付出智慧、有人付出体力、有人付出时间……社会劳动都是平等的，我读书时从不认为'读书人'有值得傲慢的东西，凭什么他们就认为自己比别人高贵呢？"

"这恐怕与学校对不同岗位的'定性'有关——"达雅说，"对学校整体

的发展而言，我们做的工作是服务性的，是可替代的，他们的工作是给学校带来成绩和效益的，相比之下是不可替代的。"

"真是荒谬！"若虚突然联想到曾经和别人谈到过类似的问题，很是激动地摆了摆手，"这是谁说的？世界上任何一个人都是有价值的、都是不可替代的！他们凭什么高高在上地评价我们？"

"你又犯执拗了！我不是和你说过吗，不要总通过别人说的话来评判你自己，你应该按照自己的标准去评判自己、评判环境——只要你看重自己，看重自己的工作，在工作中做到尽心尽力，问心无愧，那就够了，至于别人怎么说，都不重要。"

"我倒是问心无愧，耐不住别人居高临下地把我当成一个'贱民'，不知道他们有愧没愧……"若虚满心不服气。

"快别想这些了——你不如计划一会儿去餐厅吃点什么，把工作中的烦心事先都搁下。"达雅安慰着他。

中午，两人结伴来到教工餐厅——进门处已经挂上了厚帘子，遮挡着渐冷的秋风。若虚来到主食区，见平常放馒头的架子空空如也，一旁排队的几个人告诉他——第一拨馒头刚卖光了，后厨正在做。

他于是排在队伍最后，不一会儿见一个身体瘦瘦的姑娘端着一只大笸箩跑了过来——笸箩上堆着白白胖胖的馒头，冒着热气。她刚把笸箩摆上架子，正准备掉头回去，被另一边一个个子高高的男老师喊住了。

"你过来把这桌收拾了！"那男老师已经取完餐，指着一张桌上的剩盘残碗，"我们没法坐了。"

瘦姑娘刚往回跑了两步，又急匆匆绕了回来，有些晕头转向地向他道着歉："老师请稍等，今天只剩我一个服务员了……后面还有两道新菜等着端出来，我马上就帮您收拾！"

"剩半个人也得收拾桌子！"男老师非常不满，"现在是用餐时间，你们连起码的用餐环境都保证不了吗？耽误老师们吃饭，我去找你们领导反映！"

瘦姑娘一听赶忙跑上前，在男老师的"监视"下抬手收拾起满桌，没料到排队等着取餐的人们又冲她抱怨起来——"怎么又收拾起桌子了？菜都没上齐！我们都排队等着呢！"

瘦姑娘在两方面"夹击"下，顾了前顾不了后，加紧收拾着桌子，一着急碰翻了一只没喝干净的汤碗——残汤洒了一桌，也染脏了她半只袖子，她急得快哭了。

若虚看不下去，离开队伍走上前，对一脸严肃的男老师说："别这么刻薄好不好，您没见她已经忙不过来了吗？先在其他座位坐下，将就一下不行吗？"

"关你什么事？"男老师一脸倨傲，"我愿意坐这，她们服务不到位，为什么让我'将就'？"

"您没听她解释说今天人手不够吗？"若虚抬了抬眉毛，"她碰到困难了，您不说帮一把手，反倒指责她不为您'服务'？"

"我不管那个，我是来吃饭的，不是来劳动的。"

"好！您真尊贵！"若虚打量着四周——那瘦姑娘端来一个空托盘，在众目睽睽下七手八脚地收拾着桌上散落的盘、碗，他走上前取下她手腕上搭着的抹布，擦拭着桌面洒落的汤汤水水。那个姑娘冲他投来一个感激的眼神，端起摇摇晃晃的盘、碗，又急匆匆地向后厨跑去。

一通折腾过后，若虚终于买好饭菜，端着盘子坐在达雅对面。

"你看，上午刚刚说到优越感，这就又上演了一出，"若虚说，"他也算是个'知识分子'，怎么会这么刻薄？"

"看得出来——你心中有一套很高的道德标准，你也愿意尽力去维护这套标准，不希望它被破坏，只不过——"达雅笑了笑，"方法手段还不太高明。"

"路见不平，总想拔刀相助，有时候义愤填膺，也顾不上方式方法了，"若虚咬了一口馒头，"但我实在不能理解——拥有知识和才能，本应为了营造更好的社会秩序，帮助更多的弱者，怎么反倒变成了打破秩序、打压别人的手段了？如果是这样，倒不如不读书……"

达雅没有回答他的问题，两人继续专注地吃着碗里的菜。

到了下午。

若虚在电脑前半清醒半迷糊地敲着字，忽然听见窗外传来一阵喧哗，起身向外看去——一群衣冠楚楚的人正朝另一个方向缓缓走去，恰好从办公楼前经过，人群中有他一早在会场中碰到的"大师兄"，那人换了一身西装，走在那个满脸学究气的人身边，嘴里还不停念着"感谢指导""收获多多""招待不周"之类的话，一旁的同伴们也慢条斯理地走着，交流着听起来很是专业的词汇。

若虚听不懂他们说的内容，看着眼前这幅情景，突然止不住笑起来。

"你笑什么?"达雅问

"你知道《镜花缘》里的'两面国'吗?"若虚把视线从窗外收了回来,"那里的人都有两幅面孔——有的人衣冠楚楚、佛口蛇心,也有的人,蓬头垢面常居虚中乐善之心! 真有趣!"

"又开始愤世嫉俗了,你刚刚看到了谁?"

"那群弹冠相庆的人——"若虚眨眨眼睛,"在饱尝精神食粮后,知道肚饿,又要去'酒肉穿肠过'了——不知道他们会不会抱怨今晚的菜做得太咸或是太淡,让他们失了体面……"

达雅哭笑不得地看着他。

快下班时,若虚接到了朱班长打来的电话。

"今天忙吗?"若虚一阵兴奋地对着电话那头说,"我今天一整天过得比'三借芭蕉扇'还精彩! 你晚上没事的话,我去找你,咱们一起吃晚饭如何?"

"我跟你说个事——"朱班长的声音从听筒那端传来,"我马上要出国了。"

"出了什么事?"若虚很是惊讶。

"你别担心,是我们在国外的一家分社有了一些麻烦,领导派我去驰援那边的负责人。如果麻烦能顺利解决,这次会让我在那边多留一段时间,帮他们拓展一些新业务。"

"那……你什么时候出发,要去多久?"

"签证已经交给使馆加急办理了,顺利的话大概这个月底出发——我仔细考虑过,也和父母商量了,这次服从单位的安排,先去一到两年,看业务进展的情况。"

"你……什么时候走,我去送你……"若虚沉默了几秒。

"你千万别来送我!"电话那端传来了朱班长的笑声,"我最不习惯被朋友送! 不如让我一个人走!"

"那……咱们找个时间一起吃饭吧……我总要为你饯行。"

"看看情况,我提前和你约时间,"朱班长说,"我还有工作没做完,晚上还要加班。先不跟你聊了。"

听筒里传来缓慢的"嘟——"声。若虚默默挂断了电话——这个消息让他很是意外,望着窗台上的仙人掌,他心里一阵空落落的。

坐在椅子上愣了许久,他打开办公桌的抽屉,取出了几张照片翻看着——那些都是今年夏天定格的许多美好的回忆:他们班穿着"五四装"在

教室里的集体照，他、朱班长、张镜湖、许亭亭"四侠客"在绿茵场上携手跳起的样子，还有他们在泰山山顶上与日出的合影，下山时坐缆车的合影，在海滩上和碧海黄沙的合影……不过几个月间，曾经相熟的朋友们因为际遇和关系的转变已经各奔东西了。

若虚觉得当时那单纯和快意的心情再也回不去了。

## － 34 －

冰凉的雨又漫无边际地下起来。

不同于夏雨的猛烈——噼里啪啦落上一阵，来得急，去得也快，雨后立刻云开雾散，秋天的雨掺杂着瑟瑟凉风，吹得人一阵僵硬。若虚和若水风尘仆仆地走出地铁车厢时，立刻感受到迎面扑来的寒意——许久不接若水放学了，他本想骑自行车，想到无论披雨衣还是撑伞骑车都不安全，只好改乘地铁。

"今年冷得好快！"若水缩了缩脖子——一阵湿湿的凉风正向他衣领里钻着。

"'一缕春风一缕暖，一场秋雨一场寒'，这场雨一过，大概就离入冬不远了！"若虚说。

两人向出站口走着，隐约听见前面通道里传来一阵歌声，音色很是优美。

"谁在唱歌吗？"若水竖着耳朵问。

若虚点了点头——是个姑娘的清唱。

"她唱的是什么？"

若虚示意若水先别说话，仔细地听着歌词——

> 在那矮小的屋里　灯火在闪着光
> 年轻的纺织姑娘　坐在窗口旁……

"这是一首俄罗斯民歌，叫'纺织姑娘'。"

"真好听！我从不知道这首歌，"若水听得很入迷，"是不是有歌星在表演？"

"哪有歌星来地铁站里表演？"若虚摇摇头，继续沿着歌声传来的方向走去，拐过通道的弯，看见转角处立着一个二十多岁的姑娘——她所在位置恰

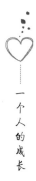

好形成了一个合适的音棚，歌声绕梁，字正腔圆，深情款款。

他们被歌声吸引，不由地驻足，静静地听着。很快，若虚便发觉了那姑娘的怪异——她投入地唱着歌，眼睛呆呆注视着前方，仿佛那里有一片美丽的景致，但她不过是徒然地"注视"着，黝黑的瞳孔中看不到一丝光芒。在她身前不远处的地方摆着一个小布袋，袋口敞着，里面隐约露出些花花绿绿的零钱。

"原来她……"若水也仔细观察着眼前的场景，嗫嗫地吐出几个字。

若虚比了个手势，示意他不要把后面的话说出来，似乎怕打扰她的专注。

兄弟俩在原地听了一会儿，若水问若虚要零钱，若虚便掏出五元钱递给他。他走上前，将钱放进地上的布袋里——那姑娘觉察到有人走近，在她袋里放了东西又离开，对着那个方向浅浅鞠了一躬。若虚发现，地上的袋里除了零钱和散落的几枚钢镚之外，还被丢进了一些废纸张和塑料瓶盖。

若水满是留恋地继续听了一会儿，直到若虚小声说了句"走吧"，才恋恋不舍地和他一起离开了。他们身后留下的是一段优美的尾声——

你在幻想什么　美丽的姑娘……

兄弟俩走出站口，见外面雨已经停了，弥散在空气中的是凉飕飕的湿气。他们撑着一把伞，走在湿滑的路上，若水一路低着头，陷入了沉思。

"你在想什么？"

"我在想——"他抬头看着若虚，"她唱得真好听，却偏偏是个盲人，老天太残忍了……"

"是啊……以她的年龄和歌喉，如果拥有正常的视力，或许可以去考音乐学院，做声乐专业的学生。"若虚叹了口气。

"没有正常的视力，难道就不能学唱歌吗，唱歌还不是靠嘴？"

"话是这么讲——或许她也为此努力过，大概没能成功……"若虚宽慰着，他在心中遗憾，"也或许，像现在这样，在地铁的通道中唱给路人听，对她而言也是一种幸福。"

"如果有一所只看歌喉、不看视力的音乐学校能录取她，那该有多好，"若水说，"那样，她就能在教室和舞台上表演了，她的歌也能被更多人听到。"

"你讲得对，"若虚浅浅一笑，"我们不妨这样期待吧！在未来，真的会有这样一所学校……"

"未来，如果有这样一所学校，我希望是我办的，"若水一脸严肃地说，

"我实在不忍心看到美好的东西变得残缺，如果世界上一切美好东西都能长存，那该有多好！"

两人一路走回家。见家门外站着一个送货员，身边堆着两个包装箱。

"您是常先生？"他看了看手中的单据，盯着若虚问。

"是的！这是我订的货吧？"

"对！因为您家没人，正要打电话。"

"谢谢！我们回来得太是时候了！"若虚打开了家门。

若水对这两个包装箱很是好奇，跑上前打量着，惊讶地问道："你买了两台电暖气？"

若虚有些得意地点点头，和送货员一起把箱子搬进屋里。送货员把签好字的单据揣进兜里，匆匆离开了。

"这下好了！有了电暖气，冬天就不怕了。"若水兴冲冲地读着使用说明。

"刚好买了两台，一台放妈妈房间，一台放咱们房间。"若虚把其中一台先推进了母亲的屋里，接上了电源。

"太好了！"若水兴奋地摸着渐渐热起来的暖气片，"今年手上不会生冻疮了！"

"有了它，咱们家这么多年的老功臣也该功成身退了。"若虚望着墙角的煤炉。

"这炉子一点都不好用，呛得不得了，还总是灭！"若水撅着小嘴，"我记得有好几次，咱们回来的时候，屋里冷得像冰窖一样。"

"炉子旧了，而且我们也不太会用，不能怪它——从前都是爸爸烧炉子，他可拿手了，一整个冬天，把屋里烤得特别暖和，"若虚说，"那时我和若愚都还小，每年快要入冬的时候，爸爸推着小车去煤铺买蜂窝煤，有时一车装不下，还要分好几车往家里运。我们就帮着爸爸一起卸货，把蜂窝煤一块一块码在墙角——这可是咱们家每年的一项大工程！"

"听着真好玩！我想到了你给我讲的《安徒生童话》，故事里好多人家冬天都有取暖的炉火，一家人围坐在一起的感觉好温馨，外面风雪再大都不害怕了。"

"是的，即使外面再冷，只要和家人在一起，也就不那么害怕了……"若虚似乎想到了什么，把后面的话咽了回去。

"你怎么了？"若水不安地问。

"没什么，我只是想起这些年家里经历的许多事，想到这么多人已经离开我们了，觉得有些难过……"

"我对姥爷还有一些印象，对爸爸真是一点都不记得了。"

"那时你太小了，"若虚伸手摸了摸若水的脑袋，"这么多年，也苦了我们的小若水，跟着我们风里来雨里去的……"

"那有什么？我一点都不觉得辛苦，我只想快快长大，能像你一样，帮妈妈一起把咱们的家撑起来。"

吃过晚饭，若虚照例帮若水检查课文背诵。看着他课本上满满的笔记，若虚不由地期待他以后可能获得的成绩和进步，再一想到他的身世，又一次悲从中来。

若水洗漱过，躺在床上盖好了被子。若虚刚擦干脸，就见窗外冰冷的秋雨又漫无边际地下了起来。他打开窗户——伴随着外面的"淅淅沥沥"声，空气已被雨水和晚间的寒气浸得冰凉。

若虚脑海中一阵千头万绪，坐在窗边，静静地听着雨声。他的思绪又回到了多年以前……

那时的他还在读小学，和现在的若水差不多大，父母工作很辛苦——那段日子，白天有交通管制，父亲的货车只能夜里上路，赶上母亲倒晚班，他和若愚只能一个跟着父亲，一个跟着母亲，一起去工作。

夜晚的路很黑。驾驶室里，他坐在父亲身边。

"冷不冷？"父亲问他。

"我不冷。"他紧紧裹着父亲的军大衣。

"困不困？今天最后一车了，送完咱们就回家。"

"我不困。"他瞪大有些酸涩的双眼。

"苦了我们小若虚了，"父亲说，"应该让你跟妈妈去厂里，好歹有个睡觉的地方，不至于跟着我挨冻。"

"不，我是哥哥，应该让着若愚，妈妈一个人也带不了我们俩，"他摇摇头，"再说，我也愿意来陪您，不然这么长、这么黑的路，您一个人开一夜，多孤单呀！"

"等你们小哥俩再长大点，就不用跟我们大人东奔西跑了，你们自己在家照顾自己，一起上学放学，一起吃饭写作业，到了晚上一起上床睡觉。"

"不，等我长大了，我也要学开大卡车，等下次要跑夜路的时候，就换您

回家睡觉，我来开，"他咬咬嘴唇，"我几岁能学开车？"

"要等到你十八岁，"父亲笑着说，"那时我们小若虚长大了，就不学卡车了，学小汽车，以后开汽车上班，多气派！"

"不，我就要学卡车——像您一样当卡车司机！给厂里拉木材、砖头、玻璃管，还要跟工人一起装车，一起卸货！"

"那多辛苦，我不忍心看若虚以后这么累！你脑瓜好使，要好好学习，考上大学，靠脑子吃饭，别靠身体吃饭。"

"我愿意靠身体吃饭！"

"你现在这么瘦，怎么靠身体吃饭？这么沉的方向盘，你转得动？这一车的货，你扛得动？"

"您不是说，以后我会长身体吗？等我长身体了，我就扛得动了！"

听了这话，父亲笑了。"想长身体，就得多吃！你吃饭还不行——"父亲说，"饿不饿？把那俩包子吃了吧。"

"我不饿，"他低头看看脚边的保温桶——他把晚上没吃完的包子都放进去了，"您开车累，包子留给您吃。"

"困了就睡一会儿吧，把衣服盖严了，要是还冷就把我的帽子也戴上。"父亲见他眼皮快黏上了，说道。

"那我睡一会儿，等到了厂里您记得叫我。"

他眼皮搭在了一起，很快就进入了梦乡……

"小孩，快醒醒！听得见吗？醒醒！"有人在摇他。

他迷迷糊糊地睁着眼睛，有一只眼像是被什么东西黏着，只能裂开一条窄窄的缝。他平躺的身体颠簸着，头也被摇晃得一阵晕眩，想吐。

"小孩没大事。"——身旁传来一个声音。

他吃力地扭过头，望着声音传来的方向——灯光很幽暗，两个穿白褂的大人并排坐着，前面还有几个人在忙碌着。

"你家还有别人吗？"刚刚那个声音又问他，从后边扶他坐了起来。他努力定睛看着——他们坐在一辆大车里，外边黑洞洞的夜色和道路倒退着。被那几个白大褂包在中间的，有个血淋淋的人平躺着，一些奇奇怪怪的管子连在他身上。

"你妈妈在哪，知道你妈电话吗？"那个声音又问——他转头看着他，那是一张藏在口罩后的脸，"你爸爸快不行了，我们要赶快联系你妈。"

他又一次害怕地朝那平躺的人看去——那个满脸血迹、赤裸着胸膛、在汽车的颠簸和白大褂的操作下一颤一颤的身体是父亲？好像是的……他认出了那双熟悉的行军鞋和有些磨损的蓝裤子……

"我爸爸……他怎么了？"他听见了自己喉咙里的声音——有些艰涩和陌生。

"卡车出事了，你爸爸撞了头，"白大褂告诉他，"发现的时候，你俩都昏迷了，我们正往急救中心赶，想得起来你妈电话吗，我们帮你打。"

卡车出事了，爸爸快不行了，他刚刚不是还在和我说话？告诉我好好学习，以后考大学，凭脑子吃饭？他想起了那个场景，仿佛近在眼前……他还说要喊我起来，送完这一车，要带我回家……

"快到了，让他也躺下吧，再带他去做个检查。"前面一个白大褂说。

"小孩，躺下——"身后那个人又扶他躺了下去。鸣笛声停了下来，汽车的后门从外面掀开。

"先救大人，送抢救室。"外面有几个人展开一张担架，满身血淋淋的父亲像行李一样被搬了上去，推着往前走了。

"我也要去——别丢下我……"他拼命喊着，强撑着身体，可手像变成了一团棉花，根本抬不起来……

"哥！把窗子关上吧，风太冷了。"若水的声音传了过来，打断了他的思绪。

"哦？"若虚回过神来，身体不由自主地颤抖了一下，回头发现若水蜷缩在被窝里，说了声"抱歉"，起身关上了窗。

"我困了，先睡了。"若水把被子在身上裹紧，不一会儿就静静地睡着了。

若虚还坐在窗前，望着外面和冷雨交织着的乌黑的天色。十多年前的事历历在目，那幅画面每每在脑海中重现，都让他心生余悸——那是他第一次见到魁梧健壮的父亲，竟然像退潮后被遗弃在滩涂上的一条翻着肚皮的鱼，满身伤口，任人瞻仰。想到这，他的身体一阵冰冷，又止不住地战栗起来——他告诫自己赶快想些别的，于是用力摇着头，企图把已经游荡回过去的念头拉回来。

他的日记本摊在桌面上，新的一页上是刚刚记下的两句诗——

> 谁家秋院无风入，何处秋窗无雨声？

终于，他想起今天白天朱班长给他来过一个电话，告诉他已经订好了下周出国的机票——因为行前还有很多工作要打点，之前答应参加若虚的钱行怕不能实现了。

想到这，他又感到一阵惶恐：人在自然界中，看起来竟如此渺小，生离和死别都有着太多无奈。难道，即使再亲密的人，也注定只能在生命的某个阶段彼此陪伴吗？一个人，直到死亡来临前，都无法确知自己人生的长度，那么在或长或短的人生里，又有多少人真正走进了彼此的生命？

若虚又把目光投向了日记本，一时不知该如何记录下此时的心情。

他想了想，写下了梁实秋说过的一句话——

一个朋友说："你走，我不送你。你来，无论多大的风雨，我要去接你。"

他在心里默默想着——有些人走了，我们知道他会回来；有些人走了，却是一生的诀别。想到这里，他有些悲伤地抬起头：窗外的雨依然下着，带着几分不留情面。

## － 35 －

距离上级入校考察的日子不到一周，学校上上下下都在为这件大事忙碌着。若虚直观的感受是近来连频繁进出办公楼的领导们脚步都加快了不少，楼里的会议室也总是满负荷的状态，大会小会开个不停。

这天下午，主任突然给达雅和若虚布置了一项紧急任务。

"考察团入校后还需要查阅一些支撑材料，刚下了通知，咱们得把近五年制订的关于加强校园基础建设、加强校园管制服务等文件整理摘编，作出目录，最晚明天就要定稿送印，"主任介绍着这项任务的来龙去脉，"有关文件咱们电脑里都有吧？"

"是的，去年整理过一次，不过今年又有新修订的，我们得更新。"达雅说。

"这样，我把摘编格式发你，"主任嘱咐着达雅，"你带着若虚一起整理，按要求分门别类，先整理出个框架，尽快发我一份，我还得按这个准备工作汇报，之后再排版调格式——得辛苦你们加个班了。"

"明白了，没关系。"达雅点点头。

"为什么不能早些布置？"见主任离开，若虚有些不解地问，"非要赶在快入校时才说，还要得这么急，这不是故意刁难人吗？"

"快别抱怨了！事到临头再通知，我也不是第一次碰到了，类似的事以后还多着呢！来，咱们俩分工，我告诉你怎么弄。"

达雅果然很有经验，选了一种相对高效的工作方法。两人在电脑前一直忙到天黑，终于把需要的材料整理得差不多了。

接待室的电话响了。达雅拿起听筒——"主任喊你去一下。"

"是吗？"若虚盯电脑屏幕太久了，眼神有些涣散，起身伸了个懒腰，无精打采地走出门。楼道另一端的主任室也亮着灯，他推门进去，见主任也在挑灯加班。

"快整完了吧？"主任停下笔。

"材料快弄完了，还要调格式和编目。"若虚打了个呵欠。

"如果编目你一个人弄得了，让达雅早点回去吧，你今天辛苦一点，先吃点东西。"主任示意他把茶几上摞着的盒饭端走。

若虚一愣，有些倔强地点点头，说道："弄得了，我这就回去告诉她。"

主任继续低头写起东西来。

"'补给'来啦——"若虚端着两份饭走回接待室，"主任说你可以先下班，接下来的活由我来做！"

"是吗？"达雅半信半疑，"你一个人得弄到什么时候？"

"不信你去问他！"若虚似笑非笑，"你快回家吧，天都黑透了。"

"那你怎么办？"

"大不了就在办公室过一夜。"

"你等等。"达雅起身走了出去，一会儿又推门回来，对若虚说道："你先吃，我抓紧把最后一部分材料整理好发给你，你在这个基础上编目。"

若虚已经坐回电脑前，打开盒饭狼吞虎咽起来，边吃边说："你放心吧，我今晚不走了。"

"那……实在辛苦你了……"达雅继续打起字来，"明天早上给你带早餐，你想吃什么？"

"那谢谢了！什么都行，不用太麻烦，你弄完就快回家吧。"

达雅离开时已经八点多了。办公室只剩下若虚一个人，他向窗外看去，

从一片漆黑中隐约看到达雅的身影朝校门的方向走去——此情此景竟让他想起小时候在幼儿园，独自在传达室等姥爷来接时的样子，那是他第一次有了一种被遗弃的感觉……

他用力甩甩头，止住了自己的胡思乱想，继续专注地调整着材料的格式。

时钟悄悄走着，很快地，接近十一点了。

若虚已经坐得腰酸背痛，眼睛也涨得不行，听见外面有人敲门——主任背着公文包，看样子准备回家了。

"辛苦了。快弄完了吧?"主任问。

"就快了……争取在前半夜搞定。"若虚强打精神说。

"我帮你联系楼宇中心，让前台给你准备个房间，你弄完了就去那边休息。"

"谢谢您的好意，不用费心了，这不是有沙发吗——再有个把小时，我无论如何也能做完，在沙发上歪一宿就行。"

"睡一宿沙发太辛苦了，我来联系。"主任还是拨通了电话，和对方交代过，给若虚留下了几句嘱咐，道了别便离开了。

回到座位上，若虚继续盯着屏幕忙起来——将近七八个小时的工作，他觉得眼球已经生锈了。终于在时钟接近零点时，他把那些材料按要求排好了版，编好了目，长呼了一口气，按下了"打印"键。看着打印机把一页页白纸"吃"进去，又"吐"出印满字的纸，他感到一阵轻松，转了转脑袋，听见脖颈里传来"咔嚓嚓"的声音，肩膀和脊背也一起发出僵硬的响动。他起身打开接待室的门——楼道里一片静悄悄，只有声控灯被开门声震得亮了起来。他拖着沉重的步子去盥洗室简单地洗了洗脸，回屋在沙发上坐了下来。

沙发的靠背有些低，他觉得脖子没有着力点，起身环视了一番，见达雅的椅背上搭着一条围巾，便拿过来折了几折，做成一个"枕头"垫着脖子，又脱下外套盖在身上。

今天确实工作了太久，他刚刚靠进沙发里，意识就模糊了……

第二天一早，闹铃叫醒了他，他眯着惺忪的双眼向窗边望去，见曦光已透过没关严的窗帘缝照了进来。坐着睡了一夜，他感到浑身僵硬，在原地醒了醒神，起身把达雅的围巾叠好重新搭回椅背上，去盥洗室漱了漱口、抹了抹脸。

他回屋没多久，达雅就推门进来了。

"你真的一晚没走？"她没料到若虚在屋里。

"是的……昨天搞到太晚，就在办公室睡了……实在不好意思，没经过你的同意，把你的围巾折起来当枕头用了。"

"我回头跟主任提议一下，该在办公室里设一张折叠床，"达雅把包放下，取出一个餐盒，"我给你带了早餐。"

若虚接过来一看，餐盒里装着小笼包。他伸手抓起来吃着。

不一会儿，主任也来了，见若虚两只眼睛都红红的，知道他昨晚肯定累坏了。

"没什么啊……"若虚精神很是不佳，还故意装作一副轻描淡写的样子，"工作以来头一回在办公室睡觉，黑黢黢的大楼只有我一个人，也挺难忘的。"

"下午没什么事你就回家休息吧。"主任说。

"那……我上午抓紧把工作处理完，下午就真走了……"若虚带着几分执拗，"不过我更想出去放松放松。"

主任知道若虚累了一整晚难免有情绪，没再说什么，直接回办公室了。

若虚本以为能撑过一上午，但坐在办公桌前控制不住地犯困。他不时用指甲掐掐自己的手腕，尽可能维持着清醒。

"困了就去趴会儿吧，我盯着。"达雅看若虚哈欠不断，说道。

"算了……"若虚望着窗外明媚的阳光，"我想出去透透气——你有没有要送的材料？"

"那正好，有一份单子主任刚签好字，你帮我送去财务科？"

若虚走出关了他一整晚的办公楼——微风吹蓝了天空，也吹落了几片枯叶，在地面上滑行。

帮达雅送完东西，他并不想很快回去，漫无目的地走在校园中。远远地，他发现前面有个瘦瘦的身影正拎着什么很重的东西吃力地走着——那个身影有些眼熟，好像是上次在教工餐厅遇到的那个服务员。

他快走两步跟了上去。

"您好老师。"——瘦姑娘循声抬起头，也认出了他。她此时正弯着身子搬着四大桶油，两桶拎在左手，另外两桶攥在右手，脑门上已沁出了汗珠。

"餐厅没有油了，一下买这么多？"若虚问。

"不是……"她气喘吁吁地回答，"上午接到了通知，现在用的油不合要求，要换这一种，我刚跑出去买回来。"

"这么重的东西都让你一个人拿？其他人都在干什么！"

"他们也有任务，"她摇了摇头，"都在忙着打扫包间，那里面不太常用，很脏。"

若虚什么都没说，伸手拎起地上的两桶油，快步朝餐厅的方向走去。瘦姑娘又是惊喜又是不安，跟在他后面。

"谢谢您上次帮我，不过——"她努力追着若虚的步子，"我那天的工作的确也有问题，经理后来也批评了我……"

"他凭什么批评你？明明是你在为他干活。"

"我们只是餐厅雇的服务员，每天的工作就是服务好老师们，如果这一点没做到，那就是失职……经理也经常告诉我们，服务员没有权利'挑'顾客，无论什么样的人，哪怕对餐厅不满意，骂了我们，我们也得忍着。"

"这些刁钻的人就是被这样惯坏的！不知天高地厚，你们经理也真是，何必刁难自己人？"

"这也不能怨他，他每天忙得团团转，也有他的难处，所以有时说我们两句，我们也不会怎样……"说着，他们已走进教工餐厅，见服务员们都热火朝天得忙碌着——一组人刚把大厅散落的大桌挪走，马上有另一组人用长拖把拖起地来。经理立在一旁——他是一个高大的中年人，背着手东瞅瞅西望望，监督着工作场面。

"动作快点！别在那当摆设，中午之前得把包间都收拾出来！"一见若虚帮瘦姑娘把食用油搬了进来，经理迎上来说道："劳烦您亲自给我们搬东西！这多不好意思？"

"没什么，"若虚把油桶放在地上，"这是在忙什么？"

"考察组要进校了，学校给他们准备专门的包间，用的东西也得讲究点，"经理说，"免得照顾不周，被指出了问题，那不是给学校找麻烦吗？"

"你们费心——本来餐厅的工作也不好做，看样子又来了一帮更难伺候的……"

"这话可不能乱说——这就是我们的工作，得给人家服务到位。"

吃过午饭，若虚骑上车，驶出校门的一刻他感到一阵轻松——自从工作以来，他白天几乎都扎在沉闷的办公楼里，外面的阳光和空气，竟让他感到一丝陌生。

"这可是我用半宿加班换来的"，他在心里得意地告诉自己——外面的风

景的确不错，暖阳照耀下的公路、车流、行人看起来很是友好，相比办公楼，这个世界似乎更欢迎他。

他把车速放得慢了些，一路漫步目的，哼着小曲，欣赏着街景。日影渐渐偏西，见时钟刚刚滑过三点，他突然想到若水今天下午只有两堂课，便给母亲留了个言，调转车头向"新兴小学"骑去。

时隔几个月，若虚再次和若水在校门口相遇，若水感到十分惊讶。看时间还早，若虚问若水愿不愿意去外面转转再回家——在教室坐了一天，若水也想放松一下，直问附近哪里好玩。

若虚想到前几天新闻介绍现在正是银杏落叶的时候，便骑车带若水来到附近一家公园，这里有一条两侧植满银杏树的大道。就快入冬了，前几天接连的骤雨疾风打落了大片的银杏叶，今天刚好放晴，金黄色的"小扇子"落了满地。夕照透过树缝零散地洒下来，地上也映得一片金光。大道上，到处是捡树叶、拍照片的人。

若水很是兴奋，哼着调子踱着步。他从没见过这么壮观的景象。

"这不是'纺织姑娘'的调子么，你什么时候学的？"若虚问。

"哪里用学！你忘了？我从小听歌，听两三遍就能跟着唱！"若水拣起一片落叶遮住一只眼睛，"你看，它多像一面小蒲扇！我要把它做书签用。"说着，他拉开书包，把叶子夹在了课本里。

"这也奇怪，印象中大家好像都不太注意它绿色的样子，"若虚也拣起一片银杏叶，捏在手里打量着，"反倒是它变黄飘落后，成了人们眼中奇景。"

旁边走过一对散步的老人——老爷爷脊背有些弯曲，老奶奶满头银发，他们互相挽着胳膊，并肩从若虚和若水的身边经过。若虚目送着两位老人的背影，又低头看着满地金黄，问若水——"你看到这些金黄色的落叶，会想到什么？"

"想到秋天，想到果实，想到丰收，还有……"若水转着眼珠，"啊！还有！自然课讲过——树之所以落叶是为了减少水分的蒸腾，保留热量，这样可以更好地过冬！"

"你说得对，不过——"若虚端详着手里的叶子，"我还觉得这些叶子就像人掉落的白发……"

"什么，叶子和白发有什么关系？"

"人的一生其实和树很像——你见过刚出生的小婴儿吗？他们细茸茸的胎

毛就像是春天初生的嫩芽；当他们慢慢长大，头发也越来越硬，越来越浓密，就像是渐渐变大变绿的树叶，长得遮云蔽日，顶天立地，这时就有园丁来给大树剪枝，给灌木丛做造型，就像大孩子开始学着打理头发；当一棵小树苗长得越来越高，越来越壮，就要开始遮阳挡雨，防风固沙，美化环境，就像大人开始选择不同的工作，满足社会对人提出的各种各样的要求和期待……但人终会老去，在冬天来临前，树叶会渐渐变黄、枯萎、掉落，这不就像老人的头发慢慢变白、变稀疏、最后脱落的过程吗……"

"这个比喻我可是第一次听到，好像蛮有趣的！"若水捧了一把银杏叶玩着，"可是，人和树还是不一样的。"

"如果说不一样，那就像戏文里唱的——花有重开日，人无再少年！树在每年初春都会重生，可人就再也不会回到小时候了。"

"我不懂——小时候有什么好，为什么你们都不愿长大？"

"或者人们害怕的不是长大本身，而是人从出生的那一刻起，就开始了不停的成长，无法暂停，更无法倒退——"若虚转过头看着若水，"假如有一种可能性，你可以永远不长大，永远当一个小孩子，你愿意吗？"

"我可不想——我想体验当大人的滋味！再说了，如果我的朋友都长大了，只剩我一个人还是小孩，那我得多孤单啊！"

"是的，你说得对，如果朋友都在成长，都在离开，单单只剩自己留在原地，那该多孤单……"若虚仰起头，望着头顶那一片残留的金黄——一阵风吹过，又有银杏叶散落，在余晖的映射下，整条大道上都洒满了令人留恋的金色。他突然意识到今天是朱班长飞往国外的日子，连续几天的忙碌，让他甚至忘记了在电话里和这位好朋友告别一下。

他心里顿时升起一股强烈的失落感。望着遍地的金黄和西边行将坠地的落日，他在心底默默祝福朱班长在千里之外拥有顺利的新生活。

— 36 —

周日，若虚又被叫到学校，他走进了曾经来过的礼堂。

今天在这里举行的是教学比赛的决赛，参赛选手是从各个专业的年轻教

师中选拔出来的——据说很多人都想抓住这次机会一展身手，如果能在决赛中拿到好成绩，就有机会被推荐到市里参加更高一级的比赛。

组织方一位负责人提前几天找到了若虚，提到当天的人手不够，请他也作为工作人员来帮忙。

"每位选手一展示完，你要立刻收集评委们的打分表，赶快统计好成绩上交，"负责人说，"我听过你在入职大会上的发言，对你印象很深，你肯定没问题。对了，我们也会给你算报酬的。"

若虚记下了他的要求，只是心里不免疑惑——为什么又要提我在入职大会上的发言？那次我不过也是临时接到一个任务罢了……

此时，礼堂里一派隆重，台上支起了一面白板，被远光灯映得发亮，台下正中间的区域高朋满座，庞大的评委团一脸严肃，不时在计分表上写着什么。在他们的注视下，一号选手正激情澎湃地讲着社会学理论。

台侧的工作人员区，若虚饶有兴致地听着，仿佛回到了大学课堂。他浏览了一下选手名单，发现林纯子的名字也在其中。

计时人员敲响了铃铛，一号选手似乎没有掌握好时间，带着一小段收尾没讲完的遗憾走下台，难掩懊恼的神色。二号选手刚一开始展示，若虚便哈着身子钻进评委席，将桌面上的一张张表格收回，抓紧时间统计得分——台上的选手们大大方方地接连登场，台下的若虚怕干扰到评委，像只左躲右闪的小猫，把脚步放得很轻。

前十位选手展示结束，到了中场休息，若虚终于得到片刻空闲，在走廊里伸了伸懒腰，转了转僵硬的脖子，一眼望见林纯子朝他走过来了。

"你也在这？"

"是的，你好！"若虚注视着她的打扮——一件驼色的束腰外套，配着深色的西裤和皮鞋，加上她微卷的长发，高挑的个子，看上去漂亮而亲切。她外套上还贴着一个印有"12"的号牌，腰间别着小型的扩音器，一支麦克风从领口伸出，正对着她搽了淡红色的嘴唇——若虚发现，自从她当了老师后，每次见面，她的气质都不太一样，大概她已经找到了自己的魅力所在，能够在适当的场合自如地散发出来。

"你今天来干吗？"林纯子问。

"我是工作人员——看样子十二号选手已经准备好了！"

"抽了一个好签！刚好是我的幸运数！"林纯子嫣然一笑，"我在台下听了一阵——感觉前面出场的几个选手普遍紧张，有一个声音都在抖，完全没发挥出来。"

"你不紧张吗？"

"一点都不！"她摇摇头，"上课上了半个多学期，已经完全没有起初的忐忑，我现在开始享受站在讲台上的感觉了。"

望着她自信的神情，若虚满眼羡慕，他看了看时间说："下半场马上开始，我要继续工作了。"

"你快去吧，我也要候场了。"

随着台上的十一号选手完成展示，林纯子翩翩登上讲台，微笑着向台下鞠了一躬，在评委、学生、观众的注视下，从容地开始了她的展示——

> 皆様、こんにちは、今日授業のテーマは……（同学们好，今天我们要讲的是……）

台下另一片区域坐着前来配合参赛教师的学生，此刻，他们非常认真地跟读、回答、互动，俨然是课堂上的样子。那些语言若虚听不懂，但从林纯子自信的眼神、自如的手势、流畅的表述中，他猜测这应该是评委和观众心目中一场非常精彩的展示。

八分钟很快到了，林纯子再次向评委们微笑致意，走下台来。若虚赶忙又猫着腰钻进评委席，一张张地收取成绩表。果然，在统计分数时，他发现林纯子的得分排到了目前完成展示选手中一个较为领先的位置——看来，她在短短八分钟内，已经将专业本领和个人魅力悉数展现，赢得了一致的好评。

在所有参赛选手展示完毕后，负责人带着所有选手的分数，邀请评委们一道离开了会场——他们接下来还有重要的任务，讨论决定奖项的归属。

会场瞬间清静了很多，留下的工作人员进行收尾工作。若虚端着托盘，整理着评委们留在桌上的茶杯。不知为何，林纯子又回到这里，见若虚也没走，径直朝他走来——她身上的号牌和麦克风已经摘掉了，相比刚刚在台上展示时的激情澎湃，此刻，她的语气也变得轻松。

"你还要在这工作到几点？上次说和你吃饭，到现在都没吃成，今晚有空吗？"林纯子问。

"大概还得等一会儿，东西还没收拾完，"若虚端着托盘，往会场一侧的茶水间走去，"或者你定个地方，我把这边的事情弄完，再去找你。"

林纯子和他约定好在西餐厅碰面，先离开了。

若虚继续埋头收拾起讲台上的桌椅、教具，又抱着一大摞材料向会场外走去，刚好迎面碰上了喊他来帮忙的那位负责人。

"辛苦了，小伙子！"对方笑着说。

"谢谢您给我这个机会，"若虚把材料放在一旁的杂物车上，"这是我第一次观摩教学比赛，看各位老师在台上展示很有意思，有做学生时听课的感觉——虽然那些课我并不能都听懂，但获益不少。"

"这些可都是从各个专业选拔出来的优秀教师，这个机会对他们来说非常难得，大家也都使出了浑身解数——以往获奖的老师都说参加一次这样的比赛，在教学方面比讲一个学期课提升得都要快，对这些老师来说，能迅速在专业本领和技能上成长进步，是他们太想看到的了，所以我经常说……"

"您说得我都羡慕了，"若虚半开玩笑地说，"如果可能，我也期待能有机会参加一次这样的比赛。"

"你？"对方一愣，回了这简短的一个字。

"是啊！"若虚眼睛睁得大大的，表示自己没说错。

"那怎么可能？"对方脸上写满了诧异，"你和他们不一样——他们都是各个专业的骨干精英，是学校千挑万选出来的，学历至少是研究生。你和他们根本不是一回事，连讲台都没上过吧，如何能和他们相提并论？再说，这个比赛也不是面向你开设的，你连报名的资格都没有。"

"您怎么知道我没上过讲台，何以见得我比不过他们？"若虚反问道，"再说，什么叫作'不一样''不能相提并论'，是说我的工作能力不足以和他们相提并论，还是说我的人格低他们一等？"

"我可没这么说——"对方显然有些不高兴，"叫你来是当工作人员的，不是让你来质疑、抬杠的。"

"我没有抬杠，是您的话让我听出了一点'歧视'的意思……"若虚甩下一句话，转身朝会场走去——负责人的话让他感受到了一丝羞辱，他边整理着剩余的材料边在心里想：即使我现在没有资格，不代表我一生都没有资格，等有一天我也登上这个讲台，我要比他们做得更好！他收拾完所有的东西，见一同忙碌的工作人员都已回去，便和会场的值班员打了声招呼，离开了这里。

有了上次在办公室过夜的经历，若虚已经给自己预备了一套洗漱用具。他专程回接待室洗了把脸，换了一件干净的衬衫，赶着和林纯子约定的时间，

匆匆忙忙来到了西餐厅。

再次推开那扇玻璃门，西餐厅的布局和他上学时已经不一样了——桌椅都更换了新样式，分散摆放在装潢一新的大厅里。每张桌上还吊着小灯，整个餐厅笼罩在一种幽静雅致的氛围中。

见林纯子正坐在一侧的桌旁等他，若虚走上前去。

"怎么这么久？"林纯子给自己点了一个餐前甜品，正用小勺柄搅拌着玻璃杯里花花绿绿的颜色。

"回了办公室一趟，换了件衣服。"若虚在她对面坐下来。

"你可真逗，又不是第一次见，"林纯子打量着他深蓝色的格子衫，"我发现你穿衣服的品位真的需要提升一下——这衣服谁给你买的？"

"没谁给我买，我自己买的……"

"我们从认识到现在好像只见过三次面——第一次是入职大会上，你穿了一身松垮垮的西服；第二次是下课时碰到你，你灰头土脸得像个泥人；第三次就是今天，你又换了这么老气的一件衬衫……"林纯子似笑非笑，"没有一次穿得符合你的气质。"

"我有什么气质？"若虚觉得这个词离自己很远。

"说不太好——有点像一个二十多岁的愣小伙，傻乎乎又有点莽撞，但又带着一股文雅的书生气，有点かわいい（可爱），属于'混合型'吧。"

"可别用这个词说我，"若虚不太开心，"我不是小孩，现在也不是在上课，你别把我当成你的学生了。"

"わかった（了解了），"林纯子把菜单在他面前展开，"好きなもの頼んでいいよ（点你喜欢吃的东西吧）。"

"我都说了这不是在上课！能不能别在我面前说我听不懂的话？"

"这恐怕是外语老师的职业病，"林纯子笑着说，"すみません——我又忘了，对不起，我以后注意！"

若虚按林纯子的推荐，选了拉面和一道凉菜。林纯子点了烤鱼、刺身、饭团，喊来服务生报了菜单。

"你一定去过日本吧？"若虚看林纯子不慌不忙地摆好了餐垫、竹筷、汤勺，好奇地问。

"我本科在日本交换过一年；研究生只第一年在国内读，后两年又去了日本，去的不同的学校。"

"怪不得你日语说得这么地道。"若虚很羡慕。

"我学了七年日语，要是还说不'地道'，那也就别当老师了……"

"你在日本待了那么久，一定很了解那里吧？"若虚试探地问，"那是个什么样的地方？"

"这问题提得好笼统！你想问哪方面？气候，饮食，文化，还是……"

"气候？"若虚思索了一下，"日本是不是比我们这里暖和？"

"倒不是'暖和'这么简单——咱们在大陆上，气候的大陆性特征很明显，夏热冬冷；日本是岛国，气候具有海洋性特征，整体上要更暖更湿，相比咱们这边，冬季更暖，夏季更凉，"林纯子说，"比如现在，咱们这里快入冬了，京都大概还能有二十度。"

"听起来很特别，怪不得他们都想去……"

"'他们'是谁？你认识在日本的朋友？"

"噢——'他们'是我弟弟，和……他的女朋友。"

"你还有弟弟？"林纯子有些惊讶，"从没听你提过，亲弟弟，在日本读书还是工作？"

"是的……他是学日语专业的，也是刚本科毕业，不过已经去日本交换了。"

"没想到你还有个学日语的弟弟！他在哪所大学交换？说不定我们还有机会认识认识。"

"你不必认识他，他已经有女朋友了。"

"我只是说可以和他认识一下，又没说别的，"见若虚变了一副语调，林纯子感到一阵莫名其妙，"你这个人怎么这么奇怪？"

"对不起，我大概因为又累又饿，所以乱发神经……"若虚对自己的阴晴不定深感抱歉——事实上，他一整天都在忙前跑后，确实已经筋疲力尽，便无精打采地靠在了椅背上，一脸倦容。

"你弟弟在日本，那你呢，你去过哪些国家？"见他这副神态，林纯子开始了一个新话题。

"不怕你笑话，我长这么大还没踏出中国半步……"

"你以前上学的时候，像寒暑假，也没和父母一起出国旅游过？"

"没有，我父母工作很忙，我家没时间出国旅游。"若虚摇摇头。

"你父母是做什么工作的？"

"都是工人——"若虚很自豪，"我可是根正苗红的工人阶级后代。"

"什么'根正苗红'？"林纯子瞟了他一眼，"照你这么说，不是工人阶级，就不正不红了？"

"我不是这个意思……嗯……你父母都是知识分子对吧？记得你从前说过。"

"咳……谁会说'知识分子'？只不过都是学外语出身，"林纯子说，"受他们影响，我很小就接触外语，也常有机会出国——以前赶上父母暑假也有空闲，我家一般都会出国玩一趟，像西欧、北欧那些国家，确实也不适合冬天去。有一年寒假我们去英国，几乎一个星期没见到阳光，还一直下那种淅淅沥沥的冷雨，玩了个乱七八糟……"

"我从没见过西北欧淅淅沥沥的雨，只见过咱们这冬天刮的大西北风，打在脸上跟刀片似的……"

服务生端着托盘走了过来，将一碟冷鲜摆上桌，说了句"どうぞ（请慢用）"便离开了。

"来，尝尝他家的刺身，很正宗。"林纯子打开筷匣，也递给若虚一副竹筷。

若虚夹起一块，往旁边的绿色蘸料上一裹，送进嘴里，顿时一股刺激的气味直接蹿向了鼻根。

"这是芥末！你疯啦？蘸那么多！"林纯子看着若虚一脸的狼狈，忍不住笑起来。

若虚咳了半天，鼻腔里那股酸味才慢慢散开。他端起杯子喝了口水。

"你不会连芥末都不认识吧？"林纯子回想起上一次见面时的情形，"刚认识你时，我从没想象过你是这样子……"

"我是不是很可笑？"若虚脸涨得通红，又突然感到一阵懊恼，"我今天已经很累了，还被别人嘲笑了，你就别再嘲笑我了……"

"我不懂，"林纯子满脸疑惑，"谁会嘲笑你？"

"你不会了解的——"若虚克制着自己的语气，"你们知识分子在台上动动脑，张张嘴，听听掌声和称赞；我们小老百姓马不停蹄从早忙到晚，还要被人说'你和他们是不一样的人'，这难道不是嘲笑？"

"你看你这话说的，什么'知识分子'和'小老百姓'，哪有这样的区分？不过是职业和岗位不同，工作内容不同而已。"

"工作内容不同，所以岗位有高低贵贱之分？"

"这是什么话，哪有人这样说自己的？"林纯子被若虚搞得一头雾水，"这不是你自己选择的岗位嘛？怎么一会儿嫌累，一会儿又嫌被人嘲笑？既然这么看不上它，那你当初为什么还要这份工作？"

"是我笨！我愚蠢！我见识浅！"若虚"啪"的一声放下了筷子。

"好了！打住！"林纯子及时止住了这个话题，"我是来约你吃饭的，不是来约你吵架的，要是不能好好吃饭，咱们干脆结账走人算了。"

若虚自觉失言，平复了一下心情，带着几分歉疚地抓起茶壶，给林纯子和自己的茶杯斟满，又端起杯来一口一口咽着。林纯子望着他通红的脸，无奈地摇了摇头。

## － 37 －

"我发现，你和几个月前我们刚认识时不太一样了，"林纯子见若虚稍微缓和了些，接着说道，"相比第一印象，我现在对你的认识转变了不少。"

"哪里不一样？"若虚又撩起一块刺身，小心翼翼地蘸着芥末，放进嘴里。

"我刚见到你时，你在台上发言，你的气势很饱满，很有吸引力，让人想不注意都不行——"

"你是想说我现在的样子有些灰头土脸了吧？"若虚苦笑一声，"我其实并不太想回忆那个场景……"

"不是灰头土脸，而是——从你的言行上，我看出你现在过得并不快乐。"

"确实不怎么快乐……"若虚叹了口气，"说真的，我以前觉得校园里的一切都很美好，自从工作后，看到了太多以前不曾看到的东西——歧视、偏见、虚伪、谎言……这里并不是我以为的乐园，这里的很多人，他们强大、高明、精致、乖觉，而我自己除了学过的一点点知识，除了在别人的故事里哭哭笑笑，几乎没有任何能力，就这么沦为一个任人轻视的角色……"

"我恰恰认为知识是我们所拥有的最宝贵的东西——"林纯子说，"当然，知识不等于能力，拥有知识也不意味着拥有一切，我们需要做的是带着已有的知识和本领，继续探索更多的知识，开发更多的本领——这也是学校赋予我们的任务和使命。"

"这恐怕是学校赋予你们'知识分子'的使命，"若虚撇了撇嘴，"对于我们这些'小老百姓'而言，就另说了。"

"你又来了……从没有人会自诩'知识分子'吧？况且，你以为我们很轻松吗？我们也要备课、写教案、报课题、评职称……各种事情压下来，这种累是你不明白的。"

"你们受的累能为你换取尊敬，我受的累单纯是不断听差，被人驱使，就像上次给那些人送书，还要被他们奚落……"若虚叉起一片青菜送进嘴里。

"我看不是别人瞧不起你，是你自己在心里就把不同工作划分出了三六九等……"

若虚没有接话，见服务生端上了寿司饭团，他微笑着说了声"谢谢"，把饭团挪向林纯子面前。待她离开，林纯子放低了声音说："你看——刚刚她为我们上菜时，你冲她微笑和道谢，你明明很尊重她和她的工作，怎么到了自己身上，反而无端地自我否定起来？"

"我不知道为什么……"若虚注视着饭团发着呆，"其实，我一直觉得劳动是件很美好、很光荣、很伟大的事，我发自内心尊敬每一个拥有正当职业、勤恳本分的劳动者，我也相信，社会之所以产生不同的职业分工、划分出不同的岗位，是为了更好地发展和运作。"

"你这样想很对啊！"

"可我不明白的是——为什么别人会因为我的岗位和身份而歧视我，却并不靠能力、品德这些标准来评判我？"若虚回想着这一段发生的事，"那些舒适地待在象牙塔里的'文化人'，在面对栉风沐雨的劳动者时摆出的那副傲慢的姿态，真的很令人生厌！"

"照你这么说——"林纯子斜眼看着他，"你既在大学里读过书，现在又参加了工作，你是把自己归为'文化人'，还是'劳动者'呢？"

"我读过书不假，可我从不自诩为'文化人'，我珍惜这种幸运，因为这种幸运建立在一个良好的社会环境中，是许多辛勤的劳动者为我换来的，"若虚义正词严地说，"当然，如果所有的幸运儿都能这样想问题，这个社会就不会有那么多虚假的面孔和荒唐的观念了！"

"你没有资格决定别人怎么想，每个人都有自己的价值观，"林纯子说，"就像是写论文——你把自己的观点呈现出来供人参考，别人也许同意，也许

选择性地同意，也许还会反驳，你都无权指责……"

"算了！"若虚摇了摇头，"我们的立场不同，还是别再谈这个话题了……"

"我想也是！你还是少想一些会让你头疼的东西吧！"林纯子给若虚夹了一个饭团，"你也尝尝这个——"

"挺好吃，就是有点淡。"若虚倒了一点酱油在小碟里，蘸着饭团吃。

"你刚刚说起话来那么慷慨激昂，现在专心吃着东西，又像是个贪吃的小孩，"林纯子看着他嚼饭团的样子，突然微笑起来，"我很好奇——你在大学期间，有没有被人追过？"

"你问这个干吗？"

"不干吗，"林纯子看了看他的反应，"我只是单纯的好奇——像你这样的个性，得是一个怎样的女孩子才能降得住你？"

"我为什么要被人'降'住？我最讨厌被管束了。"

"那假如有女孩子偏偏喜欢你这款，硬要追你怎么办？"林纯子不信若虚的话，"你长得这么好看，我不信没有女生追过你！"

若虚陷入了沉默，一口饭团含在嘴里半天没咽下去。

"我猜，或者你伤过哪个好女孩的心吧？"林纯子半开玩笑地问，"我劝你把脾气改一改——你这情绪一上来丝毫不顾及情面的架势，哪个女生如果喜欢你，那算是'栽'了。"

"你千万别这么说……"若虚一时间吞吞吐吐的，"我其实很怕亏欠别人，尤其是在感情上……我希望你口中的'好女孩'还是不要喜欢我比较好。"

"为什么，对自己这么没自信？"林纯子不解。

"大概是的……以前上学时，还能通过获得的成绩和进步鼓舞自己……工作后每天应对这么多事，我更不知道自己的价值是什么了……"

"我不太能理解你所说的——我反而是在工作以后，在讲台上找到了自己的价值。"

"我猜想，做老师的感觉应该很好吧？人们常说最高尚的两份事业莫过于医疗和教育——一个拯救身体，一个塑造灵魂，"若虚眼神里闪过一丝憧憬，"不瞒你说，我曾经也设想过自己能不能成为一名好老师，但又担心不能把最好的东西带给学生，阴差阳错距离它越来越远……所以，看到别人能做到我无法完成的事情，我自然也会羡慕，羡慕之余也不免自卑吧。"

"有什么好自卑的？只是分工不同，就像个围城——因为你不在城里，总是以为城里有多美好。"

"城里就是比城外美好——我如果能站在城里，恐怕就不会有人高高地立在城楼上指指点点笑话我了。"若虚有些激动，叉起碟子里的一块鱼片。

"管别人怎么说？人是为自己而活的，"林纯子脸上写满了从容，"我从不在乎别人怎么看我。"

"其实我真的很羡慕你……"若虚看着林纯子的脸，小声地说。

"羡慕什么？"

"你为什么可以如此阳光？难道在你成长的过程中，没有经历过风吹雨打？还是说你的内心已经足够强大，能够与不愉快的经历相抗衡？"

"或者这是我的幸运——"林纯子娓娓道来，"我出生在一个很温暖的家庭，从小时候起，父母就把最好的东西都给了我，他们会无条件地支持我做喜欢的事，也会鼓励我去挑战不敢面对的困难，更会用最宽厚仁慈的心去接纳我的失败。即使我有时做得不够出色，他们也会鼓励我——我永远有别人没有的闪光点，没有理由不自信。所以，从他们身上，我学到了积极乐观地去面对生活，因为他们是我最温馨和强大的后盾。"

"所以，你是无法理解我的……"若虚一脸欣羡地看着她满目洋溢的幸福。

"怎么，你成长中遇到过什么不如意吗？"

"说来话长，不过——其实也没什么，"若虚顿了顿，"只是我有很长一段时间没有和父母一起生活而已……"

"谁也不会一直和父母一起生活，人越长大，父母对我们的陪伴就越多地侧重于精神层面。我读大学期间也离开了父母，包括去日本交换的那些日子，但每当遇到了问题，我们都会及时沟通——我父母真的很开明，支持我求学、出国、深造，实现了自己设立的一个个小目标，包括这次顺利地找到喜欢的工作，从一个普通老师做起，慢慢往副教授、硕导、教授、博导努力，这一路，他们都会继续支持我。"

"我突然觉得有些后悔……"若虚听着林纯子的话，陷入了沉思，不停地拨动着碟子里的一块菜根。

"后悔什么？"

"其实我原本也有机会深造，但我放弃了……"，他断断续续地说，"但当我工作后，回想着自己也许错失了很多，突然觉得好遗憾，尤其是看到你和……一些人目前生活的状态……我不知道，是不是就此放弃了许多原本可以实现的梦想……"

"既然如此，你当时作决定前，为什么不仔细考虑一番？"

"我……"若虚抬起头，两撇眉毛没精打采地耷拉在脸上，"我也没有工作过，我也不知道工作是什么样子……"

"所以，归根结底还是怨你——"林纯子说，"当初你因为不够了解而做了这样的选择，现在却又质疑这个选择，那你肯定会陷入痛苦之中。"

若虚张了张嘴，似乎习惯性地想为自己辩解一番，却发现讲不出什么有力的理由。他盯着林纯子黑白分明的眼睛看了许久，抛出了一个很是谦卑的问题——我很想知道当初是什么让你毫不犹豫地选择继续读书呢？

"我之所以会毫不犹豫地选择读研，就是为了以后能成为一名老师——我说过，从小我就是在充满外语的环境里长大，小学时最擅长的科目就是英语，从有记忆以来，我就一直担任英语课代表，经常被老师喊起来领读、做示范，有一回老师嗓子哑了，还直接请我当了一回'小老师'，给同学们上了一节英语课。"

"看样子，你一定讲得很好？"

"就是从那次课起，我了解了给别人上课是怎么一回事，也知道自己原来很擅长这项工作，"林纯子点点头，"慢慢地，我越来越有信心，学习外语也更加得心应手，中学时就开始接触第二外语，考大学时也顺理成章地报了小语种专业——我一路的目标很明确，我觉得 I was born to be a teacher！可以说，我很早就立下了这个目标，一直心无旁骛地为它而努力。"

"我从不敢奢望自己 born to be anything，也不敢立什么太高的目标——我只是一路跌跌撞撞的，试探着成长，"若虚眼神里流露出一丝渴望，"羡慕你总能发现自己的特长，也总能去发挥它，让更多的人关注到你，肯定你。"

"像这次参加比赛——其实我并不是为了证明什么，只是对自己有一定的信心，想来试一试自己的实力，"林纯子微笑着，"不过，我的性格是决定了什么就会全力以赴，为了比好这个比赛，我认真准备了将近一个月的时间，累瘦了好几斤！今天总算是比完了，我也算给自己一个交代，终于能喘口气了。"

"你也好好休息两天吧，"若虚看了看时间，"我们聊得够久了，我也得早点回家，明天一早还要上班。"

"你也辛苦了——我总忘记你要每天坐班，"林纯子说，"我周一没课，一般就在家批改作业、备课，时间还算自由些。"

"你要'韦编三绝'，我要每天'点卯'，看来咱们各有各的辛苦，"若虚勉强挤出个微笑，"下周我们部门会很忙，学校马上要迎来考察团了。"

"那咱们都早点回家吧，以后有机会再聚。"林纯子说。

他们在餐厅门口道了别，若虚推上自行车，一路骑出了学校。天已经黑了，骑在秋风瑟瑟的路上，他一路回想着白天一连串的工作和刚刚与林纯子的对话——上一次他见识如此自信专注的人生还是听若愚讲述他的过往，这让他不禁迷惑，为什么自己总是为理想与现实间的失衡而苦闷，这个问题产生的根源到底是什么？他真的羡慕别人能稳稳驾驶人生航船，而自己却总是不断在承受着风浪的打击，防备着暗礁的危险……

他一路思索着这个问题回到家。厨房亮着灯，母亲还在收拾锅碗。

"妈，我回来了。"若虚走进厨房，和母亲打了声招呼。

"晚饭吃了吗？"母亲正把洗净的碗摆在架上，"锅里还有菜，我帮你热一下。"

"不用了，我在学校吃过了。"

"工作忙完了？"母亲见若虚的神色有些疲倦，"累了就早点休息吧，明天又是周一了。"

"妈，"若虚把头倚在厨房的门框上，像是在自言自语，"您说，人一生中为什么会有那么多欲望？当这些欲望无法实现时，人又势必会痛苦……"

"你在说什么？"母亲专心擦着灶台，没有留心他的问题。

"我说——如果我想要做一些更有价值的事，但却没有这样的机会，您会认为是我的想法错了还是我的选择错了？"

"发生什么事了？"母亲把抹布泡在水池里，"你工作碰到了难处，什么叫'有价值的事'？你做的事就是有价值的事。"

"咳，倒也不是什么难处，"若虚灰溜溜地答道，"我只是有点不甘心——我和周围的人同样付出辛苦和努力，别人收获的是关注和掌声，而我却什么也收获不到，甚至还要承受指责和冷眼……"

"你这孩子总是瞎想，"母亲看着若虚疲惫的双眼，"不要觉得自己做的事没有价值，也不要看别人怎么样，你还年轻，人生还有太多的可能性……你忙了一天肯定累了，洗个澡，早点休息吧。"

　　若虚点了点头，看着母亲眼睛里的血丝，也不想再思考这个问题了。他走回自己的房间，环视着这里的陈设，目光最终停留在书架上。他走上前，端详着落了一层薄尘的隔板——大学时的教材整齐地码在这里，他留恋地回顾着那些熟悉的书脊，又不禁开始想念曾经自由和多彩的时光。

# 第三章

## – 38 –

今天上午召开部门大会。若虚和达雅一早就开始了准备工作——他们要把会议场地打扫干净，确保会议材料、参会领导的名签、茶水就位。

八点十分，主任和负责各项工作的领导已经在会议桌前围坐，员工们坐在另一边，若虚和达雅坐在会议桌的两侧——若虚做会议记录，达雅负责会务工作，每当领导的茶杯快空了，她就起身给杯里续上热水。

大会内容没什么新意，还是一如既往地总结前一时期的工作，布置接下来的新工作。几位领导特别强调在考察团即将入校的"非常时期"，大家更要打起精神，决不容许任何懈怠的情绪出现。

按照议程，大会进行到了最后一项，由一位领导带领大家学习一篇通讯，主题是关于提升后勤服务意识和水平方面的。他刚好读到了通讯中一段内容——

> 果实的事业是尊贵的，花的事业是甜美的，但是让我做叶的事业罢，叶是谦逊地专心地垂着绿荫的。

"这段话写得很好，形容的正是平凡岗位上默默奉献的无名英雄，我们在日常工作中，就需要拿出这样的精神，"那位领导说，"接下来，请大家结合自己所做的工作，谈谈你们的看法——"

"在这所学校里，我们的工作就像是绿叶，"一位年轻员工举手，开始了发言，"比起果实和花儿，绿叶是默默无闻的，在工作中，我们也应该把自己的姿态摆低，努力做到谦卑、平和、耐心、忍让，种地在人先，丰收在人后，

在平凡中寻找到工作最伟大的意义和价值。"

"这种态度很好。"领导点点头。

"我结合我们的工作特点接着谈——"另一边坐着一位圆圆胖胖的男青年，他负责的是餐饮服务，"我们的工作是为广大师生提供健康美味的饮食，这份工作有个特点——'够好不算好''不够好就算坏'，所以，我总和员工们强调：我们要接受永远不被表扬、永远等待批评的事实，只有自己将心态摆正，才能在平凡的岗位上做得快乐。"

"是的，"旁边一个方脸员工点点头，"我们领导时常启发我们摆正工作的心态——现在一些新员工学历高，能力出色，但如果过不了心态这一关，长年累月下来肯定会满腹牢骚，一肚子怨气，那是不可能把服务工作做好的……"

听到方脸员工字正腔圆的话，若虚心里升起一阵排斥，待他说完，他举手示意自己有话要讲。

"也欢迎今年新加入我们的年轻人谈谈感受。"那位领导说。

"我加入咱们部门已经快三个月了，十分感谢各位领导和同事的帮助、理解、宽容，让我学会了很多东西——"他直了直脊背，"但这段时间以来，在工作中，我却也经历了很多不同的感受，针对刚才那句诗，我也想谈谈内心真实的看法……"

"你谈——"领导点点头。

"这句诗选自泰戈尔的《飞鸟集》，不过我和前面几位同志对它的理解不太一样——"若虚很严肃地讲着，"第一，我不认为绿叶的价值比花儿和果实低，绿叶是自然界中不可缺少的生命形式，本就和它们拥有平等的价值；第二，我认为所谓'谦逊地专心地垂着绿荫'，相比花儿和果实常被人关注，反而显得更加'尊贵'和'甜美'，是一种更伟大的事业；第三，如果一项工作从不因为'做得好'而受到表扬和认可，只会因为出现问题或是变得糟糕时才会被人注意到，那么对于日复一日将它'做好'的人来说是不是太不公平了？那日复一日将它'做好'本身的意义和价值在哪里？"

会议室沉闷许久的空气紧张了起来。鸦雀无声中，若虚感到四周投来一些不太友好的目光，坐在对面的达雅也抬起头向他丢来一个眼色。

"况且，为什么身为树叶就要甘居人后，为什么对树叶而言任何看起来不够'谦逊'的言行就是不对？"若虚毫不理会周边的情形，"难道我们的身份

本就不平等，难道我们要欣然接受这种不平等？再者，对花儿、果实、树叶三者而言，当花儿夺去了树叶的光彩，果实吸走了树叶的养分，赏花摘果的人反倒告诫树叶要一生谦卑地垂着绿荫、无私奉献而不求任何回报，这简直是不公平到家了。"

会议室里响起了咳嗽声——是对面的达雅在清嗓子。

"我一向尊崇奉献，也认同社会和组织呼吁更多的人作出奉献，但奉献终究是一件辛苦的事，需要给奉献者足够的营养、保护、关爱，如果任何的物质和精神力量都不提供，只一味地强调他奉献，对他而言实在太不值得，"若虚越说越激昂，索性毫无保留地吐出了内心全部的想法，"我认为，评价一个人，应该看他的品德和能力，而不应该看他的身份，正像评价一片树叶，应该看他是不是积极向阳、苗壮生长，而不应该因为它是树叶就剥夺它的权利，不让他追寻甜美、尊贵的事业。我……我还有一句话——我不认为谦卑等同于自轻自贱，谦卑是一种美德，而自轻自贱是可悲的。"

若虚终于结束了慷慨激昂的陈词，他的脸发着热。会场也陷入了短暂的寂静，听众们似乎都被这一番"离经叛道"的话弄得不知所措了。

若虚观察着周围的反应，自知失言，补充了一句"对不起，这是我个人的见解，不够客观的话，还望大家原谅"，但这句话并没有化解现场的尴尬，他悄悄瞥了一眼坐在会议桌正中的主任——果然，他的表情很复杂，顺着前面几人的发言补充了几句，又继续到接下来的议程。

大会有些仓促地收了尾，领导和同事们陆续离开，达雅和若虚收拾着会议室——达雅把留在桌面上的名签和会议议程单一张张收好；若虚心思有些烦乱，正急促地将一把把椅子推回桌下。会议室的隔音不太好，隐约地，外面几个人的议论声传进了若虚耳中——

"那新来的大学生怎么狂成这样，他以为他是谁？"一个声音说。

"我估计他肯定有门路，不然哪敢这么嚣张？早就被清理门户了……"另一个声音说。

"别急啊！等着瞧，回头栽个大跟头，看他还得不得意！"第三个声音说。

那些声音随着他们的走远而渐渐消失了。

达雅锁上会议室的门，见若虚脸色不好，边向接待室走边对若虚说了句"你刚刚讲的话有点过分了"。

"难道我说的不是事实吗？我一向只说真话。"若虚脸上因激动而泛起的

红色还未消退。

"真不真暂且不说，就算——"达雅推开接待室的门，"就算你讲的是真话，也不一定适合所有的时间和场合——像刚才那种场合，你恰恰因为讲了'真话'而影响了大会的顺利进行。"

若虚看了看她，也知道自己无理，便没再说什么。

"况且，你有没有考虑主任的感受？假设你站在他的立场，面对会上这样一番突如其来的说辞，你会怎么想，这个会还怎么开下去？如果我是主任，我会觉得你在给我惹麻烦，"达雅继续说道，"你那么聪明，自然明白这个道理——这就好比当所有人都累到想多睡一会儿，你非要当那个按时敲钟的人，告诉大家我们应该在'规定'的时间醒来。你要知道，即使你占据着一定的'道理'，也不能够用这个'道理'框定所有人的想法和行动，再说，世上本没有那么多放之四海而皆准的'真理'，本就是虚虚实实、真真假假。"

"那你说，我们接受的教育是要求真、求善、求美——真善美为什么要把'真'排在第一位？"若虚若有所思地问，"恐怕，相比善和美，'真'的东西是世上最珍贵，也是最稀缺的，我不懂——父母和老师用十几年教我们诚实，社会只用一个瞬间就教会人们撒谎，人究竟是从什么时候开始变得越来越不诚实，不为真理而说话了？"

"你这么认真理，这么讨厌谎言？"达雅问。

"是的。"

"我第一次碰到像你这样执着于某一种观念的人，"达雅笑着摇摇头，"不过，作为你的同事，也是你的朋友，我真心奉劝你一句——世界并非你想象中那样的非黑即白，你应该容许更多'灰色地带'的存在。比如，真一定就比善更可贵吗，那么你又怎么去评价善意的谎言？"

"善意的谎言？"

"我给你讲个故事——"达雅把手中那一摞材料放回桌上，"有个小女孩，她的爸爸要到很远的地方出差，担心女儿思念，便算好了出差的日子，在家里的圣诞树上挂了许多千纸鹤，告诉女儿每天从树上摘下一只，等所有的千纸鹤都摘完，爸爸就回家了。"

"后来呢？"

"后来，谁也没想到，她爸爸在出差时遇到意外，不仅不能在预定的日期回家，也永远不可能回家了……小女孩的妈妈特别难过，担心女儿不能接受

爸爸的去世，就总是悄悄地往圣诞树上挂千纸鹤。小女孩遵守着和爸爸的约定，每天从树上摘下一只千纸鹤，摘啊摘啊，却总也摘不完，于是她问妈妈——为什么千纸鹤永远摘不完呢？千纸鹤摘不完，爸爸就回不了家了……"达雅换了一个语气，"你看，这个故事里，这位妈妈的做法并不诚实，但你会因为她的不诚实而否定她的善意吗，你会认为她因为向女儿'撒了谎'而批评她吗？"

若虚陷入了沉思。

"所以我说，世界不是非黑即白，有太多东西处于'灰色地带'，就像很多事情也没有绝对的好和坏，"达雅盯着若虚的脸，"我知道，你是个道德标准很高的人，不仅以这套标准来要求自己，也想以此来要求别人。不过就我的观察和感受，道德标准人人殊，它是用来自律的，而无法对社会起到'一概而论'的约束，所以人类社会不仅需要道德，也需要法律来维护秩序，这就是另一回事了。"

"这道理我都明白……"若虚有些惭愧地垂下头，"可每次看见、听见一些虚伪的、不够光明正大的东西，我还是控制不住自己的情绪，变得很尖锐、很激烈、很暴躁，我知道这样很不好……"

"不要紧，金无足赤，人无完人！没有任何一种道德标准能够通行天下，也没有任何一个人能做到完美无缺，"见若虚陷入了沉默，达雅安慰着他，"别太激烈了，放轻松点，不然太容易让自己受伤，也太容易让周围的人受伤了。"

达雅坐回办公桌前继续工作。若虚回想着她讲的那个感人的故事，在座位上发起呆来。

吃过午饭，达雅约了几个同事去打球。若虚见阳光很好，想缓一缓上午那段小插曲带来的烦恼，在校园里独自散着步。

达雅的忠告还在他脑海里盘旋着，这又让他回想起大学期间称他为"小诗人"的那位专业课老师曾告诉他的一句话——做学问和做人，都是人生的必修课，做学问要的是"求真"，有一分理说一分话；做人要的是"兼善"，往往既要遵照礼法，又要顾全情面，从这个角度看，做人又像做学问一样，本身就是一门学问。

他脑海中又浮现出上半年和指导老师谈论文时的画面——在老师面前，他可以自由地发问，他们会因为一个想法而谈及古今，会因为论文中某句话

而产生共鸣或各抒己见……想到这些，他内心里突然升起一种久违的温馨，同时被激发出一种陌生的惋惜——他回忆着参加论文答辩时的自信和老师眼神中的欣慰，也回想起告诉老师自己决定放弃读书时她眼中闪过的遗憾……这些不过才是半年前发生的事情，却恍若隔世。

他感到心里被什么念头触动了一下，停下脚步平复了一下情绪，又继续向前走。

快到篮球场时，他听见那边传来一阵喧闹声——场地里有两拨年轻人，正激烈地打着对抗，栏杆外立着的一个高大的背影，注视着场内跑来跳去的青年们。

那背影并不陌生，他试探地喊了一声——"齐老师？"

"是若虚啊？"齐老师转过头，"又见到你了！真好！"

"您还记得我？"若虚有些意外，快步走上前，"我还担心……"

"当然记得！"齐老师笑眯眯地看着他——他一只胳膊依旧架着拐杖，但气色看起来比上次好了很多。

"您吃过午饭了？"见齐老师兴致不错，若虚问道。

"在食堂吃的，这不，又打了两个馒头带回去，"齐老师挥了挥另一只手中拎着的食品袋，"白天一个人在家，也懒得做饭，岁数大，腿脚也不灵便，吃倒是还那么能吃……"

"那多好！能吃是口福！"若虚和齐老师并肩站着，一起观看着眼前的场景——那些健硕的身影在午后的阳光下跑动着、呼喊着，橙色的皮球在他们中间快活地弹跳着、飞行着。

"您一直站着，累不累？"若虚望了望球场外的长椅。

"不累，"齐老师摇摇头，"前些日子病了一场——我一到变天就容易犯哮喘，这不，这几天稍微暖和点了立马好多了。这么多年，我都病出经验了，只要不咳嗽就没事，赶上这几天天气好，我经常出来走走，尤其爱来篮球场这边。"

"我听说，您以前是运动员？"

"算不上运动员，是业余爱好，"齐老师盯着场地里飞来飞去的篮球，"小时候个长得高，被挑到体校练了两年，教练倒问过我以后想不想做职业篮球选手，我爹妈还是想让我念书，等到考试那年，我也就离开体校了。不过直到我参加工作，我这兴趣都没丢，当年一提起教工队的'齐大个子'，差不多全学校都知道!"

"您真是发自内心地喜欢!"

"是啊!真是喜欢!"齐老师长舒了一口气,"其实现在往回看,当年如果坚持一下,可能也就练下来了,爹妈给指的道也未必都那么合适……你有什么爱好啊,小伙子?"

"爱好?我好像……喜欢读书,喜欢文学,喜欢爬山看风景,喜欢自由……不过现在,这些好像都离我越来越远了。"

"为什么?"齐老师疑惑地看着他。

"自从工作以后——我以前没有工作过,不太了解工作是一种怎样的状态,原本以为在工作之余能继续自己的爱好,却发现有太多不顺意,无能为力又无法摆脱的事和烦恼把自己牢牢锁住了,我有点怕……"

"工作碰上难处了,挨批评了?"

"倒不是难处,只是我越来越怀疑当初是不是做错了选择……我发现自己好怀念读书时的状态,怀念那时的自己,当我想要回到那种状态,又怕……"

"有什么怕的?你这么年轻,又聪明,干吗老是把'怕'挂在嘴边?"

"您说我'聪明'?"若虚瞪大眼睛。

"从上次咱们在仓库见面,你站在我面前和我说话,我就看出你是个聪明孩子,"齐老师笑着说,"可是我能感觉到你心里装着事——你不快活。"

"您怎么看出来的?"

"我比你多活了几十年,看人的眼光还是很准的!"齐老师抬手拍了拍若虚的肩膀,"小伙子别烦恼,勇敢做自己喜欢的事,没什么怕的!"

若虚有些惭愧地低下头,沉默了片刻又抬头问道:"您觉得,人喜欢什么,就应该勇敢地去追求吗?"

"那当然。世界这么大,能有一件喜欢的事多不容易?喜欢什么就去做,这是最天经地义的事,"齐老师又望回篮球场,眼神里满是虔诚,"我像你这么大时,就喜欢篮球,如果让我退回到小时候再做一次选择,我一定在体校坚持下来,一生'吃'定篮球!那样的话,说不定后来的一切都不一样了……"

若虚注视着他望向球场的眼神,那眼神透露着对目之所及发自心底的热爱。

"其实,如果能让我也重新做一回选择,"若虚小声说道,"我还是想接着上学，读研究生……"

"什么？"齐老师刚从一个命中的三分球中回过神来，没有听清他的话。

"我说——我想读研究生！"若虚凝视着齐老师，大声地重复了一遍。

"想到就去做！"齐老师眼里闪着光芒，接下来的话他几乎是喊出来的，"想考试就去报名！想复习就去买书！需要怎么努力，义无反顾地去努力就对了！小伙子，你还有那么长的人生，那么多的机会在向你招手，有什么可犹豫的？"

"谢谢齐老师！"若虚感到眼眶一阵发热，心底澎湃起激烈的浪潮，"我一会儿——不，我现在就去打听看今年是否还有机会，如果有机会我就努力争取，如果没机会，那……那我就努力创造机会！"

"好样的小伙子！这才对！你看我这把年纪加上这身子骨，我还心气高地过着后半辈子！"齐老师自豪地拍拍胸脯，"我想着等明年一退休，有更多时间，打算把以前没读的书、没做的事一件件都追上！我大孙子明年上小学，外孙女眼瞧着也上幼儿园了，我还想为第三代继续发挥革命余热呢！"

若虚凝视着齐老师满目的欣喜，感到自己的眼睛也发着红。"您发挥的不是余热，您的革命热情依然蒸蒸日上！我应该向您学习！"他很是激动地哼起一首老歌——

　　革命人永远是年轻，

　　他好比大松树冬夏长青，

　　他不怕风吹雨打，

　　他不怕天寒地冻……

－ 39 －

若虚找到了招生办公室，想问问看自己能否追回错失的机会。

一位年纪五十岁上下的老教师正坐在桌前专心翻看着材料，听见耳边传来一句"老师您好"抬起了头，见一个年纪轻轻的男孩恭敬地立在旁边。

"我……我是今年夏天的本科毕业生，我过来是想请教您一个问题：我有没有机会考在职研究生呢？"男孩问道。

"咱学校早就不招在职研究生了，"老教师打量着他，"只有全日制的。"

"那……"那男孩有些失望，"如果我考全日制研究生，还能赶上今年的报名吗？"

"今年的报名马上就结束了，"老教师说，"你要是还想考，可得抓点紧了。"

那男孩低下头，眉头皱了起来。

"咦？小伙子！"老教师盯着他的脸，仿佛发现了什么新闻，"你……是不是咱们学校毕业的？叫——叫什么若虚？"

"是的！我叫常若虚，"男孩很是惊喜，"我是中文系的！您怎么会认识我？"

"我对你有点印象，好像你当初放弃读研来工作了，对吧？"老教师说，"怎么，现在又改主意，想念研究生了？"

"是的……我有点后悔……"

"你看看，当时干吗不想清楚再决定啊！"老教师瞥了一眼桌上的台历，"不过还行，报名还剩最后两天，你还算幸运，但材料很多，你真得抓点紧，复习时间也不充裕，你要加把劲了！"

若虚在脑子里快速梳理着接下来要面对的种种局面，又试探性地问"老师，我还想请教……"

"你问完没有？"他的话刚一出口就被旁边一位年轻些的老师打断了，"我们这会儿都在忙报名工作，有问题自己去查招生简章，我们没时间一一给你解答！"她气势汹汹，"你这学生也真是，挺大个人，主意总变来变去，指望别人给你收拾烂摊子？"

若虚一愣，有些不客气地回道："我从不指望别人给我收拾烂摊子，我就在咱们学校工作，经常是我给别人收拾烂摊子。"

"你工作了？"那位老教师问，"那你报名要更麻烦一些，以往那些想一边工作一边考学的人最后都辞职了——你们签的劳动合同可不许你们这样，你可得问清楚啊。"

二人的话提醒了若虚，他确实还需要面对许多尚未考虑周全的问题。他心中升起了阵阵隐忧，便向那名老教师道了声谢，匆匆离开了这间办公室。

虽然到了上班时间，他头脑里十分混乱，也不想回接待室，便溜出了办公楼，沿着学校主干道，朝另一个方向走着。他开始冷静地盘算起梦想和现实之间的平衡——过去，为了种种现实的考量，他付出了很多，而现在，为

了追求梦想，他似乎又要摆脱现实带来困扰和阻挠。他一边思索，一边在不经意间发现路边的布告栏换了新的展板，似乎公布了新一批表彰名单。

他十分触动，有些胆怯地走上前——果然，教学比赛的结果在第一张展板上展示着，林纯子的照片赫然映入他眼帘，镜头很精准地捕捉了她的风采，旁边还印着一行清晰的大字——

林纯子　外语学院　一等奖

和她的照片并列的，还有很多年轻的脸庞，他对其中的一些还有印象，是入职大会上打过照面的。仰望着展板标题中"优秀教师"几个大字，他内心升起一种复杂的滋味——他感觉自己像是一个没有渔竿的垂钓者，正望着临渊垂钓的人们将自己的劳动成果放进竹篓。

另一块展板上张贴着研究生奖学金名单。从那些陌生的名字上，他似乎也看到一群年轻人专注的神情。他盯着展板看了好一会儿，听到自己内心响起的声音——常若虚，你什么时候沦落到只能在橱窗外端详别人的份了？

展板上若干个"优秀"的大字冲击着他的眼球——他们靠丰硕的成绩来诠释"优秀"，而他自己，现在却连"优秀"的边都沾不到……他感到自己在那宽阔明亮的布告栏前，显得矮小而单薄。他努力克制着心中的艳羡和嫉妒，有些不甘又愤愤地继续朝前走去，看着教学楼前宽阔的广场，他蓦地又回想起拍毕业照的那一天，心中再次升起了强烈的怀念。他踱进一层大厅，沿着通道向一层教室的方向走去——下午第一节课还未结束，楼道中回荡着各个教室传出的讲课声。他停在一间教室的后门外，透过小玻璃向教室里悄悄看去——讲台上站着一位和他一样年轻的教师，脸上是循循善诱和运筹帷幄的神情，配合着自信的手势和板书，让他知道那一定是节非常精彩的课。

教室里传出一阵笑声，大概是老师讲到什么有趣的东西，顿时让专注听讲的学生们忍俊不禁。那真诚的笑声激发了他心中一种休眠多时的力量，让他一下子明白了在偌大的校园中，究竟什么才是他最留恋最钟爱的东西——在教室外驻足聆听的短短几分钟，让他感受到了工作几个月以来几乎不曾体验过的幸福。

他决定不再回避那个问题——他后悔了，当初的满心向往却投向了一个错误的结果……他终于承认了这一点，这一刻，他脑海中回荡起若愚曾甩给他的那句话——希望你不会为此而后悔。

他终于还是后悔了——他后悔不该在最应该为梦想坚持的时候选择了向

现实妥协，原以为妥协的代价是心安，没想到他却像跌入了一个四壁光滑的无底洞一般越陷越深。然而这一次，梦想又向他垂下来最后一根绳索——一贯的坚定和执拗让他决定这一次要紧紧拉住它。

楼道里响起下课铃声，前后左右的教室门都打开了，楼道里顿时喧闹起来。几个学生经过他身旁，疑惑地看了看立在后门外这个一脸凝重的陌生人。那眼神令他感到些许惶恐，仿佛他是一个闯入者，正觊觎着本不属于他的幸运。

他知道自己必须要回去了，恋恋不舍地走出了教学楼，迎着主干道一片泛黄的树影，感到心里荡漾起一股壮烈的情绪，步伐也显见地轻快起来。

"你去哪了？"——刚走进接待室，他就听见了达雅的声音。

"我……刚刚碰到一个人，因为……"他在脑子里飞快地组织着语言，试图讲出一个可信的理由。

"行啦，你别编了！刚刚主任过来找你，我说你被喊出去搬东西了，"达雅一语道破了他的企图，"一会儿主任问起可别穿帮了！"

"你真够意思！"他还沉浸在刚刚的兴奋中，"我告诉你！我终于作了这个决定——我要开始自我救赎了！"

"自我救赎，你打算做什么？"达雅一头雾水。

"不破不立！我要改变现状，"他握了握拳头，"我要从混沌中挣扎出来！不做被煮在温水里的青蛙！"

"看来，你刚才'碰到'的人一定跟你说了什么意义非凡的话，"达雅一副心知肚明的神情，"虽然我不清楚你究竟作了什么决定，但看起来是个很伟大的决定——我支持你！"

"谢谢你又一次支持我！"他感激不尽，"你作为我吹响冲锋号的见证人，我明天先要在教工餐厅请你吃一顿——上次你为我买早餐，我一直没机会还礼。"

"我欣然接受，不过以后咱们不能去教工餐厅吃饭了——你去看看学校最新的通知，所以，咱们恐怕得另找地方。"

"什么？"他难以置信，见达雅神情严肃，又觉得她没有开玩笑，于是坐下来查阅起学校的通知页，一条新发不久的消息闯进他视线中——

> 为改善餐厅的就餐秩序，为广大教师提供更加舒适的就餐环境，经学校研究，决定即日起教工餐厅改为教师餐厅，不再接待非教职人员，

其他职工请自行到学生食堂错峰就餐。

他望着那条通知，感到一阵荒唐，甚至超过了气愤。

"耸人听闻！从未听过这么可笑的笑话，"他用力砸了一下办公桌，杯盖弹起来"咣当"一声掉在桌面上，"我们现在连和别人平等吃饭的权利都没有了？"

"你别生气，"达雅说，"这并不是针对你，也不针对我们任何一个人。"

若虚气得不知说什么，他从不知道一个人是"哪种"人、做"哪种"工作竟然能够决定他可以"在哪里吃"和"吃什么"的自由，他原本以为由于某种无法改变的东西而不得享受和别人平等的权利，这样的情形只会在故事里出现。

第二天中午，若虚和达雅按照通知要求，错着学校的下课时间来到学生食堂——尽管此时并非用餐高峰，因为许多像他们一样被"限制"出教师餐厅的人不得已另找饭辙，本就拥挤的学生食堂更加人满为患。许久不来这里，若虚努力适应上学时的取餐方式，在人头攒动的窗口前寻找立锥之地，把盘子伸进去，请求师傅帮忙盛菜。

"哪来这么多人！真讨厌！"——若虚刚从窗口前步履维艰地退出来，就听到身边一个学生在不满地大喊。为避免撞到身旁的人，他尽量侧着身，却在经过一个女生身边时躲闪不及，被她甩起的围巾下摆狠狠打到了眼睛——她见自己围巾的穗子差点落进另一个人的汤碗里，抬手用力向后甩了一下，也并未觉察打到了旁边的人，依然和同学有说有笑。

一波三折之后，若虚终于端着托盘从人群里挤了出来，走向达雅占好的靠楼梯的座位。

"随遇而安，在哪不是吃饭啊？"见若虚垂头丧气的样子，达雅递给他一副筷子。

"这真是个奇怪的决定，"若虚抹着额头上沁出的汗珠，"大家一样为学校效力，怎么非要抬高一部分人而贬低另一部分人，平常总高呼'平等'和'公正'的人呢，怎么突然间万马齐喑了？"

"你别太激动，平等和公正本来也是一种理想。先吃饭吧！"

"达雅，我一直相信你分析问题的眼光，"若虚夹起一片肉又放了下来，"你觉得我们的职业和工作真的不如他们'尊贵'吗，为什么学校总是处处排挤我们？"

"学校没有'排挤'我们，这单纯只是一个'规则'而已。"

"既然是规则，为什么是'我们'而不是'他们'被'请'出教工餐厅呢？大家同样在辛苦地工作，为什么是我们要承受这种歧视？"

"或者，这就回到了我曾和你说过的那个话题——在学校看来，我们是可替代的一群人，我们的工作交给任何人做都可以。"

"这不对，"若虚思索了片刻，摇了摇头，"应该这样说：众生平等，任何人都是不可替代的，因为任何人都是世上独一无二的；但同时，任何人也都是可以替代的，世界并不会因为缺少了谁而失去原本的秩序。"

"你说得有些道理，但你想得太远，这些不是咱们这个层级的人该考虑的问题，我们做好自己的工作就够了。"

"社会有五行八作，正是那么多在工作岗位上默默奉献的人组建起一个又一个社会单元，整个社会才能平稳地运转起来——医生、消防员、警察、军人……社会不能缺少任何一种职业，不能失去任何一个群体，大家干一行，爱一行，忠于一行，凭什么他们可以说我们可以被取代，可以没有？"

"你看——你的认知和观点明明很正确，认同任何一份工作的价值，怎么一碰到自己的问题就方寸大乱呢？"

"我不知道……"若虚摇摇头，"或许，我曾经也很爱自己的工作，就像我崇拜所有的公益事业，崇拜所有为社会作出奉献的人一样，却从未想过会被贬低到'这份工作是可替代的，我们是可有可无的'如此不堪的地步……我实在难以平衡……"

"其实呢，"达雅想了想说，"你刚刚讲到医生、消防员、警察、军人……他们的工作远比我们辛苦得多——在你看来，我们每天接触很多无聊的东西，他们每天接受的东西却比我们更凶险、更艰辛，可他们同样需要在工作中寻找平衡——如果你是医生，你要接受人们只会在生病时想到你；如果你是消防员，人们只会因为发生火灾或遭遇其他危险时才会联系你；如果你是军人，面对可能有去无回的战争，你没有说'不'的权利；如果你是警察，面对亡命狂徒时，别人都可以逃命，唯独你不行……所以，我觉得，任何职业大概都会面对一些'不堪'和'困难'，也都有最责无旁贷的时刻，但是，正是这些困难和责无旁贷，成就了这些职业的崇高和伟大。"

若虚又一次陷入了沉默。

"菜都凉了，赶快吃吧，"达雅换了一种轻松的语气，"今天我又约了打球

的伙伴，工作累了，中午能玩一个小时，其实很解压。你不加入我们吗？"

"你们玩吧！我……还要抓紧准备一些材料。"

走出学生食堂，若虚一脸凝重地向办公室走去。他脑海中又浮现出展板上那些光荣的姓名，还有教室里老师和学生们虔诚而专注的神情。他在心中劝说着自己：成长中曾作出一些失误的决定，这没什么，偶有后悔也不要紧，迷途知返是一种极大的可贵。

他认真地计算着备考的时间——他为自己布置了一项十分紧迫，甚至几乎不可能完成的任务。但既然决定了破釜沉舟，他还是坚定地在那忙碌而仓皇的两天之内，匆匆给自己报上了名。

# － 40 －

若虚心里很清楚：自己作出的这个决定无异于"冒天下之大不韪"，但凭着一条路走到黑的决心，他一方面想狠狠逼自己一把，另一方面也在心里做好了破釜沉舟的准备。每天上班，他都把复习材料都背上，在接待室的一整天，每当有机会偷得闲暇，他就悄悄把书本拿出来看。为了不给自己找麻烦，他特地在办公桌朝外的一侧立了一排文件夹，尽量遮挡来来往往的视线——他明白一旦被人发现在工作中有了"二心"，一定会给自己惹祸上身。

为了再多争取一点复习时间，他提早一个小时出门。立冬以后，天越来越短，每天早上，他都会被蒙蒙的寒气冻得哆嗦几下——黯淡的天色下，路上已有不少和他一样的上班族在通勤赶路了，看来大家的生活都很不易。当走进一片寂静的办公楼，他就一脑袋扎进接待室，争分夺秒地上一节"早自习"——因为不想暴露自己的"行迹"，他每次进门时都小心翼翼的，也不开大灯，就用桌前一盏小灯。有时，他会觉得自己像是故事里偷光晨读的穷苦孩子，艰辛又勤奋，毕竟，相比在接待室忙上一整天，读书能带给他的快乐和专注是难以言说的，只是他也为此牺牲了休息的时间——双重压力下，他明显感到自己的精力不如从前充沛了。

这天上午，坐在办公桌前，他陷入了一团昏沉，睡神像游丝一般一直拨弄他的神经，有好几个瞬间，他甚至觉得自己下一秒就能埋进桌面呼呼大睡。

他掐了掐胳膊，又起身去盥洗室用冷水洗自己的脸——他注视着镜中的自己，脸色有些蜡黄，湿漉漉的脸颊也比从前看起来锐利了不少，这一段确实太累了。

他醒了醒神，走回接待室。

"主任刚才喊你。"见他回来，达雅赶忙提醒他。

知道又有任务分派，若虚反倒精神了一些。他走到主任办公室——主任正忙着写东西，吩咐他给考察团的每位专家送两大桶纯净水。若虚领了任务，取了库房的钥匙，把纯净水一桶接一桶搬上小车——考察团已经入校一段时间了，对他们的需求，学校一向是有求必应。

若虚拖着小车，一路走向考察团入住的专家楼，对照房间号，挨个敲着门——现在是上班时间，不少房间都处于无人状态。他依次将纯净水卸下，放到房间固定的角落，再把喝得见底的空桶放回车上。他以前从没走进过专家楼，也从没接触过能住进这栋楼的人，看来他们的工作的确很忙碌，很多房间的小书桌都被各种材料堆得满满的，只是稍微空出个还能写字的地方，不知道这些人是不是也会加班到深夜，审阅这些看起来都令人头大的内容……

一路送下来，小车越来越轻，在楼道尽头，他碰上一个正准备出门的人。

"送水工，给我房间也换桶水。"说话的是个中年男人。

"老师您好——"若虚迅速浏览了一下手里的房间分布，又瞧了一眼他走出那扇门的房号，"车上的水是为入校的专家准备的。"

"我就是专家。"对方说。

"可是——您的房号没有显示在我的名单上，"若虚又确认了一遍，"或者是您更换过房间，还是……您方便告诉我您的姓名吗?"

"你什么意思，怕我占这一桶水的便宜? 这几天我喝的可都是这种纯净水。"

"我不是这个意思，是因为同时期在校的恐怕不止一拨专家，我担心……"

"你们学校服务太不到位了，都是专家，还区别对待——我不跟你说了，我去前台反映，你们服务人员的工作素质也不行。"对方不再理会他，急匆匆朝楼梯方向走去了。

若虚一肚子莫名其妙。他不知道自己又做错了什么，见中年男人走远，他又敲了敲最后一个房间的门。

房间里似乎传出了低低的说话声，他侧耳在门上听了听，又提高了敲门声，听见一声"等着"传出来，他立在了原地，又见半响没人再应答，只好把最后两桶纯净水卸下来靠在了门口。正当他要转身离开时，房门从里面打开了。

"是你敲门？"出来的那个人问。

"是我，我来给您送水。"

"你没听见我在汇报工作吗？一个劲儿敲了半天，敲什么敲？"

"对不起，我听见您说'等着'，就……"若虚强忍着怒气，"我这就帮您把水搬进来。"

"你们怎么回事？"对方看见水桶上印着的文字，"说过要喝矿泉水，怎么还把这种送来了，你这工作怎么做的？"

"对不起，我不知道您……我们领导只说给每位专家送……"若虚猜测他一定是把需求告诉了某个人，主任却没能及时了解到，导致他不得不应付这个局面，"您把要喝的矿泉水告诉我吧，我来帮您解决。"

"这么个小事，得说多少遍……"对方一脸不高兴，盯着若虚把那两桶"替代品"搬进房间，看着他换回空桶，最后"砰"的一声把他关在了门外。

若虚狠狠瞪了一眼房间门——大概是这个房间里喷了空气清新剂，或者是他在来的路上喝了几口冷风，他觉得一阵恶心，拖着一车空桶离开了专家楼。

他感到内心充斥着无尽的颓丧——这种每天小心翼翼，随时准备应付各种各样的意外摩擦和随时会出现的惶恐、愧疚、道歉、自责让他身心俱疲，这根本不是他想要的工作状态，他曾经的热情和力量被工作一点点地消耗着，时至今日已所剩无几。

他又一路经过了主干道——大课间刚结束，主干道很安静。他望向四周，梧桐的叶子已快落净，阳光透过稀松的树枝投射下来，像是一面单调的网，覆盖在地面上。他故意把脚步放得慢些，想拖延一下回办公楼的时间，一个不经意间，他发现路旁的小园里正聚集着一群年轻的学生，他们在阳光下环成了一个圆圈，叽叽喳喳地有说有笑。

若虚停下脚步，在一棵树后朝他们看着——现在是上课时间，怎么会有学生跑到这里，他们在做什么，怎么这么开心？就在满心羡慕打量着他们时，他忽地认出了被簇拥在圆圈中间的那个身影，她正和学生们说着什么，说得很投入。

是的，那个身影又是林纯子。

虽然这次没落得一身狼狈，但看到她和学生们欢声笑语，他心中还是升起了一阵排斥。正当他拖着小车想尽快从这里逃开时，人群中一个女生突然朝他跑了过来，在他作出反应前，已经跑到了他面前。

"同学你好！可以帮我们和老师拍张合影吗？"她边说边把相机递给了若虚。

"噢……好的……"若虚只好接了过来。

"就在那——"她指着那些年轻的身影，"那里的光线特别好！"

若虚跟着她走过去，她的同伴们纷纷转过头来。

"我们俩太有缘了吧？"林纯子又一次认出了若虚。

当着一群学生的面，若虚不知道该说些什么，不好意思地笑着说道："是挺有缘分……我刚看到你获奖了，恭喜你啊！"

"谢谢，"林纯子很是大方地点点头，"这不，接下来我被推荐参加市里的比赛，要填报一大堆材料，包括带班的合影。"

"林老师，你们认识呀？"喊若虚拍照的那个女生见林纯子和他聊了起来，好奇地问。

"不止认识，简直太熟了，"林纯子笑着说，又转头看向若虚，"最近心情怎样，不纠结了吧？"

"还好吧……在努力寻找梦想和现实间新的平衡。"

"找到了吗？"

"嗯……目前还没有……"若虚见学生们已经站好了队形，"我先帮你们拍照吧。"

"好！你跟我过来！"林纯子转身召唤着学生们，"皆さん、写真を一緒に撮りますよ！（同学们，我们一起拍照片吧！）"

"はい！（好！）"学生们齐声回答，邀请林纯子站到了前排中间的位置——她像是一个众星捧月的大孩子，被幸福地围拢着。

"大家准备好！三、二、一——"若虚用镜头对准大家。

"チーズ！（日语中拍照时用到的发音）"林纯子和学生们露出了欢快的笑脸。

若虚完成了任务，把相机还给了那位女学生。在人群纷纷散开时，林纯

子又高声地提醒他们——"回去之后记得复习今天讲的会话，明天上课我会检查！"

望着学生们轻快的背影，若虚很是欣羡地对林纯子说："被人爱着的感觉真好。"

"这话怎么讲？"林纯子问。

"你，还有他们——"若虚指着那群年轻的身影，"刚刚你们合影时，我看到了你们眼睛里的阳光——被爱着的人，眼神总是有光芒的。"

"他们是我带的第一个班，上周刚考完期中考试，大家比较放松，听说我获奖了，都说要为我庆祝一下，"林纯子也笑着望着她的学生们，"我知道，今后我会从新手教师慢慢成长为资深教师，还会结识一届又一届学生——但是，无论今后教出多少优秀的学生，'第一届'却只有一次，所以我特别珍惜和这个班的缘分。"

"怪不得你可以和他们相处得这么好，"若虚很是羡慕，"他们看你的眼神，带着尊敬，也带着喜欢，这种反馈对你而言是无价的吧！"

"这话不假，学生的反馈是老师最大的动力。"

"我真希望也能像你一样，当一名好老师，拥有一群爱我的学生，用自己的知识、才华、品行去感染和影响他们，在他们心中播种爱和美好，在最好的年纪陪伴他们一起成长——"若虚眼里闪过几分怅然，"可是，我讨厌现在的自己，我觉得自己非常不堪……"

"你不要这么说自己，你很好，只是还没有找到自己合适的位置。"

"这恐怕是我面对的一个艰难的课题——"若虚抬起头，"就像花草成长需要阳光和雨露，我愿做那一缕阳光，那一滴雨露，不知道还能不能拥有这样的幸运。"

"我一向对自己充满信心，我希望你也拥有足够的自信，"林纯子冲若虚笑了笑，"成长从不是什么轻松的事，我们都要加油！"

"我该回去了，"若虚看了看时间，"希望下次再见面，又能听到你新的好消息！"

"我也要去忙了，我们有空再聊！再会！"林纯子提上手包，往教学楼的方向走去了。

若虚目送她的背影走远，又一次拖上小车，孤零零地走回了办公楼。他没有一头扎进接待室，而是朝主任的办公室走去。

主任室里传出一声"请进"。若虚推开门，见主任正坐在桌前看文件。

"已经都送去了吧？"主任问。

"是的，"若虚毕恭毕敬地走到桌前，想试探一下他的反应，"早上我送来一份材料请您签字——"

"签好了，拿回去吧！"主任指了指桌面上的文件盒。

若虚走上前拿回了文件，故意停留了一会儿。

"还有别的问题？"主任察觉到了他的意图。

"我……在工作上遇到一些问题，"若虚见状，立刻道明了主题，"想向您请教一些经验。"

"什么困惑，坐下说吧。"

"是这样的，"若虚沿着沙发外沿坐下来，忖度着开了口，"首先，我想向您道歉——上次部门大会上，是我太冲动，因为别人说了一些我不太赞同的话，就急于反驳……我打乱了会议秩序，也辜负了您的一番好意，害得咱们的大会开得乱七八糟……"

"这没什么，"主任倒是很和蔼，"刚刚走上工作岗位，年轻气盛，我能理解，慢慢来——特别是咱们这样的工作，很磨砺和锻炼人。"

"谢谢您的包容，"若虚感激地点了点头，"不过——您既然提到了工作，我还想谈谈这几个月以来的心得。我感觉，工作以后，自己好像一直没能找到平衡。"

"怎么讲？"

"在我以往的认知中，职业是没有高低贵贱的，任何在正当的工作岗位上勤恳奉献的人都是可敬的，这也是我当初为什么会欣然选择这个岗位。可是，当设身处地地做上这份工作，我之前的想法开始动摇了……"

主任盯着他的眼睛，期待他进一步的解释。

"没有冒犯的意思，但是我发现——"若虚停顿了一下，咽了一口唾沫，"我发现自己经常会因为身份和从事的工作而被别人看不起，在那些人眼中，相比一些'高尚'的工作，我的工作似乎是不值一提的……"

"你自己怎么认为，你也认为你的工作不值一提？"主任依旧平静地看着他。

"我不愿这样认为，"若虚皱着眉，"我一度想说服自己，要坚信自己的想法，工作不过是一种谋生的手段，没必要在乎别人的评价。但我没想到，时

间越久，我似乎越来越动摇，不得不去怀疑自己当初的选择……"

"你是什么时候开始有这种想法的？"

"大概……"若虚在脑海里回忆着工作以来零零落落的片段，"大概是看到同龄人已经稳稳起步，在他们适合和擅长的岗位上开始了成长吧……我也想拥有这样的机会，能专注地锻炼和提升自己，能变得厉害和优秀，让别人瞧得起我。"

"这个问题啊——"主任看着他紧锁的眉头，浅浅一笑，"以我二十多年的工作经验看，第一，别人怎么看你，是你无法干预和改变的——眼睛和嘴长在别人身上，你无法左右；第二，在工作中，没有任何一种成长是你形容的那种'稳稳的'状态——但凡成长，都伴随着考验和历练，只有自信和努力才是漫漫人生路上最持久的动力。"

"我同意您的话，不过，眼下令我最不安的一点是——"他感到自己的语气变得沉重起来，"我从工作中看不到自己的进步，反而是越来越糟——以前的我，做事很耐心，人也很和气，而现在，我很排斥任何打断和干扰我的事情，人也变得暴躁和尖锐，我不知道再这样下去，自己会变成什么样子……我甚至不知该何去何从了……"

"那，你有什么样的打算？说来听听——"主任问。

"我……我不确定，但我还是期待能够寻找到我说的那种平衡——起码是一种越变越好的趋势"若虚眼神中闪过一丝惨淡，"我好希望也能像一同入职的同事们那样，走上正轨，在自己喜欢和合适的岗位上探索到越来越多的成就感，而不是每天默默无闻地做着没什么技术含量的工作，陷入徒劳无益的局面……"

"你所谓的'越变越好'也未必有什么具体标准，你也不能说没有技术含量的工作就是'徒劳无益'，"主任笑着说，"像你每天做的工作，需要和人打交道，需要协调处理事务的能力，需要面对困难时有敢于奉献和承担的精神……你参加工作以来，我看着你锻炼得越来越有经验，越来越游刃有余，怎么能说是'徒劳无益'呢？"

若虚抿了抿嘴唇，点了点头。看得出来，主任的话，还是让他感到了几分信服。

"你的意思我明白了，我也好好考虑考虑你的情况，"主任语重心长地说，"不过——机会并不是随时都能遇到，在机会出现之前，还是要把分内的事情完成好，这是一个工作者基本的素养。"

"谢谢您！我会努力做好本职工作，继续锻炼提升自己多方面的能力，也期待能有新的机会出现。"若虚点点头，站起身对主任鞠了个躬，转身离开了办公室。

## — 41 —

"怎么去了这么久？"见若虚心不在焉地坐回座位上，达雅问。

"真是有意思，"若虚把双手背在脑后，"大家都是一样的人，有的人偏偏喜欢给别人提出许多额外的要求，甚至是刁难，一点委屈都不能受……"

"你指的是考察团？他们可是作为专家进校指导工作的，学校当然要满足人家各种各样的需求，这很正常。"

"希望他们能真的发现一些问题，提出一些实质性的改进办法，"若虚撇了撇嘴，"也算是那些纯净水没有白喝。"

"唉……我简直不知该怎么说你，"达雅摇了摇头，"刚认识你时，我觉得你很通晓人情世故，也很机灵。"

"后来发现我其实冥顽不灵，很死板，是不是？"

"我很好奇，在你的观念中，为什么把真诚和平等看得这么重？"达雅思索着，"按说，你读过很多书，应该明白社会通行一套'隐性'的规则，真诚和平等并非人们和谐相处最重要的条件，如果人人讲真诚、处处谈平等，那么权力如何运转，规则又如何实施呢？"

"我恰恰认为规则是为了维护公平而制定的，对于权力，我更是没有一丁点崇拜，我崇拜的是品性和才华，"若虚越说越兴奋，"你刚刚谈到'平等'的问题，我倒是觉得人类社会中一些不那么合理的规则反而扩大了不平等的程度——比如，有人享受良好的物质待遇，便对饮用水挑三拣四，也有人生活在旱区，连基本的水资源都保障不了，这样看来，前者对水不仅不珍惜，反而还要挥霍，这实在是难以说通……相比之下，在自然条件下，一切都显得公平许多，假如有一天发洪水，洪水可是见什么都淹！看来，《道德经》说的'天之道损有余而补不足'的确有它的道理。"

"我第一次听到有人这样理解这句话。"达雅眼睛瞪得大大的。

"我还觉得，在人类社会的'不平等'之下，有一些人享受了太多的好处，他们真应该脱掉那副尊贵的外壳试试——当远离了这些虚无的评价，他们也许就会明白，地位、架子、面子都是社会赋予他们的，等到真喝不上水的那天，恐怕连雨水都会抢着喝！是不是这个道理？"

"有没有道理，我说了不算，"达雅笑了笑，"不过你似乎有股理直气壮、自圆其说的劲头。"

"这就是韩愈提出的'不平则鸣'——'凡出乎口而为声者，皆有弗平者？'"

"这我就不懂了，总之，我来这工作一年多了，像你这样的人，我真是第一次碰到。"

"那不好吗？如果我像你碰到的多数人一样千篇一律，那我都会觉得自己无趣……"

下午，接待室少见的没有太多工作。两个人专注地做着自己想做的事。

若虚把复习材料摊在桌上，在上面勾勾画画、做着笔记；达雅站在窗边，舀了一盆清水，给码放在窗台上的绿植浇着水——她最近对养盆栽产生了兴趣，接待室原本的几盆花，加上她新买的，已经把窗台布置得绿意盎然，让若虚一度觉得如果这不是间每天大事小情不断的接待室而是个清净的阅览室，他大概每天会愿意花很多时间留在这里，看着窗外照进的日光从西墙移到东墙，度过安宁惬意的一天。

但他没有这么幸运，通常的状况是他手边那部办公电话总是毫无征兆地乍响，将他聚集的注意力一下子击散。他只好强迫自己习惯着看一眼书、再接一个电话的节奏，在繁杂的事务中不停地转换着思维，等好不容易挨到下班时间，因为要争分夺秒地复习，他放弃了原本的许多爱好，不再锻炼、不再娱乐、不再逛商场，为了提高效率，他一下班就会拖着沉重的步伐离开接待室，在学校图书馆里找一处空间，埋头继续看书，有时候甚至待到闭馆才离开。当他和稀稀落落的大学生们一起走出图书馆大门——他们有说有笑地回宿舍，他自己则孤零零推着自行车，披星戴月地骑车回家。

关于暗自作的这个决定，若虚并没有和母亲讲，他担心工作中出现的波动令她担心，借故说自己每晚只是单纯在看书学习——事实上，时隔半年多，重新回到每天看书、备考的状态中，他的确找回了一些过去的自己。参加工

作以来，虽然逐渐领教到一些不曾设想的烦恼和痛苦，但总体上，他还是为能与校园里年轻的身影并肩作战而感到幸运。

这天，他在食堂简单吃了点东西，踏着暮色走进图书馆，把教材摊在桌上——他刚好复习到"《西游记》与神怪小说"一节，视线停留在这样一段文字上：

> 小说选了"心猿"作为孙悟空的别称，比喻从受外物迷惑而放纵不羁的心回归到良知的自觉境界，全书的构架也隐喻了放心、定心、修心的全过程，乃至鲁迅指出："如果我们一定要问他的大旨，则我觉得明人谢肇淛说的'《西游记》以猿为心之神，其始之放纵，至死靡他，盖亦求放心之喻'这几句话，已经很足以说尽了。"

他把"心猿"两字圈了起来，想到自己曾经在某节课后，向老师请教问题的情景。

"老师，"他一脸虔诚地问，"上次讲到蒲松龄和《聊斋志异》，我记得您在分析《婴宁》一篇时提到所谓'婴宁'意为'撄'而后'宁'，也就是先被扰乱而后又恢复了宁静的状态。今天的课上，您又提到《西游记》中的'心猿'和'意马'，这两个表述是不是与'撄而后宁'有异曲同工之处？"

"你是怎么思考的？"老师反问他。

"在《西游记》情节的前段，作者屡次写到悟空在取经初期时内心的不宁定，'心猿'这个称呼或者是为了描述他此时仍被自己的"心"所左右；在历经多重磨难到了故事后期，悟空已经从心里接纳了所做的事情，自然也就不像初期时那样的焦躁和疑虑，而是真正把取经当作一项事业来完成，"他认真地表达着自己的想法，"《婴宁》大概也是如此，作者想告诉我们，那些奇特和不同寻常的经历，其实是对我们认知的一种开拓，人经历了许多诡谲和极端的事，却依然能以一种澄澈的念头去面对世间万物，这不就是'撄'而后'宁'的境界吗……"

他记得当自己讲出这段有些前言不搭后语的话时，老师眼里闪出了几分赞赏的神色。待他谈完，老师补充道："所以《庄子》讲'无不将也，无不迎也，无不毁也，无不成也'，一个人只有内心足够宁定，身边的一切事物才会宁定。"

若虚点点头。

他的思绪从那时飘回现在——相比较为单纯的学生时代，现在的他历经了求职、毕业、参加工作，之后又犹豫和懊悔的一段过往，对这段内容的理解突然深刻了许多。回忆着自己前段时间焦虑不安的状态，他又想起老师在课上讲过的一段话——

　　西天取经，就像是一路除去"心魔"的历程，这是每个人在成长中都会面对的考验。我们要通过不断的学习探索，逐渐形成一种稳固的认知，一种不被任何的主观或客观因素扰乱的认知——当一个人足够坚定和执着地朝着一个方向前进，他才算真正在接近自己预期的"成功"。

　　那节课留给他非常深刻的印象，当时他刚好处于面临未来选择的一段迷茫期，下课后也向老师请教了关于成长中的一些困惑。他记得，老师和他说了很多真诚的话，让他心悦诚服地明白了人生许多苦恼的根源往往在于"心魔"难除，而降服"心魔"的方法往往在于摆脱干扰，寻找到自己义无反顾为之进取和奋斗的方向。

　　旁边闪过一个人影，有个人轻轻走过来，坐到他旁边的座位上。

　　"咦，你怎么也在这？"那人对若虚问道。

　　若虚扭过头，旁边坐着的人竟然是若愚——他不是在日本吗，怎么会出现在这里？若虚心里一阵疑惑。

　　"你怎么也……？"若虚慢吞吞地问。

　　"我前段事情太多了，又要听课，又要上课，还去京都参加一个学术论坛，好不容易快到冬休み了，我得抓紧时间完成导师布置给我的任务。"

　　"你在日本这么忙？"

　　"那当然，"若愚自豪地点点头，"原本以为只是一个简单的交换项目，结果我发现有好多工作要负责——和院长出席项目会、参加教研室研讨、组织课堂活动……当然，到周末或者假期，还是有机会和同事、学生出去玩……我们有一位领导，早年赴日留学，后来就留在日本工作了，他说难得碰到像我这么能干的年轻人，见我胸怀大志又很得力，有意栽培我。"

　　"看来——"若虚呆呆地说，"你又开拓出一片新领域。"

　　"这么好的机会，当然要充分利用——我还是认为人生的意义在于丰富的体验！有了这些经历，为我以后做学术研究，又打下了坚实的基础！"

　　"那……你这次回来，准备待多久？"

　　"还不知道，得看工作开展的情况——"若愚说，"你还没回答我——你在这干什么？"

　　"我……我在复习，准备考试。"若虚如实地说。

"准备什么考试？"

"研究生考试。"

"现在准备，哪里来得及？"若愚很惊讶，"况且——你不是已经工作了吗，怎么又要参加研究生考试？"

"我……我也没抱着一定能考上的信心，只想尽力试一下……"

"没有势在必得的决心，那还准备什么？既然考了，那就不能给自己留退路，"若愚语气很是坚定，"恕我直言……照你的进度，我觉得不太乐观——我当初可是复习了一整个学期。"

"我不认为考不上就没有意义——"若虚又开始了本能的辩解，"每年有各种各样的考试，每场考试都有很多落榜的人，但他们依然……"

"那一定是他们不够努力，或者目标不够明确，"若愚的语气更加笃定，"很多人都喜欢给自己留好退路，觉得事情做不成也没什么大不了，这种心态最可悲了。"

"或许是因为你的愿望都实现了，就相信凭借一己之力能改变所有，"若虚冷笑着，"但你却忘了……"

"我不想和你争论这个没有意义的话题。我相信成功一定是目标明确加上不懈努力才能实现的，迷糊、保守、懈怠、懒惰的人是很难成功的，"若愚打住了他们的对话，"我要去查阅外文文献了——我得抓紧时间把我负责的这部分内容尽快完成。"

若愚站起身，走开时碰到桌子，桌面颤了一下。

若虚一下子惊醒了。

恍惚间，他直起身子，聚了聚神——原来他刚才睡着了，周围哪有若愚的身影，分明都是些安静看书的学生，桌面还摊着读了一半的书，铅笔不知道什么时候也滚到了地上。他弯腰把铅笔拾了起来——笔尖摔断了，他掏出卷笔刀，一点一点地削着。他忽然感到一阵沮丧——刚刚才看了半个小时的书，上下眼皮就打起架来，原本只想小睡五分钟，结果一趴就又是半个小时。

他继续打起精神，托起下巴盯着书上的字读起来。

时间过了十点，周围的学生们都陆续收拾起书包。随着广播里响起了"回家"的旋律，若虚也站起身，把桌上的书本装回书包里，和那些面露倦色的年轻人们一起向外走去。

图书馆外面的世界氤氲着浓浓的寒气，冬天的晚上确实冷，不过倒是比

在室内更容易让人清醒。他推上自行车，沿着主干道踽踽而行，边走边听到枯叶被冷风扫动发出的"刷刷"声——一片暗黄的落叶吹到了他脚边，他顺势踩了一脚，那片叶子"咔嚓"一声被碾了个粉碎。

他呼了一口气，吐出的气息在空气中凝成了水雾，走出校门，跨上了车。

这个时间，路上的车不多，骑车的人更是少得可怜。他穿着一条单裤，被迎面吹来的冷风刺得膝盖直疼，只好放慢了速度，一路晃悠悠向前蹬着。

隐约地，他看到前方的自行车道上拉起一条警戒线，几个头戴安全帽的工人在路灯下施工，其中一个正用镐子撬着路面的井盖。他见状转了一下车把，顺着右侧便道延伸下来的小坡往上骑去——以他一贯的技术，这该是个毫不费力的操作，但一个走神，车轮在斜向爬坡时打了滑，自行车竟直冲冲朝路面倒了下去，紧接着，他也毫无防备地侧摔在硬邦邦的地砖上。

"砰——"的一声，工人们都惊讶地回过头来查看发生了什么。

若虚趴在地上，一阵头晕目眩，五脏六腑仿佛在身体里激烈地翻腾着。他转了转脖子，抬了抬下巴，觉得自己摔得不太严重，待视线清晰了些，便双手撑地站了起来。

他费力地扶起摔得七扭八歪的自行车，发现车把被撞歪了，车筐也严重变了形，原本筐里的书包被甩了出去，正趴在前面不远处的地上——书包的带子断了，书本散落了一地。

他拖着肿痛的脚，一瘸一拐朝前走去，蹲在地上捡着那些狼狈的书本，把它们重新装回书包里——旁边一直传来有规律的"叮叮当当"的声音，那些工人照旧专注地做着工作。他重新蹬上车——不知是车链还是车轮也摔变了形，蹬起来带着些周而复始的僵涩。还好，我只是摔了一跤，没什么大不了，多加小心就是了——他在心里告诫自己。

他回到家时已经很晚了，几个房间早就黑了灯——他近来早出晚归的，连饭也不在家里吃，家里又恢复了只有母亲和若水两个人的状态。

他静悄悄地把车停好，静悄悄地去洗漱，又摸着黑静悄悄地爬上床。一旁的若水睡得很安稳——聪明如他，大概也早就通过若虚每天的早出晚归和日渐沉默察觉了他内心的波动。或许是因为到了六年级，若水的学业也似乎变得繁重，听母亲说，他近来变得乖了不少，每天都认真地写作业、背单词，等不到若虚回家，就早早上床睡觉了。

看着若水安静地睡在大床一侧，他心里突然抽动了一下——他们俩很久没有在一块谈笑玩闹了。

他被强烈的困乏侵袭着，躺在枕头上，不一会儿就闭上了眼睛……

## - 42 -

若虚立在门口，等着屋里汇报工作的人出来。

上午，他被一通电话召唤过来，接受这位领导的当面"谈话"。

屋里的两个声音正谈得火热。若虚很忐忑地构思着如何应对接下来可能遭遇的问题——他有种不太好的预感。

门打开了，汇报工作的人捧着一沓文件，和立在门口的他打了个照面，又转头走开了。若虚见状，抬手轻轻叩了叩门框。

"进来。"——屋里传来冗长的一声回应。

若虚走进门，召见他的领导正坐在办公桌旁——这位领导他有些面熟，在参加面试时，他曾坐在对面，目光在他的脸和简历上反复横跳，搞得他一阵局促。

"坐吧，"他又一次用敏锐的目光上下打量着他，"别紧张。"

若虚点点头，就势坐在对面的沙发上。

"知道为什么喊你来？"——对方的话里透着老道。

"我……不太清楚。"若虚心底升起几分戒备。

"我喜欢有话直说——"对方捕捉着他表情细微的变化，"希望你也做到诚恳。"

"我……我也是个诚恳的人。"

"那正好，"对方嘴角上浮起一丝微笑，"我听到一些同志反映，你在上班时间经常不认真工作，而是做自己的事，有没有这回事？"

"您……听谁说的？"若虚知道大事不妙，本能地抵抗着这股压力。

"是谁说的不重要——看来，你的确没有好好工作。"

"请等一下——"若虚努力从对方设定好的"陷阱"中脱身，"我……我想知道这个'罪名'是如何安到我身上的？"

"你不必辩解，"对方笑了一下，"我作为领导，要对学校员工的一举一动

进行监督，有任何违反工作秩序的行为，我有权力调查、批评、处罚、问责。"

"我并没有违反工作秩序……主任布置的每一项工作，我都在认真地落实和完成。"——对方的语气和措辞点燃了他心中的逆反，他开始了略显生涩的辩解。

"在入职教育大会上，我强调过员工违反工作纪律要承担的后果，如果员工不能遵守劳动合同条款，情节严重者，学校可以单方面解除雇佣关系，这一点你清楚吧？"

"我……没有在工作时间做自己的事，不过是读读书，而且是在工作间歇和下班后，我不认为自己违反工作纪律。"

"在办公室的八小时就是你的工作时间——工作时间就要处理公务，就像老师在课上要认真讲课一样，"对方斜眼盯着他，"你见过哪个老师上着一半课停下来，开始干别的？"

对方的话恰好击中了若虚心中一个痛点，他开始了言语上的反击。"那么，老师们课讲到一半停下来喝口水，算不算'干别的'？您做完一项工作后去厕所方便一下，算不算'干别的'？"他激动地说，"如果算，那么老师和您也没有在全部的工作时间完全处理'公务'；如果不算，那么为什么只有我被扣上'违反工作纪律'的帽子？"

"你别胡搅蛮缠，"对方显然没料到他竟然敢反击，"老师们讲课讲累了，润润嗓子是为了更好地讲课——你干别的事是为了什么？"

"为了成为一个更好的人，为了更好地投入工作，"若虚毫不犹豫地接着说，"所谓'读史使人明智，读诗使人灵秀，凡有所学，皆成性格'，在工作之余，我为了不断进步和完善自我而博览群书，您难道要反对吗？"

"你这是什么态度？"对方瞪起眼睛，"我在谈你不认真工作的事，你不检讨自己的错误，竟敢狡辩？"

"您怎么就一口咬定了我不认真工作，是我有哪项工作没有完成好，还是我在工作中假公济私、监守自盗了？到底什么叫'认真'，有没有明确的标准？"

"你如果是这种态度，那我就完全理解了——"对方一脸严肃地盯着他，"领导发现了你工作中的问题，为你指出来，你不虚心接受，反而强词夺理，怪不得有这么多人投诉你，怪不得你工作中会出这么多问题。看来我得约你

们主任谈谈了——他究竟是怎么管手底下人的，你们部门还有没有起码的规矩了？"

"别……"若虚心中的弱点被击中了，"请别迁怒到我们主任身上，他平常对我们很严格，很关爱，我并没有……"

"既然这样，你为什么给你们部门抹黑，连累你们主任？"

"我没有……我读书完全是个人行为，和别人一点关系都没有……"他的声音低了下去，"我只不过是想学习和进步，不想落在后面……"

"这话什么意思？"对方显然捕捉到了他语气和神情的变化，"有什么想法和疑问，尽管讲出来，当初我面试的你，你对我还不相信吗？我一向爱帮助年轻人进步。"

"我……"若虚斟酌着对方的话，犹豫着该拿出几分诚意，"坦白讲——对于学校能接纳我，我心存感激，也将这份感激化作满心赤诚投入到工作中……但是，当这份工作真正成了我立足学校和社会的一个标签时，我发现它和我的预期出现了偏差，我无法从……或者说，我反而在从事这份工作时找回了我对自身专业的热爱——我毕竟是带着所学的专业来到这里，我想，我还是保有继续追求所爱的权利。"

"我明白了，"对方似乎在试图纠正他的想法，"但是，在学业上成长进步，那是教师该做的事，不是你该做的事——你所在的岗位是服务性质的，做好服务工作才是你该做的。"

"可是，学校作为培育人才的地方——我们经常在各种大会上听到这样的话，"若虚义正词严地讲道，"所谓'人才'应该不局限于学生，青年教职工都应该算作广义的人才。难道，因为我没成为一名教师，我继续进步的可能性就要被斩断吗？"

"你也想像那些青年教师一样？"对方掀了掀眉毛，嘴角微微上扬，"那是不可能的，你们都没有走在同一条航道上。"

"没有走在同一条航道，难道就不配向着光明的彼岸前行吗？"

"你可真天真，说的都是孩子话，"对方又轻蔑一笑，"你凭什么认为你有资格向着光明的彼岸前行？"

"因为我勤恳奉献，脏活累活从不推脱；因为我热衷进步，每天学习新的本领技能；因为我心存仁厚，最看不得别人倚势欺人……我以为，只要一个人是优秀的，他就有资格在任何一个岗位上努力进取，向着光明的彼岸

前行！"

"你还真把自己当回事了，你以为凭你这三言两语就有资格和真正的人才平起平坐了？"对方露出了狡黠的神情，"我如实地告诉你——真正的人才是那些有着优秀的学历背景、丰富的学术经历、扎实的研究能力的青年，你一个仅仅念过大学，现在不过给人跑跑腿、打打杂的小办事员，拿什么和他们比，你以为念过几天书就算'优秀'了，你以为会说几句漂亮话就真配谈个人进步和发展了？看人家得到了许多，你就眼红了，羡慕了，也想受到同等的尊重了？先好好想想你配不配吧。"

对方的话令若虚一阵意外——他从没设想过自己引以为傲的东西，有一天竟会被贬低得一文不值。

"你每天带着这么多不切实际的想法，怪不得做不好工作，"对方神色凝重地说，"再这样下去，你的心态会越来越扭曲，最终毁灭掉。"

若虚盯着他的眼睛，那是一双看起来深不见底的眼睛——这番话大大超出了他的预期，他并非被话中那可怕的"后果"唬住，而是被说话人的立场震惊了。

"你再不及时端正态度的话，学校接下来就会有所行动了——如果你不能通过员工考核，学校有权辞退你，也有权给你记处分，将你列入失信档案，这将成为你一生的污点——一旦闹到这一步，你恐怕一辈子都抬不起头了，"对方眼里闪出几分凶光，瞬间又送上一个微笑，"不过，这是我把丑话说在前面，你如果安分守己地工作，事情不会发展到那一步。"

若虚在一种从未有过的震惊和惶然中，避开了这张面具一般的脸，起身离开这间办公室。

平时人声鼎沸的篮球场，今天竟然静得出奇。若虚独坐在长椅上，呆呆望着空旷的场地——刚刚那位领导说出的一字一句还在脑海中回荡着，他从未想过自己的尊严能像这样被人击溃，土崩瓦解地散落一地，再被一双巨大的脚踩上，践踏着。

他像是被一团乌云笼罩着，陷入了暗无天日的沉思。

"若虚！"后面传来一个老人的声音——他回过头，那个熟悉的身影正拄着拐，悠闲地踱到他身边。

若虚情绪激动地站起身来。

"怎么一个人在这坐着，挨批评了？"齐老师见若虚双眼涨得通红，把拐

杖立在长椅一侧，挨着他坐了下来，"受什么委屈了？来，坐下说。"

初冬的阳光洒下来，一个老人和一个青年并排坐着，像一对相互陪伴的父子。

"齐老师，我突然觉得自己很失败……从没有过这种感觉……"若虚声音有些颤抖，"我只是也想做自己喜欢的事，为什么要承受别人的不解和嘲笑……"

"上次也是在这，你跟我说过想继续读书，对不对？"齐老师和蔼地看着他。

"是，我决定了，不管付出什么代价，也要为当初离我而去的梦想再努一回力——"若虚笃定地回答，"可是，为什么周围的人都在反对我？难道，追求自己的梦想是一件可耻和错误的事吗？"

"千万别这么想，"齐老师笑着说，"追求梦想的路上，一定会有阻力，咱们得拿出足够的动力，才能和阻力相抗衡，才能进一步摆脱它。"

"可我不甘心，为什么在我前进的路上，会出现这么多阻力？"若虚咽了一口口水，"为什么别人就可以无往不利，一路畅通地向前走，我比他们差在哪里？"

"若虚啊，你以为别人都走得很畅通，可咱们毕竟不是'别人'，咱们哪知道'别人'一路经历了什么？"齐老师语重心长地讲着，望着空荡荡的球场，"我跟你讲讲我自己吧——那年我才二十五岁，这条腿刚刚受伤，医生说我这一辈子再也离不开拐杖了……我当时万念俱灰，很长一段时间都把自己关在屋里，我的房间刚好对着操场，我每天都看着曾经的队友在那里跑啊跳啊，训练，比赛，只有我，再也不可能像从前那样了……"

"那……后来呢？"若虚小声问。

"后来啊……我强迫自己相信这一点——上天夺走了我一项特长，可我依然有别的东西。我既然还活着，就应该努力活得积极、奋进，而不该沉浸在那些再也回不来的东西中长久痛苦着——人生这么漫长，我们每天都在失去一些东西，每天也都在获得一些新东西。已经失去的，就别再揪着不放了，反而是未来可能会属于我们的，值得我们去努力争取。"

若虚用发红的眼睛盯着齐老师那沧桑的脸。

"那之后的三十多年，我都是这样激励自己的，"齐老师露出一丝笑容，"如今活到快退休的年纪了，见的人、经的事都很多了，以前想不明白的，现在也想通了——若虚，我很看好你。"

"是吗?"

"你是个谦和、善良、坚定的孩子,你这样的孩子,读了书,又这么上进,一定会成功的,"齐老师点点头,"只不过,通往成功的路上,有些磨难会强大到足以击溃你的意志、动摇你的信仰,你一定要坚信,这一切都在为你最后、最大的成功加码。"

"谢谢齐老师,总之,这一次我会坚持下去。"——他很久没收到这样的鼓励了。

"我很喜欢你这虎头虎脑的小伙子,加油干!"齐老师拍了拍若虚的肩膀,"人生就像是一盘棋,遇得到飞跃板,也遇得到绊脚石——棋局有快慢有输赢,人生也一样啊,不可能总打顺风盘。"

"您也喜欢下棋吗?"

"是啊!"齐老师眉头舒展着,"哪天我把棋盘带出来,咱爷俩杀几盘!"

"您别嫌弃我棋艺不精,"若虚有些惭愧,"我平常也就是陪弟弟下下跳棋和飞行棋……"

"那是小孩玩的,等有机会咱俩下象棋——"齐老师像看小孩一样地看着他,"象棋就是人生!每颗棋子就是活生生的人,大家各有价值,各有走法,各有厉害之处,都是在彼此的依附和帮助中更好地发挥自己!"

"为什么您说棋子像人?"若虚揣摩着齐老师的比喻。

"有的人像象棋中的车,横冲直撞,锐不可当,容易被关注,也总是经受最大的考验;有的人像象棋中的马,在一定的框架和限制中前进,但会转圜,懂得趋吉避凶,我用马就用得最溜,"齐老师很是兴奋地讲着,"再比如仕,外行总以为它画地为牢,但往往越是到危机时,守住阵地力挽狂澜的也是它……"

"那我呢?"若虚苦笑着,"我倒觉得自己像极了一枚小卒,没什么特长,只能一小步一小步挪着往前。"

"可不能这么说——"齐老师摆摆手,"过河的小卒顶半车,小卒最终拿住老将的情况还少吗?车、马、炮用得好不算什么,能把一个小卒玩好,那才是真本事!"

"或者,对一个小卒来说,'楚河汉界'就是成长之路上需要冲破的一道障碍吧,"若虚突然眼前一亮,"我一定要努力越过它!那样我的战斗力就不止翻一番了!"

"这么想就对了！多好的一个小伙子，可不能因为工作遇到点困难就灰心，把大好时光浪费在痛苦和焦虑中，那该多遗憾，"齐老师扬着花白的眉毛，"我年纪大了，到了'知天命'的时候，对生活中很多无法改变的东西，只好劝自己接受它。可你还年轻，人生还长着呢，偶尔有畏惧、犹豫、后悔，这些都不要紧，只要一路向前看，你一定会慢慢进步！"

齐老师的话掷地有声，若虚感到心里升起一股力量——即使那是齐老师出于善意的宽慰，他也受到了极大的鼓舞。

"我喜欢一首老歌，中间有几句是这么唱的——"齐老师清了清嗓子，眯着眼睛哼起调子来——

> 就怕你一路上跌跌撞撞
>
> 就恨你不回头　男儿这个犟
>
> 就盼你在人间风风光光
>
> 让咱们说起话来挺着胸膛

齐老师唱得很一般，但那质朴而投入的神态却吸引着若虚，和他一起摇头晃脑起来。

"我懂了，"若虚望着齐老师矍铄的面庞，点了点头，"我会继续前进。"

"加油吧！"齐老师冲他竖起了大拇指。

# - 43 -

礼堂前方的舞台布置得一片辉煌。若虚安静地坐在观众席上——他周围散布着一些不太认识的人，他们谈着一些他听不太懂的话，这让他感到些许不安。

台上有歌声忽近忽远地传来。他竖起耳朵捕捉着，那像是孩子的歌声，正唱到"远处那圣河的波涛，发出了喧嚣声"一句……那温和的旋律似曾相识，他直了直腰杆，望向舞台上炫丽的灯光。

蓦地，他视野中闪过一个高大的身影——那人从过道走过，恰好挡住了前面的光。他抬手碰了碰他，那人转过头来——竟然又是若愚。

不会又在做梦吧？若虚有些恍惚，赶忙定了定神。这一次，他的感官很真切。

"你也在这，最近过得怎么样？"若愚看起来更加意气风发了。

"你能不能先坐下？你好高，我什么都看不到了……"若虚盯着那张满是神采的脸。

"果然，他们说年轻人每到一个新环境，因为要适应水土，就会长个子，"若愚在旁边的座位坐下来，"或者是我比从前更自信，也就显得更挺拔了——行万里路，读万卷书，我会成为一个视野更开阔、更加高瞻远瞩的人。"

有几个年轻的身影陆续从过道经过，见若愚坐在座位上，纷纷放慢了脚步，毕恭毕敬地向他打招呼。

"你们好——"若愚回应着他们。

"他们是谁啊？"若虚问。

"他们——"若愚向前排扭过头注视着他的一个年轻人挥挥手，"都是我现在的学生。"

"你的学生，你也当上老师了？"

"是的，项目组又跟我续了一个学期合约，"若愚满志踌躇地说，"做老师和上学时很不一样——课上，我教他们汉语；课下，他们邀请我参加课外活动，我们的语言水平都在突飞猛进。环境果然是学语言最好的条件！"

"看来你在这边很受欢迎，学生都很喜欢你。"

"确实，"若愚点点头，"我从前以为他们表达情感时会比较含蓄，直到有一天课后，他们集体给我准备了礼物，祝我节日快乐，还说我是'最好的老师'——你知道吗？我领略到了一种从未有过的成就感，那一刻我觉得 I was born to be a teacher。"

"真好……"若虚不知道该说些什么，"我还没找到你所谓的'成就感'，依然是混沌和迷茫……"

"同样是二十多岁，你却还没找到成长发展的方向，没有对社会产生影响，"若愚正了正神色，"这可不行，你要想想办法了……"

若虚又一次凝望着这张洋溢着神采的脸，感觉它和周围的环境一样渐渐陌生了起来……

"其实……我也很努力想找到一个方向……"若虚又开始了为自己的辩解。

"我知道，你看到我目前的成绩，内心一定会动摇，"若愚抛出了这个尖

锐的话题，"我曾经说过，真正优秀的人都在做自己认为有价值、有意义的事，通过做这些事，最终能达到一定高度，拥有一定的社会地位。"

"难道你认为体现'优秀'的方式就是地位吗？"若虚很是震惊，"品性、知识、才能……难道这些不该是优秀的人真正该具备的东西吗？"

"品性是个很虚的概念，知识和才能算是'优秀'的必要条件，却并非充分条件——毕竟，社会认同的'优秀'，需要很多亮眼的、可见的成绩，我们不认可无名的'优秀'，那些只存在于概念中的评价听起来实在太过虚无……"

"我很好奇，在走向'优秀'的路上，你有没有过失去信心、茫然无措的时候？"若虚叹了口气，又抬头去寻找若愚的眼光。

若愚没有理会他——他座位的另一侧，不知何时多出一个女生，正与她热情地攀谈着。

"是你？"若虚看着她的侧脸，认出那竟然是林纯子，感到一阵恍惚。

"噢，我们又见面了？"林纯子也一脸意外地看着他。

"没想到你们竟然也认识？"若虚呆呆地注视着面前并坐的两个人。

"我们早就认识了，我们在日本的同一所大学交换，"林纯子微笑着说，"我更没想到你和他竟然是兄弟俩！我看一点都不像！"

"下周的学术沙龙，你参加吧？"若愚突然打断了他们的对话。

"当然，"林纯子不再搭理若虚，"我也在手册上看到你的名字了，你有一篇报告要发表。"

"是的，我总结了这半年多调研的一些心得，"若愚说，"那篇报告也作为论文投出去了，在等专家的评审意见。"

"这个题目设计得很好，我觉得你肯定能获奖，"林纯子说，"对了，听说你导师是博导？我最近也在做一篇论文，不知道可否请他帮着看一看？其实，我也想有机会继续读博士，对以后的发展是更有利的。"

"那太巧了！如果你也考我导师，就会成为我的师姐了！"

"不敢不敢！有你这么优秀的师弟，我压力会很大。"

两人越说越投入，惺惺相惜地笑了起来。笑声渐渐淹没了若虚的感官，让他本就麻木的听觉变得更加迟钝。

"台上念你的名字了！"林纯子止住笑，兴奋地看向若愚，"果然，你是一等奖！"

"我是一等奖？"若愚双眼散发着光芒，站起身——台上不知何时悄悄变

了一番布景，唱歌的孩子们不见了，换上了演讲台和花篮。在掌声和欢呼中，若愚昂首阔步地向前面走去。

"拿上这个！"林纯子也快走两步跟了上去，把捧着的鲜花交到了若愚手中。

颁奖台上一片灯火辉映，若愚高大的身影很是夺目。台下，若虚独自躲在幽暗的角落里，视野中一片耀眼的红色。他起身想要离开这令他眩晕的礼堂，在经过过道时被没铺平的地毯绊了一下，直接摔在了众人面前。

周围没有笑声，他的轰然倒地甚至没有引起任何一点反应。若虚撑着地站起来，又扭头看了一眼舞台的方向——台上早已亮成一片，若愚的身影已经被聚光灯淹没了。

他来不及拍一拍身上的土，就逃亡似的离开了那喧哗的大礼堂。

他醒了。

他竟然又一次趴在图书馆的桌子上睡着了——刚刚梦里的场景似乎还在眼前。他回想和拼凑着梦中的片段——他想起来了，若愚说他的社会影响力差，他是这样说的。

社会影响力差？的确，这跌跌撞撞的二十多年，自己没有取得过任何成就，毕业后这不到半年的时间，自己的青春更是一片荒芜……他越想越苦涩，抬手抹着额头上的汗，发现掌心的汗珠早就把本子上的字迹染成了一团黑色。见下午的上班时间快到了，他赶忙收拾好书本，走出图书馆。一出门，他被迎面的冷风一激，感到全身的毛孔剧烈地收缩着。

前段时间那个万念俱灰的上午，在和齐老师告别后，他似乎完全克服了犹豫和顾虑，正式投入更高强度的复习——他本能地认为，在同样意气风发的年纪，自己也可以和若愚一样，找到一个承载光荣的舞台，走上一条通往进步的大道，而不是像现在这样跌跌撞撞，一个不小心，甚至还将滑入越陷越深的歧途。

对于这样的落差，他打心底不接受。

他知道，自己的执拗又上来了，他也知道，每当执拗出现，他往往会为了在乎的那一点点东西，拼尽自己的所有。为了争取更多时间，每天早上，他比原来再提前半个小时出门，像个夜游的生物一般骑上街；上班时间，每到一个空闲，他就把书上的内容拼命往脑子里记；中午，为了不被打扰，他会躲进图书馆一个寂静的角落，加班加点读一个小时书；下班后，他便把办

公室的门一锁，在书海里继续浮沉。这样的日子很充实，书本上的内容不断注入他的脑子，但也透支着他的体力，有好几次他看到一半书会突然头晕目眩，只得趴进自己臂弯里稍微缓缓，等到满身的冷汗退下去再直起腰。

踩着下午上班的时间，若虚走回接待室，没精打采地坐回办公桌前，继续整理上午没完成的材料——主任最近又把写通讯的任务交给了他，他需要从各部门的工作总结中摘取要点，再一遍遍修改。他在键盘上惨淡地敲着字，感到嗓子痒痒的，费力吞咽了几口唾沫——这些天他嗓子已经发起炎来，刚才大概又在路上着了风。他给自己晾了一大杯开水，刚喝一口，又不慎打翻了杯子。热水险些泼进键盘，他手忙脚乱地擦着。

接待室门口，有个人张望了片刻，探头探脑地走了进来。

"保卫科在这个楼里吧?"——她大概是来办事的，找不到地方了。

"在二○一。"若虚忙着收拾桌上的残局，头也没抬一下。

"二○一怎么走，在几层?"对方追问。

"二○一! 二○一! 当然是在二层了!"若虚喉咙刺痛着，吃力地回答。

"在二层什么方位?"对方还不明白。

"南边第一间!"

"可是我不分南北……南在哪边?"

"不分南北，你不会看门牌号吗，数字总认识吧，再不济你买个指南针拿在手里?"若虚陡然提高了声音，冲门口那人喊道，喉咙里撕裂的疼痛加剧着。

"神经病!"对方愣了片刻，瞪了他一眼，转身就离开了。

"怎么了，脾气这么大?"一旁的达雅见若虚脸都涨红了，问道。

"这人是不是智商有问题，问出这么蠢的话?"若虚脑袋发着热。

"你啊……别怪我说话不中听，"达雅说，"活没少干，累没少受，就是这张嘴，把所有人都得罪了! 你亏不亏?"

"这可能是小时候就落下的毛病，不爱讲软话，即使在父母面前也没撒过娇，所以他们不喜欢我……"若虚无奈地苦笑着，嗓子又是一阵梗塞，"二十多年了，改不了了。"

"你嗓子哑成这样，"达雅冲他摆摆手，"先别说话了，等下班了买点梨和冰糖，煮点梨水喝吧。"

若虚按捺着焦躁的心情，继续对着电脑敲起键盘来。

接待室的门又一次被推开了。这次是个不认识的年轻人立在门口，招呼

若虚过来帮忙——他正把一个笨重的大箱子搬上楼。

若虚见他一脸不客气，连口都懒得开，指着自己的嘴，发出一阵"呜噜呜噜"声。那年轻人有些意外地瞟了一眼他，转身出去了，他心里一阵爽快——被你们当成哑巴也挺好，再也不会被抱怨"说话态度不好"了，愿意的话，你们不如也把我当成瞎子，无关紧要的事最好别来烦我……

在接待室忙了一整个下午，若虚的头越来越昏沉，到傍晚离开学校时，嗓子像塞满一块大石头，又涨又涩，甚至吞咽一口口水都很吃力。他慢悠悠地骑过街边一个水果摊，见有鸭梨在卖，便和水果贩比画着，请他帮忙称几只梨——果贩的一只眼睛好像受过伤，只剩一只在上下左右转动着，承担着双倍的工作。

一旁走过几个高中生模样的人，站在路口等信号灯变绿。见若虚和果贩打着手势，他们有些幸灾乐祸。

"你瞧这俩，一个哑，一个瞎。"一个声音说。

"他没全瞎，"另一个声音说，"要是全瞎，还能看得见那哑巴跟他比画动作？"

笑声随着寒风一起飘过来。果贩像是什么都没听见，把秤上的梨拣进塑料袋，递给若虚。

若虚狠狠瞪了一眼不远处嘲讽的目光和话语，本想朝他们喊些什么，又觉得不必费这个力气，把话咽了回去。

信号灯变了，那几个高中生踩上斑马线，大摇大摆地走远了。果贩在寒风中继续打理着他的摊位。

若虚一回到家便扎进厨房，把梨洗好了切成块，放进开水里煮着，又从冰箱里翻出一袋勉强能吃的冰糖，挑出一些丢进锅里。

他端着煮好的梨水回到自己的房间，坐回书桌前。

书桌上摆着一个新相框，装着他们在若愚毕业典礼上拍的合影。他拿过合影端详着——若愚握着证书和奖杯，眼神中透着笃定和自信，而他自己在头顶的红幅和身后熙熙攘攘人群的映衬下，显出些不合时宜的淡漠。难道毕业后的第一个选择就这样决定了他们渐行渐远的人生轨迹了吗？对若愚一路康庄的人生旅途，他只剩下望洋兴叹的份了？

他又回想起中午做的那个奇怪的梦，越想越觉得可怕——原来和若愚境遇之间的差距已经成了困扰他的梦魇，会在思绪不受控制的任何一个时候骤

然出现，侵袭着他。他不愿承认自己选择的错误，但在冰冷的事实面前，他却不由地责难起自己曾经的短视。

他吞着还没凉透的梨水，感觉那股热流一点点冲刷进被委屈和苦恼壅塞的喉咙。

**－ 44 －**

这天下午，若虚忙完手头的工作，推托自己胃疼，向主任请了半天假——事实上，他的胃确实有些疼，大概是这段每天起早贪黑，吃饭也不在意，老毛病又犯了。不过，相比身体的不适，更让他难受的是随时待命的工作状态，对象又往往是些惹人厌烦的琐事。他倒有点感谢这个节骨眼上"适时"的胃疼，给他换来了片刻自由的呼吸。

他贪婪地珍惜着这偷来的一下午，在图书馆找了个靠窗的座位，让斜射进来的阳光暖暖地烤着后背。才复习了没一会儿，附近一个学生起身拉上了窗帘，光线瞬间暗了下来，本就流通不畅的空气更显沉闷。他恰好读到一节理论性极强的段落，感觉那些文字就像他的眼球一般艰涩。他用手揉揉眼睛，决定起身走动走动，换换脑子。

旁边座位上坐着一个戴眼镜的女生，见若虚侧身走向过道，目光停在他脸上几秒，小声问道："你是常若虚学长吧？"

"你……怎么会认识我？"若虚一愣。

那女生放下书，端起水杯和若虚一起向外走着，边走边说："我大一时参加新老生交流会，当时你给我们作过报告——你介绍的很多内容让我很受启发，还有就是你讲话的风格非常积极向上，所以我的印象特别深刻。"

在她的描述下，那幅画面在若虚脑海中重现——他在读书期间的确常作为"优秀学长"被邀请为新生作报告，她提到的这场应该是三年前的一次访谈，题目是"青春校园·共话成长"。

"因为受到你的激励，这三年多，我一直很努力地学习进步，"那女生接着说，"一转眼我也大四了，之前积累的许多东西终于变成了回馈——我获得了推免名额，已经成功保送到心仪的学校了。"

若虚听了她的话，内心一阵复杂，有惊喜，有欣慰，更多的是羡慕。

"我刚刚看到学长在读研究生复习材料，你在准备考研？"那女生好奇地问。

"啊……是的。"若虚一阵窘迫。

"你当时提到自己的成绩名列前茅，怎么没推免读研？"

"嗯……"若虚加深了窘迫，脑海里飞速思索着该如何化解眼前的尴尬，便故作轻松地说，"当时因为一些原因，直接参加工作了；现在新的矛盾产生了，我又想继续读书了。"

"原来是这样，"那女生点点头，"看来成长真的是不断作出选择，又不断作出新选择的过程——你当时是这样告诉我们的，现在我懂了。"

若虚应和地笑了笑，只觉得自己脸上红一阵白一阵。

"我记得你还说过——青春的意义在于和未知的困难搏斗，如果青春一帆风顺，反而缺失了很多精彩，"那女生眼里闪着光芒，"我祝学长备战顺利，也能考取自己心仪的学校！"

"谢谢。"若虚感到更加无地自容，他们刚好走到了图书馆门口，便结束了这段对话。

在馆外停留了片刻，阳光驱散了几分郁闷，若虚一边回忆刚刚复习过的内容，一边计算着与预期进度相去几何。正准备回去，母亲的一条信息打乱了他的计划——她今天要留在单位处理一些事情，不能按时接若水，需要若虚代劳。若虚有些懊恼，见距离若水放学时间已经很近，心知接下来不能继续看书了，立刻返回座位收拾好书本，推上自行车，急匆匆地出发了。

去往新兴小学的这条路，他已经很久没走过了。天气预报说午后将刮起五六级风，果然不错，他一路顶着呼啸的北风，吃力地蹬着——自从上次摔过一跤，自行车变得难骑了很多，不仅链条松动了，后轮也被磕得有点变形，他也一直没时间和心情去修，每向前一步，车都"吱吱呀呀"地响着。路上的景物和他的心情一样充斥着黯淡，杨树叶正零乱地飘洒，路面还散落着许多干瘪的枯枝。

他一股脑儿地骑到了新兴小学门口，此时已过了放学时间，校门外拥塞的人群正慢慢散去。过了一会儿，六年级六班列队走出来了——若水走在队伍最后一个，垂着脑袋，满脸沮丧。

他喊了一声若水的名字，若水回过神，朝这个方向走了过来。往常他会

立刻兴冲冲地跑来，围着他说笑，今天的他不知怎么了，像丢了魂一样。

若虚也懒得过问，因为自己的心情也很糟糕，见若水爬上了后座，他正准备骑上出发。

"哥——"若水突然幽幽地开了口，"我们班今天体检，我被查出了色盲。"

"色盲?"若虚一惊，"谁说的，医生吗?"

"是，"若水很平静地复述着，"她摆在桌上几张图，让每个人辨认，轮到我时，我只看到一片细碎的小三角和小方块，看不太懂，就问这张图是什么意思。"

"她怎么说?"

"她很不耐烦地回了一句'就是让你看！你倒问起我来了'，我只好说我看不出来，她就在我体检单上写了'色盲'两个字，排在后面的同学就大笑起来。"

"他们凭什么笑你?"若虚一阵义愤。

"他们笑我是色盲，还有一个说我是瞎子。"

"别理他们，那是一些愚不可及的笨蛋！你告诉我——"若虚指着前方路口的一处信号灯，"你说——它们都是什么颜色?"

"左边红，中间黄，右边绿，一共三种颜色，现在亮的是红色的灯。"

"你根本不是色盲，一定是他们查错了！别信他们，信你自己的眼睛！"若虚斩钉截铁地说。

若水凝视着前方亮起的红灯，突然委屈地哭了起来，边哭边说："就算我是色盲，他们凭什么嘲笑我？我看不清颜色，为什么他们会觉得开心?"

若虚一激动，胃又疼了起来，只好把车停在路边，笃定地对若水说："别哭！以后谁敢嘲笑你，你告诉我，我替你教训他们！"

"我不要你替我教训他们，我长大了，不能总让你保护我，"若水眼泪不受控制地往下掉着，"以后你和妈妈也别来接我了，让我一个人坐车上下学吧。"

"你不用管，我有时间。"

"我知道你在忙着考试，妈妈每天也很辛苦，你们真的不要来接我了。"

"不行，太危险了，你们校门口那条街多乱！"

"不危险！别人能行，我为什么不行？我跟着妈妈坐了这么多年车，你们为什么还不放心我?"

"不行，妈也肯定不会同意，你别想了。"若虚摇摇头，跨上了车座。

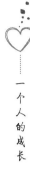

天已经擦黑，两人一路沉默着——若虚想到自己的考试，一阵心烦意乱；若水怅然地坐在后座，呆呆望着路边的一根根电线杆向后退着。

"哥，天黑得怎么这么早？"若水见街灯都亮了，不安地问。

"冬天了，天能黑得不早吗！"

"冬天了……又黑又冷，"若水的声音又传了过来，"你说，我们为什么会怕黑、怕冷？"

"因为人类的本能就是趋光趋热，追求光明和温暖。"

"假如有一天……光明和温暖都消失了，我们身边只剩下黑暗和寒冷，那要怎么办……"

"怎么会有那样一天？你别胡思乱想了！"

"万一呢？"

"那……"若虚忖度着，"那你就再找一找，看周围哪还有哪怕一点点的光明和温暖，就坚定地朝那个地方前进吧。"

两人回到家，看着空锅冷灶，都没什么胃口。若水掏出作业本，若虚摊开复习材料，两人面对面坐在了书桌前。时间悄悄流逝着，过了似乎很久，若水突然想到了什么。

"哥，我忘了一件事，明天美术课，老师让我们带毛笔和颜料，还有笔洗。"

"什么，刚才在路上怎么不说？"若虚正拼命往脑子里记着东西，思路一下子被打断，很是气恼，劈头盖脸地责怪着他。

"对不起，我刚刚忘记了……"若水眼里满是抱歉，"要不然你给我一点钱，我自己上街去买。"

若虚没再说什么，看着若水低垂的眉眼，内心突然升起歉疚——最近因为压力太大，他对若水的关心减少了许多，他一贯的耐心和好脾气也不见了。他长舒了一口气说道："对不起，我不该冲你嚷，我先找找我以前上学用的笔和颜料还在不在。"

他打开书柜，在最底层一个旧袋子里找到了自己中学时用过的文具，所幸这些东西没被扔掉——调色盘刷一刷还可以用，可是颜料都干裂了，毛笔尖也散的散、折的折。于是，他带着若水上了街，走了很长的路终于找到一家还开着门的文具店，买了一套十二色的颜料和一粗一细两支毛笔送给他。

"谢谢你！这颜料就像小牙膏一样，"若水爱不释手地捧着自己的新文具，

"但好像还缺一个笔洗……"

"笔洗我给你做。"若虚笑着说。

吃过晚饭，若虚找出一个空饮料瓶，洗干净，又找出了刻刀和砂纸。

"这是干吗？"若水正收拾着书包，见若虚做起了手工，好奇地问。

若虚故作神秘地笑了笑，把饮料瓶横着裁开，用砂纸打磨着参差不齐的边缘——裁开的瓶子，下半部刚好是个"天然"的笔洗。

"真好！"若水喜笑颜开地，接过若虚亲手为他做的"笔洗"。

"我小时候，爸爸就这样给我们做，我叫它涮笔筒。"

"我很喜欢！"若水把毛笔、颜料、涮笔筒装进一个塑料袋。

"这下全了，高兴了吧？"若虚看着若水，又露出了笑意——这也是近来他少有的笑容。

"明天上学别忘了带，"若虚看了看时间，"不早了，早点洗洗睡吧。"

若水知道大哥还要挑灯夜读，于是听话地跑去洗漱，早早地躺下了——也不知怎么，近来他觉得自己的精力不太好，脑袋总是昏沉沉的。他安静地躺在枕头上，闭起眼睛，感觉意识一点点模糊起来。似乎过了很久，恍惚间，他发现自己走在了一片空荡荡的荒漠中——这里布满了暗暗的绿色，毫无生机地散发着死亡的气息，头顶上方高悬着一个通红的太阳，发出令人眩晕的光亮。他抬头望向那刺眼的光圈——渐渐地，那光圈越散越广，颜色越变越深，把天空映得一片殷红。那颜色令他害怕，他跑了起来，但头顶的殷红却在他瞳孔中不断放大，似乎在下一秒就会将他吞噬。

他一下子惊醒了——原来刚刚做了一场噩梦。黑暗中，他喘着粗气坐起身，脸上沁满了汗水——他不安地环顾着四周，借着微弱的月光，他认出了周围的枕头、台灯、书桌、窗棂……却没看到若虚的身影。

他打开台灯，看了看时间——现在还没到十二点，他才睡了两个多小时。

他披上衣服走下地，向窗外张望着——母亲房间竟然还亮着灯。好奇心驱使着他走出房间，又蹑手蹑脚地踱到母亲的窗台外面，悄悄猫下身子。

房间里传出窃窃的对话声，若水竖起耳朵听着——那是母亲的声音，她说了一句"他还问你什么了？"

片刻之后，大哥的声音传了出来——"他问：'他从没听我们提过，为什么唯独他被查出了色盲？'"

房间里陷入沉默。

半晌，大哥的声音又传了出来——"我不确定，但我很担心，万一他真的想打听这件事，我们该怎么说……他太聪明了……"

"他们在谈论我？"若水在心里问自己——直觉上，母亲和大哥似乎在盘算着什么不想让他知道的事，而且像是件很严重的事。他把耳朵贴上窗根，尽可能捕捉着大哥越来越低的声音——"这么多年，我早把他当成亲弟弟了，可是，我们真的瞒得了一辈子吗？如果有一天他知道了真相……"

若水愣住了——这到底是怎么回事，什么叫"我早把他当成亲弟弟了"？他带着满满的狐疑悄悄溜回房间，关掉台灯，在黑暗中又回忆起刚刚那做梦似的一幕。

第二天一早，若水执意自己坐车上学。

吃过早饭，他就一言不发地背上了书包。若虚拗他不过，只好陪他走向车站——那个鼓囊囊的塑料袋若虚正帮他拎在手里，装着他的毛笔、颜料、涮笔筒。

"哥——"若水边走边嗫嚅地开了口，"我心里有件事，想和你聊一聊，你什么时候有时间？"

"什么事？"若虚有些警觉。

"我发现……"若水刚一开口，就听见背后传来了鸣笛声——一辆公交车正开过来，准备驶进站台。

"我先去追车了！等放学后我再问你吧！"见公交车一路疾驰着超过他们，直直停靠进站台，若水立刻追了过去。若虚喊了声"等等"，跟着跑了两步，将手中的塑料袋递给了他。若水接过来，追上了公交车的后门——门"哗"的一声在他面前弹开，他抬起一只脚，卖力地登上了阶梯。

"注意安全——"若虚冲若水的背影喊道。

若水什么都没说，在车厢最后一排坐了下来——车窗映出他的身影，他别有深意地盯着若虚看了几秒，又把脸扭回了前方。

若虚目送那辆公交车驶出了站台，转身向回走去，突然像是想起了什么，有些不安地回了下头——那辆车已经开出去老远。望着那渐渐消失的车尾，若虚心里升起一丝不祥的滋味，身体也不自主地哆嗦了一下。

他拍了拍额头，定了定神，继续朝前走去了。

课间，若水给涮笔筒接满了水，一路走回教室，放在课桌上。一个留着鸡冠头的男生三跑两跳从旁边经过，就像发现了新大陆一般叫了出来："你们看！常若水用饮料瓶做笔洗！"

"他们家穷！肯定买不起！"

"他这叫艰苦朴素，喝水和涮笔都用同一个瓶子！"

"一会他一着急，就把墨水喝进肚子了！哈哈哈！"——又有几个男生凑了过来，围着若水的课桌七嘴八舌地取笑着。

若水"哼"了一声，直直坐在座位上，轻描淡写地说："有什么可笑的？我用饮料瓶涮毛笔也照样涮得干净，你们买的文具再贵也画不出好画！"

"那是，你画画好，谁比得上你？"鸡冠头还在继续发难，看了看四周，冲教室另一边吆喝着，"叶小雯快过来，让常若水画一个，让他带回家对着你亲去！"

若水听了这番挑衅，愤怒地从座位上站起来，望着比他高了半个脑袋的鸡冠头，吼了一句"你嘴放干净点！"

鸡冠头不甘示弱地走过来，立在若水对面，像只较劲的斗鸡——他伸出手，傲慢地对着若水头顶和自己的鼻梁比画了两下，又笑着冲周围说道："我差点忘了，他是色盲，分不清颜色！画不了画！"

若水怒不可遏，抓起装满水的涮笔筒，对着鸡冠头的脸泼了过去。

"你找死？"鸡冠头猝不及防被浇了一脸懵，待缓过神来，铆足劲冲若水的胸口狠狠捶了一拳。若水躲闪不及，被打得失去了平衡，一个仰倒重重地坐在了地上，"哗啦"一声带倒了后排的课桌。

教室里叽叽喳喳的同学们瞬间安静了下来。

鸡冠头踩着湿漉漉的地板走过来，抬起脚就要朝若水摔倒的身体踩下去。若水一阵害怕，几乎是本能地捉住面前黑压压的脚底，用力向侧面一扳——鸡冠头单脚站着，一打滑，直挺挺地朝旁边摔下去，砸得地板一声闷响。这下他气极了，七荤八素地爬起来，对准若水的脸挥下了拳头。

教室里传出了孩子们的尖叫声。

"怎么回事?"班主任突然出现在教室门口,望着被撞得里出外进的桌椅和湿漉漉的地板,喊了一声。

鸡冠头挥了一半的拳头突然泄气一般耷拉下来,他开始号啕大哭,边哭边喊:"老师! 常若水打我!"

"究竟是怎么回事?"班主任严厉地问。

常若水站起身,抹了抹衣服上沾着的脏水,语气平静地说道:"老师,我刚刚去接了下节美术课涮毛笔用的水,没有招惹任何人,他们几个见我的涮笔筒是用饮料瓶做的,就取笑我,还取笑无辜的女同学,他们的话实在太难听了,我听不下去,就用水泼了他。接着,他攥起拳头打我,还要用脚踩我,我为了保护自己,就把他推倒了。"

"他胡说!"鸡冠头气急败坏地喊,"他把我衣服全浇湿了! 还故意绊倒我! 老师你看——"

班主任用凌厉的眼神扫视着教室里的情形,心里大概有了数,便把纪律委员喊来询问了几句,对鸡冠头和若水说:"你们俩都跟我来办公室! 叫你们家长来学校!"

上课铃响了。围观的同学们散开了,纷纷摆桌子扶椅子。

两个孩子一前一后跟着班主任走进办公室。

鸡冠头脑袋上摔出个大包,正坐在椅子上,拿班主任给的一条湿毛巾捂着,鼻子里一阵哼哼唧唧——他刚给家长打了电话,他妈妈一听儿子在学校被打了,立刻就要赶来。若水立在班主任办公桌的另一侧——他刚刚摔在地上时磕到了尾骨,屁股一阵肿痛,但强忍着不去揉。他拒绝向鸡冠头道歉,也拒绝了班主任请他家长来校的要求。

"我妈在上班,我哥哥忙着考试,我不忍心喊他们来。再说,我已经快十二岁了,我的事情我自己可以处理!"——他这样和班主任解释道。

正当情形陷入僵局时,楼道里响起了"嗒嗒嗒"的高跟鞋声。脚步停在了办公室门口,鸡冠头的妈妈——一个身穿皮衣、描眉画眼的女人闯了进来。一见到妈妈,鸡冠头像看到救星一般立刻冲上去,抱着她就哭了起来。皮衣女一把把儿子揽进怀里,又是安慰,又是爱抚。

好不容易哄好了儿子,看到在一旁站得直直的若水,皮衣女立刻质问起班主任——"就是他打我们家宝贝?"见若水又瘦又小,她暂时松开揽在怀里

的儿子，伸出一根手指朝若水脸上狠狠戳了过来。

若水一躲，她指头戳了个空。

"您先请冷静一下，"班主任立刻制止道，"请您来是为了协商解决问题，不是激化矛盾。"

"有什么好协商的？"皮衣女显然对班主任非常不满，"这小混蛋欺负我们宝贝，打了我们脑袋这么大一个包！还说什么？该赔钱赔钱！该开除开除！不然，让我们从他身上讨回来！"

"他还用凉水泼我"——鸡冠头见状又补充了一句。皮衣女更加火冒三丈，上来就要揪若水的头发。

"您冷静点！"班主任伸手拦住了她，"凡事兼听则明，据我了解的情况，他确实用水泼了您家孩子，但您家孩子也确实动手打人了——两边都有不对的地方，您说，咱们是不是得公平处理？"

"我家孩子被打成这样，你还向着这小兔崽子说话，说我家孩子有不对的地方，你这老师怎么当的？把你们领导叫来评评理！"

"您先别激动……"班主任还在尝试安抚她。

"怎么可能不激动！受伤的不是你自己的孩子？你说得轻巧！"皮衣女不满地吼着，"你有孩子没有？你把你孩子喊来站着，让我扇上几巴掌，你愿意吗？"

班主任的孩子才一岁多，这话显然触及了她的软肋，她一时情急之下竟哑口无言。

"够了！听我说一句！"若水见班主任委屈得眼睛都红了，忍不住开了口，"我觉得我们老师说得很公正！我承认我有不对的地方，毕竟我也动手打了人。但是，是你家的孩子动人和欺负人在先，而且他刚刚抬脚踩我的架势显然是准备下狠手，这说明他不仅卑鄙，而且狠毒！"

"你个小畜生！没教养！"皮衣女显然没料到小小年纪的若水竟敢出口反击，又开始了噼里啪啦的辱骂，"你有父母吗？一看父母就不是什么好东西！才养出这样的野种！"

"住口！"若水抢在班主任之前喊出了这句话，指着鸡冠头，冲皮衣女人嚷着，"我从他身上，看出了他父母更不是什么好东西！"

"你个小王八蛋！"皮衣女人彻底翻脸了，满眼怒火地朝若水走过来。

"你个老王八蛋！"若水丝毫不惧，回骂道。

“啪——”的一声脆响，皮衣女人一记耳光狠狠抽在若水脸上。

若水毫无防备，被打了个结实，耳膜“嗡嗡”响着，疼得泪水在眼眶里打着转。他装作害怕的样子，用左手捂起挨打的半边脸，趁皮衣女不注意，抬起右手照着她肚子重重地捶了一拳。在大家都惊呆的片刻，他一溜烟跑出了办公室。

“妈呀！活不了啦！”皮衣女才反应过来，若水已经跑得没影了。她又是疼又是羞，顺势坐在了地上，捂着肚子大叫“我让个小王八蛋给打了！我要叫我老公来！”一旁的鸡冠头见妈妈在地上捶胸顿足的样子，吓得哇哇大哭。

班主任伸手拉着她，边拉边说：“您先别喊，赶快带孩子去医院看看，看看伤得怎么样，也让医生帮您检查检查。”

皮衣女费了半天劲，终于从地上挣扎了起来，拍了拍衣服上的土。“老师！我先带我们宝贝去医院，要真有个好歹，我回来先废了那小王八蛋！再和你们算账！”说完她拉起哭得昏天黑地的鸡冠头，这一大一小一瘸一拐地走出去了。

屋里顿时清静了很多。

班主任坐回椅子上，回想着刚才发生的激烈一幕，思量着该如何应付接下来可能出现的局面，一抬头，见门外有个小脑袋正往屋里瞧，便喊了声“进来吧”。

若水瘦瘦的身影从门外闪了进来。

“疼不疼？”班主任问他。

“没事。”若水摇摇头。

“你倒跑得快，”班主任语气中透着一丝责怪，“事情都还没解决，刚才躲到哪里去了？”

“躲到……反正是一个你们都找不到的地方。”

“你说说你！平常那么机灵，怎么不想想，这样的事，老师怎么可能不保护你？这下倒好，事情闹大了！”

不知是疼还是委屈，若水噘着倔强的小嘴，泪珠在眼眶里打着转，克制了半天，开口说道：“她骂您、骂我、骂我家人，我实在听不下去……”

班主任一阵心疼，看着他红胀着半边脸，拿出一条毛巾，浸上凉水递给他，说道：“先敷上，不然一会儿就得肿起来。”

“老师，我不要紧，”若水摇摇头，“如果没别的事，那我先回去上课了，

要是他爸妈还来闹，我再想办法对付他们——总之，我不想让我妈妈和哥哥介入这件事，我的事我自己能处理好。"

"还'自己能处理好'呢？刚刚吃了多大亏！"班主任又是埋怨又是心疼地说。

"我先回班，您也休息一会儿吧。"若水朝班主任鞠了一躬，转身走了出去。

当他怏怏不乐地走回教室时，美术课已经结束，自然老师正在讲台上写着板书。他在门口喊了声"报告"，径直走回自己的座位上。

这节自然课讲的是"各式各样的云"。此时，黑板上展示出各种云彩的图片，老师正在有声有色地给同学们介绍——

> 当空气中的水蒸气遇冷聚集，漂浮在低空中就形成了雾，在高空中就形成了云。
>
> 云有各种各样的形态：这是层积云，它预示有降雨的可能性；这是高积云，是雷暴雨的前兆；这是卷积云，表示未来的天气可能变化不定；这是积雨云，表示顷刻即将下大雨；这是毛卷云……

若水心不在焉地盯着那些图片，感到一阵云里雾里。他想起来，一会儿还有个问题要向自然老师请教，渐渐走起了神……

下课了。自然老师收拾着教具，若水端着一本书走了过来。

"李老师，"若水问，"我记得您以前讲过您在大学念的是生物系，我在生物书上看到一个不懂的知识，想向您请教——"

自然老师见他手里拿着的是一本中学生读物，诧异了一下，回答道："这个问题呢，等你上了中学，生物老师会讲的。"

"可是，我现在就想知道，"若水指着做好标记的那一段，"您看——这里写着'色盲是一种伴 X 染色体的隐性遗传疾病'，我不明白这句话。"

"既然你对这个问题这么感兴趣，老师就带你预习一下中学知识——"自然老师微笑着看着他，娓娓讲来，"我们人类拥有 23 对染色体，每一对染色体都写满了复杂的遗传信息，像是你眼睛的颜色、头发的粗细、鼻梁的高低等等。其中，有一对染色体是用来决定性别的，我们叫它'性染色体'：女孩子的性染色体是 XX，男孩子是 XY。"自然老师边说边在黑板上写下 "XX" "XY" 两组符号，接着说道："这本书上说的红绿色盲这个信息就是体现在 X 染色体上的……"

两个同学从讲台前走过，停在旁边看了一会儿，不明所以地走开了，其中一个边走边问——"自然老师怎么讲起数学题了？"

"对于一个女孩来说，当两个 X 染色体都正常，她就能够正常辨色；当其中一个正常，而另一个带了色盲基因，她依然能正常辨色；只有当两个染色体都带了色盲基因，她才无法辨色，"老师继续讲着，"而男孩的情况又不太一样……"

若水很快理解了老师讲的原理，他接着问道："如果一个男孩是色盲，那是不是能说明他的妈妈是色盲呢？"

自然老师面露一分惊喜，继续对着黑板上的 XX、XY 讲解起来……

今天下午比平常少一节课，刚过四点，若水就放学了。周围的同学们欢呼雀跃地跑出了教室，若水留在班里做完了值日，把扫帚和簸箕放回卫生角——他一点都不急着回家，一边漫不经心地收拾着书包，一边在脑海里回想着和自然老师讨论的知识。正在出神时，有个人轻轻拍了拍他肩膀。

若水一回头，见叶小雯正站在他身后，伸手将一块巧克力递给了他。

"这个送你——"叶小雯说，"可好吃了，是我爸爸出差带回来的。"

若水接过巧克力，打开包装纸，掰了一块放进嘴里。

"我……"叶小雯看着若水——他左半边脸上趴着几道指印，四周已经通红起来，"我想对你说一声谢谢。"

"谢我干什么？我什么也没做。"

"你维护了正义，"叶小雯盯着他的眼睛，"他们确实很过分，可是，除你之外，没有人站出来。"

"维护正义往往会付出惨痛的代价。"若水指着自己红扑扑的左脸，苦笑了一下。

"总之，我觉得你像一个英雄，"叶小雯笑着眨眨眼睛，"你如果觉得好吃，我明天再给你带一大块。"

"谢谢你，可我现在不爱吃巧克力了，"若水摇摇头，"我哥说过，长身体的时候要多吃饭，多锻炼，少吃零食，才能长高长壮——等我长得更高更壮，就能更好地维护正义了！"

叶小雯浅浅地笑了一下，回身跑走了。

教室里只剩下若水自己，他感到这幅情景似曾相识。他回想着昨夜那奇怪的梦和今天白天发生的一连串事情，心里不太是滋味，慢悠悠地背上书包，拎起装毛笔和颜料的塑料袋走出教室，沿着楼道和校园的甬道，一路心不在焉地走出校门，顺着校门外的小路，朝大街上的公交站走去。

他重温着刚刚和自然老师学到的新知识——黑板上写的"XX""XY"还在他意识里挥之不去地盘旋着，他知道母亲和哥哥一定有什么秘密对他隐瞒着，该如何向他们谈起这件事呢？他开始在脑海里计划着……

沉浸在思考中，若水走上了斑马线，丝毫没有留意前方的信号灯已经变了颜色。

突然，他听见身后传来一阵可怕的响动，伴随着一股气流和被一个硬邦邦的东西猛然撞击的痛感，双脚离开了地面，视野里的东西开始天旋地转。他甚至还没反应过来究竟发生了什么，就听到车轮摩擦地面发出的刺耳的响声。

最后清晰的意识里，他感觉自己重重砸在了地面上。

– 46 –

若虚发现自己又坐回那个熟悉的礼堂。

他带着一丝惶恐打量着四周——前排的座位上，散坐着不少熟悉又陌生的面孔，想起来了，几个月前学校举办了一场教学比赛，这些都是参赛的教师们，唯独他形单影只地坐在了最后一排……台上一直有隐隐约约的说话声传过来，他越听越迷糊，突然感到衣服上有个尖尖的东西扎着自己，低头一看——衬衫上别着一个印有"13"的号牌。

前边又传来了阵阵私语。他循声望去，有两张面孔正转过头望着他，嘴里还念念有词——怎么又多出一个人，他是谁？

在他诧异的片刻，礼堂的喇叭里响起报幕声——接下来有请13号参赛教师常若虚。

若虚又是一愣——这是在叫我吗？我怎么变成参赛选手了，我也要上台比赛了？他感觉旁边有只手推了一下自己，他顺势站起身，在周围稀稀拉拉的掌声中，沿着两排座位间的窄道，缓缓向前方走去。

他有些紧张，心"砰砰"跳着一路走上演讲台，屏着呼吸转过身——礼

堂上方悬着一排大灯，灯光晃着他的视线，他瞪大眼睛向台下望去——台下的观众们好奇地盯着他，远远的后排坐着一个有点面熟的女生，正对着他微笑。他长舒一口气，开始了铿锵有力的发言，清澈的声音通过麦克风在整个礼堂扩散开来——

> 这是一首我们并不陌生的诗——每当读起《春江花月夜》，我们便不由自主地走进了中国古人对生命和时空构建的那幅画面中。诗人张若虚营造了一个纤尘不染、空灵澄澈的世界，春夜、江水、花朵、月光都拥有着各自的灵魂和奥秘……

他的语言似乎很有吸引力，台下的观众们都在专注地听着，也被他描述的那个奇异而深远的时空吸引着。他悄悄望向坐在后排的那个面熟的女生——她也正满目期许地听着他饱含深情的讲解。

他内心一阵鼓舞，澎湃着一股强烈的信心，似乎也淡忘了时间的流动……

> 我们或都经历过孤独的童年，我们或都以为无忧无虑是人生伟大的追求，但随着成长与经历，我们才慢慢懂得，原来孤独是人类与生俱来的情绪，是一种潜伏在我们生命中的清冷的美妙……

台下响起了提示铃，八分钟展示时间很快就到了。

在言语营造出的宏大而幽远的氛围中，他结束了最后一句讲解，对着台下鞠了一躬，在随即响起的一片掌声中，从容地走下台。他的眼神又不由地飘向了观众席——后排那个女生的脸上正浮现出欣慰和敬佩的神情。

他走过去，在她身边坐了下来。

"我……讲得怎么样？"他忐忑地问。

"话说得文绉绉，一点都不通俗易懂，"她高高挑起眉毛，"不过——方式倒还吸引人，声音也好听。"

"我完全没想到也能有这样一个机会，像你们一样站上这个舞台，"他脸上发着热，"谢谢你的鼓励和推荐，不然，我大概是没有这份勇气的……"

"不必谢我，你等这个机会等得太久了——我还记得第一次见到你，当时你就像现在这样站在台上，那种熟悉感觉一下子都回来了！我猜你会是今天的一等奖。"

"我没想过会拿什么奖……这个机会来得太突然，我本以为会讲得一塌糊

涂……不过，我终于有机会展示一下自己，用知识和品性去感染周边的人，你感受到我由衷的幸福和满足感了吗？"他开心地说着，转头看向旁边——悄无声息间，她的座位上已经空空如也。那里变成了一个长长的会议桌，围坐着一群人，正讨论着什么。

"我怎么又到了评委会议室了？"他心里十分疑惑——那群人讨论得很专注，没人注意到角落里的他。

"嗯，从分数上看，他的确位列第一，"一个背对着他的评委说，"不过他并不是教师，只是一个办事员，如果真把一等奖颁给这样一个人，会不会有些奇怪？"

"他讲得确实不错，但您的顾虑也确实有道理，"另一个评委提议，"不然给他颁一个类似什么'特别奖'？"

"或者也不必完全参考分数，干脆把名次调换一下，把他往后放……"第三个人说。

"我还是觉得应该承认他的比赛成绩，"背冲他的那位评委接着说，"但不必给他颁任何一个奖——比赛也没规定分数排第一就一定有奖。"

"这……对他会不会太残酷了？毕竟他比赛也参加了，分数也拿到了……"另一个女评委说。

"不是这个道理，"那人表示了强烈的反对，"比赛有比赛的规则。"

"你们讨论了半天，都忽略了最重要的一件事——"坐在会议桌中间的评委长悠悠然地开了口，"我现在只提一件事——他为什么会出现在参赛名单里，前期审查工作是怎么做的，为什么把一个办事员放进来参赛了？从根儿上说，他一开始就不应该拿到参赛资格，从这个角度说，他拿的成绩就应该算作无效，我们完全可以取消他的成绩。"

"不行！你们怎么能这样？这太不公平了！"若虚终于无法克制地嚷起来，但他的嗓子像哑掉了一样，只发出了蚊子般微弱的声音。

没有评委理睬他，在一片"同意"声中，评委长在名单上标上了比赛结果——除他之外的所有人，名字后面都注了"一""二""三"等表示奖项的字样，只有他名字后面留了个空格——甚至连他的名字，也最终被一支黑笔重重地涂掉了……

他蓦地惊醒了——他发现自己正趴在接待室的办公桌上，肩膀以下像失去了知觉——被压得麻木的胳膊下面是他翻看了一半的书。他想起来了：昨

夜几乎没怎么睡，本想抓紧今天中午补习，他又一次直接趴着睡着了……恍惚间，他回想着刚刚这场匪夷所思的梦，感觉自己的心被狠狠撞击着——他漫不经心地揉着隐隐作痛的脸颊，站起身照了照镜子，原来是书脊将他一侧的脸硌了一条笔直的痕迹。

他坐回办公桌前，醒了醒神。在一阵昏沉间，午休的时间结束了，达雅推开门走了进来。

"你醒啦？"达雅把球拍放回柜子里。

"本以为能多看几眼书，没想到又浪费了一中午……"若虚沮丧地说。

"所以我才喊你和我们去打球，今天天气这么好！"达雅拧开水杯喝了一口，"觉得很累的时候，出去晒晒太阳，动一动，比闷在这屋里看书强。"

"好吧，明天跟你们去……"若虚拍拍脑袋，揉揉肚子，感到一阵涣散，"不过，我从没打过网球，可能会拖你们后腿……"

"那有什么？我们也没打得有多好，就是图个开心！"达雅坐回到办公桌前，继续开始了工作。

下午，又有一大捆信件寄到了他们办公室。若虚花了半天时间，把它们按楼层分好，抱进怀里正准备往车上装走，手一滑，信全噼里啪啦掉在了地上，气得他狠狠砸了一下桌面。

"别着急，慢慢弄。"达雅看他状态不对头，安慰道。

"唉……"若虚摇摇头，望着一地狼藉，"可能最近压力太大了，总是做梦，有什么风吹草动就会惊醒，就再难睡着了……昨天又几乎一宿没睡……"

"我建议你给自己减减压，你已经为了想做的事近乎拼尽全力了，不管结果如何，这些付出都是有意义的，值得肯定，"达雅说，"等你考完试，给自己买个平常舍不得买的礼物，或是去哪里玩一趟，算是犒劳一下自己的坚持到底。"

"等我把这段最煎熬的日子挺过去，就能放下这件事了，毕竟我已经尽力了，"若虚弯下腰，一封一封捡着地上散落的信，"我最近感觉很不好，早上送若水上学，不知怎的心里总是惴惴不安——他上车时回头看我那一眼，让我很慌张，从没有过的慌张……"

"或者是你太敏感了？"

"他眼睛里有一种怪异的神态，甚至不像这个年纪孩子该有的……"若虚把一大沓信放回办公桌上，像是突然想到了什么，打开抽屉，从一摞材料的

最底下抽出一个大信封——那个大信封里装着这个夏天他和学校签订的劳动合同，当时他兴致勃勃地将它珍藏起来，现在看不过是几张薄薄的纸而已——不过，他如何都不曾想到，时隔几个月再次将它拿出来，是为了查阅一处条款。他默念着合同正文中排印得整整齐齐的一行字——

> 乙方在服务期内因个人原因提出离职的，须向甲方交纳经济赔偿金伍万元。

他计算着工作这么久挣得的收入，感到自己可悲得有些可笑。

"达雅，如果我辞职了，是不是就可以告别眼下这混沌的局面了……"他抬头看着认真工作的达雅，结结巴巴地问。

"怎么，出了什么事吗？"

"没出什么事……只是，这个念头不是突然间萌生的——如果真的走到辞职这一步，我在想自己会不会有什么割舍不下的东西……"

"难道主任又找过你，和你说了什么？"

"没有……只是我发现，这份工作除了还能让我挣到聊以维生的一点工资外，不再能给我任何成就感，反而让我陷入了越来越深的痛苦之中……我不想每天活在痛苦和虚度中，我也希望自己能拥有一番值得的事业和人生，把时间精力花在更有意义的事情上，而现在，我觉得没有再坚持下去的必要了……"若虚想了想，把前段时间那个领导对他的"告诫"一五一十地转述给她。

"辞职可不是一件小事，你要考虑好最坏的后果，"达雅说，"他说的那番话未必都是危言耸听，况且，你总要想好接下来的打算，总不能就这么一走了之吧？"

"我这不是在破釜沉舟地准备考试嘛……"

"如果考不上呢，你想过没？"

"那……"若虚不知道该如何说下去。

"如果考不上，你或者连现在的处境都不如了，"达雅的话带着几分不留情面的诚恳，"你知道吗？和一个组织或集体相比，作为个体的人是很渺小的——即使再出色的人离开，这个集体也能在最快的时间恢复运作，但对于那个人来说，他的生活、他家人的生活或许就会因此而发生一些天翻地覆的改变……你说过，你目前虽然不是家里唯一的支柱，但你一直努力在做一根顶梁柱。"

"那我更没必要为了做一个'小部件'把自己的身家性命都搭上了！何况在他们眼中，我不过是个随随便便就能替代的'小部件'！"若虚情绪很是激动，"我真的想这就写辞职报告了！我不甘心，一样的人，一样宝贵的青春，凭什么我就要被自己不喜欢的事情消磨？我后悔这么选了！我承认我输了！我推倒重来还不行吗？"

"这倒不是什么输赢的事，"达雅很冷静，"没有谁能信誓旦旦，保证自己一生没有走过弯路，没有做过令自己后悔的事，如果你真的已经打定了主意，那我支持你。"

"谢谢你，达雅，你总是在我陷入迷茫时为我指点迷津，这恐怕是我近几年遇到最大的难题了……我还有个担心就是主任那边——等我写好辞职申请，我自己去面对他，和他解释，最坏的结果也不过是和这里一刀两断，也没什么大不了的……"若虚低头陷入了沉思。

接待室的电话突然响了起来，吓了若虚一跳。

"是不是主任找我？"若虚几乎是脱口而出，"估计又要给我派活了……怎么总有那么多工作？"

达雅示意他别乱讲话，接起听筒，向他打了个手势——找你的。

若虚一边敲着键盘，一边用肩膀夹起听筒。听筒里一阵嘈杂，夹杂着一句低沉的人声——"常若水在抢救，请尽快赶来"。

听筒顺着他肩膀"哗啦"一声滑落下去。达雅惊讶地看着他——若虚瞪大了眼睛，双手像是黏在了键盘上。

他脑海中一片空白。

- 47 -

疾驰的出租车在医院大门外停了下来。车里冲下一双急腾腾的脚，一路跑进了急诊大楼。

大厅里穿梭着许多行色匆匆的人。若虚一阵左顾右盼，见问询台坐着值班护士，立刻走上前去。

"护士您好，有位叫常若水的小男孩送了过来，我差不多半小时前接到的通知——"

"在里面"——护士指了指着右边的通道。若虚朝那个方向看过去，它通往一扇灰色的门，门上标着"抢救室"几个字，一旁正亮着红灯。

"请问，他现在的情况怎样了？"

"你是家属，是他什么人？"

"我是他哥哥。"

"亲哥哥？"

"是的。"

"你先签个字。"护士取出一张通知单递给他——内容是告知家属正在采取的急救措施以及可能的后果。

他很快签上了自己的名字。

"等医生一会儿出来，他会跟你说具体情况，"护士又取出另一张单子，"去窗口把出车的钱结了。"

若虚心里很焦急，本想打听些更具体的情况，护士已经接起了问询台的电话，随即翻开值班手册查看起来。他只得按照护士交代的，拿上单子走向大厅的另一侧的窗口——工作人员打出了一张单据，他快速地浏览着，涉及的细目包括人工费、出车费、急救医疗设备费、医疗器材成本费……总共八百多元。

他又走回那个嘈杂的大厅，孤零零地握着几张收据，望着抢救室外的红灯，试图平复着自己的情绪。他找到墙边的一个座位坐了下来，眼前闪动着往来穿梭的人影，大厅的门频繁地推开又关上，不时有伤者仰卧的担架车被推进门，直冲冲地送进了其他抢救室。又有一个戴着安全帽的男人闯了进来，背着一个光着一只脚的伤员——他脚踝扭成了一个怪异的角度，那只脚像断了一般，在小腿下方可怕地晃动着……

他静静地看着眼前的一切，内心又涌现多年以前有过的慌乱。

那天，他一路摇摇晃晃，一齐被送来了医院。车开到一半时明明还没事，可脚刚一沾上地，他就忍不住胃里的翻江倒海，撑着路边的雨箅子（路边排水沟的箅板）吐了起来……

"家属在哪？"有个声音喊着。

"家属是个小孩，"另一个声音说，"刚才还在这呢……哎哟，在那呢，晕车了！"

"把那小孩带过来，问问他家还有谁？他签不了字。"

"喂——你妈什么时候能来……"

那天可冷了，冷风一个劲儿朝他耳朵和鼻孔里灌。他被一个白大褂领了进去，在抢救室门外一直坐着，盯着地板上一道裂痕发着呆……那幅情景他至今回想起来，仍感到绝望，不知是冷还是怕，他一直不由自主地颤抖着。

抢救室外的红灯"唰"地灭掉了，若虚的心又一次被提到了喉咙口。过了一会儿，一辆担架推了出来，他赶忙迎上前——一个被单子盖得严严实实的躯体平躺在上面，唯一露出的头也缠着厚厚的绷带，即使这样，他也一下子认出了若水。一个穿着绿色工作服、顶着宽大帽子的医生走了出来，若虚凑上去询问着若水的情况。

"你是家属？病人暂时没有生命危险，"医生短短地回应着，"但病人颅内有大量瘀血，压迫性昏迷，右胫骨严重骨折，全身还有多处软组织挫伤，要转送 ICU。你一会儿拿上诊疗单去办住院手续。"——医生戴着一副宽宽的口罩，若虚几乎读不到他的表情，只看到他眼镜片后面深沉的目光。

"那……后续如何治疗呢？"若虚紧绷的神经稍稍放松了些，接着问。

"外力固定加药物介入，观察病人恢复情况，护士会联系你。"说话间，担架车已被推到电梯口，医生也一起闪进了电梯。

若虚梳理着医生交代的事项，又拿着诊疗单返回护士台。护士见他一个人忙前跑后，叮嘱他接下来该做的事——

"ICU 在二层，从那条楼道往上，先把生活用品买了送过去，去商品部。"

"需要买哪些生活用品？"

"你过去直接问吧——就说'ICU 全套'。"

顺着指引，若虚找到了医院商品部，看着理货员面无表情地从一个个货架上取下各种物品，一股脑儿摆在他面前。他定睛一看，所谓的"ICU 全套"包括床单、枕巾、毛巾、卫生纸、便盆等差不多七八样物品……他把那些零碎的小物件放进便盆，一路端着走进一条幽暗狭窄的楼梯，上了二层。迎面是一扇已经掉漆的木门，贴着"重症监护室家属休息区"几个字。他小心翼翼地推开那扇木门，门发出一道古怪的响声——这是一个拥挤的房间，紧凑地摆着一条条长凳，坐满了男男女女。在他发着愣的片刻，一个坐在门边的男人朝他吼了一句——"要么进来要么出去，别开着门放冷气！"

几个人同时朝这边看过来。若虚慌忙走进屋，掩上了门。

房间里没有窗子，几盏白炽灯闪着有些凄惨的光亮。里面的男男女女见走进个陌生人，有的漠然地抬了抬头又低下去，有的干脆动也不动，像等候宣判的人一般平静。

"请问——"若虚打量了一圈，见墙边倚着一个戴墨镜的女人，试探地开了口，"阿姨，我给病人买了生活用品，要怎样送进病房呢？"

"你找曾姐吧，她一会儿就出来，"墨镜女人打量着他，漫不经心地指了指角落里一道小门——那扇小门紧紧关着，贴着"病房重地，闲人勿入"的标语，这大概是家属休息区和 ICU 病房之间的通道。小门旁边还留着个方形的小窗口，上面盖着一块木板，窗口边挂着一台对讲机，里面不时发出"嗡嗡"的蜂鸣声。

"刚送来的，是你什么人啊？"墨镜女人见若虚满眼惊惶，好奇地问。

"是我弟弟，车祸。"

"哟……你家大人呢？"

"我妈正从单位赶过来。"

"你爸呢？"

"嗯……我爸爸出差了……"

"行了，来都来了，也别着急了，耐心等吧！"她指着小窗口旁边的对讲机，"有什么情况，医生护士都会叫你！"

"那……"若虚有太多还不了解的东西，"家属什么时候能再探视病人？"

"谁让你探视啊？"对方语气中透着不耐烦，"告诉你吧——越探视你越难受，病人在里面好着呢，有吃有喝，还有人伺候！踏实等着吧！"

若虚顺从地点了点头，在旁边找个地方坐了下来。墨镜女人说得很对，从他走进这间屋子起不算很长的时间里，那台对讲机每隔一会儿就会响起护士的声音——那都是不同护士的声音，反映的"情况"也是不同病人的。

——"××家属在吗？病人今晚转普通病房，你们先去三层把手续办了吧。"

——"××床家属！你们先得找医生签字！签了医生才能做气管切口！"

——"××床家属，人运下去了，你们到一层电梯口接。他们要是还问，你们再解释一下，说不送太平间，自己找车拉走。"

……

屋里的人们，如同机器人听到主人发动了指令，及时地执行起相应的程

序。若虚静静地看着他们——有人急匆匆跑着办理手续，有人面无表情地在"同意书"上签字，蓦地，楼下又传来一个老人古怪的哭声……他觉得自己像在做梦。

正当他看得发愣时，那扇小门倏地从里面打开了。一个穿着半旧工作服的矮个女人走了出来——她四十岁左右，脖间绕着一大串钥匙，手里握着一把扫帚，怒气冲冲地大喊了一声"屋里不许吸烟！再有烟灰就把你们赶出去！"

若虚忖度着她大概就是刚才墨镜女人提到的"曾姐"，便端着"ICU 全套"走上前，恭敬地问道："阿姨，这是给病人买的东西，请问能托您帮忙转交吗？"

曾姐眯起眼睛看着他，脸上露出几道深深的鱼尾纹。

"几床？"——她带着重重的南方口音。

"我不清楚几床，是个才送来的小男孩，叫常若水，车祸。"

"晓得了！刚送来的，12 床！"曾姐像是刚吃过饭，嘴里还一咂一咂地，接过那堆东西搂在怀里，"交给我吧！"

她刚回身走了两步，旁边座位上一个戴老花镜的老奶奶拉住了她的手，慢悠悠地问："小曾啊……你帮我留意着点，我先生要是想吃什么，你要及时告诉我啊。"

"阿姨，别着急！"曾姐侧过身，"你放心，就算我没听见，医生护士听见了也会喊你的！"

老奶奶点了点头，视线又回到了手里捧的书上。

旁边又有一个家属，举着一个塑料饭盒凑了上来。"护士说饭盒中午砸地上了，劳驾您把这新的带进去吧。"

"放上来！"曾姐把饭盒码到了怀里那堆东西的最上面，用挂在腰带上的卡刷开了那扇小门，倏地消失在门后面。

若虚两手空空，有些不知所措地愣在了原地。周围的人们又都陷入了一片沉寂，那沉郁的气氛令他不安。屋里有人在窃窃私语——"你知道吗？病人一旦昏迷，脑细胞就一片一片地死，就算能活下来，多半也是植物人了……"

那些似真似幻的话钻进若虚耳朵里，他更加恐惧和茫然了。

小门又猛地从里面打开了。曾姐捏着一个本子走了出来——刚才手里那一大堆东西已经不见了。

"小伙子，你过来——"曾姐找了条长凳坐下，招呼着若虚，"留下病人的名字！还有你的名字、电话！"

若虚从茫然中暂时回过神来，看着曾姐在登记本上写了一个歪歪扭扭的"12"。

"我叫常若虚，经常的常，深藏若虚的若虚。"

曾姐磕磕绊绊地写了一个"尚"，犹豫再三，在底下加了一个"贝"，便又喊着"写不来，你自己写吧——"，有些不耐烦地把笔和本推给他。

若虚只得接过本子，在那"12"后面将若水的名字写完整，又留下了自己的名字和电话。把本子还给曾姐时，他发现她工作服的袖口泛着灰黑色，也脱了线，应该是许久没有打理过了。

曾姐正打算走回小门。那个坐在门口的男人突然朝她喊道："什么时候把楼道的窗户安上？一开门就呼呼地进冷风！"

"嚷什么嚷？明天就来安！"她愤怒地喊了回去。

"说多少次了？老是'明天''明天'！"那男人很不服气地继续嚷着，"这他妈一到晚上就冻得要死，你在这屋待一宿试试？"

"你这老同志嘴巴放干净点！'他妈''他妈'你在说谁？"曾姐提高了半个调门。

那男人直接从凳子上站了起来，作出要动手的架势，被旁边另一个人拉住了。

"这么多人在这，谁容易？就你'他妈''他妈'的！"曾姐瞪了他一眼，又冲着满屋的人喊着，"谁也别生事！"

若虚呆呆地坐在长凳上，任由那些吵闹声源源不断地钻进耳朵——他觉得自己仿佛是个生活在外太空的人，误入了未曾了解的部族，听着原住民用他听不懂的语言进行着对话……至于周围的另一些人，也都像他这样呆呆地坐在原地，像是一台台关闭了程序后冷却下来的机器。

渐渐地，旁边又响起了絮絮叨叨的对话声，是墨镜女人和邻座在聊天——"我跟你说，我现在看明白了，最煎熬的绝不是死的那一下，就是这种半死不活、不知道还剩多久的时候……就两周前送走那老头，在里面插着呼吸机，就这么生生躺了将近一百天，花多少钱都不提了，把那几个儿子闺女给耗得呀，架都吵了多少回……后来他们估计实在挺不住了，也再不想让老头受折磨了，跟医生说拔呼吸机……你没见拔呼吸机那天他们家那小闺女在这屋号啕

大哭，边哭边喊'我真是个王八蛋'，给我们看得那叫一个揪心……"

那段话听起来让人不寒而栗。若虚转头看去——说着说着，墨镜后面流下两行眼泪，她拿了张纸巾，塞进镜片和眼睛间的缝隙擦拭着。

"别说了，"邻座的女人一阵难过，"我在这待了半个多月，也想明白好多事，这不我回去就跟我儿子说：'等你妈我哪天一下子不行了，躺医院里人事不知，你让大夫救两下就得了，实在救不活那也就甭救了，千万别给你妈切气管、开鼻饲，妈想完完整整地走。'不想临死临死还遭这份罪，更怕半死不活地把孩子拖垮了，孩子还要过他们的日子呢……"

"唉……话是这么说，可你说真要是到那一天，咱孩子哪狠得下心来不救咱？就说现在，换成你是孩子，你做得出吗……"

"也是……咱们小时候有个病有个灾的，爸妈背着抱着带上医院，啥贵药也给买，换成他们老了病了，咱哪能……"

门口传来一阵熟悉的脚步声。家属休息区的大门打开了，母亲的身影出现在门口——她难掩慌张的神情，脸和鼻子都冻得通红，眉头又紧紧锁在了一起。

"妈。"若虚站起身，轻喊了一声。

"他怎么样了，现在？"母亲径直朝他走了过来。

"他还在昏迷，不过——"担心母亲一时接受不了，他故意把情况说得含糊了些，"我见到医生了，医生说暂时没有生命危险。"

"接下来怎么办？"母亲紧锁的眉头稍稍松了一些。

"医生只说让我们等待……"

"那……你见到他了吗？"半晌，母亲又缓缓问道。

"抢救完送去 ICU 的路上，我见了一眼，整个人被包着……"若虚试探地说，"现在，我们大概只能先等着……不过，医生也说了我们可能会等很久……"

母亲点了点头。两人一语不发，在角落的那条长凳上坐了下来，默默看着屋里的人们频繁地跑进跑出……

时间无声地流逝着，他们在原地坐了许久。渐渐的，周围等候的家属们陆续起身，纷纷从外面买了晚饭拿回屋，他们这才意识到也该吃点东西了——虽然并没有感觉到饿，也没有任何胃口。

墨镜女人也端着餐盒回来了，见若虚和母亲双双愁云密布的表情，漫不经心地劝说道："你们俩别都在这耗着了，谁知道得等到什么时候？你白天他晚上，倒着来——真像你们这样跟这守上两三个月，病人没好，好人全折腾

病了!"说罢，她打开餐盒，用筷子挑着面条，吸溜溜地吃起来。

若虚觉得她说得很有道理，见时间不早了，想劝母亲先回去，自己值第一个夜班。母亲皱着眉头拒绝了他的提议，执意继续守在这里——他明白，母亲担心一旦离开，万一这里发生了什么意外，怕他独自承担不住。

若虚劝不动母亲，感到了一阵心酸，便起身问墨镜女人："您知道医院哪能买吃的吗？"

"你以为吃单位食堂呢？"她摆出一副跟小孩说话的神态，"自己买去——出医院大门右拐，走两里地，那有一排小饭馆，想吃啥买啥！"

若虚记好路线，走出了这间待了一下午的憋闷的屋子。

外面的世界已被夜幕笼罩，街道上喧闹而冰冷。若虚走出医院大门，拐向一条人车川流的大街，又扎进了一条黯淡的小巷。小巷很安静，一边立着一堵破旧的围墙，墙角排着毫无生气的笼子，另一边隔一段距离伸出一道窄窄的路口，昏黄的路灯下，偶有自行车"吱呀呀"地经过。走过不远不近的一段距离，前面一排低矮破旧的店面映入他的眼帘——那都是些简陋的餐馆和小吃铺，连招牌几乎都是斑驳的。他挑了一家看起来整洁些的，进去买了几个包子，兜起塑料袋，又沿着那条悠长的小巷走回了医院。

回到家属休息区，见母亲还坐在原地，他拿出一个包子递给了母亲，也拿出一个放进自己嘴里默默嚼着。包子有股奇怪的味道，并不好吃，但二人什么都没说，像是执行任务一般，面无表情地吃着。

— 48 —

屋里越来越冷，就算不看时间与外面的天色，也能感知到夜晚已经来了。

管灯默默地亮了一整天。白天还能勉强打起精神的家属们，脸上不约而同地布满了倦容，纷纷靠在椅背上、抵在墙边、缩在大衣领子里打起瞌睡来——他们中的很多人就这样坐了一整天，早已变得像蜡像一样，软绵绵的，好像随时都会化掉。

通往病房的那扇小门又一次从里面打开了。这次，曾姐终于脱下了那身沾着灰尘的工作服，换上一件半旧的棉袄，神情比白天轻松了不少——她一

天的工作结束了，可以回家了。

若虚望着一脸轻松的她，很是羡慕。

一旁的长凳上，两个妇女在窸窸窣窣地聊着天——一个削着苹果，另一个边吃边说。

"你瞧瞧，人家都有个上班下班，咱这算什么呀？没日没夜地盯着，比以前我值夜班还累——以前年轻，一宿夜班也能扛下来，现在可真不行了，真这么一直盯下去，我保不齐就先走了！"

"别胡说八道！"另一个说，"我算了算，我们家老爷子月初进来的，在里头整整躺了三个礼拜了！我们姐儿个就这么轮班守在这——我退休了有的是时间，不怕耗着。我小弟弟就不一样了，上班上班老请假，孩子孩子接不了，我弟媳妇天天不给他好脸，回头再因为这事把婚离了，老爷子这孽就造得大了——这老家伙，年轻不给儿女操心，老了老了光知道拖累我们！"

"就这一天天的，今送来一个明送走一个，"第一个人接着说，"听的全是坏消息，唉……你说人这一辈子，到最后谁不是这么个结局啊？还一天到晚算计啊斗啊争啊！图什么——唉哟你留点神，刀差点切手上！"

"没事，瞅着呢！切不着！"她把苹果放进嘴里"嘎吱"咬了一口，"你还指望 ICU 能传出什么好消息啊，想听好消息？医院就一个地方能传出好消息——妇产科！你去妇产科家属区转转吧！"

"那是，进来一个出去俩！"那人笑了两声，"生过孩子的都知道——对了，那天来那个是你闺女吧，多大了？"

"眼瞅三十，天天在家待着，也不找工作，拿这姑奶奶没一点办法……什么时候我俩眼一闭，也就管不着了，吃不吃得饱看她自己本事了……"

"咳——我家那个也好不到哪去……"

两人一阵窃窃私语，其中一个吃完了苹果，说了句——"不跟你聊了，我得睡了，一睡不好觉我就脑仁儿疼，岁数大了折腾不起……"

那句"我得睡了"在这沉闷的屋里似乎起到了提示作用，人们顿时做起了休息的准备。若虚突然意识到，原来家属们在这里不仅是待命，为了应付病人任何一点的风吹草动，如惊弓之鸟一般——他们也是正常人，也需要每天休息。就在短短的十分钟内，这小小的屋里变了一副样子——凳子下方、墙角间、各种随身大包小袋里，竟然藏着各种各样可以用于睡觉的东西，比如，折叠床、地垫、被单、枕头，甚至包括眼罩……家属们很自然地把折叠

床在长凳之间摊开，把枕头夹在脑袋和墙壁之间，把被单盖在身上，把耳塞塞进耳朵……在若虚反应过来以前，一屋疲惫不堪的人就已经躺下或靠在某个小角落里闭起了眼睛，本就局促的空间挤满了各种睡姿的男男女女。

离开关最近的人伸手熄灭了灯光。屋里陷入了沉寂。

若虚有些不知所措，依旧和母亲坐在原地。他看了看时间——已接近零点，这间没有窗子的小屋暗得像是漫无人烟的荒野。尽管他最近经常熬夜，这次却是他久违的，无所事事地看着表针一步步划过午夜。借着手表的微光，他看了看母亲的侧脸——白天时她脸上的焦急已经化为了现在的疲惫，脸色依然很难看。他们并排坐着，像两尊毫无生气的雕像。

屋里的对讲机不时发出两声蜂鸣。在夜晚，它无法休息片刻，因为这里随时会有生命在与死亡的较量中败下阵来。

一天的奔波忙碌让若虚很难抵挡身体和精神的双重困倦，他闭起眼睛，但脑中却仿佛有个不甘沉默的小生命，一直拨动着他游丝一般的神经，让他难以入睡。他仿佛又做起了梦——那个幽静的晚上，他倚着列车的车窗，望见外面寂无人声的田野……就这样半梦半醒的，时间也在滴答滴答中缓缓流逝着。

不知过了多久，天似乎是亮了。那躺了满屋满地的男人和女人们，像被主人驱赶的奴隶一般，纷纷站或爬了起来。

屋里的大灯又开了，若虚被灯光晃得眯起了眼睛。他看清了仍如雕像一般坐在身边的母亲——她果然不能熬夜，只经过一宿，她眼睛里就布满了血丝。

没过多久，曾姐就来了，换回了那件沾灰的工作服，挥着扫帚扫起地来，边扫边喊——"东西赶快收好！别放着挡路！我看见就全扔掉！"

过了九点，那扇小门也打开了。若虚伸头向里看去——原来那扇门后面是一间更小的屋子，紧凑地摆着一桌两椅，小屋另一边的那扇门才是通往 ICU 真正的通道。此刻，一个被白大褂包得严严实实的大夫正坐在桌前，开始按顺序叫家属，通报一早查床的情况。

那些被喊到的家属，有的像听候宣判般从座位上弹起来，冲进那间小屋，一边听大夫介绍病人的情况一边焦急地追问；有的显然冷静一些，"心平气和"地听大夫说上几句；也有的只管漠然地起身，漠然地听着，又漠然地退回座位上……这些人有个共同的特点——听到的消息大都不是令人振奋的，

在这里，大家都不太相信奇迹的发生。

"宣判"按部就班进行着，听到大夫喊若水的名字，若虚和母亲赶忙走进了小屋。

"嗯，昨天抢救之后送来的——"大夫翻看着病情记录，"昨天也跟你们说了，孩子伤得不轻，早上看体征还稳定，人还昏迷着……"

"大夫——"若虚试探着问，"您的意思是——他暂时没有生命危险？"

"还要观察，家属继续等候，有状况叫你们。"大夫没有直接回答他的问题。

"那——他什么时候能醒来？"

"先观察。"医生结束了寥寥数语，把记录本翻到了下一页，又对着屋外喊道——"13 床家属！"

若虚和母亲对视了一下——他们都疑云满面，同时也感觉对生命的"质询"显得没太大意义。

坐回座位上，母亲难掩惶恐的神情，不停地揉搓着手指上一处干裂的表皮。若虚发现，随着今早"宣判"的进行，身旁不少家属已经完成了"换班"——一群值夜班的走了，一群"增援者"走进这间屋子，脱掉厚厚的外套，接续待命。看着母亲写满疲倦的脸，若虚快速地思索了一下目前的局面，说道："看样子，若水暂时不算凶险，但也不会很快醒来。我想，接下来不如按照那个人的建议，我们分个工，换班在这陪护——不然我们俩迟早都支撑不住。"

他观察着母亲的反应——她眉头依旧锁得紧紧的。

"您一夜没怎么休息，眼睛都熬红了，回去睡一会儿吧，"若虚又劝说着，"我身体好，先扛个一两天也没关系。不过，陪护是个耗时间的工作，我们得做好持久作战的准备……"

"没事，走一步算一步。"母亲看了他一眼。

"再者——"若虚接着说，"还得麻烦您收拾一些'装备'——咱们昨天来得匆忙，什么都没带，您今晚回去歇歇，来换我时刚好把一些用得上的东西带来。"——说完这段话，他自觉完全能劝服母亲回家，心里也踏实了很多。

母亲用发红的眼睛看着他，终于点了点头。

"外面挺冷的，我送送您吧。"若虚和母亲一起站起身来。

"不用了，你留在这。"

"妈——"若虚喊住了母亲，想了想，很是犹豫地问着，"如果万一……我们要不要也告诉若愚？让他……"

"我来说吧，"母亲拉紧羽绒服的拉链，又嘱咐了一句，"有什么情况，随时告诉我，咱们商量，我准备点东西，一起带过来。"

见若虚的双眼凹陷下去，没有了往日的神采，母亲轻抚了一下他的脸颊，又攥了攥他的手——若虚很多年不曾和母亲的手接触过了，那种干硬和微凉的触感很是陌生。他心中升起一丝酸楚，好想认真感受一下那久违的温和，但看到母亲湿润而泛红的眼神，那份酸楚很快被顿生的抗拒取代了。

"别这样，我不习惯。"若虚很快抽回了自己的手。

母亲和他道了别，离开了。

一时间，这里又只剩下若虚自己。他沉默地坐回凳子——他突然想到，折腾了这么久，竟忘了复习功课，赶忙从背包里找出书，勉强读了几页。不过，在这个状况下，他的注意力很难集中，心情也是一阵气愤，又一阵恍惚。

"12床家属！在不在？"对讲机突然传来了护士的声音。

"在！"若虚一个箭步冲到了对讲机旁。

"我们要给病人剃光头，方便护理，"护士听起来是个年纪轻轻的姑娘，"还有，患者现在依然失禁，您再多买几卷纸，外加一条毛巾送进来。"

"谢谢，我这就去！再有什么问题请您随时通知我！"若虚心存感激地冲着对讲机说——他并不知道对讲机那一头的她姓什么、长什么样，只知道她一定工作得很辛苦……

买回护士要求的那些物品送进了病房，若虚再次坐回座位上，无所事事间，他发现自己有些饿了——他感到一阵沮丧，在几乎什么都没做的情况下竟然也会饿……他不敢走远，想起楼下商品部好像也卖吃的，索性又一气儿买了几桶方便面带回来，拆开一包，去开水间泡开，囫囵地吃了下去。

休息区里人来人往，充斥和混杂着对讲机传出的呼喊声、家属们的聊天声、不时的开关门声。若虚把书摊在手里，强迫自己静下心，几乎是一行一行的，努力把那些文字向头脑里转移。

就这样，他又不知不觉地度过了一天。

晚上，他和母亲简短地沟通了一次。听着电话里母亲有些沙哑的嗓音，他意识到她的老毛病又犯了——母亲年轻时厂里倒夜班太辛苦，把身体累坏

了，所以后来的很多年，不到万不得已她尽量不熬夜。他竭尽全力，说服母亲一定在家睡一晚，又信誓旦旦地咬定自己坚决要再独守一夜。

但是，当看到其他家属晚间的又一次"换班"，他的心情却突然陷进了谷底——他知道自己在跟母亲说大话，陪床并没有那么轻松。尤其，当看着周围三个一群、两个一伙相互陪伴的他们，再看看形单影只的自己，在这个情绪几乎没有任何掩藏空间的地方，他心底竟然涌起了一股从未有过的心酸……他痛苦地思考，不知能否从周边的陌生人身上获得些安慰。

时间越来越晚，他也越来越困，思绪又不受控制地四处飘散着。过去这半年发生的许多事像影片重映般在他脑海中一幕幕重现着：毕业答辩前自己在走廊里一遍遍预演的样子、求职面试时自己信心满满的样子、大学最后一节课上老师送别他们的样子、泰山山顶那个微风吹拂的夜晚自己望着满目银河激动得流眼泪的样子……

蓦地，他感觉自己的心被什么东西戳中了。

在接连的无助和仓皇间，他脑海中渐渐映出了一个形象，是撒天星斗下和他谈起过往的那个人——记忆中，他们谈着谈着，她悄悄转过脸来看着他。是的，那是张镜湖温柔的眼神，过去四年，她的眼神曾无数次鼓励过他，如今他们却已相隔千里。

他几乎是无法克制地拿出了电话，快步走出休息区，边走边拨动了几个数字。

他的手指又很快停住了。

"分开这么久，她还记得我吗？再说，现在这么晚了，这么贸然地打扰她，她会不会厌烦或者觉得莫名其妙……"他犹豫了再三，还是忍不住拨通了电话。

听筒里传来了张镜湖的声音——"若虚，你好啊！"

熟悉的声音瞬间击溃了他内心所有的防御，一股酸涩的滋味泄洪一般泛进了他的鼻腔。他强忍着嗓子的颤抖说道："镜湖，你好……你还没休息吧？"

"还没有，我在整理屋子。你最近怎么样？"

"我……我还好……"若虚哽咽着，一颗颗泪珠从眼里滚了下来。

"怎么忽然想到给我打电话了？快到新年了……"张镜湖似乎听出了他声音的异常。

若虚的眼泪一下子涌出了眼眶，他几乎用哭腔回应着她——"对不

起……我弟弟若水前天被车撞了，现在在 ICU 昏迷着……"委屈阻塞了他的气管，说话间他已经泣不成声。

"情况很严重？"

"医生说……有点严重，"若虚边哭边说，"我……我不知道该……"

"那你在医院陪他？"张镜湖不安地问，"只有你一个人吗？"

"我妈妈白天来，但她的身体支撑不住了……只好我……晚上陪着……一个人。"他无法控制夺眶而出的眼泪，又不想自己狼狈的样子被楼道里来来往往的人们看到，便快走了几步，走出了一层大厅。

外面刮着寒风，浓浓的夜幕将他重重包围了起来。

"对不起……"他内心很沉痛，却还忍不住向张镜湖表达着歉意，"我心里很难受，不知道能和谁说说……"在四下无人的地方，他彻底放弃了对悲伤的抑制，任凭眼泪向外涌着，在脸上留下刺痛的痕迹。

"你……千万别一个人憋着，"张镜湖在电话那端也十分不安，只得缓缓地安慰着他，"你也千万注意身体，一定要好好吃饭，好好休息……需要什么帮助，就告诉我，需要钱的话……"

"不……"若虚哭着打断了她的话，"你什么都不用帮……我只是……只是特别难过，真的特别难过……我白天都忍着，也不敢当着我妈妈面哭……"

"想哭就找个你觉得安全的地方哭一场，或者像这样，在电话里找我哭一场……千万别憋在心里，知道吗？"

若虚哭得说不出话来，鼻子里"嗯"了一声。

"你在哪家医院？要不然……我下个周末来看看你吧。"

"你别来……千万别来……我不愿让你看到我现在的样子……"若虚内心被软化，情绪稍稍平复了些下来，"我没事，只是有点想你了，想咱们从前的大学生活了，也想从前的自己了……我这半年经历了很多事情……谢谢你听我说这些……"

"别说这么见外的话，"张镜湖接着说，"我听你这么讲，知道你一定又往自己肩上扛了好多事，你别总是一个人悄悄地难过，你身边还有我们，还有很多朋友，只要你需要，我们随时都会出现，帮助你……"

他记不清后来又和张镜湖说了些什么，只记得那通电话打了很久，他一会儿满心触动地和她聊些特别贴心的话，一会儿又任由滚烫的泪水爬了满脸。他挂断电话的那一刻，昂起头望了望幽深的夜空——天边有几颗星星寥落地

闪烁着，点缀着遥远的苍穹。刚刚的激动情绪渐渐平息和冷却下来，他蓦然回想起去年夏天，自己和张镜湖在泰山顶上的那次长谈，眼前又浮现出那深蓝的星空和寂然的平台。

这一次，他更加深刻地感受到，在生命面前，许多东西真正的价值被揭露得很彻底。人与人之间太多被奉为圭臬的准则，似乎都不那么重要，和那些真正有价值的东西相比……

他留在原地吹了吹冷风，有些无奈地走回了那幢大楼，沿着狭窄的楼道走回冷冰冰的休息区。屋里的大灯早就熄了，昏暗中，他摸索着坐回长凳上，脱掉外套盖在蜷缩的身上——脊背接触到墙面的一刻，他感到倦意猛烈地袭来。

这已经是他来到这里的第二晚了。

## - 49 -

夜里，休息区不时传来阵阵响动，好像有人在频繁地进进出出，小声说着话——ICU 里似乎又送进一位新患者。不过，有了在这入睡几晚的经验，若虚逐渐适应了在半醒半睡间尽量将那些声响过滤掉。

早上六点多，他醒来了，去厕所刷过牙，用凉水抹了抹脸。他沿着走廊朝回走，和一个端着饭盒的家属擦肩而过——饭盒里盛着热气腾腾的饼和米粥。

他突然觉得肚子很饿，直接出了医院大门，走了差不多十分钟的路找到一家早餐铺——原本只想随便吃点东西充饥，没料想一口气吃掉了三角肉饼，喝了一大碗粥。他很久没有在早上吃过这么多东西了。

他又一路向回走着，进了医院大门，穿过急救大厅，回到 ICU 家属休息区。家属们的早间"换班"已经完成，屋里一下子多了很多人，见昨夜坐的地方被别人占了，若虚只好满屋寻找新的位置。

"小哥哥，你坐这吧——"若虚突然感觉有人揪了揪他的衣服，扭头看过去——一旁靠墙的座位上，一个中学生模样的女孩把凳上堆的包和大衣向一侧挪了挪，腾出一个不太宽的位置，示意他坐下。

若虚对她笑了笑，在旁边的位置坐了下来。

"小哥哥，你来陪谁呀？"女孩问。

"我陪我弟弟。"他看着女孩的脸。

"他怎么了？"

"被车撞了，已经昏迷好几天了。"

"我来陪我奶奶，"女孩指指那扇小门，"奶奶已经在里面住了两个星期了。"

"你奶奶生了什么病？"

"脑干出血。我爸妈、我叔叔、我小姑轮流在这里陪着——我妈妈实在太辛苦了，轮到她的班我就来一起陪她。"

"脑干出血……？"若虚思考着这个有些陌生的词汇，"脑干出血是什么病？"

"脑干出血就是脑干出血呗！我奶奶有高血压，那天犯病时只有我和她在家，奶奶洗完碗突然说头晕，要上床躺一躺，刚坐上床又说恶心，让我帮她拿盆。我刚把盆端过来，奶奶一侧身就倒下了。"

若虚静静听着她描述那段画面。

"我吓坏了，就喊'奶奶您醒醒'，奶奶也不回答我，她一直倒在床上哼哼……我记得老师以前讲过碰上这种情况最好别挪动病人，我就直接打了急救电话。很快，大夫就来了，一检查奶奶的情况，说很有可能是脑干出血。我不懂，还问脑干出血是什么意思，大夫也不说，让我陪着一块去医院。"

"那，后来呢？"

"后来我就坐上救护车，和奶奶一起来这了。到医院拍完 CT，出血的地方果真在脑干，大夫要给奶奶抢救，但我没还到十八不能签字，就赶快给爸爸妈妈打电话。"

"脑干出血，是很严重的情况吧……？"

"是，大夫说幸好抢救及时，不然人可能已经不在了，不过，大夫也让我们做好心理准备，也可能奶奶今后就一直这样睡着，不会醒来了……"女孩沉默了几秒，又微笑着说，"不过我还是相信她会醒过来——你看，奶奶送来得那么及时，一定是老天在保佑她！奶奶肯定会醒来！我还有好多话想跟她说呢！"

"是啊，看样子，你的奶奶非常疼你，她也一定不舍得走，"若虚也笑着

应和着她的话，"那，你后来又见过奶奶吗——我的意思是说，在她住进'这里'之后？"——他直觉上认为这里的家属们似乎都不太愿意提到"ICU"或者"重症监护室"这个叫法，所以用"这里"代替。

"见过一次——中间有一回安排去放射科拍脑CT，奶奶被推了出来，那次见到了，"女孩回忆着，"当时奶奶身上七七八八插满了管子，还连着仪器，和仪器一块推出来的，我妈他们一见奶奶这样，都哭了，可我没哭，我在床边一直喊奶奶——你知道吗，病人如果能听见亲人喊他的名字，没准就能'回来'，我以前听我们街坊一个阿姨说的！"

若虚想象着女孩描述的画面，感觉自己额头上冒出了汗珠。

"对了小哥哥，你叫什么啊？"女孩从回忆中跳了出来，"我叫童童。"

"叫我若虚就行。"

"若虚哥哥，那你是和叔叔阿姨轮流在这里吗？我好像只见阿姨来过。"

若虚反应了好一会儿，才明白过来童童提到的"叔叔"和"阿姨"应该是指他的父母，便含糊地答道："你对我妈妈有印象？"

"当然有印象，你们刚过来那天，我看你都快急哭了，后来阿姨来了，你们俩坐在门口那张凳子上，一句话都不说——我当时还以为送进去的是你爸爸呢，心想你们俩肯定都急坏了。"

对童童的细心和热情，若虚很是感动，不过也不想多做解释，便问道："你呢，你今天怎么也一个人在这？"

"送货的车早上坏半路上了，耽误了一会儿，我妈这会儿还在超市帮着理货呢，让我先过来。"

"你妈妈在超市上班？"

"是！我妈以前是理货员，有一次搬箱子把腰扭了，之后就不太能干重活了，现在主要管管账，偶尔帮他们理点轻货。"

"原来是这样……"

"若虚哥哥，你念高几了啊？"童童突然问了这样一个问题。

"啊……我已经大学毕业了，我都二十二了。"

"我还以为你还在念高中呢！原来你比我大七岁！"

"那你今年……才十五岁？"若虚计算着，"你念初三，还是高一？"

"我念职高——我学习不好，以后肯定也考不上大学，我妈说读职高挺好的，学点技术，出来好找工作。"

若虚感到一阵恍惚——职高这个概念对他而言有些陌生。

"对了！"童童突然想到了什么，伸手在书包里掏着什么，"若虚哥哥！你上过大学，那你学习肯定很好！能帮我讲讲英语作业吗？你看——'我努力地学英语'，老师让我们翻译成英文，要写五句不重复，我只想到 I study English very hardly 这一句……"

"hardly 这个词用错了"，若虚看着她的作业本——字母写得歪歪扭扭，实在不太好看，"hard 做副词，表示'努力地'；hardly 是'几乎不'的意思。"

"我们老师讲过，唉，我总错……"童童很懊恼，改了过来。

"我想到这样几种表达——"若虚在草稿纸上写下这样几句——

I spare no effort in learning English.

I endeavor myself in learning English.

I study English with my all strength.

I cannot learn English any harder.

"这些句子都是同一个意思吗？好多词我都没见过！这是什么意思？"童童指着本子上的"endeavor"问。

"endeavor——努力、尽力的意思。"

童童把这些句子抄到作业本的横线上，满是佩服地问道："若虚哥哥，你学习是不是特别好，经常考班里第一吧？"

一时间，若虚有些诧异——"班""考试""成绩"这些东西距离自己已经很远了。他笑着摇了摇头。

"你别谦虚了，我们班第一英语就特别好，"童童说，"我最怕的就是英语，特别想知道你们怎么把这么多单词背下来的！还有什么语法，我根本记不住……"

"你应该是还没掌握方法——学外语最重要的就是找到一个适合的方法，按照这个方法，不管是背单词还是记语法，都能一通百通。"

"是吗？"童童皱了皱眉头，"下次我还有不懂的题，还能问你吗？反正咱们以后能经常在这见面，你又什么都会！"

若虚听了这话让突然陷入了一阵恐慌——他难以想象如果以后每天的生活就将在这里度过，自己该如何去适应和接受。就在他担心的时候，童童突然站起身冲门口喊了一声"妈"，若虚看了过去——一个身材微胖，裹着厚厚羽绒服的女人推门走了进来。

"大夫开始叫了吗?"童童妈额头冒着汗珠,进门就问童童。

"没呢,估计快了,刚才在查床。"

"我生怕赶不上,这一个劲儿地跑。"童童妈长舒一口气,拿出纸巾擦着——她额头侧面几绺头发被汗水黏在了一起。

"您快坐下歇会儿。"童童在凳子上腾出一块地方。

童童妈坐了下来,掏出杯子倒出一小罐热水吹着,见女儿手里拿着作业本,问道:"这是跟小哥哥请教作业呢?"

"这小哥哥英语可厉害了!老师让翻译句子,他帮我想出了五种。"

"没有……童童问的题我恰好会。"若虚有些不好意思。

童童把作业本放回书包,接过妈妈的水杯,走出去了。

"孩子,你叫什么啊?"童童妈问。

"我叫若虚。"

"你还上学,还是上班了?"。

"我……已经上班了。"

"在哪上班啊?"

"就在念书的学校。"

"呦!当老师,教什么课?"

"啊……不是,我做的是办公室的工作……"

"办公室也不错啊!单位里最锻炼人的就是办公室,跟着领导能学到不少东西。"

"确实挺锻炼人,不过也确实辛苦……"若虚回想着工作几个月以来的经历,苦笑了一下。

"你们还年轻,不能老想什么都吃现成的,"童童妈说,"挣钱本来就不是件容易的事,很多事,不亲自经历一下是不会明白的!"

"您讲得对,"若虚点点头,"我听童童说您在超市上班?"

"是啊!这不今早货车坏半道上了,耽误了上架,我们全都在那帮忙,收拾好我就赶来了,生怕一个耽误,孩子奶奶出点事。"

正说着,童童推门进来了——杯里已经接满了热水。她把杯子递给了妈妈,又倚着她的肩膀坐了下来。

"童童都告诉我了,"若虚看着面前这对亲密无间的母女,"老人年纪大了,做子女做儿媳的都上有老下有小,两个重担扛在肩上,不容易。"

"瞧你岁数不大，说话倒跟个大人似的，"童童妈笑得额头的皱纹都展平了，"你妈今天没过来？"

"我妈……"若虚低下头，"昨晚我让她回去了。我看她太辛苦，怕她身体吃不消——其实她回去也没怎么休息，家里大事小情都是她一个人照管……"

"你妈也不容易，"童童妈说，"你们刚来那天，我一看就看出你妈是个操心的人……你也不小了，平常得多关心你妈——当妈的生孩子、养孩子，很辛苦。"

"我都明白，"若虚点了点头，"这些年，我一点点看着我妈越变越憔悴，心里很不是滋味……只是，她平常总是很严肃，我总觉得和她之间有距离，有隔阂，不太敢过多和她表达什么……"

"孩子，话可不是这么说，"童童妈语重心长地讲着，"你是她亲儿子，是她在世上最亲的人，怎么会有距离呢？你觉得她严肃，因为她也有压力，也有烦恼，你更应该多理解她，多劝劝她，平常我也总跟童童说，父母子女之间没有过不去的坎，要多沟通才能更好地相……"

话说到一半，那扇小门里走出一对夫妻，四五十岁的样子，是两张新面孔——妻子哭湿了一条手帕，丈夫一边搀扶着她，一边默默地掉着眼泪。

"6床家属！"小门里又传出大夫的声音。

"大夫叫奶奶呢！咱们快去！"童童从座位上站了起来，和妈妈一块跑进小屋。

那对夫妻一脸疲惫，像是刚刚远道而来，看样子累得不轻。周围几个热心的家属给他俩腾出个位置，招呼他们坐下。从几个人的对话中，若虚了解到他们的女儿昨夜刚被送来 ICU，是一名大学生。

"孩子什么都想争第一……"女孩妈抽抽噎噎的，用皱皱巴巴的帕子抹着眼泪，"她说期末考试想争班里第一，每天复习到半夜……上周她打电话还说体育课练完长跑头晕，我还嘱咐她别那么用功，晚上早点睡觉……我怎么早没想着来带她来医院看看啊！昨晚在宿舍突然就晕倒了……"

"现在怎么样了？"旁边的家属问道。

"还昏迷着，"女孩的爸爸说，"幸好同屋送来得及时，大夫说等等，看什么时候能醒来。"

"孩子当时得多难受啊……一个没站稳就摔地上了，头撞了一个大包……"

女孩妈边哭边捶着腿，她的丈夫一直安慰着她。

"你姑娘也真够跟自己较劲儿的!"旁边那位家属说，"等醒了，好好劝劝她，以后可别跟自己较劲儿了——几十上百号学生，'第一'就一个! 不当'第一'能咋样?"

"是的呢，念书好的人多了去了，念不好又怎样? 照样有吃有喝，过好日子!"——曾姐不知什么时候也坐到了女孩爸妈身边，又拿出那个登记本，让他们留下孩子的姓名。

"我俩都心疼，"女孩妈止住眼泪，"可她就是说啥也不服输，不愿意自己不如别人……"

若虚听着他们的对话，心里升起了一种奇怪的滋味——一方面，他很心疼那个素未谋面的要强的女孩;另一方面，他竟然莫名怀念起自己曾心无旁骛、狠命奔行过的学生时代……

晚上，一个男人带着一个十八九岁的男孩来了——男人穿着件蓝大衣，上面标着"××路公交车队"字样，男孩个子很高，不言不语的很老实。他们站在童童母女面前，交接着"换班"的事。

"若虚哥哥，我们走了，"童童背上凳子上的包，"过两天再找你聊天，请教作业!"

"孩子，你就一个人盯着，晚上也不回去?"童童妈问。

"我睡觉沉，"若虚故作轻松地笑了笑，"脑袋一歪，靠在墙上就能睡一宿，没问题。"

"那可不成，时间久了你脖子哪受得了? 你不如弄个脖枕，能舒服点。"

"没什么，再说现在这个状况，我也没时间没心情去商场。"

"我妈超市里有脖枕!"童童热情地说，"我下次给你带一个来!"

童童的话让若虚感到意外的温暖，他送上了一个感激的微笑。

休息区的大灯又一次熄了。若虚觉得头很沉，盖着外套靠在墙上，意识渐渐模糊起来。恍惚间，周围的空气变得冷冰冰的，整个房间仿佛变成了一个暗窖，只剩一盏小灯泡闪着虚弱的白光。他不安地张望着——三面墙整齐地陈列着几组深色的大柜子，面向他的一侧紧凑地排着一面面抽屉。不知是不是门窗没有关好，房间里一直有冷风朝他吹过来。他努力地瞪大眼睛，发现前方一片朦胧的灯光下，有个小小的人影正背对着他。

"你好——"若虚小声喊着他，"你知道这是哪里吗?"

那小身影僵硬地动了动，缓缓把身体转了过来，是个男孩子——他光着头，肿胀的脑袋在幽暗的灯光下显得有些瘆人，瘦瘦的身体也是赤裸的，泛着半透明的淡蓝色。他坐在那排柜子下面，眼光阴沉沉地看过来。

"是你？"若虚隐约认出了这熟悉的身影，"你是若水？"

那个男孩子并不回答，睁着一双空洞洞的眼睛，喉咙里传出一句句嘶哑的哀号。

"大哥哥，你帮帮我，这里好冷，我没有衣服……周围的人都躺着，没有人说话，他们说明天要把我的脖子切开，天一亮就要动手了，我害怕，你救救我……"男孩脸上闪过一丝惨烈，"你是来给我送衣服的吗，是来陪我的吧？你求求他们别割我的脖子……大哥哥你走过来一点，我腿疼得站不起来，你扶我一把……"

若虚惊讶地愣在原地，心脏"砰砰"地猛烈跳动着。正在不知所措间，那个男孩突然挪起沉甸甸的步子，一寸一寸地朝他的方向爬了过来。若虚害怕地盯着他——他喉咙上已经被割开一道深深口子，殷红的血迹正汩汩地从那个伤口里涌出来……

"你别过来！"若虚发出了呼喊。

他惊醒了。

黑暗中，他发现自己还靠在墙角里，身上盖的外套已经滑到地上。他喘着粗气，发现自己脸上身上全是冷汗——他意识到，刚刚那可怕的场景原来是一场梦。他借着微光打量着周围，一片昏暗中，四仰八叉地躺着家属们——大家都十分疲惫，那全无设防沉浸在睡眠中的样子相比梦境中的情形，令他感到安心了一些……

他轻抚着自己缓缓起伏的胸口，看了看时间，是凌晨三点多——他心有余悸地回想着刚刚脑海中的一幕，近来的一切都像是一场可怕的梦。明天会怎样呢，明天的明天又会怎样呢？

黑暗中，他痛苦地思索着——无休止无答案的等候，让他渐渐不敢再期待未知的明天了。

一个人的成长

这天一早，若虚意外接到了达雅的电话——临近放假，不少老师和学生陆续离开了学校，办公室的工作也就没那么忙了。恰好周末，她打算过来陪陪若虚。

达雅拎着一大兜东西出现在他面前——这么多天总是孤零零守在这里，突然见到一位老朋友，若虚感觉像隔了一个世纪，一下子感动得不行。

"客气什么！我猜你一个人在医院陪病人这么久，肯定累坏了也闷坏了，过来找你聊聊天，"达雅见若虚一脸邋遢，连胡子也没刮，"我能想象到陪床有多折磨人……我给你带了早饭，你先好好吃点东西。"她取出一个小袋子，里面装着牛肉汉堡、薯条、牛奶。这段时间靠着清汤寡水打发肚子，若虚许久没吃到一顿像模像样的饭了，眼里一阵湿漉漉的。

"谢谢你，"若虚边嚼着汉堡边说，"我想到咱们集体加班那天，那是我第一次睡在办公室，第二天也是你给我买的早餐……"

"我都忘了帮你买过早餐！你为工作付出的辛苦，我们都看在眼里——以前是这样，现在更是，我能理解。"

若虚红着眼圈点点头，又大口喝完了一杯牛奶——他之所以这么难过，也是想到了去年暑假带着若水吃麦当劳，想到若水手忙脚乱地用薯条蘸番茄酱，把鸡块一个劲儿往嘴里送的样子。

随着一拨家属来"换班"，休息区再次变得拥挤起来。达雅打量着四周的环境，问道："这么多人，晚上就挤在这么一个房间，你晚上怎么休息？"

"这不是有它嘛"，若虚指指自己的颈枕，"这么长时间我也习惯了，往墙角一靠，拿外套当被子，像个猴子一样蜷一宿，也睡得很安稳。"

"这是家属自己准备的？"达雅瞥见墙角立着一张折叠起来的行军床，"不如你也弄一张，总坐着睡不是回事。"

若虚没再说什么——对在这准备更多的东西，他有着本能的抵触，认为这样就意味着病人痊愈的可能性在一点点降低。

"那，平常你就一整天待在这，也不能出去透透气吗？"达雅又问。

"有时候也抓紧看看书，马上就要考试了，能看几眼算几眼吧，"若虚从屁股底下抽出了复习材料——不过，达雅的话提醒了他，他确实很久没见过阳光了，"今天……是个什么天气啊？"

"我出门的时候还有点冷的，不过天气很好，也没风——之前那场大风刮了两天一夜，这两天气温终于又回升了。"

"等医生查完床，你陪我出去走走，行吗？"听了她的描述，若虚顿时很向往户外的空气。

上午，医生照旧准时开始了"宣判"，照旧是挨个向病人家属汇报情况，若水的情况也照旧如常，没有进一步的恶化，也看不到什么喜人的改观——在日复一日的延宕中，对这样的"宣判"，若虚麻木了许多，对任何可能出现的情形，似乎也坦然了不少。

休息区渐渐嘈杂起来，若虚喊上达雅，暂时逃离了这封闭、狭隘的房间。走出大厅的一瞬间，他望着外面的世界几乎说不出话来——天气真的很好，天空蓝得几乎是通透的。他怀念地直视着阳光，贪婪地任由阳光洒在脸上。回想着这段日子——每天天还没亮就出门，晚上偶尔回家，出楼时天早就黑透了，他真的过了一段"暗无天日"的生活。

"阳光真好，咱们别一直站在这，往前走走吧！"若虚迈开了步子。

从医院出来，南边不远处有条小河，二人顺着北沿朝远离大街的方向走去——若虚步子放得很缓，达雅跟着他的脚步，那情形像极了一个久病初愈的青年，在家人陪同下，刚刚恢复走路。

河岸零星栽种着小树，枯黄的枝杈在干燥的空气中静静伸展着。河面结着薄薄的冰层，冰面在上午日光的照射下，散发着冬日的清冷。二人耳边传来的是空荡荡的脚步声。

"你知道吗？"若虚默默无语走了好长一段路，终于缓缓开了口，"这是我第一次经历这样的环境——在这，我亲眼见证每天送来的、出院的、送走的……觉得生命真是无常。从前，我过惯了日出而作、日落而息的生活，从没想过还有这样一个不分昼夜的场合，永不停歇地在上演着人与生死的角逐。"

"不分昼夜的地方不只医院，你想想火车站、消防站、警察局或者世界上某个战乱的边境……那里的人生都是不分昼夜的，那样的辛苦和残酷，对没亲历那些场合的人来说，是难以想象的。"

"这么久没见，你说话还是老样子。"

若虚走得累了，走到路旁的桥墩上坐了下来。

"今天的阳光真好，真暖和，我从不知道，冬天也有这么温暖的时候，你看——河面只结了薄薄一片冰层，"他看向前方，又看向周围——桥边一棵枯树，正懒散地伸出一根僵硬的枝条，他突然幽幽地问道，"你……畏惧死亡吗？"

"死亡？好沉重的话题。"

"是的，世间最沉重的话题，也是世间最真实、最本质、最公平的话题，"若虚叹了口气，"每个活着的人都将面对，无论尊卑贵贱，无论王侯庶民，无论勇敢还是退缩——死亡是不可避免的、不可逆的，也是终极否定的，纵使很多人避而不谈，却也是天底下最光明正大的一件事。"

"我没太深刻地想过这个问题，"达雅说，"不过我想，人们对死亡的忌讳和恐惧，大概也是对未知的恐惧——从没有人知道死后的世界是什么样子，至少在他们活着的时候。"

"或者，我们畏惧死亡，也是因为我们赋予了它过于'神圣'的意义……"若虚眯起眼睛，望着远处某个虚无的地方，"过去，我也这样以为，认为死亡是一种'神圣'的终结，但在医院待了这么久，我反而觉得它一点都不'神圣'——它简直平凡得像吃喝拉撒一样，像一台好用的机器某天突然坏掉，像一棵笔直的树被一道闪电劈倒……它好自然，好寻常，这个世界上每天有那么多生命死去，这些生命的终结，却丝毫不能扰乱这个世界的安宁。"

"是的。每个人是自己的世界，但每个人对世界来说，不过像蝼蚁一般……"达雅也陷入了沉思。

"对不起……"若虚回过神来，"我不该提这么沉重的话题，把坏情绪也传染给你了……"

"不，这话题一点都不沉重，正像你说的，它是一件再正当、再公平不过的事。"

"我发现，我们总是能谈到内心一些'阴暗'的话题，"若虚转过头，对达雅笑了笑，"不瞒你说，这段时间，我一直在思考，有许多从前很在乎的事，在生生死死面前，突然变得苍白而可笑……若水出事后一直躺在ICU，我们这个世界每天发生的事，好像也和他无关了，让那么多人丧失了本性、良知，泯灭了生命中最可贵东西的那些事，突然也就变得毫无意义……如果不是看到这些，我大概也不会明白对生命而言究竟什么是最重要的东西……"，

"你有没有想过——"达雅问，"想过他好起来的那天？或者……"

"我不知道……"若虚摇摇头，"我期待他痊愈，但也无法克制地设想该如何接受其他种种的可能——说得再直白些，如果他死了，我不得不接受再次失去一个亲人的事实；如果他以后就这样睡下去了，我也必须去接受在未来漫长的岁月里，陪着这样的他一直走下去……"

"不管怎样，现在情况在一点点变好，"达雅冲他点点头，"我总相信冥冥中有一种奇特的力量，保佑着你、我和所有善良的人，保佑我们往更好的方向发展。"

"谢谢你，"若虚非常感激地看着她，"我们无法逃开命运布置的任何一道题目，但我也相信生命的力量——毕竟，大家都如此努力地、拼命地回答着命运布置的题目，哪怕为了极微小的可能性，哪怕我们最终都会死掉……"

"我反而觉得，我们没必要畏惧死亡——史铁生说过'死是一个必然降临的节日'，每个人的生命都会有这么一天，它平凡得和生命中其他任何一天没什么区别，只不过代表了一种终结，所以被人们赋予了不一样的意义。"

"噢，你也读过史铁生？"若虚问。

"是的，我有段时间很喜欢读他的散文。"

"我在中学时读过他的作品，那时候我还不能理解他对死亡的诠释——后来我渐渐明白，其实'死'并不是一件与'生'相反的事。"

"怎么讲？"

"从前我认为，'生'是从无到有的过程，人们会因为新生命的诞生而喜悦，却从没有人在这个生命形成前对它产生过任何情感；'死'却不同，当一个生命死去，依然会有人记得他，怀念他，从这一点看，任何曾经拥有过生命的人都那么幸运。所以后来，我慢慢觉得'死'其实没有那么可怕——如果死后和生前一样，让生命重回湮没的状态，那才是残酷的……"

"我看过一句话——死不是生的对立，它作为生的一部分永存。如果'死'真的能作为'生'的一部分，那真的是上苍赐予生命最好的礼物。"

"是啊，'死'怎么能意味着消失呢？任何生命都会留下它曾来过、曾'活'过的痕迹，哪怕是一点点。"

这句话令达雅有些讶异，她微笑着看着他，摇了摇头。

"你笑什么？"

"我在笑——这大新年的，两个年纪轻轻的人竟在这里谈论生死……这么

好的阳光，这么安静的小路，这漂亮的小河，想想那些躺在病房里的患者，他们都在为微小的可能性努力地支撑着，我们还有什么理由不好好活着呢？"达雅指着冰封的河面，"你看那有一只小鸟——"

若虚顺着她手指的方向看去，一只小麻雀从树杈上直冲冲地飞向薄薄的冰面，用尖尖的喙啄着冰面上一棵小稻草。

"其实，冬天也很美，你说呢？"达雅问。

"是啊，如果没有呼啸的北风，没有痛如刀割的冷空气，冬天也可以这样温柔和美好，"若虚仰望着湛蓝的天空，"我回想起从前也和一个人像这样讨论生死的问题，刚刚有那么一个瞬间，我仿佛看到那个场景重现了。"

"那是什么时候，和谁？"

"大概半年前吧，在夜幕笼罩的山顶上，和我一个非常要好的朋友……"

"后来呢？"

"后来……我们就分开了，各自有了新的生活。在那之后，我的生活好像也进入了一个完全不一样的主题。"

"人生不就是这样吗？有不停歇的相遇和分别，有各种不同的主题，这些构成了我们生命的一个又一个阶段。"

"那之后的阶段，我似乎陷入了一个怪圈，就像史铁生写到'在一个男孩最该意气风发的年纪，上天和他开了个玩笑'，我曾经很担心当初那个像是随手作出的选择一度让自己有了万劫不复的体验……"

"没这么严重，谁没经历过痛苦和徘徊呢？"达雅宽慰着他，"人在迷茫时都会恐慌，但人看清什么往往也就在一个瞬间。"

"希望如此，"若虚点点头，"我希望我能尽快'看清'，尽快从这段迷茫中走出来。"

"我看到你还在复习，想再多问一句，你别介意——"达雅斟酌着他的反应，"你觉得能有多大希望？"

"你是说考试吗？我会尽力，但——"若虚有些沉痛地说，"但其实我心里觉得很难考上……起初就是孤注一掷，现在又碰上家里的事，心思全是乱的……不过即使抱着肯定考不上的认知，我也会坚持进考场，坚持把几门考试考完。失败就失败吧，失败也没什么。"

"你能想通就行，"达雅点点头，"人做的很多事情不一定是要成功，成功和失败共同组成了这个世界——况且，我觉得很多时候，成功和失败也并非

绝对，而是取决于人的想法。"

"以前，我特别不愿意失败，也一向不接受失败，但慢慢地，我意识到人生有太多事，注定不会'成功'，注定要靠'失败'教会我们一些东西。"

"谋事在人，成事在天，现在是你比较辛苦的阶段，等过段时间——兴许那时一切也都好起来了，那时，你不妨放松心情，再认真地思考一下，想清楚了再出发。"

若虚点点头。

"咱们回去吧，"达雅看看缓缓移动的光照，"谈了这么多，希望你心里能好受些。"

"嗯，我送你回去。"若虚从桥墩上站起身来。两人迎着和煦的日光，沿着来时的小路向回走去，又慢慢回到了那条热闹的街上。

远远的，一辆绿色的公交车朝路口的站台驶来。面对近在眼前的分别，若虚有些感慨地说道："达雅，谢谢你。"

"不用谢我，一切困难都会过去的，勇敢接受和面对，我们都一样。"达雅迈上车，从车窗里朝他挥了挥手。

他踩着慢悠悠的步子，又一次回到那拥挤的房间，仔细看了看达雅送来的东西——她准备的不只是一顿早餐，还有饼干、面包、话梅……够他吃好几个早上。

到了晚上，在大灯关掉前，若虚照例脱下外套盖在身上，把颈枕圈在脖子上，靠近墙角准备睡觉——他已经适应了这种环境之下的作息。

对讲机突然响起护士的声音——"16床家属！16床家属在不在？"

刚刚安静下来的房间又被唤醒。那个女大学生的爸妈从座位上弹了起来，丈夫三步并作两步凑到对讲机前喊着"在呢！"

护士的声音——"女孩醒了，想喝牛奶。"

妻子紧随其后跟了上来，不知是不是没听清护士的话，还对着对讲机确认着——"醒来了，要喝啥？"

"你闺女想喝牛奶！"旁边一个人重复着。

"我……我这就给姑娘买去……这就去……"她眼泪"刷"的一下涌了出来，在原地晕头转向地踱了几步，又恍然大悟地向外面走去，一手擦着眼泪一手从包里掏钱。

"得了得了！大晚上的去哪买啊？我这有！先拿我的！"一旁坐着的墨镜

女人伸手拦住了她，从自己包里拿出一盒牛奶。

"谢谢!"女孩妈又是激动又是感动，伸手接了过来，颤巍巍地把牛奶递进了对讲机旁边的小窗口。

这突然上演的一幕情景让全屋的人——躺下的、坐着的、走来走去的，脸上一时间都洋溢起几分欣慰和羡慕。女孩妈比刚才更加激动了，眼泪还止不住地流着，摇摇晃晃坐回座位上，把脸深深埋进了手帕——她丈夫依然紧紧搂着她，在耳边安慰着。

"这算是这段日子最好的消息了。"一个人小声说道。

第二天，母亲到医院换若虚，让若虚回家换身衣服，好好睡一晚。若虚自知体力已经到了极限，没太推让便坐上了回家的车。

离家多日，又一次站在熟悉的小院里，若虚像是做梦一样，带着几分恍惚，他打开自己房间的门。这里和从前一样，只是因为短暂的无人居住，家具和地面都蒙上一层薄尘。

他洗了个澡，擦干头发躺回自己的床上，不经意地看着身边——若水以前用过的枕头和被子还都整齐地放在那里，被子甚至还保持着他习惯叠成的长条形。看着那冷冰冰的长条形，他突然感到一阵害怕。在阖上眼帘那一刻，一阵猛烈的疲惫占据了大脑，他很快就睡着了……

－ 51 －

第二天，若虚又披星戴月赶到了医院——母亲看起来很是疲惫，眼睛红得像哭过一样，看来她这一夜又没怎么休息好。等医生查完床，若虚便送母亲回家休息了——他开始计划是不是该花点钱在医院附近租个房间，减少些路上的奔波……说实话，他以前很瞧不上那些蹲在医院门口围着患者家属没完没了搭讪"住不住旅馆"的人，可现在，当他也沦为可怜无助的"家属"，他一下子明白了这样的"产业"有存在的合理性。

望着母亲瘦削的身影坐上车，他留在原地掉了会儿眼泪——母亲不再是年轻时的她，在不知不觉间，她已是年近半百的人了……

回到那个压抑的小房间，若虚想抓紧时间再看几眼书。他跪在地上，把

凳子当桌面用，摊开复习资料读了起来。又是几天没碰书本，他最直接的感受是陌生和难以专注的焦虑，尤其当面临许多"未知"的关口，读书并非一件能令他快乐起来的事。不过，这种心情也没持续多久，随着纷至沓来的家属们在座位上聊起天来，他整个人就被搅得更加凌乱了。

他不得不起身坐回凳子上。

不一会儿，童童妈领着童童过来了。见若虚趴着看书，童童热情地和他打着招呼："若虚哥哥，你又在学习！上次我的英语作业被老师表扬了，我差点告诉她我拜了一个读大学的哥哥做老师！"

"一进门就大呼小叫！好好跟小哥哥学学！"童童妈把书包放到凳子上，边往外掏东西边埋怨起女儿来，"你看哥哥一有时间就看书，马上要考研究生了！你可倒好，还跟个小孩似的，啥时候才能长大！"

"偏不长大——"童童对妈妈陪着笑脸，"我不长大，这样您就永远年轻！"

童童妈脸色原本不太好看，女儿的话让她一下子笑了出来。

若虚看着母女俩的笑容，眼睛突然一阵酸疼，他把手里的书合上，揉起眼睛来。

"若虚哥哥，你要考研究生？考研究生有什么用？"童童盯着若虚手里的书，好奇地问。

"考研究生——大概是因为我不太甘心，想要继续读书吧。"

"我不明白，你为什么会喜欢读书？我最烦看书了，看一会儿书我就想打瞌睡，所以从小学习就不好，老师总骂我。"

"老师骂你不应该？你认真学了吗？"童童妈说。

"她讲的东西那么难，我认真学了，学不会，不光我学不会，我们半个班都不及格。"

"我倒觉得，是你们和老师的沟通不够——"若虚说，"只要培养出兴趣和好的习惯，像你这么聪明，应该很喜欢学习才对。"

"我是不抱希望了，"童童撇了撇嘴，"你学习好，我觉得一定能考上研究生！祝你以后还能当博士！"

"谢谢……"若虚没太大信心，但不忍心给童童的热情泼冷水，只好尽力挤出一个微笑，"考试的日子很近了，到时我……一定努力把会的东西全写上！"

正说着，童童妈接起一个电话，和对方沟通着一批存货过期处理的事——房间里信号不好，她说了几句就举着电话走出去了。

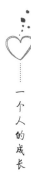

"若虚哥哥，"童童又和若虚聊起天来，"昨天你没来，我看阿姨一个人挺孤单的，就和阿姨聊天来着。"

"你和我妈妈聊什么了？"若虚有些惊奇。

"我们聊了好多！聊得可开心了——你以前还说阿姨不爱笑，我倒觉得阿姨很和蔼。"

"是吗？也许是你性格讨人喜欢——大人都偏爱这样的孩子。"

"怎么会？你可别瞎说！其实阿姨可心疼你了！"童童立刻反驳，"我昨天才知道原来你爸爸在很远的地方工作，是你们在一起生活……阿姨还说你从小就知道为家里的事操劳，每天风里来雨里去的，她心里挺不好受的。"

"是吗？"

"当然了！阿姨那么心疼你！你还嫌阿姨对你不好！我看到你，还有我哥，就觉得你们男孩子都有这个毛病——你们不主动跟妈妈亲，又嫌妈妈对你们不关心！我觉得，根本是你们不懂得心疼妈妈——我妈总跟我讲，不说别的，就是妈妈大了十个月肚子把你生下来，孩子就应该感激妈妈一辈子！更何况，没日没夜把一个小婴儿拉扯大，得付出多少辛苦和心血啊！"

这样的话从童童嘴里说出来，若虚乍一听觉得好笑，细想却又有些伤感。

"怎么，难道不是这个道理？"童童问。

"你说得对，"若虚笑着答道，"一位母亲孕育一个新生命，付出的辛苦是难以想象的……"

"别说人了，动物也是这样啊！我家邻居养了好多狗，秋天时有只母狗怀孕了，我们看着它肚子一点点大起来，到最后连肚皮都快贴到地上了，走路都不灵活了！它下小狗那天，我妈还过去帮忙，到最后那母狗都奄奄一息了……"

这时，房间里传来一阵争吵声，若虚转头看去——一个男家属正冲着对讲机吼道："你什么意思，什么叫'你不确定'？"

"我真的不确定，这个您得咨询负责医保的部门，我能告诉您的只是病人的情况。"——对讲机里的护士答道。

"这也不知道，那也不知道，要你们干吗？"那男人很不满。

"妈的，一个臭护士也敢这么牛！"他妻子站在一旁，也骂了一句。

"你下午去街道问一下吧！"男人挂断了对讲机，扭头对妻子说。

"凭什么我去问？"妻子明显很不满，"那是你爸，你不自己问，全让我问这问那，我下午不上班了？"

"你看我走得开吗？"

"那你数数这个月为你爸的事我请了几次假了，你以为就你爸看病叫事，家里吃喝拉撒都不叫事了？"

"得得得，你别逼我了，再逼我跟老爷子一块过去得了！"

两人吵吵嚷嚷地走出去了。

"在这待着，隔几天就能听人吵上几架，"童童摇了摇头，"这种环境里大家都很烦。"

若虚回忆着来到这里之后的见闻，也深深地叹了口气。他想换个轻松些的话题，便问童童："上次来的那个高高的男孩就是你哥吧？"

"是！我俩一块长大的！不过……"童童把脸凑上来小声说道，"我告诉你——其实我俩不是亲兄妹。"

若虚很意外，见童童讲得一脸真诚，好奇这背后的故事。

"我们家是重组家庭——他爸和他妈离婚了，我爸和我妈也离婚了，后来他爸和我妈俩人认识，就好上了，"童童大大方方地讲着，"这是好多年前的事了，那会儿我还上小学呢！"

"那……后来呢？"

"我妈决定跟他爸好之前，还跟我聊了一回，那次我俩聊到特别特别晚——我妈问，如果让他当我后爸，我愿不愿意，我说：'只要他对您好，疼您，我就愿意。'我妈搂着我哭了……"

若虚鼻子也酸了一下。

"那会儿我妈还在厂里上班，厂子效益可差了，都快开不出工资了，我妈就辞职了，出来做小买卖。我上小学那会儿还跟我妈摆过地摊，跟她一起看过货进过货，我记得有一年冬天特别冷，我妈在外面盯摊一盯就是一天，脸都冻红了，我就把我的小黄帽让给她戴……一到放学，天都黑了，我回来第一件事就是去找我妈，帮她一块收摊，推着三轮回家，一进家门我爸妈就忙忙叨叨地把一家子的饭做好，我们四个人一桌吃！"童童眼睛里闪过几分幸福的神色，"夏天就好过很多，有一年暑假我妈进了一大批西瓜，我就陪着她在家门口卖西瓜，还有我同学来买呢……"

"所以说，你妈妈看对了人，你们一家四口现在生活得很幸福。"若虚说。

"是啊，虽然我爸妈为了挣钱养家每天都东奔西跑的，但我就是觉得我们很幸福。"

"如果不是你今天说了这些，看你和你哥关系这么亲密，我一直以为你们是亲兄妹。"

"其实……我俩关系也不是一直这么好，"童童不好意思地笑着，"刚开始我俩总是吵架，每次他不听我的，我就拿拳头揍他，不过他特老实，就是不和我还手。后来有一回我妈跟我急了，让我当着我爸跟我哥的面赔礼道歉。还有一次，我晚上和同学出去玩，我妈非打电话催我说晚上九点前必须回家！我不听，她硬是让我哥来找我，把我带了回去……"

"那……现在你来这陪奶奶，是……?"若虚突然想到这个问题。

"不是我亲奶奶，是我哥的亲奶奶——但是她对我特别好，看我爸妈每天起早贪黑没时间照顾我们，总给我买好吃的，还有一次我喜欢商场里一双鞋，我妈不给我买，我奶奶带我去买回来了，我妈回来就批评我乱花奶奶的钱。"

二人正聊着，童童妈推门进来了，从拎着的袋子里掏出一把香蕉，掰给若虚和童童一人一根，说道："吃点水果，这屋里太干，免得上火。"

"谢谢您"，若虚接过香蕉，"童童正和我聊到您呢。"

"是啊！我说您对我特严格，不让我晚上跟同学出去玩，还说我不懂事——"童童把香蕉捂在手里，"我哥晚上出去找同学您咋就不管，您说这是不是偏心眼?"

"你哥是男孩子，你是女孩子，这能一样吗? 女孩子大晚上出去，是不是很危险? 万一碰上点什么事，大人得多为你们担心。"

"是的，"若虚转头看向童童，"就像你刚刚跟我讲的，阿姨这样做也是因为心疼你!"

"我跟你爸都是普通老百姓，没什么钱，也没什么文化，我们能做的就是把你们健健康康地养大，"童童妈接着说，"可爸妈不能陪你们一辈子，你们自己也得学本事，以后凭自己的一技之长吃饭。我跟你爸的看法一样: 只要你想读书，家里就是砸锅卖铁也让你们读，但你们要是自己不争气，那就太不知道珍惜了!"

"您放心吧! 您女儿是谁啊? 绝不会丢您的脸。"童童把脑袋歪在妈妈肩上。

"你这丫头，就会贫!"童童妈抬起手，在女儿脑袋上摩挲了一下。

"对了孩子! 你早饭吃了吗?"童童妈见若虚从早上就没离开过这间屋子，

"我早起熥了几个菜团子，你正好拿着吃！"

"不了，我这还有饼干，我随便吃点就行。"

"饼干有啥好吃的？"童童妈从书包端出了一个又大又方的饭盒，打开盖，露出了几个黄灿灿的菜团子，"别跟阿姨见外！你比童童大不了几岁，阿姨就拿你当孩子看，自己拿——"

"若虚哥哥你别不好意思，我妈让你吃，你吃就是了！"童童笑着说，"不过——我家口味重，估计你吃着咸。"

若虚很是感动，伸手拿起了一个温温乎乎的菜团子，笑着咬了一口——菜团子做得有些粗糙，不过很香。

"咸吧？阿姨没给你们预备稀的，你喝点水就着吧。"

一个女人推门走进了屋子，若虚认出她正是之前脑出血被送进ICU的那个大学生的妈妈——那个女孩前几天被转送到普通病房了。

"你姑娘怎么样了？"墨镜女人见到她，和她打着招呼。

"这几天好些了，情绪也还可以，"女孩妈看样子是来找主治医生，走到那扇小门前敲了几声，见无人应答，便在墨镜女人身边坐了下来，"刚在病房里见到我和她爸，还直问她怎么了，为什么住进医院了。"

旁边几个家属一听她们在谈论病人恢复的情况，都好奇地围拢过来。

"我一听差点又哭了，"女孩妈接着讲，"我说：'闺女啊！你知不知道你刚从鬼门关转了一圈啊！爹妈都差点吓死了！'后来闺女也想起来了，就抱着我说'我想拿第一，让别人看得起我，看得起咱们家'，我就抱着她哭，说'闺女啊！咱不要人看得起，咱要高高兴兴地，好好地活着'。"

"现在转到普通病房，情况肯定就慢慢好起来了。"

"大夫说她情况还挺稳定的，就是老念叨着想看书，说不复习就不能参加期末考试了……我跟孩子她爸就给她宽心，说咱一家三口多久没在一块了，没想到在医院团聚了，孩子一听就笑，"女孩妈笑着摇摇头，"我给孩子学校也打过电话，学校说要不参加考试就评不了什么三好生了……见鬼去吧，我孩子命差点丢了，还要三好生干吗？这我都没跟孩子说，这几天就让她跟我跟她爸腻歪，和小时候一样……"

旁边的家属们听着这温馨的描述，都不约而同地面露宽慰。

"那边条件怎么样？"墨镜女人问。

"还不如这呢，病房小，病人和家属全挤在一块。我们搞了个折叠床，都

得靠挤才放得下。"

正说着，那扇小门倏地从里面打开了，走出来的是曾姐——她穿着一身红毛衣，换掉了以前脏兮兮的工作服。

"曾姐——"女孩妈和她打着招呼。

"咋又过来了，你女儿还好吧？"曾姐问。

"已经好多了，谢谢你们，我今天来找邵大夫。"

"邵大夫在查床，你等下吧。"

"曾姐，今天这衣服怪好看的！"旁边一个家属说。

"我老头送我的新年礼物，"曾姐眼睛笑成了一条缝，"说给我一个惊喜……"

"你爱人做什么工作啊？"

"我老头也在这医院上班哩！他开车的，往火葬场拉人！平常轮夜班比我还辛苦！一到休息，我就给他炖肉、熬鸡汤，我女儿回来，也和我们一块吃！"

曾姐谈得很开心，露出一口泛黄的牙。

那些对话传进若虚耳朵里，他眼前浮现出家人相互陪伴的很多幅画面。他看着手中吃了一半的菜团子，望向身旁的正依偎着妈妈有说有笑的童童，心里很是羡慕——童童对学习没有太多兴趣和期待，她的妈妈显然也清楚这一点，然而她们依然健康和快乐地过着每一天的人生。至于那个素未谋面的为了成绩而病倒的女孩，他们或者有着相仿的年龄，而她又有着怎样的成长经历呢？

他不由地想起老师从前告诉他的一句话——决定一个人生活状态的，往往并非他的智慧才能，而是内心的平衡。从那女孩身上，他又联想到自己——自己似乎也有许多很在乎的东西，假如有一天自己也病倒了，母亲会不会也像这个女孩的妈妈一样心疼他呢？假如他还在学校，他还会继续这样为了"证明"自己而努力吗？

他算了算日期，本就不充分的复习，又因意外而耽搁，他很是担忧。他一向不相信什么突如其来的好运气，深知所有的成功都源自脚踏实地的努力——他知道，从前自己总是脚踏实地地努力，对于能得到相应的结果，也总是坦然接受。而这一次，他似乎已经预见不再会有什么令人欣慰的结果出现，因为自己全然没有把握。

他摊开书，强打精神把书页上的字继续往脑袋里装，坚守着这场孤注一掷的赌博。

他觉得自己仿佛走上了一条没有灯光的夜路——从黑暗中走来，又继续向前方的另一片黑暗探索，那个令他害怕的结果就像是蹲守在前方某个黑暗角落里的恶魔，在某个可知的时刻，等待着本就忐忑的他自投罗网。

## — 52 —

这一天终于还是来了。

又是个北风呼啸的日子，若虚一早从医院出发时天还是黑漆漆的。他把羽绒服紧紧地裹在身上，依然不停打着寒战。在寒风中等了好一会儿，他终于坐上一班公交车，开始了一路的颠簸。车厢里乘客不多，冷清地散坐在几个角落，迷迷糊糊地打着盹儿，连乘务员也一脸惺忪地把头埋进了衣领中，和车厢一起摇摇晃晃——每当公交车一起步或一制动，她就被晃得一个激灵，睁开眼瞄一瞄车厢里的状况，又继续闭上眼睛。

若虚坐在一个靠窗的座位，宽大的口罩几乎遮住了整张脸。他倚在车窗上半睡半醒，留出一只耳朵听车厢里的报站声，下了车从站台走了几百米抵达考点，那时天色也渐渐朦胧起来。由于到得太早，考点只开了大门，他走进空荡无人的大楼，发现楼道里也灌满了冰冷的空气。四下寻找了半天，他找到一层拐角处一个避风的角落，倚着墙角蹲了下来，抓紧这最后的时机再多看几眼书。

时间慢慢接近八点，更多的考生陆续抵达了考点，不知是因为紧张还是因为吹了一路冷风，这群年轻人脸色都不怎么好看。他们中有不少和他一样正举着书或笔记，也有一些盯着天花板，嘴里还念念有词——周围那些陌生的面孔和压抑的气氛让他的心更慌张了，他对即将开始的考试根本没有什么把握。

在监考员的指示下，候场考生们纷纷收起书本，掏出准考证，列队走进考场。若虚旁边一个女生，手里一直攥着一叠笔记，进考场前，她直接把那叠笔记揉成团，恶狠狠地丢进了垃圾箱。

考场的窗子有一条缝隙，冷风"飕飕"地朝屋里钻着。若虚感到一股冷

空气不留情面地在他身边环绕，止不住地打着哆嗦——这一天终于还是来了，之前为之纠结、痛苦、努力，没想到最终竟是在这样一种应接不暇的急促中开始了这场考验。开考时间临近了，他悄悄环顾着这间考场——屋里有不少空座位，看来在备考的漫漫征程中，任何一站都有人放弃了起初的目标，转而寻找其他方向了，至于坚持到最后一关的人们，此时的内心恐怕都五味杂陈。

监考员面无表情地宣读着"考场守则"，而后专注地拆开考题册，一个座位接一个座位地把冷冰冰的试题发了下来。

翻开试卷的一刻，若虚的内心沉了一下——他一直在默默祈祷能在那页纸上尽可能多地看到些熟悉的、至少知道该如何回答的题目。不过，当他迅速扫了一眼题目，对自己能回答出多少，已经有个估计了——他很了解自己，如果是准备充分的考试，自己答每一道题时都会成竹在胸，考试的过程不过是将脑子里的内容转移到答卷上；倘若他没有信心的考试，那这几个小时对他而言无异于一种煎熬……此刻他的感受显然是后一种，看着试卷上自己半生不熟的问题，他只能拼命调动自己过去几年的记忆和这几个月以来断断续续拼凑起来的知识。他与试卷接触的笔尖也是断断续续的，尽管十分卖力地写着，竭尽全力保持着专注，他却感到一种强烈的源于无能的愤怒。

没有别的办法。在这样一个时刻，他只好再尽力挣扎一下。

考试结束时已是傍晚。再次走出那幢大楼时，太阳早已落山，黯淡的夜幕再次将他重重包围。风已经刮了一整天，依旧很冷、很烈，全然没有停歇的意思。散场的考生们也和他一样，纷纷朝考点外走去，他们各样的步幅和神情也透露着"几家快活几家愁"的情形。在这一群年轻人中，若虚步子放得很慢，感觉自己的脑子像一台泄了压力的机床，在连续的高速运转后进入冷却的过程，正发出着"噗嗤噗嗤"的声响——他脸上看不到任何轻松或懊恼，反倒写满了壮烈。在移动的人流中，他自顾自地笑了笑——尽管不愿承认，但自己最终还是因为实力不足而沦为了命运的手下败将。

考场外的那条街已经开始堵车，晚高峰已经来了。他又一次等在站台吹了很久的冷风，终于登上了一辆人满为患的公交车。车刚一出站就混入了拥堵的车流，他挤在窗边一个狭小的空间，向外站着，呆呆望着路边的隔离带，看着萧条的枯枝在呼啸的北风里摇晃着，内心一片荒芜。

他不知道接下来该做什么，不像那些终于把这场大考坚持完的人们，总

归能舒一口气，暂时忘掉好或不好的结果，但他不能；虽然他也好想回家，躺回那张令他心安的床，不顾一切睡个舒舒服服的觉，但他也不能。他必须也只能回到那个已经待了几个星期的小房间，回到那无限压抑的氛围中，继续等待着不知何时才会出现的来自命运的答复。

"总归考完了，总归你也尽力了，总归什么事情都是要面对的，先暂且放过你自己吧。"——他听见这样的自我安慰。

公交车一路走走停停，频繁的鸣笛、并线、进出站。他探着脑袋，看着前方堵成了一片，压抑得想要大喊一句，又担心被别人当成精神病，只好在心里呐喊了几声。距离目的地还有一站时，他终于忍无可忍地提前下了车，朝着医院的方向走去。

冰冷的风将他吹得清醒了几分，也吹疼了他的身体，他将羽绒服在身上裹得更紧些，却还是抵挡不住硬生生钻进他脖子和后背的冷气。很快，一股湿湿黏黏的东西黏住了他的睫毛——是口里呼出的哈气穿透了口罩，在睫毛上结了冰晶，让他每眨一次眼睛都要花费比平时更大的力气。他又冷又饿，拼命快步朝前走着，终于看见了那熟悉的地方——此情此景，医院大楼上亮起的霓虹灯倒变成了黑暗中的一座灯塔，提醒他该去往的方向。他感到一阵荒唐——那个拥塞的小房间近来反倒变成了能让他感到些许暖意的地方，那里的结识没多久的人们也反倒成为他内心温存的一个来源。

他一路垂头丧气地走进医院大门，走进急诊大楼，又沿着那窄窄的楼梯走回家属休息区，习惯性地朝墙角的凳子走去，却意外地发现这里正坐着一个陌生的男人，用奇怪的眼神打量着像是丢了魂似的他。他惊讶地打量着周围——本该坐在附近的童童和童童妈都不见了，连他留在这里的包也被推进墙边一个更小的角落里。

他愣在了原地，一时还没反应过来发生了什么。

"这老太太不行了，下午没了……"旁边传来一个声音——他木然地转过头去，那个家属的眼神和答复让他确信了刚刚一瞬间推断的所有。

"没了?"——他听见脑海里传来这样的疑问，这两个字令他的身体不由自主地发起抖来。他们口中这个"没了"的人，似乎在一个他看不到的空间里存在了很久——虽然他无法感知她的存在，但确信她的确是"存在"的，然而现在，她不再存在了，她真的"没了"。

那个男人见若虚浑身颤抖着，便在凳子上给他腾出一块空间。他一手扶

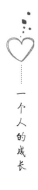

着墙，吃力地坐了下去，内心的绝望像决堤的洪水一般倾泻下来。他感到自己又冷、又饿、又沮丧，一时不知该如何应付这一败涂地的局面。饥饿感也加重了他的慌张，他本能地低下头，伸手从堆在座位底下的袋子里摸索着——他胃里已经不剩什么了，中午担心吃得太饱了会犯困，几乎又饿了自己一顿。漫无目的地摸了半天，他如获至宝地找到了一桶泡面，颤抖着拆开包装，把调料一股脑儿地倒进去，去开水间接了水，又战战兢兢地坐回自己的方寸之地，凭那碗面的热度和滋味暂且慰藉着自己。

胃里装进了热乎乎的面，他冰冻许久的感官好像又恢复了运作。他静静地盘算着接下来要面对的事——压了他很久的这场考试结束了，无论结果如何，这段经历总算可以暂时告一段落。至于接下来该做什么，他还没有太多力气去想。在一阵昏沉中，他感觉到困意一个劲儿敲打着自己的脑子，便靠在墙上闭起眼睛，希望暂时逃离周遭纷扰的环境。

时间一点点挨到了晚上，休息区门口传来一阵吵闹声。若虚睁开眼睛一看，大门被推开，童童妈、童童、童童的哥哥正急匆匆地走进来——他们的眼睛都红肿着，童童妈把电话贴在耳旁，用手背抹着眼泪，和电话那端的人断断续续说着"衣服已经备好了""车一会儿就到""我们都跟着去"一类的话……童童和哥哥顾不上和周围人哪怕眼神上的交流，蹲着身从凳子下面掏着东西。

若虚连忙站起身，见童童边掉眼泪边把座位底下搜出的一个大书包背在了肩上。

"跟你哥去楼下接奶奶吧！"童童妈声音颤抖着，急促地嘱咐了一句。

童童哥也把枕头、小被子一类的东西搂在怀里，和童童一起朝楼下走去。

童童妈上前敲开了那扇小门——屋里正坐着一位值班大夫，低头在桌上签着什么，很快便拣起几页薄薄的单子递给她，嘱咐道："这三联你都拿好，殡仪馆、派出所都要留存，该给哪联就给他们。"

童童妈看了一眼纸上的标题，泪水又止不住地滚了下来。她和大夫道了声谢，抹了一把眼泪，把单子折起来放进了包里，转身急匆匆地朝楼下走去。

楼下响起一阵吵闹声。若虚按捺不住，顺着楼梯跟了下去。

童童一家正站在大厅一层的电梯外等候着。童童显得尤其激动，边哭边喊"都怪我！都怪我！我为什么总气奶奶！为什么总跟她说'别管我'……如果我不那么说，奶奶就不会头晕，不会想吐，不会发病了……都怪我！"

"别这么说，奶奶怎么会怪你？你是她最疼的孙女，她不会生你气的……"童童妈一边安慰着女儿，一边也和她一起掉着泪。

童童哭得眼泪和鼻涕混在了一起，她拉着妈妈的衣袖说："妈！我要给奶奶披麻戴孝！让我给奶奶披麻戴孝吧！"

"你和你哥一起，"童童妈嘴抿得紧紧的，极力忍着哭声，"你们一个捧奶奶的照片，一个给奶奶摔盆，咱们全家一块送奶奶走……"

大厅外的夜色中，停着一辆面包车，敞着后门，露出了半具黑洞洞的棺材。两个师傅立在车边，吸着烟。童童爸爸面色凝重地立在不远处，双脚不停地踏来踏去，焦急地等待着自己母亲出现。

"哗——"的一声，电梯门开了，几个护士把一台担架车推了出来。

童童立刻又"哇"的一声哭起来，扑到那台担架车旁。若虚从远远的一侧看过去——童童的奶奶正静静地平躺在担架上，像一座蜡像一样，面色如铁，身体僵硬。

"别闹，乖！别闹，让叔叔们给奶奶换衣服。"童童妈拉住了女儿。刚才在面包车旁等待了片刻的两个人走上前——年轻些的那个把手中的布包拉开，把寿衣、帽子、鞋子一类的东西依次向外递着；年长些的那个凑上前，从徒弟手中一样样地接过来，很是麻利地把躺在担架上那已经"没了"的人重新装裹起来。

若虚从未见过童童的奶奶，只是凭借童童东鳞西爪的描述在脑海中勾勒过一个大概的形象——他总觉得那该是个面露慈祥、爱说爱笑的老奶奶，从未把脑海中的形象和眼前这具陌生、僵硬、笨重的躯体联想到一起。此时，这具躯体正在师傅的"帮助"下，任由摆弄地被拉起胳膊、抬起脚、翻过半个身体，慢慢换上一身红色的寿衣……不知为何，这摆放在众目睽睽之下的、一脸蜡黄的、在师傅熟练的穿戴过程中毫无反应的躯体突然唤起了若虚强烈的反感，他抵触地把脸转了过去，吃下去没多久的泡面也似乎在胃里翻腾起来。

他拼命压抑着生理上的不适。

"妈！奶奶穿的衣服太薄了，她会冷的！咱们把棉袄给她盖上吧！奶奶的棉袄在包里。"童童又一次发出呼喊，整个大厅又一次响彻一个女孩的号啕大哭。

在几个人的合力抬动下，童童奶奶的遗体被装进了棺材。棺材合上盖了，

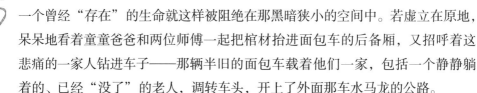

一个曾经"存在"的生命就这样被阻绝在那黑暗狭小的空间中。若虚立在原地，呆呆地看着童童爸爸和两位师傅一起把棺材抬进面包车的后备厢，又招呼着这悲痛的一家人钻进车子——那辆半旧的面包车载着他们一家，包括一个静静躺着的、已经"没了"的老人，调转车头，开上了外面那车水马龙的公路。

一阵忙乱的大厅瞬间安静了许多，若虚却还长久地停在原地，仿佛一个在大逃亡中被遗忘的可怜人，迟迟没有从刚刚的触目惊心中恢复——那撕心裂肺的哭声似有回音一般还在刺激着他的耳膜，久久不散，他脑海中又不由地浮现刚才看到的画面，尤其是那具躯体诡异的颜色和僵硬的姿态，又一次把他的肠胃搅得一阵翻腾。他突然感到一股强烈的不适，快步冲进了大厅的厕所，对着一个脏兮兮的马桶呕吐起来——才吃进去的那团软糟糟的面条混合着刺激的酸涩从他食道里泄洪般地涌了出来，接连几下强烈的冲击后，他仿佛一个溺水的人，扶着马桶外沿，喘着粗气，眼睛和鼻孔里都涌满了浑浊的液体。

他靠在厕所的隔板上勉强缓了一会儿，慢慢恢复了一点体力，颤巍巍地走到水池边，接了一捧凉水漱起口来。低头吐出满嘴的混杂物时，他从面前那裂着一道大缝的脏镜子里瞥见了自己的样子——脸色蜡黄得和刚才那具尸体差不了太多，脸颊上从前饱满的肉都凹陷下去了，唯有两只眼睛肿胀着，像一条泡在药水里的金鱼……他端详着眼前这颓唐沮丧的面孔，冷笑了两声，这副面孔继续冲击着他的视觉，在幽暗的灯光下甚至令他自己感到害怕。

他强撑着软绵绵的身体精疲力尽地走回那个拥挤的小房间，坐回凳子上，感到周围的一切似乎又变回了陌生，就像他第一天来时一样。他揉着还隐隐作痛的胃，难以克制地设想着一个问题——会不会在不久后的某一天，他将以另一种身份再次亲历刚刚那个可怕的场面？那个可怕的场面，会不会也是他们的未来？想到这，他又打了一个冷战。

他脑袋昏沉沉的，用着仅剩的一点精力，想象着未来可能发生的一切。

— 53 —

冰冷的电梯门立在他面前，紧紧地关着。

这一次站在前面的是若虚和母亲。他牵着母亲的一只手——那只手很凉，

似乎还微微颤抖着，他心里也慌乱得不行，却努力保持着清醒和镇定，把最稳重的力量加在母亲手上。他用牙齿咬了咬自己生硬的嘴唇——这次绝不是在梦里，他确定。

上一次这样紧紧拉着母亲的手是十多年前了，是在那个很冷的冬天，也是在医院里，那时的他，个子刚刚超过母亲的肩膀。

"妈妈，这路好难走……"他脚发软，一步一个踉跄。

"别怕。"母亲的声音颤抖着，手也是。她领着他沿着坑坑洼洼的土路向掩藏在医院大楼背后的那个低矮的小房子走去。

"妈妈，这是哪里，怎么一个人都没有？"他有些害怕，跟着母亲走进那扇半掩的小门，沿着那条长长的通道向地下室走去。

"来看爸爸。"她急促地回答。

"妈妈，你慢点走行吗？我头很晕……"他又是难受又是委屈，小声地央求着。

妈妈不理会他，拉着他走进角落里那间灰墙的屋子——屋子很宽敞，也很冷，三面墙上都立着高高的柜子，上面有一排排抽屉，每个抽屉都紧紧关着门。屋子中间摆着两台担架车，其中一台是空的，另一台上面摆着一个长长的黑口袋，拉着一圈拉链。

两个满面烟火色的老伯伯在屋里忙着，见母亲和他走进来，问他们找谁。

母亲报出了父亲的名字，他们反应了一下，其中一个指着担架车上的口袋说了句"是这个"。

母亲停留了片刻，拉着他走上前——他注视着，老伯伯"呲"的一声把袋子上的拉链拉开了……

他赶忙从十多年前的回忆中跳了出来——接下来的情形令他害怕，他不敢再继续回忆下去，只好拼命强迫自己把目光和思绪聚集在眼前的场景上。"12床病人马上送出去，家属去一楼电梯口接。"——他耳畔一直回荡着上午护士从对讲机里发出的声音。事实上，过去这段日子里，医生几乎每天都在给若水作出新的"宣判"——病人今天有了一些意识、病人今天有了应激反应、病人的体征越来越稳定……每一次"宣判"都让早已麻木的他感到了突如其来的欣喜。但医生也冷静地告诉他们，脑部受创昏迷的病人往往会伴随一系列后遗症：他们会时醒时昏、极度嗜睡、说胡话、表现躁动，病症甚至还会反复，也不排除长期昏迷引发的身体各项功能紊乱、四肢萎缩等并发

一个人的成长

症……

若虚听着这些话，心中很是不安。

今天上午，医生给出了最新的"宣判"：若水已经满足从 ICU 转出的条件，将转到普通病房继续监护。他清晰地看见当母亲听到这次"宣判"时，她几乎瞬间红了眼眶，肩膀簌簌地发起抖来。

此刻，他和母亲等待着电梯门的开启，仿佛在等待命运布置给他们的一项全新的题目。不知是因为恐惧还是紧张，他的喉咙不受控制地颤抖着，一口接一口地吞咽着唾沫。倏地，他面前紧闭的电梯门打开了，几个护士推出一辆矮矮的担架车，上面码着一个被黑布包裹起来的、隐约能看出轮廓的躯体。

若虚吓得身体一个激灵，几秒钟后才反应过来：那不是若水，是一具曾经活生生的，现在已经"没了"需要运走的人——被送出来的和被送走的，都从这个电梯推出来，在这个大厅周转。

护士喊着"让一让"，沿着另一条通道把矮矮的担架车推走了。

电梯门又恢复了紧闭的状态。若虚额头不停地冒着汗，在这短短的几分钟里，脑海中又闪过许多奇怪的画面——梦里那昏暗的房间里，那个赤裸着向他爬来的小男孩又一次浮现在他眼前，喉咙里发出"救救我"的呼号声……他用力摇晃着头，企图把那些可怕的场景从记忆中彻底甩掉。

电梯门再次开了，又一辆担架车被推出来了——这一次，上面平躺的身躯没有包着黑布，而是被一片白色的绷带密密地缠绕着，还伸出些粗粗细细的管子连接着旁边竖起来的吊瓶架。

他一眼便认出了那个身躯，是的，那正是若水，这是一个多月后他第一次如此近距离地观察他——他眼睛紧闭着，缠着厚厚纱网的脑袋像是膨胀了许多。从更近的地方看去，他右半边脸还肿胀着，层层石膏板包裹下的右腿几乎看不出原来的样子。

相比刚才那具藏在黑布里的身躯，眼前的若水看起来没有那么可怕——至少，他还是个拥有生命的人，不是仅剩下外壳的僵硬躯体，也不是什么阴森可怕的鬼影。

他只是个暂时失去意识的人。

护士们推着担架车向普通病区走去——普通病区在另一幢大楼里。她们一路推行着走过一条长长的通道，若虚搀扶着母亲跟在后面，看着她们在普

308

通病区的门厅短暂停留，最终把若水安置到一间不大的病房中——这间病房挤着八张病床，分列左右两侧，其中七张已经住上了老少不一、胖瘦各异的病人，那些人纷纷投来了好奇的眼光，看着新来的第八位病人被"安放"在窗边唯一的空床上。

与若水相邻的六号病床上躺着一位老奶奶，枯黄的脸上布满了褶皱。陪护她的是一个四十岁上下的女人，正细声细语、慢条斯理、哄孩子般地和老奶奶聊着天。隔着一条过道与若水相对的七号病床上坐着一个四五岁的小男孩，正好奇地探起身子朝这边看。有个年轻的妇女坐在床边削着水果，那小男孩还趴在她耳边悄悄说了句——"妈妈你看！'八号'送来一个小哥哥！"

若虚的耳际发着热，感觉自己像是一个插班生，突然闯进一个同学已相识相熟的班级，正尴尬地望着讲台下怪异的眼神……

很快，护士们将若水床头那些仪器安顿好，又将吊瓶架、输液针固定住。

"您好——"若虚见护士准备离开，想挽留一下她，"如果病人的病情突然恶化，我们该如何……"

"医院规定病人一旦符合条件就要转送普通病房，ICU 的资源也很紧张——"那位护士急促地答复着，"你知道，随时有危重病人送来。"

若虚点点头——他理解护士的话，也明白医院这样做的原因。

"病人在这边，您也不必担心，有值班的医生护士，一旦病人有问题，您随时能找我们，"旁边一个皮肤白皙的护士接过话，"我姓韩，今天我在护士站，有事您来喊我。"

小韩护士语气很温和，若虚心里升起一阵暖意。

"病人家属请过来一位，转病房通知书还需要签字。"刚才那位护士对若虚和母亲说道。

若虚和母亲交换了一下眼神，跟着她们走了出去。

回到那熟悉的小房间，若虚恰好遇见了童童一家人。童童妈站在主治医生面前，嘴里依旧道着谢，童童的眼睛还肿得老高，跟在她身边一语不发，像换了一个人。看着这曾经相熟的一家人，想象着他们这几天经历的事，若虚突然感到一种险象环生的幸运。恍然间，童童认出了他。

"若虚哥哥——"童童的嗓子沙哑着，"我奶奶走了，她不要我了……"

"奶奶怎么会不要你呢？"若虚一阵难过，安慰着她，"她只是去了另一个世界，她还看着你，还爱着你呢！"

"唉……老人年纪大了嘛！这都免不了啊！要看开点啊！"曾姐不知什么时候又出现在这房间里，依旧穿着那件沾灰的工作服，拿着那把扫帚，对童童妈说道，"你们一家的日子还要过的！"

童童妈点点头，眼角又掉落了几滴眼泪。童童见妈妈哭了，紧紧地搂住了她，母女俩彼此给着对方温暖。

若虚在一旁看得鼻子发酸，回想着这段时间她们带给自己的陪伴，走上前说道："阿姨，节哀顺变，保重身体！童童，想着奶奶平时和你说的话，好好学习，好好照顾妈妈！"

童童妈握了握若虚的手，领着女儿，转身离开这房间，顺着楼梯走下去了。

角落传来两个人的对话声。

"这走的是什么人啊……"

"一个老太太，上星期没的，算起来在这也躺了一个多月了……"

"走了也好，都到这地步了，能少遭点罪就少遭点罪吧……"

"你这是过来陪谁啊？"

"我姐夫。"

"多大年纪？"

"过年四十七了。"

"岁数不大呀……得的啥病啊？"

"犯心梗了……本来就高血压，我姐每天跟他说别抽烟别喝酒，不长记性，还喝！一提起他我就冒火，我姐自打嫁给他就没过一天舒心日子……"

"我老爹一样，烟不离口，肺全完了……也就这几天的事了……"

护士把转病房通知单递给若虚，他在落款处签上名字，看着护士把它放进一个大大的文件盒里存了起来。若虚两手空空地走出这个房间——终于，艰辛苦涩的日子算是告一段落了，那段最痛苦的记忆，终于在他身后的方寸之地画上了句号。

沿着那条长长的过道，若虚朝若水的新病房走去。那刚刚短暂停留的片刻，他已经对那里的情况有了一番大概的了解——"六号"的老奶奶已经八十多岁了，据说她其实没什么"病"，只是单纯的"老"了，每天基本上就安安静静地躺着，偶尔思维清楚的时候，还被扶起来坐一会儿，嘴里断断续续念叨些词句——当然她大多数时候还是迷糊的。那几乎全天候照顾着老奶

奶的女人是她的孙女，病房的家属们都喊她"晓苹"。

若虚走进病房时，晓苹刚安顿好奶奶躺下。旁边的八号病床上，若水仍昏昏沉沉地"睡"着，母亲正坐在床侧发呆。见若虚走来，晓苹转身向母亲确认道："这是您大儿子吧？"

"是的，"母亲回过神来，"这是大儿子，都参加工作了。"

"真好，看这孩子说话办事，挺不简单。"

"老人家在这住多久了？"母亲望了望"六号"的老奶奶。

"奶奶前两年还能自己下地走路，今年秋天就下不来床了，在家躺了一段时间，"晓苹说，"上个月突然就昏迷了，把我吓坏了，医生说奶奶这个年纪这个情况估计……我就听了医生的话，把她送到这来了……"

正说着，老奶奶像是感到了不舒服，身体突然动了动，鼻子一阵"哼哼唧唧"的。晓苹赶忙伏在病床一侧，把耳朵凑到她嘴唇边听了听，又对着她的耳朵慢悠悠地说道："知道了，您放心，回头我都给您拿来，都——给——您——拿——来！"

"老人家这么大年纪，说的话您还听得懂？"母亲问。

"其实我也听懂得有限，"晓苹站起身，"奶奶牙都快掉光了，脑子也迷糊了，听话基本靠猜，有时想起这个，过一会儿自己又忘了……这不，你们进来之前，她还说要把从前用过的缝纫机找出来给她，估计是回想起年轻时当纺织工的日子了……"

说话间，老奶奶已经睡着了，鼻孔里出着像是气流堵塞的声音。晓苹把耳朵贴在她胸口听了听，确保这是正常的反应，便为她掖了掖被子。

时间到了晚上。

普通病房的夜晚是比较安静的，但正像之前那位受伤女孩的妈妈说的，在普通病房陪护并不比等在 ICU 家属区轻松——一间不大的病房，除去摆放得并不松散的八张病床和每个床头连接的监护仪、输液架，余出的公共地方和能留给陪床家属休息的空间并没有多少了。但即使这样，能够转到这里继续陪床，若虚感受到了久违的温馨——毕竟，能够和若水相处同一空间，时时看到他一点一滴的举动，这无疑令他安心不少。

在病房有限的空间里，家属们克服着各种困难，以每位病人的病床"画地为牢"，为自己尽可能多地争取休息的地方。有的坐着小板凳趴在病床床尾，有的背后塞个枕头靠在墙边，有的男性家属干脆披着外套坐在走廊的长

凳上，一坐就是一夜……若虚见八号病床和窗子之间留着一条窄窄的缝隙，便找了张小凳子塞进这缝隙里，勉强跨坐上去，半趴在若水的床尾睡下。

病房熄了大灯，很快陷入了寂静——不一会儿，有个身材很胖的病人打起很响的鼾声，淹没了深夜里挂钟走秒的声音和仪器不时的响动。

若水依然"睡"着，事实上，从若虚见到他起，他就一直昏昏沉沉地"睡"着。若虚晚上又询问过小韩护士，得知"头部受创的病人往往会陷入阶段性的意识障碍"，即使病人醒来后，也不一定能很快恢复开口说话，这样的状态恐怕还会持续一段时间——这段时间亲人最好常在他耳边和他聊些什么，这有助于他听觉和言语功能的恢复。小韩护士还特别叮嘱他，一旦监护仪显示异常，要立刻向值班台报告——普通病房和ICU不一样，没有足够的陪护员兼顾这么多病人，家属要时刻保持警醒。

这是若虚即将在普通病房陪护的第一夜，这也是他第一次切身直面病人的监护，心里还是升起了几分慌乱。他坐在硬硬的板凳上，趴在床尾，想目不转睛地再观察一会儿若水——但他真的太累了，还没过多久，大脑深处的困意就猛烈地袭来，他就抵挡不住了……

# - 54 -

若虚发觉自己出现在一条悠长的楼道里，两侧的房间都关着门——这里他似乎来过，有种莫名的熟悉。他手上黏糊糊的，借着从房间窗户透出的一点光亮，他看清了手掌和指头上沾的泥土。透出光亮的房间像是一间间教室，离他不远处还立着一个模糊的身影——尽管光线很昏暗，他还是辨认出了那高高大大的轮廓。

"齐老师，是不是您？"他冲那身影喊道。

"是你，若虚？"那身影回过头，掩映在黑暗中的脸庞渐渐明亮起来，正是齐老师。他回应着他，很快又把脸凑回教室门前的玻璃上，像个孩子一样兴奋地招呼着他——"快来一起听啊！"

"听什么？"

"快站过来！"齐老师示意他站过来，"从这正好能看见黑板，这课讲得可有意思了！"

门上那面玻璃开得很高。若虚比齐老师矮不少，只好用力踮起脚尖才能勉强窥见教室的黑板。

讲台上立着一位老师，正背对着他。那身影他有些眼熟，若虚隐约觉得那像是林纯子的样子。他附耳贴在门上，听见教室里传出笑声和念课文的声音，忽远忽近的，很难捕捉。

"我在这听了很久了，"一旁传来齐老师的声音，"从前，我就站在这间教室，站在这个讲台上课，后来他们不让我上课了，我就站在门口，趴在玻璃上听他们讲！"

教室里的声音越来越小，若虚竖起耳朵，仔细听着。

"喂！若虚，"齐老师拍了拍他的后背，"告诉你个好消息，我现在又可以了！"

"什么？"若虚一阵疑惑，"什么'又可以了'？"

"现在他们让我进教室，让我上讲台讲课了！"

"是吗？那太好了！"若虚很惊讶，"您的腿已经好了，没有问题了？"

"我的腿很好啊！"齐老师摇晃着自己的身体，"不信你看——"

若虚把视线向下移去，发现齐老师长长的裤筒毫无精神地耷拉着，被一阵风吹得飘来飘去。

"我的腿呢？"齐老师似乎察觉到了身体的异样，伸手向腰下方摸去，只摸到了软软的布片。

他突然发起疯来，上半身飘浮在空中，飞快地朝前"冲"过去，马上就要撞到墙上。

若虚赶忙上前扶他，却被他的大手拦住了。"我的腿去哪了，他们把我的腿切下来了！"齐老师大喊着，狠狠一把将他推开了。

若虚没料到齐老师力气这么大，被推得一个趔趄，后背直接撞上教室门，发出"砰"的一声巨响。

"谁在外面？请进来！"屋里传来老师的声音。

若虚感到一阵羞愧，正犹豫着如何应付眼前的局面，教室门忽然在他面前打开了，屋里充足的光线晃得他眯起了双眼。他讪讪地走进了教室，片刻的晕眩后，终于看清了教室里的情形——座位上一些年轻的面孔不无惊讶地望着他，对他的出现似乎不太欢迎。

"这不是上次那个人吗?"有个年轻人认出了他。

"哪个人?"他的同桌问。

"就那个满脸灰的小工!咱们老师还说认识他!"

"大家请安静——这位同学,既然来教室了,就一起听吧。"讲台上传来老师的声音。

见墙边还有一个空位子,若虚默默走过去坐了下来。他突然想起门外的齐老师,正准备举手向老师示意,却意外地发现台上站着的老师竟然是若愚。

"是你?"——若虚听见了自己的惊呼。

"你也来听我的课?"若愚很是平静地答复着。

"咱们家里出事了!"若虚激动得不行,从座位上弹了起来,一个箭步冲上讲台,对若愚大吼着,"若水被车撞了!现在还在躺在病房里!你不知道吗?"

"你在说什么,若水是谁?"若愚疑惑地看着面前这张因为激动而有些变形的脸。

"若水!我们的弟弟啊!"若虚几乎跺起脚来。

"你不要开玩笑了,我从来没有什么弟弟,"若愚说,"这可是课堂,你这样是在扰乱课堂秩序。"

"你不能这么说!他和我们一起长大!他喊你二哥!你不能不管他!"

"这位同学,请你不要影响常老师上课,"前排一个斯斯文文的学生站起身,打断了若虚的歇斯底里,"这门课讲日本文化,是我们的主修课,你这样捣乱会影响我们学习!请先出去好不好?"

"是你的主修课重要,还是人命重要?"若虚顾不上确认谁在讲话,对着空气反驳道。

"这人怎么蛮不讲理!"人群中传来了咒骂声。

"犯不上跟他客气!"后排一个同学站起身,伸手指向楼道,"滚!"

"滚!快滚吧!"咒骂声此起彼伏。

"你先出去吧,别影响我们上课。"若愚一脸不耐烦的神情,仿佛在试图劝诫一个胡搅蛮缠的疯子。

若虚望着台下那一片嫌恶的眼神,恍惚间,晃悠悠地挪动着步子,突然一个失脚从讲台外沿跌了下去,整个人趴在了教室前方。

满耳的咒骂声立刻化为了哄堂大笑,那响彻教室的笑声淹没了他的痛感,他像堕入沼泽一般朝地板里深陷下去。

蓦地，他惊醒了。

他发现自己正趴在一片雪白的床单上，猛一抬头，不安地朝四周张望着——这是他们刚搬来的普通病房，才第一晚，自己认床的毛病又犯了，做起噩梦来。

他回忆着刚刚的梦境——讲台上若愚的身影那么熟悉又那么陌生，神情和话语中毫不掩饰对自己的嫌弃……他又突然想到了齐老师，也不知这老爷子最近怎么样了……回想去年秋天相识后见过的寥寥几面——那个灰心丧气的午后，他和齐老师坐在长椅上聊天的场景还历历在目，那之后，他再没见过这位老朋友了……

他长舒一口气，感到一阵害怕，不仅是因为梦中的情形而心有余悸，更是为自己最近时常陷入奇怪的梦境而担忧——他好怕在梦魇一般的折磨中，有一天自己会变得精神失常。

第二天，天刚蒙蒙亮，若虚再次醒来了。他放松着因弯曲了一夜而变得僵硬的四肢，不经意瞥了一眼病床，发现平躺着的若水竟然睁着双眼，直勾勾地盯着屋顶。

这一惊非同小可，若虚立刻凑上前去，确认没有幻视，仿佛害怕剧烈的声响打破他来之不易的苏醒一般小声问道："你醒了？你……知道我是谁吗？"

若水没有回答他——他的眼睛像两只生锈的齿轮一般艰涩转过来，看了看若虚，又上下左右扫视着这陌生的病房。

若虚一阵慌乱，几乎本能地把手伸向病床一侧的呼叫按钮。

"这是哪——？"一个声音突然传进若虚耳朵里。他吓了一跳，发现声音是从若水喉咙里发出的。

若虚抬起的手停在了半空中。他望着若水，又惊又怕地问道："你……看得见我吗，能听见我说话？"

"这是哪——？"若水又缓缓地重复了一遍——他迟缓转动着的眼球仿佛表示着终于又和这个鲜活的世界产生了交集。

"这是医院……我们在医院的病房里。"若虚担心他听觉尚未恢复，把语速放得很慢。

若水似乎听懂了，吃力地眨了眨眼睛，看起来这陌生的环境和空气中飘浮的药水味令他感到不安。由于颈肩支着固定装置，他的脑袋无法转动，只好把目光徘徊着扫过扎进手臂的针头、高高悬着的吊瓶、床边那台看上去很

精密的仪器，最后又呆呆地直视起天花板——若虚顺着他的目光看去，天花板上除了被水渍淹出的一片灰色，什么都没有。

"你……感觉怎么样？不舒服吗，渴吗？还是……？"若虚小心翼翼地问着。

"我……为什么在这？"若水的视线又移到了打着石膏的右腿上，半晌从喉咙里发出几个字——那低沉缓慢的声音和从前清脆的童声相比，简直像变了一个人。

"你生了一场好重的病……不过，你现在正慢慢地好起来……"

若水试图动动四肢，却发现石膏板固定的右腿完全麻木了。

"我腿……怎么变成这样了？"

"我……不是告诉你了？你生病了，受伤了……"若虚重复道。

"受伤，受了什么伤？"若水情绪忽然激动起来，挣扎着要直起上半身，一下碰到了插着针头的手，疼得大叫了一声。

那叫声震得若虚头皮发麻。他喊着"不要动"，几乎是本能地按住了他的肩。

若水被按回床上，眼睛突然又闭了起来，恢复了苏醒前的样子。

若虚定睛看了看他——闭起眼睛的他俨然又变回了一座死气沉沉的雕像。他顾不得按动病床的按钮，慌乱地跑出病房，恰好看到小韩护士在值班站，赶忙和她描述起刚刚的情形。小韩护士跟着他走进病房，检查着若水的体征和监护仪显示的各项指标。

"我把病人的情况记录下来，一会儿给医生汇报，"小韩护士边写边说，"病人的情绪波动和一些反应是生理上的紊乱导致的，这种状态恐怕还会持续一段时期，家属还要看护。"

小韩护士的话让若虚稍稍安心了一些，他继续在病床边坐了下来。

上午，若虚把若水今早的情形告诉了母亲。母亲听了先是惊喜，随后也陷入了不安，又向前来查床的医生反复确认起他的情况。

若水在中午又一次苏醒，又一次用毫无神采的眼光看向若虚的脸。若虚也只能故作镇定，等待着他的反应。

"你……帮一下……"若水说。

"你想拿什么？"若虚揣测着他的意思，"我可以帮你拿。"

"我要坐起来，下地走走，但没有力气……你扶我一把。"他幽幽地说。

"你说什么？"若虚深知他现在完全下不了地，故意装作未听懂的样子。

"我说——我要起来，你扶一下我！"他喉咙颤抖着。

"你别着急，你的病还没好，身体还很虚弱……"若虚吞吞吐吐地说，"再躺在床上休息几天吧，等……"

"你是不是要告诉我——"若水打断了他的语无伦次，"我要永远躺着，再也起不来了？"

"你别乱想，医生没有这样说。"

"我没乱想！你不和我说实话，你想骗我？你这个骗子！"若水脖子和脑袋都僵硬地挺立着，眼里冒着怒火，恶狠狠地骂着他。

"不！我没有骗你，你确实受了很重的伤，需要漫长的时间来恢复……"

"漫长是多长？一个月，两个月，还是一年，一辈子？如果让我一辈子躺在床上，那我不如现在就死了！"若水忍无可忍，暴躁地在床上挣扎着，用力甩着右手，企图把输液的针头拔掉。

"你别这样！你冷静些！"若虚起身按住了若水，感到他瘦弱的双肩用力向上挣着。

"我不想冷静！我讨厌躺在床上等死的滋味！你们为什么救我，为什么不让我死掉？我要把这些东西全拔了！让我去死吧！"若水像个受到惊吓的小动物一样发疯般喊叫着，那些词语令若虚感到害怕。

旁边的病友和家属们听见若水挣扎的动静，有的伸过头来看了看，又面无表情地把头缩了回去，有的似乎早已司空见惯，继续做着自己的事情，还有一个家属热心地朝若虚吆喝着，说不如请护士来给若水注射一针镇静剂。

若虚一阵忙乱，周边人奇怪的反应又加重了他的窘迫，他不知该如何应付眼前这混乱的局面，只好先用力按住若水挣扎的身子，免得他碰倒挂吊瓶的架子，或是挣脱了针头，再划伤自己。然而，若水一直不停地哭嚷着，拼命蹬着那只还能移动的左脚，把被子都踹到了地上。

竭力挣扎了几十秒，或许是体力不支，若水的身体突然一下泄了劲，又瘫进了病床里，颤抖的喉咙也平息了下来。

若虚被折腾得满头大汗，趁着若水躺回床上的一瞬间，抬起一只手把顺着眉毛向下淌的汗珠抹掉。

病房又恢复了安静。若虚在病床边喘着粗气。

一只小手伸了过来，捡起掉在床下的被子。若虚抬起头——捡被子的是

对床的小男孩，当周围所有人都在为若水暴躁的举动而惊骇或冷漠时，他竟然光着脚丫跳下地，把若水的被子卷了卷放回床上，又朝他床边走了过来。

"小哥哥，你别生气！"小男孩停在床头，瞪着一对大眼睛对平躺的若水说，"我知道你疼，但我们要勇敢！我刚住进来时也爱哭鼻子，一打针就哭，我妈妈说我要向电视里那些解放军叔叔学习，他们从不怕疼！妈妈说这才算男子汉呢！"

不知是不是听见了小男孩的话，若水僵硬的身躯突然抽动了一下，把憋着劲的左腿动了动位置，重新平整地躺好了。

若虚长舒了一口气，朝小男孩投去了一道感谢的目光。小男孩冲他眨了眨眼睛，蹦蹦跳跳地坐回自己的"七号"病床，拿起枕边的"超人"，神气十足地把玩起来。

虽然没有像那位家属建议的那样请护士过来注射一针镇静剂，但若水从筋疲力尽瘫软进床的那一刻起，就好像被抽走了魂，闭起眼睛一语不发，无论若虚尝试和他说些什么，他都不再理睬，像是脱离了这个世界。

若虚很担心——不仅担心若水在恐惧、疑虑、激动的夹击之下心理防线彻底崩溃，也担心医生所说的病人可能会出现胃萎缩、食道粘连等一系列严重的并发症。他知道，不管心理或生理哪一方面的意志先瓦解，都无异于把若水从鬼门关捡回的一条命再次葬送。

入夜了，病房里的其他病人都睡去了，陪床的家属也都进入了梦乡。挂钟的秒针依旧滴答滴答走着，伴随着监护仪偶尔发出的轻轻声响。若虚坐在病床边，呆呆地盯着输液架——吊在钩上的葡萄糖和氯化钠沿着细管源源不断地输送进若水的身体，暂时维持着他的生命。若水或许是入睡了，紧闭着双眼，除了胸膛浅浅地起伏着，整个人像是蜡像一般。

他的视线又转到了邻床——那位老奶奶平躺着，被子被齐齐盖到胸口，她保持着微弱的呼吸。她的样子让若虚联想起之前看到的那具令他害怕到呕吐的老人的尸体。

他赶忙扭过头去。

若水蜡黄的脸重新跳进他的视野——他被那张脸上凝重的表情吓了一跳，不安地俯身凑上前，轻声喊着他的名字。

他的声音唤开了若水的眼睛。他把毫无生气的眼神投了过来，恰好和若虚的视线对上。

"你……"和若水四目相对，若虚有些错愕，一颗悬到嗓子眼的心暂时放了下来。他平复着内心焦躁的情绪，小声说道："对不起……我只是担心你……"

"没什么好担心的。"若水幽幽地回了一句话——那不像是孩子发出的嗓音和空洞的眼神令若虚又一次发悚。

若水从眼角挤出一丝冷意，重新阖上眼帘，把若虚慌张的神情阻隔在视线之外。

## - 55 -

对床"七号"的光头小男孩——平常大家喊他"小玮"，穿着有些肥大的病号服，总是趁妈妈不注意就跑下地，举着"超人"玩，嘴里还模仿着"他"起飞、空旋的声效。若水住进来后，他几次跑跑跳跳经过他病床前，都喜欢停下脚步看上几眼，见若水没什么回应，又一溜烟跑开。这天上午，小玮又一次打量起若水露在被子外面的打着石膏的右腿，有些害怕地瞟了一眼他，又朝若虚丢来一个神色。

"叔叔，"小玮抬起脑袋看着若虚，"你过来一下——"

若虚不明白他的意思，朝他走了两步，蹲下身子。

小玮凑到他耳边，小声问道："这个小哥哥为什么绑着腿啊？"

"因为——小哥哥腿受伤了，绑起来是为了固定住，免得动来动去，碰到伤口又该疼了……"

"那为什么他在屋里还戴帽子啊？那个帽子真奇怪。"——小玮又指着若水头上罩的医用网布。

"那不是帽子，是保护脑袋的纱布。"

"他脑袋也受伤了？真倒霉……"小玮撅起小嘴，"叔叔，我想问小哥哥一句话，行不行？"

"你想问什么？"

"嗯——"小玮兴冲冲地凑到若水的病床前，神秘兮兮地问道，"小哥哥，你喜不喜欢玩弹珠？我有好多弹珠，等你好了，陪我一起玩吧？"

若水抬了抬眼皮，没有理睬他。

"叔叔——"小玮失望地转过头，"小哥哥不理我……"

"小哥哥才醒来没几天，身体还很虚弱，还不能开口和你说话……等他好了，你再请他陪你，好不好？"

"那好吧！"小玮笑着绕回七号床，打开枕边的一个小铁盒，饶有兴致地向若虚展示着，"叔叔，我先拿给你看一眼——我一共有二十六颗弹珠，本来该有九种颜色，可是我攒了好久，才攒到八种。"——小铁盒里装着五颜六色的玻璃弹珠，被窗子照进来的光亮映得一片斑斓。

"你看——我有红、白、橙、黄、绿、青、蓝，还有紫，"小玮清点着他的宝贝们，"可是，就差黑的——黑的才是最厉害的，一颗黑的能换两颗蓝的、三颗绿的呢！"

"是吗？"若虚见小玮眼里又是得意又是遗憾，故意装作好奇的样子，"那黑色弹珠哪有卖的？"

"不卖！要吃虾条，每包虾条送一颗弹珠。我以前总让妈妈给我买虾条，每次我都特期待能'吃到'哪种弹珠——可是，我现在病了，妈妈不给我买虾条了，"小玮失望地低下头，又想到什么好主意似的问若虚，"叔叔，你爱不爱吃虾条？要不然我让妈妈买给你吃，你把弹珠留给我好不好？"

"叔叔不用你妈妈买，叔叔自己买，"若虚摸了摸小玮的光头，"我如果'吃到'黑色弹珠就留下来送给你，怎么样？"

"叔叔你真好！"小玮咧开嘴角，露出两个深深的笑窝，"我不白要，我拿三颗绿的跟你换！"

"那一言为定！"若虚点了点头——他突然觉得眼前这个小不点好像为黑暗中徘徊了很久的他点亮了一缕微光，"你今年几岁了？"

"我四岁！上中班！"小玮伸出四根手指，"可是，我好长时间都没去幼儿园了……"

"为什么呢？"

"医生叔叔说我这里生病了——"小玮指着自己的胸口，"说我的心比别的小朋友都大！让我住在医院，不让我回家，也不让我去幼儿园了。"

若虚内心一阵触动，思索着这句话的意思和严重性。

"叔叔你今年几岁啊？"

"噢，我二十二岁……"

"那你比我妈妈岁数小，我妈妈今年三十岁了！上次她说等天气暖和了，

就让我去外面玩——我知道，过完春节，天气马上就会暖和了！那时候我说不定也能回幼儿园了！"小玮看着窗外的阳光，突然又兴奋地跑回若水病床前，"小哥哥你别难过！等天暖和了，说不定你的病也会好！等你能下床了，我们一起玩皮球！叔叔，你也来和我们一起玩吧！"

若虚看着小玮满目欣喜的样子，突然心生羡慕，对着他真诚地点了点头。

小玮妈妈从外面走了进来，见儿子又光脚踩在地上，立刻边批评边把他领回病床上。若虚笑着看着小玮一脸不情愿的样子，又坐回若水的病床前。

"我想问你一件事。"若水突然把脸转向若虚，阴沉沉地说道。

"我知道，你关心你的腿伤——别怕，医生说你需要时间来康复，一定会好起来的。"若虚暗自担心着什么，故意岔开了话题。

"不是问这个……"若水面无表情地说，"我想知道……我不是你的亲弟弟，对不对？"

"你说什么？"若虚装作没听清，朝他探了探身子。

"妈妈也不是我亲妈妈，对不对？"若水继续问。

若虚感到面庞难以克制地发着热，想装出一个诚恳的眼神来掩饰内心的慌张，却发现自己根本不敢直视若水的眼睛。

"你一定知道，"若水直直的眼光看透了他心中所有的龌龊，"你为什么瞒着我？我已经'死'过一次，难道你不想在我还活着时告诉把真相告诉我吗？"

"我……"若虚努力地吞咽着口水，鼓足勇气说道，"那我告诉你——你说的都是对的……"

"果然。"若水脸上浮现出一个诡笑。

"你是怎么知道的？"若虚突然感到一阵害怕。

"你把这个故事说完整吧。"若水全然不理会他的害怕。

若虚再度像遭了芒刺一样，感觉像努力掩盖真相的企图暴露在光天之下，让自己的姿态尽显猥琐。他在脑海中简单组织了一下语言，缓缓地开了口——

"其实，这件事几句话就能讲清：我和你是表兄弟——你妈妈是我姑姑，我爸爸是你舅舅，他们是亲兄妹。你一岁那年，我姑父也就是你爸爸从外地回来，你妈妈去接他的路上下着暴雨，他们出了事故，车被撞进河里……从那以后，你就在我家一直生活了，我爸妈就把你认作家里的一员了……"讲

到这，他刻意停了下来，暗暗观察着若水的反应。

"我爸妈都死了？"若水盯着他的脸，眼睛许久都不眨一下，"请你说下去——"

"后来的事你都知道了……家里多了一个儿子，你多了两个哥哥，我和若愚多了你这个弟弟……"

"就这样？"若水幽幽地问。

"就这样……"若虚担心自己短促的答复太过残忍，又补充道，"我爸妈——也就是你的舅舅舅妈，在那之后一直把你当亲生儿子一样抚养，也要求我们像对亲弟弟一样对待你……"

"好了，剩下的你都不用说了。"若水打断了他，脸上浮现复杂的神情。

"我希望……你千万别因为……"若虚注视着他的眼睛，吞吞吐吐想再补充些什么。

"你不用说了，谢谢你告诉我这么多。"若水结束了这段对话，闭起眼睛，任凭他想再做些什么苍白的辩解，也不再理会。

中午，母亲拎着大包小包走进病房，还没歇脚片刻，就收拾起若水换下的衣服。趁母亲端起盆去水房，若虚跟了过去。

"怎么了，他情形不好？"母亲见若虚神色匆忙，不安地问道。

"不是……我告诉了他……他的身世。"

"什么，你为什么要告诉他？"母亲正浸衣服的手在盆里停住了，"他现在不能受任何刺激。"

"是他主动问起来，我认为他的确有权知道真相，"若虚解释道，"他讲得对，我们刻意的隐瞒对他其实是种伤害，况且，刚刚发生的这场意外让我明白了什么叫旦夕祸福，如果他真的带着这样的疑惑就此离开我们，我不知道自己能否做到无愧于心？我实在不愿意一直活在谎言里……"

"我不反对你说真相，"母亲似乎认可他的立场，却有着本能的顾虑，"但你选择现在告诉他——他这么小，身体还没恢复，精神也不能受刺激，是不是……"

"可是……我已经告诉他了——虽然我没与您商量，但其实早在他刚出事时，我就决定了，"若虚的语气很坚定，"只要他能苏醒过来，我一定把一切真相告诉他，只要我一想到他也许会带着这个秘密死去，我就无法容许自己这么残忍。"

母亲陷入了沉思。

"不过，"若虚接着说，"我没把事情讲得太清楚，告诉他的也只是零零碎碎的片段——有很多从前的事我也说不太清，所以我感觉他对整个故事还有很多疑惑，或者，他现在没有那么多力气去了解了……"

若虚担心若水，很快又走回病房，见若水依旧安静地平躺着。他站在若水和小玮的病床间，看着若水凝如止水的面容，回想着小玮每当开心或赌气时自然的神态，难过于曾经那个不知悲伤为何物的若水或许就这样消失了——漫长的成长中，人总有一些幸运的时刻，可以把所有的喜怒哀乐写在脸上，不知若水的这番经历会不会夺走他的幸运……他越想越混沌，那天中午以后，他、若水、母亲似乎也都被各自心头的疑云困扰着，谁都没再谈起这个话题。

连续几天，天一直阴沉沉的——从入冬一连几个月，这座城市还没见到雪的踪影，在寒冬腊月将尽时，空气中终于又有了湿湿凉凉的滋味。这天一早，若虚来换母亲的班，见六号病床坐着一个胖胖的女孩——她端了把小凳，伏在床沿一角，认认真真地写着"寒假作业"。若虚猜测这应该是晓苹阿姨提过的女儿，他直直走向若水床边的身影也吸引了她的注意。

"你好！你的名字是婉婉，对不对？"若虚主动和她打着招呼。

"对。"胖女孩点点头。

"你妈妈呢？今天没过来？"

"妈妈早上出去买东西了，我在这陪太姥姥。"——她的话让若虚想起之前在ICU陪床时结识的童童，眼前的婉婉看起来比童童年纪还要小一些，也没有她活泼。

"常见你妈妈在这，第一次见你来——妈妈总来陪床，谁在家照顾你呢？"

"我不住家里，我住校，"婉婉说，"家里房子太小，妈妈又要照顾太姥姥，没时间管我，就给我办寄宿了。"

"那……你会不会想妈妈？"

她点点头，很快又摇了摇头，说道："我还小，妈妈陪我的时间还有很多；太姥姥年纪很大了，这个时候，更需要她的陪伴。"

"那……你多久能见妈妈一次呢？"

"一个月或者半个学期吧，我不太……"

"婉婉，看妈妈买了什么——"病房门口突然传来了晓苹的声音。若虚循

声看去——晓苹拎着两大兜水果，满面笑容地走了进来。

"妈妈，您怎么买了这么多水果？"婉婉起身迎上前，接过一袋打量着，"有香蕉、橘子，还有……这是什么？"

"这叫人参果，没见过吧？"晓苹笑着说，"把这些水果分分，给每位叔叔阿姨都送一点。"

婉婉听话地撑起兜子，挨着病床送起水果来，经过小玮的病床前，小玮妈妈连连冲她摆手，对晓苹说着"这多不好意思……"

"别见外——快过年了，大家守在这都不容易，这也是咱们的缘分。婉婉，跟阿姨说新年快乐——"

婉婉似乎有些拘谨，围着几张病床静静地绕了一圈，最后绕回到太姥姥床边，把剩余的水果放在床头，看着妈妈凑到老人耳边说着"奶奶——您听见了吗？要过年啦——您又长了一岁，都成老寿星了！"——一直以来，每当要和那老奶奶说些什么，晓苹都会贴向她耳边，像嘱咐小孩一般耐心地、轻声细语地开口。

"婉婉，看妈妈包里还有什么。"晓苹又回过头对女儿说。

婉婉从包里抽出了几张红色的纸，有些惊讶地问道："您还买了福字和年画？"

"是啊！咱们把这屋子布置布置吧，大家都沾沾喜气。这个年，咱们要和叔叔阿姨们一起过了。"

旁边坐着的小玮一见那些鲜艳的字画，兴奋地蹦下床，跑跑跳跳来到晓苹身边，瞪着眼睛问道："阿姨，我能和姐姐一起贴年画吗？"

"那你要问姐姐啊——"晓苹笑着对他说。

婉婉看看妈妈，又看看小玮，也笑着点了点头。

若虚坐在床沿，看着一大一小两个孩子把字画一幅幅摆开，热火朝天地商量着这幅贴哪，那幅挂哪，又兴致勃勃地去找剪刀和胶水，感到一种久违的亲切——那是他也拥有的快乐和天真，只不过总是沉睡着，不常被唤醒。

不一会儿，几张剪纸贴上病房的窗子，一张大大的福字也倒着贴在了正中。

病友和家属们都被病房里罕见的年味感染了，几个人优哉游哉聊起天来。

——"这连着多少天不阴不晴的，不下雪也不出太阳！"

——"别着急啊，不是天气预报说后半夜雪就能下起来吗！"

——"肯定能下，天气预报说能到中雪级别！"

——"那敢情好！这都快一冬天没下雪了，你瞅瞅都干成啥样了？我手上直脱皮……"

——"快到年关了，能下场像样的雪，挺好！瑞雪兆丰年！"

听着大家纷纷讨论起天气，若虚心里又升起一股温暖。他忽然产生了一个奇怪的念头：假如病房里的大家都是健康的，这种集体式的生活应该也能像从前读大学那样热闹和美妙吧……他站在窗边向外望去——天空一片灰蒙蒙，变厚的云层阻挡了光线，空气中像快要凝出露水一般，看起来真的可以期待这场久违的白雪。

病房暖腾腾的气氛一直持续到晚上。熄灯后，病友和家属们都陆续睡下了。

若虚没有倦意，夜晚这弥足珍贵的安宁让他格外珍惜。不知是不是因为向若水坦白了隐瞒多年的秘密，他紧绷许久的神经松弛了许多，连心跳都变得舒缓了——临近过年，他甚至觉得上苍似乎在播撒着好生之德，这片广阔的病区也不像刚来时那样让他几乎没有一刻喘息，竟然也安静了下来。

他静静地趴在若水的床尾，让自己的思绪漫无边际地飘散着。他拿出了纸和笔，借着旁边一盏微弱的夜灯，开始了笔尖的流动——

镜湖同学：

见字如面，别来无恙？

去年夏天匆匆分别，至今已半年有余。不知半年的时光里，你经历了哪些故事，你的生活是不是快乐和充实？

我弟弟若水刚从鬼门关转了一圈，这场意外让我感受到人的渺小，面对命运是如此的不堪一击和无能为力。就在我哭着给你打电话的那个晚上，我想起我们在泰山顶上聊天的情景，我们好像谈到了生命的意义，还谈到别的很多很多，想起在回程的列车上，我在困乏恍惚中和你那些好笑的对话……现在，我只觉得那是一段很美好很遥远的回忆……

若虚停下笔，在脑海中回忆着那些画面，试图还原自己那时的心情。他继续低头写道——

那次毕业旅行，我似乎问起过你成长的故事，但你欲言又止。直觉告诉我，我们似乎有着某些相似的经历，过了这么久，不知你是否愿意

讲给我听呢？不知为什么，我最近总时常想起和你相处的那些时光，我真的希望我们还能像从前一样，再当面聊起彼此的故事……

随着笔尖的流动，若虚写满了一页信纸，在末尾留了"敬祝安康 盼复""若虚 上"几个字。

他把信纸折起来放进信封，起身扬了扬头，看向窗上倒贴的"福"字，在夜色的映衬下，它红得很是庄严。他把脸凑到窗前——病房的暖气烧得很热，玻璃上已经结了一层薄薄的水汽。他抬手将眼前的一小片水雾抹干——就在他刚刚凝神提笔时，外面的世界已悄悄飘起了雪花。他兴奋地望着窗外飞舞着的一朵朵洁白的小亮片在空中画出优美的曲线，慢慢落进大地的怀抱，给整片病区都蒙上一层浅浅的白纱，将窗外熟悉的景色打扮得宁静而肃穆。那份宁静和肃穆让他暂且放下时刻提心吊胆的紧张——他知道，相比已经走过的那个最无助的阶段，一切都在慢慢变好起来。

正像晚间的天气预报所说：去年十月中旬那场秋雨后，本市超过一百天无降水的记录要终结了。这场延迟了许久的初雪对很多历经艰辛和心灵拷问的人而言，也像极了一场久违的滋润。

若虚留恋地看着窗外——视野里那黑幽幽的树丛、甬道、长椅正在被涂上更多的银白色，夜幕下那份耀眼的纯净和病区闪烁着的明灯遥相呼应着。

# 第四章

## － 56 －

今年立春恰好在"六九"第一天，着实是"春打六九头"。相比北方姗姗来迟的回暖，南国的回春早得多。春节也快到了，家家户户都在为这隆重的节日做着准备。

张镜湖工作之后就一个人住回了市里——这里的家记录着她和爸妈最温馨的回忆。开始独自生活后，她的人生又恢复了原本的平静，每天早上乘车上班，晚上回家，如此的周而复始，她也早习以为常了。

外公外婆依然住在乡下，时常会想念她。张镜湖隔个两三周就会坐车回去一趟，给他们买很多吃的用的，再陪他们待上一天。

趁着单位提前放假，张镜湖花了两天给家里做了个大扫除——她上班之后的生活似乎比从前单调了不少，工作一天回到家，一般会很累，留给自己的时间不多，她也只得趁偶尔有精力时读读书，做做家务。读大学时，她很喜欢布置房间，寝室的窗上、墙上、床头装饰的那些精巧的小物件几乎都是她布置的，这样的闲情逸致，工作后也减少了很多。

除夕这天，张镜湖一早就出了家门。外面的街上已是张灯结彩，一辆辆小汽车川流驶过，很是热闹。不少三五成群的行人褪去最厚重的冬装，脸上也洋溢着喜庆的神色，似乎，这才是平凡人该有的优哉游哉的生活。她走进附近一家超市——这里也是熙熙攘攘的，广播里播送着祝贺新年的歌曲，穿插着店员介绍何种商品在进行的优惠的提示。一些家长领着孩子一起采买年货——看起来，小孩子才是最喜欢过年的，在一个个货架前蹦蹦跳跳地流连着，和爸妈商量着买些什么带回家。

张镜湖推着购物车，走在狭长的过道里，不时地左右看着，盘算着该为乡下的外公外婆带些什么——她没什么很明确的目标，不时地走走停停，见到货架上有什么好东西，就伸手拿进购物车里。见前面一张桌子上摆放着白白的小东西，张镜湖走上前——是过年要吃的汤圆，旁边立着的小牌子上用彩笔描着"团团圆圆"的字样。她想起以前每到过年，外婆就会包很多"圆子"在大锅里煮啊煮，盛给大家吃——不过外婆做的不是汤圆，而是软软白白又没有"芯"的面疙瘩，小时候的她总抱怨这东西一点都不好吃，可是外婆却说过年就是要讨个团团圆圆的彩头，想办法在面粉里加糖、添色，为她做"改良"版的圆子。

张镜湖挑了不少东西，拎着两个重重的袋子走回家中。出门前她已经打扫过房间，换上拖鞋，她径直走进一尘不染的那间向阳的大屋。上午的阳光正透过阳台洒进来，晒得屋里暖洋洋的，墙上并排挂着两张照片——爸爸和妈妈，和蔼地看着她，她也笑着望着他们。

她蹲下来，打开其中一个袋子——这一袋是她为他们买的好吃的。爸妈的照片下方摆着一张方桌，刚换了新桌布，她抬手将桌布的一处褶皱抻平，把那些糕点、干果整齐地摆上。

时间一分一秒地流过，在那洒满阳光的屋里，她静静地立在爸妈的照片前，很是留恋地和他们在"说"些什么。

她整理出一个小书包，拎着满满另一袋的吃的用的，锁好家门走下楼去。她坐上一辆公交车，望着窗外的风景从城市的繁华规整逐渐变得朴素和单调，感到自己从一个温暖的家又回到了另一个温暖的家——这是她曾经历过另一段温馨的小镇。有一个瞬间，她想起去年夏天刚刚回到这里，望着车窗外的景色时那油然而生的亲切——虽然，冬天的小镇不如那时喧闹，但那份怡然和安心的感觉却一点没变。

她沿着那熟悉的小路，走过石桥，穿过巷子。那座老房子又一次映入眼帘。

每年一到腊月，勤快的外婆就兴高采烈地为过年做起准备。当小院的栅栏门又一次进入张镜湖的视线，外公外婆忙碌的身影又一次感动了她——外婆拿着一把大剪刀剪着腊肠，外公在一旁给冻得硬邦邦的肉化着冻，接近正午的阳光穿过枇杷树的枝条洒在他们身上。两位老人都喜欢晒太阳，老房子

的冬天尤其冷，每当出太阳，他们就来到院里，一边干活一边取暖。

"外公！外婆！"张镜湖喊着——他们干活干得很专注，丝毫没注意到外孙女已经走到了家门口。

"囡囡来了！"外婆站起身，边在围裙上擦手边迎了上来，把张镜湖搂在怀里。

"外婆，"张镜湖见外婆的手发红肿胀，食指关节还裂了一道口子，心里很难过，"你的手怎么还没好，我给你买的手套呢，还有治冻疮的药？"

"药膏涂了！"外婆像个正向老师报告已经写完作业的孩子一样，"可是干活哪里能戴手套？那什么都做不了！你看——我衣服穿得很多的！"

张镜湖打量着外婆——她穿得里三层外三层，鼓鼓囊囊的棉裤裹在腿上。她又打量着一旁的外公——他戴了一顶旧皮帽，红红的脸上满是慈祥。

"喏——外婆，我买了好多菜和水果，还有给你和外公的棉鞋。"张镜湖提起地上的袋子，又卸下背了一路的书包。

"这孩子，"外婆连连咂舌，"赚的钱自己留好，我和你外公都有退休金，要吃要穿我们都自己买！不要总给我们花钱！"

"那是你们买的，这是我送你们的，这不一样！"张镜湖笑着说。

在外婆和她谈笑的间隙，外公咳嗽了几声。

"外公，你感冒了？"

"老毛病，咽炎。"

"你外公肺一直不好！以前吸烟吸太多！"外婆像是在向外孙女告状，"噢呦！中午的药还没有吃！总忘记！囡囡吹了一路冷风，也进屋去吃杯热茶。"

张镜湖和外公一起走进屋。屋里有些阴冷，一台"小太阳"摆在桌上，她走上前在"小太阳"前烘着手。或者是因为天气冷、光线暗，屋里的陈设显得更陈旧了些，张镜湖把一部分蔬菜和水果放进冰箱，加入了外婆外公，一起忙起年夜饭来。读大学前，每到除夕夜，她都来乡下和外公外婆一起过，工作后她一个人在市里，也考虑把二老接来住，但他们早已习惯在老房子里相互陪伴的生活，并不太愿意再去适应新的环境，张镜湖也只好尊重他们的意见。

吃过晚饭。外婆在灶间刷碗，张镜湖和外公收好桌子，准备着果盘——她把买的干果用小碟子盛好，又削了苹果，剥了橘子，把亮晶晶的橘瓣和苹果块摆成一座宝塔，端上了茶几。祖孙三个在茶几旁围坐下来，老房子里有

一台半旧的彩电，屏幕不大，图像也不算清晰，喇叭里传出的声音还不时被窗外响起的噼啪的鞭炮声盖住。

"外婆，你记得吗？"鞭炮声中，张镜湖只能看到电视屏幕里演员们笑逐颜开的面庞，却听不清他们在说什么，"小时候来家里过年，每次吃过年夜饭，我们就这样一同看电视，每次我肚子都会撑，因为你准备的好吃的太多了，我吃了这样儿还想再吃那样儿……"

"小时候你比现在还贪吃！"外婆龇牙笑着。

"你外婆烧菜真的棒，吃惯她的菜，我在外面吃什么都不习惯。"外公说。

"我也是，在外面这些年，每当难过，或者很累的时候，一想到咱们这栋房子，想到外婆烧的菜，我就什么烦恼都没有了。"张镜湖说。

"囡囡在外面辛苦啊，现在比念大学时近了许多，要常回来，工作忙，回来吃顿饭总有空！下个月生日，一定回来过——转眼囡囡就二十二岁了。"

"你外婆说的是，不要怕劳烦我们，你一回来，我们看见你就高兴！"

"谢谢外公外婆，"张镜湖依偎在外婆身边，"有你们真好，这栋房子是我永远的家……"

他们围坐着，开心地吃着、聊着、看着电视。外公外婆多年习惯早睡，还没等到零点的钟声，他们就关灯休息了。

张镜湖一个人在阁楼上——墙上已经换了新的日历，封面的"正月初一"几个红字标志着新的开始。窗外也有一片浅红色映进来，那是很多人家在窗边或露台上挂的灯笼发出的光芒。远处不时还有稀疏的鞭炮声传来，提醒人们这是一年之中多么特别的一个夜晚。

张镜湖走向旧柜橱——她沉浸在某种珍贵的回忆中，把脚步放得很轻，似乎害怕打破这宁静一般。柜橱门上挂着一面镜子，上面红漆描的"好好工作 幸福生活"已变得斑驳，她站在镜前定睛看了好一会，又缓缓拉开柜橱里的抽屉。她小心翼翼地打开抽屉里一只铝制的大饭盒——里面装着不少小玩意，有戒指、头绳、打火机、领带夹……她把那个领带夹握在手里——她的爸爸也喜欢吸烟，这个领带夹上曾经留着浓重的烟草味，不过时间太久了，熟悉的气味早已没有了。

她脑海中浮现出一幅熟悉的画面：爸爸牵着她的小手走在小路上，她蹦蹦跳跳地和爸爸讲着幼儿园发生的趣事。

"张老师——"一个青年迎面走来，笑着和他们打招呼，"您带孙女散步啊？"

"是我女儿。"父亲微笑着说。

铝饭盒里还有很多稀奇的小玩意。她拿出两朵红色的塑料绢花，一朵绣着"新娘"，一朵绣着"新郎"，她在还不认识字时就喜欢把这两朵看起来一样的绢花摆在一起，好像这样它们就都不孤单了——这么多年了，再把它们放在手心里端详，她眼前仿佛出现了爸爸妈妈的脸庞。许多曾令她动容的情景一幕幕重现着——

他们三个在游乐园的小凉亭里坐着，妈妈给她擦汗后，从爸爸肩上接过背包，打开后发现里面装的一袋牛奶被挤破了。妈妈赶忙撕开纸巾，收拾起这零乱的局面，一边又责怪爸爸背书包时太不小心了。爸爸也不分辩，帮妈妈把背包里其他吃的一点一点拿出来。

……

爸爸送她上幼儿园，被小朋友们看到，他们会好奇地问"这是你的爷爷吗？"还有一个调皮的男孩冲她做着鬼脸说"张镜湖的爸爸长得跟老爷爷一样！"那天，她一放学就扑进爸爸怀里……

"小朋友们说得对！爸爸就是老爷爷！"爸爸笑得很和蔼，"你看，每到圣诞节，圣诞老爷爷是不是会给每个小朋友送礼物？小朋友都可喜欢老爷爷了！"

她破涕为笑，脸上还挂着泪珠。

"爸爸，"她嗫嚅着问，"今年的圣诞节，你也送我一个礼物好不好？"

"好呀！小湖想要什么礼物？"

"我想要动画片里的小花伞！"

"你告诉爸爸，喜欢哪一把，等到圣诞节那天，小礼物会摆在你枕边！"

……

一辆公交车正驶进车站，她看到了拔脚就追。

"慢点！小湖！"妈妈的声音传了过来。

她回过头。妈妈跟着她跑了两步，见爸爸落在后面气喘吁吁地加快步子向前赶，又停下来去拉爸爸的手。

"咱们不追了！"妈妈担心爸爸摔倒，冲她喊道。

她停在原地，不知该不该放弃。

"等等！不要关门！还有个老人！"车上传来乘务员的声音，紧接着，她从窗子探出了脑袋，冲他们三个喊着"不急！车子等你们！"

……

爸爸躺在床上，本就瘦削的脸变得更嶙峋了，鼻子还插着细细的管子。他吃力地转过头，眼里露出一个慈祥的笑容，缓缓说道："小湖，爸爸要走了，你和爸爸说声再见吧！"

"爸爸，你别走，行不行？"她抓住爸爸枯枝一般的右手，又望着身旁的妈妈——她正不停地掉着眼泪。

"那不行呀"，爸爸努力地摇了摇僵涩的脖子，"每天到了该去幼儿园的时间，小湖不能不去，对不对？爸爸到了该去的时间，也不能不去啊。"

"爸爸，你去了以后，我如果想你，该怎么办？"

"小湖想我的话，会在梦里见到爸爸。"爸爸吃力地挤出一个笑容。

"那……你一定要经常来我的梦里，如果你忘了怎么来，记得告诉我，我来接你……"

……

爸爸下葬了，妈妈捧着爸爸一张大照片，哭了整整一天。

照片里，爸爸笑得很慈祥，和他平时的样子一模一样。她还以为爸爸被施了什么魔法，躲进了相框里，和她开着玩笑……

有天夜里，她从梦中醒来，听见身边有人哭。她坐起身子，见妈妈正蜷缩在大床一角，抚着爸爸用过的枕头，脸上都是泪水爬过的痕迹。她从自己的小床爬到大床上，搂着妈妈的肩膀，眼泪也止不住地向眼眶外涌着。

……

安静的夜，她依偎着妈妈，两人挤在大床上。她的脸庞贴着妈妈的胸口，听着她心头跳动的声音。

"妈妈，我想知道，当初，是什么让你义无反顾地和爸爸在一起？"

"是爱，"妈妈幽幽地说道，"在遇到你爸爸之前，我从不知道爱一个人是什么滋味。或许，爱总是会来得毫无征兆，当我意识到它出现时，它在我心中已经很强烈了。"

"你没有考虑过世俗的眼光？你也许会面对很多的不解甚至奚落，你真的不害怕？"

"我想，爱是人类间最美的对话，是上苍给予人类最大的馈赠，人不该为爱上谁而不安，"妈妈摇摇头，"一个能够感知爱的灵魂是可贵的，一个愿意付出爱的灵魂是可敬的，不愿付出和感知爱的灵魂才可悲……"

"妈妈，我觉得你很勇敢。"

"是爱让一个人变得勇敢，敢于面对原本畏惧的事，"妈妈搂着她的背，"你会慢慢长大，你将要面对的东西还有很多……"

……

几年后，她又长大了。这一次，是她来送妈妈。

"来，搭一把手。"一个老人念叨着，和旁边的中年人一起把它搬了出来。

"姑娘，来，再看一眼你妈妈，别害怕！"老人说。

"哧"的一声，黄色的棺布拉开了，她又一次见到那张熟悉的脸——那张脸还是那么美，化了淡妆，反倒比平常多了几分光彩。她闭着眼睛的样子安静祥和，仿佛只是在睡觉，连一个细微的声响，似乎都能将她唤醒。

她轻轻地、缓缓地抚着她的脸，怕弄疼她，也怕吵醒她。

这一次，她知道妈妈要去往的地方是哪里，她也知道，先行一步的爸爸又一次等到了妈妈。

她印象里，和妈妈两人生活的那几年有着不少心酸——有一次，她们俩走在一条很黑的小路上，自行车的链条坏了，妈妈推着车走，她紧紧跟在妈妈身后，止不住地哭……还有一次，狂风卷着一根树枝打碎了阳台的玻璃，大雨"刷刷"地灌了进来，妈妈用纸板挡着玻璃的裂口，"哗啦"一声，一块碎玻璃掉落滑过了她的胳膊……

当然，她们的生活里也有很多温暖——那天，她正在写作业，家里的灯光突然熄灭，她呼唤着厨房里的妈妈，妈妈点起了蜡烛，后来她们就围坐在烛光前，一起吃着晚餐。

送妈妈走的那天，外婆坐在她身旁一直哭——那是她第一次见平常总喜笑颜开的外婆哭得像个孩子……

她记得，自己做过一个有些可怕的梦：远远的，她望见了爸爸，那高大清瘦的身影向她展开了臂膀。她心里一阵暖暖的，也张开双臂朝他跑了过去。草丛绊倒了她，她"扑通"一下重重地跪倒在地上……

当时，她忽地就惊醒了，醒来后胸口还一阵压迫地疼着，她发现自己眼里漾出了热热的泪水……

当思绪终于飘回现实，她发现自己眼中又一次充盈着泪水——那些画面在她脑海中不断闪过，又一次刺痛了她，却也又一次带给她温暖。

她听见自己的内心的呼喊声——爸爸妈妈，我真的好想你们。

她抬起头，望着墙上一家三口的旧合影。她温柔地注视着他们，他们也满眼笑意地看着她。万籁俱寂，她耳畔听见的只有自己的心声，向着某个遥远而未知的时空默念着——

> 爸爸，妈妈，又是新的一年了，你们都还好吗？这一年，我一切都很好，外婆和外公也是。虽然不能和你们见面，但我相信你们一定能时时听见我心里的话。在你们生存的那个国度里，你们一定要彼此安慰和陪伴，幸福地活着……

就在她默念的时候，窗外响起了密密麻麻的鞭炮声，夹杂着人们的欢声笑语。她知道，零点的钟声已经敲响了，在人们虔诚的期待和祈愿中，新的一年就这样来临了。

在这热闹而沉寂的大年夜，在和爸爸妈妈无声的"对话"中，她关掉灯，躺在软绵绵的枕头上，静静地入睡了。

## – 57 –

对若虚而言，这个春节过得很不寻常。

在已走过的二十多年人生中，这还是他第一次在病房里和一些平素不识的病人、家属一起倾听零点的钟声。过去他以为，对中国人来说最神圣的旧历新年意味着能脱去繁重的压力，和亲朋好友一起欢度，直到在几十平方米的病房里与大家互道"新年好"，他才明白人间的喜与悲总是时刻交织在一起的，没有什么比生命本身更能记录生命的进度。

这幢大楼里的许多人——医生、护士、随时待命的急救班、值守的杂务工……他们似乎早就习惯了这样的生活。对这些人来说，这里却是他们履行责任和奉献精神的工作场合——所谓的一些特殊的年节，不过是他们值班表上的一个格子，是他们工作日程中如常的一天；对病人和家属来说，这里是一个向往生命与健康、和死神对抗的有着"切肤之痛"的"战场"。

他真的很敬佩这些平凡的工作者们。

新的一年，病房一切如旧，一晃若水来到这里也快一个月了。这天上午，若虚趁着去商场买"补给"的工夫，抓紧时间在街上透了透气。今天的阳光很好，街上很多人出来串亲戚和游玩，脸上洋溢着一派欣喜和生机。不过，

北方回暖的步伐依然有些拖沓，虽已进入二月，冬末的料峭还萦绕在空气中，掺杂着一丝尘土的气息。若虚知道，经历了漫长的一冬，只要生命还在继续，人们就一定能迎来第一缕拂面的春风。

他拎着沉甸甸的生活用品，一路走回了医院。

对小小年纪的若水而言，他虽然捡回了一条小命，但这段时间的情绪一直不好。若虚走进病房时，若水正躺在床上发着呆——由于神志基本恢复了清醒，对自己插着粗粗细细的管子、无能为力地被固定在病床上的样子，他反倒更加痛恨了。尤其，卧床的时间久了，每当他想动上一动，遍布全身的麻木和右腿钻心的痛几乎会将他直接击溃——若虚很清楚，他的崩溃不仅仅是因为身体，更多是来自对未来的担忧害怕，以及把过去那些零碎的片段一一拼凑起来形成的从未有过的"回忆"。这些改变对若水的打击很大，出事前总是笑意盈盈的脸上，已经许久没出现过笑容了。

医生一早查过床，留下的照旧是已经听熟的叮咛。不过，若虚上午碰到小韩护士时，她倒是透露了若水这段恢复的情况还算喜人，在同批病人中，已经算很理想了。这会儿，若虚按照医嘱，正给若水做着肌肉按摩——腿伤加上长期卧床，导致他的四肢都不太灵活了，对这个年纪的孩子来说，一旦肌肉出现萎缩，后果是非常严重的。若虚小心翼翼地帮他揉着双臂和左腿，在触碰他右腿时格外小心，但每当右腿上散布的疼痛点被不时碰到，若水都会倒吸一口凉气，眉头紧锁在一起。

"我会一直这样下去吗？"若水的视线不可回避地又接触到被固定着的右腿，咬牙切齿地问。

"不会的，医生说你一定会好起来。"——这段时间，若虚常用相似的语句宽慰他。

"可是，我想知道究竟什么时候可以好！"若水早已经厌倦了这种苍白的宽慰，在床上挣扎了两下，努力想要坐起来，"我想下地，我想走路！我不想一直躺在床上像废物一样！"

若虚几乎又是出于本能把他的身体按住，生怕他一个失去平衡从床上跌下地。

若水挣扎不过，感觉腰部以下像渐渐失去了知觉，于是放弃了与若虚的"较量"，沮丧地瘫倒在病床上，恶狠狠地喘着粗气，又大滴大滴掉起眼泪来——他似乎在赌气，又挣扎着抬了抬上半身，硬邦邦地把自己的身体摔回

病床上。

"早知道这样，不如你们干脆别救我！"若水用发红的双眼瞪了一下若虚，又紧闭起来。

若虚看着若水又是疲惫又是懊丧的样子，内心一阵沉痛，趁着护士来更换床单的间歇，他端起泡着脏衣服的盆，朝水房走去。他边揉搓着衣服边思考着该如何与若水一起应对这恐怕会持续很久的局面，凉水"哗哗"地冲刷着若虚的手指，他感觉自己也清醒了一些，决定和若水好好地谈一谈。

走回病房时，若虚见若水还紧闭着双眼平躺着，便在床沿上坐了下来，喊了喊他的名字。

"什么事？"若水闭着眼睛问。

"你困不困？我想和你聊会儿天。"

"你说吧，我听着呢。"若水仍闭着眼睛。

"若水，其实，我真的能理解你现在的心情——"若虚思索了一下，很是小心地开了口，"你知道吗？刚过去的两个月，对咱们来说，都是一段'九死一生'。我能想象你经历了什么样的痛苦，对我来说，痛苦是一样的。从你出了意外起，亲眼看你一点一点挺过来，到了现在的状况，我完完全全体会到'绝处逢生'是多么珍贵的事情。真的，你躺在 ICU 的那段日子里，我每天几乎都是恍惚的——我不知道第二天来临时，能不能如常得到你还平安的消息，每次通知家属的对讲机一有响动，我的心都跟着跳一下，生怕传来'12 床病人病危'的消息……"

若水眼睛依旧紧闭着，不知在没在听。

"那段时间里，我无数次地向上天祈祷——"若虚看着若水淡漠的样子，停顿了片刻，接着说道，"无论多久，我希望你能醒来——只要你能再次拥有生命的气息，能再次让我和你说说话，就像现在这样，我就觉得很欣慰很满足了……"

若水浮肿的眼皮跳动了一下，眼缝里有些湿润。

"若水，我知道，这么多年，你对我是信任和依赖的，我也能理解对于我向你隐瞒了这么多年的真相，你心里有多么多沮丧和气愤，但我想真诚地告诉你——"若虚的喉咙有些哽咽，"我想告诉你——我们其实有很多相似的心路历程，我小时候同样体会过被抛弃的滋味，所以当得知姑姑和姑父出了意外，把年幼的你独自留在世上，我就真的把你当成了亲弟弟，当成咱们家庭

中的一员，愿意尽自己所能当好你的哥哥。直到后来，我父亲也去世了，我才真切地明白，失去父母对于一个小孩子而言究竟意味着什么……也许就是从那时起，我第一次觉得自己在你面前又有了新的身份，我不仅是哥哥，也要做到像爸爸一样……"

见若水依旧一动不动地躺着，若虚转过头，看向窗外的阳光，接着说道："你知道吗？我回想着脑海中有关我俩的记忆——那天回家，我突然发现床上多了一个裹在襁褓里的小孩，我站在床边看着你，后来你也睁开眼睛看着我……我从未想过你就这样走进了我的生命，我更未想过，几年后，我也面对着和你一样的来自命运的考验……"

那幅画面像是在若虚眼前重现了一般，他转回头，看着裹在被子和绷带中的若水，又是一阵感触。"还有去年那个美好的夏天——因为我们很久没有这样亲密地朝夕相处了，那种由衷的快乐和相互陪伴的温暖让我觉得太珍贵了……在你被送进病房，我不再能见到你的那些日子里，我回想着那天早上送你去车站，车开走时你留下的那个眼神——每当我想到那可能是我们今生的诀别，我心里就特别特别难过……真的，若水，对你而言，这两个月是你最艰难的一段人生，对我而言，这'生不如死'的两个月也是刻骨铭心的，"他深吸了一口气，盯着若水肿胀的小脸说，"你知道吗？我一直感激上苍，让我们在成长中彼此陪伴，这样的陪伴让我们坚强，也让我们从对方身上获得了很多很多力量。"

若水什么都没说，湿漉漉的眼缝里溢出了一些泪水。

"你休息一会儿吧，对不起，我讲得有点多，你别想这些了……"若虚止住话，帮若水把被子铺整齐，一转头，见小玮正坐在对面的床棱上，调皮地打着秋千。

"你怎么不在床上躺着？"若虚问他。

"我早就起来了，听你说话听半天了！"小玮笑着说，"原来他不是你亲弟弟！"

若虚怕小玮的口无遮拦刺激到若水，赶忙打断他的话，带着叮嘱的口吻说："快别坐在床棱上，摔下来该磕疼了！"

"我才不怕！"小玮一脸神气，却听话地跳下地，又坐回床上。

"你妈妈呢？"若虚问。

"妈妈买饺子去了，说今天是'大五'，要吃饺子！我真不明白，怎么总

要吃饺子!"

"什么'大五'?明明是破五!"若虚忍俊不禁,摩挲了一下小玮的光头。

"破五?"小玮满眼狐疑,嘴里重复着这个新鲜的词,"为什么叫破五?是不是破烂的破?"

"是的,破烂的破,打破的破,这么叫是因为——"若虚回忆着书上读过的知识,"今天是新年的第五天,在这天,人们想打破很多不好的东西,像坏人、坏事、坏心情,所以今天吃饺子,在捏饺子皮时把坏东西捏在里面,不许它们给我们的生活捣乱!"

"原来'破五'是为了打破坏东西?"小玮点点头,又疑惑地问道,"可是,把坏东西做成饺子馅儿,吃进肚子,人不是更倒霉吗?"

"所以我们要把饺子煮熟、煮烂,把所有的坏东西'烫死'!"若虚煞有介事地笑着答道,"这样它们就彻底没命了!坏东西都没了,我们就能交好运了!"

"真厉害!"小玮冲若虚竖起大拇指,"叔叔,你怎么什么都懂?"

"因为——"若虚语重心长地说,"我喜欢学习啊!就像你在幼儿园,老师教你知识一样,我以前在学校,也每天上课、看书、学知识!"

"那你现在还去学校吗?"

"现在不去了,"若虚摇摇头,"因为我几乎每天都来医院,没有时间去学校了。"

"我也每天都在医院待着,不能去幼儿园了……咦?要不然——"小玮眼睛滴溜溜转了转,凑到若虚耳边神秘兮兮地说,"要不然,叔叔你带我去幼儿园好不好?我们偷偷去,不让医生和爸爸妈妈知道。"

"那可不行!要是他们发现你不见了,会着急的!"若虚看着小玮的光头,露出了微笑。

"不会的!我假装和他们玩捉迷藏,悄悄躲起来!咱们在——"小玮正说到一半,突然瞥见妈妈端着饭盒走进病房,一下子止住了话,乖乖地坐回床上。

饭盒里盛着热气腾腾的饺子,浓郁的香气一下子在病房里飘散开了。

"小玮,快趁热吃!今天一定要吃饺子!"妈妈拿出筷子,夹起一个饺子凑到他嘴边。小玮嘴张得大大的,咬了一半,大口吞着。

"哟?平常吃饭那么磨蹭,今天是饿了,还是饺子做得香?"小玮妈妈很欣喜。

"若虚叔叔说了，今天是'破五'，要吃饺子才能交好运！"小玮津津有味地边嚼边说，"所以我要多吃，快点好起来就能回幼儿园了！再吃一个——"

小玮妈妈转头对若虚笑着，若虚看着眼前的一幕，也回了一个微笑。

晚上，若虚去水房洗漱完，回到病房脱掉外衣，把小枕头码在若水床尾，一抬眼发现若水正直勾勾盯着他的脸。

"怎么还不睡呀？"若虚问。

"哥——"若水慢悠悠地开了口，"你困吗？要是不困，我想和你说会儿话。"

"好啊，"若虚很惊喜，在床沿坐了下来，小声问着，"你想说些什么？"

"我……"若水也放低了声音，"你一定见过我爸妈对吧？他们姓什么叫什么，长什么样子？我想知道。"

"我当然见过你爸妈，他们是我的姑姑和姑父，小时候，每逢年节，他们常来家里，"若虚说，"我印象里，姑姑是个特别温和的人，总买好吃的好玩的送我们，姑父很开朗也很幽默，有一年过节，他买了个大南瓜，给我们扮南瓜超人玩。"

若水一语不发地听着，眼中依旧是满满的羡慕。

"听说姑姑从小就聪明，考大学时考了全校第一，可惜她去世得太早，还不到三十岁……"若虚担心自己讲的内容刺激到若水，又改口说道，"虽然亲人间的陪伴不是永远的，但即使是有限的陪伴，也非常可贵，我现在回想起那段时光，心里依然觉得很温暖。"

"其实，被撞的那天，下课前我问了自然老师一个问题，"若水叹了口气，"我不傻，听了老师讲的，就猜出个一二了……所以，对你告诉我的真相，我也不感到意外。"

"对不起，虽然这是真相，我的确向你隐瞒了很久……"若虚难掩愧疚地对他说，"但我觉得，相比我们之间的感情——你是不是我妈妈亲生的，是不是我的亲弟弟，这些真的不那么重要。我们俩这么多年互相陪伴，一起成长，这难道不是更值得珍惜的东西吗？"

"嗯，"若水迟疑地点了点头，"你说的这一点，我也努力在心里接受着……现在想想，一切都像巧合一样，如果不是体检查出了我眼睛的问题，如果不是我看了书才明白这个问题是遗传决定的，如果不是那天恰好有自然课我能问出缘由，我大概从来不会去猜想这个问题……既然事情已经发生，我也只

有接受这一切，只是，我还是后怕——假如没能醒过来，就这么蒙在鼓里死去，恐怕才是最大的遗憾，那我大概死都闭不上眼睛……"

两人陷入了沉默。病房里有个病人睡得很香，发出磨牙的声音。

"我还有一个遗憾，"半响，若水又幽幽地开了口，"他们——我是说我爸妈，已经死了很多年了……可我从没见过他们……他们葬在什么地方？我想去看看他们……"

"这么多年了，我们都会为你的爸妈扫墓……等下一个清明节，我们一起去吧。"

若水点了点头。

第二天一早，晨光又照进了病房——光明撕开了昨晚他们对话时的朦胧。若水又把若虚叫到床边——直面这段真相后，他表现得十分平静，也不吵闹和急躁了，全然不像这么大的孩子该有的样子。

"我嘴馋了，想喝粥。"若水注视着若虚的眼睛说。

"是吗？"若虚欣喜若狂，"你想喝什么粥？我去买！"——这是这么久以来他第一次主动提出想吃些什么。

"我想喝妈妈熬的那种八宝粥，里面加了各种各样的豆子，喝起来甜甜的。"

若虚询问了小韩护士，她解释说康复中的病人有了胃口是件可喜的事，流食也能助益胃肠功能的尽快恢复。母亲得知这个消息，回家一阵忙碌，中午便拎着保温壶走进了病房。

母亲眼里也露出了许久未见的期待，打开保温壶，盛出一小碗八宝粥搅拌着。若虚坐在一旁，看着母亲舀起一小勺，用嘴唇试了试温度，又送到若水嘴边。若水正斜靠在病床上，像是变回了小孩子，顺从地张开嘴，嚼着，把温热的粥咽下去。

若虚静静地看着眼前的场景——阳光映在母亲背上和若水的脸上，有一种温暖而蓬勃的感觉。

"好不好喝？"母亲问着若水，语气甚是温和。

若水点点头，从母亲手中接过勺子，自己从碗里舀着喝。

"肯定好喝，妈熬粥可是一绝！加了冰糖、红枣，还有山药，"若虚在一旁笑着说，"这粥不是若水专属的吧，我能分一碗吗？"

"你这孩子！总是说一些奇怪的话！"母亲责怪地看着他，"想喝就自己盛

一碗，你都那么大了，难道还要我喂你吃？"

"那就好。"若虚拿过一只碗，从保温壶里为自己盛着粥——其实他不是单纯嘴馋，而是因为看到母亲对待若水的样子，心里升起了油然的羡慕。他感觉自己很久未被母亲这样对待过，贪婪地看着眼前这幅温馨的画面——母亲微笑着看着若水，若水专心地喝着粥，脸上被映得一片光亮。

## — 58 —

"常若虚在吗？"——是小韩护士的声音，她正托着一盘医疗器械从病房门口探着头。

"我在——"若虚站起身，"您有什么事？"

"有一封寄给你的信，放值班台了。"——小韩护士几乎每天都会来这个病房检查和记录病人的情况，若虚这段日子已经和她相处得很熟了。

"我端不过来了，你自己去取吧。"——她说完身影便消失在门口。

若虚瞬间兴奋起来，快步走出病房，一眼望见值班台的桌上躺着一枚信封——信封的落款处留着一个他十分熟悉并期待的名字，从邮戳的日期看，这封信在过年前就寄出了，不知为何现在才出现在这。

他等不及走回去，在楼道里便撕开信封，打开了里面那张素色的信笺。张镜湖清秀的字迹顿时映入了他的眼帘——

若虚同学：

见字如面。

欣闻近况，真的为你、为你的弟弟和家人感到万幸。逢凶化吉，遇难成祥，灾难后的幸运显得尤为珍贵，这是若水人生路上的一道关卡，也是人生对你的一次考验，安然渡过后，你们今后的路一定会平坦很多。

和你一样，近来我也总是回忆起我们的那次旅行。或者，因为我们都有着一些难以割舍的心结，那次经历给了我们一次暂且逃离的机会，走进自然，与星辰和山林为伴，那种感觉很是快慰。

你好奇我曾经历过什么，其实，我的成长中没有什么跌宕起伏，单纯得几乎是透明的。

你知道的——当然，从前我也没有刻意向你隐瞒过什么，我父母都已去世多年，所以，当你讲起你成长的故事，在一些方面，我很容易与你产生共鸣。不过，我感到十分欣然的是，虽然父母陪伴我的时间很有限，但他们却影响了我很多，让我最受触动的是他们可以为了爱，为了彼此敢于突破内心的恐惧、犹疑，还有来自外界和环境的阻力。

我的父亲比母亲年长接近三十岁。他曾是一位教师，鳏居多年，孩子都在海外。母亲曾是父亲的学生，对他有着深深的敬意和崇拜，后来二人产生了感情——我的外公外婆自然无法接受，母亲是他们唯一的女儿，竟然想与一位比她年长许多的男人相守一生，听说那段时间外婆与她的关系一度很僵硬……父亲的几个孩子（几乎和我母亲的年龄差不多）难以接受这位与他们年纪相仿的"继母"，也对她的动机有过颇不友善的质疑。但是，他们依然选择义无反顾地在一起，两人一路走来，克服了许多，也都为彼此牺牲了许多。

我出生的时候，父亲已年近六旬了。从我有记忆起，他的形象就是位儒雅的、鬓间花白的老人，尽管他并不算魁梧和伟岸，但我和其他孩子一样，在童年都把父亲当作最坚强的依怙……

若虚的眼前变得模糊了，从张镜湖的字里行间，他捕捉到她落笔时的诚恳与坚定，那清晰的笔迹让他不由地回想起他们促膝彻谈的那个夏夜——

"你有过怨恨吗？"那时的他问她。

"怨恨？"她眉间爬上了疑惑，"怨恨什么？"

"怨恨成长中这些不寻常的经历，怨恨这种经历带给你和别人不一样的人生，怨恨这样的人生总是难以摆脱悲凉的底色……"

"为什么要怨恨？"她笃定地反问着，"相反，我对人生充满了感激，我身边的人——爸爸、妈妈、外公、外婆，他们都爱着我，也彼此相爱着。我也遇到了很好的老师和朋友——像你、亭亭、班长，我们都是出现在彼此生命中的伙伴，尽自己所能带给对方爱和温暖……"

"我羡慕这样的你，"他笑着说，"我希望我也能像你一样，充满爱意地活着……"

"你已经在充满爱意地活着了，"她用清澈的目光望着他，"你是善良的人，善良的人一定是活在爱意中的……"

那段鲜活的记忆暖化了若虚自恃坚固的心理防线。他悄悄擦了擦溢出眼角的泪水，继续读下去——

> 我记忆中有一个特别美好的场景——爸爸坐在沙发上，戴着花镜读报，妈妈坐在对面的椅子上打毛线，我叽叽喳喳地穿梭在他们中间，一会儿捏一下妈妈腿边的毛线团，一会儿又趴到爸爸膝盖上抢他的花镜戴……在我陪伴他们的有限的时光里，我真的体会过"菽水承欢"的幸福。现在，他们都已不在人世了，我陪伴着外公外婆一起生活，纵然有时，这种不同寻常的人生的确带给我种种奇妙的感受，但我依然觉得我的生活充满了温馨……

若虚还未读到信的结尾，突然感觉地上有什么东西飞到了自己脚面上。他低头一看，原来是小玮正在楼道里玩弹珠，见他捧着一封信读得入迷，调皮地丢了一颗过来。

"叔叔，你在念什么，怎么都没看见我？"小玮兴冲冲地朝他扑过来，"你快来跟我一起玩！"

若虚把信折起来放进口袋，走上前微微弯下腰，看到小玮把几颗不同颜色的弹珠摆成了一个特别的阵型，手里还攥着一颗，饶有兴致地击打着地上的同伴们。

"叔叔不会玩，你可以教我吗？"

"当然可以！"小玮把手中的弹珠塞进他手里，"你看，先用这颗红的去打黄的，让黄的再去碰后面的蓝的！"

若虚回忆着小玮刚才的手法，瞄准那颗黄色的弹珠，下意识一弹，红色弹珠一头栽到地板上，没精打采地蹦了几下，朝着另一边滚了过去。

"你真笨！"小玮望着他哈哈大笑。

"叔叔不会，还是看你玩吧！"若虚把弹珠捡起来，还给了小玮。

"唉……医院里都是大人，都不愿意陪我玩……"小玮失望地接过弹珠，"好不容易来了若水小哥哥，也不能下床……我好想回幼儿园，可是妈妈说只有医生说我可以出院了才能让我回幼儿园……"他垂头丧气地蹲了下来，看着一地的弹珠，嘟着小嘴。

看着他写满失望的小脸，若虚突然想起童年时的自己，也是独自在姥爷家幽静的小院里盯着花叶上的瓢虫，数着它背上的星星，用它听不懂的言语和它对话。他走过来蹲在小玮身旁，抚着他光溜溜的后脑勺，笑着说："叔叔陪你玩！叔叔不会，你可以教我啊！等若水小哥哥身体恢复了，我也动员他

和你一起玩!"

"那你看着!我再给你表演一次!是这样玩的——"小玮眼中又闪起了亮光。

若虚接过小玮递上的弹珠,瞄准一颗,用力弹了出去——弹珠打中了它的同伴,"咣当"一声转了个方向,又击中了下一颗。

"好厉害!"小玮看着地上撞来撞去的弹珠,鼓起掌来。

"叔叔学得挺快吧?"

"你真聪明!我明天再教你一种新玩法,比这个还厉害!"

"好呀!不过叔叔明天上午要出去办点事——若水哥哥快要开学了,但是他的腿还没有恢复,叔叔代他去学校见老师和同学们,帮他领新书。"

"是吗,若水哥哥也要上学,他上学的地方在哪,远吗?"

"不远!等你长大了,也要像若水哥哥一样背书包上学,"若虚绘声绘色地讲着,"学校可有意思了,有老师教你念书、写字、唱歌、画画、锻炼身体,还有许多同学和你一起玩!"

"真好!等我长大了,我也要和妈妈说,让我上学去!"

"你养好了身体,一定会的。"若虚冲他微笑着。

这时,小玮的妈妈从病房走了出来,四下寻找他,见儿子和若虚在一块,示意他赶快过来。

"马上去听诊了!还在这玩!"小玮妈妈责怪道。

"我刚把叔叔教会,再让我玩一会儿嘛!"小玮不情愿地捡着地上散落的弹珠,跟妈妈撒着娇。

"不行!医生等咱们呢!"

小玮把弹珠放回小铁盒,一溜烟地送进病房,边向妈妈抱怨着:"最烦听诊了!那个凉凉的东西贴在肚子上可难受了!"

"你这孩子!不听诊医生怎么给你开药,不吃药你的病怎么好?"妈妈拉着小玮,一路数落着他朝另一个方向走去。

若虚望着母子俩走远的背影,内心突然一阵触动。他慢吞吞地走回病房,见若水靠在床上,母亲坐在床沿,正用毛巾小心翼翼帮他擦着手——若水的情绪还算平静,只是长久的输液,让他满手的血管都暴起来了。

若虚也在床边坐了下来,贪婪地望着这温馨的一幕。

若水听话地配合着母亲,放下左手,抬起右手,又叹了口气。

"怎么了，哪里不舒服？"母亲问。

"没有不舒服……"若水盯着母亲的眼睛，迟疑了许久才问道，"我只是想问问，关于我爸爸妈妈……您一定见过他们吧？您还知道他们的什么事吗……"

"当然见过，"母亲和蔼地微笑着，"从前，我和你妈妈走得很近，常在一起聊天，我们很聊得来。"

"那……他们是什么样子啊？我想知道。"

若虚也歪着头，期待母亲讲一些他不了解的往事。

"嗯……你妈妈比若虚的爸爸小六岁，从小到大成绩一直很好，在当年，所有人都认为她是考大学的好苗子，"母亲陷入了回忆，"你爸爸和我同岁，他们是在大学校园里相识的。"

"我爸爸妈妈是同学？"

"是的，"母亲点点头，"你爸爸比你妈妈高两级，他们学的也是不同的专业。有一次，你妈妈和我谈到了他们的相遇，她说那是一段很奇妙的缘分，她很感恩上苍让你爸爸出现在她生命中。"

"他们是怎么认识的？"

"你妈妈那时刚读大学不久，"母亲眼神里闪过一丝温柔，"有一天，她下了课正在校园里走着，突然听见路边传来一阵凄惨的叫声。她循声看过去，是一只小鸽子，翅膀受了伤，又沾了路坑里的雨水，样子很狼狈。她上前把小鸽子抱了起来，发现它翅膀伤得很重，痛得一直在发抖，便将它搂在怀里，想赶快送它去动物诊所。也是很巧，路上刚好有个男生骑车经过，看到她，就停了下来……"

"那是我的爸爸？"若水惊喜地问。

"是的，那男生见她需要帮助，便喊她抱着小鸽子一起坐上车，他们俩一起送它去了诊所……因为这只小鸽子，他们两个人就这样相识了。"

"这个故事真浪漫，"若虚在一旁听得很入迷——母亲讲的这些是他从来不知道的，他很是感动地说，"我印象里姑姑总是笑盈盈的，说话也柔声细语，没想到她和姑父相识的场景也这么美妙，看来，姑父和姑姑一样，心地都那么善良……"

"是的，你姑姑的心地很好，她曾经说过你姑父不仅有爱心，而且勇敢，有担当，是个很出色的男人，"母亲对若虚点点头，又转头看着若水，"在你

身上，我也能看到你爸爸的影子。"

"我现在这副样子，哪里有我爸爸的影子……"若水有些怅然地垂下头。

"妈妈，那您知道，他们救下的那只小鸽子后来怎样了吗？"若虚见状，赶忙插嘴问道。

"我不确定，"母亲摇摇头，"不过，你姑姑和姑父应该是把它放飞了——你姑姑喜欢小动物，但却不养小动物，她认为小动物应该属于自然，只有在大自然的怀抱里，它们才是自由的。"

"怪不得——"若虚笑着说，"我想起小时候有一次，爸爸听说烤鸽子很有营养，要带我们去吃，结果姑姑听了立刻和他翻脸，还怪罪了爸爸一通——我现在才明白为什么。"

"这怪不得她，从前你爸爸也说过，他几乎是把这个妹妹从小宠到大的，在他面前，这个妹妹总是有什么就说什么。再加上她的性格、言谈、待人接物，几乎周围所有人都喜欢她，她自然也习惯了用爱意面对世界。"

"只可惜——"若水一直听得很认真，听到这却突然开始难过，"她的爱意在我身上却播撒得这么有限——她根本没有好好爱过我。"

"不能这么想，"若虚看着若水的脸，"她并非不想好好爱你，只是人生无常，生命不知在哪一天就会发生意外，人生也会因此而改写。"

"是的，生命确实无常。"若水看着自己被固定着的右腿，沮丧地说。

"孩子，你千万不要记恨他们——"母亲拉起若水的手，抚摩着他手上暴起的纹路，"是他们带你来到这世上，也是他们在有限的时间里，用爱意和温暖塑造了你，让你长成最好的样子，倘若没有他们，你也无从体验人生的喜怒哀乐——现在你也许不懂，有一天你会明白我说的话。"

若水低头陷入了思索。

若虚盯着若水看了一会儿，转头对母亲说道："我觉得若水和姑姑像是一个模子印出来的。"

"是的，若水的眉毛、眼睛和你姑妈一模一样，鼻梁和下巴随了姑父。"

"你们都见过他们，可我……都不知道他们长什么样子……"若水望向母亲和若虚，眼神中不无欣羡。

"家里有他们的照片，在妈妈的房间，"若虚说，"下次我拿给你看，好不好？"

"可是……我以后该喊您什么呢？"若水盯着母亲的脸，眼神闪过一丝犹

疑，"如果我其实是我爸爸妈妈的孩子……"

"你决定吧，"母亲温和地看着他，"叫妈妈或者叫舅妈都可以。"

若水咬着嘴唇，一副吃不准的神情，又转头看向若虚，问道："哥，你说呢？"

"于理，叫舅妈更准确；于情，叫妈妈更亲切——毕竟你也喊了我妈十多年的'妈妈'，"若虚笑着说，"当然，对我，你还是一样喊'哥哥'——我不是告诉过你，我早就把你当亲弟弟看了吗？我看，不管怎样，你心里也一直把我们当成最亲的人，对不对？"

"妈，哥，"若水并没有改称呼，"那就让我继续这么喊你们吧。"

"我希望我们还和从前一样，好不好？"母亲脸上写满了欣慰，牵起若水的手说，"这么多年，我们一起生活得不是很愉快吗？"

若水从嘴角挤出一个微笑，点了点头——看得出，他内心还有一丝沉痛。

"你看现在，我们又可以一起谈天，一起说笑，你知道这是我祈祷了多久才实现的吗？"若虚笑着看着若水的眼睛，"所以，别再和自己赌气，也别再和我们生气，我们团结起来，一起面对未来的日子！以后的人生还长着呢，我们总要勇敢地面对，是不是？"

若水点点头。他浮肿的双眼泛着红，一颗颗晶莹的泪珠悄悄从眼眶里滚了下来。

"我想好好恢复，早点出院，"若水挂着眼泪对他们说，"如果我的腿能好起来，我还想学骑自行车，以后就能自己上下学了。"

"好的，你想让我送你，我就骑车送你，想和妈妈一起坐车，那就让妈妈带你坐车，如果你的腿好起来，我带你学骑车！"若虚点点头。

"哥——"若水又提出了一个请求，"你替我报到的时候，能不能帮我提醒一下班主任，我虽然不能去学校，但还是会认真学习功课，请她千万别忘了我，别因为我学得慢就生气……"

"怎么会？"若虚摸了摸若水的脸，"我已经给你们老师打过电话了，老师和同学们都可想念你了，等一开学，他们会来医院看你——"

"还是别让他们来了……我不想他们看到我这个样子……如果他们问起，就说我等腿恢复到从前，会重新回学校的。"若水眼里透出了这个年纪十分罕见的沧桑，他缓缓地闭起眼睛，从那细细的眼缝间，滚出了更多的泪珠。

"别担心，如果老师和同学们问起，我会告诉他们你是多么勇敢地从危险中挺了过来，"若虚说，"明天，我会替你把新书领回来，我们一起看，新学期你们又要学哪些新知识……"

## — 59 —

去新兴小学的路线，若虚再熟悉不过，这一次他的车座上却没有了若水。他一路蹬着车，又一次停在那熟悉的栅栏门前，看门的老伯见他有点眼熟，又听他说明了来由，开门让他进了校园。

他走进那栋外墙粉刷一新的教学楼，找到了六年级六班。当他的身影出现在班级门口，教室里的小同学们顿时投来了好奇的眼光，也发出了窃窃的议论声。

——"这是咱班新来的老师吧，你猜他是什么课的老师？"

——"我猜是数学老师。"

——"我觉得应该是体育老师。"

——"你们说得不对，他接过常若水，是他爸爸。"

班主任站在讲台上，见若虚在门口傻站着，示意他走进来。见同学们纷纷露出讶异的眼光，她笑着问道："你们认识这位大哥哥吗？"

"不——认——识——"教室里齐刷刷地响起孩子们的声音。

若虚立在讲台前，感到一阵窘迫——他原以为这段日子经历了这么多，自己的胆量和见识应该增长了不少，没料想此时面对一群小孩的注视，他耳朵竟然发起烫来。

"老师，我认识他！"教室中间的一个女孩举起手，"他是常若水的哥哥！"——若虚看过去，那女孩正是叶小雯。

"叶小雯说得很对，这位大哥哥是我们班常若水的哥哥。大家知道，常若水前段时间生病了，身体还在恢复中，所以今天咱们开学报到，是这位大哥哥来帮若水领新书。"说罢，班主任指着一个空着的座位，示意若虚坐过去。

若虚走过去坐在矮矮的椅子上——他知道那是若水用过的桌椅，不过从未意识到他用的课桌原来这么窄这么小，以至于自己的腿几乎无法蜷缩进桌子下方的空间。在座位上不断调整坐姿的片刻，他又一次感受到周围投来的

好奇的眼光，抬头环视了一番，发现叶小雯坐在斜前方的座位上，回头朝他笑着。

从前，他似乎还未做好长大的准备，但坐在一群小学生的中间，他突然意识到自己已经完完全全是个大人了。

和过去读小学时留下的记忆一样，报到这天最重要的一项程序，也是孩子们最期待的一件事就是领取新书。班主任派叶小雯带队去教材室，将全班的新书统一搬回来，若虚自告奋勇加入他们，和那些欢呼雀跃的小身影一起在楼道里排好队。清点人数时，叶小雯给若虚分配了任务——"大哥哥，一会儿你来搬《社会》吧——《社会》书是最厚的！全班一共四十九本，摞在一起特别高，特别沉！每学期都是班里最高的男生来搬！今天，你是班里最高的男生了！"

若虚跟着十几个同学走到教材室，值班老师问道："小伙子是新来的老师吧，还亲自带学生来领书？"

"您说得对，这些都是我的学生。"若虚点点头答道。

"年轻老师就是好！真有劲头！"那老师称赞道。

教材室地上摆放着很多书，其中一堆贴着张标有"六（6）"的牛皮纸。若虚走上前，弯腰把最高的一摞《社会》搬起来，沉甸甸地抱在了怀里，跟领书小队一起浩浩荡荡走回了教室。

座位上等待的同学们发出了满是期待的声音，若虚自豪地和班主任一起给同学们下发着新课本——拿到新书的孩子们，有的一本接一本端详着封面，有的开始迫不及待地翻看起来，当走回自己的座位时，若虚发现同桌已经帮忙摆好了一整套新书。若虚一一地翻看着那些课本：《语文》《数学》《思想品德》《科技》《自然》《劳动》《音乐》《美术》……有十六开的，三十二开的，平订的，骑马订的……他打开《语文》书简单浏览着目录，感觉又回到小时候一般——如果能生活在课本描绘的世界里，那该有多么幸福啊！

发完新书，全班又在班主任的指挥下做起了大扫除。

"我可以加入吗？"若虚问。

"谢谢，不过，你看这帮孩子——"班主任笑着指着教室里热火朝天的劳动场景——一个高个子男生站在课桌上，踮起脚尖，用湿抹布擦拭着灯伞；地上立着一个矮个子男生，帮他扶住课桌，又不时接过他递下的抹布，洗干净再递给他；另一边，一个女生正用笤帚清扫着讲台上的灰尘，见另一个同

学把湿拖把拿了过来，立刻阻止道"先别拖地，一会儿全和泥了"；还有一个擦玻璃的女生，对着玻璃哈一口气，用干布抹一抹，又斜对着亮光仔细观察着那道污渍是不是已经干净了……

"看来，我也插不上手——"若虚看着眼前的场景，心里一阵暖烘烘的——他许久没见过这么单纯美好的画面了，"那……我把新书都带给若水，也代表他感谢您，他一直心心念念想回学校呢，想见到您和同学们。"

"不用客气，"班主任说，"也请向若水转达班里的问候：老师和同学们祝他早日康复，六（6）班一直在等他回来。"

"我会的，"若虚很感动，"那我先走了——"

"等一等，"班主任喊住了他，冲着教室里忙碌的同学们喊道，"大家请安静——大哥哥要回去了，今天他帮我们搬书、发书、摆桌椅，我们应该对他说什么——"

所有的同学——擦玻璃的、擦桌子的、扫地的……听到班主任的号令，纷纷停下手中的劳作，异口同声地喊道——"谢谢大哥哥！"

若虚的脸庞涨红了。

若虚走出校门时，正午的阳光直直照着他的头顶。背着满满一书包的新课本，他骑上了自行车，途中路过一条大楼林立的街，见不少西装革履的上班族正从两侧的写字楼走出来，忙里偷闲地吃个午饭或是散个步。看着他们行色匆匆的样子，若虚突然意识到自己已经两个月没有上班了，又不由地设想起今后的日子——在母亲和护士的悉心照料下，若水加速着恢复，以前几乎不离手的吊瓶已经停掉了，右腿的伤口也在愈合着，拆掉石膏也只是时间问题。至于他，毕业后这半年多，他也渐渐接受了和过去的自己告别——曾经积累的经验和心得随着一个年龄和阶段的结束变成一份礼物，那是人生赠予他的一份独特的礼物，在人生下一个阶段来临前，他依旧需要寻找新的立足点和方向，继续坚定地进发。不知他今后的人生，会是一帆风顺还是颠沛流离呢？

见时间还早，若虚并不着急赶回医院，走进路边一家粥饼店，找了个靠窗的位子，点了一份套餐不急不慢地吃着，欣赏着晴空下的车水马龙——相比前一段每天七上八下的日子，这种轻松的感觉让他无比珍惜。再次走进病房时已是午后，若虚见若水正半坐在病床上，望着窗外发着呆——床边放着他的小饭盒，里面的饭只吃了一半。

"你看，我给你背回来这么多书！"若虚在病床边放下书包，把书一本一本取出来。若水的眼神从窗外飘回到床头，盯着那一摞五颜六色的课本不说话——他的反应比若虚想象中寡然不少。

"你看——"若虚翻开语文课本，"这是你小学最后一本语文书了，第一课叫《夜莺的歌声》！"

"外面的阳光很舒服吧？"若水的眼光没有看向课本，而是又飘回了窗外。

"是的，今天天特别蓝，连一片云彩都没有。"

"这么久了，我都没有出过屋，我想去看看太阳，闻一闻外面的空气，"若水眼睛里透出一丝渴求，"你背我下楼行吗？让我晒晒太阳……"

"还是再等等吧，医生说你现在最好不要移动。"

若水失望地闭起眼睛。半晌，他又睁开了双眼，语气中带着乞求——"哥，我想吃炸糕，你帮我买炸糕吃行不行？"

"这……"若虚犹豫了一下，"过段时间好不好？医生说你现在还不能吃油腻的东西。"

"不让我动，也不许我吃想吃的，再这么待下去，我会觉得自己很没价值……"若水沮丧地低下头，"唉……我懒得想了，我睡一会儿吧……"

若虚帮他挪了挪身后的靠枕，扶着他瘦小的身体缓缓躺下来。

隔壁床的晓苹还在喂老奶奶吃着稀饭——她很有耐心地用小勺从碗里舀起一小口，递到老奶奶嘴边，哄小孩一般念念有词地重复着"张嘴——慢点咽——好——"的口令，不时用小勺轻轻刮一刮她嘴唇外溢出的湿渍。老奶奶很配合地吃着、嚼着、咽着——不过，若虚很敏感地觉察到她的精神状态相比他们刚搬到这间病房时，已经每况愈下，越显颓唐了。

见若水换下的衣服都被母亲拿去洗了，若虚想了想，从床下的袋子里掏出一卷旧挂历——这是上次在家收拾东西时，他特意带到这里的。他掖了掖若水的被子，在床上腾出一块空间，拿起一本新书，用铅笔在摊开的挂历纸上勾画着书皮的形状。

"哟，给弟弟包书皮？"晓苹一边喂饭，一边问若虚。

"是啊，我弟弟习惯用挂历纸包书皮，以前都是他自己包，这回我来，他看见应该会开心的。"

"若水有你这样的哥哥，也是真有福气了。"

"不敢说'福气'，算是给他一些力所能及的帮助吧，"若虚不好意思地

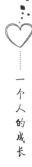

笑着，"这么久以来，我看您每天的一举一动，也觉得奶奶有您这样的孙女，算得上晚年有福了。"

晓苹笑了笑，把碗里最后一口稀饭喂进老奶奶嘴里，待她慢吞吞咽下去，用毛巾为她擦了擦嘴角，又扶着她向后靠去——她身后是被子立起来的一座"堡垒"。晓苹帮着老奶奶把身体靠稳，又望着若虚说道："老人其实都很可怜——谁不是从年轻力壮过来的？谁又不是几十年为一个家，一份工作操心劳力？慢慢地，腰也弯了，腿也走不动路了，再到后来什么活也做不了了，有些能操心的再为儿女们操操心，那些连心也操不起的只好一天天地挨剩下的日子……谁也不知道自己说不定哪一天就……唉……人这一生走到最后，都会是这样的归宿吧。"

若虚听了一阵难过，晓苹的话让他想到了生老病死的残酷和人在自然规律面前的无力。他有些同情地看着靠在病床上的老奶奶——她早已安详地眯起眼睛，布满皱纹的嘴唇一张一翕，仿佛一个中了魔法导致身体突然变老的孩子。

晓苹收拾好碗勺正准备清洗，老奶奶突然咳嗽起来，嘴里一阵呜噜呜噜。晓苹凑上前，扶着她的背，轻轻拍了拍，又揉了揉——她的背弯得像一张弓一样，像是很多年都没直起来过。老奶奶嘴里念叨着，像在表达某种需求，晓苹附耳过去仔细听着，应了一句"好，好，我带您去，带您去"——她特意提高了声音，像哄小孩一般。

老奶奶似乎不太满意，还在任性地哼哼。

"我不是告诉您了——我——带——您——去！您别着急——您吃饱了，我也得吃点东西，不然怎么背得动您，是不是？"在晓苹的安抚下，老人终于安静了，又眯起了眼睛。

"她刚刚在说什么？"若虚问。

"没什么……"晓苹眼睛一红，背过身去了。

下午，值班医生把若虚和母亲喊了过去——若虚心头一颤，以为他要透露什么意外的状况。然而，医生却面带轻松地"宣布"了一条好消息：若水恢复的过程比较理想，虽然腿伤难以彻底痊愈，以后难免留下行走的缺陷，但好在身体机能已逐渐平稳，在这种情形下，医生也来征求家属的意见，看接下来一段时间愿不愿把若水接回家休养。

"若水倒是提到过想回家，不过，目前这种情况，回家休养对恢复是不是有利呢?"若虚问。

"我已经讲过,如果满足出院条件,我们是建议病人出院进行后续康复的,"医生说,"在熟悉的环境和家人身边,他们的情绪更容易稳定下来——情绪对康复也有重要影响。"

在医院前前后后待了这么久,若虚也学会了站在另一种立场上,更加全面地分析问题。他明白,对于状况逐渐稳定的病人,医院方面一定希望他们尽快出院,毕竟医疗资源相比病患而言,通常是紧缺的。

母亲和若虚决定采纳医生的建议,当然,他们也询问了若水的意见——当得知有机会离开这嘈杂的病房,回到久违的家里,若水虽然没有表现出他们预想中的兴奋,脸上还是扬起了殷切的笑容。

母亲花了一整天把家里的里里外外打扫了一遍——若水出事后的两个多月,家里比从前零乱了许多,好不容易盼到回家的机会,他们都希望重新开始井然有序的生活。

这天晚上刮起了风。若虚去水房洗漱完,边擦着脸边往病房走去。干冷的空气弥漫在幽深的楼道里,幽暗的灯光在风声呼啸中显得有些凄惨——他湿漉漉的视线里突然出现了一个人影,那人正裹着深色的羽绒服,斜靠在病房外的长椅上。他吓了一跳,定睛一看,认出那是晓苹——她正端着一小瓶酒,往嘴里灌着。

若虚踯躅着,眼前的场面令他有些恍惚。在他犹豫的当口,晓苹也认出了他。

"还不休息啊……"——晓苹舌头似乎打着结,话语变得迟缓了不少。

"唔……刚照顾若水睡下,"若虚回应着,"您这是……"

"我没事……吓到你了吧,真对不住……"她手里那瓶酒已经喝得见底了,一甩手把玻璃瓶丢在了椅子上。

"您怎么喝上酒了……"

"一个人心情不好,就爱喝点闷酒,喝得迷迷瞪瞪,很多事就忘了,心里能好受一点……"她嘴角扯出一丝惨笑。

"您碰到什么烦心事了?"

"我奶奶快走了……"她盯着他的眼睛,神秘兮兮地说。

"医生今天和您说什么了?"若虚的后背一阵发冷。

"医生什么都没说……但我知道,她快走了……"晓苹显然有些醉了,眼

睛眯起来，睫毛上一片湿润。

"不，有您这么细心的照顾，她不会的……"

"你不用安慰我，"晓苹打断了他的话，"她这几天一直说要去找妈妈……找妈妈……"

"找妈妈，那是什么意思？"若虚一下子竟没能理解这句再直白不过的话的意思，很是诧异。

"找妈妈……找妈妈就代表一个人要死了……你不知道？"

晓苹的话让若虚十分疑惑，他开始思索着这个问题的答案。

"所有人快死的时候，只有一个念头，就是回到妈妈身边……我爸爸快死时嘴里就一直念着妈妈……那天，他在脑筋还清楚时，把我叫到床边，告诉我一定要照顾好奶奶，一定把她伺候到走的那一天，我哭着在他床前发的誓……"晓苹说不下去了，把脸埋进自己的双手，哭声又透过手指缝传了出来，"我怕极了……那次奶奶走丢了，我沿着大街发疯一样找啊找啊……有人说她一早推着小车出门了，后来我终于在路边找到了她，见我朝她跑过来，就冲着我笑……鞋也没穿，裤子也湿了……我问她为什么不回家，她说忘了家怎么走了，我背着她，一步一步往家走，她伏在我肩上笑着'回家喽，回家喽'……"

"老人就像孩子一样，一想到回家就很开心，"若虚还在试图宽慰着她，"就像若水一样，他念叨着回家很久了……"

"是吗？"晓苹抬起迷醉的眼皮，"他……什么时候出院？"

"就是最近了……医生已经同意了，我们准备办手续……"

"人无助时就想回到家里，回到熟悉的人身边，那感觉多好啊……"晓苹又呜咽起来，"奶奶要去找她妈妈了，可我呢？我闭眼那天，我妈妈会在天上接我吗……"

她眼里漾出了更多的泪水，极力压抑着哭声，整个人像一个堵住的阀门，哭声、喘息声夹杂着，发出着怪异的响动。

"您别太难过了，奶奶也许只是犯迷糊，明天又会不一样了……"

"你不用说了……她不可能再走出这家医院了……"晓苹又发出了一阵古怪的哭声。

若虚站在离她不远的地方，看着她簌簌颤抖的双肩，思考着当人在某个瞬间无法收敛自己的情绪时，会展现出与平常极为不同的一面。他也止不住地好奇，面前这个瘦弱的、看起来有些憔悴的女人究竟有怎样的过往……

又一次站在医院的财务窗口前，通过玻璃下方的小喇叭和里面的人对话——这场景若虚并不陌生，上次是若水出事那一天，他忐忑不安地为他办理住院手续。

"您好，我为病人办理出院。"——这一次，他不必再忐忑，可以如释重负地说出这句话。他后来才知道，所谓"出院"其实是种模糊的说法——在这里，病人痊愈或死亡都可以称作"出院"，因为不论哪一种情况，都没有在医院继续"住"下去的必要了。

工作人员确认好病人的姓名，打出一张长长的单子。若虚接过来在手里浏览着——他现在才明白了上学时母亲为何每年都给他们买保险，当真是"养险千日，用险一时"，经过折算，若水在这里前前后后两个多月的花费还算保持在了他能够承受的范围内。他将一摞现金递进窗口，听着验钞机"刷啦啦"的滚动声，心里有着极大的安慰——他上班后挣得不多的钱，还没等为自己交违约的罚款，倒在这派上了更大的用场。

结清了账目，若虚回到病房，见母亲已收拾好他们要带走的东西。若水坐在一辆崭新的轮椅中——他腿上的石膏已经拆掉，但重创的后遗症还在，根本无法正常行走。

对面的七号床上，小玮正呆呆地坐着，若虚他们准备离开的身影被他尽收眼底——一个月的相处，他已经对他们产生了很深的感情。

"叔叔……"小玮眼里写满了委屈和不舍，"你们不再多住几天吗，你们以后还回来吗？"

"若水哥哥要出院了，叔叔和奶奶陪他回家——"若虚笑着对他说，"你也要听医生的话，好好恢复身体，叔叔也盼着你能早点出院。"

"可是，我害怕你们走了，我就再也见不到你们了。"

"不会的，"若虚走到小玮床边，"等你身体好了，咱们在外面见——叔叔答应过你，还要陪你捉迷藏，玩弹珠！"

"叔叔！别忘了你还答应过我，'吃到'黑色弹珠要留给我啊！"

"放心，叔叔记得。"若虚搂着他的小脑袋说——事实上，他前几天还听医生提起，小玮的病情并没有明显好转，过段时间就要安排手术了。

母亲也向病房其他的家属们告了别——平常总是守护着"六号"老奶奶的晓苹今天一早却不见了踪影……若虚本也想和一直照顾若水的小韩护士告个别，听说急诊送来几个外伤病人，值班台的护士都去忙了，他只好作罢。

若水坐在轮椅里，若虚在后面推着，母亲拎着他们在医院用过的东西，三个人不疾不徐地出了这栋大楼。在走出医院大门时，若虚回头望了一眼——"××医院"几个大字在刺眼的日光下，显得很是悲壮。

"你在看什么，忘了东西？"母亲见他停下脚步站在了原地，问道。

"没看什么……"若虚转回头来，说了一句莫名其妙的话，"妈妈，我觉得在这里度过的两个月，是我二十二岁最特别的一段经历……"

他们打上车，费了一番力气才把轮椅折叠起来塞进后备厢。汽车平稳地行驶着，若水一路都侧着头看着窗外——道路中间的围栏和树丛在有规律地后退，大大小小的车辆短暂地相遇又分别。若水一语不发，看着出租车开上盘桥，在高大的建筑物和广告牌间驶过——眼前的景象对在病房住了这么久的他来说，已经有些陌生了。

汽车停在了熟悉的胡同口，一位戴袖标的大娘正在岗位上值守，见若水回来了，热情地和他们打着招呼。若虚重新将轮椅打开，扶若水坐上去，推着他往家走去。路过信报箱时，他刚好看到一个寄给他家的航空信封，上前把信封抽了出来——信是从大阪寄来的，收信人留的是母亲的名字，还附了"亲启"两个字。

他内心升起了一阵排斥，一路把信捏在手里。

虽然母亲已经把家里认真地收拾过，小房子里还是显出了几分冷清。母亲放下大包小包，又一头扎进了厨房。若虚在房间整理着他们从医院带回来的东西，不时透过窗子看看外面——若水一个人在院里透气，还一边练习着操控轮椅，他很聪明，只花了很短的时间就掌握了要领，已经能在轮椅中平衡自己的身体了。看着他练习用轮椅"走路"的样子，若虚想象着他今后可能面临的种种局面，内心一阵刺痛——出院前医生交代得很清楚：他的腿想要恢复到受伤前的样子，几乎是不可能的，即使以后脱离了轮椅和拐杖，走起路来也会有明显的缺陷。

若虚没敢把这些话告诉他。

若水练得累了，摇着轮椅进了屋，木然地环视着这里的一切。

"怎么？离开久了，不认识咱们屋了？"若虚把他推到床边，"你看——我把咱们屋做了个大扫除，床单被罩都是新换的，咱俩还躺同一张床，和从前一样。"

若水抬手摸着床单，发着呆。

"你渴不渴，饿不饿？咱们一会儿就能吃上午饭了——对了，你也很久没吃家里的饭了吧？"若虚笑着问，"还是你想看书？等过两天我推着你去书店，买几本你喜欢的课外书送你，或者——"

"哥，你别说了。我有点困了，想睡一会儿。"

若虚一愣，笑容僵在了脸上。若水草草地吃了几口饭，便在若虚的帮助下坐回床上，慢慢躺下，很快就睡着了——或许是终于回到了熟悉的环境里，他这一觉睡了很久。当然，若虚满心希望他能多吃多睡，放松心情——只要他能好起来，康复的过程再辛苦再漫长也值得。

到了晚上，若虚忙完手边的事，见母亲的房间还亮着灯，便敲敲门走了进去。

"妈，您看过若愚寄来的信了吧？"若虚直入主题，"信上写了些什么，他打算什么时候回来？"

母亲满眼疲惫地靠在床头，用若虚送她的按摩器揉着肩。若虚见那封信躺在桌面上，走上前拿起它，恰好读到这样一段话——

> 得知若水转危为安，我很是欣慰。后续康复的过程可能会很漫长，你们辛苦了！近来在日本的课业和工作越加繁重，的确不便归国，只得送上我的祝福。
>
> 希望家里一切顺利，母亲要多保重身体，相信你们一定能渡过这个难关。
>
> 若愚于大阪

若虚双手颤抖着读完这些文字，把那封信狠狠摔在地上。他难以遏制自己的愤怒，在原地跺着脚对母亲喊叫着："他怎么能说出这么冷冰冰的话，怎么能拿出这么无关痛痒的态度？"

母亲什么都没说，弓下身去把地上的信拾了起来。

"他可以不把若水当亲弟弟看，我们总归是他的亲人吧，您总归是他的亲妈吧，我们这两个多月是怎么过来的？他凭什么可以置身事外！"若虚委屈得

哭了出来，边哭边喊，"妈！都怪您！他这样做，您竟然连一句话都不说！他凭什么这样做，您凭什么这样做？"

母亲眼睛泛着红，把按摩器放在一旁，看着若虚歇斯底里的样子，示意他坐到身边来。

"我不服气！我不甘心！我和他都是一样的人，这么多年，为什么您只对他这么好，而一直冷落我？"若虚身体颤抖着，双眼开闸一般地淌着泪，"这么多年，您知道我为这个家付出了多少，牺牲了多少？您这么偏爱他，您知道我有多羡慕，多嫉妒吗？如果您能把对他的偏爱匀一点点给我，我也能和他一样'优秀'！"他本能地抗拒着母亲，却又失控般地扑向她，那双已经被泪水淹红的眼睛贴在了母亲耳畔。

"妈妈，我恨你！"他滚滚的热泪顺着母亲的耳郭流着，"我也是第一次活！这也是我生命里唯一一个二十二岁！为什么我的二十二岁要承担这么多？为什么他的二十二岁就可以这么幸运，自顾自地'优秀'着？我好累……如果我能像他一样'无情'，也许我现在正坐在教室里上课！也许我都已经念完研究生第一个学期了！为什么我不能和他换换？换一天也行！"

很多年了，母亲从未见过若虚这样——尽管她知道若虚平时总把内心掩藏在看似坚强的外表下，却未想象过他眼里竟藏着这么多平时不曾流下的泪水。她把他的头抱在怀里，就像哄着一个丢了玩具的小孩。渐渐的，若虚颤抖的身体平息了些，泪水却还滴答滴答地掉落着，浸湿了母亲的肩膀——他哭了很久，不停地擦眼泪，擤鼻涕，直到鼻孔里的酸涩麻木了感官，直到眼球和脸庞都红肿得发烫起来。

夜深了。

母亲侧坐在床前，若虚坐在小凳上。

"妈妈，"他颧骨上还留着泪水滑过的痕迹，"我记得小时候，每次您买回那些营养品，开出这个偏方那个灵药，都只有他的份，我从来只有在旁边看着……吃啊补啊，他的个子越长越高，人见人夸，而我呢？一直活在他背后的阴影里，无人问津的，已经二十二年了……您知道这么多年我是怎么过来的吗？我生怕自己比不上他，生怕被您忽略，几乎在所有事上都想争一口气，用赢得的哪怕一点点成绩宽慰自己，一旦失败，我就觉得自己一文不值……在你们的关注、爱护、搀扶下，他已经走上了一条光明笔直的大路，那我呢？战战兢兢踩着独木桥，一个错误就万劫不复……"

"你还记得，小时候，有一次，你爸爸打了你？"

"我记得，"若虚的语气缓和了不少，却透出几分无奈和苍凉，"那是个下午，我和若愚在院子里玩，把垒好的煤块当楼梯爬，结果若愚踩得太用力了，把那一整摞煤踩塌了……爸爸正在屋里睡觉，那声巨响让他几秒钟内就从屋里冲了出来，瞪着一地煤渣子和傻傻站着的我俩，喘着粗气。"

"当时你们说了什么，你还记得吗？"

"嗯……若愚低着头说'我错了'，可我突然笑了出来，"若虚回忆着当时的情景，"爸爸皱着眉头让我认错，我偏不认，还硬要顶嘴——'不是我踩碎的。'"

"后面发生的事，你也记得吧？"

"当然——若愚没有任何惩罚，我挨了一顿揍……"若虚语气中透着自嘲，"您怎么也记得这些？"

"那天晚上，你爸爸把这些都告诉我了。"

"他一定在责怪我——那批煤块家里花了不少钱，攒着冬天用的。"

"你想错了，"母亲摇摇头，"你爸爸说，他听见院里那声巨响，一下子吓醒了，那一刻几乎体会到血液凝固的感觉……直到冲出屋见你们俩安然无恙地站在原地，心跳才恢复了正常。"

若虚瞪大眼睛，充满怀疑地看着母亲。

"你总说若愚比你幸运，或者是因为你们的经历不同，但你的性格这么多年从未改变，"母亲望着他的眼睛，"孩子，你从小就太要强，太刚直，还有长大后经历的那些事……每当我想走近你，你总是硬生生地把我挡在了外面……"

"我不怪您，"若虚看着母亲沧桑的脸庞，终于说出了心底酝酿了许久的话，"您一直更心疼若愚，我知道是为什么——当初他差一点就来不到这世上，对不对？"

"你怎么会知道？"

"有一次，我听见您和一个阿姨谈起来的——我就在离你们不远的地方，您没有发现我……您说当初生我俩的时候情况很凶险，我平安出生后，意外发生了，大夫说第二个孩子可能会缺氧，甚至有生命危险……让你们都做好心理准备，你们都吓坏了，是不是这样？"

"是这样，"母亲叹了口气，"我们真的吓坏了，直到很多年后回想起来，

我还是心有余悸……总算万幸，若愚顺利生下来了，可转眼就送进了保温箱，一连好几个月都病恹恹的，三天两头生病。我记得有一回他半夜发烧，医生说是肺部感染，让他赶快住院，我简直不知该拿你怎么办，只好把姥爷喊来照顾你。"

"我知道，从那之后，你就把我送走了，让我和姥爷一起生活。"

"那时你爸爸总是出差，一出差就是一个月，我一个人守着家，真的到了撑不住的时候，就悄悄在厨房抹眼泪，"母亲摇了摇头，"你姥爷年纪大了，脾气又刚直，你简直跟他一模一样，他心疼你，硬是把你带回去自己照顾……你和他也住了很多年吧？"

"是的……所以后来，从姥爷身边回到这，我的第一感觉是陌生，毫无安全感的陌生——仿佛爸爸、您、若愚是一家人，而我是外来的……若愚用一种我永远忘不掉的眼光在看我，对我的出现，他似乎并不欢迎，好像我分走了本该全部属于他的爱……我看到他，也感觉不到什么亲切，后来我们慢慢长大，我总希望自己什么都做得比他好，希望你们能关注我，认可我，甚至觉得只有变得比他厉害，才可以被你们多爱一点……但命运好像在开我的玩笑，我总是比他差一点，总是在这样那样的时候成了两人中逊色的那一个……"

"你为什么会这样想……"母亲问。

"还记得我们一年级第一次期末考试吗——那是我离开姥爷回到家里后考的第一次试，"若虚苦笑了一下，"若愚考了'双百'，而我数学算错一道题，考了九十九——那是我第一次学会'失之交臂'这个词，您知道我有多遗憾吗，您知道我多想像他一样也得到你们的夸奖吗？"

"这么多年了，你还记得……"

"我怎么能忘呢？若愚因为'双百'成了'学习标兵'，你们奖励了他一辆遥控汽车，我却什么都没有……你们告诉我要再接再厉，却不知我看他举着那辆汽车得意的样子，只想从他手里抢过来，在地上摔碎。"

"你那么想要奖励和夸奖，为什么不告诉爸爸，不告诉我？"

"不，我不是想要奖励和夸奖，只是——"他眼里透出一丝冷意，"我讨厌看到他什么都有，我讨厌自己无法像他一样，对我如何努力也得不到的，甚至只想毁坏……"

"若虚，我一直在担心，特别是从你毕业后——我发现你在改变，心里的

感激越来越少，仇恨越来越多，为什么你会变成这样？"

"我要感激什么呢？"若虚轻蔑地一笑，"感激命运对我的捉弄，还是感激我们家这种特殊的状况，还是感激为这个家付出这么多可笑的牺牲？"

"至少，我希望你不要带着恨意活着。"

"您以为恨意是那么容易抹灭的吗？"若虚反问道，"我恨你们那么忽略我的感受，恨爸爸在我那么小的时候就离开我们，恨若愚在这种情况下依然能无动于衷地做着他的美梦，恨所有的这些痛苦都是我一个人在承担……"

"你别这样想……很多事都已经过去，无法再改变了，不要再懊悔了——我们在人间的生命都是有限的，不要把这个期限留给仇恨，留给爱吧。"

"如果我是若愚，"若虚冷笑着，"我也愿意把自己的期限更多地留给爱，可惜……"

"不要再说'可惜'了，"母亲抚摸着他的额头，"孩子，你太辛苦，太累了，又太倔强，太骄傲，太喜欢折磨自己，太让人心疼了。"

"我不仅倔强、骄傲，我还暴躁、极端、阴暗、失败……我已经残破不堪了，不值得被爱，不值得被心疼。"

"你不要这样想，没有一个母亲不爱自己的孩子，不心疼自己的孩子，"母亲又把若虚搂进怀里，"你活得这么用力，带着满身的棱角，会在和世界的碰撞下头破血流的……希望你能变回曾经那可爱和单纯的样子，不要被恨意摧毁你原本的温暖与柔和。"

"妈妈，其实我很累，"若虚感受着母亲胸膛的起伏，像是回到了小时候，"也许是这几个月太疲惫了，我真的想好好歇一歇，不想上班，也不想见任何人……妈妈，我能给自己放个假吗？我不花家里的钱，不吃白食，我只是太累了，想歇一歇……妈妈……您能同意吗？"

"孩子，我知道你累了，"母亲抚摩着他的双臂，仿佛在抚摩小鸟受伤的翅膀，"你休息吧，当什么时候你又渴望蓝天，再飞起来就是了。"

"妈妈，对不起，是我不够好，我平庸又蛮横，我会努力去改变……"若虚抬头看着母亲的眼角生出的细纹。

"你错了，温和的你，暴烈的你，获胜的你，挫败的你，我都爱，我都心疼，"母亲紧紧搂着若虚，"从前，每次你累了，就会像这样扑进我怀里，你很久没有这样了吧……"

若虚闭起眼睛，像小时候那样把头埋进母亲怀里。

母亲小声地哼着一首歌——

　　烧酒若落喉，又搁想要哮

　　自从你来离别后，不曾搁来行脚到

　　往事呀莫计较，请你呀紧回头

　　过去也将伊放水流……


- 61 -


　　三月了，气温却像是一点也不急切，依然在慢悠悠地向上爬。

　　从若水出事以后，若虚一直陪着他，从 ICU 到普通病房再到出院，许久没去上班了。起初，他还暗自担心像这样全天候离岗几个月之久，要如何处理耽误的工作，如何面对领导的埋怨，如何接受旁人的不解……但时间一长，他反倒不担心这些了——去年经历的那些内心挣扎让他一直堵着一口气：自己在工作中充其量是一个"可替代"的工具，反倒在家中越来越充当起那根不可或缺的顶梁柱。所以他索性在这个学期初继续给自己请了事假——他决定等若水和家里的情况好转些再考虑工作的事，况且，他已经在心里做好了破釜沉舟的打算，大不了最终和学校"一刀两断"，反正学校也不珍惜他，何必付出那么多感情？反而是自己和家人的生活，才应该认真对待。

　　这天上午，天气不错，若虚用轮椅推着若水到街边公园散步。

　　接近十点，太阳已经很高了，空气中还弥漫着几分仲春的微寒。小路旁已开起了大丛大丛的迎春花，黄艳艳的花骨朵绽放着初生的热情，柳树梢也吐出了几缕新芽，在柔和的春风里自在地摇动着。旁边的一株株桃树上，嫩粉的花瓣也已悄然爬上了枝头，肆意享受着日光的照耀。

　　"你看，生命是多么美好啊！无论经历了怎样的严寒，在下一个春天，我们依然能与花红柳绿重逢，"若虚沉醉在三月的春景中，一路和若水说着话，"'诗家清景在新春，绿柳才黄半未匀。若待上林花似锦，出门俱是看花人。'——还记得咱们背过的这首诗吗？"

　　相比之下，若水兴致不高，反应也有些寡淡——同学们都回学校上课了，他难免有种被抛弃的感觉。

"'八九'都结束了，现在已经'九九'了，"若虚把轮椅停在花丛旁，数着日子，"漫长的严寒终于要过去了，暖洋洋的春天真的要来了！"

或许是出于"同情"，若水简单应和着若虚那些聊以自娱的话。

几只喜鹊"喳喳喳"飞过他们头顶，停在了前面一根高高的树枝上，愉快地扇动着它们漂亮的翅膀。

"你看——"若虚指着枝头，"这像不像一幅画？画的名字就叫'喜上眉梢'！"

若水抬起头——不过小喜鹊像是不愿意成为人类眼中的风景，没过一会儿，又扇着翅膀"扑棱棱"地飞走了。若水望着它们自在的小身影，浅浅一笑。

他推着若水继续向前走。

前面到了公园的休闲小广场，不少老人孩子趁着这"一年春好处"，正悠闲地沉浸在各种各样的趣味活动中。

用白砖石铺就的甬道旁砌着灰色的石桌石凳，石凳上垫着棉垫，两个老爷爷正对坐着，专注地下着象棋，四周还围着一圈观战的老伙计——下棋和观棋的都很投入，落子时棋子和棋盘清脆的撞击声似乎宣告着战局的激烈。若虚伸着头，好奇地看了几眼——就在他们观战的短暂片刻，一方兴奋地"吃"掉了对手的"车"，另一方为自己的"一着不慎"而懊恼地拍起脑门来。观战的有的鼓掌，有的笑。

围观的人群外，有个独自抖空竹的大伯，正专心致志地玩着心爱的玩具——彩色的空竹在那根细细的绳索上有规律地弹动着，发出"嗡嗡"的响声，大伯的身体也随空竹一起旋转和移动着。

他们又向前走了一段——这一段甬道的砖石被柳树隐藏在地下的盘根错节顶得有些凹凸不平，若水的轮椅一路磕磕绊绊的。若虚加大力度推着，走出小广场，在前边的路口停了下来。

"走了半天了，歇一会儿。"若虚把轮椅的刹车板放了下来，取出了保温杯，倒出一小杯递给若水。这时，路上跑过两个年龄很小的孩子——那个小男孩拽着一只风筝跑得摇摇晃晃，小女孩嚷着话追在后面，他们年轻的妈妈在不远处跟着。

小男孩显然不会放风筝，手里那只"小燕子"一直没精打采地耷拉着脑袋——他傻乎乎地以为只要自己跑得更快就能将"小燕子"带上蓝天，更加

努力地迈开双腿，吓得妈妈在后面一个劲冲儿子喊着"慢一点"。

两个小孩经过若水身边时停下了脚步。小男孩扭过头来看了两眼，怯生生地对妈妈问道："那个椅子好奇怪，怎么还有车轮呀？"

"小哥哥腿不好，坐的是轮椅。"妈妈快走几步跟了上来，示意儿子不要乱讲。

"他脑袋上怎么还有一条白的呀？"小男孩还在好奇地追问。

"不许瞎说！"妈妈制止了儿子的发问，"走，我们去前边，妈妈教你怎么让'小燕子'飞起来！"

在两个小孩还愣在原地时，妈妈一手拉上一个，把他们带走了。那个不住提问的小男孩还不停地回头看着。

若水颇不友好地把脸转过去了，神色阴沉。

若虚担心小男孩的话刺激到若水，故作淡然地提醒道："水已经凉了——春天太干，要多喝温水。"

若水一昂脖把那杯水一饮而尽，眼睛直直盯着若虚说道："我想试试站起来，走几步。"

"还是别了吧……"若虚本能地反对，"医生说过你的腿还不能负重，你越是弄疼它会恢复得越慢，再等等好不好？"

"去他的！我出院这么久了，每天不是坐着就是躺着，腿都快不是自己的了！"若水拒绝得毫不留情面，"可是你们都说我还得勇敢地活下去——是啊！我得活着，可我不能眼睁睁看着自己像个废物一样，整天瘫痪在轮椅里！我讨厌这样的自己！快扶我起来！我要走走！大不了瘫一辈子！还能比现在更糟吗！"他怒吼着，上半身在轮椅里挣扎了几下。

若虚担心他情绪一激动又刺激到脑子——他明白，对若水来说，对无能的痛苦绝对比肢体的痛苦大上许多。眼看他挣扎着硬要站起身，若虚只好暂时由着他，把他扶起来站着试试。

若虚扶住若水的腰侧，让他两手攀着自己的双肩，缓缓提着劲辅助他从轮椅里站起——若水紧咬着嘴唇，先用左脚踩实地面，再把力气一点点匀到右脚上，慢慢把蜷曲的身体拉直。若虚尽力配合着他，顺着他的劲，把他彻底带离了轮椅的坐垫。不过这短短几个动作，若水已经满头冒汗，两排牙齿不停打着战，不知是因为疼还是吃力——毕竟他全身多处的外伤也还在愈合，每动一下，对他小小的身体都是极大的考验。

"是不是很疼?"若虚见若水费力直起上半身的动作停在一半,小心翼翼地问。

若水闭着眼睛,什么也没说,继续倔强地用双手和左脚支撑着自己笨拙的身体,用右脚尖试探着点了几下地面,终于鼓足勇气踩实了地面。可是,在脚底全部接触到地面的一刹那,他的右腿触电一般地缩了回来,嘴里倒吸了几口凉气。

"啊……"他无法克制地喊了出来。

在剧痛和大喊声中,若水的身体失去了平衡,支撑着身体大半重量的左脚被连带的痛感刺激着,猛然一缩,整个身体完全不受控地倾斜下来。若虚拼命地用自己的身体抵住他,看着他的额头撞向了自己的肩,右脚也几无防备磕到了地上。

若水的身体难以克制地发着抖。若虚感到自己的肩膀被他的两手紧紧地抠住了。

他们各自忍受着身体上的痛感,在再次失去平衡之前,若虚用力将若水压在他身体上的重量转移了一下,把他扶回轮椅中。

若水重新陷进轮椅的坐垫里——他额头上沁出了大片的汗珠,紧闭的双眼周围,皮肤已经蹙出了沟壑。他的脸也低低地垂了下去,许久没有抬起来。

若水刚刚的喊声引得周围几个路人朝这边观望着——见一个有腿伤的小男孩以这种方式练习着站立和走路,他们眼里有好奇,也有惋惜。

若水在轮椅里缓了好一会儿,终于睁开了眼睛,看见周围人十分同情的眼神,愤怒地冲他们大喊着:"看什么看!没见过瘸子!瘸子就不能练走路吗?"——他很是激动,身体又不受控制地颤抖起来。

几个路人被他的反应吓到,摇着头散开了。

若虚也惊得不轻,试图扶住若水摇晃的肩膀,他感到若水的身体像一只盛满沙子的麻袋一般,忽地坠了下去。若虚就势蹲在了他身前,拉起他的一只手——他就像浑身泄了气一般,豆大的泪珠和汗珠混杂着,顺着脸颊冲了下来。

"我不想这样!我不想这样!我讨厌自己这副样子!"若水呜咽着,脑袋像拨浪鼓一样转个不停,"我简直像个怪物!如果我知道会是这样,当初不如死了算了!"

"不许这样说!"若虚喝止了他的话,"连医生都说,你需要给自己足够的

时间才能恢复行走，人第一次学会走路还不是要花一年时间？"

"小婴儿花一年学走路，我这算什么？长了十几岁，又要重新学走路了……"——身体加尊严的双重痛苦彻底击溃了若水的心理防线，他难以抑制地哭了起来。

"别怕，别怕。"若虚蹲在他身前，紧紧搂着他的肩膀。

"体育老师说我太瘦，让我努力锻炼，我都答应他了……我要练跑步，练抛实心球，可是现在，我连路都走不了，我该怎样才能追得上别人……"

"先别想这些，从恢复走路开始，咱们一步一步来。"

"同学们都开学了吧？我想回学校！我真的想回学校！我落下的课已经很多了！"若水泪眼汪汪地看着若虚，"如果连学习也比不上别人了，那我在班里就彻底抬不起头来了……那我还活着干什么……"

"不许这么想，"若虚为他擦着他眼角淌下的泪水，"就算你追不上别人，比不过别人，你还是我弟弟，我还是会一样喜欢你！"

"真的吗，你不会觉得这样的我很没用，不值得你喜欢？"

"无论你变成什么样，你都是我眼里那个善良、聪明、勇敢的好孩子！"若虚笑着捧起他的下巴，"把心情放轻松！等你的腿再好一些，能去学校了，我还要每天送你上学——你如果骑不了自行车，我们再另外找一辆三轮车！"

"我能好吗，你说我还能好吗？"

若虚笃定地点了点头。

若虚推着若水回到家时已经接近中午了。简单吃过饭，若水在大床上躺了下来——几天前，若虚调整了房间的布局，把他们的大床挪到了窗边，这样每天午后暖和的光线刚好能照到若水身上。

若虚匆匆把碗筷收拾完，一股强烈的疲惫猛然袭来——他前段时间体力透支得太严重，仰面躺上大屋的沙发，闭起眼睛，很快就进入了一种半梦半醒、迷迷糊糊的状态。他任由自己的思绪暂时飘走，只留下空空如也的脑子……似乎只是过了片刻，当他再次睁开眼睛，发现屋里的光线已经很黯淡了。他吓得从沙发上弹了起来，立刻三步并作两步地跑回自己房间，一看若水还半躺在大床上，手里正捧着一本书看。

若虚顿时舒了口气，故作轻松地走到床边坐了下来。

"你醒啦？"若水放下书——床边柜上若虚为他晾的一杯水已经喝光了。

"对不起，我睡太久了……没想到睡了这么久，"若虚提起暖壶把水杯续

满，"你怎么也不叫醒我，坐得腰酸不酸，需不需要扶你去厕所？"

"我听见外屋传来你的鼾声，心想你肯定累坏了，我没什么事，腿疼也疼过劲了，就没忍心喊你——这不？我有书看，也就不觉得无聊了。"

若虚扫了一眼他手里的书——封面上写着《我与地坛》，不知若水什么时候把它从书架上拿了下来。

"你……你怎么读起史铁生了？"

"我隐约记得语文老师以前提起过这个名字，有一天刚好发现你的书架上有他的书，就拿来读了。"

若虚从若水手里拿过那本书，留恋地看着有些陈旧的封面——那本书是他高中时买的，已经好几年没翻看过了。

"他的腿有残疾？"若水问。

"是的。"若虚点点头。

"怎么残疾的？"

"他在农村插队时受过伤，后来查出是脊髓的问题，"若虚回忆着以前读过的史铁生的随笔，"他也想了很多办法，但腿一直没有好起来……"

若水没有接话，似乎在脑中思索着什么，半晌，又幽幽地问道："他在书里说'不知道为什么来到这世上'，你觉得是这样吗？"

"我想，大概没有任何一个人知道自己为什么来到这世上吧……"若虚忖度着如何更好地回应若水这如此深刻的话题，"但是，既然已经来到这世上，我们就应该珍惜上苍赐予我们体验人生的机会，认真地活一遭，你说对吗？"

"你说……他的腿后来一直没有好？"若水继续盯着他问道。

"虽然他的腿一直没有好，"若虚敏感地捕捉到若水的眼里飘过一丝忧伤，把书打开向后翻着页，"不过，他终于把那个问题想清楚了，想清楚以后，他也就不再为此痛苦了——我给你读他写的另一篇散文吧。"

若虚翻到了《合欢树》这一页，清了清嗓子，念道——

　　十岁那年，我在一次作文比赛中得了第一。母亲那时候还年轻……

故事质朴的开头吸引了若水的注意，他聚精会神地听着。若虚多年后再次读起曾在中学课本上学过的文章，半是怀念半是感动，在他动情的语调中，那个故事听来也更加的温暖和感人。

"哥，你说——合欢树真的能长得像房子一样高吗？"若水没等故事读完，便满是惆怅地望向窗外——夕阳最后的一缕斜晖投射进小院的东隅，映得墙脚的红砖一片金灿灿的。

"是啊，"若虚也看向窗外，"央铁生不是写到母亲一直像侍弄小孩子一般在侍弄着合欢树的幼苗吗？在她的悉心照料下，它的树干一定会越长越挺拔，枝叶越长越茂密，总有一天会变得顶天立地，高过屋檐，高过院墙，去拥抱广阔的蓝天。"——他突然觉得自己这番话很耳熟，一下子回想起去年秋天，曾在满目金黄的银杏大道上他和若水说过相似的话。他心中顿时升起一股油然的信念，意识到时间的流逝一方面有着难以感知的迅速，一方面却又体现着生命最伟大的力量。

"真的是这样，合欢树能拥抱到蓝天？"若水盯着墙角一抹残余的夕照问。

若虚回过神，笑着点了点头，继续把这篇散文的结尾念完——

> 有一天那个孩子长大了，会想到童年的事，会想起那些晃动的树影儿，会想起他自己的妈妈，他会跑去看看那棵树。但他不会知道那棵树是谁种的，是怎么种的。

若水似乎在认真地听着，只不过他的眼神一直盯着窗外——窗外的围墙上，斜阳留下的最后一抹光亮也消失了，接踵而至的是日落后渐渐升起的昏黄。

那片昏黄映在若水脸上，他眼中闪过了一种从未有过的神情。

接下来一段日子，若水慢慢习惯了坐在轮椅里的生活。若虚时常陪着他，赶上家务缠身时，就让若水一个人安安静静地捧着书看。入春后，天气也渐渐暖起来了，若虚也常用轮椅推着他去外面晒太阳——那架轮椅几乎轧遍了街边公园的每一处砖石，他们就这样一点点看着溪水重新泛起了粼粼波光，看着柳树和花丛重新染上了可爱的鲜绿和嫩黄。

— 62 —

又到了复查的日子，若虚和母亲陪着若水，在诊室见到了当初的主治医生。

医生仔细查看了若水的身体状况，又和他聊了几句话，对他精神上的恢复也表示了乐观。不过，医生提到若水腿伤留下的缺陷还是比较严重，也单

独叮嘱了若虚要帮助病人做好长期康复的准备，甚至还建议必要时可以考虑把若水送到康复专科，那里能提供更专业的医疗保障和康复指导，或者能更大程度地帮他的右腿恢复到出事前的状态。

若水是个很敏锐的孩子，从医生最后只留下若虚一人在诊室对他多说上几句，就对自己的状况猜个八九不离十了。

"医生怎么说？"见若虚取完药回来，母亲问道。

"噢——"若虚斟酌了一下说道，"医生说不能着急，还是得一步一步来……另外，如果若水愿意，咱们可以买一副拐杖，从借助拄拐走路练起。"

听了这话，若水不安的脸上又阴沉起来，他一定猜到了若虚话中有多少宽慰的成分。

若虚没有继续说下去。他也很敏锐地观察到若水表情的变化——他想努力保护好若水在前段日子好不容易积攒起来的信心，不希望任何令人沮丧的消息再次打消它。

他们一出医院，就直接去了外面一家医疗器械专营店——售货员专门回库房帮他们提了一副新拐杖，因为不常见这么大的儿童需要拄拐的，小型号的都没摆在货架上。

一回家，母亲又扎进了厨房。若虚扶若水坐回床上，整理着背回来的新药品。若水一言不发，望着立在墙边的新拐杖发着愣。渐渐的，厨房飘出了菜香——若虚奔波了一上午早就饿得不行，闻到香气，打算兴冲冲地跟若水聊聊母亲炒的新菜，一抬头见他抵着靠垫闭起了眼睛，像是一尊入定的坐佛。

"你怎么了，不舒服？"

"没有不舒服，挺好的。"若水闭着眼睛答道。

"你闻到香味了吧——猜猜母亲在炒什么？"

"无所谓，炒什么就吃什么吧。"

若虚有些无奈——他原以为若水的心情会随着出院回家慢慢振奋起来，却没料到眼前还有这么多不曾预想过的困难在等着他们。在这些困难面前，如何帮助若水调整好情绪成为让他头疼的新问题。

母亲、若水、若虚围坐在饭桌旁，三个人都沉默地吃着——从前若水总是叽叽喳喳吃得最开心的那个——他几乎没有不爱吃的菜，加上从小就有把米饭和菜和在一起吃的习惯，他的饭碗里总是五颜六色的。可现在，他坐在轮椅里，不光脸上看不到什么喜悦，就连面前的盆勺碗筷也变成了一些毫无

色彩的东西，吃饭的过程也像变成例行任务一般。

母亲和若虚也各有各的心事，饭桌上只剩下咀嚼的声音。

"我吃饱了。"若水甩下几个字，撂下了碗筷，摇着轮椅离开了饭桌。

"再吃点吧，"若虚想喊住他，"你看，这鸡汤——"

"不，我说过我已经吃饱了。"若水拒绝得毫不留情面，朝房间缓缓地"摇"走了。

若虚摇摇头，母亲也是一脸的忧心忡忡。他们默默无语地结束了这顿饭。

"我帮您——"见母亲起身准备收拾碗碟，若虚把自己的碗摞进一个空盘里，回身拿起抹布。

"不用了，你去陪他说说话吧，"母亲指了指他的房间，"开导开导他，别让他多想——他还是很信赖你的。"

若虚走回自己房间——若水正一个人靠在床上，呆呆地盯着顶棚。

"若水——"若虚小声叫着他，"刚吃饱别躺着，起来，咱们聊聊天。"

"聊什么？"若水勉强直了直身子，挤出一丝兴趣。

"聊聊咱们小时候的事怎么样？"若虚坐在床边，饶有兴致地敞开了这个话题，"不知为什么，我最近总爱回忆小时候，回忆以前发生的很多很有趣的事。"

"比如？"

"比如……我像你这么大的时候，也喜欢读故事，我每次考了好成绩，姥爷、爸爸给我的奖励就是各种各样的书——我上学时书包里总是揣一本书，碰到不喜欢的课，就偷偷把书摊在桌洞里看，"若虚绘声绘色地讲述着，"有一回，我斜后方那个调皮的坏家伙向老师竟然'检举'我，老师把我的书没收了，到下课又还给我了……"

若水漫不经心地听着，鼻子里"哼"了一声。

"有一回，我读到这样一个故事——一个小男孩因为打电话拨错了号码，竟然把电话'拨'进别人心里，听到了他们的'心声'，后来，聪明的他'计算'出班上学习最好的同学的'号码'，想听听他们是怎么学习、怎么想问题的，却意外地听到他们心里竟然都……"

"我不想听这些——"若水打断了若虚悠然自得的回忆，"我想听你说点别的。"

"别的？"若虚一愣。

"你总在提那些开心的事，我好奇难道你小时候没有不愉快的回忆吗？"若水冷笑了一声，他一脸凝重的神情止住了若虚的兴致。

"我记得你告诉过我：人的情绪是丰富的，每个人都有喜怒哀乐，"若水淡漠地说着，"别总讲那些好玩的事了——你小时候一定也有悲伤、痛苦、恐惧吧？我想知道。"

"悲伤，痛苦，恐惧？"若虚神色一凛，不知道该怎么说下去。

"你小时候怕过什么，你不是总英勇无畏的吧？"

"小时候我怕黑——"若虚思考了片刻，觉得此情此景下似乎没必要再掩饰什么，便回答道，"我觉得黑夜象征着危险、离别、冰冷，尤其是冬天，尤其每当太阳下山、天空擦黑时，我就很害怕一个人在外面，有时候，看到黑影里藏着什么东西，我还会害怕那是不是个奇形怪状的鬼在盯着我……"

"果然，这就是动物的本能吧？人也一样，都向往光明和温暖，"若水脸上浮现出一丝诡异的微笑，"还有呢？"

"小时候，我还害怕孤单——"若虚又思考了一会儿，接着说道，"尤其是和爸爸妈妈分开的时候……有一年爸爸出差去外地，一下子离开了一个月，我每天数日子，晚上想他就躲在被窝里悄悄哭。等到了和他约定好回来的那天，我一早就站在街边等他，妈妈怎么喊我我都不回去……后来，远远的，我看见爸爸骑着车拐进了路口，就迎着他跑过去了，他也看着我，对我笑着……"

"你爸爸也常出差吗？"若水听得很认真，待他讲完，问了这样一个问题。

"是啊，他也常——"话音刚落，若虚意识到自己失言了，怕引起若水难过，含糊地换成"偶尔"两个字。

"没事，你不用担心，我们一样都没有爸爸了……不过——"若水显然想继续这个话题，"既然谈到这，我很想知道：你坦白讲，你爸爸去世这件事，对你造成了怎样的影响？"

"我想接着上一个问题说——"若虚感到一种还是必然绕回到这个话题的无奈，"我小时候还有一件很怕的事就是去医院，我觉得那里充满了病痛、死亡、血腥……我不愿看别人受伤，也害怕被伤病和痛苦折磨。姑姑和姑父发生意外时，我年龄还小，只是隐约感觉生命的无常和残忍，但那时有爸妈在，我还没有真正去面对这种残忍，直到后来我爸爸去世，我头上再没有保护伞了，必须要和妈妈一起去承担——我还记得那天妈妈拉着我的手，我们一起

去太平间送别爸爸，她的手在颤抖，我拉着她的手也在颤抖……"

若虚哽咽了一下。若水静静地等待他说下去。

"你知道吗？这次你受伤住院，一开始情况真的很凶险……那天我在办公室接到电话，就急急忙忙地打上车往医院赶，一路上我都心神不宁，脑海里不断闪现着到了医院后可能面临的种种局面。我害怕见到你受伤的样子，害怕去想象你被抢救的情景，在差不多半小时的途中，一幕幕可怕的画面像流水一样冲刷着我内心的防线……后来到了医院，医生说你还活着，又把你推进了ICU，于是我又开始了新的等待——我不知道你能不能醒过来，也不知道你醒过后还能不能认识我，能不能开口说话，我们之间还能不能像从前一样……再后来，医生告诉我你苏醒了，通知你能转普通病房了，宣布你能出院休养了，这一切又让我无比安慰——真的，在这么凶险的情况下，我们还能重逢，能像现在这样面对面坐着说话，我觉得什么都不可怕了，"若虚转头看着若水，送上了一个浅浅的微笑，"所以，如果再回答你刚才的问题，我会告诉你——我现在一点也不抗拒和畏惧去医院了，因为它更象征着救赎和重生。"

若虚说得很投入，仿佛在讲述一个遥远的故事。若水也听得眯起眼睛。

"若水，我一直有个问题想问你——"若虚揣度着他的心思，鼓了半天的勇气，"在你生病和昏迷的那段时间里，你还有感觉吗？有什么样的感觉……"

"嗯……好像有很长一段记忆从脑子里抽走了，什么都不知道……"若水眼神里透出从未有过的深邃，"后来好像渐渐有了一些感觉，像有什么东西敲我的脑袋，又像被什么钳着手和脚，像在梦里，很疼，想喊，嗓子又发不出声音……想跑开，但手脚像没在身上似的，动弹不得……"

"其实，你住院那段日子也是我过得很艰难的一段时光，"若虚想象着他描述中的痛苦，又回忆起自己当初的状态，有着双倍的心疼，"有一次，我还和一个朋友谈到了死亡的话题，谈到人之所以对死亡有这么深刻的恐惧，是因为没人知道死后的世界是什么样子，我们都在本能中怕……"

"我差一点就能知道了——"若水惨然一笑，"如果那样，我们也不会像现在这样面对面说话了……"

"若水，让我们都重新振作起来吧！"若虚真诚地望着他，"众生皆苦，没有谁在一生之中不经历些痛彻心扉的时刻……在不确定我们是否还会重见的

那段日子，我无数次地害怕过如果那天送你上学就是我们一生中最后一次见面……每次回想起你走远的背影，我心里都无比痛苦，经历了这场生命无常、旦夕祸福的考验，能和你在世间'重逢'，这种感觉真的好幸福，让我们好好珍惜吧！"

若水茫然的眼里稍稍闪过一丝亮光，他似乎也被若虚感动了。

"如果人生像航道，我们就是随时会偏离航道的船只，"若虚有些激动地继续说着，"我们一边成长，一边维持船舵的平衡，借助海风和水流的帮助，向着心中的目标和彼岸前行……"

"你好像总是对生活充满着信心。"

"我总是这样相信——"若虚笑着点点头，"每当我快要放弃希望，到后来却依旧能获得些不一样的满足。真的，也许是我一路走来从没'一帆风顺'地做成过什么吧——我曾经也担忧假如这个家真的有一天需要我来撑起，我的肩膀是不是足够牢固、稳定，我会不会感到仓皇、无助……但当这种局面真的摆在我面前，我发现自己竟然无所畏惧——何况还有家人、朋友在支持、陪伴、鼓舞我，我还有什么理由不坚强呢？"

"你不知道，其实在那件事发生前的几天，我不知怎的，精神总有些恍惚——我不知这是不是一种预感，"若水似乎也受到了鼓舞，语气很是恳切，"尤其是那天发现了那个疑团，更是隐隐地不安，那天夜里我听见你和妈妈的谈话，一直在考虑该怎样向你们证实……那天早上上车后，我忽然有种奇怪的感觉，回过头，从车窗看见你在冷风中的身影，心里很难过……"

若虚听得心里一阵酸楚。若水忽然捂住脑袋喊道："我不能再想了，我的头又开始疼了……"

"别想了，都过去了，过去了……"若虚搂着他的脑袋，安慰着，"咱们别再谈这个了——你看，医生已经帮你制定好接下来的康复计划了，拐杖也买了，相信过不了多久，你就能挂着它走路了。"

"我……我答应你，我会努力，"若水捂着脑袋点点头，"像史铁生说的那样——至少我现在并不想死，那我只好先继续努力活着。"

"晚上早点休息吧，明天换妈妈在家照顾你。"

"那你呢，你干什么去？"

"我……我要去单位一趟了，我已经太久没露面了，"若虚难掩沮丧的神情，"虽说是因为家里发生了一连串的事请的假，但我必须和领导交代一下——我确实太久没去了……"

"谢谢你……我知道，你为我们付出了很多……"若水眼神里满是感激，"我……我也不知该怎样报答你，看起来，只有振作精神努力恢复吧，这样才算不辜负你这段时间的辛苦……"

"别想这么多，你多吃多睡，把情绪放轻松，你一定会康复的。"

到了晚上，若水很早就躺下了。若虚简单收拾过，也关了灯爬上床。黑暗中，他静静思考着该如何应对重返单位后可能遇到的种种局面，一边又听着身边的若水在梦中念念有词——这一夜，他们俩似乎都没睡得很踏实。睁开眼睛时，他望见窗帘上映着淡淡的光亮，扭过头，发现若水也已醒来了。

"哥，我昨晚做梦了。"若水慢悠悠地说。

"是，我都听见你说梦话了。"

"我……梦见我爸爸妈妈了。"

"是吗，你知道那是你爸爸妈妈，他们在做什么，跟你说话了吗？"

"是的，我知道那是他们，"若水眨了眨眼睛，双手撑着床棱直起上半身，"他们坐在一辆宽宽的车里，还在对我笑——我妈妈怀里抱着一只灰色的小鸽子，那小鸽子也朝我扇着翅膀。"

若虚想象着他描述的那幅画面，觉得那场景很是美妙。

"我好想走上前和他们说几句话，但脚下像拴着两只重重的铁砣，怎么都迈不开步。后来，那辆车突然就开动了，我拼命在后面追，但就是跑不快，就这样眼睁睁地看着它开走了，开上了一条笔直的大路——那条路上洒满了阳光，照进我眼睛，我就什么都看不到了……"

"你放心！那辆车稳稳地开向了一个最美的地方——"若虚轻轻拍着他窄窄的肩，"在那里，你的爸爸妈妈会平安和幸福的，他们也会继续爱着你，祝福你。"

"哥，"若水有些怆然地抬起头，"我有一种直觉，我妈妈怀里那只小鸽子就是小时候的我——是他们拯救了我，延续着我的生命，关心和爱护着我，它就是我的样子。"

"是的，"若虚从他虔诚的目光中捕捉到了由信念激发的勇气，"那只小鸽子就是你，待它的翅膀长好，爸爸和妈妈还会送它勇敢地飞上蓝天。"

"哥，小鸽子翅膀受过伤，你说它还能飞得高、飞得远吗？"

"当然，它可以比原先飞得更高、飞得更远。"若虚信心满满地答道。

"那，它的爸爸妈妈离开它以后，还会继续牵挂着它吗？"

"当然，它的爸爸妈妈会继续爱着它。"

"哥，谢谢你……"若水瞪着微微泛红的眼睛。

"谢我什么？"若虚笑着问。

"谢谢你这样爱我——哪怕是一种鼓励或者安慰，我也非常感动。"——他眼神似又恢复了一些神采，那是这么长时间以来几乎没有过的柔和。

"傻孩子，不要再和自己过不去了，经历了这个磨难，你的人生会有一段新的开始，"若虚看着他的眼睛说，"等到了清明节，到时天气更暖和了，也许你也不用再坐轮椅了，我和妈妈还有你，咱们一起去看看你的爸爸妈妈。"

# － 63 －

走进阔别已久的学校——这个记载了他的笑和怒、爱和怨、自信和失落的地方，当再次踏上曾经再熟悉不过的主干道，若虚感到眼前的一切恍如隔世，无比陌生。

开学已半个多月，这会儿过了早课时间，校园里一片空荡荡的，偶有一些刚吃过早餐的年轻人，正不慌不忙地往图书馆走。看着他们专注的眼神，若虚觉得内心的不安和慌乱更明显了，像是害怕自己局促的样子被什么人看到，他甚至连脚步都放轻了些。

经过教师餐厅的门口，他停了下来——看起来这里又翻新过一次，门窗换了材质，里面的格局和装潢也焕然一新。恍惚间，他听见有人喊他的名字，循着声音传来的方向看过去，见教师餐厅里走出一个高高的身影，穿着风衣，步态轻盈。

又是她。

人生真是充满了各种巧合——若虚全然没料想自己小心翼翼了半天，结果却第一个碰见了自己最不想碰见的人。

林纯子朝他走来了，他本能的反应竟是躲闪开——不知为何，他尤其不愿让她见到自己现在的样子。

"我一眼就认出你了！你在窗外鬼鬼祟祟地看什么呢？"林纯子在他作出

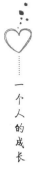
反应前已经走到面前，热情地和他打着招呼，"新学期好啊！"

若虚以微笑代替了问候，有意避了避她热络的眼神。

"新学期刚开始，怎么又一脸丧气相？对了，好像有一阵子没见你了，你去哪了？"

"家里碰到些事情，请了一段时间长假。"——若虚不想说得太具体，含糊地应了两句。

"我还以为你真的说到做到，彻底辞职了呢！"

"如果真辞职，我肯定会和你告别的，不会一声都不吭就走掉……你今天上午没课？"

"我今天的课是后两节，不算太赶，来这吃一顿像样的早餐，"林纯子看了看时间，"咦，你不是每天一早就要到岗吗？这已经过点了……"

"我请的假还没用完呢……"若虚漫不经心地苦笑着，"今天本可以不来，算我良心发现，趁着家里腾得开身，赶快过来报个到，在领导面前争取个好印象吧。"

"你这么一副苦大仇深的模样出现在领导面前，别到时好印象没留下，又给领导添堵了！"

"现在的我怕不再会给谁'添堵'了……"若虚摇摇头，岔开了话题，"你……最近都还好，这个寒假又过得很充实吧？"

"也算不得很充实，就在国内待着，和家人出去玩一玩。"

"等什么时候不这么忙了，我也想和家人出去玩玩，"若虚满是憧憬地说，"最好去个南方的小镇，过过悠闲、质朴的日子。"

"天天嚷嚷忙，我不明白，你有什么好忙的——每天坐办公室，不比我们清闲多了？"

"是啊……"若虚并没有反驳她的话，"论这个，我自然比不了你，等这次回去了，我应该还照旧每天处理各种杂事吧，在自己的一亩三分地上独善其身。"

"谁不是独善其身呢，你还想兼济天下吗？"

"就怕连独善其身也做不到……"若虚回想着这几个月经历的事，感到一丝无奈，"开学了，你又忙起来了吧？"

"可不？又要备课，又要写论文、做课题、报项目，这学期还要指导毕业论文……"林纯子列举了一连串事情，"对了，还没告诉你呢，我还在准备比赛——就上次参加的那个选拔赛，学校推荐我去参加市赛了。"

"恭喜，看来你的优秀是有目共睹的。"若虚想起去年这个时候和老师探讨毕业论文的情景，不得不打心眼里佩服林纯子——她不过年长自己几岁，也和自己一样第一年工作，就已经开始给别人指导毕业论文、代表学校外出比赛了。想到这，他心里又像是被什么东西重重地压了一下。

"那倒没有——也不是我非要参加，是学校推荐的，大概是看我年轻，给我一些发展和表现的机会——当然，我的性格是一旦被委以重任，就要全力以赴，如果再能拿到市赛一等奖，工作这第一年，就算积累了大大小小不少的成绩了。"

若虚想象着以林纯子的水准，在市赛取得一个不错的成绩应该不难，如果真是这样，学校大概会再为她开辟一个表彰专栏——他希望当自己再端详这"未来"的专栏时，心情能平淡些。

"不跟你聊了，"林纯子见时间不早了，和他挥了挥手，"我得回办公室，把给学生的讲义再整理一下，先走了——"

若虚目送她轻快的背影往教学楼走去了——那份轻快让他心里升起一番奇异的滋味，像是一个掉队很久的逃兵投奔到队伍中，需要重新适应已经难以跟上的节奏。他一边不安地想着，一边沿主干道旁边的小路径直走回了办公楼——他清楚地记得，几个月前，他曾在这里度过一段"痛彻心扉"的日子，而现在，他将又一次接近这里。

"请问有什么事？"——他刚走进接待室，就看到一个不认识的年轻人坐在他原来的座位上，盯着他有些惊讶的眼睛问。

"我——"他一时愣住了，竟不知道该如何介绍自己的来意——他很快想起之前有一次联系达雅，她提到接待室已经来了新人，接替做他以前的工作。是的，虽然他不在了，但工作还是那些工作，总是需要人做的。对单位而言，迅速找到一个接替的人，也不是件困难和需要逾越太多障碍的事。

"你有什么事？"见若虚还愣在原地，年轻人一脸平静地重复道，"如果没事，请不要影响我们办公。"

"我……"若虚组织了一下语言，"我叫常若虚，以前在这里上班……"

"噢，就是以前那个人？"年轻人反应了过来，指了指墙角——那里垒着两个大纸箱，"你的东西都收在箱子里了。"

若虚看了看墙角，又看了看他曾坐过的位置——桌面的摆放和从前都不一样了，一些他用过的东西也都不见了。

他愣在原地，觉得有些难堪。

"你如果现在有时间，现在就可以搬走。"——年轻人平静的语气让若虚觉得眼前这副场面有些可笑。

"咦，你回来啦?"——耳边突然传来一个女生的声音。若虚望向门口，达雅正端着满满一盆清水走进来，"家里情况如何，你弟弟恢复得怎样了?"

"他已经出院快两周了，目前还算平稳，"若虚喜出望外地迎上前，"所以我提前回来了。"

"那真好，我就说嘛，困难是暂时的，最终都会好起来!"达雅把水盆放在窗边，"主任上次还说想找你谈谈——"

"是吗? 那我现在去找他。"

"先别急——他前天出差了，得下周才能回来。"

"那……"若虚犹豫了一下，见这间小小的接待室已经没有空余的位置留给他，像征求意见似的问道，"我现在还能做些什么?"

"嗯——"达雅环视了一圈，指着墙角那张窄窄的小桌——桌上摆着一台看起来十分陈旧的电脑，"你如果没事要做，可以暂时先坐这里，等主任回来再说。"

"要不然，我先帮你把花浇了吧?"若虚走到窗边，用舀子舀起盆里的水，从窗台上第一盆绿植浇起——看样子，达雅这段日子又补充了不少新的植物，窗台上比从前更热闹、更茂密了。若虚一溜烟儿浇完，把空盆放回墙角，在那张旧桌旁坐了下来。

屋里噼里啪啦地响着手指叩键盘的声音——达雅和那个年轻人都在认真工作。年轻人盯着屏幕看了好一阵，将打印好的一页材料递给达雅看过，说了句"我先去交"便走了出去。

"这是新招的毕业生?"若虚问。

"是的，马上研究生毕业，上个月来面试的，这段时间算是实习，也算考查，"达雅说，"也不知怎么回事，现在找工作的门槛越来越高，像咱们这种工作，今年有不少研究生都在投简历……想来也是奇怪，在学校花了这么多年学了这么多东西，真正能用到工作中的并不多——对了，你之前不是在准备考试吗，成绩怎么样?"

"我考完之后就知道自己没戏了，上周查了成绩，和我预料的一样，"若虚苦笑了一声，"果然天下没有这么便宜的事，按我那个备考的方式，能考上才见鬼呢……"——他回想起公布成绩的那天，自己还抱有过一丝幻想，期待着能否有万分之一的奇迹降临，在查看成绩的那几秒钟，他的心跳竟然还加快了些……结果定睛一看，总分只有三百多一点，比国家线差了几十分。

当时他看着那个分数，哭笑不得……

"没事，别灰心，"达雅说，"人生有很多事并不是做一次就能成功的，关键在于你愿不愿意坚持一次次去尝试，或者愿不愿意把念头转移到其他事情上。"

"我了解，这个结果我不意外，毕竟我也没有为之作出最充分的准备——"若虚望着窗台上那几棵仙人掌，"现在困扰我的其实是另一个问题。"

"什么问题？"

"一个我一直回避的问题——倘若一年前我'义无反顾'地继续学业，现在大概已经到了研究生一年级的第二学期了……但现在，我费了这么大周折参加考试，工作又糟糕成这样……看起来，这一年的时间，又会继续浪费掉，而且，以后的一年接一年，我不知道会不会继续这样浪费下去……"

"你太悲观了，这一年并不是'浪费'——你用一年的时间尝试了新的工作，学到了新的东西，结识了新的朋友，也渐渐明白自己喜欢和不喜欢的东西是什么，这些对你、对你的人生都是值得的，"达雅说，"况且你在工作中那么努力，你的能力、品行、进步，大家都看在眼里。"

"怎么说呢……我倒不否认经历是人生的财富，但还是羡慕那些做起事来无往不利的人——毕竟，跌跌撞撞的人生总是容易头破血流……"若虚想到刚才在餐厅外碰到林纯子，她列举了一系列距离他的人生甚远的成绩，不住地在脑海中想象假如自己起初也"当仁不让"地选择这条路，会不会也可以收获这么多精彩……"我原本握着一副很棒的牌，生生被自己生生打得七零八落……"若虚继续自嘲，"以前，我还作为过'优秀学生'跟学弟学妹分享'成功'经验，现在想想简直太可笑了——以后不如作为反面教材'为后生诫'了。"

"我倒不这样认为，如果你把人生比喻成打牌，那打好打坏的标准就很多元了——就算有统一的标准，人生这么漫长，只要最后打赢了不就好了吗！"

若虚一脸欣喜地看着达雅——她的话总是能鼓舞到他。

中午，若虚和达雅去学生食堂吃过饭，一起来操场散着步——有不少人趁着午休时间走向户外，他们经过操场一角的沙坑时，见几个学生专注地练着三级跳远。

"你看，"若虚看着助跑线上频频起跳的身影，笑着说，"人生真是时时刻刻充满了竞争，凡是参与进来的人，大概都不想输掉。"

"我倒觉得并不是每个人都喜欢参加比赛，也不是每个人都不允许自己输掉——"达雅说，"毕竟无论大大小小的比赛，第一名只有一个，得不到第一

名也未见得就是失败。"

"是吗?"若虚回忆着这半年多来自己在许多无形"竞赛"中的表现,回忆着自己曾有的许多不同的心态,"我……还有一个疑惑,想问问你的看法——我一向很佩服你的判断力。"

"什么疑惑?"

"你觉得'羡慕'和'嫉妒'有什么不同?"若虚想了想,又进一步解释道,"或者说——假如有一个人,他得到了我得不到的一件非常可贵的东西,我搞不清对他的情绪到底是'羡慕'还是'嫉妒'……"

"嗯……"达雅思考了片刻,"我问你三个问题,请你如实回答——第一,你如果觉得那件东西可贵,会不会因为不是你而是别人得到了它,就否定它的价值?"

若虚想了想,答道:"不会。"

"第二个问题——如果你没有得到那件东西,你会不会希望他也失去它?"

"不会。"

"第三个问题——如果这件可贵的东西,你们二人中势必只有一人能得到,你会不会希望它宁可被毁掉也不能旁落?"

"当然不是。"

"好啦,你想得很明白,"达雅轻松一笑,"你这分明是'羡慕',根本不是'嫉妒'——羡慕是你看到别人有什么,自己也想拥有;嫉妒是破坏性的,是宁可两败俱伤也不希望对方好。"

"谢谢你还这样肯定我,"若虚很感激,"你总是能用理性来思考问题,这真是我欠缺的……"

"其实我了解你,"达雅笑着说,"你有一种善良的固执,在一些小事上,或许偶尔犯迷糊,但在关系重大的抉择面前,你作出的选择都会是正确的,这一点我对你很有信心,你也应该对自己有信心。"

"是啊,我自以为还算理智,却总免不了在一些小事上跌跟头,比如小时候我和我弟共同犯了什么错,那挨打的一定是我,"若虚笑着说,"我弟知道服软,我刚好相反——心里那股执拗劲已经过了,嘴上还不肯服软,这个弱点让我从小到大着实吃了不少亏……"

"看来对这个算不上'弱点'的'特点',你了解得很清楚,"达雅一副洞明的神情,"不过你即使挨了这么多打,我也没看出你有'痛改前非'的意思。"

"我已经在努力改正了,只怕'向善'之路走起来很漫长,"若虚心悦诚服地点点头，"一晃咱们也认识这么久了——记得去年秋天我还去你家店里买吃的，有一种特好吃的'丹麦面包'，好久没吃到了……"

"我过几天给你带几个过来，趁现在还有——我们家店下个月就关张了。"

"啊，为什么？"

"不为什么，就是那条街附近在建一个购物中心——你上次去应该记得，购物中心马上就投入使用了，到时候顾客都去那消费了，周边像我家这样的小店自然就没什么生意了……所以我妈打算'另起炉灶'，最近正和房东掰扯关门的事。"

"那……"若虚很是遗憾，"你妈妈肯定会难过吧……毕竟这店开了这么久……"

"我倒没看出她老人家难过，只是被房租搅得心烦意乱，搞不好等关张之后，她会放空一段时间，拉上我爸去哪儿玩一趟——她才不会为了生活中这些小意外乱了自己的乐趣呢！"

"那，你不和叔叔阿姨一起去？"

"我才不去！他们的生活是他们的，我有我自己的生活——我们之间早就有了默契：他们如果需要我，不管出钱还是出力，我都会二话不说；如果是平常，那我巴不得他们多寻点开心，过好自己的小日子。咱们这个年龄，和父母间不就是这样吗！"

"这样挺好，我感觉经过这次意外，好像我和我妈之间的关系也缓和了很多，可能是我们彼此都更懂得珍惜了吧，我很感动……"

"我觉得你妈妈一直是珍惜你的，你心里也一直对她很好——你看，你一发工资或是逢年过节总想着她，母子之间能有什么过不去的坎？心里那些芥蒂，早就该去掉了，"达雅微笑着说，"想要过得快乐，我们都得摆脱'心魔'。"

"你提到这两个字——"若虚一下子笑了出来，"让我想起从前老师给我们讲《西游记》，说过类似'人生就是修行'的话，还有个同学也说我像猴子……倒是毕业后经历的很多事，让我更加明白'心魔'的含义了。"

"所以《西游记》里说'佛在灵山莫远求，灵山只在汝心头'，唐僧西天取经是修行，我们每个人的成长，又何尝不是一种修行呢？"

若虚瞪大了眼睛——达雅的话令他有些吃惊。

"怎么，我说的不对？"

"我……一直以为你擅长讲道理，从不知道原来你喜欢引经据典——你也读过《西游记》？"

"当然读过，不要以为只有你们中文系才爱读书。"达雅笑着说。

# — 64 —

若虚坐在一个角落里，独自吃着早餐，嚼一口烧饼，喝一口豆浆。隐约间，他察觉到另一边座位上有个人在看向他——扭过头见那人有些眼熟，再仔细一回忆，认出了那是曾来接待室找过他的即将退休的女工。

对方盯着他看了几秒，确认没认错人便端着餐盘走了过来。

"常老师您好！您还记得我吧？我姓冯，之前给您添过麻烦……"她很客气地开了口，"前一段我又去您办公室，可您一直没在，我……一直想再当面向您说声谢谢。"

"不用客气，我没太放在心上，而且我也没帮您太多，"若虚微笑着说，"那之后您又和领导谈到您的情况了吧？"

"是的，都谈过了。"

"事情也办成了吧？功夫不负有心人。"若虚为她能得偿所愿而高兴，虽然这件事和自己没什么关系。

"没有，"她很平静地回答道，"虽然再次努力争取过，但学校还是维持了原来的决定——这不已经三月了嘛，我在办退休手续了。"

"这……"若虚从她平淡的语气中听出几分苍凉，有些爱莫能助地说，"总归……您也努力为自己争取过了，有些事难遂人愿，有遗憾也难免，希望您能想开些。"

"事已至此，我也不再认死理了，也不再想遗不遗憾了……不过，我是真心想感谢一下您。"

"感谢我？可我什么都没帮到您……"

"那天我刚被领导训了一顿，心情特别糟糕，感觉就像自己这几十年在工作岗位上的付出和贡献全被一笔勾销……我从领导办公室出来之后，看外面的天都是灰的，在这样一种无助中，我几乎是投奔到了您的办公室，寻求最后一点希望，"她说着说着有些激动，哽咽了一下，"您知道吗——其实那天中午，我已经在楼道里像丢了魂儿一样转了半天了……后来我见您向这边走过来——我看到您的眼神，就知道您一定会愿意听我，愿意帮我，果然，您请我进了屋，还听我讲了那么多，您知道我心里觉得有多安慰吗……"

若虚眼前又浮现出那天的情景——他觉得自己并没有她说的那么高尚，当时的所作所为是出于他的本能。

"后来终于约上了领导的时间，和他们恳谈了一番，我把想法和困难都跟他们说了，不过……现在说这些也没什么意义了，我只能告诉自己——早点退休也挺好的，退休金少点就少点吧，这不我才报名了一个朗诵班，趁现在有个还算健康的身体，有吃有喝，做点自己喜欢的事，挺好的。"

若虚望着她，又陷入了沉思——他知道她嘴上这样说，内心一定也经历了一番挣扎，从她的语气中，他也听出了几分自我安慰的滋味。若虚又不由地联想到自己——在自己人生的某些时刻，会不会也要接受一种必然的无奈和这些无奈导致的结果……

"常老师，您在想什么？"她见若虚陷入了沉思，问道。

"没什么，"若虚回过神来，"只是，您的话让我联想到自己——为什么有人就要比别人接受更多无奈……最近，我总是陷入这种无奈。"

"我嘴上这么说，心里其实还真有点不服气，"她笑了笑，"不过那又怎样呢，人总不能跟自己过不去不是？我虽然不知道您有什么困难，但想劝您一句——您还年轻，以后碰到的事还有很多，不管什么样的困难都别气馁，办法总是人想出来的。"

这句安慰很质朴，但若虚感到了足够的真诚。

见他眉头稍微舒展了些，她又送上一句鼓励——"小伙子，以后你会慢慢明白，人一旦'放过'自己，就会发现天大地大。"

若虚看了一眼时间，见已过八点，豆浆也凉了，便说了声"抱歉"，端起盘子准备匆匆离开——他记得，这位姓冯的女工算是他第一天上班独立面对的第一件"事"，当初听她讲述自己的经历，他第一次体会到人在一些"规则"面前的无奈和无助，时隔半年，他自己也深深领教到了这一点——在命运的奇诡和强大面前，人有时真的无能为力……

走出食堂，若虚一路走进了接待室。

"你过来了？"达雅照例到得很早，工作中依旧是忙而不乱的状态。

"我不想一直待在家里，怕被社会边缘化，还是想回来帮着做些什么。"

"这不是情况特殊嘛，主任说你家里如果忙，也不用着急回来——对了，我一早去送材料，见主任已经回来了，这会儿就在办公室呢。"

"我……"若虚垂下头，像是个犯了错误的孩子一样，"我感觉没有脸面去找他。"

"我跟你一块去，正好把签完字的材料拿回来。"达雅站起身，让若虚跟

在身后，走到主任办公室门口敲了敲门——若虚在门外等着，听见屋里传来他们的对话，达雅还特别提了一句"若虚过来了，就在您门口呢"。

"是吗？那喊他进来啊。"——是主任的声音。

达雅捧着一沓签好字的材料走出来，朝若虚丢了个眼色。若虚有些忐忑地推开门，走了进去。

"若虚来了？坐吧——"

若虚小心翼翼地走过来，轻轻坐了下去。

"听达雅说，你弟弟已经出院了，现在情况怎样了？"主任放下手里的公文，看向他。

"谢谢您，家里都还好，弟弟已经在慢慢恢复了，只是……医生说病人康复还需要足够的时间和照顾。"他顺着主任的问题回答道。

"碰上这样的事，都能理解，"主任叹了口气，"你小小年纪，能做到这种程度已经很不容易了——困难都是暂时的，需要帮助就开口。"

若虚有些意外——他原以为和主任对话并不会以这样的方式进行，瞪大了双眼，难以置信地看着他。

"怎么了？"主任冲他笑着。

"我……今天过来原本是想向您认错的，刚才没敢进屋，也是因为觉得没脸见您……"若虚吞吞吐吐地说，"第一年上班，就前前后后惹出不少祸端，这次碰上家里的事又请了这么久的假，这大概是咱们部门头一例吧……我觉得很对不起咱们部门，早知这样，您当初不如选别人来……"

"话不是这么说，你这孩子就是想得太多！谁也无法预测以后的事，是不是？不过，有一点你也应该知道——你的确是第一个请假这么久的新同志，当初为了找接替你的人，我们也费了不少心思，这一点，你心里可得记着啊！"

"我知道，我都明白，"若虚诚恳地点点头，"因为请假，部门一定也耽误了很多工作……"

"这你倒不用太担心，这不，接替的同志也就位了，你再安心等等，看看过段有没有其他工作可以接过来。"

"什么？"若虚很意外，"您这是要赶我走？"

"不是赶你走，而是——"主任盯着他的脸，"结合你的能力表现，还有部门的现状，我觉得可以帮帮你，让你到另外的岗位上锻炼锻炼。"

若虚还沉浸在刚刚的震惊中，以为是自己惹出了什么祸患才让主任动了让他离开的念头。

"你忘了？去年冬天，有一次你灰心丧气地来找我，我们还聊了挺多的。"

"我……"若虚想起了主任描述的那个情景，加重了愧疚感，"对不起……我当时正处在一个很迷茫的状态，应该说了不少伤人的话……"

"你当时满脸委屈的样子我还记着，"主任说，"所以那次我们聊过之后，我就一直在考虑，等有合适的机会，再帮一帮你——后来你家里出了事，这事也就耽搁下来了。"

"我的假也快用完了，如果回来，我该……"若虚担心主任把这件事搁下不谈了。

"你看你这急脾气！总得给我点时间——为一个人安排新工作也需要协调很多方面，这段时间你精力允许的话还是先来这，这里的工作内容、环境、领导同事都是你熟悉的，"主任谆谆告诫着他，"所以你看，当初我嘱咐过你，无论碰到什么情况，都要先将手头的事情做好。"

"谢谢您。"——主任的话让他在经历了一番波折后倍觉温暖，他知道主任现在也不便承诺什么，便真诚地向他点了点头，离开了办公室。

他一边平复着心情一边走回接待室。见他神色有些凝重，达雅好奇主任和他谈了什么。

"我……简直不知道该……"若虚还沉浸在感动中，把刚才和主任谈的内容简单复述了一下，"我以为家里的凌乱加上这里的满城风雨会彻底把我的生活打乱，没想到，不管是领导还是你们都对我这么关照，我何德何能遇到这么多好人……"

"因为你就是个好人啊！好人当然会接收到更多善意，"达雅笑着说，"主任有没有提接下来让你做什么？"

"还没有，他说有可能会把我安排到其他岗位……"

"那你先别着急，领导自有安排。"

"我……"若虚想了想，"这几天我还暂时在这吧……就坐门口那张小桌子……毕竟，有些事，我还能帮上忙——而且我现在再过来，反倒觉得像是回到了另一个家。"

"你看吧——所以我一开始就说，人说不清什么时候就突然想通了一件事，以前的一些纠结就豁然开朗了。"

"你说的对，很多人用尽全力追求着什么，"若虚又想到早上和那位女工谈的话，"当最终也得不到想要的东西，也只好换一个角度看待这一切……或者这就是人生吧。"

"是的！没有谁的生活是'无往不利'的，所有看起来的'无往不利'

也许只是'现在'这个阶段的表象——人生的通途和崎岖往往是守恒的，它的'过去'和'未来'我们还不曾见到。"

"谢谢你，你还是一如既往的讲究公平。"

"那当然——你这会儿忙不忙，帮我送几份材料去行不行？"达雅从抽屉里抽出一沓文件，"就这些，要分别送到这几个办公室，我都标清楚了！"

若虚接过那一沓文件，在脑子里计划了一下路程，从办公楼开始，一间接一间送起文件来。上楼时，他恰好遇见去年入职时，协助他办理入职手续的那名男职员，正捧着厚厚一沓新的材料迎面走来。

"你回来了？好久不见呀！"对方见到若虚有些惊讶，"之前听说你家里出了点事，怎样，现在都处理好了吧？"

"是的，"若虚点点头，"处理好了，我又回来了。"

"那就好。"对方笑着点了点头，又接着向前走去——他离开得很是迅速，若虚原本还打算和他多说上两句，望着他匆匆离去的背影，突然笑了出来。他似乎一下明白了：在社会的大棋盘中，每个人都像是一枚小小的棋子，在自己"应该"的路线上前行着，并没有那么多人会和你产生交集，也不会有太多人真正能给彼此造成什么影响……与广阔的棋盘相比，每个人都是微不足道的一个小个体，按照一定的规则去成长、探索、前进，而像他这样一个人摸索着成长，更是多数人成长最"应该"的方式。

任何一个人，被丢进社会的浪潮中，都渺小得像涓埃，但任何人对自己而言，却也伟大得像一部史诗。

想到这，他笃定地笑了笑——成长真是一件凭借自己的力量去面对的事，一个人摸索着成长，又是这样一种光荣也从容的感觉。

送完最后一份材料，他从熟悉的教学楼走出来。外面刮起风来，卷动着空气中的沙土。一个穿黑衬衫的男孩子在教学楼前的空地上徘徊着，见若虚从楼里走出来，喊了声"同学你好"。

若虚看了看四周，确认对方是在喊他，便问道："你有什么事？"

"我是今年的考生，上周刚参加完复试，"男孩子兴致勃勃地说，"我想再拜访几位老师，也趁这个机会熟悉一下学校环境——中文系是不是在这个楼，你知道吗？"

"你找对了，"若虚指着身后的大厅，"中文系在十层，你乘电梯上去就能看到。"

"谢谢！我第一次来这所学校，一个人都不认识，我可以留一个你的电话吗，等入学了还可以联系你。"

"电话就算了……"若虚摇摇头，"我也是中文系的，不过——"

"是吗？"男孩子很惊喜，"你是本科生还是研究生，你叫什么名字？"

"我……我叫常若虚，我……我大三了。"

"原来是学弟！你打不打算考研？"对方信以为真，把若虚一步一步引向他感兴趣的话题。

"我……"若虚感到一丝窘迫，又不好立即推翻之前的说辞，只好继续"编"下去，"我是打算考研，不过——我还没计划好考哪个学校，再说……我也不一定考得上……"

"要有信心，"对方信心满满地说，"只要认准一个方向，拼命努力，一定会成功！我这一年就是这样过来的，现在更加相信'努力就有回报'这句话了！"

若虚不知该说些什么，只好笑着点了点头。

"谢谢学弟，我先去拜访一位老师，我们有机会再交流。"对方冲他比了个"加油"的手势，匆匆走进了教学楼大厅。

若虚看着他自信又轻快的背影，心里升起一阵复杂的滋味，说不好是羡慕还是失落。他摇摇头，转身朝办公楼的方向走去了。

"任务完成！"若虚走回接待室，抹着脸上的土，"刚才忽然就起风了——还有什么我可以帮忙的？"

"暂时没有了，"达雅说，"你如果没事可以早点走——主任不是说了吗，你有空就过来，家里有事就回去忙。"

"我……下午真的要早点走——我打算去见个老朋友，我和他自从去年冬天后就没见过，怪想他的，也不知他最近身体怎样了。"

到了下午，若虚做完手边的工作，见时间过了三点便收拾好东西——想想很有意思，对这个曾令他心烦意乱过，最反感时恨不得连门都不想踏进来的地方，他现在竟然产生了连自己都觉得奇怪的依恋。就在准备离开时，他的电话突然响了起来——他吓了一跳，是一个曾经非常熟悉的人打来的。他呆呆地听着电话铃响了足足二十多秒，犹豫再三才按下了接听键。

"好久不见，在不在学校？"——电话里传来的是许亭亭的声音，"出来坐坐？"

若虚举着电话发着愣——这个人他几乎已经忘记了……而且，她不是在日本吗，不是在若愚身边吗，不是早就远离了我的生活吗？迟疑间，他像是无意识地吐出了"你好"两个字，便又陷入了沉默，对她的提议，不知该同意还是拒绝。

对方"喂"了一声，确认电话是不是还通着。

"我……我在听，"若虚吞吞吐吐地回答着，"可是……嗯……"

"别担心，我和他早就分手了，我现在就在咱们学校附近，想到你就给你打了这个电话，"她的声音从电话那一端继续传了过来，"不过我时间和耐心都有限，怎样，来不来？"

她如此直白的话让若虚感到一阵又一阵意外。沉默了片刻，他回答道："好，等我过来。"

他问清了地址，带上自己的东西，离开了接待室。

## - 65 -

按照电话中约定的，若虚找到学校附近那个商圈，走进她说的那幢大楼，推开那家咖啡厅的大门——这里散坐着一些悠闲地喝着下午茶的顾客，音箱里传出低低的乐声，昏黄的灯光让气氛显得有些迷离。

咖啡师和顾客似乎都沉浸在各自的世界里，没有人理睬他。见许亭亭正坐在角落里的沙发上，若虚在原地思索了一下，朝她走了过去。

"好久不见，坐吧。你喝什么？我请你。"许亭亭正捏着搅拌勺，在咖啡杯里缓缓搅拌着。

若虚在她对面的椅子上坐了下来，浏览着小桌上那密密麻麻的菜单，说道："我不常喝咖啡，你推荐一种吧。"

"那就这款美式吧，不知你喝不喝得惯？"

"行。"他点点头。

距离上次在购物中心和许亭亭面对面的偶遇已过半年多，若虚打量着她现在的样子——头发留长又染了色，烫卷的发梢和更浓的妆容让她整个人显得成熟了许多，再加上一件卡其色的风衣和一双瘦瘦高高的靴子，已经全然不是读大学时的样子了。

若虚盯着她看了一会儿，感觉眼前的情景像是在梦中。

"干吗一直盯着我？"许亭亭问，"不认识了？"

"噢，没有……"若虚回过神来——她的声音还是那么具有穿透力，让他确定了自己并不是在做梦。

"你瘦了好多，怎么回事？"许亭亭接着问。

"噢……最近碰到一些事，大概是累得。"若虚不太想解释太多，随便敷衍了两句。

"我还担心你换工作了，没想到你还在老地方，"许亭亭放下咖啡匙，"抱歉，把你喊来得有点突然——我前天晚上才回的国，除了父母还没告诉任何人，你是我回国后见的第三个熟人。"

若虚望着她——他脑子里似乎有不少疑问，反复组织着语言，半晌才缓缓地开了口。

"你……不是一直在日本吗，怎么好端端就回来了？"他听见自己问道。

"玩够了，待腻了，就回来了。"

"那……"若虚又是一阵意外，不知该如何把对话继续下去。

"别又用那副故作清高的眼光看着我！我早就说过，我可烦你这样了，"许亭亭挑着两道浓浓的眉毛看着他，"我知道你想问什么，我今天约你出来，就是要和你说这件事。"

若虚沉默了片刻，从唇间吐出了一个"好"字。

"我知道，你肯定在心里骂过我，"许亭亭鼻子里发出一声不屑的嗤笑，"不过，我认为你根本没有资格骂我——我们从来没成为过男女朋友，我只不过和你那位高高在上的弟弟交往了半年多，这有什么不行吗？"

咖啡师把美式咖啡端了上来，若虚接过来觉得烫手，只好先放在桌面上。

"不过我承认，我确实喜欢过你，真真切切地喜欢过你，这一点连我自己都觉得奇怪——比你高、比你帅、比你对我好的大有人在，可是我就是对我着迷，"许亭亭继续着她笃定的话，"但是，你的冷淡，你的高傲，你的迟钝，尤其是你从没正眼看过我，这些加在一起，让我开始讨厌你，也讨厌这样的自己。突然有一天，我认识了他——你知道吗？当他第一次出现时，我简直惊呆了——他长得跟你好像，我还以为是你回到我身边了……"

若虚觉得脸上一阵发烫，看向杯里冒着的热气。

"你不知道我当时有多激动……"许亭亭眼里闪过几分柔和，"我们开始接触，他辅导我日语，给我讲日本的风土人情，讲他在大学期间学习日语的经历……我发现他又不太像你——他比你主动得多，也豁达、勇敢、热情得多，我一度以为我感动了上天，不可自拔地喜欢上了他。"

若虚抬起头，怔怔地看着她，问道："然后呢？"

"所以，当他告诉我已经确定去日本交换，我斩钉截铁地说服了父母，斩钉截铁地和学校提出了休学——我想好了：我要追随着自己的幸福，我要时时刻刻和他在一起，他去哪里我就去哪里。"

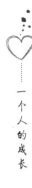

"那……再后来呢？"

"再后来，我有了更多时间和他相处，开始更深入地走近他，了解他，慢慢地，我发现我想错了——我怕是被得不到你的气愤冲昏了头脑，事实上，他又是那么像你——你们俩面对感情时的冷若冰霜简直一模一样，他那气死人不偿命的冷漠甚至比你还严重，"许亭亭冷笑了一声，"在他的世界里，感情根本排不上位置，他的专注全都献给了他的 tutorial、课长、学生，只有到了周末或假期，我才能约到他一点点时间，拉着他去外面转一转。"

若虚静静地听着——这和他想象中他们相处的情形很不一样。

"我们刚到日本时——"许亭亭停顿了片刻，接着说道，"偶尔我们会谈起你，每次谈到你，到最后我们几乎都会吵起来，吵到最后就会闹得不欢而散。"

"你们谈我做什么——"若虚觉得很荒唐，"既然你们在一起，又在那么好的环境中，干吗不好好珍惜这个机会，不管是空间上还是情感上，应该早让我远离你们的社交圈才对……"

"呸！你说话还是这么阴阳怪气，"许亭亭打断了他的话，"见你的鬼去吧！你俩较你俩的劲，哪根筋不对了非要让我掺和进来？"

"你说什么，谁在较劲？"

"我没说错，你们俩就是在较劲——"许亭亭确认着，"你觉得自己不比他差，可他又什么都比你做得好，所以你不服；反过来，他又不愿意输给你，所以做什么事情才会更用力，以这种方式给自己增加信心——你对他心存芥蒂，他看待你也一样！"

许亭亭的话令若虚又是一阵意外，他从来没有想过困扰自己多年的"比较"，在若愚身上竟也是存在的。

"可是为什么呢……"若虚皱着眉头，"我想不明白，他那么优秀，成绩也出色，这么多年不停地拿各种奖项和证书，柜子都塞满了……我想不通……"

"你想知道为什么？"许亭亭一脸傲慢地看着他，"有一回我问到他为什么要这么努力，他说是因为你——你从小本事就大，能把所有的事情都做好，性格又坚强独立，能一个人打点生活，也能和各种各样的人打交道……所以，他只好在成绩和一切能量化的东西上逼自己做得更好……以你们俩的性格，任何夹在你们中间的人都注定是这个结果。"

若虚摇摇头——他从没有尝试过揣测若愚的内心世界。

"我觉得自己很傻，"许亭亭也笑着摇摇头，"我曾经以为自己喜欢他，但我错了，我只是希望得到你——更何况，他不是你，我无法从和他的相处中获得和你在一起时的感受。"说完，她紧紧盯着若虚，那深深描画过的眼睛仿佛看进了他心里。

若虚感到一阵局促。

"不过，你不用有压力"，许亭亭又傲慢地微笑着，"我现在不喜欢你了——现在的你在我面前，和一个普通同学没什么两样。这么说吧，如果人生是一场旅途，你已经错过了我驶向你的那班车。世界之大，美景之多，我现在的目标不再是你了。"说完，她把一条腿环在另一条腿上，双臂抱在胸前，若虚垂着头坐在她对面，那情形简直像一个笨拙的大学生正被面试官刁钻的问题搞得哑口无言。

"对不起，我……毕竟还是伤害过你，"若虚又是一阵吞吞吐吐，"看在我不是有意……"

"谁被你伤害了?"许亭亭反问道，"再说也没什么好'对不起'的——你没有对不起我，我也没有对不起你，我们还和从前一样。"

"还是从前的日子快乐，"若虚叹了口气，"每个人都傻乎乎的，偏还以为自己有多成熟。"

"你还记得咱们爬泰山吧?"许亭亭瞪大眼睛看着他，"我说喜欢爬山，其实是骗你——我一点都不喜欢!如果不是为了迎合你，我才懒得费那么大力气跟你们从山脚一直爬到山顶!"

"对不起，"若虚眼中满是愧疚，"我当时应该多关心你的感受，不该故意惹你不高兴……"

"是啊!我永远记得那个在前面走得飞快的人!我脚磨得直流血，他竟然连过问都不过问一句!真是没齿难忘!"

"其实……我真的好怀念咱们'风火土水四侠客'出去玩的那一次，过去还不到一年，倒像是上一辈子的事了……"

"你根本就是怀念张镜湖吧?"许亭亭看着他，"虽然我嘴里满不在乎，心里其实可嫉妒她了——我不明白，一样的年龄，一样是女孩子，为什么她坐在那一句话都不说都能把你迷得眼睛发直，我在这一通手舞足蹈，在你眼中只是个小丑!"

"你别这么说……我很珍惜和你的友谊……"

"行了!别找后账了!我才不听，"许亭亭冲他摆摆手，"我再告诉你一件事——从海边回来那晚，我躺在上铺根本没睡着，朦朦胧胧地听见你喊她的名字，又见你们悄悄溜了出去，我转过头看着对面空空的两张床，一下就忍不住了，哭了起来。我止不住地问自己，什么时候你能半夜把我喊起来，和

我出去说悄悄话呢？我一边想一边哭，越来越难受，就慢慢睡着了……"

"对不起，亭亭，我……"

"真有意思，"许亭亭换了一个坐姿，继续搅拌着杯里的咖啡，"你今天从一坐下就一直在跟我说'对不起'——我说过了，没什么好'对不起'的。"

若虚惭愧地笑了笑，也学着她的样子，端起那杯浓浓的美式咖啡呷了一口——咖啡放凉了，那苦涩的液体在他口腔里周旋了好一会儿才咽下去。

"那……你既然回国了，什么时候回学校呢？"若虚望着许亭亭，难掩羡慕的神情，"九月要和新生一起开学吧？"

"对了！我还没跟你说呢，我已经退学了。"

"什么？"若虚以为她在开玩笑。

"我说——我已经退学了！"许亭亭重复了一遍，"在见你的半个小时前，我刚把退学申请交给了学校。我刚和我爸提出退学时，他差点气个半死，好在我威武不屈，已经成功说服了他们！"

"可是……这是为什么？你明明有那么好的前途！实现父母的期许，走向成功的人生……"

"胡说！那是外界看来的好前途，又不是我认为的，"许亭亭甩了甩额前卷曲的刘海，"我已经彻底想清楚了：在日本和他划清界限后，我就离开了大阪，给自己请了一个日语老师，认识了很多新朋友。后来，我在不同城市间穿梭，体验着全新的生活方式——我去北海道泡温泉，去东京看歌舞伎，去涩谷的街头拍写真，去京都体验和室旅馆……我慢慢意识到，人只有做自己喜欢的事情才会真正快乐——从前那么长的时间里，我好像没为自己活过……"

若虚认真地听着她回忆在日本的经历，捕捉到了她眼神里的光彩。

"那天在东京铁塔看日落，我被震撼到热泪盈眶，"许亭亭接着说，"我突然决定不再为不喜欢的事情消耗自己的青春和激情了——我依照父母的期待活了二十多年，接受着他们的资源和人生设计，我现在终于已经想清楚了，我——不——喜——欢！"

"其实，你已经比很多人幸运了，敢于喜你所喜，厌你所厌，"若虚羡慕地说，"比起我们每天生活在种种'规则'中，要精彩得多。"

"你说的对！所以我无法想象自己像你这样，每天关在死气沉沉的房间里，一板一眼地工作，我这次回来，也是为了办签证，准备前往人生的下一站！"

"下一站？"

"是。人生的旅途那么精彩，我永远期待下一站——我决定了，这次我要去更远的地方，寻找新的目标和乐趣！"

她的笑容让若虚紧绷了许久的神经稍稍松弛了些。他端起咖啡喝了一口，又注意到许亭亭背后的墙上挂着的画——一张画着热带海滩，人们正坐在棕榈树下晒日光浴；另一张画着椰树，一只小猴正爬到树上，伸手够一只大大的椰子。

"你看什么呢？"许亭亭见若虚盯着自己斜后方，回头看了一眼，"我想起来那次咱们一起下山，你把我们丢下，在前面一溜小跑，我们都说你像一只从动物园逃出来的小猴子——现在，我倒觉得你也挺像一只椰子。"

这个比喻让若虚哭笑不得。

"想喝椰汁的人，总以为要把椰壳打破，却不明白椰壳很坚硬，要找到一个柔软的地方——只有在对的位置戳一个小孔，才能尝到美味的椰汁，"许亭亭解释着，"可惜从前，跟你相处了那么久，我都没找到那个对的位置，如今呢，我倒是摸到一点门道了……可是却一点不想喝椰汁了。"

若虚很是感动——他从没想过有一天，还可以像现在这样和许亭亭面对面地谈天。

"其实，你们俩都是挺独特的男孩子，"许亭亭又一次绕回到起初的话题，"他外热内冷，你外冷内热；他的温柔写在脸上，你的温柔装在心里；他看起来和世界相处甚欢，但事实上内心深处最关注的是自己；而你呢，表面上傲慢又清高，心里却装着整个世界。"

许亭亭的话令若虚又是一阵意外，他第一次听她这样深刻地去描述他。

"我其实也很心疼你们俩——你们都太在乎自己是不是优秀，能不能被认可，像永动机一样一刻都不肯放松，因为咱们仨之间的问题，你们一定也有误解——我劝你别再端着架子了，找个机会讲和吧，"许亭亭说得很诚恳，"有时候，我真的能在他身上看到你的影子——我是抱着玩的心态去的大阪，他却不一样，他在那边过得比在国内还要辛苦。"

"是吗，他很辛苦？"

"是的，他过得远没有你以为的那样如意。光是我见到的，他每天起早贪黑，备课、查资料、处理教研室的各种工作，还要完成导师布置的作业，很不容易……何况，以他的性格，做一件事就会想做到最好，真的很难轻松下来——说来，人都是为了自己而活，或许这就是他想要的人生吧。"

若虚又一次陷入沉思。许亭亭看了看时间，提议他们可以离开这了，她站起身，把一条毛茸茸的围巾绕到自己肩上。若虚和她一起向外走去，这才

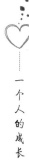
注意到她也比从前瘦了很多。

"我瘦了十五斤，"许亭亭不无得意，"你再也没资格说我是'载不动，许多愁'了，但你还是原来的'鬼见愁'！"

若虚愧疚地笑着，和她一起进电梯——电梯井的墙体是玻璃的，他看着自己缓缓地从高空向地面降落着，觉得人生的某个阶段也像下行的电梯一样正在重归于定。

"你知道吗？"许亭亭望着玻璃外的风景，"我和他刚到大阪时，有一天傍晚也像这样从一个デパト（百货公司）乘梯下来，他望着外面的街道和行人，突然说了一句'好想家'。"

"他说想家？"

"是，"许亭亭转过头来，"其实，我觉得他内心没有什么安全感，表面上的理智和冷漠是为了掩盖心里的不自信——他从心底不愿接受自己失败，不愿接受自己'不好'的样子。"

电梯停在一层，他们从玻璃门走了出来。外面已亮起了街灯，车来车往，都市晚间的生活已经拉开了序幕。

"你今晚还回学校吗，还是回家？"

"我已经不和父母一起住了，住在了另一个地方。学校那间新宿舍我没住过一天，包括那些行李，你当初帮我搬完之后就一直放着没动，我也不准备要了，"许亭亭说，"你呢，回哪？"

"我还是老样子，回家，我们一家还在过去的小房子里住着。"

"挺好，希望你也轻松快乐地过你的人生，别把一切搞得那么沉重。"

许亭亭朝路边驶来的一辆出租车挥了挥手，车在她面前停了下来。她朝若虚伸出了右手。两只手握在了一起。

"谢谢你"，若虚望着她，有些留恋地说，"希望你的人生也可以轻松和快乐，希望我们还有机会见面，希望我们一直是好朋友。"

"希望如此！"许亭亭拉开车门，俯身坐上了后排的座位，摇下车窗，又冲他摆了摆手，"以后不管在哪个城市，我都会记得你！"

车子启动了，很快便混入了川流不息的洪流中。

望着前方闪耀成一片的车灯，若虚长舒了一口气——他心里一个系了许久的结总算解开了。回想着下午到晚上这两个小时与许亭亭谈的许多，他在感受着轻松的同时也清醒地认识到，以他的性格，今后很难再走近她的生活了，而以他对她的了解，她也一定不愿再和他的人生产生任何交集——刚刚他们嘴里那句美好的祝愿，大概只是各自跌宕起伏的周折后一句苍白的安慰而已。

他一边思索着，一边沿着笔直的路向车站走去。

## － 66 －

晚上。

若虚、母亲、若水围坐在桌前吃饭——家里的生活终于渐渐恢复了正常，母亲又可以认真张罗全家的一日三餐了，她炒了四道菜：鸡丁、红烧肉、菠菜、鸡蛋豆腐。

"若虚，别只吃青菜，"见若虚吃得心不在焉，母亲主动扛起一勺红烧肉，"把碗端来——怎么看起来这么疲惫，刚恢复上班，还不太适应吧？"

"还好，不累。"若虚顺从地把碗端起来，看着母亲把肉盛进他碗中。

母亲正要追问，一旁的若水放下了碗筷，说了句"我吃饱了"，便拄着立在桌边的拐杖一步步往房间走去。

"由他吧，"母亲冲若虚摇了摇头，"你再盛碗饭，前段时间太辛苦，脸上的肉都陷下去了。"

若虚给自己加了半碗饭，思索了片刻，说道："今天白天，我碰见一个人——一个大学同学刚从国外回来。"

"是你们班长吧？"母亲问。

"不是，是个女生，我和您提起过，去年夏天我们还一起去了泰山。"

"是……那个叫亭亭的女孩？"

"是的，她刚从日本回来，她就是若愚在信里说的女朋友。"

母亲放下了碗筷，很是惊讶。

"是的，"若虚故作轻松地一笑，"不过那是去年秋天的事了，我很偶然地撞见他们在一起，第一反应也是吃惊——我的同班同学变成了若愚的女朋友，确实挺凑巧的……不过他们已经分手了……这次是她一个人回来的。"

"若愚从没和我提过……"母亲思忖着，"这个女孩也是你喜欢的吧？怪不得你当初对若愚有那样的情绪。"

"不，或许她喜欢过我，但我没有，"若虚笑着说，"那段时间我情绪确实不好，如果都'怪罪'到这件事上，倒也不太公平……"

"你这孩子也是，当初怎么不和我明说呢？"母亲盯着他的眼睛，"全一个

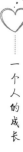
人装在心里，从小就这样，一点都没变。"

"您就别再'怪'我了，总之，这些矛盾、纠结都暂告一段落了……如果不是今天又一次碰到她，我大概也不会和您提起这件事，"若虚见母亲还是一脸疑云，把语气放得更轻松了些，"真的不要紧，您尽管放心，您做的红烧肉还是这么好吃，我多吃两块——"

母亲注视着若虚把肉块夹进碗、拌上饭、送进嘴里香喷喷地嚼着——她仿佛又看到了他小时候永远不哭不闹，安安静静一个人吃饭的样子。一个恍惚间，那个小孩已经长这么大了。

"妈，我发现自己其实挺傻的。"若虚见母亲出起了神，抬起头说道。

"嗯，为什么说自己傻？"

"我总以为——"若虚把碗筷放到桌上，"自己看问题很清晰，想事情很透彻，经常抱着某种想法坚持了很久，到最后却发现事情完全不是自己以为的那样，又开始后悔当初为何执迷不悟……"

"你这孩子，在太多事上伤了太多神，这样太累。"

"就拿这件事来说吧——我原本还记恨过若愚和亭亭，以为他们这样做是一种故意排斥我的行为，可当我知道他们各自也面临很多苦恼、取舍，或者是为自己的选择而付出什么代价时，又觉得这一切烦恼都像自己凭空捏造出来的……谁的生活不是充满了辛苦和挑战呢……我原以为自己经历了很多，给自己凭空'施加'了一些沧桑感，却不知道其实每个人都有各自的'沧桑'……从前我不懂这些，吃过很多'自以为是'的亏……唉，我真笨。"

"孩子，别自寻烦恼——先把饭吃了，晚上做点自己喜欢的事吧。"

吃过饭，若虚和母亲一起做完了家务，回到自己的房间。他发现自己漂泊许久的心情正一天天恢复着，对未知的前途，也重燃了久违的信心，像是经历漫长跋涉后终于来到了一个中转站，有机会补充物资，理一理心情，重新整装待发。

他书桌上摊着一本很旧的故事书——前段时间整理书架，他找出了小时候收集的很多故事书，时隔这么久，重新翻看已经泛黄的书页，他依然觉得那么津津有味，仿佛自己不曾长大过。在柔和的灯光下，他倚在床边，把那些有趣的小故事读给若水听，这个当初他最喜欢的故事，就快读到了结尾——

　　火车呼啸着，穿过山洞，跨过大桥，把两旁的树木、房屋甩得无影无踪，提前四个小时到达了熊猫自然保护区，在一座山清水秀的山旁停住了。

"快下车，别等乘警过来。"高个司机亲亲鲍尔。

"再见，祝你走运。这里都是你的同胞，会帮助你的！"矮个司机说完把鲍尔抱下火车，轻轻放进草丛。

火车开走了……

翻页时，若虚特意看了看若水的反应——他似乎在很认真地听，也似乎在发着愣，一直低头注视着前方某个地方。

"后来呢？"察觉到若虚有意的缄口，若水抬头问道。

"故事就快结束了——鲍尔独自走进了熊猫自然保护区，他本以为这里有他的同伴，自己能被接纳，却没想到……"

"却没想到同伴并不欢迎他对不对？"

"你怎么知道？"若虚有些惊讶。

"一定是这样。鲍尔一路历险，遇到形形色色的好人和坏人，每当他很期待什么，等待他的往往都会是失望——经历的失落多了，人才能成长吧。"

"你说得对，"若虚突然意识到眼前的若水不再是从前那个小孩子了，欣慰之余又有些惋惜，"来，我把故事的结尾读完——"

"算了，别读了，"若水没精打采地垂下了眼皮，"我已经长大了，不想听童话了……"

"那你想听什么？我们换一本……"

"我什么都不想听了，今天有点累。"

"那——"若虚把书放下，准备扶若水躺下，"你早点睡。"

"我还不想睡，想和你聊点别的——"若水转过头来看着他，"我很想知道，从小到大，你有过什么特别遗憾的事吗？"

"遗憾的事？"若虚思索了片刻，"肯定是有的，而且……你应该能猜到的。"

"我能猜到？"若水有些好奇，"是不是你最终也不知道那位'高老师'的名字？"

"你还记得这件事？"若虚瞪大眼睛，"不过不是——那是我成长中一段很美好的回忆，可我并不觉得知道她的名字是一件很重要的事，这丝毫不影响她在我心中的形象。"

"那……"若水又猜测着，"是不是你说过你曾有个喜欢的人，却没能和她相恋？"

"也不是，"若虚又摇摇头，"我想，那个人也知道我对她的感情，可我们并不想刻意改变什么，保持这样的关系对我们来说，或许是最好的选择。"

"那我猜不到了……"

"其实很简单，如果说真有遗憾的事，是我在本该最意气风发、旁若无人的年纪，却用一层规整又严密的外壳把自己包裹起来，而到了需要适应环境、被环境塑造时，却又意识到原来自己那么喜欢自由……可惜，这个时候，很多事情已经由不得自己来掌握了。"

"什么叫'规整又严密的外壳'？你是说小时候没有自由，没有陪伴，没有获得足够的爱和关注？"

"或许是这样吧……"若虚苦笑着摇摇头，"这么多年，我一直都羡慕若愚，想体验他的人生，有时候这简直成为我人生中萦绕的一个阴影——我很怕面对这个事实，总想尽方法来证明我和他一样优秀……但最近这半年多，我深刻地领教了如果一直活在这种想要胜过他人的情绪中，不仅不能向任何人证明这一点，反而会失去自我，自乱阵脚……"

"可是，为什么你这么想体验他的人生呢？"

"或者是因为他过上了我没有的人生，实现了我实现不了的理想吧。"若虚无奈地耸耸肩。

"我还是不懂……"

"你还记得——"若虚长舒了一口气，"有一回，我给你数学作业签字时，咱们谈到了追及问题吗？"

"什么追及问题？"

"就是弟弟先出发，哥哥去追，计算多长时间才能追上。当时你开玩笑说，假如弟弟本身就先出发，跑得还更快，哥哥岂不是永远没有机会追上了？"

"按道理就是这样，不是吗？"

"你说的没错。我工作之后遇到很多意料之外的困难，那时总是想自己和若愚是不是就在上演一场无解的'追及问题'——他本就走在了前面，又前进得更快，我成了那个永远都追不上的后进生……"

"我当时也不该那样说，让你难过了……"

"不该责怪你，是我没有计划好自己的人生，才会一路丢三落四……后来我也强迫自己思考这样一个问题：如果以后的人生，我注定再也追不上他了，又该如何面对这种局面呢？后来，我好像找到了一点答案……"

"努力跑更快？或者……骑自行车追他？"

"我在说服自己放弃追他，按属于我的节奏向前走……"若虚边说边又陷入了沉默。

"你太累了，"若水安慰着他，"你想要的、担心的东西太多，总是一道又一道给自己上着弦，从没松下来过。"

"看来，我不光要提醒你多休息，我也该好好休息——"若虚笑着看着他，"你说得对，我确实很累……"

"从我出院回到家里，我就不想再像从前那样了，"若水像是也在自我安慰，"特别是到了晚上，看着昏黄的灯光，我只想沉沉地睡一觉……真的，想得太多让自己十分辛苦……"

"是，希望我们都别陷入庸人自扰中，"若虚看了看时间，"不早了，咱们都早点睡吧。"

若水打了一声呵欠，撑着床棱一点点平躺下来。

若虚关掉灯，枕着枕头平躺着——他觉得身体很疲惫，可脑子却始终清醒着，不知是不是因为下午喝了那杯浓浓的咖啡，后劲还在。他坐起身，扭头看了看若水——幽暗的光映在他脸上，长长的睫毛覆盖着紧闭的双眼，出院这么久，他头上那道伤口的疤痕在慢慢变淡，渐渐生出了新的绒发，脸上擦伤留下的瘢痕也似乎变浅了些，相信再过一段时间，就能恢复到和受伤前差不多的样子了，只是那条重伤的腿，怕是让他很难再像从前那样自如地跑跑跳跳了。

若虚看着睡熟中的若水——他两臂直直地摆在身体两侧，胸口随着静静的呼吸有规律地起伏着，渐渐地，他眼前像是又浮现出去年夏天在"新兴小学"门口等待他放学，看见他远远地笑着朝自己跑过来的样子……他好像刚才那个故事里历经世事的熊猫鲍尔一样，饱尝了关爱、痛苦、心酸，最终筋疲力尽地找到梦想中的家园，却失望地发现那里是一片精神的荒地……想到这，若虚又是一阵心疼——健康时的他尚且要面对生活中的许多磨难，漫长的未来，他还会面对多少接连的难题呢？成长的种种考验，年轻的他能安然地度过吗？

黑暗中，一滴泪水落在若水胸前的衣服上。若虚赶忙抬起手，擦干了自己的眼泪。

那本《我与地坛》恰好摆在桌子一角，若虚把它拿过来翻阅着。浅浅的月光下，折角的那页上，一行字映入他眼帘——

先别去死，再试着活一活看。

孤独的心必是充盈的心，充盈得要流溢出来要冲涌出去，便渴望有人呼应他、收留他、理解他……

他记得，中学时读到这个故事，因为想到去世的父亲，对这段话有了格外的感触，把书页折了一角。他突然又感到内心一阵刺痛，放下书打开衣柜门，捧出那张裱框的大照片——那是一张黑白照片。他将它端在手里，注视着照片里那个目光炯炯的男人。是的，他的父亲去世那年才四十多岁，照片中的样子就成了他永久的样子：浓眉俊眼，器宇轩昂——这个样子也永远地停留在他的记忆中，永远不会老去了。

衣柜里还存放着父亲以前的一些东西——一沓大小不一的奖状，有"××年度先进工作者""××劳技比赛一等奖""救灾抢险一等功""见义勇为模范"……还有一个封面已经褪色的工作证，第一页上贴着父亲二十岁刚参加工作时的工作照，"工作岗位"一栏里填的是"油料员"。

工作照里，父亲年轻时的眉眼让他觉得很面熟。他抬头看了看镜中的自己——在不经意间，自己的样子和父亲越来越像了。

若虚默默地在心里计算着：父亲并不很长的一生中，自己出现的时间仅仅占据了父亲有生之年的三分之一；而自己至今二十二年的人生里，父亲出现的时间也不过占据了其中的一半。

他清楚地记得，在一路懵懂的成长中，有那么一天，他发现自己的嗓音像突然沙哑了一般；有那么一天，他发现穿了那条很久的裤子突然露了脚踝；也有那么一天，他发现自己竟然能帮母亲一下子扛起一袋大米；他也记得读大学时，见同宿舍的男生纷纷刮起胡子，他也买了刀片，对着镜子试探地从嘴唇附近划过，划得全是血……

衣柜最下面一层，还放着父亲以前工作时用的工具箱，里面装着各号钳子、扳手、螺丝刀，有很多已经锈迹斑斑了……若虚很小的时候就看父亲用它们修理家中的各种物件，后来，这个箱子就一直被他收藏着，每当家里的家具坏了，他总是能很快地找到工具，三下两下地把它们修好，就像父亲曾经一样……他记得有好几次，当合上那个工具箱时，他看到母亲的眼神，透着一种难言的欣慰。

第二天，他很早就醒来了，起身望着映在窗帘上薄薄的曦光，扭头看了看闹钟——还不到六点，似乎还可以在枕间流连一会儿。

他闭上眼睛，尝试再次入睡，却发现怎么都睡不着了。听见旁边的响动声，他转过头去，发现若水也睁开了眼睛。

"你也醒这么早？"

"嗯,"若水哼了一声,"昨晚做梦了,梦醒了就睡不着了。"

"我也做梦了——你梦见什么了?"

"我梦见我也去了熊猫自然保护区,在那里见到了鲍尔——那里是真正的熊猫乐园,有好多同伴,大家欢迎他、接纳他,热情地给他找橘子吃,他在那里过得很快活!"

若虚注视着若水发亮的眼睛,感到自己的眼神也焕发出了光彩。

"你呢,你梦见了什么?"若水问。

"我梦见我爸爸了,我梦见他回来了。"

"他回来了?"

"是的。我梦见一个早上,我正一个人待在房间里,突然听见门锁响动——是钥匙伸进锁孔的声音。有人从外面打开了门,是爸爸推门进来了——他还是那么年轻,和蔼地对我笑。他进门的那一瞬间,我突然意识到原来他曾偷偷告诉我,他会出一趟很远很远的差,现在,我终于等到他回家了……"

"他和你说话了吗?"

"爸爸问我想不想他——我朝他跑过去,一下子扑住了他的身体,当下巴枕上他肩膀的一刻,我哭了出来,"若虚眼睛湿润着,"他轻轻拍着我的后背,我哭得上气不接下气,胸口憋得难受,梦一下子就醒了……"

"哥,我记得你告诉过我,日有所思,夜有所梦——你也想你爸爸了,是不是?"

"嗯……"若虚喉咙里有些堵塞。他怕若水看到他眼里滚着的热泪,把头转了回去,望着窗帘被曦光映得一点点亮了起来。

- 67 -

连续一周,天气都阴沉着,张镜湖一早出门时,太阳从薄薄的云层中钻出了头。她坐上公交车,看着暖暖的晨光透过玻璃,照进了宽阔的车厢。

每年四月,她都会认真准备一番,带着最深沉的爱和怀念去郊区陵园看望她的爸爸妈妈。

车子一路开着,从宽绰的大路驶进狭长的小路,又拐进一条曲曲折折的砂石路,最终在一座大门外停了下来。张镜湖和一些同路的人陆续走下车,走进大门，迎面不远处的牌楼上刻着"××公墓"几个字——那座牌楼的样式很好看，如果只是路过，恐怕还会有人认为这是处安闲幽静的公园。

掩映在牌楼后的山景又一次映入了张镜湖的眼帘。远远望去，深青色的山腰上密密排列着黑白灰相间的石碑，记载它们的主人曾来过这纷繁的世间一遭。

张镜湖又一次踏上那熟悉的小山坡。一路上画着"二十四孝"故事的壁画似乎比去年斑驳了些，每隔一段距离的喇叭里播放着舒缓的音乐，间杂着"森林防火，文明祭扫"的提示。迎面一些人正结伴从山上走下来——他们已经悼念过亲人，有人在笑，有人流着泪。张镜湖一手拎着一个盛得满满的袋子，里面是提前备好的点心和纸钱，另一只手抱着花束，里面是刚买的小白花，一路走上了建在半山腰的碑林——这里，灰白色的墓碑一律面南而立，随着地势的缓升整齐排列着，从远处望去，犹如列队站好的一支合唱团，正迎着阳光尽情引吭高歌，也像是一群迷失家园的迁徙者，向温暖和光明祈求着前行的方向。

她顺着窄窄的走道向碑林中间走去，一面面石碑的正面刻着一个个名字——那些都是曾在世间经历过悲欢聚散的生命，如今沉睡在土壤里，把另一个大千世界的样子留给世人去想象和描绘。石碑反面描着"福地永安""恩泽子孙""音容宛在"等祝语，寄托着生者的哀思和祈愿。一些石碑的旁边，正集结着身着素服的人们，静静地做着或念着什么——他们是长眠于石碑下的那曾经鲜活的生命们在世间的牵挂，每年这春意盎然的时节，这些跨越时空的生命间便会以这样的形式进行对话。

她凭着记忆在附近徘徊了几步——虽然每年她都会来这里，但每次她都要兜上几个圈子，才能找到属于爸爸妈妈的那面墓碑。她也总是不由地想起小时候，爸妈为了锻炼她的胆量，故意在不远处躲起来，笑着看她主动找过来的样子。

终于，在那个熟悉的位置，她和他们又一次重逢了——那熟悉的名字和字体又一次出现在她眼前，就像是小时候看到的他们温柔和蔼的面容。

石碑上用深红色描着几个大字——

慈

父 母

张×× 胡×之墓

孝女 张镜湖

×年×月×日　立

她立在父母的墓碑前，脸上浮起一弯笑意，抬手把挂在墓碑上的一片叶子拂去。半晌，她取出了打湿的布，在平整而冰冷的墓碑上无声地擦拭着——她擦得很仔细，墓碑的正面、背面、侧面、基座，每一寸地方都细细地拂过。落灰被清水抹去，散发出一缕香气。

石碑虽然凉凉硬硬的，但她感觉就像抚过爸妈的手一般温馨。她似乎从未在扫墓时掉过眼泪——看着他们的生命化为了文字和回忆，她一点也不悲伤，反而感到欣慰。

她蹲下身，取出盒装的小点心——她准备了绿豆酥、糯米花糕、蟹黄饼、青团，将几个小碟子在平整的石台上摆好，再将点心一一码进小碟中。她码得很用心，就像小时候扮过家家一样，把那些本不用来吃的小物件当作精美的工艺品一般对待。

她立在原地看着——几个小碟里都盛满了五颜六色的小点心，那束白花也端放在石台的正中。她又取出一瓶酒，启开拉环，将酒沿着墓碑底座洒了一圈——每年她都延续着这个习惯，因为六年前把妈妈的骨灰安放在这里时，负责"白事"的那位老先生曾告诉她，这是为了让亲人"含笑九泉"。

酒的芳香在空气中氤氲开来。她将剩余的半瓶也摆在墓碑前，静静端详着眼前这神圣的景致。

她听见自己在心底默念着——

爸爸妈妈，我又来看你们了。今年暖得很早，你们感受到了吗？

这一年你们过得怎么样，有没有想念我？我这次来，准备了妈妈最爱吃的绿豆糕。爸爸喜欢的酒，我也为您买了一瓶，但要记得您的身体不好，千万不能多喝呀！

我回到家乡快一年了。我重新适应着这里的一切，还有我的工作和生活，觉得自己现在很充实、很快乐。我也常去看望外公外婆，他们也托我向你们问好——他们年纪大了，也许不能常来看你们，但我还是会每年来的。你们要好好地陪伴彼此，在那个世界里也要过得幸福和快乐呀！

我知道，在那边，你们不会孤独，因为我时时刻刻都思念着你们呢……

她闭起眼睛，在墓碑前伫立着，又微笑着睁开双眼，面向墓碑三鞠躬，把剩余的东西收拾好，缓缓离开了这片墓区，走回来时的那道山坡上。

一路走出了陵园大门，她像是突然想起什么似的在原地停留了片刻——她记得，第一次来这里是和妈妈一起，在安葬好爸爸的骨灰离开时，妈妈告

诚她不要回头看，所以那时，她紧紧拽着妈妈的手。几年后来送别妈妈，她又在这里经历了几乎相同的程序，而再度离开时，身边却已经没有手可以拉了。

太阳已经升得很高，陵园正门外的大路上散发着沥青的气味——一台铺路机停在路旁，边上坐着几个歇脚的工人，他们躲在树荫下准备吃午饭，有个年龄稍大些的，面前摆的大饭盆里混合着白米饭和几道不同的菜，正小心翼翼地拿出勺子，虔诚地像是吃一顿精美的大餐。

张镜湖从他身后走过，瞥了一眼他那黝黑的、洋溢着幸福的脸，猜测那顿美食一定是他贤惠的妻子为他准备的。

相随饷田去，丁壮在南冈。

她突然想到了这句诗，想象着辛苦劳作的人们接纳、享受着来自亲人的关怀时那油然而生的快乐。

又坐在一路颠簸的巴士上，她静静地看着窗外倒退的树木——新生的树叶已挂满了树梢，它们随着温暖的回归又一次变得茂密，这些无言的生命总是随着时间的流逝，迎来一次又一次的绽放，永远按时焕发出勃勃生机，就像是从未凋零和失望过。漫长的车程后，她回到家——爸妈的房间里依旧洒满阳光，散发着温暖和幸福。在外面跑了一上午，她很疲倦，一头扎进厨房，为自己做了一顿简单的饭。

晚上，她坐在书桌前拆起信来——她又收到了若虚一封来信，毕业分别后，他们似乎重新习惯以这种"古老"的方式来交换内心的感受。

借着台灯的光线，她展开信纸读了起来——

镜湖同学：

见字如面。

北方的春天已经来了。看着阔别的花苞和嫩芽又一次爬上枝头，在夜与日的交替中慢慢投入这个世界的怀抱，我心中升起了一份来之不易的幸福。

我从不知道春天可以这样美好。

真的，我已不太敢回想在刚刚过去的那个寒冷的季节里，自己所经历的那些，更不敢相信，自己原来是这样一路摸爬着挺了过来。有谁不想更多地回避人生的痛苦、沉浸在幸福的港湾中？而我，或者恰是因为经历了这些——即使是成长的锤炼，这也的确是痛苦的。有时真的不免沮丧、害怕，沮丧于本可躲进避风港，任外面的风吹雨打摧毁与我无关的世界；害

怕于在还没有成长到足够抵御风雨的时候，已经被推到了风雨飘摇的前方。

但我发现，不知不觉中，我变得比预想中坚强了。在被生活推向前方时，我不仅学会了抵御风雨，也能为身后的人们遮风避雨了，甚至能在风雨中起舞高歌了。

或许人生本来就是风雨交加。从前，我以为艳阳高照的人生不属于我，现在，我好像明白了，谁的人生路上都是风雨兼程。

最近，我总是梦到我父亲，他已经离开很多年了，我却总是在某个不经意的时刻想起他在我成长中留下的痕迹。我感谢他赋予我的正直、坚定、勤恳、质朴，让我一路走来都保守着一些可贵的东西，从未真正迷失方向。有时，我也会想，人的生命究竟是不是因为拥有了这副躯壳才产生了意义，在这可见的躯壳产生之前，在脱离了这副躯壳之后，人难道真的没有灵性、没有生命吗？

每当回忆起逝去的亲人们，我总是意外地发现他们似乎还都鲜活地存在于我的记忆中，甚至是存在于我身边某个虚幻却又真实的世界里。他们的音容笑貌，就像是从来没有离我而去……

我不知道你有没有过类似的感受——在某个安静的时刻，那些曾和你一起经历过温馨和幸福的生命们，是不是还陪伴在你周围，依旧温馨和幸福地与你共处……

她读得很认真，合上信笺，眼前仿佛又浮现出夏夜那黑黢黢的海面——她和若虚坐在湿湿凉凉的沙滩上，耳畔回荡着"哗啦哗啦"的浪涛声……记忆中，那是个很难忘的夜晚，他们聊了很多，聊到生和死，聊到生命的快乐、悲伤、痛苦、遗憾，聊到在每个人漫长也短暂的人生中，什么会留下，什么终会远逝……

"我的记忆总是和过去出现偏差，"那时的若虚望着一望无际的海水，有些怅然地感叹着，"我记得曾在课本上看过两张插图，画着海水和沙滩——我有个模糊的印象，白天的沙滩阳光明媚，刮的是和煦的陆风，夜晚的海水漆黑一片，刮的是可怕的海风……也不知道是不是记错了……"

"对从前的事，你为何记得那么清楚？"那时的她问道。

"我怀疑自己'患有'医学上讲的'超忆症'，"他笑着说，"当然，这是我的比喻，真正的'超忆症'患者根本没有遗忘的能力——我比他们幸福多了，成长中那些并不令人愉快的经历，我愿意选择性地将它们遗忘……"

"也许未必，"她摇摇头，"你以为'不令人愉快的经历'对我们无益，

但也许正是那些不愉快的，甚至是悲伤的、痛苦的经历成就了现在的我们，如果没有它们，我们也不会是现在的样子。"

"你……喜欢自己现在的样子吗？"

"现在的样子就是我们应该成为的样子，无论喜不喜欢，"她转过头去看着他，"如果我们不喜欢现在的自己，对我们而言，也是一种不公平。"

"你讲得对，"幽暗的夜光下，他点了点头，"我们都应该喜欢现在的自己——它也许不完美，它也不必完美，不完美的自己，依然值得我们爱着。"

"哗啦哗啦"的浪涛夹杂着沙滩上的歌舞和人语，依稀在她耳边回荡着。她从抽屉里取出笔和信纸，在台灯下工整地写起了回信——

若虚同学：

见字如面。

春天来了。我也觉得很温暖。

今天上午，我去为我的爸爸妈妈扫墓了。在回来的路上，我一直在想，人短暂的一生，究竟有多少快乐，又要面对多少无奈？在快乐和无奈的平衡中，我们又该怎样学着接受失去喜爱的东西，失去那些看起来"正确"和"应当"的东西？

我承认，在很小的时候，曾经怨恨过爸爸妈妈，他们之间不那么"正当"的关系和并不符合常情组建的家庭导致我出生和成长在这样一个不那么寻常的环境里，承受着许多不那么寻常的压力，也失去了很多看似"正常"的生活体验。可是，也正是那些"不寻常""不正常"的经历改变了我，我更加懂得珍惜和感激，我并不觉得我没有因此而变得更好。

以前我不懂，曾一度将自己的不幸归咎于它，但这太不公平。人生的维度这么广阔、历练如此多样，又有几个人能按照最"正常"的方式走过那些充满着未知的年华呢？我们经历的所有——好的，不好的，都是让我们最终变得更好的一种催化和敦促……

笔尖在信纸上"刷刷"流动着。她在那段文字末尾署了名，停下笔，感到自己的双眼和脸庞都发着热。在她写得很是投入的过程中，与若虚相识以来的时光在她脑海里一幕幕闪动着——他和她，仿佛都从彼此身上更好地了解了自己，这种深刻的了解让他们更深刻地认识到自己真实的样子，看到了自己的美好与脆弱。

她望了望桌上的台历——它刚刚翻到四月那一页，那张桃树的照片让她

回想起那一年的四月初，在下午的课后，他们一起走在学校的甬道上，桃瓣在微风的吹拂下零落地飘洒着。

"这样的春天好美。"他欣羡地望着满目春景，念念有词。

"这样的人间也很美。"她笑了笑，接了一句。

"你是四月早天里的云烟，细雨点洒在花前。"若虚念了一句诗。

"你像新鲜初放芽的绿，你是柔嫩喜悦，水光浮动着你梦里期待中白莲。"她望着甬道旁一株长出嫩芽的小树，转头对他说。

"你又拐着弯占我便宜！"

"谁说的？"她不服气地问。

"这首诗是妈妈写给儿子的！"他调皮地笑着说。

她也得意地笑了起来，看向树梢间掠过的小燕子。这时，又一朵桃瓣从枝头飘下，落在她的发梢间。

"别动！"他喊道。

"怎么？你吓了我一跳！"

"这像是一幅画，画的名字叫作'人面桃花'。"

她轻轻甩了甩头发，桃瓣从发间飘落到地上。他们在桃树旁的长椅上坐了下来。

"时间可真快，一转眼就大三了，已经是在这里度过的第六个学期了。"他说。

"是啊……大学生涯进入下半程了，我觉得自己都没有做好心理准备，"她摇摇头，"校园里的一切都这么平静，可我们终有一天会离开，未来那么渺茫又近在咫尺，我还没想好该如何选择……你有什么计划，关于未来？"

"我……我想留在这里，因为我太喜欢校园里的一切了，"他留恋地盯着在风中飞舞的桃瓣，"你有没有觉得，我们在的这片小天地，就像'园子里'的生活一样——在这，我们可以做自己喜欢的事，结交志趣相投的朋友，不必经受园外的复杂和风雨飘摇，在我来到这里之前，我从不知道，生活还可以这样美妙。"

"是的，'园子里'的生活确实自由，也很美妙，"她说，"但我们不能一辈子活在'园子里'，迟早都要去面对人生为我们布置的一道又一道课题，谁也无法逃避。"

"会有怎样的题目等着考验我们呢，难不难做，有没有答案？"他杞人忧天地问。

"我不知道，"她摇摇头，"我只知道，所有人都会走向属于自己的那间考

场，而且，我有一种预感——不甘随波逐流的你，一定会认真地去回答你遇到的每一道题。"

"为什么你会认为我不甘随波逐流？"

"你勇敢又执拗，总抱着和别人不一样的想法，像你这样的人，绝不愿意遵照'参考答案'，而是按照你的喜好来答题！"

"你好像比我还了解我自己，"他笑了笑，"不知道这份人生的考卷，我能考多少分——我了解自己，我真诚、善良、积极进取，只是，在内心和外在不停的碰撞中，难免会犹豫，彷徨不安，谢谢你总是激发我的自信。"

"不用谢我，"她也微笑着，"其实你比我还要清楚，你说的那些都足够让你变得优秀，你应该为拥有这些而自豪，不该为了得到或得不到的东西而患得患失。"

"真希望我们毕业以后，我身旁还能有像你这样的伙伴，即使我又遇到困难，陷入犹豫和彷徨，我也不会害怕了。"他笑了起来，眼神里充满了期待。

晚风透过没有关严的窗缝，吹响了帘边的风铃。清脆的叮咚声把张镜湖的思绪拉回眼前。她望着桌上浅色的信纸，把它齐齐地对折了一道，装进了信封。

## － 68 －

"早上好——"林纯子穿着一身运动装，和若虚打着招呼，"今天网球教练过来，中午跟我们一起打球吧！"

"我从没打过网球，得从头学起……"若虚说，"再说我也没有拍子……"

"先让教练看看你的基本功，"林纯子比画了一个挥拍的动作，"不过，没有悟性的新手，教练可不愿意带——你几点吃午饭？"

"我进不了教师餐厅，"若虚摇摇头，"恐怕不能跟你共进午餐……"

"那我们去学生食堂吃吧，"林纯子倒是毫不介意，"我要先去上课了，中午见吧！"

说完，她加快步子朝教学楼的方向走去了。

若虚一路走回办公楼，见接待室的门开着，只有上次那个年轻人在。

"您好，请问……达雅上午不在吗？"

"是的，"年轻人专注地看着电脑，"她今天有会。"

"那……主任也不在？"

"不在。"

若虚本想问问关于工作调动的事，见熟悉的人都不在，只好换一个话题。"那……我来也来了，如果有什么需要我帮忙的，我可以——"

"没有需要您帮忙的。谢谢。"年轻人说。

若虚感觉到曾经熟悉的办公室对他有一丝排斥的气息，只好退了出来。

走出办公楼，望着眼前通向主干道的那条小路，若虚停在原地想了想，朝图书馆的方向走去了。

在那个孤注一掷的冬天之后，他再也没踏进过图书馆一步，时隔几个月，图书馆的装潢也有了变化——桌椅换新了，窗户变明亮了，连阅览区的灯光也变柔和了。他一路经过朗读区，见不少学生在这里旁若无人地晨读，练习着发音和语调，阅览室里也坐着不少来自习的学生，没有早课的他们都十分珍惜宝贵的早晨，开始了一天的学习。

若虚挑了一个安静的位置坐下。由于随身只带了笔记本，他便去旁边的书架上搜罗了一本关于文论的教材，读了起来。

专心读书记笔记的时间过得很快，随着窗棂映在桌面上的影子不断向东移动，和林纯子约定吃午饭的时间快到了。若虚把教材放回书架，带着笔记本离开了阅览室，站在图书馆和食堂交叉的路口等她。下课的学生们纷纷从眼前流过，他一眼望见了林纯子朝这个方向走过来——她背着一个大书包，里面插着网球拍。

"差点没认出你来，"林纯子朝他挥挥手，"你混在学生中间，一点都不显眼，走吧——"

"是吗？"若虚边走上前边低头看了看自己的装扮——蓝色上衣，黑色裤子，都是以前读本科时穿的衣服，尺码依然合适，"谢谢你愿意屈尊来学生食堂，赴这场平民之约。"

"我警告你，少说怪话啊！"

若虚耸耸肩，两个人走进学生食堂。他早已习惯这里的人流量，排在拥挤的队里一寸一寸地向前挪动，终于成功地请师傅盛上了菜。不过，林纯子看样子是第一次来这里，一路被拥挤的人群挤得头昏脑涨的，半晌才端着餐盘从队伍里挪了出来。

"笑什么笑！"林纯子见若虚找好了一张小桌，笑着看着她有些狼狈的样子，把背包撂在了椅子上。

"以前总觉得你身在'神坛'，"若虚把筷子递给她，不无戏谑地说，"刚才看你在人群中'随波逐流',第一次觉得你身上有了'烟火气'。"

"你才有'烟火气'！你浑身都冒烟！"林纯子瞪了一眼他，"挺大个人了，说话总是这么不着边际。"

"我也没多大，还算是青年，当然要有青年的生气和活力，"若虚撇了撇嘴，"要是说话总那么'着调'，那么'纯熟'，那么'滴水不漏'，岂不显得太老气横秋了吗？"

"你愿意怎样就怎样——"林纯子见若虚沉浸在自我陶醉中，催促道，"快点吃，吃完还得去球场呢。"

"我说话说得投入了完全可以不吃饭。"若虚拿起筷子。

"那你应该长两张嘴，一张吃一张说，不然得憋坏了你！"

若虚笑了笑——他发现从前那个爱和好朋友斗嘴的自己又回来了。他回忆和林纯子相识的过程——这不过是他们第二次一起吃饭，距离上次吃日本料理，不仅时间过了很久，状态也全然不同。看着林纯子真真切切地坐在对面，若虚突然想起了那个曾困扰过自己的问题。

"我……我想问个人，不知你认不认识，"若虚犹豫着开了口，"你认识常若愚吗？"

"常若愚是谁，你弟弟吗？"

"是啊！"若虚一阵吃惊，"你们果然认识？"

"我随便猜的——你弟弟真叫常若愚？"

"我俩是孪生兄弟，名字放在一起就是荀子《劝学》里那句'吾尝终日而思矣，不如须臾之所学也'。"若虚点点头，心里竟然一阵窃喜——原来他们不认识……

"怎么突然提起你弟弟来？"

"没什么，"若虚故作轻松地说，"他也是日语专业的，目前在大阪交换，等他回国继续学业，你如果感兴趣，我倒可以介绍你们认识——他比我出色得多，说不定你会很欣赏他。"

"算了吧！一个你就够咋呼了，我可不想再认识另一个'你'！"林纯子一脸傲慢，"再说，我现在也不想认识另外的男生——我已经有男朋友了。"

"是吗，你什么时候交的男朋友？"

"参加青年教师联谊认识的。"

"他是个怎样的人啊？说给我听听，我也帮你参谋参谋。"

"才博士毕业，和我一样，也是海归，个子高，长得也帅，年轻有为型。"

"怪不得，那可要恭喜你！看来我还是别跟你去网球场了，"若虚抬着下

410

巴，"我是识趣的人，得主动和你保持点距离，万一被你男朋友看到了，我可不想被打一顿……"

"你怎么总有这么多要说的！"林纯子终于忍无可忍地打断了他的话。

若虚三下五除二地吃完了饭，跟着林纯子朝网球场走去。

"纯子——"网球场边有个年轻的女老师正在做着热身，见他俩从栅栏门走进来，挥手和他们打着招呼。

"中午好！我们才吃完饭——"林纯子把背包卸在长凳上，和若虚介绍着，"这是我们系新来的老师。"

"这是您的学生吗？"对方见若虚一路跟着林纯子，便问道。

"哪里？他也在咱们学校工作——"

"不好意思……我以为您是学生，"女老师很抱歉，"我姓温，请多关照！您怎么称呼，在哪个系？"

若虚一句"没关系"刚要说出口，听见温老师的问题，又吞吞吐吐地解释道："我叫常若虚——经常的常，深藏若虚的若虚。我不在哪个系……原先在接待室工作，现在……可能要调到别的部门了，还没有定论呢……"

"是这样？接待室一定很忙，每天都有很多繁杂的事情要处理吧？"温老师问。

"还好，主要是头绪多，很多事情做之前先得捋清思路，不然无从下手……"若虚回忆着在接待室工作的几个月时光，满是感慨地回答道。

"我很佩服做这项工作的老师，确实很有挑战性……"温老师点点头，"看来，您一定是在工作中有很棒的待人接物和组织协调能力，如果换作我，估计每天会被铺天盖地的事情搅得头昏脑涨……您有这样的本领，以后不管到哪个部门工作，一定都能做得很好。"

"谢谢……"若虚很感动——这是他工作这么久以来第一次听到一位陌生人肯定他所做的这份工作，"每个人的工作都很辛苦，只有大家都各安其分，尽职尽责，整个学校才——"

"你别缠着我们温老师聊个不停，"林纯子一边拉伸着上肢一边加入了他们的对话，"温老师才来学校不久，你别又把那套忧国忧民的苦经拿出来念。"

"不会，"温老师微笑着说，"我觉得常老师说得很对，学校想要发展，确实需要各种专长的人才，大家团结协作，相互成就。"

"你别再夸他了，再夸他就要上天了——"林纯子转过头对若虚说，"你快热热身，一会儿也上场打一盘！"

若虚学着她们的动作，拉拉胳臂压压腿，问林纯子借了一只球拍，从筐

里一个接一个拣起球，煞有介事地在发球线后挥起拍来——一个个金黄色的网球在他的击打之下朝场地另一端飞去，有远有近，有高有低。一旁的教练看出他是第一次拿拍子，给他介绍了发球要领，又回到场上给林纯子她们指导起接球的动作——场上的人练得很专注，留下若虚独自在场边专心地发着球，捡着球……

下午回到家，若虚一进房间就发现桌上躺着一个蓝色的信封——大概是母亲从邮筒里取了直接带回来的。见落款处写着"张镜湖"三个字，若虚顿时兴奋地拆开了信封，取出那张浅色的信笺——她熟悉的字迹又一次映入了他的眼帘。

> 若虚同学：
>
> 见字如面。
>
> 春天来了。我也觉得很温暖……

这是上个月底，在生活渐渐回归正轨后，他突然产生了向这位好朋友"汇报"些什么的冲动——对生命里发生的"意外"和遭遇的"不寻常"，究竟有什么样的意义，他很想像过去那样与她分享……

他认真读着她的每一个字，当看到她将"我们经历的所有"比作"让我们最终变得更好的一种催化和敦促"时，感到一阵触动，抬手擦拭着湿热的眼眶，又继续读下去——

> 我发现，我们都是幸运儿，我们都接受了太多来自命运的馈赠——我们健康、善良、聪明、上进，对生活中一切的美好有发自内心的热爱，能够真正付出与感知人间的温暖和幸福，这是一件多么值得欣慰的事情啊。
>
> 不必为打翻的牛奶哭泣，我们虽然失去了一部分亲情，但身边还有很多爱我们的人，我们应当珍惜所拥有的——我愿继续陪伴我的外公外婆，付出我的爱，也享受来自他们的爱。我猜想，你经历了这样一番跌宕，一定更加明白生命的意义了，愿你和妈妈、弟弟们继续快乐地生活在一起，我们一定会为自己所拥有的而感到由衷的幸福。
>
> 今年过年，我和外公外婆一起待了很多天，我也有些难过地发现他们真的在慢慢变老……其实，人生中很多幸福都很短暂的，当这些短暂的幸福来临时，我们不该犹豫彷徨，而应当勇敢地、欣然地抓住它。
>
> 希望你做回快乐的自己，我好怀念那个脸上带着笑、在阳光下忘情跑步的你的样子。

你一定会发现生活中有更多的美好！

祝你安好！

你的朋友　张镜湖

　　他合上信纸，望着窗外晴朗的天空——北归的燕子正盘桓飞过，带回了南方的暖意。他发现，不管历经了多久的严寒和冰封，每当温和的东风又一次拂面，所有的希望都会再次焕发。他眼前仿佛又出现了张镜湖的样子，那浅浅的微笑总能戳中他内心最柔软的地方。

　　那天晚上，他们通了一个长长的电话。

　　"你还好吧？你的回信我收到了，谢谢你还记得我们相处的时光，谢谢你这么懂我。"他很是感动地说。

　　"我很好，谢谢你！"她的声音通过听筒传了过来，"还记得我们上一次通电话，终于，你的声音又恢复了我印象中的样子！一晃真快，这半年多，我们好像都成长了不少——我们已经在面对生活布置的一些新的题目了，不再是曾经心无旁骛的样子了。"

　　"这半年，你一个人生活，也很辛苦吧？"

　　"谈不上辛苦——结识新的人，尝试做新的事情，人生像是调整了一个方向，又有了新的目标和航线。"

　　"你时常去看望外公外婆吧，他们的身体都还好？"

　　"是的，他们是我在世上最亲的人，始终处在我心里那个最温暖的地方，我能够如此快乐和健康地成长，也是因为他们如此深刻地爱着我，"她说，"你呢？你的妈妈和弟弟们，他们也在你心里那个最温暖的地方吧？"

　　"是的，他们也是我在这个世界上最亲的人——小时候，我以为亲情是人间再平常不过的感情，现在才明白，这是上苍给我们最大的恩赐。人一生可以寻找许多朋友，也可能不只爱过一个人，但亲人间那份相濡以沫的情感，是最特别、最值得珍惜的感情。"

　　"我想，我们应该更多地感激上苍，我们成长的底色都是温暖的，"她的声音变得更加柔和与清晰，"我们拥有那么多温暖的记忆，我们如此善良，我们能发自内心地去感知和接受爱——生命中的一切都不是白白出现的，那些人、那些经历影响着我们，把我们塑造成现在最好的样子，和未来更好的样子。"

　　"爱真的能让一个人的心温暖……这几个月，我体会了很多，我发现，原来身边有这么多人都在爱我和帮助着我……我曾经以为失去的东西一定要想

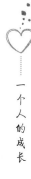

办法补偿回来，现在才明白，永远不要想着去追赶什么，那些需要追赶的东西往往不属于我们，"他心底漾起一股暖流，努力控制着自己颤抖的声音，"我是我自己，有自己的人生，也在自己的成长道路上留下了一处处不可取代的脚印，即使我曾经错过什么，与此同时我也拥有着太多太多。"

"真好！你终于懂得爱自己了！我们也终于懂得爱我们自己了。"她说。

"我前一段总是回忆起咱们在大学的时光，"他说，"有时候我会设想，假如时光能回到四年前，让我们重新经历一次那美好的四年，那该有多么幸福！"

"重新经历一次？"她问，"那我们的记忆呢，是保留还是清空？"

"如果能带着原有的记忆，穿越回曾经，我们或许会变得更加睿智，也会过得更加精彩。"

"或许也不会……如果我们提前预知了成长的历程，按计划长成自己理想的样子，说不定除了'精彩'，更多的是'单调'。又有谁能有如此的先见之明，按自己预设的路线成长呢？"

"我们的记忆力都太好了，大概需要活得糊涂一些，"他笑着说，"你记得那年夏天，咱们班集体组织去游乐场吗？那个最高最陡的过山车，好多同学都不敢上去，几个逞强的男生排到一半也吓得退了回来……最终登上去的人里只有你一个女生。"

"是的，你记性真好，"她说，"那些人里也包括你。"

"其实我很怕失重的感觉……看到他们退下来，我一度也想临阵脱逃，但看你那么淡定地继续排着队，硬是鼓励自己'坚持'了下来……没想到那个过山车有那么陡，我吓得一直紧闭双眼……你胆子真的好大。"

"我不是胆子大，只是单纯觉得既然到了游乐场，就该把所有的可能都体验一番才不留遗憾，"她说，"人生也是这样，多经历一些，不管是好的、不好的，喜悦、悲伤、痛苦……都是一种成长。"

"你正是因为这样想，才如此坦然地接受人生中的所有，我终于渐渐明白了。"

"你又何尝不是呢？"她说，"在你身上，我看到战士一样的无畏、追问、拼搏，你从不向命运妥协，永远坚定地追逐你认为正确的东西，这样的人格纵使你会辛苦，也注定会成就一番事业——成就一番大事业一定要历经三个阶段，你经历过'独上高楼'和'衣带渐宽'，一定会得到'众里寻他''蓦然回首'的收获。"

"镜湖，谢谢你，希望我蓦然回首时，能寻觅到内心真正的幸福，"他感动地说，"真想再见你，那时我们一起看日出，看星星，吹着海风，聊着天，忘了时间，也忘了我们的渺小，如果有机会，真想回到那时候，我们的心境曾那么美好……"

"会的。等到今年夏天，我会再回学校看看，那座城市也保留着我很多难忘的回忆，我们再见面时，相信一切都不会陌生……"她在电话里轻叹了一声，"真想念咱们学校啊……"

"你找个时间回来吧，一定要告诉我，我们再去那个西餐厅吃一次饭。"他有些激动，望着窗外深蓝色夜空中那皎洁的月华，脑海中又浮现出那些美好的画面。

"我会的，等着我。"

挂掉电话，若虚心里还久久萦绕着一缕温馨——他回忆着和张镜湖结识以来的种种，发现自己长久地被一种奇妙感觉牵绊着，曾经也想要探索这个问题的答案。但现在，他似乎并不执着于为这段缘分找到明确的方向，成长中的彼此理解、陪伴、告慰也许就是最好的答案。

他脑海里又浮现出那个炎热的下午，与张镜湖在校门口分别时的情景——他又一次期待着这样一个夏天，阔别的他们，将在美丽的校园中重逢。

## － 69 －

若虚和主任约好周五上午的时间，又一次走进了办公楼。

接待室里，又是只有那个年轻人在。见若虚又找上门，他语气平缓地说道："正好你来了，看看留在这的东西什么时候搬走？我正准备收拾这间屋子，把不要的东西淘汰掉。"

"谁说我是来搬东西的？我是来找人的。"若虚被对方不太友好的语气弄得不太高兴，拧着眉毛说。

"你看见了？现在只有我一个人，恕我办公时间无法接待你，如果要等人请去外面。"

"我喜欢这里，恕我不愿意离开，偏要在这等。"若虚一眼看见墙角熟悉的旧沙发，趾高气扬地走过去坐在上面，跷起了二郎腿。

"请不要随便坐我们的沙发。"

"沙发难道不是用来坐的？"若虚说着，身体仰在了靠背上，"我偏要坐，我对它有感情，还在上面睡过觉呢！"

"对不起，这样耍无赖我要喊保安了。"年轻人拿起桌上的电话。

"请便，让我先好好睡一觉——"若虚打了声深深的呵欠，歪着头闭起了眼睛。

两人正在僵持中，达雅走了进来，见屋里这荒唐的局面，一阵莫名其妙地问道："这是在干什么？"

"这人在这耍无赖，真是没教养！我正准备叫人把他请出去。"

"谁耍无赖了？"若虚从沙发上站起身，"教养是什么？我从小就知道好好和别人说话，怎么没教养了？"

"好了好了，"达雅看着面前剑拔弩张的两个人，"你今天来找主任？"

"是的，本想先来找你打声招呼……"若虚说。

"主任在呢，我正好也要出去一趟，一块走吧。"达雅从桌上拿起一沓文件。

若虚点点头，和达雅往楼道走去。

"你看看你——他说话就是这种方式，又不针对你，干吗这么放在心上？"达雅说。

"凭什么这么说我，我还没挑他的不是呢。"若虚一脸不服气。

"你快去找主任吧，不是要谈工作？这才是你该花心思的事情。"达雅停在主任办公室门口，示意他注意说话的方式，又朝前走去了。

若虚心里隐隐有种不好的预感，硬着头皮敲了敲门。

"进来——"屋里传来主任的声音。

若虚推开门，见主任在认真批改着材料，便不声不响地坐在椅子上。

"最近工作很多，这一周连轴转——"主任在纸上一阵圈圈点点，终于放下笔抬起头，"一直想找你，才挤出时间——"

"您要保重身体，工作中还是要劳逸结合……"若虚看着主任泛红的双眼，小声说道。

"呦，第一次听你用这种语气说话，好像突然间长大了，"主任微笑着，"知道为什么喊你来吗？"

"一定是因为前段时间请假太多，耽误了很多工作，大概领导们已经研究好了该怎么惩罚我吧……"若虚愧疚地低下头。

"你这孩子！看问题怎么这样悲观？"主任靠着椅背冲他笑着，"我是考虑到你现在的状况，想帮一帮你——"

"是吗？"若虚将信将疑，"我现在的确比从前悲观了不少，前一段实在过得太沉重，还没完全缓过来……没事，我看您也安排了新人接替我从前的工作，至于我该何去何从，就全听您指示了……"

"前一段过得'沉重'，派你做个开心点的工作，愿不愿意？"

"嗯？"若虚不解，但感觉主任不是在开玩笑，"您有什么指示，但说无妨。"

"从前你那么爱说爱笑，对事情又有好奇心，想不想出去开开眼界？"

"开眼界？"

"是的。最近学校要谈一笔合作项目，领导想选一位年轻的男员工陪同，最好是在学校多年，对这里比较了解，又有感情的，"主任说，"他们刚好问到我，我就想到了你。"

"可是……"若虚咽了一口口水，主任的话还是令他一阵意外，"为什么是我呢，我从没想过自己能有这样的机会？"

"那位领导认识你——他听过你发言，我也向他介绍了你的人品、性格，工作中的能力表现，只是，谈项目确实是个辛苦活，过段时间安排出差，你得做好心理准备。"

若虚想到家里的情况，内心还是有所顾虑。

"怎么样？或者你回去再考虑一下，也和家里商量一下，要是有意愿，我带你去见见那位领导，"主任说，"要是实在不喜欢，也不必勉强。"

"谢谢，我要好好考虑一下，不过，我还想问个问题——"若虚内心突然一阵触动，"我想知道，我工作以来，惹出了这么多麻烦，您为什么……还对我如此关照？"

"我记得有人说过——"主任微笑着说，"不能因为树叶是树叶就剥夺它甜美和尊贵的权利，一片树叶想要蓬勃生长，除了积极勇敢外，也需要阳光和雨露！这不，现在有了阳光和雨露，我就想到你这片小树叶了。"

"谢谢……"若虚眼眶红了起来——他从没想象过曾在冲动之下吐出的那些"意气话"竟被主任一直记得，"如果是这样，那我希望自己是一片蓬勃的树叶——我会让世界知道我不会白白享受阳光和雨露，总有一天，我会'绿叶成荫'的。"

"小伙子，你瞧瞧你这伶牙俐齿的，哪天真跟着新领导，得学会该说的说，不该说的话留在心里——真诚到什么都毫无保留，也是行不通的，懂不懂？"

"我……"若虚一激动，眼泪也掉了下来，"我从前太不懂事，不该总惹您不高兴，不该总故意和您顶嘴……您看在我本心不坏的份上，也看在我有心忏悔的份上，别和我记仇吧……"

"傻孩子，你这么可爱，我怎么会记你的仇！别哭了，等你决定好了，下周告诉我，我还得跟人家回个话——"

若虚还是止不住激动，眼泪一直往下掉着。

"别哭，"主任拍了拍他的肩膀，"以后真要代表学校出去，你得有个大人的样子。"

若虚内心涌起一阵暖流，在脑中快速地思索着该如何表达内心的谢意，却发现一向自诩"巧舌如簧"的自己只吐出两个简简单单的字——"谢谢"。

"周末回家歇两天，等下周，可能就得投入新工作了！"主任看了看时间，"我一会儿还有个会，你先回去吧，有什么需要可以再来找我。"

若虚目送主任夹着笔记本走出了办公楼，半是感激半是意外，内心的余温久久不散。离开学校前，他特意又绕回到了曾住了四年的宿舍楼——这里除了换了一批新的成员外，几乎一切如旧。又一次看着那记录过他欢声笑语的地方，他感到自己像一只在巨浪中摇摆了很久的小舟，终于驶回了风平浪静的码头。

下午四点多。

若虚和若水，一个坐着小板凳，一个坐在轮椅上，在小院里悠闲地晒着太阳——东风拂过他们的脸，正是一天中温度最舒适的时间。

从这四方的小院里仰望——他们头顶的蓝天里，一群鸽子自在地盘桓着，从他们的视野中绕进又绕出。若水目光追随着鸽群，头时扬时低，一脸陶醉地望着他们自由的身影。

若虚也抬头望着蓝天，享受着许久没有过的轻松。

若水的目光突然停留在若虚的头顶，仔细地观察了片刻，说道："哥，你有白头发了。"

"在哪，多不多？"

"在这——"他伸手戳了一下若虚的后脑勺，"我看到了几根，我帮你拔了吧。"

若虚把小板凳朝轮椅的方向挪了挪，侧过脑袋，感到若水拨开他头顶上的一丛头发，揪准了一根——随着头皮一紧，一根头发被连根拔起。

"你看——"若水把手掌摊开——若虚接过一看，那是一根又粗又直的头发，发梢是银白的，发根却又是黑色的。

"我记得我和你说过：头发就像树叶，只不过树叶每年春天都会绿起来，看起来，这根头发新长出的部分又变黑了。"若虚说完，笑着把它丢在了地上。

伴随着轻柔的鸽哨声，头顶那群鸽子又一次盘旋飞过，甩下一串优美的回音。

"哥，我想上房顶。"若水望着他们仰目可及的晴空说。

"上房顶？"

"是的，坐在这，我只能看见巴掌大的天，我想去高处。"

"你的腿……还是算了吧……"若虚看着他的轮椅，犹犹豫豫地说，"等你好了，我陪你上去，行不行？"

"不行，"若水很坚定，"我记得你说过——小时候每当心情不好，就爬到房顶上，这样就离天空更近些，心里的烦恼就全都消散了。我现在就想放松一下心情，你为什么不同意？"

若虚被问得哑口无言——如果不是听了若水的话，他甚至忘记了自己曾有过这样的消遣方式。他站起身，望着头顶那有限的一小片蓝天说道："好吧！我们一起上去！为了更开阔的视野和更愉快的心情！"

如果是平常，兄弟俩完全可以顺着厨房进错凹凸的山墙爬上房顶，但若水现在只有一条腿可以用力，靠自己的力量肯定不行。若虚想了想，搬出了杂货间的一架旧梯子，立在厨房的外墙边，把若水扶了上去。若水凭着仅能用力的左腿，借着若虚扶在他腰上的劲，用两只胳臂撑住梯子边缘，奋力地一节一节向上移动着，终于扒上了厨房的外檐。若虚紧紧托住他的屁股，往上送着劲，若水也拼命抬高左腿，跪上了墙头，咬着牙把身体提了上去。

若虚随后也爬上了墙，扶着若水摇摇晃晃的身体，两人踩着瓦片走上了正房的房顶——这是小院里最高的一处地方，坡度很缓，他们找了视野最好的位置坐了下来。

"我从没见过哪个坐轮椅的孩子还这样喜欢爬高。"若虚气喘吁吁地说。

"这叫腿不能至，心向往之——正是因为腿不好，才更想站上高的地方。"若水擦着脑门上沁出的汗珠，笑着说。

若虚微笑着转过头——他们正坐在屋顶的南坡，看着广阔的天空、柔和的斜晖、邻家的屋脊、胡同里吐着新绿的大树，还有那忽远忽近的鸽群。

"哥，你听，这鸽哨声多优美——"若水视线追随着鸽群轻盈的身影，飘远又拉近，心胸一阵开阔。

"我小时候也喜欢听鸽哨，尤其是春天的鸽哨——春天给人积极向上的感觉，就像是我们投入新一轮奋斗的信号。"若虚说。

"假如……"若水忽然叹了口气，"我能像那些鸽子一样，那该多幸福啊！"

"你是不是又想起那只被你爸妈救过的小鸽子了？"

"不完全是，我本来就觉得小鸽子活得很幸福，"若水望着它们在蓝天中翱翔的轨迹，"它们有翅膀，不用慢吞吞地在地上走，又有伙伴，成群结队的，不怕孤单。"

"我小时候也幻想过，"若虚陷入了回忆，"如果有来世，我愿自己长出一双翅膀，变成一只鸽子，或者是黄莺、布谷鸟——我要凭自己的力量飞上蓝天，用自己的歌声唤醒沉睡中的大地。"

"哥，我发现你总喜欢回忆小时候的事情，"若水盯着他的双眼，"每次你谈到过去，眼里都有特别的神采，好像那段时光是你心里一段最珍贵的记忆——我不明白，为什么你对过去的事情情有独钟？"

"可能是我怀念那时无忧无虑的状态，也不懂得什么是烦恼……"

"可是你说过，人都要长大，既然那段时光已经过去，不如把它当作回忆来珍藏吧！"

"是啊，人能将回忆珍藏起来，也是件幸福的事，"若虚微笑着仰起头，"你看那些小鸽子——不知它们的记忆可以保留多久，也不知它们现在在阳光下盘旋的样子，是不是能唤起它们对上一个春天的回忆……"

"我想会的，小动物和人一样，都愿意保留美好的回忆。"

"如果你是一种动物，你想做什么？"若虚问。

"我大概愿意做一只小猫或者小狗——"若水说，"它们和人亲近，又通人的性情，陪在主人身边，应该能带给他们很多快乐和温暖。"

"你果然是个善良的小孩，心里想的是带给别人快乐和温暖。"

"哥，"若水望着天空，"你说你最喜欢春天，从前我不能理解，现在我明白了——那种从冰天雪地和黑暗的日子中度过，重新感受着温柔的春风和暖暖的太阳，感觉真好！"

"是啊！我们依然这么勇敢地面对着生活，我们的人生都还在继续着——"若虚感到十分振奋，"我要回单位继续上班，相信你很快也能回学校上课了。"

"我觉得好幸福，真的，"若水低头看着自己的右腿，又满眼憧憬地望着前方，"我即使有伤，还是想拥抱这个可爱的世界！"

兄弟俩静静地坐着，看着日影一点点偏西。盘桓许久的鸽群渐渐飞远了，飞回了远处一个屋顶旁边的鸽笼里。

院里传来钥匙插进锁孔的声音——母亲推开大门走进小院，见若虚和若水坐在房顶上，很是惊讶。

"你们在做什么？"母亲扬着头问。

"我们在看风景啊！"若水冲院里喊着。

"你们怎么上去的？"

"您看——那有一架梯子，我们脚踩青云，直上碧霄！"若虚指着墙边说。

"你们两个疯孩子！怎么一点都不知道怕！一会儿你们怎么下来？"

"我们不怕！妈妈！您也上来！上面的风景特别好！风也很舒服！"若水大声喊着。

若虚和若水在房顶上笑着——他们的笑声飞了起来，晴空中像是又盘旋起了鸽哨声。

"若水，你开心吗？妈妈，你开心吗？"若虚兴奋地站起身，对着晴空高喊着。

"哟呵——我好快乐！哟呵——"若水把双手拢在嘴边，对着远方呼喊着。

"好好坐着！当心踩空！"母亲担心若虚一个激动掉下来。

"妈妈！我很久没有这么快活过了！你知道吗？我想变成一只鸽子！"若虚冲院里喊着。

母亲仰头望着他们，难掩满眼的幸福。

晚上，他注视着书桌上的小台灯——那个"孙悟空"是张镜湖在芙蓉街买来送他的，当时他追问了几次，为何她总说那只小猴子像他。

"现在你总可以告诉我为什么吧？"——最近的通话中，若虚又一次想追寻这个问题的答案。

"是吗，我说过吗？"——电话那端，张镜湖笑着否认。

"你说过！你肯定说过！当时我以为是猴子性急，不老实，喜欢折腾又不太听人的话，可现在我又明白了一点——孙悟空是天地造就的，起初因为学了些本领，就傲视万物，后来反倒因为自己的本领遭受了惩罚，最终还是接受了社会的洗礼，走上了虔诚修行的道路。"

"是啊，孙悟空一开始似乎并不那么情愿，后来被取经路上的大事小情不断磨砺，终于在向往自由和追求价值间找到了平衡。"张镜湖说。

"我们何尝不是呢？我们就像是野蛮生长的花草，当我们走进社会，社会这把大剪刀会依照规则和尺度把我们修剪成我们应该成为的样子。"

"正是这样，不过——"张镜湖笑了一声，"你千万不要做一枝太顽固的树枝啊，不然修剪你的剪刀可是会更锋利的！"

又一次看着"孙悟空"那桀骜不驯的姿势和警觉的神态，若虚好像明白了世间所有的"心猿"都会经历一段焦躁又四面碰壁的过往，也都会在长久的失望、孤独、思考、磨砺后，继续虔诚地、满怀憧憬地向下一个方向坚定地前行。

## － 70 －

　　平常，母亲总是独自收拾厨房，今天吃过晚饭，若虚端着盘碗也跟了过来。

　　母子俩一个洗碗，一个擦起灶台来。

　　"儿子，我发现——"母亲正对着水龙头冲洗盘子，抬头看着若虚说，"你擦灶台的样子，和小时候做手工时的劲头一模一样。"

　　"我做手工时什么样，我都没印象了……"若虚抹了一下鬓间的汗水。

　　"以前你常把手工作业、劳动作业带回家做，做起来就是这样专心，"母亲把洗净的盘子码上碗碟架，"那时，若愚喜欢跑出去玩，你反倒喜欢安安静静地坐在屋里，拿起剪刀、胶水、画笔，花一番心思研究你的小作品。你还记得吗？小时候你特别喜欢从街上买那些小玩意，不管爸爸还是姥爷，只要你想要的，他们都会买给你——他们真的都很疼你。"

　　"这我倒记得，小时候我可喜欢这些小东西了，应该花了大人们不少钱……"

　　"后来，那年你还在上小学——有一次咱们粉刷墙，挪家具时从柜顶上搬下来一口箱子，一打开，里面全是你以前玩过的玩具"

　　"是啊，有小汽车、奥特曼、变形金刚……还有我收集的好多新鲜的东西，攒了好多。"

　　"你爸爸性子直，脾气也倔，但对你是真的好，姥爷也是，"母亲娓娓道来，"也不知为什么，你从小就招人喜欢，不管老师还是长辈，几乎所有的大人都喜欢你。你还在幼儿园的时候，你们老师就说'全班二十几个小孩坐在一堆儿，就若虚最有眼力见'。"

　　"妈，这都是多少年前的事了，就别再提了吧……"若虚脸红了起来，在水里涮洗着抹布。

　　"是啊，都是很多年前的事了"，母亲笑了笑，"今天不知怎么就想起你小时候了……"

　　若虚望向母亲——记忆中她眼神里的温和，现在已渐渐变为慈祥，曾经鹅蛋形的脸庞在岁月的冲刷下反而渐渐嶙峋起来。

　　晚上，若虚照顾若水睡下，关了灯爬上床。黑暗中，他闭着双眼，脑中

却一直闪动着最近这段时间发生的事情，他在床上翻了几次身，又坐了起来——看样子，短时间内他又难以入睡了。他索性放弃了，披上件外衣，起身推开了自己的房门。

院里洒满恬静的月色，空气有些寒凉，却也是个安静又曼妙的夜晚。见母亲房间还亮着浅浅的灯光，他把脚步放得轻些，走上前敲了敲她的房门。

"是若虚吗？进来吧。"——房间里传出母亲的声音。

若虚推开门。母亲正倚着床背，借着一盏小灯读着一本杂志——她的脸在灯光下显得很是柔和。

"妈妈，我睡不着，想和您聊天。"若虚小声地开了口。

"怎么，有烦心事？"母亲边问边把身体向里侧挪了挪，示意若虚坐到床上来。

若虚爬上床，靠在母亲身上——有很长一段时间，他在刻意地和母亲保持着距离，包括身体上的，也包括内心的。现在，他突然想紧紧依偎着母亲，就像回到小时候那样——他想起史铁生告诫所有自以为长大成熟的男孩子，"千万不要跟母亲来这套倔强"，觉得自己从前的行为傻得可笑。

"这几天怎么了？"母亲放下书，"看你情绪忽好忽坏的。"

"也没什么，只是——"若虚不经意皱了皱眉，眉心处蹙出了两道细细的纵纹。

"别总是皱眉——"母亲伸出手指，平整着他眉心的沟壑，"小时候你额头多光滑，总是皱着，都成习惯了。"

"咳，心里有事，总是不自觉地皱两下……"若虚望着母亲的眼睛，"妈妈，您给我讲故事吧，我好久都没听您讲故事了。"

"傻孩子，你又不是若水，这么大了还想听故事？"

"不，我不是想听童话故事，我想听您讲讲您的故事。"

"我的故事？"

"是啊，"若虚点点头，"我想知道，您年轻时是怎样成长的，有没有彷徨过，有没有害怕过，有没有被生活中的种种无奈捉弄过？"

"嗯——"母亲抬起头，眼中多了几分沧桑，边回忆边说道，"小时候，我跟着你姥姥姥爷四处奔波，那应该是我人生最不安稳的阶段……"

"妈妈，你能给我讲讲么，我想听。"

"那年支援三线，我还只有几岁，跟着你的姥姥姥爷坐了两天两夜的火车，"母亲望着前方，仿佛几十年前的场景在眼前重现着，"你的姥爷挑着扁担，装着我们能带上的所有东西，你的姥姥背着一个重重的包，还拎着一个

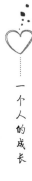

大袋子，我攥着她的一只手紧紧跟在后面。车厢里可挤了，塞满了下乡的人，火车开动的一瞬间，我听见了车厢里孩子们的哭声——那些小孩哭喊着'我要回家'……"

若虚眼前似乎也出现了那幅画面。他静静地听着。

"当时我没哭，可是心里空荡荡的，我觉得自己没有家了，身边的爸妈就是世上唯一的温暖了……"母亲继续回忆着，"后来，我们都安顿在一个小村庄里，姥姥姥爷白天去干活，我和一群年龄差不多的孩子就在村里的学校上课。我们那时住在三楼，有一天晚上，我才洗过脸，突然感觉地板摇晃了一下，接着就听见楼下传来的喊声'地震了！'我立刻冲出来，见你姥姥正扶着墙喊我——她年轻时被铁砣砸过脚，跑不快，我一把拉上她就往外冲，又一眼看见门钩上挂着的包，顺手把它摘了下来，那里面是家里全部的钱……后来我们被安置在地震棚里，一直住了好几个月……儿子，你知道吗，那段日子我看到楼房就害怕，直到过了好久都不敢迈进楼房一步……"

"妈妈，"若虚接过母亲的话，"后来，你们是怎么回到家乡的？"

"那就是八年以后了，我和我的同学先回来，回来时这边一个亲人都没有，还是一个叔叔来火车站接的我们。我那时已经十五岁了，回来就继续读高中……这边比村里教的知识难多了，我跟不上，读完高中就工作了，刚工作没多久你姥姥就生急病去世了。"

母亲停下了话，抬起头，望着映在窗帘上的夜色。

"那……这么多年了，您还是总想起姥姥和姥爷吗？"若虚望着母亲的侧脸。

"你还记得姥爷去世那年吗？"

"记得，那年我在上学，还去医院看过他。"

"是的，姥爷住院那段时间，我每天去看他，陪他，后来他身体状况越来越差，最后连床也下不来了……我就给他喂饭，每天帮他洗脸擦手，旁边床一个老爷爷看着我说'别觉得脏，别觉得苦，当儿女的就该这样，谁不是父母一把屎一把尿拉扯大的'……那之后没多久，姥爷就在医院去世了。"

若虚眼中涌起了一股湿热，心里也感到了强烈的悲痛——他和母亲一样，他们都没有爸爸了。

"妈妈，我也想我爸爸了，"若虚小声说着，"您能讲讲您和爸爸当年的故事吗？"

"你知道的，我和你爸爸是在厂里工作时认识的，"母亲深情款款地说，"那时，我只有二十岁。"

"我记得！爸爸说过，你们在同一个车间，他当过你的小组长。"

"是的，"母亲眼里浮起一丝笑意，那是若虚多年以来未见过的温柔，"我才工作，一切都很陌生，没有朋友，在那个乱哄哄的车间里，第一次见到你爸爸——他和你一样，高额头，直鼻梁，宽肩膀。"

"爸爸年轻时很精神，我知道！"若虚笑着看着母亲。

"他干起活来的样子尤其精神——最高的梯子他敢爬，最重的设备他能扛，最复杂的机器他会修……不知为什么，车间里那么多年轻的女孩，他对我和对别人都不一样……"母亲笑着说，"后来我们结婚了，我挺个大肚子，还坚持去上班，每天早上赶公共汽车，有一次身边一个老太太批评我：'姑娘你这么大肚子，不怕出事？'……我也不明白自己当时怎么就不知道害怕……"

母亲话里的"姑娘"两字让若虚心里泛起一阵酸涩——他意识到从前几乎从未想过的一点：他只认识那个已为人母的母亲，却从未想过，她也曾是个小女孩，和张镜湖她们一样，有过每个少女都有的可爱、顽皮和娇羞。他仔细端详着母亲的脸——那已生出细纹的眼眶，那细长如旧的眉毛，都透露着她曾经的样子。

"妈，您觉得我爸爸什么地方最吸引你？"

"那年厂里的仓库失火——"母亲看着他的眼睛，"大家都纷纷向外跑，你爸爸举着灭火器就冲进去了……后来仓库的桁架塌了一根，他被铁架子砸到了……你还记得吗？这么多年，他在工作中一直这样，越是危机和凶险的时候，他越是迎难而上。"

"我记得，那时我还小，可印象很深，您领着我们去医院看爸爸，他手脚都受了伤，打着绷带。我难得地直掉眼泪，爸爸还笑话我说'男子汉不许哭鼻子'……我觉得他是个真正的英雄，我从小就为他自豪，他身体恢复后第一天上班，单位就给他颁了一个'抢险一等功'。"

"你爸爸就是这样，他那天不怕地不怕的劲头让我非常有安全感，但也让我担忧，我总想尽自己所能保护好他……"母亲盯着若虚的大眼睛，"他的性格都遗传给你们了，特别是你。"

"我都知道，"若虚会心一笑，"小时候咱们去公园，我和若愚为了抢'火车头'唯一的座位差点打起来……后来我们去玩游乐场里的跳台，若愚从三米的高度跳下来，你们夸他胆子大，我不服，硬要从五米的台子往下跳——我还记得当时看着下面那一片五颜六色的海洋球，腿都在发抖……后来跟着教练学游泳，那节跳水课，有的小孩不敢跳，有的小孩直接吓哭了，轮到我，教练站在水里喊了一声'这是咱们班最勇敢的小孩'，我当时心一横——为了这句话，就算跳下去淹死我也得跳，就迈着大义凛然的步子踏上了跳台……"

"你就是这样，"母亲摸了摸若虚的额头，"你爸爸说你从小就'傻大胆'，知子莫若父，他比谁都了解你。"

"这么多年过去了，爸爸的勇敢一直激励着我，虽然他的生命定格在了那个冬天，但……"说到这，若虚声音明显颤抖了一下，他不安地望向母亲，止住了后面的话，"妈，对不起，我说得太多了，咱们聊些别的吧……"

"儿子，"母亲却似乎并不避讳这个话题，"你知道吗？这么多年过来，我一直心存感激——你们身上都有着你爸爸的影子，正直、勇敢、机智、善良，这些都是非常可贵的东西，都在你们身上延续着，我很欣慰，并没有什么遗憾……"

"妈妈，我一直想知道，"若虚试探着问，"您怨恨过吗？"

"怨恨什么？"母亲柔和的眼神停在若虚脸上。

"当年，如果没有那场意外，或者我们的人生都不会改变，我们的生活也不会如此艰辛……"

"不，我从没怨恨过什么，生命中的一切就是这样发生的，这是生而为人的必修课——儿子，你知道吗？我希望你也不要抱怨你的人生，不要为自己做过的任何一个选择而后悔，"母亲说，"你们没有了爸爸，但你们还有我；就像若水的爸妈不在了，但他还有你，还有我们——我们都在尽自己所能，陪伴彼此成长，给彼此一个更好的人生，不是吗？"

"妈妈，我真的敬佩您，"若虚说，"从前我不懂事，对不起，我不是个好孩子……"

"你是个好孩子，你能这样对待若水，这样对这个家，我很感动，"母亲笑着说，"等若愚回来了，你们还要像过去那样相处，你们也许面对的是不同的人生，但你们一样努力——所有辛苦走过的岁月，都是人生的历练，我希望你能像你爸爸一样勇敢。"

"我知道，"若虚点点头，"我会努力去做的，我希望自己能越来越优秀——"

"妈妈不期待你多么优秀，妈妈只想看到你活得快乐，活得坦荡。"

"妈妈，小时候和您见面的机会少，每次见面，我总是扑进您怀里，让您紧紧搂着我，"若虚贴向母亲的肩膀，"到了分别时，我又会依依不舍，姥爷骑车带着我离开，我都会在后座上悄悄抹眼泪……"

"后来你长大了，反倒不跟我亲近了，"母亲笑着说，"有时我想主动关心你，你却总是冷冰冰地躲着我，让我不知该怎样才能弥补你……"

母亲描述的那些画面在若虚眼前重现着。他回想着从前的自己，觉得很是可笑。

"妈妈，您看，外面的夜色好美，"若虚跳下床，趿着拖鞋蹭到窗边，拉开窗帘望着外面一片朦胧的夜色，"月亮升起来了——"

母亲也走下床，看着窗外如洒下了一缕轻纱的小院。

母亲轻轻地念了两句诗——

> 江畔何人初见月，江月何年初照人？

"这不是张若虚的诗吗？"若虚有些讶异，印象中母亲从未与他谈过文学，"妈妈，您也喜欢《春江花月夜》？"

"是的，我最喜欢的诗就是张若虚的《春江花月夜》。"

"那，您为我取这个名字，也不是凑巧吧？"若虚笑着推开房门，走进了月色笼罩下的小院——这样曼妙的一个月夜，又一次唤醒了他心中对于永恒的追求。在他看来，人作为广阔宇宙中涓埃一般的存在，相比躯体存活的短暂，情感才是最永恒且富有的一笔财产——它不会因时间的推移而流失，不会因地域的变迁而淡漠，甚至超越了生与死的界限。活着的人会缅怀逝去的人，逝去的人或者也会牵挂活着的人，生与死，本就不是宇宙间对立的形式。

> 人生代代无穷已，江月年年望相似。

若虚念着《春江花月夜》中的句子，又想起去年夏天山顶上那一片姣好的月色——每一次和夜月的对话，他都感受着心灵的震撼，被一种博大而幽深的情怀涨满。

仰望着月色与星河，他又想起了那些逝去的亲人——姥爷、姥姥、爸爸、姑姑、姑父……他们或许正在天际的那一畔，静静地看着他。若干年后，当他也将遁离这尘世，也许，大地上也会有个虔诚的身影，仰望着他，以相同的方式和他对话。

"妈妈，您相信爸爸会在天上看着我们吗？"若虚转头，望着站在他身旁的母亲。

"我相信，爸爸会在天上。"母亲说。

"那，姥爷、姥姥、姑姑、姑父……他们也在天上吗？"

"我想，他们都在。"

若虚笑着，把两把小凳摆在院子中央，扶着母亲坐了下来。

"妈妈，您知道吗？我特别特别爱您。"他依偎在母亲身旁，看着她的脸。

"妈妈知道，妈妈懂，"母亲望着他，"我从不怀疑这一点。"

"妈妈，您真好，"他凝望着母亲的眼睛，把头枕在了母亲膝上，"我好想

唱歌——我记得小时候就是这样趴着您的膝盖，唱歌给您听。"

"你唱吧，妈妈听着。"

若虚轻声哼唱起来——

> 月亮在白莲花般的云朵里穿行
> 晚风吹来一阵阵快乐的歌声
> 我们坐在高高的谷堆旁边
> 听妈妈讲那过去的事情……

若虚哼起优美的调子，鼻间泛起的酸胀感又让他停止了哼唱。很多年了，他从不曾和母亲贴得这样近，听母亲讲起过去的故事，他不禁在心里问着自己——那些艰难的岁月，那孤单的人生，她是怎样一日一日度过的？

若虚难过地设想着，心头又泛起了从未有过的酸涩。

小院沉浸在一片安宁中，那静谧的世界里，有晚风、有虫鸣、有树影、有笑、有泪、有梦……柔和的月华洒下来，映在母亲和若虚脸上。

若虚静静端详着母亲，这是他在世上最亲密的人。

他看见母亲的眼角里淌出了泪水。

## － 71 －

天气暖起来了。若水又回到学校上课了。

转眼间，他已经离开校园许久——从上学期末，经过一个寒假，又落下了新学期一个多月的课程，再次回到这熟悉的地方，他心里既有期待，也有惶恐。

若虚照旧用自行车载着若水——几天前，若虚特意把车送去修理，师傅还笑呵呵地问："这车怎么浑身毛病，滚珠都磨烂了好几个。"

"之前摔过一次，老毛病一直没来得及修，问题越积越多。"若虚笑着答道。

"给你把轴换了，车就好骑了，"修车师傅戴着一副旧手套，动作很是熟练地把自行车的后轮取了下来，"以后多骑平地，少骑坑坑洼洼的路——你这车轻，禁不住颠。"

若虚看着师傅叮叮当当地帮他修好车轴，换好车座，紧好链条，贴好新

的闸皮，见原先的车筐被磕得歪歪扭扭的，也一并换了一个又大又结实的铁车筐。

这天早上，蹬上焕然一新的自行车，若虚体会到一种久违的轻快。若水坐在后面——因为右腿还不能跨坐，若虚便在后架上安了一个小座椅，让他能换一个方向坐得稳些。至于若水要带到学校的拐杖，若虚在车把上装上两个挂钩，拐杖就这样挂上了车把。

这辆自行车比原来加上了许多东西，若虚抱若水坐上来时，若水还开玩笑说像坐御辇一样隆重。

若虚骑上车，将速度放慢了些——他担心若水禁不起颠簸，贴着非机动车道最里侧，小心翼翼地把着车把。这条再熟悉不过的路上落满了杨絮，隔离带的灌木丛脱下了包裹的冬衣，绿化带的自助喷洒装置也开始了工作——小小的水龙头愉快地转着脑袋，发出"滋滋"的声响，浇灌着新生的幼苗。经过漫长的休眠，若虚心里无法克制地荡漾着一种甜蜜的滋味，如果不是要送若水上学，他真想就这样信"车"由缰，在这片美景中一路骑下去。

后座上的若水一语不发，不知在想些什么，看见前方新兴小学的校门，若虚喊了一声他，听见后面传来一声含糊的回应。若虚停好车，把若水抱下地，又从车把上摘下拐杖——这会儿正是进校的高峰，校门两侧笔直地列着四名"红领巾"，向师生们行礼问好。

"你的腿行吗？要是颠得疼了，我背你进教室吧。"若虚边帮若水背书包边问。

"我自己拄着拐走，"若水摇摇头，"我不想总被人背着扶着，像个废人一样。"

"今天才第一天回学校，别太逞强，需要帮助了就和老师同学们说。"若虚不由地担心，只好帮他架好拐杖，看着他孤零零的背影向校园里走去，一脚高一脚低地进了教学楼。

若虚心里很不是滋味，一路担忧着回到自己学校，一整天的工作中都有点六神无主，生怕接到若水班主任的电话，送来什么不太好的消息。

所幸，一直到下午，一切都安然无恙。

对若水而言，重回校园显然会面对许多全新的挑战。虽说班主任和六年级六班的全体同学以最大的热情接纳了他，还为他在讲桌边单独设了一个座位，但身体上的特殊让他无法和其他孩子一样自由地活动，尤其是体育课，他只得一个人坐在操场一侧的台阶上，看着大家在体育老师带领下跑步、做操、有说有笑地玩游戏。

每到下午放学，若虚也像从前一样，准时出现在校门口，等待着那些叽叽喳喳的小身影争先恐后地从校园里涌出来——只不过，以前的若水会很快出现在他视野中，而现在，差不多要等到人流陆续散去，才能看到他吃力前行的身影。从教室走向校门这段路程，若水也比从前艰辛了许多——他双手拄拐，左脚着地一跛一跛地走出狭长的走廊，再慢吞吞地下几段楼梯，穿过门厅，才能走出教学楼。每天几乎都被这段征程累得满头大汗的他，直到看见栅栏外依旧在原地等待他的若虚，才意识到自己还是原先的自己。

他一路走得很吃力，不过终于还是走回了熟悉的地方。

若虚微笑着帮他摘下书包，关切地提着一个个问题——"今天心情怎么样"，"老师讲的课听得懂吗"，"同学待你友好吗"，"坐一整天腿疼不疼"……

若水忍着疲惫和疼痛，打起精神回应着他的问题——"重新回到课堂的感觉还不错"；"虽然行动不便，但老师同学们对我还是很照顾"……

这天，若虚朝若水挤了挤眼睛，示意他瞧瞧车筐里——若水看过去，见车筐里放着一个布兜，鼓鼓的，像在动。他踱上前，发现布兜敞开的口子里探出一个圆滚滚的小脑袋。

"小狗？"他吃惊地叫着，"送我的？"

"是。"若虚笑着说。

若水一阵兴奋，伸手把布兜的口子敞开——那只小狗正蜷缩在垫好的棉絮上，好奇地打量着外面的世界，它头顶、背上、尾巴的毛是棕色的，脸上、肚皮、四肢都是白白的，那圆圆的肚皮还一鼓一鼓的，和它黑黑的小鼻头一起有规律地起伏着。

"是从哪买的？"若水轻抚着小狗圆圆的脑袋，好奇地问。

"我认识一个阿姨，她家养了好多小狗。上个月狗妈妈刚生下五只小狗，她问我想不想抱一只养，我猜你肯定喜欢，就挑了一只带回来了。"

"这么说它只有一个月大……"

"是的，阿姨千叮咛万嘱咐，让我们好好照顾它，"若虚笑着说，"如果小狗没满月，她不会同意我们领走的，因为我们肯定养不活……"

"它叫什么名字？"

"还没取呢，你想想——"

若水把脑袋凑上前——那只小狗也调皮地探着脑袋，直勾勾地盯着他，它黑溜溜的圆眼球里映着若水的脸庞。

"你看，它眼睛那么清澈，就叫它'汪汪'吧！"

"汪汪？这名字好！就叫汪汪吧！"若虚赞同了他的提议，"走吧，咱们带汪汪回家。"

若虚把若水抱上后座，把拐杖架上车把，自己也跨上了车，又扭过头对若水说："我还是得骑慢些——要是太快，汪汪会头晕，会吐。"说完他踩动了脚蹬，缓缓向前骑去。

自行车慢悠悠地向前，车座上的青年小心翼翼地蹬着车，载着一个拖着病腿的小男孩，车筐里还有一条才来到世上不久的小生命——那条小生命今后将要走进他们的人生了。

一路优哉游哉地骑回到家，若水挂着拐走进房间，若虚把汪汪放在了地上——在陌生的房间里，汪汪睁着眼睛一阵徘徊，看看这，摸摸那，踩踩地板，又趴在地上闻闻，最后绕回若水的脚下。

"它怎么了？"若水问。

"大概是刚到一个新环境，有些害怕吧。"

"那要怎么办？"若水望着趴在自己脚面上的汪汪，有些担心。

"不要紧，你看，你还是给了它很大的安全感——这房间这么大，它偏偏跑到你脚下，看来你们俩有缘分，"若虚笑着说，"你先照看一下它，说不定他饿了——"

"对了！它吃什么，喝什么？"若水忽然想到这个问题。

"我走的时候，阿姨给了一盒奶——汪汪现在还只能喝奶，等大一点才能喂狗粮。"若虚打开书包取出了鲜奶，又从厨房拿来两只碗，抬头一看，汪汪正伸展着四肢平躺在地上，若水在给它的肚皮挠痒痒。

"它对你一点都不认生，还真得喜欢你。"若虚笑着把碗摆到汪汪身边。

汪汪闻到奶香，翻过身来，把鼻尖凑到碗边闻了闻，伸出舌头"吸溜溜"地舔起奶来——它舔得很专注，奶溅了起来，打湿了它的鼻尖，还有几滴溅在它耷拉着的耳朵上。

若水望着汪汪笑。

"以后你就是它的小主人了，你们俩互相做伴，你长，它也长，你们都要健康快乐。"

若水点点头，弯下腰去，和汪汪对视着——汪汪喝饱了奶，一对黑珍珠似的眼睛正好奇地打量着他，还不时眨一眨。若水抚摩着它圆圆的下巴，它也用湿漉漉的鼻尖蹭蹭若水的小手，又伸出热乎乎的舌头认真地舔着。

"真好，我再给它做个小窝，这个房间就是它的家，我们就是它的亲人了。"

晚上。

若水写完作业，又逗弄了一会汪汪。快到睡觉的时间了，若虚端着一个

矮矮的竹篮走进屋。

"这是给汪汪做的小窝吧?"

若虚笑了笑,从衣柜里翻出一条半旧的棉毯子,叠了叠垫在竹篮底部,把汪汪抱了进来。汪汪站在篮里,先是不安地望着四周,转了两圈,踩踩脚下的棉毯子,又原地蹬了蹬,最后趴了下来,不一会儿就侧着躺下了。

"汪汪睡着了?"

"是的,汪汪累了。你也快去洗漱吧,明天还要上学呢。"

若水拄着拐杖,一跛一跛走到水池旁,又一跛一跛走回房间,扶着墙爬上了大床。

若虚熄了大灯,也爬上床。今晚没有月光,窗帘上透着暗暗的灰色。

若虚一时间还没有睡意,他把双手枕在头下,静静回想着白天发生的事。

旁边传来若水低低的声音——"哥,你睡了吗?"

"还没,怎么了,不舒服?"若虚对着黑暗问道。

"我又想起白天你对我说的话,觉得有些疑惑。"

"我说了什么?"

"你说——那个养狗的阿姨告诉你,特别小的狗我们养不活的,那特别小的狗,要由谁来养它呢?"

"听说,狗在很小的时候,只能靠它的妈妈来抚养它——狗妈妈会时时刻刻关注它的孩子,尽一切力量让它吃饱,让它安全。只有当孩子能独立生活了,狗妈妈才放心让它离开,"若虚望着眼前的黑暗,"小狗的世界就是这样——当孩子能独立在它们的世界里存活下来,也就到了和妈妈告别的时候了。"

"小狗长大了……就要离开妈妈?"

"是啊,长大了就要离开妈妈了。"

"那我们人类呢?"若水问,"我们长大了也要离开妈妈?"

"也许吧,"若虚笑着说,"孩子长大了,独立了,能够面对人生中的风风雨雨了,妈妈就放心让他离开了。"

"唉……"黑暗中,若水叹了口气,"如果我们都不用长大,不用离开妈妈,那该多好。"

"那怎么可能?所有的生命,从出生的那一刻,不,应该从形成的那一刻起,就开始了永不停歇的成长,直到——"

"那……"若水打断了他的话,不知是有意还是无意的,"狗妈妈和孩子分开后,会不会想念彼此;妈妈担不担心孩子会挨饿受冻;孩子会不会再想

去看妈妈一眼；如果有一天它们重逢，妈妈还能认出孩子吗；孩子还能认出妈妈吗？"

"这……"若虚一时哑口无言，想了想，又说道，"或许吧，妈妈和孩子，他们知道对方就在这世界的某个地方，即便无法相见，心里也总有一份牵挂在。毕竟，血浓于水，这种情感上的共鸣恐怕是哺乳动物乃至所有的动物所共有的。"

"那……我要是也想妈妈了，妈妈会知道吗？"

"她会的，"若虚对着黑暗微笑着，"我记得有人说过，被人想念的人都会变成星星，去往夜空的某个地方——你的爸爸妈妈变成了星星，正幸福地看着你呢。"

"我还想知道——"若水沉默了片刻，又缓缓地开了口，"既然都是一生，人的一生和小狗的一生，有什么不同吗？"

"我没做过小狗，不确定它的感受，"若虚笑着回答，"不过我猜想，它们和人追求的东西不同——小狗更多关注自己的感受，你看汪汪，吃饱喝足就趴进自己的小窝，多么快乐，不会像人一样因为自己是否学习优异、是否事业有成、是否被高看被尊重而操心烦恼，似乎比我们人类还要幸福些。"

"那……小狗的世界有爱吗，有恨吗，有悲伤或者害怕吗？"

"我想，它们有的，人的七情六欲，或许是和小动物相通的。"

"那……你曾经告诉我，人一路成长，慢慢就不能轻易哭和笑，不能任性地悲和喜，那么，小狗是不是也像我们一样，小时候可以自由地表达感情，随着成长就必须变得成熟和老练？"

"这……"若水的话令若虚感到一种未知的仓皇，他想了想说，"这我不知道。"

"还有，小狗爱树木、爱花草吗；爱蜜蜂和蝴蝶，爱大海和小溪吗；在它们的世界里，有团结和友爱吗；有敌对和孤立吗？"若水却还在追问。

"别再想，也别再问了……"若虚在黑暗中伸出手，抚摩着若水的额头，"放心，它们和我们一样，爱着彼此，爱这个世界……"

"我希望汪汪和我们一样，能在这个世界里活得幸福。"若水说。

听着他的话，若虚心底不由地升起了一分怜悯——他从未见过亲生父母，几乎是一来到世上就被抛进了艰辛的生活，而且，他将要面对的未来，相比已经走过的人生，还要克服更多的艰难……可是，他却还那么聪明和善良，尽自己所能给这个世界带来爱与美好……

屋里安静下来了，除了兄弟俩的呼吸声，还有床边小窝里汪汪鼻子发出

的轻轻的响动。

窗外渐渐传来了窸窸窣窣的雨声。若水小声问道："哥，你听——那是什么声音？"

"是下雨了吧？"若虚从床上爬起来，凑到窗边——外面真的下起了雨。雨不大，但是细密如织，静静地灌溉着夜幕笼罩下的大地。

"真的下雨了！"若虚兴奋地说，"我扶你来看——"

"这雨声真好听，"若水感叹着，"哥，你记得咱们从前对过月亮的诗吗？此时此刻，咱们再对几句写雨的诗吧。"

"你最喜欢一首是什么？"

"嗯……"若水思考了一会儿，"是'随风潜入夜，润物细无声'，你呢？"

"我喜欢的是这样一首词——"

> 帘外雨潺潺，春意阑珊。
>
> 罗衾不耐五更寒。梦里不知身是客，一晌贪欢。

"哥，'梦里不知身是客'是什么意思？"

"你知道吗？我们都是世间的过客，但我们也都是幸运的，能获得这样宝贵的机会，体验人生的酸甜苦辣——所有的这些，都是上天的恩赐。"

"人生有酸甜苦辣，如果我们吃了很多的'酸'和'苦'，我们还算幸运吗？"

"'酸'和'苦'并不好吃，但'酸'和'苦'也一定能让我们明白很多，"若虚说，"你看这雨——大地干燥得太久了，这场春雨刚好浸湿和抚慰了它的心，让它微笑着迎接自己新一轮的生命……"

若虚摸黑爬回床上，又一次躺在枕头上，回想这半年多发生的事——他发现，经历了发自内心的喜悦和愤怒、悲痛和恐惧，他似乎也留下了人生中一段最难忘的时光。真切而跌宕起伏的情感记录着他成长之路的充实与艰辛，他也是第一次如此清醒地认识了"艰辛"的意义——倘若所有的情感都变得和缓，他反而会担心自己的生命会变得迟钝和麻木……

他又回想起在医院的那两个多月，和那些素不相识的人们有限的交集——那个学习极其用功的女大学生应该早就出院了，她不会再像从前那样，让自己活得几无喘息的机会了吧；平常总是柔声细语那晚却在楼道里泣不成声的晓苹，她的奶奶是不是还在；还有对床的小玮，不知他的心脏病能不能治好，如果治好了，他应该也回到幼儿园了吧……

伴着窸窣的雨声，他的思绪在缥缈地游走。后来，他做了一个梦——灿

烂的阳光洒在小河边，若水牵着汪汪在岸边散着步。汪汪长大了许多，颈圈上的铃铛洒下一路清脆的声响，若水也脱掉了拐杖，只是走得特别慢……

他们慢慢地，欢快地，彼此陪伴着。

他满眼笑意，缓缓地跟在他们身后……

## - 72 -

　　若水的身体和心灵都在恢复着，这让若虚很是欣慰，与此同时，他自己的生活也渐渐重回了正轨——他已经调到了新的部门，结识了新的领导同事，几乎没有太多喘息的工夫，便投入到新的忙碌之中。

　　忙了一上午，若虚终于把随新领导出差需要的材料准备齐全，匆匆吃过午饭，恰好看见达雅也从食堂出来，很是欣喜地迎上前去。

　　"怎么样，新工作忙不忙？"达雅热情地和他打着招呼。

　　"还不错，这些天又学到不少新东西，下周准备出差，"若虚和老朋友汇报着自己的新动向，"你最近怎么样，咱们边走边聊吧？"

　　阳光很好。他俩沿着主干道出了校门，走进离学校不远的一处公园——公园里干涸了一冬的河床已经清理过，上游的水闸打开了，河床蓄满了汩汩的清泉，映着午后的日光，泛着耀眼的波纹。许多吃过午饭的人们在河沿散着步，有老人，有青年，也有小孩。

　　望着周围那令人振奋的一片春景，若虚情不自禁地微笑着。

　　"不错呀，"达雅看着若虚，"你脸上又有了笑容，很由衷的。"

　　"如果说人有喜怒哀乐，大概最'由衷'的情绪才能感染别人吧！"若虚抬头望着碧蓝的天空，"我很珍惜现在的状态，相比从前，算是冬去春来了。"

　　"其实你来工作前，我就认识你，"达雅望着他，"你还有印象吗？"

　　"是吗？"若虚在脑海里快速回想着，却毫无线索，"对不起，我实在想不起来，我们在哪见过？"

　　"你记不记得有天中午，在校门外，你帮过一个搬箱子的人……"

　　"噢——"若虚恍然大悟，"我想起来了，那个人莫非是你……？"

　　"就是我，"达雅点点头，"那时我刚来这实习，那天要帮领导寄一大箱书，偏偏忘记拿推车了，一路拖到校门口，实在走不动了，就想问问附近有没有人能搭把手，一眼就看见你急匆匆朝这边走过来了——"

**435**

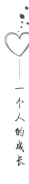

"是的，那正是我，我刚下了体育课。"

"当时我鼓足勇气走上前，问你能不能帮个忙，一起把这个大箱子搬到对门的邮局，"达雅回忆着当时的情景，"我本以为你跟我一起抬，结果你瞪了我一眼，抄起箱子迈着大步就开始过马路，我在后面一路追……"

"对不起——那是因为我刚测完'一千五'，肚子饿得不行，正一股脑儿地打算去街对面大吃一顿，"若虚惭愧地笑着，"谁料想到半路碰上一个陌生人还想让我出力气，就气不打一处来……"

"你知道我当时怎么想吗？"达雅也笑着，"我跟在你后面，看你累得气喘吁吁的，背心都被汗洇湿了，心想——"

"心想这简直是个怪人对吧？"

"不，我觉得这个男生一定是个很正直的人，明明一脸不情愿，还那么卖力地帮我搬了一路——在别人需要帮助时，并不是每个人都会愿意出力，有些不愿意帮忙的人，甚至还会拿出各种理由搪塞，"达雅的语气很是真诚，"不过，你也真是够笨的，忙也帮了，还摆出一张黑脸给我看，等到了邮局，我还想请你喝瓶饮料，你甩出一句'不用'，把东西一放就一溜烟地跑走了，一点情面都不留……"

若虚涨红了脸，一副问心有愧的样子。

"所以，后来我发现你竟然也来了接待室，和我成了同事，很惊讶——一方面，我也好奇自己当初的判断准不准确；另一方面，我其实也抱着一种研究的态度，想探寻一下你为什么会是表面上看起来那样的'刀枪不入'。"

"所以，你的结论是什么？"

"后来和你相处了这么久，观察你的为人处世，我得出的结论是：你果然是我预想中那个刀子嘴豆腐心的小男孩——表面的棱角抵御外界的风刀霜剑，内心的温柔留给自己和周边你爱的人。"

达雅的话令若虚很感动。路旁有一处空着的长椅，他示意达雅一起坐下来。

"但你不明白——"达雅接着说，"生活中总是以强碰强，结果通常是两败俱伤——邪恶或许会被正直和勇敢击溃，但这个过程中正直和勇敢也会受到伤害。"

若虚靠着被阳光烤得暖暖的椅背，思考着曾困扰自己许久的问题，转过头问达雅："我也明白这样很辛苦，但似乎早就在不知不觉中习惯了这样的方式，有时也觉得像是命中注定——曾经有个人告诉我，我之所以感到痛苦，是因为在进行人生的选择时，没有好好为自己筹划过，说这句话的人用自己

举例子，告诉我他是怎样步步为营地获得自己想要的生活。"

他把若愚当初告诫自己的话学给了达雅听。

"我觉得，听你的描述，他确实比你显得'幸运'一些——你没有像他一样不顾一切地规划自己的前途，而对自己委曲求全所作出的牺牲，又没能发自内心地认同，自然就会感到不平，"达雅说，"但你也不必因为没能做到和他一样就急于否定自己，人纵使很多时候难以脱离社会的评价与选择，依然还有很多可以靠自己的努力去争取和决定的东西。"

"不平也是难免，"若虚摇摇头，"谁都是第一次活，谁能甘心就这样做了输家呢……"

"人生没有什么赢家输家——如果你把人生当作比赛，有些比赛是有定规的，有些比赛是没有定规的，对那些规则有限的游戏，会以鸣哨作为开始和结束的信号，而对那些规则无限的游戏，在人生的每时每刻，无不在上演，有各自的玩法，也有各自的乐趣，"达雅说，"你是个认真的人，对人生这场游戏玩得很投入——每打出一张牌，都想让这张牌发挥预想的功能，不许自己出现失误，更不允许自己输掉，为什么要这么累呢？"

"或许是我内心深处有强烈的自卑吧，我不想看到自己失败的样子……"

"失败有什么，谁没失败过？没有谁永远活在领奖台上，"达雅安慰着他，"现在好不容易一切正在慢慢好起来，你给自己留个喘息的机会，从跑道上走下来。"

"这一年经历了这么多，好像突然就明白了人其实不必让自己这么辛苦——"若虚有些"顾影自怜"地说，"从前，每天睁眼第一件事就是想今天要完成多少任务，对手是谁，赢面是大还是小……这么多年了，背负了太多的欲望和顾虑，我累了，真的……现在，我只希望把伤口一点点养好，当有一天面对人生新的题目时，可以更自如地作答，在答题过程中寻找到真正的快乐。"

"这样想就对了，"达雅说，"有时候把手里的东西攥得太紧，反而什么都会漏掉的。"

"对不起，从我们认识算起，我变得比从前暴躁了很多，我争取再变回从前的我。"若虚笑着望向前方的景色——他们坐的地方恰好是小河一个转弯，河畔雕着一个白色的狮子，水流正从狮子的大口中汩汩涌出，闪烁着午后的波光。

"达雅，"若虚转过头，虔诚地注视着她，"其实……我一直想对你说一句谢谢。"

"谢我什么?"

"工作之后,有好几次,当我陷入焦虑和自卑时,你的话总是能带给我力量,尤其是若水出事那次,你是唯一一个出现在我身边的朋友,那天在河边,你陪我聊了很多很多,我会永远记得。"

"你不必感谢我,换作其他朋友,他们也会这样做的,只是那时恰好是我出现了,"达雅说,"总算都挺过来了是不是?生活一定会越变越好的。"

"你一直这样坚信吗?"

"当然,我始终相信美好的人值得拥有美好的人生!"

"我会一直相信你说的,因为——信'达雅',得永生。"

"你看,那边的西府海棠也开了——"达雅笑着指着西边一排鲜艳的树冠,一团团粉簇簇的花瓣包裹着挺直的树干,在轻风中婀娜地荡漾着,几只小喜鹊一会儿蹿到树梢上,打理着它黑白相间的羽衣,一会儿又滑翔着降落到地面上,一顿一顿地向前跑着。小池边还栽着几株玉兰,饱满的花苞在偏西的日光下舒展着。柳条也在风中轻轻摇动着,绿意鲜嫩,枝叶袅娜。

"喜鹊的叫声真好听!如果世间没有纷纷扰扰,只听得到鸟语和风声该多好。"

"那似乎不太容易,"达雅说,"再说了,即使世间有这么多纷杂,我们也不该忘记世界本身的美好。"

"达雅,你好像也是个对世界充满爱意的人,"若虚试探着问,"我们认识这么久了,我好像从来没有问过你——你一直是一个人吗,你曾经喜欢过谁吗?"

"当然,在我读大学的时候。"

"那……后来呢?"

"没有后来——那是一段非常美好的回忆,这么多年,一直被我珍藏着。"

"他是个什么样的人呢?"

"嗯……他比我高一级,很高很挺拔,相貌也很英俊,是个特别惹眼的男孩子,成绩好,品行也端正,我第一次见他是在我们入学时,他在台上讲话……"

"当时,你对他有什么样的感受?"

"一种从未有过的感受,"达雅陷入了回忆,"我发现一向自以为理智的自己像是突然间失控了……后来,我报名加入了他的部门,在例会上,在活动中,我总是期待他出现,期待他能注意到我,期待我能够在他的世界里占据一个位置,就像着了魔一样……我偷偷了解他的爱好,打听他的生日,为他

准备礼物，还在图书馆占他附近的座位……有时忍不住在人群中偷偷打量他，又怕看到他和别人在一起时愉快的、旁若无人的样子……总之就是很矛盾，他的出现能影响我一整天的心情，让我的情绪难以克制地起起伏伏……"

"那……后来呢？"

"没有后来了……这种不对等的关系注定难以维系——两个人最怕的就是一方视对方为全部，在对方心里却只处于一个不太重要的位置。"

"他伤害你了？"

"没有，只是他作出了他认为合适的选择吧……后来我明白了，感情本是两个人的事，单方面的着迷并不是缘分。"

"说的是，你想得开就行！各花入各眼，有人喜欢鸢尾的清雅，有人喜欢蔷薇的娇俏。"

"你呢，你喜欢过谁吗？"达雅又转过头来问若虚。

"我想……我也分不清那是一种喜欢还是一种依赖……曾经，每当看到她出现，我心里就感到一阵温暖，每当彷徨或低落时，总想起她的笑容，她的善良，她的陪伴。"

"后来呢，你们也没有在一起吗？"

"没有……我发现——就像你所说的，感情中最好的状态是对等，一方总是企图从另一方身上寻找温暖，似乎是不公平的。"

"我想，是这样的。"

"看来，我们各自在感情这门课上需要修行的东西还很多。"若虚笑着说。

他们坐在长椅上，任凭阳光洒在脸上、衣服上，任凭身体被阳光烘得暖洋洋的。一旁的小河里，几只小鸭顺着水流静静地凫过，身后留下的一道扇形的涟漪。

"你看那些小鸭子，它们看起来只是漂浮在水面上，水下却是不停拨水的双腿，"达雅说，"就像我们一样——在平静的外表下，每个人都在用自己的方式努力生活着。"

"我很久没有这么放松地看风景了，"若虚说，"这么幸福的季节，简直是仙赐的美景，每当陷入迷惘，春风吹拂下花草树木的重生都能激励我勇敢地面对一切——我发现，对这世界，我有着深刻的热爱，对自己的价值，我在心底也是深深认同的。"

"那么我问你，你真的了解自己的价值吗？"达雅问。

"我了解，"若虚点点头，"我是世界上独一无二的常若虚。"

他们起身又沿着小河向前走了一段，看见前面一片空地上栽着大片的海棠树，大朵的海棠花粉灿灿地闪耀着。

若虚走上前，凑到一朵海棠花前轻轻嗅了嗅，念了一句诗——

只恐夜深花睡去，故烧高烛照红妆。

"我好喜欢春天，好喜欢看人们在午后走近大自然，沉浸在这怡然的幸福中，"他转过头对达雅说，"我希望夜不要深，花也不要睡去，就让花和我们一样，永远保留自己最纯真和美好的样子。"

他们朝着更远的地方望去，前方在轻风中婀娜飘摇着的，是柳梢吐出的满满的新绿。

"山坡上的草坪、流动的溪水、绿树、花花草草，对生命都充满着无限的忠诚，你看它们多么努力地活着。每一年，它们都以簇新的姿态面对着新一轮的生命。"若虚十分感慨地说。

"其实人何尝不是如此？千万条路，一马平川的通途能占几何？"达雅也露出了安心的微笑。

"我想到去年夏天的毕业典礼上，校长在毕业致辞里说——始终坚信人性的善良，相信正义终将战胜一切苦难。经过这一年种种的遭遇，我渐渐看到这种'坚信'凸显的价值，生命真的充满了爱和温暖，充满了希望。"

"你是爱，是暖，是希望，你是人间的四月天！"达雅转过头，看着若虚的脸说。

"等等！你也误用了！《你是人间的四月天》分明是林徽因写给儿子的，你可别对着我说！我已经不是那个小男孩了！"

"可有人说，男人不管到了什么年纪，内心深处永远是个小男孩，内心里有个最强大也最脆弱的位置想要好好守护。"

"从前我一直是个不向命运低头的小男孩，相信自己有伟大的力量，可以主宰自己的人生——我也好奇，自己老了以后会是什么样子……"

"人都会老去的，想要永远年轻，除非——"

"除非在青春芳华时死去吧？"若虚笑着接过话，"我不避讳，我是'目睹'过死亡的人。"

"快到上班时间了，咱们得往回走了——"

"虽然不想回去，但……"若虚留恋地看着周围的美景，"第一次和新领导出差，心里还真有些忐忑，不想出什么纰漏。"

"新岗位对你肯定有新的要求，接下来的日子，你有没有给自己制定什么计划？"

"我不能辜负领导对我的关照，但内心依然执着地追求我真正热爱的东西，我想，我会一直这样下去的——"

若虚和达雅一路谈笑，沿着原路走回学校，又一次从主干道走回办公楼时，路口支起的一面小黑板吸引了他的注意——黑板上端钉着一朵小白花，隐约看见白粉笔写的几行字。

若虚好奇地走上前，发现上面写的是：

讣　告

我校后勤部齐正凤同志因突发急病，医治无效，于×年×月×日逝世，终年五十九岁。遵家属遗愿，后事从简。特告。

若虚愣住了，泪水猛地冲出了他的眼眶，瞬间把他眼前的世界淋得模糊……

"怎么了?"达雅吓了一跳，望向那面黑板，"这上面说的人……你认识?"

若虚点点头——他脑中又出现了齐老师那高大伟岸的样子，花白的头发，矍铄的面容，摇晃着走在前面的背影。

"齐老师死了……他竟然死了……"他听见自己喃喃地说。

达雅虽不知此中来龙去脉，但被若虚的悲伤震惊了，他们在那黑板前呆呆地伫立着。旁边，一只叫不出名字的小鸟飞了过来，又停在他们脚边，衔起飘落在地上的一枚嫩芽，轻快地跳动着。

# 尾　声

又是新的一周。

今天是举行升旗仪式的日子，校园里走出的小身影们统一了衣着。若水同样穿着白衣黑裤，颈间系着红领巾，只不过拄着拐，走在人群的最后。

"你好。"他问候着若虚，朝他走了过来。

若虚接过他的书包，发现书包带上拴着一个彩色的小盒子，是一套十二色的水彩笔。

"新买的？"

"是叶小雯送的——她知道我喜欢画画，"若水说，"今天我们班写毕业纪念册，我画了一幅画送给她，还留上了我的赠言。"

若虚把他抱上后座，慢慢向前推着——吹了一夜的风，空气中的沙尘都散去了，路旁的树已经有了初夏的样子，郁郁葱葱的绿色带来了勃勃生机。

"今天课上，你们学什么有意思的东西了？"若虚回过头问若水。

"语文课学了一首诗，是一个和尚写的——

> 古木阴中系短篷，杖藜扶我过桥东。
>
> 沾衣欲湿杏花雨，吹面不寒杨柳风。"

"这是南宋的僧人志南作的，"若虚说，"我也很喜欢这首诗。"

"你为什么喜欢？"

"大概是那种悠然的意境吧——岁月沉淀下来，人也慢下来，不理会周遭，专心享受着只属于自己的幸福。等以后我们老了，我们也支个幡，摇个铃，拄着杖，唱着曲，离开嘈杂的城市，去浪迹江湖吧！"

"那好！那我要剃个光头，假装自己是个高僧！"若水指着车把上挂着的拐杖，"'藜'都是现成的！"

他们在路口拐了个弯，前面是一所中学——透过围栏，他们看到一群学生在操场进行课外活动。

"哥，停一下。"若水喊住他，望着那些年轻的身影出起了神。

阳光下，十几名男同学身穿运动衣，依次朝门框练习射点球。个子高高的守门员聚精会神地蓄势待发，一会儿因扑到了迅猛的来球而赢得满场喝彩，一会儿又因漏掉了刁钻的射门而抱憾捶胸。操场另一侧，一群女生在练习跳大绳，哨声响起，她们鱼贯而入，像一列翩然跃动的舞蹈家。围栏下方整齐地排着花坛，红的、粉的、黄的、白的，大朵大朵的月季开得正盛，各色的花冠从围栏里探出脑袋，在晴朗的日光下绽放着。旁边的荫凉处，一支小合唱团在排练，歌声从围栏间传了出来——

> 我们是五月的花海
>
> 用青春拥抱时代
>
> 我们是初升的太阳
>
> 用生命点燃未来……

"他们在唱什么？"若水望着操场里的大哥哥大姐姐，若有所思地问。

"他们唱的是共青团歌。"

"什么是共青团？"

"共青团——就是等到中学，你就不再是少先队员，也不用戴红领巾了，那时，你就该加入共青团了。"

"那……如果我的腿再也好不了了，共青团会不会不要我了？"若水摸着胸前的红领巾，不安地问。

"那怎么会？你是很棒的小孩，将来也会是个很棒的青年，老师一定会介绍你入团的！"

"那……"若水又一次扭头望向那些年轻的身影，"如果我的腿再也好不了了，我还能参加合唱队吗，还能学跳舞吗，还能考艺术学校吗？"

"你可以，"若虚给出了一个肯定的答案，"你知道吗？我有一个很要好的朋友，他和你一样，活泼好动，爱说爱笑，有一年因为一场意外，他的腿受了很重的伤，他曾经很沮丧，觉得自己的人生没有希望了，但后来……"

"后来呢，他怎么样了，他的伤好了没有？"若水瞪着大眼睛问。

"他好了……"若虚犹豫了一下，微笑着说，"你知道吗？后来有一天，他终于又回到了球场，和曾经的伙伴们一起，在阳光下开心地跑着……"

"太好了！那他现在一定很快乐！"

"是的，他现在很快乐。"若虚抬起头，望着蓝得澄澈的天空。

"哥——"若水顺着他的目光昂起头，"你总是喜欢看天，你说，天上到底有什么？"

　　"天上——"若虚望着万里晴空，"有太阳，有月亮，有星星，还有……"

　　"还有云朵，有彩虹，有大雁，有小鸟……"若水接着说。

　　"还有梦想，有希望，有未来！"若虚低下头，笑着注视着若水那写满美好的双眼。

　　"哥，我觉得生命真美！我爱这个世界，我想永远这么快乐，这么幸福地活着！"若水也深情地注视着若虚。

　　"你会的，我们都会的，"若虚抚摩着若水的脑袋，"我们回家吧——妈妈快做好饭了，还有汪汪，它一定也想我们了。"

　　若水点点头，抓紧了车座。

　　"我们走吧——"若虚笑着，一个跨步蹬上了自行车。

# 后　记

"没有一个人的生活道路是笔直的，没有岔道的。有些岔道口，譬如政治上的岔道口，事业上的岔道口，个人生活上的岔道口，你走错一步，可以影响人生的一个时期，也可以影响一生。"

起初读到这句话，是在路遥的《人生》中，当时的我刚好处在人生的"岔道口"，从"心无旁骛"的学生时代走上工作岗位不久，从一个早已熟悉的身份转换为另一个身份——对这一次转换，我曾带着期待，也曾抱有许多单纯而幼稚的幻想，以为成长不过是继续过去二十几年积累的骄傲和信念，延续旧有的习惯，在一条笔直的路上加速续航，就能继续安稳地前行。

但我想错了。当一个人脱去校服，也意味着脱离了最自主、最温和的学生时代，走向社会不同的"岔道"，在新的"跑道"上开始履行各种各样的职责，我们脚下的路就再不是笔直而平坦的。我们需要面对许多不曾经历的困难，接触过去二十多年不曾触碰的工作内容，甚至踏进本不由我们产生的种种矛盾中……这个过程，要比学生时代的考试、竞选、排名、考学复杂太多，再不会像过去那样秉承一定的"规则"就能畅行无阻。我们需要重新适应许多不曾了解的"规则"，才能让我们在新的人生航道中重新找到平衡。

在这个重新寻找的过程中，我的确动摇过，也的确后悔过，甚至的确"恨"过，但我却不曾退缩，不曾消沉，更不曾忘却。和许多青年人一样，在理想与现实的变幻间浮浮沉沉，继续成长和蜕变，在很多不经意的时刻，在日复一日看似重复的生活中与工作、环境，以及人生不断出现的新课题相互磨合着。成长不是感叹号，也绝不是休止符，它并非许多人期待中的浓墨重彩，也并非一劳永逸，就这样默默地、细水长流地贯穿了我们自己都不一定意识到的精彩人生中。

带着对成长的一些小小的、浅薄的感悟，我写下了《一个人的成长》一书。之所以把主人公的年龄设定为二十二岁，对标从大学校园初次走向社会的成长阶段，是因为这往往是普通青年经历心理拷问最多、面临成长困惑最多的一个特殊时期——人在这个阶段的成长与改变，往往比学生时代的十几年还要迅速和显著。而且，这个时期，往往也会让许多青年不由地思考自己漫长的求学生涯中，曾努力追求、拼搏、探索的东西，又有多少能带入新的人生阶段，或者就作为过去人生的纪念品，被永远锁进了包装精美的纪念箱中？我想，不管我们选择了何种职业，走向哪一条"岔道"，我们一定都有过怀疑和动摇，也一定有过"假如当初……就好了"或"假如当初不……就好了"的种种猜测。但我想说，不要害怕成长中的"失败""弯路""平原期""空白期"，甚至"退步期"，也不要否定自己可能出现的种种负面情绪——焦躁、失落、孤单、悔恨、不甘……它们都是有意义的，我们不该否定它们存在的合理性，不该否定它们也为我们更好地成长提供了应有的助力。

故事的主人公若虚看起来并非一个"成功"的人，在这么长的故事里，他有过太多怀疑、犹豫，他在过去与未来间、在理想与现实间徘徊，但我依然非常欣赏他，欣赏他骨子里的积极进取，欣赏他内心深处对人性中所有真善美的向往和坚守，欣赏他对待亲情和友情的真诚，欣赏他对生命中出现的人和事发自内心的珍惜和接纳。我们的社会，正因为有很多像若虚这样的人，才有了更多的温情、善意、诚恳、关爱。追求有意义、有价值、优秀、成功、卓越的人生，难道真的比追求生命本质的美还要可贵吗？

成长是一道题，一道难题，一道并没有标准答案的题，但我们也不禁再次思考：人生的很多题目，一定要有答案吗？或者，一定要有个"正确"的答案吗？这个故事写得很朴素，也不精美，但我希望，这样一个朴拙的故事，这样一群朴实无华的青年，能走近和感动更多像我一样的人。

广大的青年朋友，我们都是平凡而伟大的人，以自己的力量为周边带来力所能及的美好。所以，在遇到困难时，不要急着退缩、消沉、忘却，更不要否定自己一路走来经历和沉淀的所有。当怀疑自己时，请务必坚信，我们依然是我们自己，依然美好得像曾经一样。

二〇二四年六月